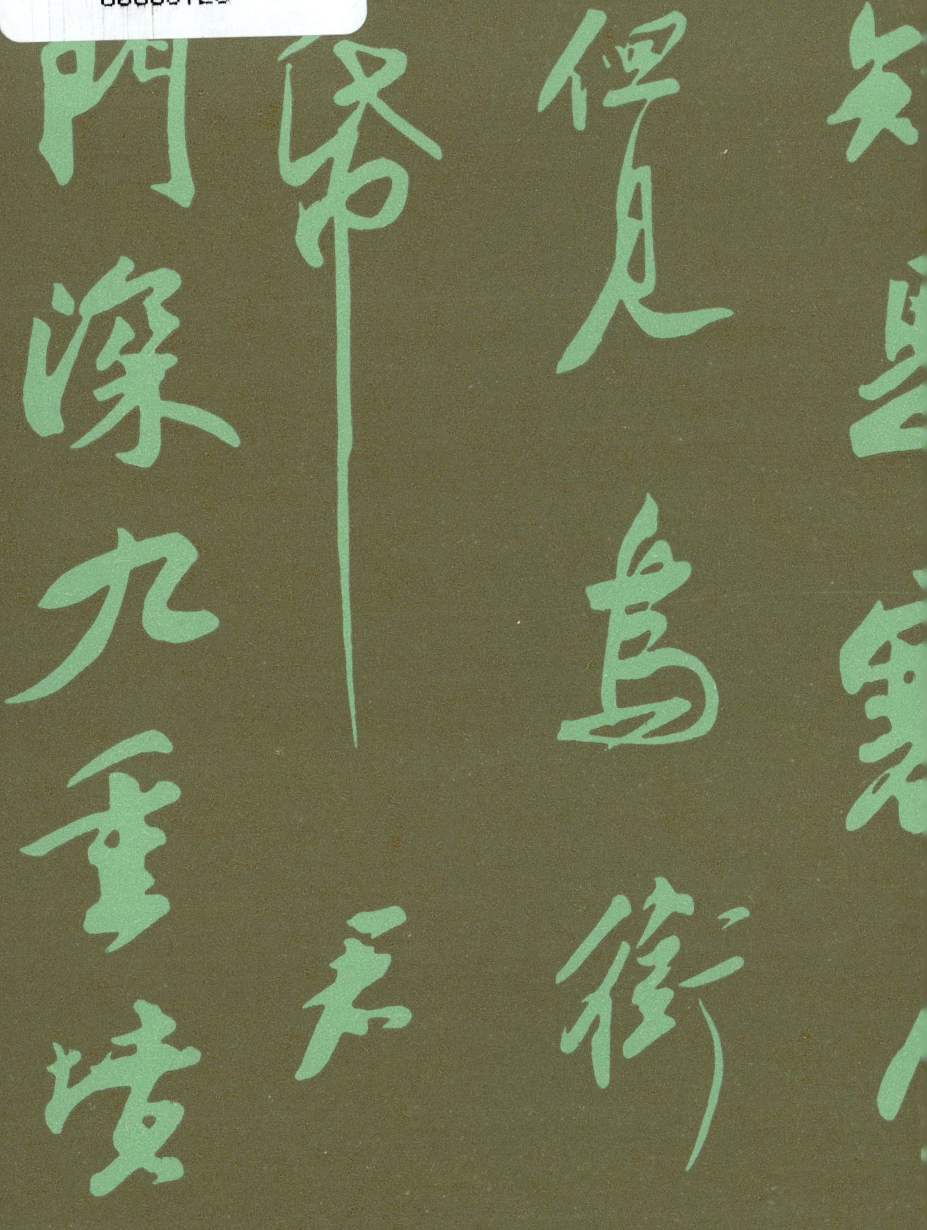

全宋詩

北京大學古文獻研究所編
傅璇琮　倪其心　許逸民
孫欽善　陳　新
主編

第五九册

北京大學出版社

全國高等院校古籍整理研究工作委員會重點項目

本册資料人員

朱寶模　孟憲忠　姚兆寧　徐永强　崔岩　崔庚昌
劉雯

參加本册整理者

文師華　王寧　王德保　朱寶模　李全　李更
李洪波　吴鷗　岳仁堂　孟憲忠　徐永强　陳定玉
陳捷　陸暉　崔統華　許紅霞　閔定慶　楊海峥
虞行　聞賢　漆永祥　劉彦捷　劉瑛　羅絳
羅龍炎

參加本册補遺者

虞行

本册責任編委

高秀芳

（以上均以姓氏筆劃為序）

第五九册詩人總目

第五九册目次

全宋詩卷三〇八七

全宋詩卷二〇八八

全宋詩卷二〇八九

全宋詩卷三〇九〇

全宋詩卷三○九一

全宋詩卷三〇九二

全宋詩卷三〇九三

全宋詩卷三〇九四

全宋詩卷三〇九五

全宋詩卷三〇九六

全宋詩卷三〇九七

全宋詩卷三〇九八

全宋詩卷三〇九九

全宋詩卷三一〇〇

全宋詩卷三一〇一

全宋詩卷三一〇二

全宋詩卷三一〇三

全宋詩卷三一〇四

全宋詩卷三一〇五

全宋詩卷三二〇六

全宋詩卷三二〇七

全宋詩卷三一一〇

全宋詩卷三二一一

全宋詩卷三一一二

全宋詩卷三一一三

全宋詩卷三一一四

全宋詩卷三二一一六

全宋詩卷三一一五

全宋詩卷三一一七

全宋詩卷三二一八

全宋詩卷三二一九

全宋詩卷三一二〇

全宋詩卷三一二一

全宋詩卷三一二一

全宋詩卷三一二三

全宋詩卷三一二四

全宋詩卷三一二五

全宋詩卷三一一六

全宋詩卷三一二七

全宋詩卷三一二八

全宋詩卷三一二九

全宋詩卷三二一三〇

全宋詩卷三一三四

全宋詩卷三一三五

全宋詩卷三〇八五

釋妙印

釋妙印（一一八七—一二五五），號竹崖，俗姓萬，豫章進賢（今屬江西）人。初學於邑之龍塘紹曇。年十六受僧服，歷叩名宿。後師事平江靈谷月林。出住長沙谷山，遷石霜，晚自築庵曰紫霞。理宗寶祐三年卒，年六十九。事見《柳塘外集》卷四《石霜竹崖印禪師塔銘》。

辭世偈

六十九年，一場大夢。歸去來兮，珍重珍重。宋釋道璨《柳塘外集》卷四《石霜竹崖印禪師塔銘》引

（許紅霞整理）

劉元剛

劉元剛（一一八七—一二六八），字南夫，一字南强，號容齋，吉水（今屬江西）人。寧宗嘉定十六年（一二二三）進士，授永豐縣主簿。調静江軍推官。丁外艱，服除，差江州教授兼濂溪書院山長。累官知韶州。度宗咸淳四年卒，年八十二。事見《文山集》卷一六《知韶州劉容齋墓誌銘》、清雍正《江西通志》卷五〇。今録詩八首。

香城寺

末行陶令里，早自慣㟁籃。米市呼干許，香城訪晉曇。神遊青黛岳，詩到碧雲菴。不管衡寒去，乘風破

曉嵐。　元陳世隆《宋詩拾遺》卷一七

武夷九曲棹歌圖

一曲初篙上水船，翠嵐蒼壁挾洄川。縹幢幔屋今何在，空有丹爐石鼎烟。
二曲崚嶒三石峰，當時秦女採芙蓉。至今湯沐臨清沚，不作巫山十二重。
三曲懸崖插匭船，春秋八百又千年。不知天地黄心木，控鶴仙人肯汝憐。
五曲雲崖有許深，石門書屋着修林。堂堂不泯清風在，一片寒潭印我心。
七曲催船快上灘，好山留與漫郎看。經行雪瀑仙屏下，恍記齋堂夜帳寒。
八曲雲山斂復開，長年倚棹立裴徊。俄然聽得林間語，知道新村貰酒來。
九曲遥岑更鬱然，板橋漁市引長川。喚回白馬賓雲夢，來看桑麻萬里天。　明趙琦美《趙氏鐵網珊瑚》卷一一

（以上徐永强整理）

于炳文

于炳文，字季文，普慈（今四川樂至東北）人。寧宗嘉定十年（一二一七）知龍水縣。事見《金石苑》第二册。

登九會臺

今日重陽日，菊花開未開。飄飄風掃徑，泛泛露迎杯。甚喜諸同□，相期九會臺。臨歸逢勝賞，留句在巖限。　清劉喜海《金石苑》第二册《宋清凉泉題名八種》

（崔統華整理）

司馬述

司馬述，字遵古，涑水（今山西夏縣）人。寧宗嘉定十年（一二一七）知上元縣。十二年，改寧海軍簽判。理宗寶慶元年（一二二五），知江陰軍（明嘉靖《江陰縣志》卷一二）。累官知温州（清乾隆《温州府志》卷一七）。事見《景定建康志》卷二七，《宋元學案補遺》卷七七有傳。今録詩二首。

仲夏賞月次雪齋韵二首

喜約當余望，自注：四月為余月。開樽對月圓。一時如素定，四美復兼全。清影浮瓊斚，高歌樂性天。主賓歡意洽，不惜且留延。

停杯待明月，喜見十分圓。曩昔詩猶在，今宵事偶全。浩歌休問夜，至樂莫非天。願侍金樽側，時來接款延。　宋孫應時《燭湖集》卷一五

（王寧整理）

黄鑑

黄鑑，長溪（今福建霞浦）人。寧宗嘉定十年（一二一七）進士（清乾隆《福建通志》卷三五）。

虎嘯巖

探奇乍入昇真洞，泛度先來覓虎溪。劈立高巖容廣廈，紆迴流水稱幽棲。樓臺錯落通窗牖，石磴參差藉杖藜。無數風光供騁望，更聞山鳥向林啼。　清董天工乾隆《武夷山志》卷八

（孟憲忠整理）

吴陵

吴陵，字季高，號昭武，臨川（今屬江西）人。寧宗嘉定十年（一二一七）進士。事見清同治《臨川縣志》卷三六。今録詩四首。

金陵懷古

烟雲莽莽對窮秋，六代雄豪見古丘。萬里長波東赴海，千年閑客獨登樓。山川冥漠天難問，運數推移地莫留。終信東南多王氣，浙中今是帝王州。　宋馬光祖《景定建康志》卷三七

盱眙郡樓

風物凄涼天地秋，憑高不盡古今愁。關河北望三千里，淮泗東來第一州。日暮邊聲傳畫角，早寒霜氣襲重裘。干戈澒洞何時静，王粲長吟獨倚樓。　影印《詩淵》册五頁三一七八

登南浦亭

飄泊豫章城，登臨南浦亭。乾坤遺落羽，江海一浮萍。宿雨桃花水，春風杜若汀。古今離别地，那許客愁醒。　同上書頁三四七四

古意

莫結蕩子心，恩情信難保。楊花縱可變，奈是浮萍草。　同上書册六頁三八八七

戴衎

戴衎，字崇禮，號約庵，兖州（今屬山東）人。寧宗嘉定十年（一二一七）進士。理宗嘉熙元年

（一二三七）知常熟縣。遷提轄左藏庫。尋爲屯田員外郎，視師江淮，於高郵遇元兵死難。事見清康熙《常熟縣志》卷七。

句

源水不移當日岸，桃花猶是昔年春。桃源　宋王象之《輿地紀勝》卷六八《荆湖北路·常德府》

（以上王寧整理）

童頥

童頥，南城（今屬江西）人。寧宗嘉定十年（一二一七）進士（清同治《南城縣志》卷七）。理宗紹定六年（一二三三）知衡州。端平元年（一二三四），知夔州（《永樂大典》卷八六四七引《衡州府圖經志》）。淳祐三年（一二四三），爲浙東提舉（《會稽續志》卷二）。

鄉飲酒唱和詩

兩轓來自殿東西，要使盱民習俗移。可但官條扶世教，更從鄉飲叙倫彝。一堂禮樂情何厚，四面衣冠樂有儀。我老亦陪賓席後，蹣跚非據只心知。《永樂大典》卷一二〇七二引《建昌府盱江前志》

（崔統華整理）

桂如琥

桂如琥，貴溪（今屬江西）人。寧宗嘉定十年（一二一七）進士。累官大理寺少卿。事見清同治《貴溪縣志》卷七之二。

句

雲氣有時迷洞口，塵埃飛不到胸中。遊華陽巖　清丁宿章《湖北詩徵傳略》卷五

《湖北詩徵傳略》：如琥郡丞，尚饒風骨，遊華陽巖有句云云。

朱渙

朱渙，字行父，號約山，盧陵（今江西吉安）人。寧宗嘉定十年（一二一七）進士。累官知衡州。卒年八十餘。事見清同治《盧陵縣志》卷三二。今録詩三首。

題梅山雲悦樓

和衣高卧白雲堆，門倩雲封不妄開。留向山中自娱悦，莫教一片出山來。宋楊智遠《梅仙觀記》

爐寒無灰

地爐寒無灰，相對空四壁。豈無可熱者，此事不慣炙。元《羣書通要》丁集卷六

題秀巖用蔡鐵窗韻

一溪隔斷人來去，巖路荆榛到者希。見石乳懸繁欲墮，聽泉聲冷坐忘歸。地寬飲可百人共，谷静塵無半點飛。所恨世無挾山手，為予移取□柴扉。清陸增祥《八瓊室金石補正》卷一一八

（以上徐永强整理）

林觀過

林觀過，字自知，號退齋，閩縣（今福建福州）人。寧宗嘉定十年（一二一七）進士。理宗端平間知新昌（清康熙《新昌縣志》卷三）。累官分差糧料院（《淳熙三山志》卷三一）。今録詩三首。

游寶相院

古人期年變，拙政媿格頑。觸此三伏暑，招提解征鞍。好風隨過雨，稻花秀可餐。南窗大榻凉，久輸老僧閒。盤飧息萬慮，竹梧凛相看。清陰交蔽芾，直節不可干。斯來結三友，欲去復盤桓。　明陶履中崇禎《瑞州府志》卷八

棋盤山

山頂仙翁一局棋，不知人世幾推移。玉枰石座今存否，空使朝猿暮鶴悲。

天柱窟

六丁擎柱上天門，石窟空遺透地根。不是溪人嚴守護，靈蹤那得至今存。　以上清盧建其乾隆《寧德縣志》卷一

句

公來無琴鶴，公去有芒鞋。　送楊長孺　宋羅大經《鶴林玉露》甲編卷四

漢皇未下復讎詔，奈此匹夫匹婦何。　宋葉紹翁《四朝聞見録》甲集

《四朝聞見録》：謝岳甫嘗上書孝宗請恢復，不報。謝娶孫氏，孫死，謝發其線篋，乃所上書副本也。謝嘗以副本納要路，不知孫氏何自致之，謝益感愴。林觀過與謝同遊於京學，以一絶為紀其事，末二句云云。

（王寧整理）

趙炎

趙炎，字作夫，黄巖（今屬浙江）人。寧宗嘉定十年（一二一七）進士（《嘉定赤城志》卷三三）。

弔瓊花

原注：杜斿《瓊花記》：紹興辛丑，金主亮揭本而去，小者剪而除之，花頓萎悴。炎以詩弔之。

名擅無雙氣色雄，忍將一死報東風。他年我若修花史，合傳瓊花烈女中。《宋詩拾遺》卷一六

（孟憲忠整理）

楊端叔

楊端叔，字子正，江陰（今屬江蘇）人。寧宗嘉定十年（一二一七）進士。官終江東憲幹。著有《自嬉集》，已佚。事見明嘉靖《江陰縣志》卷一四、一七。今録詩二首。

虎跑泉

蒼髯白甲深山龍，山門高高龍所宫。青苔夭矯絶可喜，滿地狼籍拋頑銅。於菟殷勤水供養，道人回施無盡藏。匏樽一滴到陶泓，灘聲浩浩西山漲。明張衮嘉靖《江陰縣志》卷二

浮遠堂

萬松相摩天籟作，一塵不留心鏡空。毋庸寶焰照牛渚，已見浮涎吹龍宫。零丁沙洲抗水勢，砻淚塔鈴語天風。賈胡惜錢不自惜，晝夜牙籌澎湃中。清季念詒光緒《江陰縣志》卷二七

趙崇滋

趙崇滋，字澤民，號竹所，永嘉（今浙江温州）人。太宗九世孫。寧宗嘉定十年（一二一七）進士（《東甌詩存》卷七）。官嚴州司户。事見明《萬姓統譜》卷八三。今録詩六首。

悼步月

雁過妝樓人不見，斷腸又是一黄昏。不知天上嬋娟影，能照人間寂寞魂。響屧廊深空認步，唾茸窗暖尚

留痕。合將一把香酥骨，葬在巫陽雲雨村。　宋《詩家鼎臠》卷上

趙容州新居

舊日水心路，新添趙倚樓。詩名不寂寞，此地合風流。隔浦荷花雨，當門杜若秋。有時清興到，夜半喚孤舟。

春　晚

水邊寂寂蒼苔晚，猶有東風為掩扉。一硯落花人睡起，半簾微雨燕飛歸。舊時小草塵侵戶，隔日餘薰潤入衣。客又不來吟又懶，小山相對拂金徽。

客　舍

巷深人寂静，蛩守客牀鳴。夜半後風雨，一燈前弟兄。愁來無好夢，吟到有新聲。不信看雙鬢，蕭蕭白幾莖。　以上《宋詩拾遺》卷二二

求酒趙評事

半老情懷睡不能，小簷霜月當寒燈。無人來問相如渴，敲碎梅花一夜冰。　影印《詩淵》册一頁一一二九

題飛霞觀

水上紅雲岸上風，玄都觀裏又相逢。世間是色皆為妄，好去桃花只種松。　同上書册三頁一五八三

句

事纔有意終須失，人到無求始自高。貧悟交游秋後葉，老看富貴霧中花。從來盡説天堪問，天到如今亦厭煩。　宋俞文豹《吹劍録外集》

何消百萬西湖宅，遇有梅花便可居。梅花　宋陳景沂《全芳備祖》前集卷一

落花遇雨掃不去，敗草經春剗又生。草　同上書後集卷一〇

（以上劉瑛整理）

劉子寰

劉子寰，字圻父，號篁嵲翁，建陽（今福建建甌）人。寧宗嘉定十年（一二一七）進士。從朱熹學。官至觀文殿學士（《閩中理學淵源考》卷二〇）。有《篁嵲集》，已佚。事見《後村先生大全集》卷九四《劉圻父詩序》。

劉子寰詩，據《全芳備祖》、《詩淵》等書所録，編爲一卷。

三臺山

山木鎖冥迷，山前無路歧。無端流菜葉，剛被世人知。　宋祝穆《方輿勝覽》卷一〇

芙蓉花

曉粧如玉暮如霞，濃淡分秋染此花。終日獨醒干底事，晚知爛醉是生涯。　宋陳景沂《全芳備祖》前集卷二四

金鳳花

天霜凋九陵，梧桐日枯槁。鳳德何其衰，驚飛下幽草。九苞空髣髴，衆彩各自好。黄中獨含章，見晚更傾倒。託根幔亭峰，弱質深自保。便翾金翅短，淡泊乃幾道。俗眼迷是非，人間跡如掃。　同上書前集卷二六

杜若

欽州五月土如炊，滿山杜若芳菲菲。素英緑葉紛可喜，勁烈不避炎歊威。採之盈掬薦蔬食，臧獲失笑庖人譏。君不見屈平夕餐賦秋菊，魂兮無南盍來歸。又不見坡公服食得臯耳，扣角自嘆從前非。伊予假禄二千石，窮比二子猶庶幾。餐花嚼蘂有真樂，一飽何必謀甘肥。尚餘升合漬生蜜，從他薏苡生珠璣。

同上書後集卷三〇

賀宰相生日

天開名世五百年，運當啟聖先儲賢。威靈祥鳳出奇瑞，十洲三島高騰騫。為天立心民立極，續道命脈開真傳。日生暘谷蒼凉間，輔道王德充其全。輝光篤實君蒙著，一朝扶翊昇虞淵。黄樞紫闥求甘盤，風雲赫奕龍飛天。正君定國有根本，披腹造膝無拘攣。聖皇動息結師保，宫事府事咸咨焉。功業巍巍心翼翼，不白得君如此專。已知步武通霄漢，但視富貴如雲烟。先生所樂非世權，要以道覺天民先。經綸盡信中庸旨，業履可稽儒行篇。指揮丙魏去痺陋，洗刷周召增光鮮。至誠待物微且及，未施而信民陶然。四方善類今徯志，直道共由無覺偏。惟天大任固有屬，囊括四海空三邊。九秋碩果標林端，天根已具陽萌前。六度芝耀啟初度，頌聲洋溢瞻霄躔。先知已契蓍百莢，久視更期椿八千。青衿學子愚且孱，龍門夙昔慚扳牽。願依金鼎力薪水，庶與雞犬同登仙。

壽周丞相益公

小住人間五百年，因緣真是午橋仙。應期却笑河汾早，自注：閔子明云丙午達者當生，而文中子先二歲。占節從教寇相先。自注：益公中元中生，萊公中元前生。獨立青雲高兩地，曾扶紅日見三天。封疆峻極連華嶽，飲壽應宜吸錦川。

濟川功就等虚舟，恰似當年溪石遊。自注：趙清獻歸鄉為松竹溪石之遊，適同益公是歲。月滿東樓新嘯詠，壽高西洛舊風流。蒲團看釋千回夏，楸局觀成幾度秋。賸喜深衣歸奉檄，分將風月薦金甌。

六月麟書雨作霖，生賢此際見天心。江都分灑雖名世，莘野商霖始見今。門館無于儀表正，經綸有道本源深。正人命脈常家主，一念公□□盍簪。

昨丙辰年相魏公，當時克敵首歸功。何如手補天西漏，仍更神□塞北空。一隙暇時關國祚，十分重任賴臣忠。天生賢佐興王業，正看周詩六月中。

兼善工夫自古難，有誰志學合伊顔。儒先拈得四書出，名相措諸萬事間。功向時危尤易見，道于世運實相關。魯論一半猶收效，壽國應須安似山。　以上元劉應李《新編事文類聚翰墨大全》丁集卷一

賀鄭樞齊

某伏以端啟璿樞，臨矩令告成之日；恩來絳闕，慶弧祥紀度之初。家國以具，天地交泰。共惟樞使端明相公先生茂庸間氣，光輔明時。四海具瞻，依紫霄之峻極；三神委睠，開黄道之光亨。凡詠贊於岡陵，均歡娛於朝野。某蚤從矜佩，得出範模。一麾方叙於戀違，三壽適逢於明錫。輒課七言之小律，用陳八表之歡聲。一德明良，已仰風雲之會；千齡壽考，更祈箕翼之年。晉瀆階符，乞垂巖電。

鄖峻鄞深鞏會稽，氣鍾神秀半千期。龍飛虎變具元化，地闢天開衍慶基。

身扶暘谷出昇日，手引咸池更洗光。須信洪鈞有根極，直從朱邸植忠良。

中庸功用本明誠，心正身修久著刑。涵養君心三達國，圖回天下九為經。

人間日月聲名重，筆下波瀾帝澤多。獻納淵衷資啟沃，笑嚬寒谷轉陽和。

紫闥黄樞功已著，蒼生黔首望逾深。公施政術施仁術，公得人心得士心。

已觀瑚璉登宗廟，未覺龍淵露穎鋩。好看和風將瑞露，更飛紫電極青霜。樞庭齋閣五雲深，一穗爐薰静養心。雅志未先天下樂，兩望鐘鼎與山林。盛麗紛華念不萌，位高心小古難能。衹今翹館延人物，只似蕭齋接友朋。君臣魚水方行道，德性鸞凰素服人。四海衣冠祈宋祚，萬年基業繫公身。九秋碩果爛枝繁，中養蟠桃千歲根。政用斯時祝箕壽，永扶皇極正乾坤。　元《新編通用啟劄截江網》卷四

閑日偶懷

欲將閑日課桑麻，徙倚無端易日斜。幽野情懷憐碧草，寂寥門館稱黄花。末年函席瞻先哲，幾世緪樞守故家。今古有誰心事了，隙駒超忽是年華。　影印《詩淵》册一頁二六六

效王建從軍後答

愛山無術住家貧，晚曳長裾傍主人。七十老親抛菽水，二千長路逐風塵。瞻雲望月懷三徑，種藥移花嗟一春。援筆謾題形語影，及時收取自由身。　同上書册二頁九六一

嚴江舟次

烟弄晨光雨弄梅，浦痕微漲認潮來。棹隨縴道青蘆折，路入漁家碧草開。指點水程期買酒，追尋古迹謾登臺。歸舟不共商人載，便覺新詩得細裁。　同上書册二頁一三六四

玉隆宫

避地西山占一區，高風遥想列仙儒。雲開異日人傳見，天上如今宅在無。丹去一函空鎖鑰，柏枯千載尚支吾。逍遥峰外烟霞遠，猶恐岡巒落畫圖。　同上書册三頁一五六七

鼓山靈源洞天風海濤亭

路入靈源洞壑深，側攀巖磴度嶔崟。憑陵萬里烟塵外，虛豁一生江海心。雞溆風濤長蕩薄，鳫湖島嶼半浮沉。玆遊不滅騎鯨背，莫為天涯嘆滯淫。同上書册三頁一五八九

題梨山祠

慶源仙李蟠根大，形寄叢梨肖像真。畏壘一方尸祝地，桐鄉千古子孫民。自時厥後來為牧，没世不忘知幾人。正直不應私有禱，但吟歌樂送迎神。同上書册三頁一六七六

當陽玉州城

隱隱層臺際混茫，荆闗形勝古當陽。登樓賦裏山川在，抱玉巖前塹壘荒。思繞曲沮流脈脈，望迷平楚入蒼蒼。青林漸復昇平舊，百里康莊夾緑楊。同上書册三頁一九七七

當陽道間

當陽楚名都，疇昔用武國。山餘磨劍石，陵有拖鎗谷。自從春秋來，紛紛幾蠻觸。霸主爭盟會，盗賊逞殺戮。城郭遞鋤夷，生靈盡魚肉。到今猶荒凉，曠野鬼晝哭。道途烟火絶，一驛數茅屋。盛衰相乘除，治亂有反覆。可憐江漢民，生比牛山木。靈禽避天風，高士棄周粟。遥望武陵源，下缺一句陵坡杳杳路如繩，緩逐楊花信馬行。芳樹晚餘紅點綴，亂山春入翠縱横。平州廢壘八九里，楚子古藏三四塋。宇宙不能無變滅，世間修飾欲何成。同上書册三頁二〇二八

稠巖

萬里驚呼立畫圖，拍天雲浪擁蓬壺。洞穿蒼壁俄空闊，海入碧虛相有無。漠漠風帆迷宇宙，離離烟草失

江湖。百年一餉逢真賞，從此滄洲興轉孤。　同上書册三頁二一二〇

清　溪

水作澄藍可染衣，坐來巾屨濕烟霏。鮣魚時迸九泉出，鼯鼠暝緣千仞飛。鬼谷洞前春藥遍，法師巖畔古藤圍。故山不是白雲念，長揖人間竟不歸。　同上書册三頁二一六六

荆門蒙泉

郟石玲瓏玉為骨，下有雙泉深觱沸。珠泉凝白玉泉碧，含彩揚輝以其物。珠泉靈蚌夜出遊，忽驚月色清如秋。一山木葉皆倒影，月輪却在泉間浮。玉泉潛珍閟莫測，木石但覩皆潤澤。卞和生長此山間，谷邃泉深求不得。泉心緩緩噓浮珠，泉口急流深滿渠。魚蝦蛭蚓不敢狎，始知下有龍神居。老龍動息有常定，朝昏泉湧如潮信。餘波派作九曲流，百折不能違水性。石池數頃琉璃浸，池底金蓮鋪緑錦。金碧晶熒射眼明，煩襟濯盡生寒凛。上古消沉不可知，唐賢往往已留題。莓苔剥落傳師筆，沙礫滅没文饒碑。汴京往昔昇平日，北上西來多墨客。東坡詩扁卧蠶書，魯直門顔生鐵畫。嚮來虜寇抄荆門，城郭屋廬俱蕩焚。黄頭亦恐殺風景，巋然獨有林亭存。古稱神瀵疑兹是，到處涔蹄無此比。争得山頭無戍壘，住向荆門弄泉水。　同上書册三頁二一八二

鴈蕩浄名谷簾水

野客弄雲水，翩翩信飛車。奇峰匹鴈蕩，出没隨猿狙。蒼蒼叠雲屏，下有白石廬。石廬故未足，洞腹開巢居。青藜小躋攀，路盡仍盤紆。呀然忽寬敞，雲霧為支吾。天成與鬼鑿，罔識造物初。笑問主者誰，我欲攬其須。聳身忽滅没，扳倒泊鴈湖。天風復摩盪，簸灑生明珠。為簾復為帷，與客相嬉娱。倏然一

揮霍，五色彌空虚。坐來怪事發，迸落隨喧呼。大笑下山去，勿為山鬼愚。　同上書册三頁二二八八

月夜東池賞白蓮

巉巉彼姝子，玉艷明清波。素雲裁廣袖，淥水覆青羅。秀色妙天質，清香凉思多。駕言從之游，夜蟾生庭柯。徘徊碧雲暮，悵望採菱歌。常恐秋節晚，零落委寒莎。躊躇思折贈，達夕成長哦。非君盛才藻，如此粲者何。　同上書册四頁二五五八

杜宇

鮮鮮紋綬變毛衣，帝蜀繁華夢亦非。大好家居君不惜，到今飄泊更思歸。　同上書册四頁二六七八

小蚋

烏蚋納如塵，終朝惱殺人。聚來俄擾擾，揮去大頻頻。不辨追忙客，偏能撓静身。盂池何限飽，笑汝自迷津。　同上書册四頁二七三〇

武夷猴

獼猴群居時，得食互争奪。囂嘵以力勝，無復長幼别。及其有老病，同類争救活。嗛食置其旁，交來伺饑渴。死埋高崖巔，併力事窊掘。乃知稟元命，無間猧與狨。質性有所偏，良能或焉闕。惟仁乃生理，惻隱由情發。烏烏知反哺，報祭及豺獺。人心具中和，推此與天達。物欲為私蔽，真知反磨滅。利害怵於中，骨肉交朋絶。一從失本心，比獸乃反劣。武夷山多猴，此事樵者説。因書靦□篇，惟日三省察。　同上書册四頁二七五五

教犢偶作進退格

劉子寰

牛角纔及繭，已須穿鼻耕。及兹方率性，過此失良能。人道事矯揉，物生殊苦辛。遂令禪學子，恐懼説無生。　同上書册四頁二八四〇

沙溪田舍

急景蕭蕭黄葉風，野人籬落半烟中。天霜點染林巒出，田水悲鳴禾稻空。稱貸有逋緣地瘠，偫儲無政諉年豐。緑林豪客饒牛酒，自保冠山山下原衍行字竹篠叢。　同上書册五頁三〇九六

建寧郡齋

鳴禽依約似山家，只欠園林好物華。城角日高春寂寂，小庭行遍拾桐花。　同上書册五頁三一一〇

石井亭

一樹疎桐蔽夕陽，也教客子久徬徨。隔溪可惜誰亭館，閑却竹陰無限凉。　同上書册五頁三一一二

當陽新店

桑坡麥壟行百里，解鞍夜宿清漳湄。清漳悠悠引通浦，茅廬竹屋相因依。米鹽一鬨商估集，舍人奪席厨争炊。試登高阜望陶牧，平原沃野何逶迤。俗傳范子計然地，民生鹵莽今如斯。荆關四衝古戰國，往往赤子多殲夷。土人客户幾更變，嚮之昭屈餘幾希。欲從故老問遺迹，百年而上無能知。地名多與載史合，荒城大冢猶依稀。沮漳二水楚之望，以此取證他無疑。古稱錫穴最深阻，方城漢水為城池。奈何形勝不足恃，豪傑殺盡名都隳。自從秦漢至今日，率不百年逢亂離。隰皐衍沃但茅葦，時康尚欠人扶犂。焉得英雄守四極，封殖生齒令繁滋。玉州平州古磚甓，令人想見昇平時。　同上書册五頁三二〇九

憶篁嵊山居

客氊静擁爐煴坐，恍惚神遊篁崍山。巖路依依尋曲折，石泉歷歷記潺湲。藥畦道者多慵灌，花蔓獼猴定恣攀。今夜山寒松子落，居人應合夢吾還。同上書册五頁三五〇七

晚宿張坂庵

問宿樵夫指翠微，溪窮路轉扣庵扉。深沉山木日先晚，寂寞野棠春自歸。客路經過殊草草，舊規牢落重依依。勞生暫此逢休適，一餉中林笋蕨肥。同上書册五頁三六〇五

題靈梵院壁

世故嬰拂人，逃荒伴禪寂。莓苔一古寺，塵土四立壁。百年諸名賢，不復見陳迹。舊題風雨剥，廢寢莎蔓積。夕陽喬木外，悵望鷩獨立。去去勿復言，浮生盡遊客。同上書册五頁三六九一

靈梵院夜起

寺古居人稀，林高暑氣薄。露鳴青松枝，夜半有鷩鵲。飛星遠長漢，白雲平大壑。客子開西窗，心空山月落。同上書册五頁三七三六

九峰庵偶書

山棲白雲表，高卧息煩倦。正夏谷風凉，長日嵐陰半。樵人歸路遠，亭午各已散。犬静眠松簷，鳥下浴泉澗。杖藜隨興往，卷帙從風亂。遠我遺世情，方能涉憂患。同上書册五頁三七九八

偶成

游從舊分唯三逕，依倚新交只瘦筇。紅葉碧花詩滿眼，秋來多病苦無悰。
雲本無心盡自閑，捲舒無礙在空山。終然未免形為役，也逐風波浪往還。

蛛絲纖巧得飛蟲，鳩拙營巢子墮空。才與不才天分定，一身勞逸未應同。　同上書册六頁三九四一

續桃符句

臘雪衝風得快晴，閑簷日暖引經行。舊山忽趁林疎出，新水還從凍解生。村巷歲除聲寂寞，花梢春到色精明。桃符只被詩催换，自笑衰翁未老成。　同上書册六頁四一四七

跋舊題

溪樓逆旅棣華西，窗扇烟埃暗舊題。久視字書差可認，初然吟玩是誰詩。　同上書册六頁四二〇六

壽史相

何許生賢踵世官，十洲風物四明山。股肱光輔唐虞際，衮綉親傳父子間。秉軸持衡歲五周，從今千載國同休。汾陽謾校中書考，安得如公尚黑頭。　同上書册六頁四五〇九

壽侍郎

陽萌兩日壽星光，天祐生賢侍玉皇。上世勳庸滿鍾鼎，後昆風骨總侯王。朝回絳闕清都曉，梅發斷橋流水香。政自調羹相門事，佇看衮綉作衣裳。　同上書册六頁四五一八

壽趙守

參横斗轉五更寒，春入黄堂酒盞寬。幕客更賽千歲頌，家人羊薦五辛盤。　同上書册六頁四五六一

壽張倉

喬木端由有世臣，傳家事業飽經綸。鵷行稍厭承明直，熊軾來頒建水春。暖入東君新聽朔，祥開南極慶生申。沙堤消息人來説，紫詔催□入秉鈞。　同上書册六頁四五八一

約友人賞春

人生何復最為親，不看春容不認真。岸柳細摇多意思，野花初綻足精神。精神識得施為别，意思到時言語新。為報同門須急賞，莫教春去始傷春。

《宋元學案》補遺卷六九

贈寫神陳光甫

寫照無因畫隱微，不差毫髮似君稀。正須着我巖石底，是殆見我神氣機。行到逼真人却惡，精於懸鑑物難違。朱鉛莫惜饒顏色，衆目不求公是非。

不論道貌與天形，緣入毫端便逼真。幻出千般人面目，只憑一點自精神。雲臺人去丹青歇，月鑑方來事業新。寢陋可能當審象，且將粉澤付斯人。

清陸心源《宋詩紀事補遺》卷七五引《截江網》

（劉瑛整理）

全宋詩卷三〇八七

馮取洽

馮取洽，字熙之，號雙溪翁，延平（今福建南平）人（《詩人玉屑》卷一九）。今録詩二首。

送劉篁嵊

來似孤雲出岫閑，去如高月耿難攀。若為化作修修竹，長伴先生篁嵊山。宋魏慶之《詩人玉屑》卷一九

自題交游風月樓

平揖雙峰俯霽虹，近窺喬木欲相雄。一溪流水一溪月，八面疎櫺八面風。取用自然無盡藏，高寒如在太虚空。落成恰值三秋半，為我吹開白兔宫。影印《詩淵》册五頁三五六五

丘岳

丘岳，字山甫，號煦山，丹徒（今江蘇鎮江）人。寧宗嘉定十年（一二一七）進士（《至順鎮江志》卷一九）。理宗淳祐五年（一二四五）知太平州兼江東運判。八月，改知江州兼沿江制置副使、江西安撫使（《景定建康志》卷二六）。

自淮梱代歸領累偕親友游虎丘偶成數語以紀歲月時淳祐庚戌七月廿五日

一目四蒼莽，突然見林丘。飛來靈鷲峰，幻出蓬萊洲。浮圖高崒嵂，石徑通深幽。生公講經臺，曾聞石

點頭。劍池杳無底，脩綆汲寒流。千古詫奇傳，兹事還是不。我來秋向深，良苗帀平疇。憂國願年豐，一稔銷百憂。明王賓成化《虎丘志》

康南翁

康南翁，名不詳，《虎丘志》次其人於丘岳之後，姑從之。

句

塔何曾動誰留影，石不能言自點頭。《虎丘志》

鄭良臣

鄭良臣，字堯叟，閩縣（今福建福州）人。寧宗嘉定十年（一二一七）進士。官太常博士（《淳熙三山志》卷三一）。

磊石

軒轅奏樂洞庭濱，樂罷齊呼萬歲聲。留得伶倫鍾一箇，山僧日夜祝皇明。《永樂大典》卷五七六九

（以上劉瑛整理）

張仲節

張仲節，建安（今福建建甌）人。曾官文學參軍。劉克莊曾跋其詩卷。有《玉澗稿》，已佚。事

見《後村先生大全集》卷一一一《跋張文學詩卷》。

句

蝴蝶似知春夢熟，穿巷飛度畫屏東。閨思
夜夜月明金苑裏，如何照不到長門。宫怨
凱歌四面動地來，斬得名王歸獻闕。征婦怨
一朝驃騂先論功，封侯佩印授齊鉞。又
不知去年征戰時，妾家良人在還没。又　以上宋劉克莊《後村先生大全集》卷一一一《跋張文學詩卷》

（李更整理）

方武裘

方武裘，莆（今屬福建）人。劉克莊友，方大琮叔。事見《志雅堂雜鈔》卷下。

賦筆 太陽洞主信仲求作

貌出中山骨欲仙，何人拔穎縛尖圓。拙夫堪笑堆成冢，豪客曾聞掃似椽。窗下玉蜍涵夜月，几間雪繭湧春泉。當時定遠成何事，輕擲毛錐恐不然。宋周密《志雅堂雜鈔》卷下

程垣

程垣，字務實，號逸士，龍巖（今屬福建）人。工詩，自比賈島。劉克莊跋其詩集，擬于任華、盧仝。有詩集七卷，已佚。事見《後村集》卷三一《跋程垣詩卷》、《江湖後集》卷一四。今録詩十四首。

古樂府三首

長安花如錦，不堪製郎衣。拾得并州剪，剪花花忽飛。

清溪彩鴛鴦，野性不可馴。君心空愛渠，渠無愛君心。

莫嫌秋後扇，明年還六月。凄涼暫離别，恩情難斷絶。

探賾二首

一氣自盤礴，萬物自儵忽。盤礴運高厚，儵忽祝生没。高厚固冥冥，生没亦汨汨。願言握金鏡，以祛我之惑。

莊周一妄誕，丘明一浮夸。兩都繡春英，三京組朝霞。楚騷哀靈均，鵩賦凄長沙。律以素王經，春蛙與寒鴉。

雜興三首

抛抛機中梭，婉婉機中淑。蘭膏媚鬢蟬，笋纖潤紅玉。織成錦繡段，光耀綺霞幅。世無黄鍾尺，何以製華服。

青青琅玕竹，節直中心虚。風月與相忘，雪霜不能欺。斸之獻良工，堪葺黄金輿。悲哉渭水濱，空抱歲寒姿。

南山有孤松，夭矯蒼龍質。亭亭聳華蓋，清風自永日。珍重棟梁材，甘心跧崖石。梓匠持規矩，大器匪易得。

樵家

深溪藏毒蛟，樵家冰竈口。結侶腰彎刀，破衲補更厚。持擔俯清流，勇往不回首。褰裳望青採，豈暇尋枯朽。

樵叟

蒼蒼雙鬢銀，矍鑠不憚勤。背曲行步遲，徐徐溪水濱。羣兒喧南山，踏起南山塵。翁跣負薪回，换得一壺春。

樵子

頭蓬面萎黄，身輕步忽遽。方斫柴薪回，又帶刀斧去。戲笑茅根掘，時暫松根踞。問道後山歸，人尋不知處。

樵徑

捫蘿登峻坂，不避嵐霾冒。拔茅過山阱，壯者為前導。陰濕留步跡，葉滑無人掃。誰言此地幽，亦有春風到。

樵風

樵夫識雨候，風起裝樵歸。只顧擔重輕，無心問是非。纔覩六鷁退，隨知少女機。同行採樵人，先後不相違。

夏日下聞溪渡

溪橋架木度人行，人影溪中步步生。真水真山皆舊識，時來時去幾關情。魚驚鷗立無閑意，鳥逐蟬飛有遁聲。暫止筍輿生僕力，可人時至午風清。　以上宋陳起《江湖後集》卷一四

（漆永祥整理）

黄祖潤

黄祖潤，閩（今福建）人。官户曹參軍。有和劉克莊百梅絶句（《後村題跋》卷一〇）。今録詩三首。

梅花

天籟消沈斗柄斜，繞枝忽起護巢鴉。素娥青女新梳洗，來鬬寒梅半夜花。

白氈禪巾白石龕，跏趺無迹越山庵。朝朝拱立罔明手，昨夜看梅廢小參。

林間翠羽啄枯槎，邂逅孤筇次水涯。飛過小溪留數語，殷勤報有隔橋花。

句

何須更辨傷春謗，歲歲飄零不及春。梅

效顰可醜張元妹，競爽宜為束晢兄。又 以上宋劉克莊《後村題跋》卷一〇

林逢子

林逢子（《後村先生大全集》作丁，《檇李詩系》作可），字德遇。劉克莊有詩送其赴省試（《後村先生大全集》卷二二《送赴省諸友》）。今録詩三首。

鏡香亭

緑楊深處兩三家，幾度憑闌聽吠蛙。雲錦已空烟水闊，空教人憶舊時花。 元徐碩《至元嘉禾志》卷二七

宣公祠

仁義百篇唐孟子，排姦勁節凛秋霜。人生一死固不免，死落忠州骨也香。

千年往事隨流水，一縷香烟吊蜀魂。門掩落花人不到，野風邀月照黄昏。　同上書卷三一

翁　定

翁定，字應叟，一字安然，號瓜圃，建安（今福建建甌）人。爲真德秀所知。劉克莊曾爲其《瓜圃集》作序。事見《後村先生大全集》卷九四。今録詩六首。

送胡季昭竄象郡

應詔書聞便遠行，廬陵不獨詫邦衡。寸心祇恐孤天地，百口何期累弟兄。世態浮雲多變換，公朝初日盍清明。危言在國為元氣，君子從來豈顧名。　宋羅大經《鶴林玉露》甲編卷六

賀帶湖六十三

風吹仙夢落江南，忽忽今年六十三。嗜酒引壺傾臘蟻，揮毫落紙食春蠶。行觀仙籍香浮桂，榮看恩袍色鬬藍。他日投簪松徑下，摩挲銅狄對清談。　元劉應李《新編事文類聚翰墨大全》丁集卷三

春

睡起庭前立片時，寂無人到亂雲飛。楊花吹盡鶯聲懶，小雨廉纖春已歸。　宋《錦繡萬花谷》後集卷三

知　縣

來時人指拙為謀，出手方知刃解牛。有病黄堂懷藥問，丐歸紫橐列銜留。　同上書後集卷一三

垂虹橋

虹橋影倒中邊月，蟾鏡光浮上下磨。未易丹青知畫少，苦難題品費詩多。

舟航

晚風乘興出溪邊，小立斜陽待釣船。喚僕去尋賒酒店，倩人來認買魚錢。　以上同上書卷二六

句

雍容陪大政，密勿贊洪鈞。參政

在朝但覺民瞻聳，參政從知國勢高。又　以上同上書後集卷九

有少園池僅疏竹，無多屋宇欠樓臺。臺　同上書後集卷二〇

喚僕過林寺，逢僧問石橋。垂虹橋

雨餘便涉嶺，風定穩行船。舟航　以上同上書後集卷二六

（以上劉瑛整理）

趙戣

趙戣，字成德，號吟嘯，休寧（今屬安徽）人。屢試不第，隱居池園，以詩文自娱。爲劉克莊、方岳等推重。有《吟嘯集》，已佚。事見明弘治《徽州府志》卷九。今録詩三十八首。

杜鵑花

雲樹重重和淚泠，故宫遺廟有知音。秦吴萬里皆芳草，染到山花根最深。

春山未有杜鵑啼，花發杜鵑知不知。寄語催歸儘哀怨，莫將啼血污仙姿。

冰肌玉骨擅無雙，不與山花鬬艷妝。欲染啼紅冤杜宇，争如傅粉伴何郎。　宋陳景沂《全芳備祖》前集卷一六

楓

黄紅紫緑巖巒上，遠近高低松竹間。山色未應秋後老，靈楓方為駐童顔。　同上書後集卷一八

北窗伊吾

北窗伊吾，輯古也。北窗人讀之，其聲伊吾，故名之曰《北窗伊吾》。

伊吾維吾，椎魯株愚。友資其深，片雪洪罏。伊吾維吾，甕牖繩樞。爰升其華，秋月冰壺。伊吾維吾，緝柳編蒲。爰席其珍，尺璧珊瑚。伊吾維吾，朝饘暮餬。爰餔其餕，醴酪醍醐。伊吾維吾，何以為娱。爰心其聲，鐘磬笙竽。北窗伊吾，吾誰與俱。融融沂風，懷哉舞雩。　明程敏政《新安文獻志》卷五〇

閱浯溪集用山谷韻

花間小閣臨清溪，緑窗坐閱三吾碑。原注：謂浯溪，唐臺、峿亭也。恍如登高俯絶壑，倚杖松陰挽兔絲。幽尋勝賞客思奇，一聲欸乃誰家兒。原注：三吾碑後有《欸乃歌》。浯溪映帶湘東西，碧山曾看漫郎棲。銀鈎玉筯苔蘚古，神劍天畫非人為。憶昔儲皇披輿圖，白衣山人稱帝師。汾營老將智勇俱，陰霾四塞天戈揮。至今老石勵庸懦，野水亦解扶顛危。原注：唐臺碑云：石二十餘丈，泛泛若在水上。後來弔古者為誰，涪翁清響車攻詩。當時寡和孤白雪，我故欲尾春風辭。恨不插羽西南飛，山前更著小艇隨。夜闌忽夢訪遺址，月色慘淡猿聲悲。原注：劉後村云：趙君歌行中憒慨慷苦硬老辣者乃似盧仝、劉叉。　同上書卷五二

雨中見花

細雨斂輕塵，枝間態度新。春疑天雨寳，寒怯地鋪裀。葉底含羞女，闌邊倚醉人。休將脂粉涴，一一是天真。

悼鶴

乘化歸遼海，雙龍一不開。墜翎留片雪，遺跡印荒苔。月朗憐孤唳，琴間憶共來。瘞銘為琢石，雞鶩不須猜。

藍溪道中

緑窈雨初歇，清和日正長。乳禽穿薄靄，弱蔓上頹牆。村市筍厨美，田家麰餌香。老翁扶杖出，小立看移秧。原注：劉後村云：趙君詩五七言亦宗晚唐，然超脱，不為句律所縛。以上同上書卷五三

詠史二十二首

聖德光天下，歲功成閏餘。百篇推帝典，一半是農書。唐堯

遜跡陶漁久，論功納麓多。已傳精一語，更作勑天歌。虞舜

地已還三壤，彝方次九疇。基圖天與子，典則我貽謀。夏禹

罪己桑林六，仁心祝網三。只應寬代虐，何事德懷慚。商湯

大邑周新造，曾孫武始王。伯夷方馬諫，尚父已鷹揚。周武

萬世家為國，長城山作圍。試憑驪岫望，秦鹿幾年肥。秦始皇

真主乘昌運，假王恢雋功。如何亡賴子，失笑未央宫。漢高祖

意豁高皇似，雄才大敵摧。萬方瞻日角，列宿粲雲臺。漢光武

横槊真名將，燃萁亦忍人。大君時有命，雅意俗還淳。魏文帝
犬噬憂方重，羊車意轉深。可憐司馬國，又屬問蟆人。晉武帝
馬浮雖是讖，牛繼亦殊聞。昔者車書共，天乎南北分。晉元帝
已拓三秦地，寧無幾月留。登城聊北望，老淚不勝流。宋武帝
戡難功何補，欺孤計已深。儘饒摧導玉，那解賤黄金。齊高祖
玉陛尊梁帝，金園號誌公。聞經同泰寺，索蜜凈居宫。梁武帝
清凈方貽笑，莊嚴更舍身。基圖雖肇始，識趣只庸人。陳武帝
猛上臨光殿，生擒歸命侯。師心無學術，與子失貽謀。隋文帝
唐室恢新造，秦王有大功。一人居北極，太子在東宫。唐高祖
未必黄明在，終令丑口亡。難教疎網漏，不直敗氈藏。後梁太祖
刺心真有志，批頰更何為。試問唐新主，何如亞子時。後唐莊宗
尊以父皇帝，賂之十六州。終無噉飯所，誰不石郎羞。後晉高祖
不假契丹力，蹋翻麥飯盂。試看龍衮畔，還有雀兒無。後漢高祖
坤輿聊底定，鼎祚又更新。五代無真主，世宗差可人。後周太祖

和人淵明采菊圖

淵明為米腰慵折，送酒人來却强顔。今日東籬重采菊，只應醒眼對南山。以上同上書卷五六

錦鵂夜逸

草徑鬱紆溪隔村，誰抽關鐍通孤鴛。林樊搜糾崖廠邃，岸曲括責菰茭根。初擬布罟鼠盜夜，又恐缺月狐乘昏。死殼枯梗秘蹤跡，老圃勸我增垣藩。同上書卷五九

（孟憲忠整理）

盛世忠

盛世忠，字景韓，清源（今山西清徐）人。今録詩十五首。

胡葦航寄古劍

有人尺錦長安來，遠寄寶匣手自開。紅雲紫氣燦虚室，鋏中青蛇鱗生苔。誠携掌握一揮動，瞬息天地興風雷。少年志氣老益壯，惟願聖詔下九垓。廐中我有汗血馬，與汝直北清氛埃。丈夫當為國雪恥，笑指經生真不才。

柴門

石砌苔初合，柴門手自開。日催花影轉，風遞竹聲來。蟹眼翻茶鼎，鵝兒灩酒杯。不須憂歲計，魁芋已新栽。

劉常簿席上慶某翁八十

近授長生券，從天下綺筵。潞公專洛日，吕望佐姬年。坐語風生舌，梳頭雪滿肩。上思耆舊用，飛詔到林泉。

觀棋

争先劉與項，得勢楚侵秦。本是知心友，翻成敵國人。運籌争劫殺，敗局在逡巡。袖手旁觀者，機深亦

損神。

送吕東山之清漳

君是純陽派，神清性亦真。有詩聊遣興，無術可醫貧。富貴皆尤物，江湖易老人。置山錢足矣，客路莫因循。

寄藏叟僧善珍

訪友南山路，橋横古木陰。砌苔無俗跡，庭柏是禪心。舊衲連雲補，新詩帶月吟。同袍嚴戒行，别是一叢林。

生涯詩

壯歲欲飛騰，生涯亦可矜。一千餘日戰，三十九年僧。硯枕秋風夢，書燈夜雨澄。儒生貴知命，飲水曲吾肱。

簡賈户部

十五年前别，相逢各老成。舊遊如一夢，忽見似重生。劇飲無人敵，高談坐客驚。諸郎尤可喜，事業短燈檠。

病起書院偶成

蓄水滋蘭畹，開窗近竹林。敗糊黄螘閧，斷簡老蟲侵。酒尚欺人病，詩能對客吟。晨昏一飽足，此外不關心。

秦竹溪校書清漳未回

茅齋雅稱竹方牀，風過疎籬有暗香。劇飲一冬成酒病，得閑終日為詩忙。新移橘本便霜信，貪看梅花倚夕陽。相望故人三百里，十宵九夢到清漳。

今是行呈劉以道

少年湖海誤加鞭，久戍歸歟暫息肩。時有故山來夢裏，更無愁緒到吟邊。晨餐全仰數畦菜，歲計尤逋二頃田。閑倚瘦筇長嘯處，此身疑是結繩前。

塞上聞角

刁斗城頭夜月寒，一聲嗚咽到江干。梅花吹落渾閑事，白首征人淚暗彈。

倦妝圖

睡覺春山懶更添，起來餘恨鎖眉尖。料應春事關心曲，怕見楊花不捲簾。

嬾讀書

不弄絲桐不作詩，槃池叠石學兒嬉。少年讀易都忘却，身似羲皇未畫時。

王昭君

漢使南歸絶信音，氈庭青草始知春。蛾眉却解安邦國，羞殺麒麟閣上人。　以上《江湖後集》卷一四

（王德保整理）

戴煒

戴煒，字明遠，號南隱。復古姪。官迪功郎。事見《石屏詩集》卷六《與姪南隱等賡和》。

次屏翁韻

幾番樽酒遇書儒，談笑清風起座屏。一世猖狂渾似醉，此心明白固長醒。英雄自昔難虚老，鐘鼎他年要刻銘。若見旁人問消息，為言桂子待秋馨。

宋戴復古《石屏詩集》附録

（朱寶模整理）

全宋詩卷三〇八八

蔡模

蔡模（一一八八—一二四六），字仲覺，學者稱覺軒先生，建陽（今屬福建）人。沈長子。隱居篤學，理宗嘉熙二年（一二三八），王埜創建安書院，延爲山長。淳祐六年，以薦補迪功郎，添差建寧府教授，命下而卒，年五十九。明蔡有鵾《蔡氏九儒書》輯其詩文爲《覺軒公集》一卷。事見《覺軒公集》附録宋翁合《蔡覺軒先生墓志》。《宋元學案》卷六七有傳。

題武夷

絶壑藤蘿貯翠烟，水聲咄咄亂峰前。時人但説青山好，腸斷雲間雙髻仙。《蔡氏九儒書》卷七《覺軒公集》

（吴鷗整理）

鄭寀

鄭寀（一一八八—一二四九），字載伯，一字伯亮，福安（今屬福建）人。理宗紹定二年（一二二九）進士。官校書郎，累遷左諫議大夫。淳祐七年（一二四七）拜端明殿學士，同簽書樞密院事，九年卒，年六十二。事見《淳熙三山志》卷三二、《後村先生大全集》卷一六九《樞密鄭公行狀》。《宋史》卷四二〇有傳。

獻闕廷

韓陽風景世間無，堪與王維作畫圖。四顧羅山朝虎井，一條帶小繞龜湖。形如丹鳳飛銜印，勢似蒼龍卧吐珠。此處不堪為縣治，更於何處拜皇都。　清鄭方坤《全閩詩話》卷五

《全閩詩話》：福安福源山下有穆洋，宋鄭寀所居。寀嘗侍理宗，因言其居在北山，築有澄菴，理宗御書北山澄菴賜之。時有分縣之請，擇韓陽坂為治所，論未定。寀因獻詩云云。

（劉瑛整理）

金文剛

金文剛（一一八八—一二五八），字子潛，休寧（今屬安徽）人。安節孫。以恩補將仕郎，調潭州司户參軍。歷知奉新縣，通判興國軍，監左藏及封樁庫，知臨江軍。理宗寶祐元年（一二五三），知常德府。三年，除太府丞。五年，提舉浙西常平茶鹽。六年卒，年七十一。事見宋林希逸《朝散大夫直龍圖閣金公墓誌銘》（《新安文獻志》卷七）。

雲巖

丹崖何突兀，與客共躋攀。一嘯九天潤，斷雲千古閑。杖行龍虎背，袖拂斗牛間。願言覓刀圭，乘風弄羽翰。　明魯點《齊雲山志》卷四

顏頤仲

顏頤仲（一一八八—一二六二），字景正，自號員嶠，漳州龍溪（今福建漳州）人。以蔭授通仕郎，歷寧化尉，知西安縣，通判臨安府，知嚴州。理宗端平二年（一二三五）爲兩浙轉運判官。淳祐

二年（一二四二）知泉州。四年，知温州，尋遷知慶元府兼沿江制置使。十二年，知臨安府。以寶華閣學士致仕。景定三年卒，年七十五。事見《後村大全集》卷一四三《寶學顔尚書神道碑》。今録詩四首。

慶元府人日鄉飲酒禮

王春人日喜陰晴，文物衣冠萃四明。禮樂幾年今一見，主賓百拜酒三行。人心天理須興起，士習民風悉變更。太守自慚才德薄，綱維全賴老先生。

宋羅濬《寶慶四明志》卷二

柳　花

柳漸成陰萬縷斜，無腰柔弱弄韶華。一庭春色無人管，簷雨聲中飛盡花。

宋陳景沂《全芳備祖》前集卷一八

桐

庭梧驚秋風，葉葉彫萎紅。行人何不歸，委魂逐孤鴻。去日良已賒，客身轉飄蓬。千里各一涯，關山月明中。兩臂恨不羽，飛逐君西東。

同上書後集卷一八

和碧玉千峰詩

道在穹壤間，如日照萬國。淳乾再中天，斯文荷申錫。惟時朱夫子，一柱擎天力。勉齋妙心傳，月印寒潭碧。東野正始音，絶唱未易續。昕庭萬言對，珠璣燦盈掬。一麾壓南州，寒谷回春燠。煌煌漳水珠，照燿崑山玉。美哉巽齋守，傑構捐金錢。横經踞臯比，冠劍來三千。賢侯揭新扁，偉觀還當年。孰能踵公武，名蓋東南天。經畬望有秋，譬彼田舍翁。學道猶學醫，百脈期疏通。立身尚名節，峻峙千仞峰。勉哉蹈前修，毋與流俗同。

清吴宜燮乾隆《龍溪縣志》卷二二

（以上劉雯整理）

金文剛　顔頤仲

楊至質

楊至質，字休文，號勿齋，豐城（今屬江西）人。道士。理宗紹定元年（一二二八）真德秀爲題《勿齋記》（《西山文集》卷二六）。今録詩二首。

茅山

玉肺空浮巳字山，五門不鎖洞天寬。紫花可餌秋尋朮，紅焰難埋夜見丹。畫出一牛方水草，飛來三鵠各峰巒。仙蹤寂寞高風遠，誰為先生指額瘢。

送茅山劉書記游南嶽

憶共住華陽，晴藍紫朮香。空山今詣闕，吾子亦游方。草露雙芒屩，丹經一布囊。好登祝融頂，紅橘迸扶桑。

以上元劉大彬《茅山志》卷二九

李叔與

李叔與，號山窗，螺川（今福建福州）人。曾出仕，與楊至質（休文）同時。事見有關詩中自述。今録詩二十二首。

寄楊休文

溪園雪凝古梅枝，我逐歸雲子到時。交一臂間遲面見，乃千里外話心期。人緣至此猶難合，天意其然欲對移。擬辦瘦藤閒束擔，有何山水未經詩。

影印《詩淵》册一頁七〇六

舟中寄磵谷

思涸。故人雲錦自天落，一紙模糊萬金藥。上言相思下離索，勾引尊鱸味逾惡。吾心孤雲身野鶴，到此方知出山錯。歸理綠簑更青蒻，何處方舟無杜若。 同上書册二頁一五〇四

秋風四起秋雲薄，客懷頗欠商量着。淺灘膠舟石犖确，欲進不可退難却。蘋蓼妝成秋綽約，獨倚晚風吟

山窗雜詩

原題作山，其中第一首與册五頁三一九五重出，後者題山窗雜詩，據改

學把鉏頭蒔小畦，牡丹不種種荼蘼。花開贏得年年看，棘蔓猶堪補敗籬。

一樣春風到町畦，物成春亦不能齊。過籬新笋貪成竹，不管同根未脱泥。

夜久寒爐火尚紅，隔山誰動五更鍾。小童和夢移燈去，不管殘書讀未終。 同上書册三頁二〇六九

内河

短蓬邀我到常州，入郭猶如野渡頭。忽有畫橋楊柳岸，柳中依約見青樓。

隔岸青松數百株，柳陰陰處結茅廬。溪翁有此不知趣，乞與詩人作退居。 同上書頁二一五四

烏衣園

綠陰庭院夏初長，梅子新肥杏子黄。枝上莫彈秦吉了，遊人借此當笙簧。

烏衣三徑去年開，庭樹幽陰綠作堆。胡蝶不知人是客，雙雙飛入矮牆來。 同上書頁二二七五

層樓

半空和月倚新秋，十二欄干曲曲愁。我亦天涯零落者，不如飲到醉歸休。

臺城勝概得同遊，爛醉西風藥玉舟。目送歸雲天一角，教人生怕上層樓。 同上書册四頁三〇三〇

山窗

册五頁三五九七重出，題山窗遺興

掛起山窗滿眼秋，小溪寒處竹深幽。有詩戲爾教兒誦，無酒歸而與婦謀。窗為防風須密補，籬因禦寇更完脩。怕無人可論心事，賸種梅花在屋頭。

山窗雜詩

柳花收絮麥收芒，安石榴開日漸長。窗下小儒無一事，自携新水活菖陽。

月照西窗夜未闌，起來和墨研池乾。急忙欲寫梅花賦，敲碎溪冰一片寒。以上同上書册五頁三一九五

題李伯章蓬窗

短蓬留雪映窗紗，一似王家訪戴家。到底王家風味淺，月痕低處欠梅花。同上書頁三五九五

題劉總郎書堂屏上

懷人已仙去，書堂猶昔時。夜夢雖微茫，晝日儼在兹。我欲載遺事，簡素多亡遺。目前尚如此，後世誰相知。同上書頁三五九六

偶成

撲斷清貧事，蕭然一室居。雨將苔曼衍，秋與蕙清癯。火白衣猶煖，香焦味有餘。山中足詩思，豈必灞橋驢。同上書册六頁三九四二

題徐後湖扣舷歌卷末

吾欲釣魚東海去，一葉扁舟未能具。君呼小舫山水間，扣舷作歌秋水寒。吾詩百篇不直一盃水，君歌一闋遊魚亦傾耳。得君此編拱璧加明冰，玉笥陵雲無此清。安能移我龍湖白竺之茅屋，來並清江後湖曲。我鳴榔，君扣舷。醉歌長篇復短篇，却使後人呼作徐李同舟仙。同上書頁三九七四

送李仲炳歸

君家渝水我螺川，同是江南百里天。同道同心更同姓，只年相遠却忘年。

扁舟同載石頭城，雨打孤蓬夜共聽。愁殺明朝桃葉渡，陽關無曲柳能青。

思歸恨臂不成翰，却笑誰令汝出山。夢暫得歸歸未得，且編歸夢寄書還。

同上書頁四四〇三

贈談天

我坐詩窮子術窮，十年湖海兩漂蓬。子歸農圃吾歸釣，此去懸知命可通。

清陸心源《宋詩紀事補遺》卷九〇引《截江網》

（以上徐永强整理）

何基

何基（一一八八—一二六八），字子恭，學者稱北山先生，婺州金華（今屬浙江）人。少從鄉先生陳震習舉子業，弱冠師事朱熹門人黄榦。理宗淳祐四年（一二四四），知婺州趙汝騰延主麗澤書院，辭不就。度宗即位，授史館校勘兼崇政殿説書，辭益力。特改承務郎主管華州西嶽廟，使食其禄，然亦不受。咸淳四年卒，年八十一。謚文定。編有《大學發揮》十四卷、《中庸發揮》八卷等。事見宋王柏《何北山先生行狀》、清張蓋《何文定公傳》。今録詩二十二首。

暮春感興

郊原春向深，幽居寡來往。和風日披拂，淑氣遍萬象。草本意欣榮，禽鳥聲下上。静中觀物化，胸次得浩養。緬懷浴沂人，從容侍函丈。舍瑟自言志，宣聖獨深賞。一私盡消融，萬理悉照朗。其人不可見，其意尚可想。我生千載後，恨不操几杖。春服雖已成，童冠乏儔黨。安得同心人，詠歸嗣遺響。

和吴巽之石菖蒲

菖蒲緑茸茸，偏得高人憐。心清境自勝，何必幽澗邊。節老葉愈勁，色定枝不妍。堂中賢主人，與汝俱蕭然。豈不與世接，自遠塵俗沾。　以上宋金履祥《濂洛風雅》卷三

西山孝子吟

君不見東京茅季偉，布褐躬耕具甘旨。烹雞饋母供晨羞，却辦草蔬為客禮。北州高士郭林宗，一見驚嗟不能已。又不見唐朝董邵南，窮居行義無與比。朝耕夜讀養雙親，孝格天翁降祥祉。一時好事昌黎公，為作啟詩歌盛美。兩君制行固已奇，姓名自足垂千祀。更有高賢為發揮，至今赫然在人耳。幾年見説西山汪，信義當時表閭里。只今家雖四壁空，却有賢孫祖風似。力田養親孝行高，千載董茅同一軌。孑然隻影無妻兒，手自耔耘供瀡瀡。乃翁喪明三十年，膝下承顔不離跬。三時但務親耕鋤，一日何曾入城市。朝朝敬問衣燠寒，旦旦謹察食豐菲。一畦早韭登春盤，五母黄雞薦秋黍。盡心自足為親歡，豈必三牲八珍侈。謹身百不貽親憂，父子熙熙和氣裹。翁目雖瞽翁心怡，八十龐眉反兒齒。邇來餅粟頗不慳，積善固宜天相只。鄉閭詠嘆同一聲，養志如君能有幾。人有詩書君未學，我謂如君真學矣。孝弟是乃百行先，為仁每必從此始。世人有親不能養，浪著儒冠誠可恥。何如汪君貧窶中，卓然合此秉彝理。拱辰山人孝義家，冰鑑可與郭韓擬。聞君之風喜欲顛，揮灑龍蛇忽盈紙。諸君自感聲氣同，雜以清商間流徵。既經名勝文發揚，一日傳誇滿桑梓。我雖病倦愧不文，亦作長謡紹貂尾。安得是邦賢使君，特為蜚牋啟丹扆。峨峨雙表旌高門，題作西山汪孝子。名配此山長不窮，來者人人為興起。

老菊次時所性韻

獨步東籬餐落菊，一幅烏紗漉浮玉。悠然謝客欲醉眠，懶拾枯枝炮脱粟。靖節先生骨已寒，回生何必須神丹。紫陽一字冠青史，名節恃此安如山。義熙一去知幾變，金鈿翠葆猶年年。我生因循顛已華，甚矣今年脱左車。嘲紅弄緑少時態，歲晚相對惟寒花。雨荒深院黄金盡，誰謂顔色埋塵沙。高風雅致隨遇見，簾外玉立横枝斜。

題定武蘭亭副本

文皇命殉昭陵土，蘭亭神蹟埋千古。率更搨本勒堅珉，鹽帝歸裝留定武。薛家翻刻愚貴游，舊本和龕歸御府。烟塵横空飛渡河，中原荆棘交豹虎。維揚蒼莅駕南轅，百年文物不堪補。紛紛好事競新摹，傾攲醜俗亡遺矩。如今薛本亦罕見，鬃髴典型猶媚嫵。清歡盛會何足傳，右軍他帖以千數。託言此筆不可再，慨然陳迹興懷語。今昔相視無已時，手掩塵編對秋雨。

訪楊船山道中迷塗和王元思韻

審問方知道，冥行易失岐。每因貪徑捷，多致落嵚巇。浪謂途言惑，先由己意移。知津要端的，直造始無疑。

以上同上書卷四

春日閒居

輕陰薄薄籠朝曦，小雨斑斑濕燕泥。春草階前隨意緑，曉鶯花裏盡情啼。

春晚郊行

村烟澹澹日沈西，岸柳陰陰水拍堤。江上晚風吹樹急，落紅滿地鵲鴣啼。

法清寺水珠呈杜季高

壘石為山已浪呼，小球戲水更名珠。世間何事非虛假，還值先生一笑無。

夾竹梅

不染世間兒女塵，任他桃李自争春。也應高潔難為對，獨有修篁是可人。

寬兒輩

丈夫何事怕饑窮，況復簞瓢亦未空。萬卷詩書真活計，一山梅竹自清風。

雜　詩

一敬由來入道門，須臾不在便非仁。直須認取惺惺法，莫作回頭錯應人。

善惡分明雖兩歧，念端差處只毫釐。怕將私意為天理，所以先民貴致知。

聖門事業遠難攀，立志須同古孔顏。井不及泉猶棄井，山如虧簣未為山。

送王敬巖江東都憲

褰帷不憚暑天長，少試平生活國方。吏蠹民冤盡梳洗，要令枯旱變豐穰。

獄情微曖自難明，著意平反或失平。生死兩無纖芥恨，考求須盡察須精。

功夫真處在持操，外澤中乾亦謾勞。獨探聖言求實用，豈同末俗為名高。

繳回太守趙庸齋照牒

閉關方喜得幽棲，何用邦侯更品題。自分終身守環堵，不將一步出盤溪。

題徐伯光真

舞雩春服浴沂侣，社飲衣簑學稼翁。可士可農隨地樂，此心無處不春風。以上同上書卷五

送淮西左憲知黄州

日向庭闈綵服趨，天邊忽下紫泥書。分銅既佩諸侯印，衣繡仍登使者車。萬竈貔貅須宿飽，九州鴻雁要安居。笑談了却公家事，指日催歸侍玉除。同上書卷六

海棠

幾樹繁紅一徑深，春風裁剪錦成屏。花前莫作淵村恨，且看楊妃睡未醒。《全芳備祖》前集卷七

寒夜寄友

月色窺人冷，梅花何處香。遥思棲隱客，高嘯白雲鄉。清胡鳳丹輯《何北山先生遺集》卷二引《金華詩粹》

句

皓首何妨一布衣。宋王柏《何北山先生行狀》

（文師華整理）

全宋詩卷三〇八九

許棐一

許棐，字忱夫，海鹽（今屬浙江）人。理宗嘉熙間隱居秦溪，於水南種梅數十樹，構屋讀書，因自號梅屋。室中對懸白居易、蘇軾二像事之，藏書數千卷。著有《梅屋詩稿》等。《宋史翼》卷三六、清光緒《海鹽縣志》卷一九有傳。

許棐詩，以汲古閣影宋抄《南宋六十家小集·梅屋詩稿》編爲第一卷；《融春小綴》、《梅屋三稿》、《梅屋四稿》編爲第二卷。校以影印文淵閣《四庫全書·兩宋名賢小集》（簡稱名賢集）。新輯集外詩附於卷末。

夜泊長河

黄帽貪程夜泊遲，市樓燈火歇多時。滿懷風月無分付，却借漁翁短笛吹。

訪潘叔明

一室寬於養鶴籠，荻簾疏透雪花風。怪來几案無寒色，春在題詩卷子中。

明妃

漢宮眉斧（名賢集作嫵）息邊塵，功壓貔貅百萬人。好把香閨舊脂粉，黥妝顔色上麒麟。

醉起

午醉醺醺到日晡，起呼茶盌炷熏爐。隔窗幾點敲花雨，子細聽時却又無。

帕子

萬縷縱橫如妾恨，一方輕薄似郎恩。多時不繫纖腰舞，却對花前拭淚痕。

晚泊臨平

晚卸風帆泊市橋，税亭民屋總蕭條。秦封不到河邊柳，送往迎來枉折腰。

元夕後湖上作

自從樓閣罷燒燈，未有今朝一日晴。暖拆葑邊冰翼破，寒留山頂雪痕輕。嬌驄已印尋芳跡，小妓新翻礬唱聲。每箇旗亭商一醉，也應排日到清明。

沈子壽郊居

屋外猶餘地百弓，經鋤知費幾年工。栽蔬少似於陵仲，種菊多於靖節翁。偃屈溪山詩卷裏，破除風月酒杯中。近來又喜禪機透，一顧叢林萬衲空。

贈葉靖逸

借得城居一丈寬，五車書向腹中安。聲華馥似當風桂，氣味清於着露蘭。朝士時將餘俸贈，鋪家傳得近詩刊。回看舊隱西湖上，誰伴沙鷗度歲寒。

鄭介道見訪

步頭楊柳種多年，今日方維勝客船。掃石共看山色坐，枕書同聽雨聲眠。溪羹旋煮蓴絲滑，野飯新炊芡玉圓。不管歸心忙似箭，强留吟過菊花天。

贈龔彦質

慈湖分與半窗燈，照得襟懷徹底明。原校：得一作出，明一作清蒲座名賢集作席夜閑猫占臥，筍輿春暖鶴隨行。爐香欲盡經猶誦，硯墨才濃句已成。歲晚弟兄俱白首，一樓風雨話深更。

題常穆仲蘸碧

舫樣一亭小，依山復靠池。每來分席坐，須憶下湖時。竹弄當窗影，花添蘸水枝。人間風浪惡，泛宅幾天涯。名賢集作隨

趙叔魯

天上除書駱驛飛，謫僊何事得來遲。旅懷寛似居家日，學力高於未第時。山帶晴霏横畫軸，水流清響入琴絲。世間多少王孫貴，無我寒泉一句詩。

秋江漁父

小舟輕似一鷗飛，戀月隨風慣不歸。困卧蘆花深雪裏，夜寒添蓋舊蓑衣。

山間

趁得山間笋蕨春，借厨烹煮自吹薪。倩誰分我杯羹去，寄與中朝食肉人。

木山父書院

占得文房一丈强，地幽雖夏亦清凉。瓶花誤倒水侵案，書葉亂掀風滿床。薜長密藤遮半壁，桐分疏影出低牆。客來莫道無祗待，只啜茶甌却味長。

蠟梅江梅同瓶

苗裔元從庾嶺分，兩般標致一般春。淡妝西子呈嬌態，黄面瞿曇現小身。不羡腰金横玉貴，來尋嚼蠟飲冰人。只愁花謝香狼籍，桃李如何接後陳。

贈畫魚沈秀才

寫字摛文不療饑，生涯换得頗新奇。錦心暗織臨淵網，蓬鬢潛繅釣雨絲。落筆易於投餌處，得錢多似出罾時。漁翁枉占煙波闊，不及君家小硯池。

贈北磵

天下名山行脚遍，依然形影瘦伶俜。支吾寒暑袈裟耐，變眩煙霞筆硯靈。對客敬如堂上佛，讀書通似藏中經。石頭路滑終難到，不是詩禪莫扣扃。

雪曉

臘雪連宵接曉飛，錦衾公子未曾知。起來携杖敲梅樹，扶得輕盈壓損枝。

閨怨五首

眉鎖從春不暫開，懶移心事向妝臺。恩情恰似殘花片，去逐東流更不迴。

別後相思瘦玉肌，不堪重着看花衣。恨君得似梁間燕，社日辭家社日歸。

月引庭花影上窗，悶和簪朵卧空床。春寒翠被無人共，閑却熏爐一字香。

離愁一點濃如黛，强把金篦掃不開。新月幾番呈巧樣，薄情夫壻未歸來。

小院東風去住中，春愁元不隔簾櫳。自家顔色凋零盡，却對花枝惜墮紅。

枯荷

萬柄緑荷衰颯盡，雨中無可蓋眠鷗。當時乍叠青錢滿，肯信池塘有暮秋。

庭　樹

今年庭樹着花稀，因是耽書失事治。何處結巢雙喜鵲，却來删得幾枯枝。

春　晚

推過詩編把酒斟，挽春佳句讓鶯吟。門前却喜無人掃，積得殘花一寸深。

贈臨上人

遶湖山叠翠，師住最高層。野偈書林葉，茶鐺煮澗冰。松�為道友，日月是禪燈。儻許分峰隱，甘為有髮僧。

客　路

客路久驅馳，秋深兩鬢知。田家投夜宿，漁竈寄晨炊。契分燈前影，生涯橐裏詩。遥憐故園菊，荒草没霜枝。

鍾俊卿見訪

荒圃知非延客地，謾分苔石坐移時。杯中淺注三行酒，几上同看數板詩。樹未經霜飛葉早，菊因閏月放花遲。自無景物留君住，却恨西山日半規。

題倦庵

自扁庵為倦，斯名恐未然。醉巾頻漉破，遊屐幾磨穿。新種竹都活，舊栽花更妍。門前春水漲，催發孝廉船。

贈元耘名賢集作松軒

白髮蕭蕭客帝都，故園閑却種瓜鉏。平時不信為儒誤，今日方知涉世疏。煙浦未尋歸去艇，雪窗猶讀借來書。詩名壓盡江湖客，要在唐人向上居。

題吴叔清郊居

哦松未了賦歸歟，旋買田園結草廬。數畝竹陰惟欠鶴，半池山影不妨魚。舉杯多是沽來酒，插架無非讀過書。我已倦為都下客，願君分與把茅居。

書郭子度壁

禁苑精廬是切鄰，衣巾雖舊不沾塵。鐘魚聲裏吟連曉，花柳香中醉過春。和土重泥燒藥竈，買絲新接釣魚綸。遶湖十萬人家住，如此清閑有幾人。

雁字

點畫分明印碧空，迴鸞返鵲勢差同。月邊映得銀鈎體，雪裏摹成玉箸工。斷續似經秦火後，悲凉如在楚詞中。愁人筆硯俱荒廢，倩寫相思寄便風。

宫詞二首

臥聽羊車輥夜雷，知從誰處燕酣回。蟾光也解君王意，隔箇簾櫳不入來。

同入宫來幾許人，因何遺妾護長門。雲鬟半脱香腮瘦，却愛菱花鏡子昏。

古墓

石人猶自立蒿萊，拂讀殘碑字字哀。鄰冢已澆寒食酒，野風分送紙錢來。

憶鄭元甫

別後黄花兩度殘，天涯彼此寄書難。幾行雁字斜陽裏，聊當平安一紙看。

贈芸窗

能書能畫又能詩，除却芸窗別數誰。只是霜毫冰繭紙，才經拈起便新奇。

戍婦詞一首

半落釭花午夜閑，戍衣裁就寄君難。雁來不帶平安字，却帶邊風入帳寒。

贈陳宗之

六月長安熱似焚，廛中清趣總輸君。買書人散桐陰晚，卧看風行水上文。

傷春曲

日日望郎郎未歸，玉肌寬盡縷金衣。春心撩亂强拘束，碎剪紅綃補舊枝。紅綃才向枝頭住，殘花又逐東風去。願花飛入笑筵中，莫入愁人斷腸處。愁人見花人自羞，花見愁人花也愁。花飛有盡愁無盡，柳外一聲黄栗留。

四時宫詞各一首

因見落花心覺悟，薄羅襟上淚痕乾。容顔縱似花枝好，能得君王幾日看。

碧玉涼梳落枕邊，懶梳雙鬢學新蟬。恩情不及班姬扇，縱是炎天亦棄捐。

涼夜誰同玉簟眠，湘波冷浸一枝蓮。君王不學中秋月，處處分身處處圓。

雪壓長門消未盡，夜衾堆盡舊宫羅。鴛鴦瓦下垂冰筯，未抵思君玉筯多。

郭評事

廷評滿腹貯陽春，筆下從來活幾人。廳小似分幽寺住，俸輕如在舊山貧。堆書教子猶疑少，倒屣迎賓不厭頻。欲效林宗巾角墊，自嫌雙鬢有紅塵。

挽吴春伯

入門諸子哭褰衣，痛説嚴君屬纊時。病重刀圭難作效，家貧衾含不如儀。從春屢有登臨約，近日方無唱和詩。執紼南屏山下路，悲風吹亂緑楊絲。

挽郭子度

連年染患貌梔黄，盧扁猶無起死方。稚女自敲尸畔磬，鄰僧來炷佛前香。生涯謾有千書卷，受用惟存一奠觴。聽説荼毗心更苦，拭乾清淚又成行。

寄吴宜之

文公徒弟無多在，學術應如壽數高。好句先教諸子和，墊巾翻被俗人嘲。湖邊茶店同誰坐，井畔柴扉欠我敲。昨夜相思眠不穩，月眉斜印落花梢。

瑛上人

十二三時便出家，何曾頃刻離煙霞。晨持數卷日方上，夜梵千聲月未斜。洗鉢不經鷗浴水，插瓶嫌採蝶殘花。儒冠誤我鬖鬖老，何日蒲團共結跏。

木芙蓉

芙蓉黰金谷，秋色錦機中。霜樹不知醜，葉與花争紅。

東歸道中

芙蓉波面出罾魚，廉似城中買擔蔬。欲試膾刀還不忍，恐傷千里寄人書。

籠禽怨

千金新購入雕籠，恨在嬌聲斷續中。昨夜羈雌何處宿，落花殘月故巢空。

破鏡詞

寶鏡一從分破後，不堪磨拭照妝鈿。倩誰携上青雲去，補得今宵缺月圓。

龔彦質怨可二丈

兩龔當暑客秦溪，旋買黄練替熟衣。想見西湖風月裏，藕花凝望載詩歸。

張聲父

城中破屋妻兒住，自向招提借小房。壁上碑文皆古篆，案頭書册半僊方。月嫌碎竹遮窗暗，風款飛花入座香。點檢未如僧相處，只多髭鬢幾莖霜。

秋齋即事

桂香吹過中秋了，菊傍重陽未肯開。幾日銅瓶無可浸，賺他饑蝶入窗來。

泛剡

水闊無風似有風，蘆花摇落櫓聲中。鷗無一點驚猜意，認作當時載雪翁。

醉歸

半醉歸來卧不成，月華霜彩爛中庭。茶鐺凍結香匜冷，只把梅花嗅得醒。

湖上曲

新晴旋蠟遊春屐，半濕香泥恰好行。琢得小詞腔未穩，往來花下怯歌鶯。

趙野雲

載雨駕雷翻覆頃，漏星藏月卷舒間。若將雲與詩人比，政恐雲無日日閑。

古硯送趙明府

一片端州古硯磚，翁孫相授當良田。寒梅磵下和冰洗，秋桂窗前滴露研。學字不工空費紙，吟詩雖苦未成編。贈君携去薇花畔，草詔閑時枕匣眠。

戲題花片

一片落花題一字，凑成一首怨春詩。縱横貼在窗紗上，巧似迴文織錦時。

寄衣曲

蘆花風緊雁飛飛，便寄邊衣也是遲。妾把剪刀猶覺冷，况君披甲枕戈時。願君百戰圖勳業，馘項殲嬴頻獻捷。博取貂蟬金印歸，無負君王無負妾。

畫眉曲

日印花枝欲滿窗，旋磨鸞鏡試新妝。恩情只似春宵短，眉黛空如柳葉長。

宿閑林步

山禽棲定澗蛙鳴，時復鵂梟雜數聲。昨夜酒添春睡重，幸無憎愛到天明。

宫女詞

妍醜三千衆，恩情一例輕。妾身雖寂寞，天下却升平。

真珠園

芭蕉葉上題詩字，雨後來看半不全。餘濕未勝濃墨補，且携巵酒到花前。

湖邊

湖邊開到木芙蓉，攘盡荷花十里紅。紅蓼莫慚顔色淺，榮枯同是一秋風。

讀南嶽新稿

春來遊未遍湖山，已是風光一半殘。細把劉郎詩讀後，鶯花雖好不須看。

花

牆頭新露一枝紅，壓盡隋人萬綵工。香豔便棲雲鬢老，也勝飄泊晚西風。

別友

分付離觴莫滿斟，酒深還與恨同深。自憐不及春江燕，一路相隨伴好吟。

不語僧

默坐蒲龕若塑成，客來惟聽小鐘鳴。却嫌庭樹無禪力，時有風枝雨葉聲。

孔海翁

鑑湖湖上寄閑身，好景應同賀監分。梅下有船供載雪，荷邊無地可鉏雲。吟人多倩删詩稿，名士争求作序文。畫卷書編藏滿屋，其他生計盡輸君。

題縣樓呈丘竹坡

令君聊試棟梁材，結就譙樓亦壯哉。疑是海宮新湧出，不然僊府乍移來。無人敢帶私心入，萬户皆知正道開。細數代瓜能幾日，曉籌昏鼓莫相催。

寄題竹坡

郭外移來費俸金，幾年擡舉玉成林。更無餘地栽閑樹，儘有高枝着卧禽。寒影似傳東野貌，清聲如寫伯夷心。呼童少殺青瑶簡，染月濡雲寄我吟。

數椽

數椽茅屋傍林塘，幽似山僧獨住房。夜静只憑猿守宅，晝閑時有鶴升堂。旋收落葉供茶爨，細擣枯花作印香。書册滿床詩滿橐，别無生計亦何妨。

送友人爲僧

知心朋友雲霄裏，三尺官綾取不難。禪衲乍披身愈瘦，儒冠新脱頂微寒。數編詩稿聊收起，一藏經文旋取看。惟我塵緣推不去，蕭蕭華髮倦漁竿。

地爐

穴地為爐了一寒，肉屏氈帳任無緣。晨燒樹下沾霜葉，夜煮山頭瀉月泉。已借陽和歸故絮，更分光焰到殘編。百年貧富灰埃盡，荒冢纍纍野燒邊。

春雪

東風吹雨作花飛，寒勒芳程幾日遲。惟有庭前老梅樹，謝渠添補落殘枝。

挽沈晏如

不信詩人一例窮，如公半世又成空。湖邊便欠尋梅友，籬下應無采菊翁。雪片堆平閑藥竈，雨聲敲碎舊漁篷。墓銘吟稿兒封寄，血淚斑斑浣紙紅。

贈相士

澗水溪冰似鏡清，自看寒貌已分明。煩君別相江湖友，來歲誰魁淡墨名。

陳裕齋墨戲

臨帖鈔書外，尤深破墨工。萬峰千嶂趣，片紙尺綃中。雲暗孤村月，潮生滿樹風。自嫌吾已老，摩硯一無功。

題吴秋潭隱居圖

到處有茅堪蓋屋，誰家遷槿不成籬。秋潭何事經營晚，應是無人會買詩。

題摩雲悟師

老松陰下訪摩雲，仰望青雲隔幾塵。不是倚空梯百尺，只緣中有道高人。

田間

田間久不到，草木半蕭疏。鷗占沉舟浴，蛩分破壁居。僕温携到酒，鄰送賣殘蔬。未説催租事，黏窗且讀書。

題野處

數畝家園枕碧波，樹桑疏處補花窠。簷低不礙儒冠入，橋矮才通釣艇過。雲笛旋裁門外竹，雨衣新織檻前莎。有時牛背看書罷，一曲春風甯戚歌。

孫祺卿新居

幾年銖累束脩錢，才向湖邊置一廛。種竹庭深難得月，養魚池小易為泉。山呈好畫當書案，柳撒輕絲罩釣船。酒力半酣詩思倦，矮床相對白鷗眠。

招高菊澗時在縣齋

歸買秦溪屋一間，才如都下僦樓寬。門前養草如花賞，壁上黏碑當畫看。自改舊詩多未穩，獨斟新酒不成歡。髯仙只在淵明宅，泥濘相邀寸步難。

李明府雪中小閲

令君蒙雪教千兵，一點妖氛不敢生。和氣旋回弓力軟，寒光微映劍花明。民居似倚銀城壯，海道如鋪玉簟平。入蔡歸來方夜半，畫堂歌管未收聲。

西真圖

翠水池邊宴早秋，雲謠聲裏月西流。醉歸不信乘鸞穩，却擘蓮花作采舟。

書北庵門

十度來敲九不應，隔籬空見竹青青。不知池裏黄金鯽，聽講楞伽幾卷經。

贈術士張癡

伶俐不如癡，從來我亦知。才吟詩好日，便是命窮時。鼠笑瓶無粟，蝸嫌壁有碑。五行修得否，髭鬢已絲絲。

謝毓齋李尚書惠詩序

緑野堂邊種藥成，已斑髭鬢復青青。謝庭子弟皆英物，漢殿公卿半學生。争捧溪藤求妙畫，競磨崖石乞新銘。如何海角孤吟者，文集中間也掛名。

葉充齋

歙浦租船只載詩，一廉如此似君稀。雙親猶道行裝重，多帶羅紋一硯歸。

題趙子固春山上寺圖

望得招提見，程猶半日間。馬嘶曾到處，僕指未行山。風遞松聲遠，雲連草色閑。何如添箇我，坐石聽潺湲。

湯婆子

一冬專寵道人房，不藉華清賜浴湯。皤腹却無璋瓦分，矮身難稱綺羅妝。春生蝴蝶半床夢，暖迫梅花一帳香。醉倚肉屏君莫羡，北邙多少黑頭郎。

送寫神李肖巖入道

一掣塵緣去學仙，鶴程風露漸高寒。白玉樓中逢鼻祖，為傳吟貌寄予看。

寄趙倉

麾節交迎出帝城，滿朝皆羡板輿榮。一州暫輟春風暖，八郡同瞻霽月明。吴苑鶯花新管領，秦溪桃李舊生成。應憐倦卧寒窗者，煮藥爐邊聽雪聲。

送趙子梁

梅福舟行速，離觴不暇斟。雖然交日淺，頗覺别情深。宿處雁相伴，到時鶯對吟。水心新冢下，替我一沾襟。

得閑亭

柳風雖小絲絲裊，花雨無多點點香。惟有吟毫閑未得，染紅濡緑一春忙。

題錢慶豐醒庵

不向杯中物，吟邊僅有君。自無沉醉分，非效獨醒人。捲箔進明月，開門放宿雲。揀茶敲未遍，又摘露芽春。

挽周倅

真是分風月，歸來無俸錢。人皆嗤拙宦，天又嗇長年。舊宅寒潮外，新塋古樹邊。一詩哀不盡，簷雨對潸然。

上趙蘭坡

身迫雲霄自不知，只如師友講論時。驅龍駕鳳陽冰字，剪月裁霞太白詩。雨院炷香熏畫卷，晴窗添水浸花枝。十年漫走江湖上，只尺蘭坡却到遲。

上嘉禾趙守

邦君一念只寬民，真箇龔黄現後身。和氣蒸為千耒雨，暖雲裁作萬襦春。座中長有清吟客，庭下渾無健訟人。諸郡盡能依此樣，世間那有一家貧。

劍言

朝潤郅支膏，暮澤樓蘭血。何如沉土中，蝕為無用鐵。

題常宣仲草堂

隔市能幾步，幽趣踰山林。鑿池小如斗，水淺魚自深。簷任樹枝礙，階從草色侵。不肯一鋤斫，恐傷春風心。朝出貨仁義，暮歸炊古今。客來無可款，石爐添水沉。

題張俞仲竹屋

削成千盝筒，此屋是餘材。長有清風至，渾無俗客來。猿當吟案立，鶴趁釣船迴。添足歲寒計，栽松復種梅。

李方庵款梅

梅花惆悵三年別，香鎖空庭幾風月。今年花發主人歸，依舊主人貧徹骨。小枝分立硯屏邊，無酒酬春燭焰寒。數葉殘書繙未了，喚起山童敲鳳團。以上《梅屋詩稿》

許 棐二

樂府

妾心如鏡面，一規秋水清。郎心如鏡背，磨殺不分明。
小窗寒燭夜，結紐綴郎襟。不結尋常紐，結郎長遠心。
郎身如紙鳶，斷線隨風去。願得上林枝，為妾縈留住。

題舒王遊半山圖

驢載新詩僕抱書，松聲禽語當傳呼。不知邂逅耕田者，問着青苗免役無。

題錢叔恭立齋銘後蔣魁作銘

拄義撐仁難着脚，十人着脚九斜攲。此銘不特為君助，今古儒家砥柱碑。

舊漁竿

掣斷江湖幾線風，蓑衣閑掛餌瓢空。何因獻入君王手，持向磻溪釣太公。

草 屨

江湖蓑笠舊交情，石滑泥深步轉輕。恰是革華名賢集作靴蹤跡險，宦名賢集作官程高處越難行。

贈劉相士

滿鏡秋霜鬢影寒，此生堪笑復堪憐。煩君只相看書眼，更對青燈得幾年。

宗之惠梅窠水玉牋

百幅吴冰千藥雪，對吟終日不成詩。憶君同在孤山下，商略春風弄筆時。

月澗惠硯滴梅腦

手不題詩已數年，硯磚相伴學枯禪。為君醮濕玄暉筆，寫出江山雪後天。
踏雪尋梅興未償，衣襟賴有隔年香。銅匾更炷冰花腦，不到孤山也不妨。

春思

嫁得蕭郎不戀家，幾年流落在天涯。滿懷多少傷春事，嫌殺門前叫賣花。

送趙丞汝謜

竹梢風露松梢月，未抵吟丞氣味清。笑問兩年何所得，錦囊詩重俸囊輕。

贈墨僧

老硯磨穿事不成，萬書堆裏鬢星星。願隨君去柯山下，收拾殘煙寫佛經。

重陽乏酒

黄花冷笑竹籬邊，笑我床頭乏酒錢。帶雨折來無用處，碎挼金屑和茶煎。

燭

長身夜占銀臺立，焰焰光摇頂上珠。貪向華堂照歌舞，不知灰得寸心無。

代術者言

不聞沸鼎烹夷叔，那有雲臺畫四凶。自與心君消息了，却將甲乙問窮通。

贈錢相士

我貌君容一種寒，鷺漂鷗泊廿來年。我詩吟就無人買，君相公卿煞得錢。

觀松巖畫卷

老屐相隨四十年，慣看蒼翠聽潺湲。今朝細玩松巖畫，猶有吟行未到山。

吴江道中

一别吴松二十秋，敗荷枯柳總新愁。白頭交友凋零盡，賴有寒江幾箇鷗。

題陸宣公堂

一編奏議從頭讀，句句冰聯玉綴成。不是德宗嫌切直，自緣唐室未升平。諂魂盡逐殘星滅，義魄長隨霽月明。我亦愛君憂國者，歲時來一拜先生。

送趙蘭坡

弟判嘉興藹政聲，蘭坡兄又出專城。如將天上一蟾影，分作人間兩郡明。江冷雪隨帆幅去，路晴梅夾轎窗行。開藩便拜歸班詔，也與玉山添重名。

題趙恕可山臺

繞宅無非罨畫山，吟臺更對好峰巒。錦囊低掛花梢上，玉子輕敲竹麽間。小硯買來猿解捧，異書編就鶴同看。主人出赴功名會，澗水自清雲自閑。

小蓑道人

滿面瘡痍瘢，胸中一泓雪。醒吟鶴背風，醉卧鷗邊月。不賣嚇鬼符，不試熜金訣。笑問舊蓑衣，秋來添幾結。

題丘竹坡新第

長安富貴海，十客九倦還。君去不着意，君歸無愧顔。舊圃一二畝，新居十數間。花尋直樹種，竹箇斜枝删。詩句滿壁寫，書編到處安。冬簷日春煖，夏户風晝寒。不是時令舛，自緣心地寬。天下政多事，未須牢閉關。

題雪林畫卷

亂灑春霙着紙寒，玉成天地片時間。有人諳盡江湖冷，却愛尋常罨畫山。以上《融春小綴》

蘭花

竹底松根慣寂寥，肯隨桃李媚兒曹。高名壓盡離騷卷，不入離騷更自高。

郭南湖見訪却適有出一絶爲謝

一篷風雨偶歸遲，見説君來扣我扉。童子困眠梅樹下，不曾放得鶴雙飛。

枯樹

幾年柴立荒塍下，春雨秋風總不知。一點陽和到桃李，紅紅白白便盈枝。

錢謙齋新居

住破吴松江上屋，杭州城外結新廬。未尋陸羽烹茶具，先借淵明種菊鉏。山入樓中成好句，月來窗下伴殘書。御街車馬無行處，誰肯抽身覓退居。

上趙克家太守

説着嘉興太守賢，野梅官柳亦歡然。貧民不識重租苦，老吏難將一事瞞。但有詩書堆几上，更無歌舞到樽前。凡為郡者皆如此，天下何由不治安。

趙宰瓊花圖

祠下靈根無别種，凡花誰敢鬬榮枯。被君分種鵝谿上，從此人間有兩株。

寄然群賢集作照鏡潭

鏡潭炯炯秋無底，着一纖雲也是多。禪外當無些子事，如何猶有作詩魔。

茉莉

荔枝鄉裏玲瓏雪，來助長安一夏凉。情味於人最濃處，夢回猶覺鬢邊香。

題猗緑堂

蕭蕭萬竿玉，深護讀書堂。夢趁秋聲薄，詩攙夜色凉。敲茶風遞響，滴硯露涵香。不雜有花樹，花紅不久長。

趙山臺寄詩集

海雁叫將秋色去，山臺鈔寄好詩來。菊花過了梅花未，自有花從筆底開。

寄題東津

東津占得江山勝，安頓亭臺到處宜。夜夜中秋明月影，朝朝寒食好花枝。長牋短軸真行字，舊軸新編倡和詩。只隔一潮飛不去，悵懷惟有白鷗知。

寄友

已奏春班名字了，不妨閑作幾時遊。家僮未要裝詩擔，見説三高索倡酬。

紅梅

不堪冷照黄昏月，强倚春風作杏粧。雖得容顔暫時好，欠他肌骨舊來香。

迓張宰堯章

倦骨畏寒如畏虎，可曾一步出柴扉。因迎令尹西郊外，折得梅花滿把歸。

謝施雲溪寄詩

折得桂花三數枝，雲谿又寄幾篇詩。詩香入在花香裏，韻似龍涎火暖時。以上《梅屋第三稿》

餞梅

十日九風雪，差見今春寒。梅花辦歸計，一點心欲酸。所秉太孤潔，有此末路難。來年復相見，一笑賀平安。

築城曲

日將西，杵聲急，一聲聲自死腸出。城高不特土累成，半是鋪填怨夫骨。儒坑戰地骨更多，十二金人隨鬼泣。

烏夜啼

丈人屋侵雲，烏愛丈人屋。涂人亦愛烏，烏聲喜相續。屋底問蛾眉，環坐理絲竹。絲竹無新腔，寫汝聲為曲。丈人一賞音，瓦礫棄珠玉。移噪鄰翁家，聞者皆唾逐。

馬塍種花翁

東塍白髮翁，勤朴種花户。盆賣有根花，價重無人顧。西塍年少郎，荒嬉度朝暮。盆賣無根花，價廉争奪去。年少傳語翁，同業勿相妬。賣假不賣真，何獨是花樹。

泥孩兒

牧瀆一塊泥，裝塑恣華侈。所恨肌體微，金珠載不起。雙罩紅紗厨，嬌立瓶花底。少婦初嘗酸，一玩一心喜。潛乞大士靈，生子願如爾。豈知貧家兒，呱呱瘦於鬼。棄卧橋巷間，誰或顧生死。人賤不如泥，三歎而已矣。

染絲上春機

染絲上春機，春濃絲色淺。妾心隨梭飛，郎心如軸轉。
染絲上春機，錦成貴無價。不忍裁成衣，怕剪鴛鴦破。

長門怨

妾身如蓮根，沉埋淤泥底。雖有白玉姿，無人為拈洗。
妾身如亂絲，卷藏箱篋底。願上鴛鴦機，無人為分理。

秋風辭

颯颯秋風來，一葉兩葉墜。燕子動歸心，薄情知也未。
颯颯秋風來，衣衾愁未整。莫作閨中寒，且作天涯冷。

三臺春曲

昨夜微風細雨，今朝薄霽輕寒。簷外一聲啼鳥，報知花柳平安。
春是人間過客，花隨春不多時。人比花尤易老，那堪終日相思。

胡蝶飛

胡蝶飛，胡蝶飛，紅邊迷了紫邊迷，粉老香乾何處歸。不學蜜蜂做家計，勤苦之中有甘味。

破琴

幸逃煮鶴煙，枯羸卧烏几。向來千萬音，今在何人耳。舊譜傳不真，零落幾張紙。瓦缶空雷鳴，牙夔唤不起。

破硯

碌碌礲磑間，得此一隽石。磨我三十年，貌黧雙鬢白。渠亦苦我磨，眼穿流淚墨。老蟾在傍笑，兩窮自相厄。

對鏡詞

烟護杏腮寒，日襯桃腮暖。惟有鏡中花，東風都不管。

織錦詞

綵絲愁緒雜春機，咿軋聲中日又西。織到花枝連理處，玉驄門外一嬌嘶。

母忌

一别音容歲幾更，紙灰飛盡淚猶傾。最憐春雨相將足，綿上有田誰共耕。

春思

朝來一陣無情雨，敲得庭花半欲殘。燕子不知人冷落，飛來簾底避春寒。

春雨

老來慵把種花鋤，片紫纖紅一任無。不忍今春孤負雨，自收簷水浸菖蒲。

燕

處處亭臺宴好春，唱花歌柳調争新。梁間不用多言語，回耳聽君有幾人。

石菖蒲

一碧生涯水石濱，縷風絲雨瘦精神。前身恐是巢由輩，怕着人間半點塵。

草

生長冷階閒砌畔，一春知見幾花飛。雖霑雨露無多子，却到秋來緑轉肥。不是東風有愛憎，為憐微細頗加情。胚紅孕紫寧交晚，且放青青寸草生。

池魚

深淺生涯足，浮沉世念輕。莫貪鈎上餌，去作鼎中羮。

柳

青青得意春三月，撩弄東風舞腰活。莫道長條舞得多，長條先被行人折。

小盆花

小小盆中花，春風隨分足。花肥無賸紅，葉瘦無欠緑。心傾幾點香，也飽遊蜂腹。太盛必易衰，荒烟鎖金谷。

花願

未到無生無滅地，聊為春風露紅紫。不願隨風趁蝶飛，願就枝頭抱香死。

諭柳

不須嬌逞舞腰支，不須巧畫宫粧眉。只把千絲萬絲結，結住行人無别離。

選官圖

排衙累職甚分明，除罷皆由彩色行。縱有黄金無好采，也難平白到公卿。

猗緑惠燭

剪剪春生萬卷堂，一花知勝幾螢光。癡兒不識半行字，只解高燒照海棠。

落花

落花傳語五更風，能旁亭臺幾日紅。把似匆匆又飛去，不銷裁染費春工。

落梅

紅杏枝枝嬌似染，緑楊處處密成圍。苦無顔色相追逐，自趁東風作雪飛。

贈壽醫師 寓雷峰

軒窗開處總湖光，誦罷難經納晚凉。雨濺荷香沾古衲，月移松影罩禪床。燃燈就取燒丹火，煮藥先留瀹茗湯。二豎三彭都見佛，人間無病亦無方。

陳宗之疊寄書籍小詩爲謝

江海歸來二十春，閉門為學轉辛勤。自憐兩鬢空成白，猶喜雙眸未肯昏。君有新刊須寄我，我逢佳處必思君。城南昨夜聞秋雨，又拜新涼到骨恩。自注：簡齋詩一涼恩到骨。

送趙竹潭

已彊詩仙一夜留，任教侵早放船休。恨身不似梅花片，飛入寒篷伴遠遊。

贈僧虛中

僧趁雪前到，梅花猶恨遲。略譚殘歲夢，便和早春詩。僵雁依船宿，寒猿捧硯隨。吟單未須捲，重見是何時。以上《梅屋第四稿》

蓮市廢宅

雙槐枝葉似飄蓬，奕世榮華一旦空。燕繞故基尋畫棟，烏棲荒樹憶金籠。書分幾處青燈下，劍入誰家寶匣中。遥睇錢塘三尺墓，離離枯草泣低風。影印《詩淵》册五頁三一七三

壽張倅

明日方重九，先期菊已花。固知天有意，欲祝壽無涯。玉斝浮金蕊，冰姿映臉霞。長生此真術，不用紫河車。同上書册六頁四五七四

（文師華整理）

全宋詩卷三〇九一

釋元肇一

釋元肇（一一八九—？）（生年據本集卷上《寄趙東閣》「與君生己酉」及卷下《丁巳生朝》年六十九推定），字聖徒（日刻本本集署名），號淮海，通州静海（今江蘇南通）人，俗姓潘。年十九薙染受具。參浙翁於徑山，命爲掌記。出世通之光孝，歷住吴城雙塔、金陵清凉、天台萬年、蘇之萬壽、永嘉江心、杭之净慈、靈隱等寺，圓寂於徑山。有《淮海挐音》二卷。事見《武林梵志》卷九。

釋元肇詩，以日本東山天皇元禄乙亥仿宋刊本爲底本。新輯集外詩附於卷末。

徑山冬日

東西兩徑幽，歲晚得周游。壑雪陰猶在，溪雲凍不浮。鳥驚樵斧重，猿挂樹枝柔。怕有梅花發，因行到水頭。

洞霄宫

夾道列蒼官，回回水屈盤。一峯天柱杪，九鎖洞雲寒。澗草受春緑，山茶落曉丹。霜髯雪眉叟，倚杖聽驚湍。

虎丘

滄海何年湧，秦傳虎踞丘。池空劍光冷，墳缺鬼吟愁。石礙樓臺側，烟深草木浮。吴人貪勝槩，春盡亦來游。

楓　橋

出郭初逢寺，長洲茂苑西。塔風喧梵語，石雨暗唐題。日莫山如染，春深草欲迷。門前有流水，舊號越來溪。

齊雲樓

高壓子城闉，簷牙半入雲。人煙極目盡，天語舉頭聞。齊魯猶堪望，江淮渺莫分。平生湖海氣，獨倚到斜曛。

姑蘇臺

古今興廢事，天地不能齊。水闊連湖外，山多在郭西。登臨煙雨後，悵望夕陽低。若問烏棲曲，城頭夜夜啼。

洞庭翠峰

峯點浮螺翠，遥波界玉田。雲中聽鷄犬，路入趁漁船。濃淡霜天曉，青黄橘户煙。寺因明覺住，清響有人傳。

道場山

水國山為重，僧居占上頭。鐘聲冠别寺，塔杪入他州。巖響寒泉雨，風欺老樹秋。定回緣愛月，增起殿前樓。

徑山天開圖畫

幽澗瀉泠泠，千峯叠障屏。曉雲開混沌，遠水接滄溟。松影摇禪榻，苔衣上浄瓶。塵中夢不到，争欲買丹青。

石頭城

西風動古情，更上石頭城。一片斜陽外，幾番曾力争。天青雲破碎，草碧鷺分明。寂寞潮回處，如今亦耦耕。

雨華臺

高立講經臺，浮雲四面開。地中遺石子，天上雨華來。塔老香燈冷，夜深神鬼哀。回看六朝事，只有冢成堆。

烏衣園

烏衣園裏過，不覺立多時。舊事人能説，春風燕得知。倒垂池上柳，斜插酒邊旗。來往城南路，年年長别離。

金山

長江界楚吴，屹立兩浮屠。潮覺山高下，雲知樹有無。狂瀾中砥柱，静夜渾儀圖。僧應何方供，飄飄踏一蘆。

海門古城

昔聞天祚際，城此鎮東州。壞塹尋餘鏃，荒祠立故侯。荆榛無茂日，禾黍幾番秋。江上寒潮水，依然到石頭。

狼山

寺因先幻有，仙跡本虞君。渡口幾點屋，山腰一抹雲。長江浮地軸，孤塔焕天文。欲問秦皇事，高崖迥不聞。

破山興福寺

此山名最重，常建昔題來。大士講經處，老龍拏石開。庭前纓絡樹，池内白蓮臺。幾載惟聞説，何當到一回。

雪城

苕雪頻年夢，今秋始一過。水霾寒氣早，山出晚晴多。巷陌喧菱市，樓臺接櫂歌。一般清絶處，城裏見漁蓑。

瓊花

勝地足繁華，靈根最可嘉。人間無别種，后土獨開花。玉帳三千客，珠簾十萬家。年年到初夏，來此醉流霞。

芍藥

舊説揚州有，移來此地栽。年年送春後，處處見花開。紅藥還相似，朱顔换不回。晴窗添水浸，吟媿謝公才。

水仙

仙家遺玉種，歲晚發幽芳。露重金杯側，天寒翠袖長。神猶步洛汜，夢不到高唐。待得春風覺，游蜂空斷腸。

鳳仙花

鳳者世難逢，花開瑞亦同。九苞元有種，五色自成叢。竹實無心食，池光照影中。玉簫吹不徹，飛起向秋風。

膽瓶蕉

解報窗前雨，清聲細可聽。一身都是膽，數葉共生餅。不作抽書樣，休尋本草經。夏蟲猶怕苦，莫敢近青青。

石菖蒲

烟雨暝朝昏，龍湫鴈蕩濱。移根來別處，終日伴閒身。勁氣衝如髮，寒芒凛辟塵。年年看花者，應笑不曾春。

金魚

造物真成戲，鱗中亦有殊。黄金凡幾尾，碧沼自相濡。衆口安能鑠，懸腰但可模。多因名色誤，不得泳江湖。

移竹

南庭多緑竹，移種近西牆。遠待三年後，陰成一片凉。月鋪金鑠碎，風度玉鏗鏘。定愛常來坐，中間頓石牀。

聞鴈有感

秋思堪悲處，江城鴈到初。先聲落羈旅，寒陣過空虛。淅淅黃蘆際，茫茫碧水餘。愁人在沙漠，可有寄來書。

竹鄰

虛懷似此君，所至愛為鄰。寒影過牆緑，清風無俗塵。恐孤棲鳳侶，不作釣魚身。昔有吟人癖，移家更苦辛。

蝶

一捻翅如霜，閒飛宮樣黃。年年因物化，日日為花忙。風雨驚相失，兒童趁欲狂。尋常見圖畫，安得遇滕王。

蜘蛛

羅網挂虛簷，將身僻罅潛。露含罾眼細，月鏤藕絲纖。作繭輸他巧，飛蟲苦被黏。靜中觀節物，能有幾時炎。

茶花

茗有花難識，山中採得來。試從枝上看，全勝琖中開。緑葉微如桂，黃心大似梅。晴窗澹相對，能遣睡魔回。

題草書洗兵馬

諸將收功日，山東平定時。妙須懷素筆，草出少陵詩。風雨驅馳疾，龍蛇變化宜。何當崖石上，見寫次山碑。

陳圃疏方池

細斸蒼苔地，東西曲帶坡。取泥高壅竹，積水旋栽荷。明月自先到，清風應更多。丁寧安罯罶，時復小經過。

大水傷田家

沙頭秋日黄，煙水白茫茫。無處分畦畛，傷時貴秕糠。家鵝隨野鶩，農父作漁郎。禹力成千古，孤吟欲斷腸。

宿福勝寺

投宿三十里，過山千萬層。天寒猶有菊，寺静更無僧。掘芋充朝供，尋薪點夜燈。望雲歸未得，惆悵一枝藤。

中秋下含輝亭

秋意足淒冷，歸心只自憐。亂峯分落照，隻鴈度遥天。拙學千金帚，浮生上水船。含暉亭畔月，最好别時圓。

雪

風回急有聲，欲住更娉婷。頃刻增奇觀，依稀得細聽。空庭禽啄樹，吟屋凍生瓶。多是鄰僧愛，柴扉晚不扃。

庭池

窗外空無有，清池瞰屋除。去萍嫌礙月，留藻怕驚魚。夜雨知深淺，晨光透碧虚。時時來顧影，照見白髭疎。

叠石

澄徹池光上，嵸巃相對閑。誰將太湖石，叠作小廬山。種樹蟠春長，栽花帶土慳。當時真隱者，只在篆烟間。

竹院

愛竹真成癖，相傳子又孫。蒼寒雲翳翳，碧浄玉温温。月散驚龍化，風喧醒鶴魂。幾回清不寐，因雪夜開門。

南塔

韶光將歛艷，麥野緑成堆。庵内人如在，庭前柏自栽。爐煙沿石碧，經梵雜風哀。諸子知仁孝，逢春好一來。

海陵道中

來往吴陵路，漁樵是切鄰。雨容輕濕曉，水氣暗浮春。野鴈情如客，汀鷗黠近人。梅花篷底見，倍覺有精神。

山居

山寺偏宜夏，游塵不染苔。煙光收迴野，江影上層臺。竹筍侵崖出，藤花借樹開。幽禽如解意，飛去又飛來。

秋晚庵中

江邊成獨宿，徹夜聽吟蛩。窗月低殘影，客衣寒未重。林疏出幽磬，風迴遞村舂。細采東籬菊，曉雲横瘦筇。

閒居

孤雲自舒卷，萬類各生成。邁世有貧士，長年無俗情。林塘初雨過，山鳥不時鳴。為問滄浪客，何須歌濯纓。

和許提幹宿平遠

傾蓋話平遠，陰陰清晝長。滄波没鷗鷺，煙草暗牛羊。樓影欹東嶺，鐘聲出上方。新詩吟不足，就月屢移床。

病起

江皋生遠趣，盡日獨沈吟。雨洗四郊净，雲分片地陰。黄梅成樹落，青稻入村深。農事今如許，猶能一散襟。

山村初夏

麥熟鳥聲樂，桑空蠶箔温。陰陰傍山路，曲曲抱溪村。唤雨鳩夫婦，添林竹子孫。牛羊雜樵牧，隨月到柴門。

中秋

今夜中秋月，相看異楚江。侵階如有雪，透屋欲無窗。鵲為無枝遶，鐘因得句撞。不知風露冷，吟到影成雙。

林酒仙

持犯苦相分，陶沈麯糵真。世間皆醉夢，師是獨醒人。難合虚開口，長留坐化身。春風過東寺，苔砌落花新。

臘雪

從前知雪意，祇向夜中來。光逼鷄窗曉，寒催蝶夢回。開門思煮茗，摇樹怕傷梅。高處偏多積，因高却易隤。

大閲

吴宫舊有名，閲武事非輕。金鼓從天落，戈鋋照雪明。令嚴雲鳥絶，機發鬼神驚。士氣賈餘勇，歸笳奏太平。

春雪

乾坤公道在，又見雪來蘇。貴賤皆白屋，高低盡坦涂。莫嫌春力淺，猶勝去年無。却憶尋芳者，還成訪戴圖。

送春

又送春歸去，幽居轉寂寥。林花皆落盡，鬢雪不曾消。明日無三月，愁吟過一宵。更添簷外雨，點點在芭蕉。

清明

寒食清明節，家家拜掃辰。酒杯難醉土，淚眼不知春。舊塚連新塚，今人歎昔人。路傍無主認，幾箇石麒麟。

哀通城

聞道通城破，傷心不可論。隔江三日火，故里幾人存。哭透青天裂，冤銜白晝昏。時逢過來者，恐是夢中魂。

掬泉

一坳寒貯玉，非沼又非渠。捉月弄清淺，把山摇碧虚。久晴應不竭，積雨亦無餘。陸羽來題品，他泉定弗如。

時敬菴

主人時孝敬，結屋尉幽靈。山近嵐生砌，池清月在庭。鳥行窺施食，鶴立聽看經。有客來相過，林扉且莫扃。

夜坐

露坐黄昏後，城居若在村。天陰螢火亮，秋近草蟲喧。老去渾無睡，貧來不閉門。也知疎拙甚，此意與誰論。

七夕

年年逢七夕，鵲遶故枝驚。天上誰曾會，人間自動情。巧雲還易散，曲月豈長明。大拙無如我，孤吟曉未成。

雪中訪趙守宗簿

終歲搘柴荆，雪中乘興行。水光相莽蒼，雲意自從横。風壓孤舟重，烟消野店明。休尋戴安道，且訪謝宣城。

送趙守寺丞除郎

專城不兩年，千騎促朝天。星宿明前席，江神護奏篇。梅開堠亭雪，柳綻御樓煙。悵望寒汀晚，蘆花一釣船。

送仲新恩

倍喜逢鄉老，離家歲月長。衣霑新雨露，面帶舊風霜。雲氣侵晴檻，泉聲入夜堂。明朝出山去，後會説重陽。

送凌僉判

江皐秋意足，倚策送君行。戍鼓聲方斷，登樓賦已成。野潮漫曉白，鄉岫出煙迎。只有津亭柳，摇摇繫别情。

送孫教授翔父

泮宫留不得，廊廟嘆才難。遠送嫌江礙，深思上閣看。菊開秋意足，鴈到水天寒。德釋關民社，何須問改官。

寄趙東閣

與君生己酉，年月日時中。除郤吟相似，其它事不同。夢寒春草緑，天闊莫江空。見面知何處，東華踏軟紅。

訪方蕙巖不值

吴城多第宅，毋過蕙巖家。不是門如海，都緣刺似麻。風聲虚動竹，日影漸移花。清興渾無奈，歸來自煮茶。

和宋松竹

保障風寒地，勤勞不問家。年來對松竹，客至話桑麻。靈運池塘草，玄都觀裏花。打門驚夢起，上苑賜新茶。

和方新恩

詩禮擅英華，源流奕世家。已攀天上桂，不棄道傍麻。烏鵲朝來噪，青燈昨夜花。慚無報瓊句，相對只杯茶。

送致政許朝請

相遇在東州，相分十五秋。挂冠當健日，見子早封侯。城外鐘寒寺，山陰雪夜舟。還經釣臺過，不媿客星游。

方蕙巖宅

移宅住園中，高懷便不同。生涯雖最少，樂地却無窮。人記為州日，家傳處士風。閒來對巖石，坐到夕陽紅。

題陳藏一山房

浩浩人如海，吟居獨可嘉。遠山長入户，萬卷是生涯。挂石添名畫，分缾插買花。多應市朝客，無暇到君家。

寄龜翁史君

添藁近方開，傳從越上來。不曾經道句，真箇是仙才。禹廟題新在，蘭亭到幾回。莫教兒輩覺，瓜戍恐相催。

寄項秘監

吴中住歲餘，所樂在詩書。有句題幽石，無人識借居。蓬萊最高處，雅頌正關渠。此道能如古，今誰伴直廬。

寄御史王少卿

朝陽有鳴鳳，天下喜初聞。去棹輕如葉，閒心淡似雲。杯羹留奉母，一飯不忘君。千古濠梁水，流清滌世氛。

和黄東浦早秋韻

門徑半交莎，幽居事若何。地偏人到少，雲淡自怡多。林杪危凉葉，池容減翠荷。翻思種陽艷，終竟不如禾。

寄鄭司業直院右史

由來行所學，最是得時難。春草書帶緑，東風御柳寒。金爐烟噴曉，玉署漏聲殘。獻納絲綸樣，流傳盛代看。

次韻趙竹所書詩卷後

江湖三十載，每聽説君詩。古寺過逢處，寒城欲莫時。自看霜落後，唯倚竹相知。吟壘嘶無律，虚勞為出奇。

周伯弜詩送僧至吴

周友别多時，湖山翠染衣。宦情如紙薄，詩句逐雲飛。一片孤鴻影，三高釣雪磯。只消傳此意，知我似君稀。

書薛野鶴水竹稿

野性昂如鶴，期君壽合堅。雖然傳去世，必定得為仙。華表千年後，崖銘幾字全。詩名長不泯，集是石龜編。

送周肖白

新年纔兩日，又見送行人。畫好難投俗，詩工不療貧。烟深楊柳岸，雨瘦鷺鷥身。且莫東歸去，京華易得春。

題石瑶林山録

天姥紫芝岑，僊靈宅下臨。幽光千古月，孝德一生心。拱木秋聲早，寒泉汨滴深。彼蒼知不遠，同聘入書林。

足菴寄朱新父

知機何太蚤，菴以足為題。動静關天理，纖洪類物齊。魚游池水滿，鳥宿樹枝低。來往門前客，黄塵没馬蹄。

湯西樓新居

聞君移住處，相近太平坊。舊日同吟侶，新來認草堂。避喧猶未可，在陋亦何妨。只有西樓月，清光不改常。

和王郎中韻

淮水入吳深，乘流住到今。石幢寒日影，鐵塔夜風吟。舉世無知己，惟公識此心。朝來惠新作，三嘆有餘音。

梅　山王郎中自號

歷陽風土秀，清氣在梅山。自古英靈出，垂名天地間。相傳司業句，又逐省郎還。歲歲春消息，寧忘問故關。

小　閣王郎中宅

老子小婆娑，裝成安樂窩。不堪人狹隘，足稱自吟哦。愛日烘窗煖，承簷聽雨多。來春在鈴下，思治作民和。

吊毛惜惜毛乃高沙妓。端平間，榮全叛城，呼毛佐酒，不從，遭戮，罵賊至死不絕口

妓者有毛嬙，高沙罵賊狂。一身雖就死，千古不曾亡。嗟爾男兒活，羞它冢樹傍。史應收烈傳，祀合御睢陽。

曉　谷

長夜何時旦，藏脩只任真。惜陰常起早，吹律自生春。處處聞啼鳥，聲聲若應人。日高雲散後，方始正

衣巾。

送張明府知黃崗

去作黃崗縣，風寒護上流。近時登要路，皆用試邊頭。赤壁應無恙，雪堂還在不。多將民疾苦，歸日奏宸旒。

送潘提幹

聖代重倫魁，難教佐外臺。天文動星象，雲氣上蓬萊。道士携琴送，吟船載鶴回。中興紫岩老，今日又重來。

送王右曹知南劍

列宿守延平，旌旗過浙迎。地傳龍化劍，州傍水為城。勁氣民情直，澄波政様清。公庭應事簡，所得是詩名。

送山陰僧還西山

香城高處住，瀑布挂簷間。莫雨滕王閣，白雲秦望山。到家如客寄，直語對人慳。却憶來時路，松門夜不關。

贈縫人

傳來家法遠，妙在自通方。到處逢僧説，前年離帝鄉。腰圍憐我瘦，舞袖為誰長。不用懸牌額，蘭深路有香。

雲谷日者

賣卜不論錢，開囊乞贈篇。先生雖有術，野客不知年。披雪穿吴市，占星落楚天。茫茫寰海内，為覓隱神僊。

送陳省元歸通川

買宅船橋住，情深得共論。兒能學吴語，老念出齊門。緑樹陰行色，清江漲别痕。鄰人相過處，歡樂勝羌村。

歲晚過上竺禮天目

幽懷日成趣，與世不相聞。瘦似梅花樹，閑如竺嶺雲。葉間新句法，石上舊苔紋。送我溪橋路，松梢又夕曛。

和天目送行

握手下層翠，秋聲動泬寥。葉寒山徑響，雨積水程遥。古甸分煙樹，孤城帶晚潮。懷人在空谷，誼不就旌招。

訪天目梁渚

煙渚落漁篷，行行訪隱蹤。野禽衝斷徑，樵子指前峯。雲闕安禪石，霜清得句鐘。長淮一千里，九日却重逢。

謝焕書記畫

住寺近郊臺，禪林扣遍回。門從齋後閉，客自雨中來。静勝方知妙，吟成不敢催。相思渺何許，時展畫圖開。

送江西益禪人

世路今方隘，情親别更難。孤篷和雨宿，十月渡江寒。詩到愁時澀，書來約歲闌。青青狼伍寺，何日共闌干。

送深禪人歸衡岳隱山

江浙參尋遍，仍思故隱山。不知人住處，惟見鴈飛還。説法龍來聽，長年雲閉關。莫將殘菜葉，流落在溪間。

送同游歸里

俱有萱庭念，相依歲月深。平時行樂地，此夜别離心。曉渡吴雲濕，秋生楚岫陰。獨憐烏鵲喜，不到我家林。

寄遠

拄策窮西望，閑雲去復生。亂鴉棲落日，孤鴈叫寒更。坐久燈生暈，衣單夢不成。遥知今夜月，還向故人明。

送珂書記游金陵

兩度扣幽扃，知君無俗情。遠抛孤嶼碧，久住冷泉清。吟骨瘦欲出，行囊貧得輕。天寒猶未返，貪看石頭城。

更深亭

幽趣上林梢，添高一把茅。乾坤常在定，日月自相交。雲怕人知處，門開僧不敲。叢臺歌舞散，空有燕來巢。

懷人

自覺懷人遠，閒房獨揜扃。去時梅著子，歸晚竹添丁。海岸無山碧，天涯有草青。春潮知信候，日日過夷亭。

送僧東歸

欲作廬山去，幡然興已收。故鄉一夜夢，明月兩中秋。落葉堆寒色，孤帆挂遠愁。不知從此後，誰上仲宣樓。

送沅清谿游江西

桐廬山下水，徹底照人清。流向西江去，吟高舊日聲。洪崖千丈雪，黄鶴一樓晴。知是何時到，隨緣不算程。

寫照王肖巖

王君善寫真，當世獨超倫。纔見皆能識，方知妙入神。鴛行傳國士，麟閣貌功臣。安有工夫到，寒巖枯木身。

寄冷泉康書狀

康廬有隱君，久愛北山文。礀底弄清泚，嶺頭吟白雲。月隨行處影，猿向定中聞。寄得書來説，憐余在鷺群。

渡越

半月金陵路，今朝渡浙河。回頭吴岫在，到耳越音多。賀監湖邊柳，右軍池上鵝。宛然風物在，人事幾消磨。

剡中

雨宿剡中寺，曉行猶未晴。諸峯雲不定，叠磵水争鳴。野店穿心過，村樵當面横。尋思戴安道，千古一谿清。

新昌石像

願力堅如石，三生鑿得開。始知真實相，元不假胚胎。寶閣層層見，香雲冉冉回。盡誠皈敬者，莫待下生來。

天姥

自登天姥嶺，飛雪滿千峯。采藥難尋徑，啼猿不見蹤。赤城應改色，白道定相逢。漸覺吾廬近，微聞日暮鐘。

石橋

絶景隔凡塵，探幽雪未分。飛來雙磵瀑，攤作一橋雲。聖跡常時現，人間到處聞。煎茶亭上立，花乳白紛紛。

送照晦巖赴下竺

法道日堪嗟，邪師似稻麻。靈山承付囑，佛隴正傳家。曲水慈雲石，薌風御苑花。曇猷橋畔别，烟樹思無涯。

桐柏觀

仙者曾居地，峯巒特異常。泉飄簫樂響，松暗洞門藏。玉井通三島，瓊臺接上蒼。有時聞鶴下，醮罷月侵廊。

酬趙菊莊

讀來詩百首，清絶少如君。碧水有明月，青天無片雲。台山才一見，衡岳又相分。此處多回鴈，新題到里枌。

華頂峰

台嶺碧重重，中高華頂峯。盡頭滄海出，半被白雲封。屋冷僧拋去，僊來井有蹤。絶無猿鳥路，争得世人逢。

羅漢樹

嶺上羅漢樹，魁梧迥不群。死心雖滅火，直氣尚凌雲。空得渾無物，中能著數君。非同木居士，題號涉功勛。

宿廣閏寺庾嶺方丈

兩程行始到，寺與海波鄰。插草燉煌士，自注：乃白道猷。傳衣庾嶺人。話長緣久别，月澹欲侵晨。憶在凌霄日，相同是夙因。

寄南叔凱

苦思南叔凱，相别已多年。生與慈雲近，燈從智者傳。憐渠如我癖，忤俗是詩篇。橋畔青松老，期來看瀑泉。

雪中

籃輿走白沙，風雪正交加。片石皆成玉，莖茅盡着花。禽危巢欲墮，樵失路應差。歸晚堪尋處，清溪一綫斜。

寒巖

信宿到寒巖，靈蹤出曉嵐。懸崖嵌似鑿，著屋巧如龕。石月觀心處，霜鐘是對譚。徧尋雙隱句，風葉已鬖鬖。

明巖

不與衆峯同，纔容寸步通。跨門巖響屧，縣自注：音玄。度自注：漢傳索名。水行空。僧住知無厭，人來看莫窮。相傳幽洞透，寒拾往還中。

天封

神指靈墟地，峯從華頂分。東封時未至，西域教先聞。丈室高皇字，重修笠澤文。自注：陸放翁也。幽尋三十里，穿破石橋雲。

赤城

秀氣融台岳，虚玄第玉京。飛霞染丹石，危堞露層城。華雨無時歇，松風夾道鳴。曇猷洗腸處，泉井至今頳。

蓮華峯

絶頂高峰上，如何下手栽。崔嵬出雲際，菡萏向天開。大寂自注：韶國師號。身千劫，浮圖雪一桅。横擔榔栗去，曾有幾人來。

台城道中

枝暗花成子，風飄絮作萍。雨侵溪漲白，山脱晚雲青。又過仙人渡，還登酌水亭。往來人自老，雙鷺立烟汀。

寄吴荆溪大監

水心銘未立，屬望在荆溪。一字如山重，何人落筆題。昌黎懸斗柄，皇甫接天梯。草木無情者，垂垂露泣低。

碧　沼為妙不傳題

瀲灧一池蓮，禪房住半邊。北通闤市路，西透馬塍泉。碧色冷揺日，香風近撲天。遠公雖不作，清社有人傳。

酬上官右史

住山今幾年，歸興只飄然。野水無邊際，浮雲自變遷。螭坳曾侍立，漁火對愁眠。二老成來往，三生定有緣。

泊　然

真箇無營者，方能向此居。花間誰是蝶，池上不知魚。竹户清陰碎，苔階翠點疎。東西幾片壁，只貼坐忘書。

天台道中

麥壠桑麻接，行行百里賒。一番飛穀雨，滿地落桐花。水曲成三渡，山坳忽數家。歸來襟袖上，猶帶赤城霞。

怡雲

雲是無心物，悠悠天地間。長年抱幽石，何處覓深山。白日看舒卷，清風任往還。有時隨雨去，不似老僧閑。

施東洲蒼雲

東洲一片雲，凝住石湖濱。群岫堆蒼玉，萬松生翠鱗。相看碑上字，不死墓中人。曾筆中興事，傷時在泣麟。

漁父

身外即江山，流行坎止間。烟波垂釣直，天地一舟閑。到岸賣魚去，無錢得酒還。不知塵世换，幾度月彎彎。

水竹園

開園多傍水，種竹近臨臯。試問諸君子，何須快剪刀。清風招六逸，碧浪識三高。却笑任公子，持竿欲釣鰲。

寄張書監

張公深隱處，花墅竹間籬。不作明時用，能令薄俗移。高風喧地籟，清節照天池。月下常來往，幽禽野鹿知。

琴川圖 為崔梅山題

勝處著幽亭，烟林四望平。高山千古意，流水七弦情。偃室猶堪仰，虞風舊有名。丹青難下手，松竹自傳聲。

上官右史慶幸堂

先生何慶幸，年老樂安閑。得地無多畝，營堂不數間。種花皆結子，移石便成山。只有雙雙鶴，相隨日往還。

竹石

脩篁擁翠幢，魁石坐端方。勁節經寒在，新梢入夏長。雲從根上起，玉向實中藏。為雨從龍後，清風滿菊堂。

潤雲

高結據空虛，吴中大隱居。碧雲生暮景，清氣浥樓書。座上通玄客，門前長者車。東隅貫休閣，相望復何如。

宜静 為高竹鶴題

日月忙推轂，乾坤著草亭。一波才底定，萬化自消停。幽極風敲竹，微聞鶴振翎。白雲雖自在，争似遠山青。

梅月 為陳碧磵題

堂上傳風雅，高標一段奇。韻清梅蘸水，生白月來時。有影皆成畫，無聲總是詩。屋頭春信早，催發向南枝。

過鄭文昌庵

臘天三四日，曾到錦峯來。世上無知己，松根坐古苔。茶烟凝户曉，風雪打舡回。却憶星辰履，如今安在哉。

和洪提舉送平齋集

平齋大全集，千古播幽芳。騷雅杜陵老，雄深馬子長。天能留稷契，世可致虞唐。樂府尤清麗，難回鐵石腸。

得坐

一室坐春空，寥寥萬境容。月移旁砌竹，風借別樓鐘。暗處元非滯，明邊亦是逢。五更侵早起，清露滴長松。

落花

萬紫及千紅，枝頭一餉空。多因傷夜雨，曾不怨春風。片片隨流去，紛紛夕照中。自開還自落，只與去年同。

秋日菴居

開門一逕通，花木四時同。陰密松成蓋，香多桂作叢。鑿池要皓月，移竹種清風。未息塵機者，應難到此中。

九日

今逢重九名，居野見幽清。地静黄花早，天空落葉聲。耕人齊上壟，荒日半沈城。除却陶彭澤，同誰話此情。

火閤

裝折圍爐地，方方七尺强。易容元亮膝，難著浄名床。省炭功雖小，燒香味較長。晏然宜袖手，免去暴朝陽。

乖目相者

一雙乖角眼，閲世妙無倫。白日常穿市，青雲少見人。未嘗眠鎖店，午後聽鐘鄰。盍向邊頭看，誰為閣上麟。

披雲庵

絶頂住居安，千峯翠作攢。風吹雲影破，天漏月光寒。野水無行路，孤松半倚看。有時吟到曉，清韻激飛湍。

馬宋英畫松

元氣淋漓濕，畫師今幾人。宋英傳古色，韋偃是前身。森竦髯如蝟，鱗皴鐵作鱗。蟠根巖壑底，多幸不遭秦。

寄題趙山臺蓮華方丈

十尺方圍地，一枰雲錦衣。禪心不著水，天女暗投機。莫道榮枯異，誰云語默非。荷問休結屋，趣入道山歸。

嘯巖

丘石虎西蹲，月明煙水村。扣舷穿蠡口，長嘯徹蘇門。要得却胡騎，應須夢至尊。苦吟天地窄，萬物本同根。

送印寶章知温州

東嘉山水郡，靈運後知名。孤嶼雲簪筆，清江玉帶城。伏波思鴈遠，春草夢詩成。五馬人生貴，二難時共榮。

蒙齋

蒙居養正齋，清景湛靈臺。叠石移山至，開池待月來。是誰游象外，求我放心回。庭際風敲竹，分陰滿緑苔。

水心先生挽章二首

歸自金陵後，情疎狎隱淪。身緣憂國瘦，家為著書貧。江海星沈夜，池塘草不春。門生天下是，椽筆付何人。

孤嶼秋風寺，三過夫子家。古心堅鐵石，軟語帶烟霞。别嶺栖雙徑，逢人問永嘉。重看送行句，殞泪墨欹斜。

方蕙巖常簿二首

名教非無樂，何緣事上眉。不閑因接物，先老為憂時。兩郡垂棠蔭，東園長桂枝。用公渾未盡，一世有餘悲。

夙昔住山緣，來吳已八年。獨憐寒塔影，時到碧巖前。埋玉亡何日，愁雲過別天。東風滅回首，家學子能傳。

張廉州奏院

合浦歸來久，遲敲月下門。今朝隔生死，無處問乾坤。斜日寒天短，愁雲遠水吞。湖趺溪畔石，空憶繫舟痕。

吳荆溪大監

遥辭下石橋，南岳阻招邀。五載未相見，三除不入朝。玉樓催作記，瓊闕伴吹簫。嘆世無知己，文章竟寂寥。

趙東閣奏院

東閣王孫貴，才名似謫仙。可憐頒郡下，不及蓋棺前。家乏千金計，詩應萬古傳。生來同四柱，豈料哭君先。

周伯弜明府

昨過楊州日，知君病已侵。殊非折腰具，竟作斷弦吟。遠信逢秋笛，驚哀徹樹禽。有才無命者，從古至于今。

印僉判

才業魁多士，英聲早歲馳。宦涂將晚達，賢路有深知。月借山城白，風飄鼓角悲。用公渾不盡，珠樹照清時。

陸稅院

甫里雲間譜，知幾類計然。本期拋舊宅，豈料見新阡。宦遠無年及，門高有子傳。鄉音何處認，哀泣似淮壖。

陳孺人

静正成家道，賢明訓子孫。園林冬出笋，霜露早摧萱。有泪瞻遺像，無言似倚門。傷心夜臺月，不照再承恩。

寧少耘

逢師竹澗旁，歲慘下歸航。我獨疑深隱，僧來説坐亡。草墟曾住寺，塵鏁别營房。渺渺吴中道，無因過上塘。

舟别浦禪師塔

諸老凋零盡，江湖轉憶君。人經十年换，寺革一番焚。庭冷池來月，山空塔裹雲。惟應有游衲，時到炷爐薰。

天台山中十首

道喪幾千載，不復還其淳。强者用詐力，弱者傷夷淪。芒芒大塊中，何人得其真。已矣難重陳，吾將誰與鄰。

千山萬山中，翠薜相交羅。春風來何遲，積雪常峩峩。折木有清響，采薇聞遠歌。不因尋石橋，長年無人過。

面對香爐峰，朝昏起雲霧。飄飄無定形，忽被風吹去。去去還復留，半挂長松樹。悠然會我心，政自有佳趣。

四時多幽禽，日日鳴前林。呼喚烟樹重，應答山水深。静中無別響，獨聽有餘音。載歌仍載吟，半晴還半陰。

澗底有清泉，日夜鳴涓涓。風聲過樹頭，月色當窗前。起坐不成寐，白髮悲流年。向來稱達人，兩耳何緣濺。

山中産靈藥，四望清藹藹。神僊久不逢，世上何人采。桃源路豈遥，蓬萊非隔海。惟有天地根，古今常獨在。

蘭生在深林，衆草相陸沈。微承雨露滋，積受霜雪侵。幽薌時一吹，樵牧空見尋。采采當我前，遠此違世心。

紅紅白白花，萬萬千千樹。開亦不知名，落亦不知數。幽禽來上啼，野鹿銜將去。可望不可攀，四向高無路。

野草紛其類，托根孤高地。誰榮誰瘁之，動摇春風至。凄迷烟雨中，碧滿閑庭際。王孫歸不歸，山深易寒氣。

為愛簷前竹，特立萬竿玉。蕭蕭送雨聲，沈沈照窗緑。風雪凌壓之，可摧不可曲。澹然如幽人，長年在空谷。

許來亭

猗歟觀石橋，境物皆天趣。山高礙鳥飛，瀑響驚龍睡。真流半千尊，只在雲中住。驗盡世間人，到此煎茶去。曇猷昔何為，苦苦欲相遇。餅峯忽面牆，石上穿雙汨。他年許重來，老却青松樹。

擬寒山吴下菴居

一昨離天台，事事皆不會。西風信杖藜，吹落齊關外。主人新卜築，林塘倏蒼薈。埤垸隱周遭，市聲隔繁碎。出門與入門，朝昏隨向背。浮圖一兩尖，雲際忽相對。鴈陣拽如繩，鵶喚斜陽隊。有僧來扣門，路跨田翁耒。人應笑我疎，我笑人多昧。古今佳遯情，可在此菴内。

題楊梅山人渭川圖

不識山人面，今見山人竹。鵝溪半幅間，渭川千畝足。細細穿石泉，猗猗動寒緑。望之意已凉，況當親檻觸。賢哉懷隱居，疇能繼高躅。

羅漢樹

藏春堂有木數章，蓊鬱喬立，不隨時榮枯，與松柏相上下。其葉厚而澤，其子青而紅，若胡僧然，世以羅漢名之。余佳其堅高，携一枝為寂寥伴。置之幽窗，漬以餅水。閱三載，華蔚然如在故，視其末，則已根矣。人多異之。於戲！使其色難易於彼此，不足斷世間住相，羅漢之名，豈徒然哉。

人生天地間，飄然無根蔕。貴賤壽夭形，總被造物戲。達者常晏如，不作包桑計。如何閒草木，剛受人嫵媚。寒松作大夫，枯木號居士。便有徼福人，未免斧斤至。孤高本無心，反以名疣贅。此樹亦歲寒，婆娑立蒼翠。著子秋纍纍，何啻五百位。顱圓從誰度，身紫何人賜。問之無人説，法門入不二。喬特不世情，與我却相類。許我折一枝，幽窗浸缶器。辭柯漏已空，森然遂生意。荏苒三暑寒，傲睨萬物頽。翻思陰陽家，水木推生利。但存節操堅，莫訝垛根異。鴈蕩與天台，泉石平生志。木上座脱洒，竹尊者風味。何當笑相逢，同歸第一義。

縣胥歸耕

籠中無樂鳥，檻外無樂獸。何嘗費飲啄，不忘念翔驟。子今既知此，欲拂事公袖。不將無事眉，閑為鞭笞皺。社瓮雖濁醪，勝醉歌樓酎。婦饁雖粳糲，勝冷書案豆。門前有追胥，皂衣皆我舊。布穀鳴春深，斯言誠可復。

高鼓院桃村

强齋先生築別墅曰桃村。録其經始，情高趣遠；縱其天游，樂以忘返。一水一石，蒐獮不遺；意到文成，自然古健。雖王摩詰之圖輞川，柳河東之記山水，不是過也。當世文章鉅公，播金石，聲風雅，歸美多矣。枌下晚生，屢辱引教，率易古吟呈上。

舉頭見青山，高與天齊平。俯首鑑靈泉，派分天池清。是中十畝園，爛若紅霞蒸。夫差昔不國，舞榭歌臺傾。風驚柳腰折，雨集蛙部鳴。靄靄墟里煙，紛紛鷄犬聲。寂寥千載後，公來暢幽情。手種桃千株，草架屋數楹。厥壤宜芬芳，昭儉易落成。子孫相追隨，日夕生遐征。公今雲臺仙，輕强垂百齡。支笻歌紫芝，倚松誦黃庭。緑陰長蟠實，白蓮闒池生。客從何方來，畧不通姓名。自云多昔人，食之能飛升。更老上所尊，只恐蒲輪徵。公乎笑而已，客言曾不聽。歸來向人説，洞口雲縱橫。

二蟲詩

簷前蝎觸蛛網，倒縣三日，而有昂首乞憐意，賦詩脱之。

蛛蝥包禍心，滿腹皆素絲。補綴曾無功，貪傷不知疲。誰云禁網密，施設近茅茨。旦暮待游蚋，所得亦已卑。蝎虎誇捷巧，緣壁行跂跂。蚰蜒青蠅輩，苦遭暗中窺。失身在蛛網，竟日秋簷垂。蛛猶懼蝎螫，睥睨不敢為。蛛網既已裂，蝎命不亦危。嗟哉復嗟哉，誠大黠小癡。紛紛事争奪，復何異於斯。我閔為解粘，蝎去何所知。但令嬉飽日，莫忘倒縣時。感彼兩物情，成此一篇詩。

和上官右史韻

夫子作春秋，大義明素王。至于游夏輩，一字不敢當。文風下秦漢，詩體更晉唐。世道有隆替，人才隨翕張。致君與澤民，夷險公備嘗。山川尋謝屐，風月歸奚囊。滿城風雨朝，采采籬下黄。臨風懷美人，在彼天一方。

以上《淮海挐音》卷上

釋元肇二

上水心先生三首并序

文暢南遊，必請縉紳先生永歌其志，故韓、柳喜序其行。某來淮，才非暢比，侍郎，今韓、柳也。援為近體贄門牆，予之潔幸也。

文字滔滔江漢東，早從伊洛定宗風。中興之後數人物，北斗以南唯此公。聞道治平猶草奏，向來持論不和戎。匪伊再入脩門去，只有孤忠與昔同。

華髮蕭騷減帶圍，可勝憂國更傷時。樂天名位微堪酒，靈運池塘不廢詩。架上牙籤燒燭短，窗間花影轉春遲。天教惜取如椽筆，要勒磨崖大字碑。

十年缾鉢走天涯，四海聲名一永嘉。不趁新霜嘗橘柚，了無歸夢到蒹葭。江頭來往春强半，門外推敲月又斜。換骨奪胎如得妙，願從勾漏問丹砂。

寄上制使賈端明二首

洛陽聲賈自傳臚，三十專城總要涂。黄鶴樓中納雲夢，碧油幢下重江都。争誇國士無雙傑，堪對瓊花獨一株。王事只消談笑了，好吟佳句繼歐蘇。

天台山壓衆峰高，極勝窮幽是石橋。在昔一詩留翠壁，至今萬壑響青霄。淮南草木皆霑潤，塞北煙塵即便銷。將相功名古來有，可曾江上問漁樵。

江心春日

江邊春日正遲遲，岸草汀蒲緑漲肥。有户不扃僧懶出，種花無地客來稀。破烟白鳥成雙下，度壍昏鴉接翅歸。流轉自憐鄉國異，風光隨處不相違。

次吕教授游江心韻

魚龍吹浪雪霏霏，更著青山倚落暉。一幅風帆到煙寺，十年塵土愧征衣。漁家蓑笠應堪换，老宿缾盂未可依。回首謝公樓上去，池塘春草昔人非。

湖　上

五年踏破幾芒鞋，山色湖光識再來。魚鳥散時浮鼓吹，煙雲缺處見樓臺。白綿飛盡蘇公柳，青豆初嘗處士梅。小立東風争渡急，句中無地著塵埃。

庵中牡丹

誰將根底種靈丹，開處凡花比亦難。勝賞莫嫌僧院僻，久長留到子孫看。有時垂泪傷多雨，未肯扶頭怯曉寒。自笑色空俱照了，也來隨例並闌干。

春郊有感

用舍行藏只自傷，五年留滯在江鄉。青松遠引來南塔，白髮猶欣見北堂。麥浪有時迎燕舞，菜花無賴學鶯黄。騎驢又打津頭過，楊柳飛綿出短牆。

舟　中

三月長安似夢中，回頭春事已成空。桑麻暗鎖村村雨，蒲稗新翻浦浦風。燕子不知家遠近，杜鵑長怨客西東。籬根竹外無人見，猶有殘花墮曉紅。

春日書懷

静倚晴窗笑此生，出遊歸隱兩無成。故園小作三春夢，倦翼長垂萬里情。庭樹欲紅聞鳥鬧，郊原新緑見人耕。湖山舊友如相問，只向梅花説姓名。

雪竇

上盡崎嶇脚力微，毿袍零碎染煙霏。妙高峯頂見日出，千丈巖前看雪飛。寒木著霜山衣錦，清池得月鏡交輝。翩然又作東南去，肯落台温第二機。

鴈山夏夜

浮嵐空翠濕衣襟，合磵流泉奏玉琴。古殿薌寒起僧定，莫樓煙重咽鐘音。隨風螢火光明滅，得雨芭蕉語淺深。猛省南來二千里，不應翻作兔投林。

張宰湖山堂

别來萍梗浙東西，得向湖山手重携。風定波間鷗出没，雲深天闊鴈高低。擬將脩竹題歸隱，長恐扁舟路欲迷。明日棹歌回首處，葦花蘋葉冷凄凄。

狼山池上有感

池上凉多生萬松，登臨懷感興何窮。催詩不雨雲空黑，結社無人蓮自紅。翡翠得魚忙蘸水，蜻蜓避燕巧低風。靈龜未解蒙莊意，猋猋時來亂葉中。

蔡守監丞得祠次韻送之

墨行儒名固可麾，愧無織錦别梭機。隔林喜聽黄鸝語，離岸愁看畫鷁飛。松菊未荒三徑在，山川都是幾人非。只應父老千行泪，立盡斜陽未肯歸。

和楊節使登徑山

闤闠門西湖水臨，深深院落見春心。梨花風弄影來去，燕子日長談古今。起早每緣朝玉闕，歸遲多是宴瓊林。肯將吹竹彈絲耳，來聽重雲鐘鼓音。

過無懷故廬

壯歲無心預祖圖，莫年卜築伴林逋。間名已在羲皇上，詩句曾將島可奴。尚想風流悲斷柳，更無人共致生芻。自憐淮海飄零客，也向春風聽鷓鴣。

和白玉蟾韻

蓬萊仙客興無酬，汗漫來游海上州。明月滿山歌踏踏，紅塵入市笑休休。釣竿不用空遮日，詩句時能一掉頭。醉後抱琴歸去也，人間知是幾春秋。

舟中雪

扁舟泊晚櫓咿啞，飄灑隨風整復斜。照夜初疑篷背月，隔溪遥認樹頭花。村深浦遠人迷路，葦折荷傾鴈着沙。漁父披蓑歸去後，帶煙茅屋兩三家。

九日

曉煙和露濕秋光，幽鳥聲聲在翠篁。世事又隨明日别，菊花只作去年香。風前落帽人千古，雲外驚寒鴈一行。脱木蕭疎砧杵急，倚筇無語到斜陽。

聞邊報在徑山

高皇宏遠立規模，建武猶能復壯圖。聞道煙塵暗淮海，夢成風雨落江湖。可無歸鴈傳家信，定有非熊出釣徒。目斷關河正愁絶，東風吹緑入平蕪。

贈畫僧之金陵

澹薄輕雲横素秋，緩行籬落菊香浮。我今已是溝中斷，君去還同水上鷗。鐘磬僧敲煙際寺，管弦人在夕陽樓。一江風月渾依舊，六代英雄畫得不。

别心首座

四面湖山展畫屏，故人相見眼偏青。迎風春鳥語猶滑，過雨山花睡欲醒。出處既分南北海，别離空恨短長亭。明朝又作松江去，幾棹煙波月滿汀。

仲子平下第二首

直道干時徒爾勞，歸來門徑長蓬蒿。朱研玉露點周易，燈撥金花讀楚騷。時把漁竿釣煙雨，閒同僧飯薦溪芼。兒曹不會箇中意，只管區區問緑袍。

不是雲林勝市朝，都將名利等鴻毛。床頭紙被今年破，林外霜風昨夜高。虚白室無儋石計，清新詩有十分豪。黄花時節明朝是，冷眼相看栗里陶。

次陳平甫提幹晚春韻

莫雲豈特看江東，朋舊如今四海中，花落不禁三日雨，顔衰消得幾春風。簷前雛竹娟娟粉，階下櫻桃滴滴紅。辛苦廣騷將底用，弋人何處慕冥鴻。

次柳倅見寄

是中空洞任天游，去住飄然百不憂。黄獨有苗師懶瓚，碧雲無語繼湯休。才名如此分千里，道術相忘混九流。寄得詩來乘月看，滿身風露一庭秋。

見海門韓宰

心遠遥知地自偏，杖藜隨處有雲泉。朝來原上一犂雨，春到淮南二月天。短短菰蒲初弄水，依依楊柳欲摇煙。淵明自是無為者，能使懦夫懷凛然。

徐丞見一堂

菊長新叢春事成，先生歸賦見深情。麻衣草座自行樂，明月清風人不争。郡榻莫留青眼舊，客星閑傍紫微明。箇中萬象渾無礙，門外何妨車馬聲。

喜　雨

去年民病屢思安，天意為霖不作難。地脈無窮窺井淺，波光不斷倚樓寬。梅林時落黄金彈，荷沼新擎碧玉盤。蛙吹莫供閑客耳，一時去和老農歡。

雪

鬬舞争飛住復飄，寒林開盡玉枝條。清緣煮茗開蓬户，冷為尋梅過野橋。髣髴村前出圖畫，依稀江上見漁樵。牆根屋角且寧耐，留與詩人款寂寥。

送杜守

一麾長嘯静邊陲，丹詔飛催上玉墀。送别莫辭行路遠，感恩深是到州時。名垂峴首山能重，誓指江流水自知。他日登臨見遺愛，太平樓外柳絲絲。

送尹教授

鴈塔題名二十年，青衫手板坐無氊。時清朝野諸公薦，句好江湖萬口傳。杜宇不啼淮樹冷，宫鶯未老上林煙。麟臺鳳閣思靈徹，只在山邊與水邊。

送林陶懽號蓮莊

不見陶懽今四載，欣然復會在通川。行囊覺重添新藁，顔貌如前轉少年。到處諸侯争下榻，醉來騎馬似乘船。掉頭又向何方去，笑指長洲萬頃蓮。

宿舊巢

故廬重到莫春時，物色風光總欠詩。柳絮有情飛滿袖，牡丹無語恨空枝。燕歸不用深垂幕，笋出應須密護籬。明日籃輿又東去，迢迢煙草緑相隨。

中　秋

滿目依然明鏡流，無家空折大刀頭。人間動是經年别，客裏尤深此夜愁。牢落關河還出塞，蕭條江國更登樓。不知何處風砧發，添得詩人兩鬢秋。

宿西禪

竹杖芒鞋去問津，波生鴨緑草鋪茵。雨迷阡陌留連客，風入園林着摸人。寂寞數家收市井，蕭條一榻卧埃塵。避人幽鳥渾無語，桃李明朝依舊春。

寄趙檢法

津頭梅白柳青青，却憶春時送別情。紙上有懷難盡寫，夢中相見不分明。清臺婉畫從輕典，紫禁催班識重名。幾欲寄君無好句，夕陽秋色滿江城。

和趙寺丞中秋韻

太守能詩趙倚樓，良宵開宴領清秋。挂簷玉鑑明如洗，劃漢銀河近欲流。雅興自來輕庾亮，頌聲翕爾變謍丘。闗河萬里須長嘯，莫問膏腴在橘洲。

春雪

竹邊聲細夜方闌，開盡南窗獨自看。桃杏學梅唯欠瘦，池塘堆絮怪能寒。纖纖尚舞東風力，片片還隨曉氣乾。芳草已滋三徑緑，誰知陋巷有袁安。

喝石巖徑山三題

皓首來迎宴坐師，山靈易地致俱胝。要知弘法回天力，但看精誠裂石時。一徑蘚苔春寂寞，斷崖文字雨淋漓。徘徊想像登雲處，風撼松杉萬壑悲。

菖蒲田侍郎郎簡隱處

一從神武挂冠纓，便入千峰適性情。已向耆英逃姓字，肯因楊柳作歌行。石田水冷菖蒲節，茅屋雲深薜荔榮。白髮山僧知此意，時時來聽野泉聲。

樹王

翠絲縝密赤心存，膚腠凌風溜雨皴。直節向時曾遇上，微荄率土莫非臣。輪囷古柏空生蜀，偃蹇寒松枉仕秦。瀑布青山堪帶礪，森森同見萬年春。

與印學正

郢手由來善運斤，楚天空闊鶚書頻。蛟龍豈是池中物，蟣虱聊為地上臣。細雨斜風潛入夜，岸花汀草已知春。君如不負虛前席，治體當言寢積薪。

上浙翁

凌霄峰頂極高寒，中有高人把釣竿。萬里江湖未歸客，滿天風雪獨凭闌。醫和世遇肱三折，慈氏門開指一彈。管領梅花春有意，免教回首望長安。

見北磵

橘洲骨冷不容呼，正始遺音掃地無。一代風流今北磵，十年妙語得西湖。人皆去獻遼東豕，我亦來觀屋上烏。春盡閉門無恙不，楊花飛作雪模糊。

寄江西益侍者

狼伍峯前一御風，十年消息莫相通。山從入望何曾極，水若知愁不向東。芳草天迷雲夢澤，垂楊煙暝館娃宮。聞君已作包桑計，可念餘生尚轉蓬。

吴　江

不到松江又一年，且於佳處小留連。千尋彩影虹垂地，萬頃清寒玉浸天。塘路罕逢騎馬客，人家少似釣魚船。三高冷眼應相笑，送往迎來亦可憐。

次趙蕁湖飽看風雨樓韻

江山高處據胡床，豪氣如虹貫野塘。且去已知元亮醉，興來非是次公狂。滿天風雨供吟眺，一幅瀟湘不卷藏。聽得鷄鳴還待旦，尊羹雖美在他鄉。

次方蕙巖行春韻

及時槃樂足幽閑，近自丘園遠到關。見綵桃符知歲換，帶黃楊柳覺春還。飄飄衣袂風雩轉，草草杯行笑語間。高興磊然降不下，更須相約過西山。

寄江陰史君尹梅津

清簡何曾五馬榮，時艱念慮在生靈。江如謝朓詩中静，山似岳陽樓上青。戢戢魚頭曝冬日，翩翩鴉字出宸庭。三吴父老遥相祝，幾向天邊望福星。

寄池陽許史君 兼簡乃尊致政朝請

紫塞將軍有重名，雄藩正管翠微亭。西來江水依前碧，北面淮山似舊青。因報平安逢驛使，懸知臨照老人星。寄言文選樓中主，莫道湯休語不靈。

狼山

仙子飛昇歲月閒，游人猶向此躋攀。五峯寺踞葱蘢處，孤塔雲撑杳靄間。波渺渺邊來漢水，望青青際是吴山。風帆沙鳥無今古，潮落潮生自往還。

寄題釣臺

漢代高人曾釣此，至今山水有清輝。多年祠像真還不，舊日臺磯是也非。尚想扁舟成獨往，問他明月幾時歸。雙雙鷗鷺應相識，飛落前灘更不飛。

送周伯弜帳管君嘗為江夏令、江西漕幕

不見山楹喜見君，才名端不愧芳塵。青雲自古遲佳士，白髮如今尚選人。鸚鵡洲邊文寂寞，滕王閣上句清新。相逢無語又相别，紅葉殘陽野水濱。

送方常簿赴召

門徑森陰帶草堂，脩篁摇翠間垂楊。不知夢到三竿日，又拜除音一炷香。池上游魚覓清影，天邊儀鳳集朝陽。袖中大有安時策，長樂鐘聲夜未央。

姑蘇臺放生

高臺一上一消魂，觸目猶多古跡存。谿水流來聞越號，舟人指點是胥門。煙雲弄曉青山澹，城郭初晴碧瓦昏。魚躍鳶飛歸至化，當時歌舞不須論。

牡丹

嬌紅膩紫炫晴芳，好本傳來自洛陽。譜上有方曾换骨，花中無比合稱王。道妝宜貯黄金屋，素艷堪居白玉堂。羅幕重重護風日，幾家歌管惜春光。

送朔齋右司赴宣城

鴛鷺胡為久未歸，江東民瘦要公肥。詔黐雲露宫鴉濕，帆起秋風晝鷁飛。把酒敬亭呼李白，高吟静練壓玄暉。不須舉手遮西日，花待劉郎對紫微。

和魏侍郎登虎丘

朱輪千騎出行秋，覽勝須登海湧丘。水與天光遠相接，雲遮山色半如羞。先賢祠下修時敬，古劍池邊記

昔游。醉墨淋浪足酬唱，歸來鼓角動城頭。

天台道中

台嶺岧嶢道路長，周遭無數接青蒼。溪頭枯樹如人立，峯頂孤松似傘張。片片開田種階級，家家壘石作門牆。籃輿摇兀東風裏，却憶西州上野航。

萬年開新塘

八峯聚首最幽奇，驅石攔雲貯碧池。倒擁旌幢千影樹，平沈星象一枰碁。争鳴已被蛙先覺，歸宿多應鷺未知。肝膽到來都照了，何須更待入門時。

巾山

一登峯頂思悠然，始覺城臨滄海邊。水趁半江流缺月，塔將雙筆寫青天。茫茫帆影隨潮遠，杳杳鐘聲帶郭圓。可是任蕃來宿後，獨留詩句到今傳。

西渡

復渡錢塘又六年，山川風物只依然。海潮有信看人老，江月無情却自圓。滿櫂白蘋催去國，五更朱旆喝朝天。獨憐皓首江湖上，不立沙鷗一點煙。

霜夜有感

寒漏時聞一兩聲，夜窗危坐對孤檠。半千里外無家客，十五年前舊月明。世事蕭蕭黄葉下，交情汩汩白鷗驚。市人應笑疎狂甚，莫怪龐公不入城。

揚州

高陵為谷曲池平，亭館多存舊日名。風月豈關興廢事，江山不盡古今情。浪花飛雪雄新塹，楊柳垂雲護細營。欲識揚州奇絶處，廟前瓊樹尚敷榮。

秀野園

洛陽園圃久荒烟，秀野佳名向此傳。雲外移山高出屋，門前遠水静兼天。四時争發花無數，五畝中分竹半邊。不用笙歌與銀燭，夜深漁唱月娟娟。

和上官右史韻

雖然身世兩相違，不以無為礙有為。偶被閑名難免俗，因將黄葉强題詩。一年好是中秋節，萬事能如采菊時。自古聖賢觀出處，只今誰解帝王師。

歸舊隱

六載城塵鬧壓頭，一朝脱屣返林丘。青山不遠迎人笑，緑水依前遶郭流。隨意野花開欲遍，盡情幽鳥語相留。門前若有敲門客，多謝山陰王子猷。

暮　春

顧我疎慵事事休，三間茅屋碧溪頭。喜添新竹當門礙，踏破蒼苔怕客游。菜葉不教隨水去，松花應待及時收。有時乘興登臯望，上水舟衝下水舟。

送正西堂

弟兄相見竟何如，一見尤勝寄百書。况是青春三月莫，相看白首七旬餘。勞生袞袞誰休息，世事悠悠我定居。索去自言生處樂，乾坤等是一蘧廬。

寄鄂渚印知府

黄鶴樓前鸚鵡洲，高持麾節去悠悠。功名自古無雙地，人物當今第一流。句裏可逢崔顥者，樽前還得禰生不。思君日夜廛西望，欲買潯陽江上舟。

洞庭用白樂天韻

入《林屋紀遺集》

兩丸跳擲幾昇沉，誰識僊源洞府深。月在波間明片玉，舟從水口出横金。夫差醉後無吴舞，范蠡來時有越吟。千古烟波興廢事，白鷗漁叟是知心。

西緲東峨日未沉，洞庭山水更幽深。微茫雪浪疑浮玉，自注：焦山名。杳靄煙霞似紫金。自注：金山名。壇上緑毛遺竈冷，橘中皓首采芝吟。桃花洞口年年發，自是尋人不盡心。

丁巳生朝

露白風清八月時，晨光初度透熹微。更添來歲一分健，便是浮生七十稀。識得榮枯皆是妄，了知出處未全非。旁人不用相薰祝，自有天香桂子飛。

寄馮深居

人世還如客路同，可堪垂老尚飄蓬。舊年兩向吴中見，今日相思白下東。烏鵲橋邊望明月，鳳凰臺上詠秋風。滿題紅葉隨流去，惆悵才高命不通。

董丞相去國

寶祐丙辰七月前，相公力請得歸田。聖朝已致無為治，天下今逢大有年。諸葛終身出師表，留侯底事學神僊。何人得似鴟夷子，萬頃烟波一釣舡。

挽高鼓院

葉墮遥空萬景沈，致芻誰不重傷心。仕當釣石歸來蚤，閑比香山樂更深。一片新碑難載德，百年故土絶遺音。定從兜率天中去，莫向桃源路上尋。

上官右史

螭坳立後别明光，歲晚婆娑慶幸堂。鶴怨只能隨髮白，菊愁竟不上腰黄。西歸有地從先壟，北望長江是故鄉。枌下解空情已盡，西風吹泪濕斜陽。

陳府判

考亭真派落姑蘇，克己工夫到物初。文好祇教供草檄，命慳聊得坐題輿。循良殄瘁悲民社，儒道凋零泣里閭。素業可傳雙桂子，家留經訓是菑畬。

陸主簿

洽人恩惠在鄉閭，石有璵璠水有珠。愛日欲烘陰枳棘，壽星悵望落姑蘇。池臺舊宅流滄海，丘壠新封近太湖。却憶渡江同到處，寒城渺渺夜啼烏。

高輦院

人生七十古難過，賢德如公未足多。晚歲傷心非故土，東洲有泪是恩波。青松護壟雲成蓋，白玉遺箴世不磨。湖海舊游終踐約，夕陽來此挂烟蓑。

陸教授致政

去秋哭子過蒸山，豈料今年逝不還。自是廣文甘獨冷，卑從神武樂高閑。枌閭南望無回日，蓮土西歸覺夢間。同隊相看成白首，先將老泪為君潸。

陳子翔殿元

少年飛鶚上秋空，二十四青楊柳風。庭草未霑恩綬緑，種花空作狀元紅。三更共渡追前事，半世生涯似夢中。燕子歸來談寂寞，舊巢零落布洲東。

清月溪

萬劫高超一念輕，來非住相去何曾。定逢葱嶺當年使，誰訪洪川舊日僧。舍利未安無縫塔，伽梨空對短檠燈。凌霄多少薰風淚，吹入淮南紫翠層。

江上雪

人道甌閩不識寒，北風吹雪夜漫漫。斷蓬折葦滄江上，只作淮南舊日看。

湖上秋日

湖上新晴人競游，幽懷無處領清秋。夕陽送盡歌船了，始放鐘聲出寺樓。

秋　蓮

波面盈盈照影紅，月寒露重怨房空。鷺鷥目趁魚行急，驚得殘粧散曉風。

荷葉浦

苕花蓼穗細明川，荷蓋經風半欲眠。隔浦有人歌宛轉，日斜不見採蓮船。

禁　渡

渺渺煙江春思長，杏花風急燕歸忙。銜泥不解如精衛，又只來巢舊屋梁。

絡緯

沙塞風高纊帛輕，春蠶到死只吞聲。寒機未織回文字，夜夜籬邊訴月明。

起夫

木葉初飛夫去時，家家連夜辦征衣。關河只在淮南北，未着寒衣可得歸。

賣菊

故國風煙幾換秋，今年看菊御街頭。長安市上人無數，只買秋光不買愁。

寄歸

燕子辭巢始別家，杜鵑啼處在天涯。十分春事都看了，盡是他人園裏花。

贈日者

君推造化最幽玄，白屋曾經定狀元。休向深雲問消息，春風只在杏花園。

送人

春盡江南三月時，盈盈陌上燕差池。遊絲日暖垂千尺，不為行人繫別離。

送僧還里

送君重疊上高臺，到得親庭却早來。楊子江頭應看取，無情潮水亦西回。

送僧歸淮西二首

高堂無地寄征衣，淮水西邊近解圍。想得夜闌更秉燭，天寒木落一僧歸。

滿目鄉心怕着秋，東州見了又西州。明年莫看中秋月，曾是當時照別愁。

北堂寄布

消息雖真見若何，愁中日月手中梭。莫言不寫平安信，布眼争如望眼多。

同游歸故隱

庭前杏樹手親栽，曾見空花兩度開。聞道濛濛煙雨裏，亂禽争子落莓苔。

送僧游岳

上人年少易抛鄉，湖海茫茫道路長。憑内州軍莫游盡，鴈飛不肯過衡陽。

宿鳳山寄楓橋詮無言

澤國春深緑暗天，來時已不見君船。十年湖海飄零恨，一夜空山聽杜鵑。

石湖晚泊

磨子峰頭日已傾，楞伽塔頂月初生。鴟夷去後烟波冷，悵望吴臺與越城。

西園晚春

水影煙光上客衣，樓前燕子自由飛。鞦韆春去無人管，相伴垂楊舞落暉。

謝史春坊遠招

支林煙雨舊池臺，麾節將春今幾回。湖上梅花方做夢，樓頭畫角又相催。

徐神公墓

出郭門東宿靄披，僊公靈跡尚堪追。空林日日傳清響，敝帚年年付與誰。

送客

遲遲送客過前溪，脱木風高日易低。寂寞歸來理殘菊，野禽啼在竹籬西。

寒食

荒塚無人捧土修，夕陽芳草替生愁。路傍知是誰家子，猶把花枝插滿頭。

江路午行

誰家吠犬出低籬，橋在村西人未知。白鳥自來還自去，柳陰濃處立多時。

歸涂雪

蹇驢騎破野村前，愛惜飛花懶着鞭。到得歸來山舍晚，竹籬遥認煮茶煙。

秋霽

一室蟲悲萬感生，林梢攧雨濕秋聲。詩成後夜無人問，月到雲間不肯明。

送僧歸武昌

赤壁西邊舊武昌，吴波蜀浪幾興亡。歸來黄鶴樓前看，半是寒濤半夕陽。

曉過吴江

雨洗雲梳曉色遲，空江楓冷一虹垂。漁人偷釣煙波破，鷗鷺沙頭睡不知。

渡江

天地無情日夜流，樹煙濃澹岸沈浮。浪花倏忽千堆雪，白似江南去客頭。

别菊

世情遷變總由他，冷眼相看只此花。露葉霜枝愁不語，主人明日又天涯。

題飲仙圖

蹇驢破帽少陵寒，吐出歌辭字字酸。渭水驪山腸斷日，諸公肯待醒時看。

牧野圖

焦頭烈尾痛成功，麟閣何曾見畫工。争似淡煙楊柳岸，四無闌圈自西東。

送僧

含暉亭上曾辭我，狼伍峯前又送君。只有月明相記憶，月明争得不逢雲。

所寓

舊恨新愁海樣深，關河魚鴈各飛沈。芭蕉也似知人意，日日窗前吐寸心。

蘭

絶無人處有香飄，樹底巖根雪未消。千古醒魂招不返，晚風斜日恨蕭蕭。

子規

今古相傳望帝魂，見之再拜感孤臣。天津橋上人初聽，腸斷江南三月春。

王喬

脱屣杖瓢

棄世還如棄屣輕，玉簫吹徹月分明。許由不受堯天下，却道風瓢樹有聲。

見梅花

閑愛梅花住武林，换人歲月已侵尋。水邊竹外相逢瘦，一寸枝頭一寸心。

探梅

冰雪催詩瘦入肩，幾回山後又山前。枝頭不見春消息，空倚闌干憶去年。

孤山

老柏槎牙自古今，兩翁陳迹石泉深。孤山風物皆遷變，只有梅花獨姓林。

柳絮

飛時如雪聚成毬，長是隨風不自由。便使化為萍去後，煙波無限更飄流。

楊補之梅

一幅霜綃染壑煙，茹瓊吐雪似年年。上林多少春風面，白首楊郎正草玄。

海棠

昭陽殿裏醉含情，三十六宮顏色輕。幾向春風憐薄命，少陵詩史不書名。

客陳園二首

原上蕭條寒食雨，江邊牢落苦吟身。朝來也伴園林主，分白移紅學種春。

客來日日待花開，待得花開客又回。未肯盡情皆吐露，似應留客少徘徊。

吊無着塔

一定空山五百年，不須惆悵啟頹磚。路傍多少麒麟塚，轉眼無人贈紙錢。

送趙憲使除郎歸班二首

使星照福八州城，新歲還依玉座明。直上垂虹高處望，空江一片接天清。

淮雲吹過浙西山，只在皇華指顧間。天際悠悠無定向，願隨霖雨不知還。

贈日者鑑堂

鏡裏難逃陌上塵，廣陵消息聽來真。吴王故苑秋風起，欲採蘋花寄遠人。

大梅山

梅子青黄幾煙雨，荷衣零落又秋風。松花滿地無人食，粥鼓齋魚兩寺中。

海門道中

雲駛前林雨脚回，炎風赫日馬蹄埃。道傍官柳應相笑，十二年中四往來。

春日二首

柳塘春水漲如醅，掠眼風光燕子回。最苦杏花留不得，夜來雷雨盡驚開。

乍雨新晴媚物華，孤煙落日晚人家。柳摇淺淺深深水，籬露紅紅白白花。

贈殷道人

經旬門巷揜蒼苔，不覺春從何處來。想見道人殷七七，萬紅千紫為渠開。

山居四首

四壁蕭然一室風，只多詩債與詩窮。枯梅盡日臨窗舞，時有寒禽動竹叢。

欲向西山學採薇，可憐身瘦得名肥。天邊多少能鳴鴈，不到衡陽不肯歸。

因笑紅塵箇箇忙，故人淪落在殊方。地爐無火灰成字，却傍前軒曝夕陽。

覆榻一床單紙被，挂身三事舊麻衣。吾廬只在深雲裏，笑折梅花月下歸。

永寧寺

寺出平郊開雨雲，村藏桃李幾家春。塵埃不渡滄洲夢，楊柳溪橋影照人。

和天目見寄

共折梅花竹嶺西，白雲粘袖帶詩歸。東風着盡青青子，雙徑峯前落照微。

和天目上竺守歲

林木悲嘶帶斷霞，淡煙樓閣梵王家。明朝歲律從頭起，繞遍山茶一樹花。

禮嵩明教塔二首

饑寒萬卷寄蕭疎，越路三千去上書。明主既知堯舜事，故山依舊愛吾廬。

落礀流泉勢欲𢧵，斷碑古塔蝕蒼苔。雨聲一夜卷春去，風撼千山我獨來。

登劉寺後山

落日山光半有無，白鷗漁艇散晴湖。貴妃泉石無人管，寂寞孤僧信杖扶。

牽牛花

星河明滅映籬根，風露開成碧玉温。曉色未開忙斂恨，柔條無力絆天孫。

春 寒

草色青青没燒瘢，游人未敢踏春寒。梅花吐盡溪頭雪，只有沙鷗獨自看。

與鄭明府四首

疎煙漠漠走風沙，古木寒蕪欲莫鴉。拾穗村童涉溪水，數聲漁笛隔蘆花。

柴門窄窄對江開，脈脈寒潮入浦回。笑語鄰翁倚籬落，夕陽微處竹輿來。

結束才容四五人，緶長尤恐井生渾。濁醪不受殷勤勸，笑把黄花過一村。
天外横河泣露寒，中秋月好傍樓看。高標不及康廬遠，難博淵明一笑懽。

送人

疎雨梧桐滴滴秋，涼吹别袂上歸舟。釜山青立蒼茫外，潮落潮生一點愁。

送月上人之東州

洞庭波上木蘭舟，只解年年載客愁。月到甬東天似水，釣絲全力重金鈎。

送祖書記之武昌

黄鶴樓前舊月明，吴王臺上莫秋聲。離情只在斜陽裏，斷柳荒煙寫不成。

華夷圖

禹迹茫茫宇宙寬，等閒移向壁間安。從頭指點須開展，莫只東南角上看。

池梅

水浄方塘曉鏡清，依依冷照玉娉婷。昭君莫怨毛延壽，此意如何畫得成。

春意

山客偶來城裏住，頻年孤負惜芳心。一株楊柳南池上，日日看春到淺深。

哀通人俘虜二首

沙漠無春雪滿天，不知舊歲與新年。如何化得身雙翼，飛向南方學杜鵑。
見鴈南飛欲寄音，裂衣刲血寫鄉心。書成劃地添惆悵，又恐無人射上林。

酬杜北山

杜君世胄本蟬聯，流落南天不記年。買箇草堂湖上住，醉吟如在曲江邊。

初至建鄴

六朝陳迹認應難，只有春風燕子還。陌上花開又花落，看人來往是鍾山。

懷吴中

消息傳來竟不真，楊花落後更無春。誰知十載游吴夢，却作桑乾渡水人。

行宫詞

一片紅雲擁不開，天津橋上久徘徊。當時未了中興業，應待君王法駕來。

晉元帝廟

元帝遺宫在石頭，年年長吏祀春秋。幾多整頓乾坤手，閒遶回廊看不休。

王荆公半山祠

來往鍾山住半腰，騎驢松下莫蕭蕭。只因墩號分人我，到了經綸恨不消。

桃紅菊

桃葉桃根逐水流，冷煙凉月幾番秋。籬邊强作春風面，滿地黄金不替愁。

酬張槎溪

一笑相逢白下城，秋光滿路雨初晴。滄江上與天河接，應是乘槎到玉清。

用趙倅韻二首

江山陳迹六朝遺，寂歷寒花野水湄。猶有石頭城畔月，夜深還照昔人詩。
憑高一望興何窮，晴雨朝昏景不同。莫向吟邊苦懷古，敗荷疎柳怯西風。

寄題孤嶼琚師半雲

江上悠悠寄此身，一間茅屋半邊雲。長年相伴閑怡悦，去住無心不用分。

送黄宰之江陵

滑石橋寒玉萬尋，到君游日正春深。詩人今擁油幢坐，曾聽孤猿月下吟。

寄歸

鴈過天南菊又開，故鄉抛了十年來。可憐亂後皆無定，夢過寒江却自回。

立虚舟游洞庭

君向洞庭看秋色，軟琉璃地黄金國。興來題破曉霜天，七十二峯幾點墨。

贈四明趙秀才

梅雪初消柳欲金，弄春天氣晝沈沈。當時東越西吴事，試上高臺為一吟。

梅溪為劉伯玉題

三花兩蘂開枝上，淡月微雲動水邊。坐到夜深誰是伴，陽春雪曲和潺湲。

趙計議半雲

蒼蒼茫茫烟樹昏，静是青山動是雲。待得從龍為雨後，一間茅屋與平分。

憶馮宗諭

去歲無辜出帝鄉，石頭城下水雲長。鳳凰臺上多今古，李白題詩恐斷腸。

題遠景山水四首

老樹風煙醉，危橋野水寒。玉流飛作綫，牽補斷雲殘。

刹景重遮壑，鐘聲出莫樓。欲尋歸寺路，灘畔問漁舟。

繚白認飛流，千峰暗不收。何人拄寒瘦，擔雨到溪頭。

山遠天高下，雲深樹有無。出關曾萬里，慣識曉行圖。

杜少陵像

許國丹心苦，唐天春日低。蹇驢應借得，吟過瀼溪西。

賈浪仙像

撚鬚聳瘦肩，蹇步兀如顛。大尹不衝撞，清狂直上天。

題江心寺

晏歲着脚來東甌，始覺坤軸東南浮。百川同歸無異味，有如天子朝諸侯。何年飛落兩巨石，孤撑骫髒分江流。初疑錬失女媧手，又恐鰲脱任公鈎。馮夷海若不敢有，湧出精舍中連洲。樓高百尺蜃吐氣，塔聳雙角龍昂頭。蒲牢撞撞鼉坎坎，潮聲衮衮風颼颼。妙高峯頂德雲住，海門山上焦公留。長淮在望鐵甕近，大浪不洗英雄愁。孰知隸古百粤地，今為禮樂衣冠州。池塘春草年年緑，謝公勝事遺江樓。藍田無類蟾駕夜，黄金作顆人家秋。客帆渺茫拂辰極，漁舠散漫同鳧鷗。麗天紅日記初浴，五雲扶上煙氛收。孤臣涕泗如此水，恨不從帝崆峒游。

次水心先生鴈山韻

方壺圓嶠神僊經，遠不可到虚其名。東嘉自古山水郡，往往俗駕回山靈。了知天地不終惜，鴈蕩殿出集大成。輞川無人王宰死，五日十日徒勞形。有生莫厭行犖确，四十九折重盤縈。珠璣亂撒龍闘富，樓殿巧著僧争清。巔崖咫尺分陰晴，幽壑噫欠生雷霆。新詩彈壓得二妙，厖眉雪頂交懽迎。煮茶夜坐發深省，古澗旋汲銅花青。老子於此興不淺，落紅千點春無情。

登狼山

江南見山猶可惜，千里萬里行不極。江北見山絶可憐，三峯兩峯謾堆積。平生未識蜀道難，賴此為余雙眼碧。真人僊去狼不來，突兀與江相怒射。尋詩更上最高峰，莫嘆能消幾緉屐。水光山色只依然，顧我重來鬢非昔。笑歸丘壑横胸臆，别倩東風吹脚力。

和寧川王大卿寄游天台韻

我觀人生天地間，古今吁嗟行路難。躋攀尺寸不可上，太行蜀道凋朱顔。天台勝絶神僊録，遐方企仰傾心讀。跬步之間未暇登，多緣重耳而輕目。胸量汪汪滄海窄，筆端舊有回天力。莫年閑伴赤松游，興來不負東山屐。華頂萬八千丈高，衡南泰北齊堪招。凌風矯首欲飛舉，收拾萬象窮秋毫。方廣雲中忽披覿，半千聖者皆相識。妙法轟轟兩澗宣，危磴蜒蜒一潭碧。安得妙手李伯時，貌取牛背劉凝之。猗歟樗散巖壑底，與世聿兀略不覊。愛山只愁山可移，獨許明月清風知。興公按圖曾作賦，拂庵未到先題詩。

以上《淮海挐音》卷下

詩一首

大夫去作棟梁材，無復清陰覆緑苔。惆悵月波亭上望，夜深惟見鶴歸來。

《山房隨筆》：靈隱寺有松大數十圍，史相當軸，遣人伐松。松與月波亭相對，僧作詩云云。

以上元蔣正子《山房隨筆》

惜松

不為栽松種茯苓，祇緣山色四時青。老僧只恐移松去，留與青山作畫屏。

《山房隨筆》：穆陵在御，閻貴妃父良臣起香火功德院，欲勝靈竺，乃伐鄰松供屋材。僧作詩云云。詩徹於上，遂命勿伐。

讚達磨偈

踏翻地軸與天關，合國人追不再還。去去一身輕似葉，長江千古浪如山。

明吴之鯨《武林梵志》卷九

（陳捷整理）

全宋詩卷三〇九三

徐鹿卿

徐鹿卿（一一八九—一二五一），字德夫，號泉谷樵友，豐城（今屬江西）人。寧宗嘉定十六年（一二二三）進士，調南安軍學教授。理宗寶慶三年（一二二七）爲福建安撫使幹辦。紹定六年（一二三三）知南安縣。嘉熙元年（一二三七）爲行在諸司審計司幹辦。二年，知建昌軍。四年，召除右司郎官，出爲江東轉運判官，歷浙東、浙西提刑、知寧國府。淳祐五年（一二四五）除太府少卿兼崇政殿説書。六年，出知平江府。七年，除國子監祭酒，尋兼侍講、權給事中。九年致仕，十一年卒，謚清正。有《泉谷文集》等，已佚。明萬曆中裔孫徐鑒據家乘輯爲《清正存稿》六卷。事見本集附録年譜，《宋史》卷四二四有傳。

徐鹿卿詩，以明萬曆刻本爲底本。校以影印文淵閣《四庫全書》本（簡稱四庫本），並酌校《豫章叢書》本（簡稱豫章本）及胡思敬校（簡稱胡校）等。

明堂慶成頌并序

洪惟聖宋十有四葉皇帝御極之二十二年，所以培高浚深，襲休垂鴻，以對于神祇祖考者，蓋已素矣。乃季秋之月，將有事于明堂。遠惟成周嚴配之文，近稽皇祐一王之典，蔽自聖心，奉寧考並配。鉅麗偉特，焜煌翕赫，臣民咸曰休哉。先三日，列辟造廷奏啟齋宿，有語于門者曰：上自朔旦茹蔬止酒矣。既入，有衛士相告曰：上親禱于天章閣矣。及時將祭，冠佩咸集，侍班南廡下。有閤門老院舉手加額，忻然諺于衆曰：上明禋凡七，然景氣澄晏，無若今夕，可謂與天地合德矣。聞者莫不動色相慶。臣因伏惟念微之顯忱之不可揜如此。皇帝端居法禁，一念所發，而天地鬼神臨之，都民走卒誦之，迄禮之成，百休昭眖。臣於是知流離盗賊不足憂，外夷敵國不足平，乖氣可消，和氣可格，特在終始此一心爾。臣幸得以職事周旋俎豆間，與觀盛典，而又叨侍經幄，許得以文墨自見。謹撰成《明堂慶成頌》一首，凡二十四章，章四句，冒昧繕寫以聞。雖詞理淺薄，不足摹繪日月之光，然精意所在，亦微臣拳拳忠愛之義云。其詞曰：

穆穆聖皇，出震乘乾。二十二載，如日中天。
大祀有彝，親享凡七。嚴父配天，昉自今日。
遠稽前載，其在成周。皇皇宗祀，奕奕垂休。
近參家法，有若皇祐。一祖二宗，於焉並侑。
時維秋季，涓吉中辛。本以忱敬，秩以儀文。
皇在原廟，推迹本始。錫慶儲祥，仙源演迤。
皇入太室，祼獻必躬。列聖在天，時降于宗。
皇升玉輅，齋莊中御。一塵不驚，六飛如舞。
皇登陽館，幣玉交陳。伍位時序，徧于群神。
相維辟公，耆俊布列。珩璜鏘鳴，籩豆豐潔。
樂既具奏，佾舞工歌。八音克諧，兩間浹和。
秋空無滓，萬里一碧。璧月珠星，瑞光浮溢。

習焉低垂，非雲非煙。若降若接，郁郁紛紛。
肸蠁潛通，受胙飲福。移班紫宸，嵩呼三祝。
祭澤下流，肆告端門。雷雨既作，草木皆春。
人曰吾君，兼旬蔬食。孰知陟降，常在帝側。
人曰吾君，精禱天章。孰知明德，日薦馨香。
凡皆可為，天不容偽。眂此休嘉，豈其力致。
一念之善，神人具懽。朝野傳夸，中外鎮安。
流民可綏，夷狄可滅。天且弗違，人誰敢越。
前星必耀，年穀必豐。人所同欲，天寧弗從。
俾德周成，儷美仁祖。於萬斯年，受天之祜。
若古有訓，明命難諶。雖休勿休，惟單厥心。
我將不作，臣竊其義。請誦末章，夙夜祇畏。

明堂慶成詩并序

恭惟皇帝陛下自登大寶，至于淳祐八年，禋祀凡八。方詔旨初下，靡日不積忱致欽，申飭攸司，期以對越。是歲秋仲，將有事于明堂，而零雨其濛，罙日未止。上憂形玉色，弗懈益虔。先事歷吉，祗告原廟，起視霽色澄湛，景象清穆。既謁太室，衆以燠潤，故疑懼旦。而玉輅徐驅，揚鑾鏘鳴，成禮之夕，碧空無雲，明月在地。儀節叶度，樂舞交奏，神靈顧歆，內外懽悦。上心怡愉，下至奉璋執俎之臣，以至三軍萬姓之觀禮望幸者，填溢充塞，翕然同辭，莫不忻然相告曰：丕，休哉。我皇懿德純敬，上對天心，下符人心，亨運重開，昉自今始，將至于萬萬年無斁。臣幸得備數法從，目擊盛典，不勝踴躍贊歎。謹拜手稽首，綴成慶成七言長詩一首，凡二十韻，仰效歸美之意，且以寓箴警之萬一云。塵滓太清，臣下情皇懼戰灼之至。詩曰：

聖皇歷服萬斯年，今搆精禋第八番。配合二儀嚴太報，侑兼三后有常尊。純心實德期先盡，縟典彝儀匪謾繁。淳祐本因皇祐制，民心所欲聖心存。季秋肇卜中辛吉，旦氣深憂宿靄昏。罙月齋居忘肉味，寸丹靡日不天閽。俶臨原廟清風穆，既駕鑾輿曉日暾。明德馨香非黍稷，真機軒豁露乾坤。高空不夜天澄湛，大樂同和景晏溫。福禄穰穰綿帝錫，本支奕奕慶文孫。誕敷解澤傳鷄赦，環列臣工肅駿奔。河海晏清成鉅典，神祇安樂衍璿源。無前休美方揚厲，持敬工夫重討論。武帝中年惛内慾，明皇晚歲異開元。願將英斷充剛健，早正皇儲立本根。駿骨廣求來冀馬，烏巢不毀集庭鵷。長存鯁亮為元氣，痛絶陰柔杜倖門。肅正紀綱强國勢，細分臂指鎮侯藩。微臣何幸逢熙事，奏雅終篇罄瞽言。執戟從官今老矣，華封祝壽報君恩。

湛泉送客二絶句

吾生如寄耳，嶺阯又三年。政自歸心碎，那堪送客船。

中年懷易惡，更聽斷腸聲。多謝兩榕樹，逢人管送迎。

護法寺勸農呈秘丞

出郭囂塵遠，邵農德意宣。旌旗清賞地，簑笠嫩晴天。犬吠柴門曉，牛肥草徑鮮。殷勤觴父老，和氣釀豐年。

贈曾司户

徐鹿卿

君家螺江頭，我家劍江邊。千載會相望，飲水同一川。揭來古梅關，相識春風前。高義軋層漢，清譚響幽泉。努力效往哲，勿為時俗牽。

詠蘭

叢蘭抱幽姿，結根託山壤。所據良孤高，其下俯深廣。雲氣接清潤，雨露從資養。雖然翳深林，未肯群衆莽。輪蹄紛紫陌，誰此事幽賞。幽賞縱不及，香風自來往。

酬正録直學 二首

我生愜幽尋，訪古梅花邊。道原渺無際，滄海匯群川。仰之歎彌高，立則參於前。為山始覆簣，掘井當及泉。端期會真意，可但窺陳編。再拜禮雙趺，清風生誦絃。

劍冰望梅關，山川接鄰壤。前哲餘典刑，多士德心廣。曾子重而厚，朱張妙存養。吴子粹而雅，筆耕懲鹵莽。有友五人焉，亦足共清賞。炯然玉韞櫝，持此將安往。

酬衆士友 二首

行歌有妙趣，聲滿滄浪邊。岱嶽宗衆山，渤澥傾百川。今人悉闇投，無因難至前。古人貴漸進，有本如原泉。周程不可作，三歎撫遺編。正音渺難聽，蛛絲潤鳴絃。

大鵬息天地，四庫本作池蚯原作丘，據四庫本改蚓潔槁壤。吾儒苟自適，心與天地廣。受之不為泰，鍾鼎備榮養。挽之或不留，林野歌浪莽。自注：陶詩浪莽林野。今譽妙文繡，片言榮爵賞。物理有乘除，大來斯小往。

次曾司户見貽之韻併餞其行

聞道常苦遲，生世何用早。洛學此開端，文義富論討。高山勞景仰，内境四庫本作鏡幾回照。此心同古今，一理該衆妙。

和黎丞梅關嶺

峭壁接高天，閑雲淡横嶺。稍便僧房静，未覺官曹冷。風月兩閑人，山川一佳境。誰歟共兹樂，老仙白垂領。

判府羅郎中舉似原作以，據四庫本改快閣佳篇輒次嚴韻

此庵湖海士，心學富家傳。德量擎天柱，功名下瀨船。風流今尚爾，頭角已嶄然。蚤晚分清切，輸忠雨露邊。

輓陳太庾二首

前身簡齋老，今世令河陽。眼底功名小，胸中書傳香。清談了公事，餘力到詩章。舄履今安在，清都侍紫皇。

一病成疎隔，琴堂入見時。形癯已非昔，客至尚談詩。手墨松烟濕，聲歌薤露悲。春風誰管領，自注：前賀生日詩語。梅月重相思。

再遊梅關書呈黄幹

雲邊大庾嶺，嶺上一叢林。送往迎來路，升高望遠心。年華今復古，人事古猶今。唯有關門石，相看歲月深。

次黄幹梅關韻三首

老盧行法地，千載復抽關。崖石横雙翠，禪機漏一斑。兩泉涵定慧，原作彗，據四庫本改半榻卧雲閒。着我談

風月，真成出世間。

相逢白蓮社，失脚過前溪。野興雲横浦，禪心絮着泥。梅花大庾嶺，鉢石古招提。擾擾仕途夢，從前幾箇迷。

廬陵試院次陳明叔韻

西風下黄葉，客裏上新愁。許我聯舟渡，從君借箸籌。坐縻三月久，寬作兩旬留。聚散一場夢，邯鄲鼻息齁。

快閣書呈吴宰

千里江章胡校作章江路，登臨獨此雄。清波長夜月，落木又秋風。浪蕋四庫本作芷浮花外，盟鷗狎鷺中。詩魂蘇醒在，千載豫章公。

丙戌年新春偶成

新年十許日，才有一篇詩。鄉思風中亂，春心雨裏知。病緣衰驟至，懶與睡相宜。暗想泉溪上，杜鵑啼故枝。

感興二首

吹竽媚所好，乞墦厭其餘。邇來效尤者，往往拾芥如。

浮名豈不榮，遺道亦安忍。君看趙孟徒，千古同一盡。

春日

地冷春無力，野晴天有功。芝蘭傲幽谷，蓬藋長東風。政以身為患，非關詩得窮。且求吾適意，敢擬衆人同。

小英石峰

舊作英巖隱，今為庾嶠行。雖然一拳許，有此數峰青。峭崒驚凡目，堅剛悖世情。墨卿相指似，只尺是蓬瀛。

送太庾黎丞二首

老矣黎夫子，拳拳只此書。萬緣俱淺澹，一字不遺餘。庾嶺風烟句，石溪雲水居。無人知此味，説似子非魚。

客懷秋易惡，送客更當秋。薄宦相從久，孤征肯暫留。酒輕離思重，目短大江流。黄菊聊持贈，寒香晚不羞。

次瀛父詩

青山闖門户，綠竹窺簷楹。巋然一亭石，境界涵幽清。季候四庫本作李侯昔經始，扁以横浦名。亭前兩泓泉，吞吐寒蟾明。方員中規矩，曲水相紆縈。汲溉當瓶盎，觀覽駢簪纓。黄君静者徒，自注：道號静寄。磊落千人英。揭來梅花邊，一見眼為青。原誤作清官居廉泉上，復此逢清泠。詩豪瀉銀漢，興逸凌紫京。回首聲潺潺，恍如醉翁亭。

林判府和前韻見示且約暇日論茗次韻爲謝

昔我觀西湖，碧瓦蔭丹楹。冷泉一泓玉，占斷錢塘清。南來泝西江，灘以十八名。出石訪廉泉，醉眼增雙明。平生山水性，不着塵俗縈。佳處輒留憩，竟日陪衿纓。薄宦落横浦，師友皆豪英。尋勝得湛泉，古甃莓苔青。上有石崖峻，下有沙水冷。自注：韓沙水光冷也。近可俯貢川，自注：謂廉泉也。遠可企吴京。自注：謂冷泉也。為公飲春茶，日日來新亭。

府判再示楹字韻詩再和之

別駕實胡校：疑當作室横道，冷官槁代楹。誰令塵土姿，近映冰壺清。君家閩山陽，泉以蒙著名。自注：家有蒙泉。平生養正功，炯炯心地明。我家古泉溪，四顧巖巒縈。自注：《蜀道難》：百步九折縈巖巒（二字原作縈，據四庫本改）。日迂長者轍，來往紛振纓。湛泉偶趨風，嗽液咀流英。自注：張衡《思玄》：嗽飛泉之瀝液兮，咀石菌之流英。古榕憩陰陰，緑竹哦青青。泉鳴似唤客，盈耳清音泠。自注：陸機《文賦》：音泠泠而盈耳。歡謡動海隅，温詔來宸京。只今遊覽地，回首真郵亭。

出灘賦灘石

嵯峨聶都山，豫水兹發原。始者才濫觴，其流細涓涓。東行介南埜，章水西入焉。又東漸雄張，有州故名虔。貢水遠來赴，融合為贛川。當其初合時，泓渟匯為淵。中通尺五流，玉虹卧蜿蜒。群山來左右，萬石梗後前。初疑牧群羊，忽訝墮飛鳶。伏犀狀魁桀，浮鴈影接聯。阿河陣敢死，赴浴池連錢。下者宛蹲踞，上者將騰騫。或矯首欲鬬，或宛留安眠。或退然深伏，露尖大如掌。四庫本作拳或竦然特起，儼立高齊肩。或兩兩為偶，或伍伍相連。此有一席平，彼有萬竅穿。齒齒漱寒冽，眼眼開青圓。形模互馳騁，氣勢相吐吞。平坦十數丈，變怪紛百千。顧盼不暇給，算數疇能殫。天公轟震霆，力士推雷門。上下相春撞，對語不得聞。衆灘角巇嶮，四灘獨稱專。豫章本作尊其一曰天柱，竪立如登天。幽深下無際，渦盤矗迴旋。其下為舞索，風索飛翩翩。絶流迤而東，蛇蚓相縈牽。大了與惶恐，殆見伯仲間。輕駃疾於箭，號怒沸若煎。下此得安流，衽席過舟船。我生苦萍梗，薄宦遊梅關。三載兩經過，每過心為寒。酹酒問長江，胚胎始何年。胡不事夷易，而樂從嶮難。江神信靈異，恍惚若有言。吾來卜居此，肇自開混元。清兮伏塵滓，介如抱剛堅。一片朝宗心，萬折無變遷。所樂在兼濟，未始間愚賢。征人鬧憧憧，鷁首浮翩翩。吾力所能任，登岸常相先。雖然有觸齧，自取非吾愆。清獻昔疏剔，不露斧鑿痕。至今虎城下，滾滾流遺恩。坡仙逐海南，為世所棄捐。風帆一葉身，詩句萬口傳。灘石本非嶮，人自以嶮看。委蛇曲折間，道徑自平平。子行但由中，坎窞居其邊。子舟要適平，輕重防其偏。乘流亦良便，避礙須達權。五湖瑩如鏡，瞬息風濤掀。嬉笑或藏怒，至愛存笞鞭。灘石信非嶮，嶮處却萬全。我聞説是義，心思俱豁然。一笑過灘去，落照銜山前。

雜興六首

荒凉横浦郡，頗稱冷官居。為甚更清睡，冬來不讀書。

梅花亦何奇，偏便幽人愛。清寒風雪夜，一枝静相對。

竹枝雙翡翠，縮頸照寒水。驀見渡溪人，一聲忽飛起。

庭蘭尚牢落，庭草已勾萌。草與蘭何似，東風亦世情。

豈不謀數椽，吾力苦未足。破屋儻支撑，尚堪燈火讀。

學詩不能神，得句常草草。儻可寄吾懷，豈必人稱好。

月夜赴郡會歸輾原作鞭，據四庫本改轉不成寐觸事感懷口占四古句

庾山高入雲，章水清見骨。山高晚宜梅，水清寒浸月。美人天一方，雲烟妙空闊。帶月簪梅花，獨起舞

殘雪。

槎牙兩榕木，偃蹇江之濆。雖緣擁腫廢，幸免尋斧斤。東家不鳴鴈，喑默存其神。事固不一概，鴈烹木長春。

連雲峙華屋，東隅滿荆棘。延緣耗地利，狼藉窺空壁。一朝火燎原，根枝蕩無迹。蔓除亦可喜，火烈憂轉劇。

騎獵似為業，養鷹如養兒。人言鷹玩兔，主翁鼎鑊之。玩兔信不忠，九死固其宜。萬一疑似間，群鷹驚欲飛。

賀判府生子

西江最上流，南安古名城。庾山蔚然秀，章水瀏其清。異代得偉人，分此風月平。往者程伯温，闢決燁有聲。煌煌萬原作方，據四庫本改金産，炯炯雙珠明。四海名父子，一門佳弟兄。造詣極洙泗，叩擊鏗英莖。流風已百載，今日復一程。提屏東方來，寬令孚群甿。名門衍餘慶，蘭玉添新榮。山川萃神秀，穹昊儲精英。仲律青陽熙，五夜璧原作壁，據四庫本改月盈。天上雙麒麟，剛欲逐隊行。抱送者釋氏，協夢兮長庚。昔為程氏子，俱以斯道鳴。今為陳家兒，岐嶷由天成。覓公洗兒錢，我不學世情。期公愛子深，視厥程先生。器質待涵養，門户須支撑。會看三世間，接踵當拒衡。

之官過贛灘二首　原注：以下詩初官南安軍時作。

玉局詩中皇恐灘，聞之已為骨毛寒。那知舞索并天柱，自注：二灘尤嶮。更向前頭作怒瀾。

灘聲嘈雜怒轟雷，頑石參差撥不開。行客盡言灘路嶮，誰教君向嶮中來。

雨霽報謁見一鷺得魚群鷺争食之二首

一鷺翩翩傍釣磯，隔汀群鷺已知機。空將辛苦供群吻，畢竟貪魚罪有歸。

履嶮窺魚得幾何，傍來攫取較多多。争如斂翼餐餘粟，猶在人間潔白科。

壽曾僉判二首　正月十四

漸報星橋鐵鎖開，遊仙失脚下蓬萊。一番春色歸桃杏，半吐歌唇獻壽杯。

陸地新開萬朵蓮，綵雲擁出幙中仙。傅巖已入春宵夢，火急排雲叶九天。

和杜子野湛泉詩來詩有塵事分清事之句

榕陰漠漠俯清泉，泉溜涓涓不計年。未必塵紛敗佳思，憑欄得句却天然。

子野又以詩來言不晝涪原作倍，據四庫本改翁晝李翁再和之

太守一時留惠愛，詩仙萬古自清風。尋常藻繪初何記，終是人心記此翁。

聞鴉有感

鵲群饒舌本何功，鴉陣狂言却似忠。聞鵲忻然鴉輒唾，甘諛易售古來同。自注：《容齋續筆》言北（原作此，據四庫本改）人以烏喜而鵲為凶。

讀楊妃傳

六宫粉黛溢三千，一箇中間寵愛專。自此世情生妄想，推排妃子作神仙。自注：世俗見明皇溺愛貴妃，遂指為神仙中人。妃固非不美，而未必真冠代也。徒以六宫之衆無一當意，獨妃得以專寵，故想像其不可及。世間事如此者何限，渠止一妃也哉。

曾氏清江亭

想得當年月浸扃，諸公翰墨此縱横。亭荒久矣詩亡恙，一道長江萬古清。自注：有無垢、澹菴真蹟。

杜子野寄雲山蘭石四畫且以近詩來和韻酬之二首

石瘦蘭馨入骨寒，筆端往往帶儒酸。河陽桃李春風滿，此段煩君更畫看。

愛君標格碧峰清，四庫本作青為輟床頭竹葉瓶。想得醉餘鋒穎健，群鵝端欲博黄庭。

和杜宰送茶韻

誰遣持書畫打門，茶魁有句牧之孫。自注：牧之云：茶為端草魁。煎調還我西江手，水茗相投自不渾。

月團不遣貢脩門，却寄書癡閉户孫。若把焦原誤作蕉坑分品第，瀹功端合遜王渾。

杜子野惠來禽内碧桃謝以一絶

五色雲牋到冷曹，更將果實飽詩饕。便應譜入來禽内，青李刊除着碧桃。

子野惠竹鼦有感而賦二絶形如虎大極肥

玉局詩中曾識面，小山書後忽題名。鴟夷混沌俱慙遜，更勝河豚大瘦生。自注：坡仙云：鴟夷讓員滑，混沌慙瘦爽（原作夷，據四庫本改）。

食根為鼦肥腰腹，自注：食竹根鼠也。食實為凰長羽毛，同是此君供廪餼，居然地位判卑高。

七月二十一日重過贛灘十絶句

矯矯雄張虎欲奔，低低蹲伏鴈成群。丁寧莫礙行舟過，唤作長生萬石原作古，據四庫本改君。

初疑萬馬立沙汀，又似臨流簇戍兵。激怒灘聲能許劣，終宵長泄不平鳴。

漱崖嚙石出奇功，浴月涵風淡蕩中。過者千帆鬧如織，會心知有幾人同。

乘車山徑苦崎傾，舟涉飛湍石膽驚。等是危途原作除，據四庫本改休計較，此心無礙盡堪行。
北來快順一篙駃，南去間關百丈牽。世事從來且如許，下灘船看上灘船。
嶺海脂膏自古傳，至今來往共長川。靈四庫本作川靈有眼還知道，幾箇歸人月滿船。
江清端可樂朝饑，嶮處行人盡得知。平陸波濤良叵測，嶮中却自是平夷。
聞道春江瀲灧時，灘平如掌棹如飛。何時滿却葵丘原作兵，據四庫本改戍，流水桃花送客歸。
十八灘頭一葉身，山川曾識舊詞臣。詩魂百載猶蘇醒，應笑風波解戲人。
儲潭初發未朝餐，一日經行十八灘。不似來時推不進，吟詩把酒傲驚湍。

廬陵試院次陳明叔韻

曉看窗影過飛鴉，短髮蓬鬆一半斜。兩月不遨直瘦却，夢尋庾嶺訪梅花。

梅　花

舊傳庾嶺梅花好，及到梅關少見梅。唯有一般差可信，南枝長占小春開。

觀　釣

熱猶造請褦襶原作襶褦，據四庫本乙子，老未知休矍鑠翁。立懦廉頑今幾見，桐江夢想一絲風。

府判社日招飲蔣園座中索賦詩三絶句

玉妃團坐簇娉婷，勾引陽和媚德星。洗盡凡花脂粉氣，月香亭是雪香亭。
城西好事主人家，走送天香國色花。嶺阯三年才見此，便應奴婢命山茶。
柳絲摇曳春風裏，山色空濛社雨中。領略韶華拚一醉，巴歌聊爾效南翁。

再續前韻

鶯谷聲喧雨乍晴，邦人引領望屏星。陽和一氣元無際，小為尋花到野亭。

荷囊清白舊傳家，來看溶溶月下花。不似尋常殺風景，也宜飲酒也宜茶。

筆端鸞鳳詩千首，社下鷄豚酒一鍾。九十日春今强半，典衣還憶少陵翁。

依前韻呈府判

城南烟雨趁春耕，遥指屏星是福星。肯學晉人耽燕樂，只因修禊會蘭亭。

占籍蓬萊第一家，勸農蒔稻莫蒔花。時和不但歌華黍，牆有柔桑焙有茶。

發舒生意烟花外，醖釀豐年雨意中。闢决郡條知有助，故應千里化文翁。

月香亭主人送似牡丹座客作芍藥品題 翌蚤知其誤，二詩謝花勿怪也

素粧芍藥萬花王，葉未全舒滿國香。醉眼夢騰渾不醒，虎賁却似原作以，據四庫本改蔡中郎。

玉容當配水仙王，壓盡群花不敢香。晝困未甦酣宿雨，也疑湯餅試何郎。

愛山堂七絶句 并引

愛山堂，大庾之西館也。始名裕民，繼超然，近世浚儀趙君為令，始易今扁。南安居嶺北，環城大抵皆山，而面勢局隘以偪，惟斯堂對五侯峰，太平山圍繞於後，如簾幙中坐。達觀疎林前横，溪流映帶，一佳處也。自有堂以來，幾世幾年，而未為山着語，豈囿乎形氣者有遇不遇，山之與人固無以異乎；抑造物者秘此奇觀，將有待而發之與。今令君史子東不鄙，謂余盍賦之，因綴七絶句呈似。余詩安足以發越造物之奇觀，亦姑以慰此山之寂寥耳。寶慶丙戌夏季二十日。

横江江上四山環，少得當前面勢寬。試上此堂舒遠目，疎林盡處見峰巒。

大峰舒肆小峰嶕，簾幙中間坐五侯。立斷斜陽吟不透，一聲牧笛滿林秋。

竹籬茅店野人家，門外清流一帶斜。小隱桃溪端的是，更須水上覓胡麻。

比屋桑麻三月雨，夾溪桃李四時春。誰歟幻出山前景，指似堂中覓句人。

自有堂來三換扁，官居賢否只山知。酴醾嫵媚今何許，山色青妍宛舊時。自注：《圖志》云：裕民堂荼蘼成架。

客問主人今暇否，主人心與水雲閒。庭空吏散文書静，茗椀熏爐上愛山。

坡谷經行久品題，顧令迂拙强搜詩。雖然何世無坡谷，山立孤高好自持。

贈琴士翁明遠併簡幹教二黄丈

鍾期不作伯牙死，琴墮雲烟莽蒼原作倉，據豫章本改中。翠玉樓前幾識子，山風吹散又西東。自注：去歲遊翠玉，翁琴未至，予先去。

莫恨吾琴難入俗，俗人不聽韻方高。篆四庫本作秦箏耳畔休拈出，韶石亭前走一遭。自注：詩（疑當作時）自曲江來。

靜寄琴中適意吟，魯庵句裏自然琴。琴詩苦要清如許，千古寥寥覓賞音。

我亦能琴妙不傳，無琴無譜併無絃。客來問訊琴安在，指似孤鴻落日邊。

章貢三咏 并引

寶慶乙酉仲冬既望，鹿卿歸自螺川，静寄主人黄瀛父、檢法黄丈、司理李丈、檢法趙丈，鈐幹吴丈相約遊鬱孤，訪洞天，入崆峒道院，觴客于衮衣葺纛堂。酒半，登紫翠玉樓，用覽山川之勝。瀛父不鄙，謂余不可無以記之，因成三小詩呈似，且以志諸君子眷禮之渥云。

群山湧浪翠周遭，中峙層臺氣象豪。萬里闕庭長在望，定應天眼照孤高。

右鬱孤臺

崇山脩竹小蘭亭，人在雲烟深處行。環立千竿了清絶，中盤一徑巧紆縈。紛紛鴈鶩庭堆案，擾擾蠅蝸疑當作鼃黽市有聲。洞裏道人忘底事，小橋西畔句初成。

右鬱孤洞天

夢跨長虹海上遊，寒生肌骨一壺秋。好風吹得時魂醒，自寄雲間翠玉樓。

右翠玉樓

上判府陳秘丞二首

斗大山州枕上流，蓬山仙客此遨遊。讀書竹屋公多暇，樂業江郊民有秋。泮藻叢邊深長育，嶺梅香裏賡酬。有人來問和羹味，太守忘言一笑休。

向來一榻下南州，此事無傳閲幾秋。顧我風流非孺子，乃今天幸事王侯。頽波甚矣誰能返，砥柱巋然好鎮原作鎖，據四庫本改浮。唤起東湖風月夢，請為榱桷備兼收。

酬温户見和首篇

南來冠蓋總名流，契合全忘是宦遊。清甚夜寒金井露，瑩於霜曉玉壺秋。梅關景物詩陶寫，蓮幙風流酒勸酬。只恐烏羅留不住，漢庭山立看揚休。

酬陳太庾二首

後來令尹職承流，君亦牛刀嶺阯遊。和氣滿城桃醉雨，仁風四野麥先秋。陳玄譜在交逾固，毛穎功多賞未酬。撫字勞心古如此，不須為米便歸休。

英聲獵獵滿山州，翠剡飛來鶚在秋。父母視民非俗吏，子男分土列諸侯。篇詩捲送驪珠爛，杯酒相從蠟疑當作臘味浮。不必即人人即我，定知瑚璉合當收。

酬何學賓二首

商山黄綺信清流，自合相從鶴禁遊。鄴架爛觀三萬軸，莊椿行老八千秋。高懷莫遣群兒覺，佳句那無半語酬。我亦諸侯老賓客，更將墨守問何休。

昔聞鼻祖在揚州，詩句清於玉露原作露玉，據四庫本乙秋。奕世相承忻有後，在家還復勝封侯。觀頤義熟靈龜見，祝壽杯深緑蟻浮。丹鳳休銜丹詔下，黄冠已懶待黄收。

酬曾學録王掌祠二首

夫君砥柱屹中流，也肯來為泮水遊。好句上摩周雅頌，褒詞榮過魯春秋。高山忽奏音逾古，美玉深藏價未酬。搜遍枯腸難論報，江淹聊欲擬陽休。

去年射策古杭州，來到梅關歲已秋。德薄豈堪儀衆俊，貧軀疑當作驅聊復客諸侯。一窗燈火味清苦，四座風流酒拍浮。弟子無非樑棟用，先生未必副先收。

酬張録南老二首

詞源傾寫峽江流，曾躡槐花月裏遊。梅嶺詩篇一甌雪，芹宫書册四山秋。明珠小借枯崖潤，美玉那無善價酬。再戰定穿三級原作汲，據豫章本改浪，絲鞭席帽拜新休。

生長西江帝子州，蟪蛄强欲語春秋。溉根正喜逢張籍，拾芥寧堪擬夏侯。冷淡工夫千兔秃，飄零蹤跡一萍浮。自量只合山林住，烏幞如何也見收。

酬張直學 二首

章水元通劍水流，朅來庠序得同遊。自從快踏梅花雪，一洗從前茆瘴秋。官況我今忘獨冷，鳴聲君合起相酬。龍光自有張華識，句不驚人未遽休。

平生久願識荆州，落落參辰幾度秋。下榻有誰知孺子，運籌端合屬留侯。吟成春草夢非夢，跡漾風萍浮自浮。見説桂枝消息近，廣寒清徹片雲收。

酬吴直學 二首

滚滚詞源峽倒流，飄飄擬上廣寒遊。一編芹泮挑燈夜，兩捷槐花得意秋。賸喜文盟堪共結，忽驚詩債未曾酬。數能相過徵奇事，肯學淵明遣客休。

慚無健筆敵蘇州，蝸疑當作鼃蚓聊鳴子夜秋。問樂定應從季子，尋盟自許長滕侯。佇看騰踏飛黄去，小共徜徉大白浮。會有鷄林識風雅，一詩端把百金收。

酬朱直原缺，據四庫本補學 二首

儒官領袖得名流，子佩應無在闕遊。只要松筠柰霜雪，須知蘭菊自春秋。年齡五十當榮顯，風月三千足唱酬。揚善推能需叶贊，有容心地儘休休。

南來草木半炎州，喜見冰壺一段秋。所學有原真父子，自前無種是王侯。傳家肯羡金籯滿，用世還知玉璞酬。人事盡時天理見，但勤耕耨候豐收。

酬楊直原缺，據四庫本補學 二首

人生遇坎與乘流，入則藏脩出則遊。風順鵾鵬須擊海，時來蟋蟀自吟秋。教經已勝金籯贈，遺錦慚無玉案酬。着脚蘭臺自今始，懸知下筆不能休。

四海聲名揚豫章本作陽，題亦改作陽道州，亭亭心幹凛高秋。耳孫自是千人傑，骨相當為萬里侯。春入草堂清夢透，名登桂籍暗香浮。錦囊正恨新詩少，説與奚奴取次收。

贈太和曾機宜

故家名姓塞乾坤，曾上歐蘇涑水門。似此高風寧幾箇，至今流澤到諸孫。譚詩江上風烟圃，訪我梅邊竹石村。尚有典刑堪世守，會看溟海化鵬鵾。

壽陳太庾

壽山輝彩照湖山，管領春光又一翻。動地名聲太丘長，傳家詩派簡齋孫。梅關訊息羹調鼎，桃縣風流酒滿尊。里社逢時公事在，好施奇計復中原。

去年脩禊後三日得南宫捷報於家今年是日與同年趙簿同事泮宫感而賦詩

淡烟疎雨杏花天，回首春光又一年。月桂香中方並駕，嶺梅陰裏競揚鞭。覺來始悟他人夢，着罷傍觀國手先。一動静間知造化，吟情渾寄柳絲邊。

趙簿見和復次韻

一昨瞻依尺五天，青衫槐簡是同年。飛騰影裏尋芳躅，警蹕聲中響静鞭。夷路已看騰驥駃，競風須逐畫蛇先。宗臣底事猶棲棘，有策籌邊不在邊。

酬黎丞見和

極目龍門峻接天，仕塗傾蓋便忘年。太平官府閑吟竹，勝處園林笑舉鞭。松柏凌霜知獨後，樓臺得月會居先。老臣憂國誰能識，飛雪飄飄上鬢邊。

酬曾教正

襟懷瀟灑浴沂天，家學相傳幾百年。外物莫貪蒼玉佩，真才肯賈蠟黄鞭。不平未用鳴東野，懶讀難為誚孝先。賴有濂溪衣鉢在，滿庭風月浩無邊。

酬正録直學

横浦雖然一角天，周程清化幾經年。從前步武堪同轍，近裏工夫好着鞭。自笑已居王勃後，相期常恐祖生先。地麟自此符佳讖，魁宿聯輝庾嶺邊。

酬何學賓

笑傲壺中别一天，德人端合享耆年。鳴鳩不栩堪供杖，老驥馳思渠假鞭。儀表特居終賈上，名聲突出勝黄先。熊膨已入佳占未，明月清風渭水邊。

去歲王監嶽以詩餞行且求無垢語録次韻送之

我來横浦訪遺言，無垢先生有正傳。雙跡淒凉城下寺，一書泄露性中天。向來富貴俱荒草，今日風流尚湛泉。東谷有人知此意，平生耻售蠟黄鞭。

和張直學送新茶韻

夢繞康王酌水簾，不知身世宦東南。蘇仙忽餉焦原誤作蕉坑品，子尚渾凝曉露甘。便遏鼻雷醒睡思，仍澆舌本發清譚。搜枯破悶功神速，數到盧仝椀兩三。

壽提舉陳秘丞二首　戊寅六月初九日生

南極星高月一弓，天將好事慶仙翁。朝中詔遣鮮于使，境上民争正獻公。葵藿傾陽清瘴霧，旗幢蓋海颺薰風。梅關南北俱和氣，祝壽歡聲兩處同。

昔在興隆歲甲申，文恭當軸秉鴻原作鳴，據四庫本改鈞。自注：陳文恭公隆興甲申再相。如今休運重開宋，指日清朝再相陳。會有勳名償小戊，肯將官職怨雌辰。百年盛事看層見，請頌中興嶽降神。

再用前韻送地圖光武枝四庫本作帝，胡校疑收之誤輿地圖正甲申歲

炎運中天歲甲申，誰令漢鼎重千鈞。故家輿地傷瓜裂，真主城樓細指陳。今古一時如合券，明良千載慶逢辰。來年竹帛功名就，圖繪雲臺筆有神。

至梅關書呈僚友

栖迹梅花嶺下州，梅關未到已神遊。右江左廣山分水，薄霧輕烟雨作秋。物是人非一今古，南來北往幾公侯。就中認得禪機者，非錫非泉是道不。

士友見和七月七日曝書依元韻謝之

寒儒家世派南州，天遣芹宫並俊遊。劍水章江千里月，天孫河鼓一番秋。曬書舊事聊同郝，聯句新聲恐類侯。隔歲槐黄頻入夢，曾知山角已生不。

送周幹

送客章江庾嶺邊，試將行止問蒼天。雖然刖足終全璞，尚有知音莫斷絃。仕路偶來雲出岫，歸装何有月隨船。鼠肝蟲臂冥心久，一笑掀髯對湛泉。

郭府判書友于堂榜謝之以詩

鳥篆開端不路四庫本作露鋒，錐紗四庫本作沙成畫體逾工。中間三到屋漏雨，此後仍傳壁坼風。羲獻以來名絶學，徽章之外更明公。朝天此去承清問，一片丹心筆陣中。

堂礙雲霄扁友于，黑蛟光射斗牛墟。細筋入骨藏稜外，妙手師心灑墨初。只為忠誠珍柳筆，多因節義重顔題。知君清德光前古，發露毫端直緒餘。

廬陵曾省元求書見杜宰和韻餞其行

夫君漸是買臣年，耻眩虚名賈蠟鞭。斗酒新豐無飲伴，宫袍采石詫詩仙。寒花傲節休嫌晚，蟠木為容不假先。更上詩壇參杜甫，清譚相對紙生烟。

三山周省元索詩依杜宰韻賦二章一以謝杜之貺，一以贈周之行

清夢蘧蘧楚峽陽，自注：來書頗有思家之興。鎔成句法味悠長。栽桃小試經綸手，泛菊聊澆錦繡腸。逸思原作使，據四庫本改已堪凌賀白，高懷贏得傲羲皇。此中真趣人知原作知人，據四庫本乙麽，愛酒陶潛不是狂。

閒呼斗酒醉斜陽，欲説還休此話長。笑我平生窮到骨，羨君萬卷富撑腸。向來一見梅初白，别後重逢菊正黄。潘縣主人如下問，為言不減向來狂。

林府判録示近製依韻和呈二首

奇寶寧容棄道傍，名藩贊理令飛霜。冀都便覺群空馬，魯市應無詐飲羊。嶺阯雲烟新入詠，天邊日月趣依光。吾民疾痛誰醫得，好試家傳已效方。

冷宦趨承木向陽，窺斑良覺愧真長。摩挲千里紅塵脚，浣滌十年新學腸。小節自期冰皎潔，高吟滿聽月昏黄。青蠅附驥從兹始，底用行歌效楚狂。

用羊字韻呈史君

曾揩醒眼奕棋傍，松柏孤高耐雪霜。西蜀搜奇到金馬，南邦頌德繼羔羊。梅邊生意傳春信，筆底新詩燦夜光。運動樞衡當接踵，小煩千騎上東方。

侍林府判齋宿舉似頃在海陽縣齋丁祭詩依韻即席和呈

文星今夕照儒宮，多士青雲路已通。沾溉有原芹泮水，吹噓無際杏壇風。温醇德意覃千里，教養規模肇一同。疇昔周程鳴道處，鳶飛魚躍化鈞中。

府判和答依韻上呈

芹藻生春水繞宮，吉蠲祠祀意潛通。燈花飛舞看簷雨，詞藻清新繼國風。貳政坐令千里化，論文賸喜一樽同。彬彬執俎鳴鑾者，盡在明公和氣中。

護法寺勸農呈史君

半載分符江水西，幾曾一日事遊嬉。忽聞千騎傳呼曉，正是三春勸相時。父老倚鋤聽號令，兒童騎竹望旌麾。東風歸路歡聲滿，野草閑花索賦詩。

史君寵和復依韻上呈

禾生隴畝自東西，父老怡然市井嬉。列郡幾人知此意，五風十雨盡如時。買牛已解田間劍，分虎難淹嶺下麾。一任吏人來報事，不妨遊戲作春詩。

同日依齋宮韻呈府判

屏星小駐梵王宮，草碧泉清一徑通。細細秧針抽夜雨，盈盈麥浪汎東風。登臨不為溪山勝，守助端期井里同。此去豐穰知有兆，百年父老笑聲中。

寄題胡叔軫香山樓詩并引

鹿卿年二十三時，得忠簡公斥和議書，讀之竦然起敬。持姓名質於長上，則曰：此廬陵澹庵先生也，忠節為南渡冠。因盡告以公生平出處之詳，鹿卿服膺至今。嘉定十七，分教横浦，乃獲敬讀公詩文而觀其遺墨。未幾，公之孫叔軫桀赴經從，遂得瞻識，故家典刑，宛然是似。越明年北歸，款語益密，出示名香山樓詩。鹿卿載惟胡氏香山之名，今烜烁如星日，而白傅洛中之香山，已久湮廢，可歎也。叔軫伯仲方有大名于時，必將成忠簡之志。使洛都復入職方，而兩香山與冠霞同垂不朽可也。鹿卿以自幼景慕忠簡之心，既覩其詞翰，又識其後裔之賢，詎容以蕪陋為辭。輒賦唐律一章，聊寫是意，非敢言詩也。

笑問香山似舊邪，風流宛是更詞華。由江距洛路千驛，自注：諸公詩多引匡廬香爐峰事，故云。以宋繼唐詩一家。今日重簷窺斗柄，向來遺趾面湖沙。莫忘先世規恢策，赢取芳名並冠霞。自注：忠簡樓名。

史君贈所臨蜀本三蘇入京原作凉，據四庫本改圖詩以謝之

至和嘉祐正塗開，綵鳳將雛出蜀來。父子名聲天宇小，弟兄筆力海潮迴。岷峨一氣鍾三傑，歐富諸公識異材。後百餘年拜遺像，凛然高節尚崔嵬。

黎丞傳示史宰聾字詩走筆和之

毛穎翻成一秃翁，文章苦欲誑盲聾。從前結實無非妄，勝處生涯好用工。天上高深閽守虎，馬前奔走背生蟲。榮枯數定何須問，了却公家是奉公。

再和聾字韻詩一謝史宰一呈黎丞

化感兒嬉七十翁，波餘猶足活瘖聾。肯安恬退淡中味，大覺催科拙處工。及物坐看馴乳雉，蘇民更欲罵

尸蟲。恢恢游刃渾餘地，贏原作羸，據四庫本改得賡酬伴贊公。自注：唐人呼丞相為贊公，見《太白傳》。

脩齡閬苑一仙翁，拜跪無妨豈是聾。松柏耐寒宜歲晚，池塘入夢泄春工。群趨摘尾渾行鷺，一見降心賦草蟲。莫謂田園動歸興，渭濱垂老尚三公。

林府判和前三蘇圖詩再依韻爲謝

蜀道山川鬼斸開，文星屢謫原作摘，據四庫本改北中來。凌雲賦客邀難住，捉月仙人喚不迴。坡潁與泉同一姓，漢唐比宋孰多材。公詩狀出眉州畫，自注：元眉州本。不學香山詠馬嵬。

張法示詩集爲題其後

聞名每恨不相識，相識梅關眼帶青。雪幹冰姿披宿霧，銀鈎玉唾麗繁星。居隣山谷傳宗派，系出燕公有典刑。陶寫風光吟咏了，更培勳業照青冥。

次韻史宰賀受薦

玉立青規照眼新，封侯端合踵平津。公車久滿三千牘，屬國猶淹十九春。自注：來書自喜登第十九春。一覩雉馴知善政，雙飛鶚薦媿陳人。焦桐會有知音在，未必終為爨下薪。

送何生龔生歸曲江

肯為從師出嶺來，三千子亦可人哉。文章要似風騷體，學問非為利禄媒。泥迹尚留鴻爪在，雲程已報鶚書催。儀刑只在鄉關近，前有張余後有崔。

和南康趙簿贈詩

瑞世詞章響佩琚，過人學力更充餘。盤空紫氣難藏劍，照坐青藜趣校書。已脱塵埃辭矮屋，還將清泚映污渠。雲霄此去功名逼，詩酒生涯莫作疎。

次史君喜雨韻併呈府判

明公閔雨志平民，祈禱無他只一真。萬里天高隨感應，半空雷震忽亨屯。挽回庚嶠生生意，化作商霖處處均。歸斡（原作幹，據四庫本改）元功調玉燭，從今三過續絲綸。

次史君喜雨偈韻 并引

未雨而禱雨，此心之敬也。既雨而喜雨，此心之愛也。躬行者，愛敬之實也。政事者，愛敬之推也。祠祀者，愛敬之寓也。詩歌者，愛敬之發也。曰敬與愛，大人之事備矣。此盛德之徵，而鹿卿之欽慕焉者也。繼嚴押而賡之，所以寫其欽慕之意。無類之弗羞，則恃有宗匠斤斧在也。

朱轓臨蒞甫經秋，已報民庸總若疇。剩有心思圖惠養，更無毫末事誅求。操存對越神明久，應禱旋銷旱魃憂。天意念功殊未別，且將甘露略相酬。

田里懽傳歲有秋，已占休證叶龜疇。連朝霪雨忻從欲，一念通神只反求。暫向嶺邊宣主澤，每先天下為民憂。藩方久袖為霖手，百萬蒼生願未酬。

追挽監簿李公

誰將偽學涴忠良，滿眼脂韋時樣粧。敢斥弘羊蘇歲旱，始驚鳴鳳見朝陽。生前運蹇官三品，死後流傳紙一張。前輩遺風今寂寞，狂歌聊復弔清湘。

送表伯朱丞尉

瘴嵐窟裏抱琴歸，髭鬢青青只舊時。人道器之真鐵漢，我疑方朔到瑤池。從前日月忙中過，此去山林分外宜。晚歲栽培無別計，萬金良産在孫枝。十年蹤跡兩相望，邂逅崆峒喜欲狂。見説橋成鞭巨石，忽看水駃舞歸艎。面無慚色言何邮，民有遺思味最長。故國蓴鱸勞夢想，從公鷗浦弄斜陽。

黎丞命飲辭之以詩

湛泉問訊十分春，安得揞笓踵後塵。不是稽山無賀老，定應坐客畏陳遵。鳧飛渤島姑容我，馬繫堂階解笑人。重約焦坑新茗熟，一甌相對話情親。

爲曾僉喜雨

隔年亢旱到初春，才掛征帆雨浥塵。諒得靖共神所介，更留約束後來遵。今朝南浦悲行子，明日陽關憶故人。老我滯留歸未得，斗升全為白頭親。

史宰見和依韻爲謝

巧釀河陽滿縣春，居然盡洗簿書塵。桑間馴雉誠為異，渚畔飛鷗祇漸遵。良玉自應求即我，明珠寧肯暗投人。冷官竊笑詩情淺，無計能令子建親。

依韻戲呈諸丈

雲萍邂逅總青春，意氣飄飄足絶塵。酒有盈罇聊共醉，食無重味恐難遵。自注：是日有不許用猪羊肉之令。浮生百歲風和月，官路連年我送人。自此彈冠知有喜，莫言非故亦非親。

再呈曾僉

去去榮觀上國春，幾人竚立望車塵。如星於北常懷拱，自海而南不必遵。自注：初欲去南海遊。簷雨挑燈三益友，錦帆載酒一詩人。勳名自致男兒事，莫倚金張肺腑親。

諸公約會縣中觀燈不克赴既又見趣座中賦一章

上元花市明如晝，良會應知臭味同。自笑無殽似坡老，豈能載酒過揚雄。（自注：是夜不及携具。）寒盟如我顏生赤，燒燭輸君坐照紅。莫憶遶梁聲未斷，且將詩酒謝春風。

即席次府判韻

梨園勝日問春光，細細飄來滿院香。色縞半空天與潔，花翻六出雪呈祥。月華巧幻溶溶景，風韻偏宜淡淡粧。深夜霓裳欲飛舉，篝燈何惜共徜徉。

興教寺勸農呈史君

自從豳（原作幽，據四庫本改）雅無傳後，漢有龔黃宋有羅。夙駕朱轓勤勸相，奉宣黃紙放催科。一犁烟雨郊原曉，千里春風嶺嶠和。看取便民橋下水，滿江濃緑漲恩波。

挽安人陳氏

節義千年一緹縈，復因緩急見高情。風霜凛凛欺行役，天地昭昭監此誠。羞藻敬恭宗祀重，空花了悟世緣輕。歸時認得來時路，暗想蓬萊是故程。

別倅車

聖朝疎網（原作綱，據四庫本改）示寬平，鞫讞煩公六月行。穿屋可嗟囂（原作嚚，據四庫本改）訟險，持衡只在此心明。蘇冤去釋五原旱，了事歸看快閣晴。檢點舊遊章世美，甘棠蔽芾滿江城。

餞羅史君二首

聖朝選表作公卿，如此才猷合要津。上亦知公能體國，心乎濟物不謀原作媒，據四庫本改身。梅花嶺下忽千里，荷槖班中添一人。民願借留留不得，多應留與十分春。

西鄰有女出深閨，十二樓中奉盥匜。大德愛憐知有造，小心莊肅但無欺。請為公祝千年壽，恥學人填半額眉。舊著衣裳今好在，芳心暗逐錦帆移。

令佐約登息梅嶺不克赴次來韻

撑空一嶺鎮東隅，未遂登臨且按圖。城雉峥嶸歸眼界，徑蛇盤屈透雲衢。句中風月天無盡，物外亭臺山不孤。令佐才高當辦原作辨，據四庫本改此，稍容拙者自嬉娱。自注：坡云：才者不用拙者娱。

喜雨上史使君馮宫講

平田秋水高潺湲，大府寬絛俶布宣。不旱猶應言有旱，省僭敢自謂無僭。倒翻雲外菩提水，幻出人間擺柳天。阡陌曉來傳好語，作霖人在嶺梅邊。

湛泉酌餞黎《兩宋名賢小集》黎下有丈字有詩壁間遂次其韻

幾人林下賦歸休，公獨翩然汗漫遊。味道不妨寒似水，入時須用曲如鉤。從來鄰父邀皆去，底事官曹挽不留。後夜相從那復得，月明千里故山秋。

壽馮宫教三首 己卯十二月初六日丑時

子月陽從律管回，剛明鍾聚濟時材。出當聖世千齡會，小為横江百姓來。生意無窮倉有粟，春工不擇地宜梅。從今拈出經綸手，吾道輝光壽域開。

文星照耀大江濱，春色無邊上藻芹。千載魯宫覃美化，百年洛學嗣清芬。但同南國歌申伯，敢效東坡壽卯君。自注：子由己卯生。誰謂廣文官舍冷，眼前突兀廈連雲。

公占金華寶婺躔，原誤作纏我生劍氣斗牛邊。雲山闊遠一千里，歲紀參差三十年。初度謾言同日月，榮枯相去異天淵。香山不鄙兼耆少，名節當參九老傳。

送游同年赴增城征官

蹋雪南征靡憚勞，此公端不為錐刀。能行所學官無小，苟利於民譽自高。鞭算何須窮孔穴，荆班且共説風騷。吏姦民蠹渾閑事，臨政先教立脚牢。

君行嶺海獨賢勞，我念鄉關折大刀。心事有如江水白，誼風端共庾山高。理財只合從周禮，飲酒何妨讀楚騷。客至無氈原作氊，據四庫本改相諒得，請將詩句當共牢。

次宫教六齋慶成韻二首

魯侯修泮幾千年，盛事相符易地然。夏屋渠渠高插斗，誨言歷歷暖原作緩，據四庫本改於氈。簡編有味芸香細，風月無邊草色鮮。樂道簞瓢亦人耳，安居何憚士希賢。

邪傾枝柱費三年，革故圖新有待然。凌雨千間駢紫佩，濂溪一派寶青氈。韶鳴已覺俱忘味，鼎養何妨更擊鮮。師帥作成真有道，詵詵弟子信皆賢。

宫教再以詩來復次韻

蚤負才名四十年，胸中成室總天然。承流且建偏州學，談道終分廣厦氈。椽筆發揮春藻麗，鸞旂照映雪花鮮。幾人魚躍鳶飛下，黄卷生涯對聖賢。

陳府判邀遊梅關

庾嶺蒼蒼古復今，公餘杖履愜幽尋。兩崖峭壁風霜骨，一片清泉佛祖心。静浣世緣揮酒椀，更添春色上梅林。冥搜翻覺詩情拙，滿眼皆詩祇用吟。

勸農上宫教

竹馬兒童喜欲狂，循良太守似龔黄。倉庚百囀蠶桑啟，布穀一聲稉稻香。耕饁盡陶豳國化，遊嬉已遍舜民鄉。文書便合登高閣，為説東郊入務忙。自注：時改比屋鄉為舜民鄉。

中秋對月有懷

前年今日文闈裏，鏖戰紛紛酣萬蟻。去年歸去浙江頭，塵滿征衫未曾洗。今年又對梅花嶺，日味虀鹽翻故紙。乾坤一季兩中秋，自注：閏（閏下原衍至字，據四庫本删）八月。兄弟三人各千里。自注：南安至豐城一千里，豐城至江夏一千里。伯兄恍作期年别，夏口武昌幾山水。季弟秋初辭母去，去日不堪重倒指。孔懷一念我既然，伯季念吾亦如此。天涯海角渺相望，蓬轉萍浮無定止。古言秋月只愁人，人自關心何預此。陰晴圓缺歲復歲，離合悲歡固其理。何時當有二頃田，歸卧雲山潄清泚。原作比，據四庫本改烹茶煨栗對秋輝，老穉團欒相爾汝。此心炯炯明月知，一醉狂吟聊復爾。詩成鄉夢透泉溪，人物山川亦良是。殷勤多謝桂花風，忽遣清香唤人起。

溪泉命客并引

五月二日餞蕭使于郊，道遇史、黎二丈，言瀛父有湛泉新詩而未見，因口占《溪泉客》一篇。繼逢曾僉幙于小溪，遞示詩本，凡十一韻，因併原作併因，據四庫本乙和之。

湛泉泉水鏡樣明，清溪溪水玉似清。是中風物俱可人，一塵不到世累輕。詩家者流修水裔，筆頭春工不擇地。川君水靈聖得知，争遣酒兵互招致。泉聲似喜嘉客到，溅溅琴鳴徐原作號號琴鳴除，據四庫本改弄操。兩榕傴僂巧逢迎，萬竹敲鏗當呵導。清溪忽走問使來，言傳號涣驅風雷。鼻祖校文遊覽舊，對壘者誰人姓柳。自注：山谷考試南安，有贈柳朝散詩。是夜瀛父亦為倅車邀去清溪閣，不及竟湛泉之席，故云。百年遺事儻原誤作償可徵，今夕尋盟一盃酒。客聞斯言但唯唯，熊掌固奇魚亦美。賞心樂事古難并，到此如何决行止。憑欄會意夢非夢，止者静兮流者動。嗟嗟此水真吾師，去流皆可隨所之。揮手謝泉歸路晚，風雨瀟瀟溪上館。明朝收拾入新詩，兩處溪泉皆意滿。

獨坐

長江釀碧山滴藍，書堂枕北户啟南。無人與言略為二，邀月對影聊成三。澄清萬慮了無攄，四庫本作據魚獵百氏幾如貪。觀蘭玩石亦何好，平生嗜好有所耽。沉烟紛郁醒宿醉，松風清越供幽談。反觀静照默有契，森然衆理俱包涵。羈窮紛紛歎荼苦，真味往往如飴甘。客來問訊主人處，春風軒下榻睡酣。

春補揭榜史君爲詩以農諭學次韻爲謝

東郊前日勸農民，泮宫今日勸諸生。勸農直欲使家給，勸士詎止隆鼎烹。新詩隨寓有規益，筆勢滚滚今長庚。芹藻生春鵠袍肅，聽説筆耕同鐵耕。情田鋤治付編簡，儒藻溉灌須陶泓。善根深培恐未固，惡念痛絶猶潛萌。因農諭學良切至，一理通貫昭然明。下民蚩蚩每難悟，不勸安得千倉盈。讀書為士豈待勸，勸且弗勉真昡名。本然之天我固有，踐履須蹈實地行。要知為仁在乎熟，本無内外無將迎。歲猶有歉道常富，士實為重農為輕。賢侯之文菽粟味，雖出遊戲皆真情。居窮勿但作魚蠹，官達還戒專蠅營。信能行此乃有獲，不負魯泮鳴鸞聲。

以上《徐清正公存稿》卷六

（閔定慶　羅龍炎　虞行整理）

戴昺一

戴昺，字景明，號東野，天台（今屬浙江）人。復古從孫。寧宗嘉定十二年（一二一九）進士，調贛州法曹參軍。淳祐末、寶祐初官池州。戴石屏稱其詩爲「不學晚唐體，曾聞大雅音」。有《東野農歌集》五卷。事見本集卷首自序及楊萬里序。

戴昺詩，以影印文淵閣《四庫全書》本爲底本。校以明萬曆四十三年潘是仁刻《宋元四十二種》本（簡稱萬曆本），并酌校《兩宋名賢小集》卷三七〇《農歌續集》（簡稱小集）、《宋詩抄》卷四《農歌集抄》等書引録。

莫悲秋

傷春非貞女，悲秋非烈士。時運自循環，我心如止水。剥固復之機，榮乃悴原作瘁，據萬曆本改之始。未識天地妙，胡為浪悲喜。鷃蓬或數仞，鵬海或萬里。大小何必齊，蒙莊未窮理。

次黄叔粲茶隱倡酬之什

美人隱於茶，性與茶不異。苦澀知餘甘，淡薄見真嗜。肯隨世俱昏，寧墮衆所棄。靈雨滋山腴，迅雷起龍睡。野草萬曆本作草野未敢花，春芽早呈瑞。鬬水須占一，焙火不落二。趣深同誰參，雋永時自試。葱薑勿容溷，瓜蘆定非類。標名寓玄思，微吟寫清致。成我君子交，從彼俗客恚。嚼芳憩泉石，包貢免郵置。遼遼玉川翁，千載共風味。

夏肯甫曉山亭

開櫺納晨光，隱几挹寒翠。以我胸中真，會彼景外意。孰因夜息存，孰使晝梏累。念慮方清明，體認貴切至。峨峨成九仞，進進基一簣。勗哉亭中人，涵養玉其粹。卷舒萬曆本作書意何如，顔回坐忘地。

春日偕兄弟侍屏翁遊晋原分得外字因集句而成

既雨晴亦佳，杜甫　適與賞心會。高適　初日照高林，常建　幽泥化輕壒。韓愈　步屧隨春風，杜甫　始覺天宇大。劉禹錫　牽懷到空山，韓愈　逍遥白雲外。孟浩然　青松夾路生，陶潛　童童狀車蓋。杜甫　清川帶華薄，劉楨　陰壑生虚籟。杜甫　性達形迹忘，韋應物　傲然脱冠帶。司馬札　薄暮方來歸，范彦龍　月光摇淺瀨。柳宗元

唐李涉有山中五無可奈何詩戲用其體作秋日四章

無奈秋風何，怒號震林木。着我井上桐，一夜失寒緑。莫作摇落悲，妙理在觀復。

無奈秋月何，鍊魄金氣精。炯炯一輪滿，天地冰壺清。照我方寸景，表裏同光明。

無奈秋山何，萬疊淺深碧。起來樓上看，朝爽浮几席。稜稜政自高，更養静壽德。

無奈秋水何，悠悠盪輕槳。上下天一碧，顛倒涵萬象。願從雙白鷗，生涯寄浩蕩。

青陽梅仙舒伯虞爲其尊人索静閒軒詩

人心元至虚，天下本無事。舉世役於形，擾擾誰暫置。先生自超俗，涵養老逾粹。妙契無名翁，深造静閒味。壺中貯日月，胸次納天地。婆娑閲四序，物物見春意。林花高下紅，庭草淺深翠。一笑扶瘦筇，

行吟散微醉。

壬子立夏日同郡博士黄次夔游江祖原作上，據萬曆本改太白釣臺因成古詩並呈偕行諸丈

翰林天酒星，謫墮人間世。豪氣眇乾坤，浪迹寄湖海。峨峨江祖原作上，據萬曆本、小集改山，片石峙西澨。醉狂御風來，踞坐高傲睨。一絲聊戲垂，意得在魚外。青天畫屏句，妙越無塵界。至今五百年，春虹絢晴彩。我來訪遺蹤，躡屐捫薜荔。錦苔剥冰霜，髣髴題字在。屬時春夏交，微雨弄輕霽。同遊俱嘉朋，笑語洽小集作各傾蓋。雲木團晝陰，松風奏天籟。勝踐心已愜，酣歌意彌快。欲招臺上魂，舉爵原作酒，據萬曆本改酹清沘。今昔自殊時，欣感諒一契。詩成寫蒼壁，存否非所計。長嘯下歸舟，驚湍送飛枻。自注：李太白詩「江祖一片石，青天掃畫屏。題詩留萬古，緑字錦苔生」，即其地也。

梳頭自嘆

短髮如冬霜，一朝白一朝。又如深秋柳，槁葉迎風凋。白者不再黑，白小集作短者不復牢。羲娥疾馳驟，乾坤虚懸瓢。人生寄其間，泛泛波上藻。小集作泡百歲一大夢，倏忽已隔宵。胡不適所適，而乃隨滔滔。富貴撇眼電，榮華過耳飈。木散故得壽，龜靈徒取焦。甘拙自安吉，役智滋勞忉。所以柴桑人，不肯折此腰。

上立齋先生十首以有官居鼎鼐無宅起樓臺爲韻

形弱能使强，脈病能使壽。醫和肘後方，袖手若無有。緑野歸晉公，洛社閑迂叟。此意誰得知，可以久則久。

羸牛指為驥，鳴梟認為鸞。彼欲欺一世，自亂耳目官。吾直不能枉，吾方竟誰刓。何妨寄楚澤，餐菊紉秋蘭。

蔚蔚空明山，古號仙人居。神秀發虹氣，瑞孕真璠璵。潔白外難染，堅剛中不枯。勿逐鼠璞價，韞匵姑藏諸。

支廈資寸莛，涉江寄孤艇。弗顧勝弗勝，乃諉幸不幸。舜華朝暮期，蒼松歲年迥。從渠寶康瓠，我自有岑鼎。

君子如真金，真金剛不改。小人如浮雲，瞬目多變態。隨世良獨難，殉道乃無悔。近日崔菊坡，堅卧辭鼎鼐。

薰蕕不同性，涇渭不同趨。由來區以別，那使强合汙。老聃守道德，韓非事刑誅。二人共一傳，能信千古無。

多金建華屋，一堂容百客。立齋有廳事，不覺旋馬窄。僻於蕭相居，隘甚晏子宅。鬼神瞰高明，吉原作言，據萬曆本改祥止虛白。

靈岩一片雲，曾為作雨起。風吹還故山，松筠澹相倚。秋高霜露寒，酒熱《宋詩鈔補》作熟鱸魚美。少寬憂世懷，微醉有妙理。

否泰關世運，進退非人謀。尼父雖皇皇，不為無理留。用則巨川楫，舍則野渡舟。行藏兩付之，獨倚百尺樓。

小草有遠志，埋没同蒿萊。風霜坐相欺，冉冉成枯荄。我公下白屋，意重黃金臺。儻借伯樂顧，未信終駑駘。

雜言

衆芳以春榮，萬葉以秋肅。造物持其權，兒戲恣翻覆。亭亭山上松，蕭蕭澗邊竹。超然榮肅中，正色閱寒燠。

提壺勸我飲，布穀催我耕。我酒瓶已罄，我田草正生。荷鋤理荒穢，及時新雨晴。秋來刈吾秫，庶得兩遂情。

逸翮凌丹霄，潛鱗縱深壑。天分安所適，翔泳同一樂。短吟五七字，薄酒三四酌。浩氣與春風，相從滿寥廓。

侍屏翁遊屏山分得水字

携琴入空山，脩竹翠相倚。一曲千古心，泠泠寄流水。拂雲卧白石，冥搜契玄理。有時《積書巖宋詩删》卷六作時有採薪人，歌聲隔原作彌，據萬曆本、《宋詩抄》改林起。

秋日過屏山庵

凄切抱葉蟬，間關栖樹禽。入山本避喧，復愛聆此音。微飈動夕爽，薄雲散秋陰。衆籟閴以静，片月生東林。

山泉清且甘，漱之冷侵骨。拂苔坐石上，松風更蕭瑟。悠悠行空雲，何心自出没。六鑿忽玲瓏，吾計良未失。以上《東野農歌集》卷一

全宋詩卷三〇九五

戴昺二

孤桐行

孤桐結根倚崖石，俯瞰清溪照虚碧。枝葉扶疎朱夏寒，上有翔鸞舊栖迹。風霜冉冉歲月深，老柯半朽蒼皮蝕。其中素抱金玉聲，以暗投人人不識。人不識，多苦心，樵夫斤斧莫相尋。寧教枯死倒澗壑，不從爨下求知音。

逐瘧鬼

咄哉瘧鬼何冥愚，沉魄猶滯江流居。孰云胄出高陽氏，而乃不肖如此歟。為妖常闖秋令動，作威又竊炎官餘。今年恣睢逞暴虐，十户九室聞嗟吁。人生一歲一寒暑，自有大瘧纏其軀。翻手為凉覆手暖，笑爾禍福纔須臾。癡兒騃女或汝怖，那能嚇我烈丈夫。汝不記少陵詩句有神語，子璋髑髏血模糊。昌黎遺逐更多術，灌毒炷艾揮靈符。今來古往共憎疾，奈何長惡終不渝。胡不學鮫人細織冰綃製雲裾，胡不從湘君緩移桂櫂搴芙蕖。原作渠，據《宋詩抄》改乃甘卑渫賈衆怨，厭禳唾駡無時無。爾來經旬瞰吾室，再三謝遣猶踟蹰。吾詩吾酒既不廢，汝窮汝技將何如。大江秋色正瀟灑，明月皎皎風疎疎。便須悟悔速歸去，嘯儔呼侣相嬉娱。夜闌吟徹欲就睡，燈花照眼團如珠。夢回病思砉然散，颯颯風籟生庭梧。

五禽言

提葫蘆，沽美酒，人世光陰春電走。一日得醉一日閑，緑鬢幾曾俱白首。沽酒沽酒有酒沽，生前不飲真愚夫。

不如歸去，不如歸去，千山萬水家鄉路。今年又負故園花，來歲花開定歸否。歸去歸去須早歸，近日江湖非舊時。

泥滑滑，泥滑滑，客路迢迢雨不歇。我僕十步九步蹶，我馬䮶自注：力涉反。騔自注：吐盍反。如跛鼈。泥滑泥滑君莫愁，秧爛麥損尤堪憂。

脱却破袴，脱却破袴，蠶熟繅成霜雪縷。小姑織絹未落機，縣家火急催官賦。輸了官賦無零落，破袴破袴還更着。

麥熟鍜磨，麥熟鍜磨，村南村北聲相和。大男小女總欣欣，煮餠蒸糜任渠做。鍜磨鍜磨莫等閒，去年糠粃無得餐。

以上《東野農歌集》卷二

全宋詩卷三〇九六

戴昺三

書初考

得考雖多幸，無功衹自嫌。但求官速滿，不道老同添。卑拙翶蓬鷃，艱辛上竹鮎。黄花寒更好，三嗅憶陶潛。

辛亥九日被檄視澇遂爽同官飲菊之約夜宿荒驛風雨達曙

孤負重陽菊，愁懷不肯寬。郵亭一夜雨，客枕五更寒。脚健從渠老，心低到處安。獨行誰可語，時把古詩看。

納涼即事

炎蒸欣傍晚，掃地坐寬凉。入竹風逾冷，生荷水亦香。蟻行緣食几，螢照落書牀。聽得農人語，今年稻穗長。

侍屏翁領客遊雪山分得生字

雪峰峰頂寺，來此定詩盟。山瀑分雲影，松風亂雨聲。眼明春樹緑，心醒曉鐘清。未好言歸去，塵中事又生。

偕兄侍屏翁探梅屏山分得空字

踏破登山屐，來尋傍水叢。眼明千樹底，春入數花中。格瘦詩難寫，香寒酒易空。狂歌歸秉燭，驚怪走兒童。

豈潛弟平遠圖

卜築占寬閒，修篁老樹間。八窗開宇宙，一室貯雲山。野曠行人少，天遙去鳥還。小集作遠悠然會心處，妙語徹玄關。

謝趙山臺見訪

寂寞海東頭，殷勤貴客舟。如何經歲約，祇作數《宋詩抄補》作一宵留。清玩分行篋，高吟壓小樓。更須謀再會，同醉菊花秋。

臘前見蘭花

蘭叢纔一幹，獨向臘前開。托蔭偏宜竹，先春不讓梅。韵從幽處見，香自静中來。便欲紉芳佩，靈均喚不回。

安居

安居元自好，春晝更遲遲。雪涌煎茶鼎，雲生浴硯池。栽荷填廢沼，移竹補疎籬。猶有閑光景，欹眠續舊詩。

次韻屏翁詠梅

芳信基花事，東君思亦奇。橫枝疎蓓蕾，半樹老丰姿。心共寒霜苦，香惟夜月知。最憐清夢覺，疎影竹窗時。

次韻屏翁觀梅

曉寒籬落外，一見一番新。唤覺羣芳夢，先鍾萬古春。冷香宜醉寢，真色任烟隣。更喜連朝雪，飛花為辟塵。

項宜父涉趣園

四面山廻合，中間百畝畦。入門惟見竹，遶屋半栽梅。果熟霜前樹，魚肥雨後溪。秋來饒景物，斟酌費詩材。

小酌會芳分得陰字

暇日頻相顧，清風舊竹林。功名春後夢，吟咏老來心。世事隨流水，年芳付緑陰。悠然千古意，閑理斷紋琴。

玉峰登眺得初字

玉峰奇絶處，短策步崎嶇。海近潮聲壯，山空樹影疎。吟情危眺外，飲興薄寒初。數點新來雁，高飛不羡渠。

小樓扁山海圖鄭安道酒邊有詩因次韻

等閒成小集，危眺豁幽情。四面畫圖出，一襟天地清。晚雲山晻靄，夜月海空明。自有兹樓景，輸君第一評。

次韻屏翁新秋

檢點新秋事，天公賜已豐。秋《積書巖宋詩删》作夜床梧葉雨，曉袂竹林風。閲世心先老，傷時酒易中。誰將和戰議，細與問元戎。

己亥十月晦大雷雨

舛運萬曆本、《宋詩抄》作令頻年見，憂時百慮灰。入冬常苦雨，昨夜又轟雷。土爛麥難種，蟲傷菜失栽。兒童不解事，喜報海棠開。

次屏翁冬日韻

曉起衝寒出，霜明日未晞。麥豐來歲本，梅漏早春機。水涸魚深隱，蜜成蜂倦飛。静中參物理，一一見精微。

自武林還家道由剡中

一筇雙不借，役役又東還。野渡淺深水，夕陽高下山。光陰虚我老，造物靳人閒。高躅思吾祖，鳴琴獨閉關。

次韻屏翁新元聚拜

履端來聚拜，和氣洽昌辰。蕃衍如今日，栽培豈一人。詩書延澤潤，忠厚續長春。相祝無多語，年新德又新。

次韻君玉弟春事

海棠紅未了，又近牡丹時。送日多忙事，酬春欠好詩。暖風催原作吹，據萬曆本改麥早，晴晷轉花遲。不盡清遊興，重為上巳期。

次韻晚春二首

一襟塵欲滿，刮眼得新詩。風絮遺春恨，烟花隔歲期。筍抽蟲半蝕，櫻熟鳥先窺。光景渾如此，心閑即好時。

田園深有趣，已分隱柴扃。老去情多感，春來夢少靈。游絲捲晴日，飛絮入空庭。預識萬曆本作識今年好，啼鵑枕上聽。

春晚即事

春郊農務急，野岸水痕高。蒲渚鳴姑惡，桑林囀伯勞。整欄扶芍藥，搴網護櫻桃。不改窮居樂，何妨見二毛。

次韻屏翁初夏會芳小集

一觴還一詠，竟日醉難成。坐石驚雲濕，臨池愛水平。密林宜午蔭，啼鳥尚春聲。更有櫻桃約，明朝且願晴。

夏初郊行

晴雨天難測，寒暄氣未齊。連村多緑樹，終日囀黄鸝。田水衝塍斷，山雲着地低。偶隨農叟語，不覺過橋西。

僻居

地僻塵囂遠，身閑趣味原作未，據萬曆本改深。清池涵竹色，老樹帶原作蝕，據萬曆本改藤陰。引鶴隨閒步，招蟬伴醉吟。有時燃古鼎，隱几自觀心。

亦龍弟覆簣累石作亭其陰屏翁名曰野亭索詩謾賦二首

幽棲得真趣，隙地巧經營。花竹有和氣，林園無俗情。帶經休樹影，抱甕俯池清。我亦甘肥遯，相從樂此生。

高懷抗塵外，林杪着三間。緑遶村邊樹，青浮海上山。目原作日，據萬曆本、《宋詩抄》改窮天變化，心静地寬閑。鷗鳥知人樂，忘機亦往還。

秋　晚

西風澄曉氣，凝觀愜幽情。草潤蛩聲滑，松涼鶴夢清。吟懷依原作更，據《宋詩抄》改水静，病思得秋輕。忽憶登高近，循籬看菊英。

屏翁領諸孫小集亦龍弟野亭君玉即席有詩次韻

結屋新亭好，登臨雅興長。心融八窗白，塵隔九衢黄。泛菊金英碎，嘗粳玉顆香。更期梅着蕋，來賞小春光。

鄭安道終歲相聚臨别以詩見貽次韻爲謝

解把詩言别，那無計可留。梅花兩心事，寒鴈五更愁。我亦高懸榻，君須獨卧樓。後回相憶處，莫返雪中舟。

夏曼卿作新樓扁曰瀟湘片景來求拙畫且索詩

有此一樓足，悠然萬慮忘。拓開風月地，壓斷水雲鄉。四野留春色，千峰明夕陽。眼前無限景，何處認瀟湘。

江濱晚霽

十里平沙路，人行晚霽間。水光涵遠樹，雲影度空山。吹浪江豚怒，摩霄野鶴閑。漁翁醉吹笛，小艇泊前灣。

十日取野菊泛酒

野徑菊仍好，村壚酒亦嘉。未應今日蕋，便是背原作昔，據萬曆本改時花。心在家千里，身猶客九華。官程難久駐，風雨暮山斜。

山家小憩即景效藥名體

柴門通草徑，茅屋桂枝間。修竹連翘木，高松續斷山。仰空青蔭密，掃石緑花斑。傍澗牽牛飲，白頭翁自閑。

從板橋買舟上青陽

卸原作御，據《宋詩抄》改馬板橋西，扁舟逆上溪。水鍥岩骨斷，烟截樹頭齊。野鴨驚人起，村鷄上樹啼。老農頭雪白，猶自把鉏犁。

池州

一城方九里，宛在水中坻。額揭顔公字，碑傳杜牧詩。昔年稱上郡，今日逼邊陲。莫原作共，據萬曆本改望長江北，天寒風正悲。

有永嘉薛君自號雲屋來池陽以詩見貽用韻答之

清晨聞剥啄，喜得薛能詩。風月一囊錦，江湖兩鬢絲。寒城吹角夜，孤館擁衾時。誰會吟心苦，梅花是舊知。

有方叔材用余和薛雲屋歌見貽次韻奉酬

江湖前輩盡，何敢易言詩。鼠璞元非玉，蛛羅不是絲。池塘生草處，風雪跨驢時。此是真吟境，從來幾箇知。

立春前五日得雪

雪作春前瑞，銀城擁萬家。太婆頭欲白，九子頂先華。壓麥嘉培本，封梅惜損花。家童解人意，燒鼎問烹茶。

小畦

小畦尋丈許，鑿壁置柴扉。雨後菜蟲死，秋來花蝶稀。插籬新種菊，抱甕已忘機。俗客忽相訪，妨原作防，據《宋詩抄》改人洗布衣。

有感

浩浩海風勁，滔滔河水渾。古人皆去世，喬木自當門。族黨諸孫盛，吾宗一綫存。興衰知有數，心事與誰論。

以上《東野農歌集》卷三

全宋詩卷三〇九七

戴昺四

金陵懷古

尚聞深巷語烏衣，無復高堂彩鳳儀。棟宇半欹元帝廟，香烟争奉誌公祠。六朝興廢千年夢，獨客登臨萬古原作感，據小集改悲。莫上鍾山望淮北，西風禾黍更離離。

幽棲

幽棲頗喜隔囂喧，無客柴門盡日關。汲水灌花私雨露，臨池叠石幻溪山。四時有景常能好，一世無人放得閑。清坐小亭觀衆妙，數聲黄鳥緑陰間。

此生

此生畢竟已蹉跎，有酒何妨醉且歌。人世盡緣愁得老，春花偏被雨相魔。草欺蘭瘦能香否，杏原作柰，據萬曆本、《宋詩抄》改笑梅殘奈俗何。試上東樓看春《宋詩抄》作霽景，海山無數列青螺。

自況

多貲徒作守錢奴，伏臘無憂便有餘。世路本夷休自險，人情太密反成疎。非圖報施方為善，豈為功名始讀書。門外良田堪種秫，自牽黄犢試犂鉏。

書房

書房清曉焚香坐，轉覺幽棲趣味原作未，據萬曆本改真。怪石一根雲態度，早梅半樹雪精神。池魚自樂誰知我，林鳥相忘不避人。得喪由來天自定，莫將閑慮惱閑身。

移古梅植於貯清之側已有生意喜而賦之

剥盡皮毛真實在，幾年孤立小溪潯。人來人去誰青眼，花落花開自苦心。不是野夫同臭味，難教君子出山林。巡簷日日窺生意，一朵先春直萬金。

再得古梅小而益怪首蒙屏翁品題因次韻

愛渠怪怪復奇奇，冒雪遥憑健步移。竹外池邊栽恰好，山巔水際萼多時。百年死質餘生意，一片孤槎帶好枝。寄語花神勤守護，品題莫負老僊詩。

初遊方巖山

圖志舊嘗看紀載，杖藜今得徧經行。漁翁化石幾年釣，仙客有田何世耕。千尺枯崖蜕龍骨，一簾飛瀑撼雷聲。相傳逸少曾來此，惜不鎸巖記姓名。

觀敗棋者戲作

看人出着笑人低，及至當枰却自迷。角上萬曆本作子僅全輸了腹，東邊纔活喪於西。欲裝劫去多難補，待算征來恰又提。天下未應無妙手，勸君莫愛墨狻猊。

牡丹

萬巧千奇費剪裁，瓊瑤錦繡簇成堆。世間妖女輪回魄，天上仙姬降謫胎。笑臉倚風嬌欲語，醉顔酣日困難擡。東君若使先春放，羞殺羣花不敢開。

喜有秋

去年已作填溝計，誰料今年見有秋。天意乘除元自定，人生伏臘謾多憂。滿盆淅玉休論價，成斛量金不計籌。最是野夫懽喜處，春風百甕遶床頭。

次君玉弟聞新雁

霜風颯颯荻花洲，避北趨南巧自謀。僊小集作倦翩飛殘千里月，寒聲催老一天秋。乍教騷客驚詩夢，莫為征夫寄别愁。汝度塞垣應未久，新來烟燧已沉不。

次韻東渠兄觀梅

詩眼非梅不可遮，三葩五蕋便堪嘉。瘦如飯顆原作顆飯，據萬曆本乙逢工部，老似磻溪卧子牙。水影月香參衆妙，弟酬兄倡自成家。快簒新醞同清賞，莫待枝頭爛縵花。

閑居幽事

閒居幽事屬田園，何必山林始避喧。足水早禾分母子，多年修竹見翁孫。欣然勝敗無心弈，兀爾醉醒隨意樽。昨夜一番雷雨過，緑波微漲曲池痕。

甘窮

自甘窮處更何疑，坎止流行信所之。不學昌黎驅五鬼，肯隨子厚駡三尸。堂堂白髮欺人出，耿耿青燈獨己知。細嚼黄花香滿齒，清風千古一東籬。

送彭希聖姊夫赴三山民曹

槐笏緑衫初作吏，要須立脚自廉勤。閭閻疾苦宜加意，廒廥奇贏莫與聞。少啖荔枝防美疢，多栽茉莉挹清芬。公餘覽徧佳山水，倘有詩篇寄海雲。

己亥九日屏翁約諸孫登高西嶼阻風舟行不前遂會於吾家山海圖之上酒邊翁有詩留題因次韻

良辰樂事兩相關，喜我樓臺便往還。不用移舟過西嶼，只消把酒對南山。風於破帽如相《宋詩抄》作先約，菊為新篘欲笑顏。留作千年佳話處，詩翁醉墨照楣間。

如京至西興阻風雨

月將圓夜出鄉關，纔到西興月又殘。老去問名先已懶，近來行路覺尤難。雲烟漠漠吳山暗，風雨瀟瀟浙水寒。識破人生真逆旅，此身何處不堪安。

七夕感興二首

家家懽笑迓星期，我輩相邀只酒巵。矯俗何須標原作曝，據萬曆本改犢鼻，甘愚不解候蛛絲。新秋光彩月來處，半夜清凉風起時。一曲玉簫塵外意，此音除是鶴仙知。

相傳牛女起何時，無柰人間事轉癡。青鳥蟠桃方士信，金釵鈿合逆胡原作臣，據萬曆本改基。一杯記節圖成醉，萬感因秋却易悲。遺恨古今流不盡，銀潢耿耿接天池。

抵池陽未入關泊于原作久關泊千，據萬曆本、《宋詩抄》改齊山數日因窮岩壑之勝山有翠微亭，杜牧之登高處

瘦策相扶上翠微，眼驚奇怪足忘疲。三十六洞猶昔者，四百餘年無牧之。漲水淼瀰春雨後，遠山重疊夕陽時。幾多江北江南恨，問着沙鷗總不知。

次劉叔子總幹夜坐感秋韻

秋風遠客歎飄零，滿鏡吴霜故故明。酒盞論心疎舊約，詩筒到眼快新評。短檠伴我夜深静，長笛何人月下横。步繞空庭吟未竟，隔林原作鄰，據萬曆本改鸛鴿又傳更。

代簡約諸同官探梅

信是摶沙放手開，渴心空想細論杯。等閒不見便逾月，如此相從能幾回。舊雨已孤重九菊，新詩宜探小春梅。騎驢索句真顔面，要向清溪洗出來。

燒燈夕宋明府自置酒見招席上復賦詩因次韻定詩盟併致別意

苦用吟心續祖燈，得君印證愈分明。一聆此日鷄窗話，盡洗前時蚓竅聲。颺柳輕風寒忽暖，催花小雨濕還晴。眼前總是詩光景，可惜明朝又遠行。

秋暮出關即事

俗塵汩汩負清遊，重出城來已暮秋。水洗柳根欹斷岸，霜摧蘆葉擁荒洲。鄉音不到愁來雁，野性無拘羡去鷗。可惜一堤明月好，隔關難作夜深留。

秋日獨倚東樓

重陽過了秋逾爽，自豁樓窗眺晚西。野外倒涵天影動，海雲平壓雁行低。興來頻放深杯飲，吟到須還大字題。近喜書房添一寶，陶泓買得古端溪。

次韻屏翁壬寅九日再題小樓

佳節相過共舉觴，爲萸菊醉亦何妨。須知我輩襟懷事，不是時人酒肉狂。落雁影邊寒水碧，歸鴉啼處夕陽黄。詩翁樽俎風流在，老氣横吞年少場。

初冬梅花偷放頗多

清樽纔了黄花債，又被梅花惱殺人。碎《宋詩抄》作妝點南枝無數雪，探支東帝幾分春。精神全向疎中足，標格端於瘦處真。徹夜苦吟無好語，夢隨雙月步溪湑。

石屏後集鋟梓敬呈屏翁

新刊後藁又千首，近日江湖誰有之。妙似豫章前集語，老於夔府後來詩。梅深歲月枝逾古，菊飽風霜色轉奇。要洗晚唐還大雅，願揚宗旨破羣癡。

四月節景

茶歌纔了又田歌，節物真成一鳥過。蒼竹招《宋詩抄》作颭風凉意足，碧梧留雨夜聲多。瓜緣茅屋抽長蔓，藕過蔬畦出矮荷。最喜白鷗相狎久，對人自在浴清波。

次韻鄭安道懷君玉弟游東嘉

好山好水東嘉郡，兩月清游樂可知。遠想池塘頻夢汝，還當風雨對眠誰。別時菊蕊方宜酒，幾日梅花已索詩。雁影參差霜正冷，寄言歸計莫遲遲。

贈日者張異手 張兩手合七指，因以為號

漫浪江湖等泛萍，破囊惟有百中經。一吭辯處長三寸，兩手生來應七星。笑汝道途多坎壈，説人禍福太分明。我今已决為農計，不解從君較五行。

代簡寄謝友人

經年未復寄來書，索我形骸莫太疎。鮑叔相知應似舊，嵇康習懶苦難除。白頭閲世梅花老，青眼看人柳色舒。春月正圓春水滑，何須雪夜扣吾廬。

春　事

春事關心常早起，愛看景物試憑欄。戲魚池面微添緑，啼鳥枝頭尚帶寒。斬棘重樊新插柳，斛泉頻灌自栽蘭。年來贍有園林興，每恨廬邊地不寬。

有妄論宋唐詩體者答之

不本集楊萬里序引作安用雕鎪嘔肺腸，辭能達意即文章。性情元自無今古，格律楊序引作調何須辨宋唐。人道鳳簫諧律吕，誰知牛鐸有宫商。少陵甘作村夫子，不害光芒萬丈長。

趙倅賦喜雪詩爲黄堂頌黄堂和韻傳示僚屬衆因續貂

風衮瑶花撲面寒，沾泥點點鹿文斑。要呈臘瑞鬬梅好，肯讓春容傍柳還。萬户鬧添沽酒市，兩山窮聳索詩肩。使君寬得憂民念，麥隴青青一望間。

次韻黄次夔思家

世態從渠炎更凉，蕙蘭元不為人香。時憑酒挹聖賢味，閑借茶搜文字腸。靴笏豈能拘野性，尊罏終是憶家鄉。小需歸作天台隱，長嘯松風卧石梁。

送陳竹屋提幹東歸

生長由來接社枌，台山越水偶中分。一朝傾蓋便知我，千里携家得傍君。風厚大鵬培怒翼，天寒征雁拆同羣。折梅相送齊山路，愁絶江東日暮雲。

以上《東野農歌集》卷四

戴　昺五

賞　茶

自汲香泉帶落花，漫燒石鼎試新茶。綠陰天氣閑庭院，卧聽黄蜂報晚衙。

夜過鑑湖

推篷四望水連空，一片蒲帆正飽風。山際白雲雲際月，子規聲在白雲中。

喜小兒學步

對周尚有六十日，舉足已能三五移。世路只今巇險甚，須教步步着平夷。

效宫詞體

楊柳萬絲堆怨緒，丁香百結鎖愁腸。小桃先得東皇寵，莫妬東風過海棠。

讀陳元龍傳

九州四海沸如湯，問舍求田策最良。豪氣到頭成底事，未容欺客卧高床。

嚴子陵

赤伏君王訪舊遊，富春男子只羊裘。一竿本為逃名去，何意虚名上釣鈎。

竹林避暑

自抱桃笙過竹林，濃陰一片直千金。清眠盡晚無人唤，時有風鳴石上琴。

夏晝小雨

小牀蘄簟展琉璃，窗外新篁一尺圍。正午雲橋疎雨過，冬青花上蜜蜂歸。

里中小漁舟被差防江有感而賦

着身平地更多憂，一棹思為泛宅謀。昨夜西風邊報急，防江也要釣魚舟。

天台道上早行

篌輿軋軋過清溪，溪上梅花壓水低。月影漸收天半曉，兩山相對竹雞啼。

歸途過麻姑山

山行十里少人家，客子貪程怕日斜。倦坐松根需足力，輕風滿面落藤花。

方岩山有仙人田項宜父家其下於屋之西偏築亭疏沼雜蒔花木爲娱奉壽母之地即以名之自著懷仙原作山，據小集改雜詠百有一首名勝留題亦多未免皆泥乎神仙之説來徵余吟余謂神仙之事深言之則似誕今諸賢所賦無復餘藴使余更下注脚不愈誕乎且人生一世苟能超然達觀惟適之安斯人中之仙已豈必十洲三島間之謂哉因即此意賦十章

築亭疏沼隔塵埃，白白朱朱次第栽。人面春風俱不老，板輿日日看花來。

緑蘿翳翳結高林，烟吐霞吞一徑深。半夜松凉鶴先睡，滿山明月自横琴。

一澗寒泉九節菖，釀泉為酒冽仍香。玉巵捧處慈顔喜，眉壽方岩共久長。

有時山洞拾荆薪，應遇真仙對弈春。多少胸中高著處，儘教饒盡世間人。
秋池清曉濯玄雲，鸜眼輝涵紫玉文。細字黄庭應寫就，莫將容易博鵝羣。
桑竹森森遶屋邊，美池清泚浸良田。桃源只在桃溪上，不信壺中别有天。
晚菘早韭各隨時，霜薤青青間露葵。甘脆自堪供小摘，不須他覓養神芝。
紫錦囊緘五嶽形，白書黑紙秘黄庭。何如琴几焚香坐，細讀包犧一卷經。
自傍青牛種早秔，炊來玉屑萬曆本作雪滿盆香。休論服日餐霞事，只此延年第一方。
阡陌縱横尚宛然，知他耕耨是何年。果然絶粒輕能舉，底事仙人亦有田。

五松山太白祠堂太白讀書之地，詩有「要迴長舞袖，盡拂五松山」，即此山也

艤舟來訪寶雲寺，快上山頭尋五松。捉月仙人呼不醒，一間老屋戰西風。

歸途過銅官山

山徑崎嶇落葉黄，青松疎處漏斜陽。鳴禽無數聲相應，一陣微風野菊香。

以上《東野農歌集》卷五

（李更、虞行整理）

戴汝白

戴汝白，字君玉，號竹巖，黄巖（今屬浙江）人。昺弟，復古姪孫。有《竹巖詩稿》，今佚。事見《石屏詩集》卷二、三、九及附録。

題曹娥廟

哭得江頭雲氣昏，淚痕多化作潮痕。波心萬古團團月，疑似曹娥一片魂。

宋戴復古《石屏詩集》附録

戴服

戴服，字豈潛，黄巖（今屬浙江）人。昺弟，復古姪孫。事見《石屏詩集》卷三、九。

句

一燈深夜雨，幾處不眠人。

一草亦關春造化，衆星能表月精神。以上《石屏詩集》卷三

戴槃

戴槃，字子淵，黄巖（今屬浙江）人。昺弟，復古姪孫。事見《石屏詩集》卷三。

句

醉石眠花影，吟廊步蘚紋。

春水緑平野，夕陽半山紅。

一樽溪上别，孤棹雨中行。以上《石屏詩集》卷三

（以上朱寶模整理）

全宋詩卷三〇九九

釋廣聞一

釋廣聞（一一八九—一二六三），賜名佛智，號偃溪，俗姓林，侯官（今福建福州）人。年十五從智隆於宛陵光孝寺。十八受具戒。初謁印鐵牛。追隨少室睦、無際派甚久。後謁浙翁琰於天童、雙徑，師之。理宗紹定元年（一二二八），住慶元府顯應山浄慈禪寺。移住香山智度禪寺、萬壽禪寺。淳祐五年（一二四五），移住雪竇資聖禪寺。八年，住育王山廣利禪寺。十一年，住浄慈報恩光孝禪寺。寶祐二年（一二五四），住景德靈隱禪寺。四年，住徑山興聖萬壽禪寺。景定四年卒，年七十五。爲南嶽下十八世，浙翁琰法嗣。有《偃溪廣聞禪師語録》，收入《續藏經》。事見《語録》及所附林希逸撰《塔銘》。

釋廣聞詩，以輯自《語録》者及其中單編之詩依原卷次編爲兩卷。

偈頌一百四十二首

不落化門，掃除露布。擬覓行蹤，鐵蛇横卧。入浄慈禪寺，指三門

世尊三昧，迦葉不知。迦葉三昧，阿難不知。只今禮拜燒香，且道是何三昧。佛殿

提持也提持不起，絶毫絶釐。抖擻也抖擻不下，如山如嶽。嘿，抹過小塘袈裟角。拈法衣

目前機，向上著。掉臂因行，傾湫倒嶽，須彌燈王踏不著。指法座

思大一條脊梁硬似鐵，被草繩輕輕一絆絆倒，至今草窠裏頭出頭没。舉寶公和尚令人傳語思大禪師云：何不下山教化衆生，目視雲漢作甚麽？思大云：三世諸佛，被我一口吞盡，何處更有衆生可以教化？

釋迦不出世，秤尾無星。達磨不西來，尺頭有寸。峭巍巍處平坦垣，平坦坦處峭巍巍。

楊岐眼裡睛，臨濟頂中髓。一不成，二不是。點著不來，白雲萬里。

森羅及萬象，一法之所印。晝見日，夜見星。松本直，棘本曲，如何是一法。一冬二冬，叉手當胸。

錯錯，六載草繩空自縛。了了，開得眼來天大曉。古今天地，古今日月，古今星辰。劍去久矣，切忌刻舟。佛成道

馬腹驢胎輥過來，通身滿面是塵埃，謾將香水年年洗。有人續得末後句，許你親見釋迦老子。浴佛

大無外，小無内。南來北來，東倒西擂。不著佛求，不著法求。山中九十日，雲外幾千年。

難難，幾何般。易易，直下是。也不難，也不易。常憶江南二三月，鷓鴣啼在深花裡。

八月十五，月圓當户。撩起便行，掀翻露布。長空雲暗雨漫漫，一段光明無著處。

捻聚也在我，放開也在我。三九二十七，菩提涅槃，真如解脱。

巢知風，穴知雨。衲僧未學先知，浄慈不敢相許。發機須是千鈞弩。

説法不應機，總是非時語。長至令辰，天清地寧。至節

説不到處，一句是一句。行不到處，一步是一步。行到説到，一狀領過。缺齒老臊胡，嵩山破竈墮。

若唤作拄杖子，埋没己靈。不唤作拄杖子，辜負先聖。

元正新改旦，舉則舊公案。料掉没交涉，閏年春色晚。歲旦

欲見太平，須撥亂乾坤。欲求知己，須掀翻海嶽。浄慈没者閑工夫，端坐受供養，施主長安樂。

大盡小盡，三年一閏。全提半提，眼上安眉。有誵訛，没巴鼻。放過一著，落在第二。閏二月

馬祖陞堂，百丈卷席。浄慈看來，寸不如尺。

群陰剥盡，一陽來復。拄杖子隨鄉入俗，六六不成三十六。至節

昨夜送殘年，今朝賀新歲。無量法門，百千三昧，又是從頭起。歲旦

果滿菩提圓，花開世界起。為復神通妙用，為復法爾如然。將謂春歸無覓處，不知移向此中來。

纔有所重，便成窠臼。山僧只管打開，諸人只管坐斷。暫時安在暗窗前，明日與君重計算。

新年佛法有，一舉四十九。新年佛法無，東壁挂葫蘆。今日重關還巨闢，幾多春色滿江湖。元日

四月八日生，二月半入滅。雖然生滅元空，正是全提時節，珊瑚枝枝撑著月。佛涅槃　以上輯自如珠编《佛智禪寺禪師初住慶元府顯應山浄慈禪寺語録》

雲門行棒，不可放過。香山禮拜，放過不可。從來獻佛，不在香多。佛殿

叢林紀綱，衲僧巴鼻。詞鋒若差，鄉關萬里。入智度禪寺，拈山門疏

未舉步前踏著，未開口前道著。道著踏著，四海浪平，百川潮落。指法座

富貴却易，雪中斷却娘生臂。貧窮却難，覓心無處更何安。難難，夜來風色緊，孤客已先寒。

一法若有，山河大地平沈。萬法若無，森羅萬像顯焕。舊歲今宵去，去去實不去。新年明日來，來來實不來。一法萬法，新年舊年。大地全收，千差一舉。絶去來，没回互。回時更相涉，不爾依位住。除夜

雲從龍，風從虎，聖人作而萬物覩。須彌槌，虛空鼓，而以音聲為佛事。聖節滿散

百燈千燈，從一燈起。有處動地放光，無處放光動地。問訊燈明如來，慣打者般行市。上元

五日不陞堂，三八不入室。供是衆人辦，飯是借米喫。

炎炎普熱，紛紛下雪。百丈耳聾，黄檗吐舌。

新年頭，舊年尾。第一句下明宗旨，三世諸佛不知有。是第二句，貍奴白牯却知有。歲旦

風瀟瀟，雨瀟瀟。黑漫漫，明皎皎。過去燈明佛，面皮厚多少。上元　以上輯自如珠編《住慶元府香山智度禪寺語録》

向下轉去，誰不知有。向上轉去，如十日並照。入萬壽禪寺，指法座

六祖不會，誰云卞璧無瑕纇。達磨不識，生鐵蒺藜當面擲。碓搗磨磨，風吹日炙，無位真人汗滴滴。

唯一堅密身，一切塵中現。近見不如遠聞，千聞不如一見。西風一陣來，落葉兩三片。

青天白日，鬧市人多。鳥道玄途，龍門客少。目前機，頂門竅，一語不來，三十年後。

用東山暗號，虎頭戴角出荒草。唱少林一曲，六六不成三十六。看不足，聽不足，斷絃須是鸞膠續。

日南長至，第一義諦。未舉先行，討甚巴鼻。鮎魚上竹竿，一日一萬里。至節

十字街頭，大圓覺海。逐色隨聲，家風落賴。討甚西天樣子，一任東倒西擂。結夏

九旬過半，見成公案。明眼衲僧，打疊不辦。萬壽棗子渾侖吞，打鼓普請諸人看。看看，睦州擔板。中夏

祖師不來，曹溪路上生深棘。善財別後，樓閣門前草自青。直下穿過髑髏，换却眼睛。欲入洪波裡，須是弄潮人。

鐘聲纔動鼓聲催，看取如今是甚時。鬧浩浩中静悄悄，須臾小立是便宜。除夜

善行無轍迹，善繫無繩縛。二大老突出本分鉗鎚，不勞餘刃。叢林後世，追風捕影。要見古人，遠之遠矣。舉石門聰和尚因僧問：年窮歲盡時如何？門云：東村王老夜燒錢。又僧問洞山初和尚：生死以何為津梁？山云：年盡不燒錢。

識得一，萬事畢，上下四維無等匹。張公醉倒街頭，元是李公喫酒，置之莫問。拽占波國與新羅國鬭額，是何境界。舉頭天外看，誰是我般人。歲旦

真正舉揚，人荒道絶。隨家豐儉，尺短寸長。衲僧門下有價數，没商量。一夜落花雨，滿城流水香。盡山河大地，只作一句道却。普使有情無情，同向句下明宗。以上輯自光從編《慶元府萬壽禪寺語録》

從上以來，無不知有，因甚被渠一把把定。不把定，裂破重關，行摩竭令。入資聖禪寺，拈制府帖

千聖頭邊，星移斗换。八面絶遮攔，打鼓普請看。法座

過去一年復一年，未來一日是一日。拶到力盡神疲，依舊正好著力。留兩班

默默，無上菩提從此得。了了，金雞一拍扶桑曉。衲僧門下，一一俱漏逗。不用低頭，思量難得。物有定價，錢是足陌。

菊花開時是重陽，又言九日是重陽。西風無帽落，西風索索。南山何處是，南山蒼蒼。恁麽也得，不恁麽也得。仰面不見天，低頭不見地。誰知遠煙浪，别有好商量。九日

適間從僧堂中來，人人如白衣拜相。少間從法堂下去，箇箇如晝錦還鄉。

天地與我同根，萬物與我一體。竪四横三，横三竪四。全無巴鼻，討甚巴鼻，陽氣發時無硬地。至節

河清海晏，天平地成，佛手遮不得。鑿井而飲，耕田而食，帝力何有哉。聖節

雪竇雪寒，雪山雪寒。悟與未悟時，大地鐵一團，不妨北斗面南看。佛成道

含珠林上碧崔嵬，曾入仁皇夢裡來。今日恩從九天下，無邊刹海走風雷。聖壽感恩

達磨九年面壁，不敢正眼覷著。神光三拜而立，至竟何曾踏著。覷著踏著，彩石渡頭看，陳年斷貫索。

説心説性，説玄説妙，雪竇者裡是小家惡口。學佛學法，學禪學道，諸人分上是鶻突布衫。秦不收，漢不

管。閒來石上從頭數，得到清平有幾人。

貞女不著嫁時衣，好兒不使分時財。只如一夏九十日，切忌坐在者裡。

一番兩番新雨過，前村後村年已熟。試問蒲團上打坐，何如催人打禾穀。　請監收

難難，幾何般。時節難，道路難。貧窮布施難，富貴學道難。難難，達磨不會，大難大難。

物理有代謝，時節不相饒。西家君子道長，東家小人道消。　至節

了了了，家近扶桑最先照。知知知，一雙紅杏換消梨。莫莫莫，金雞啄破瑠璃殼。住住住，鳳棲不在梧桐樹。過者四重關了，五里牌在郭門外。

客從遠方來，遺我徑寸璧。中有四箇字，字字無人識。且道是甚麼字，天子萬年。　聖節

放出焦尾大蟲，咬殺南山猛虎。動地號悲風，白日無行路。笑中擺手出長安，撈得虛空筋骨露，流水落花攔不住。　淨慈無極和尚遺書至

天平地平，河滿井滿。臨濟口門窄，德山棒頭短。鐵蒺藜，黄金彈。直下來也，急著眼看。

二千年前舊公案，九十日夏過一半。雪竇道得十成，猶虧一半。諸人全身擔荷，未搆一半。靈利漢不赴兩頭不住中間。　中夏

咄咄咄，力□希。大慈知處，雪竇不知。雪竇知處，大慈不知。　大慈大川和尚至

極小同大，極大同小。官路行人少，私酒醉人多。風前三三兩兩，不妨水雲自若。

飛雪亭前水，妙高聲頂雲。雲有出山勢，水無投澗聲。　赴育王辭衆　以上輯自師夔編《慶元府應夢名山雪竇資聖禪寺語録》

你若坐時我須立，我若立時你須坐。黄面老瞿曇，透者些不過。　入廣利禪寺，佛殿

用毗盧正印，揭仲尼日月。一字不著畫，八字無兩丿。拈制府疏

善言言者，言所不能言。善迹迹者，迹所不能迹。明眼衲僧，撞牆撞壁。

大機圓應，大用現前。斬新日月，特地乾坤，知恩方解報恩。歲旦

多子塔前，平分半座。險崖句裡，水泄不通，風從虎兮雲從龍。謝前堂遠無外

五月五，天中節。盡大地人，無不向門頭户底呪土書符。育王門下，身心一如，身外無餘。四明山色開畫圖。端午

人間九月又九日，善財去後無消息。何止門前草自青，黄花滿地成狼藉。六祖不會，達磨不識。大藏小藏，盡從者裡流出。重九謝兩藏主

入山還出山，鐵壁復鐵壁。衲僧門下，不消一擊。黄面瞿曇，散宅亡家。盡大地人，眼横鼻直。臘八

六殊勝地，無越此山極殊勝。八吉祥中，唯有今朝最吉祥。於殊勝中顯殊勝，於吉祥中顯吉祥。萬年千載壽，一瓣九天香。聖節散

控佛祖大機，廓人天正眼，便恁麼去。入得育王門，要見育王人，遠之又遠。試看海上明公秀，何似堂中首座簡。謝後堂秀首座

牛頭横説豎説，不知有向上關棙。興化在大覺棒下，見臨濟先師於黄檗處喫棒底道理。獅子咬人，韓獹遂疑當作逐塊。

雪峰輥毬，祕魔擎杈。德山行棒，臨濟下喝，諸大老何用許多氣力。山僧尋常只是因風吹火，今日失利。開爐

行羅漢慈，破劫賊故。行菩薩慈，安衆生故。行如來慈，續慧命故。行平等慈，又且如何。嶺雲海月俱

耕徧，拽耙拕犁卒未休。謝等慈

達磨面壁，雲門念七。玉本無瑕，彫文喪德。

畫龍看頭，畫蛇看尾。雪山冷坐六年，此處無金二兩。少林面壁九年，俗人沽酒三升。向道莫行山下路，果然猿叫斷腸聲。以上輯自復森編《慶元府阿育王廣利禪寺語録》

南屏山高，西湖水急。還聞偃溪水聲麽，從者裡入。入光孝禪寺，三門

坐斷天下人舌頭，諸佛不知。捩轉天下人鼻孔，達磨不識。人天儼臨，皇帝有勑。拈勑黄

建立法幢，扶持法社。左之右之，風流儒雅。全卷全舒珠走盤，正法眼藏增高價。謝新舊兩班

彩儀仙仗五雲間，只作先皇舊日看。莫道空餘弓劍在，威風凜凜逼人寒。徽宗皇帝忌日

吾佛廣大華藏海，法隨法行隨建立。此寶華王獅子座，上有寶蓋從天垂。古來寶積長者子，手持此蓋同供佛。佛以智慧威神力，一一寶蓋合為一。南山去天尺五近，王城不異毗耶城。彼時心即此時心，以此莊嚴作佛事。綵幢寶旛雜金碧，間見層出生光輝。猶如微風吹萎花，而復更雨新好者。仰觀三千大千界，於此蓋中悉充徧。一一世界既亦爾，線蹊針孔無不然。豈止一佛與二佛，盡十方佛現其中。廣長舌相熾然説，萬法一法靡不周。皇上心與佛心通，皇上壽與南山齊。無負此恩與此蓋，臣心有如此山爾。

中殿慶寶蓋祝聖

如來禪祖師意，一不成二不是。直下拶得行，轉得身吐得氣。又何待鼇山店上，古佛廟前，方始瞥地。

十字街頭石幢子，無你遮護處。一聲江上侍郎來，無你回避處。衲僧家朝出暮入，脚前脚後也須子細。忽然築著磕著，淨慈拄杖別有分付。

六年冷坐，九年面壁。碓擣東南，磨推西北。

風不鳴條，雨不破塊。塵塵刹刹全彰，總是大人境界。北極高照南山外。聖節

税闍黎用影身術，老曹山用縛虎機。且道那裡是他喫酒處。舉僧問曹山：清税孤貧，乞師賑濟。曹山召税闍梨，税應喏。山云：清原白家三盞酒，喫了猶道未沾唇。

人有南北，道無南北。上中下座，虚空逼塞。其中有一人半人肯去，説甚開粥相待。南山別甑炊香，未為分外。

寫王公符，用商君令。師多鬼亂，藥多病甚。端午

鬧市無人，龍門有客。漆桶相揩，渾無軌則。一時輥入草窠中，盡西湖之西，北山之北。山上鯉魚，南山白額。謝源靈叟慶雲谷二首座至

一法若有，脱羅籠處萬象平沉。萬法若無，没遮護時紅塵滿地。如孤雲行空，如寒月即水。擬從於此覓雲山，何啻白雲千萬里。何山雲山和尚遺書至

水清月現，動隨影轉。水清月不現，背手新羅箭。踏翻水碗便行，墮在解脱深坑。三大老，總似閉目中秋坐。只知第二月，如何是第一月。中秋

相逢不拈出，猶是東山左邊底。舉意便知有，又是方菴外邊事。南山快便難逢，聲東擊西。持方入圓，貴要諸人知有。一點成龍兩處全，何如兄弟添十字。謝日東山垠万菴

九日已無黄栗糕，十日依然有黄菊。何須九日記重陽，黄花開時意自足。東籬若謂見南山，鷂子已過新羅國。九月初十

日南長至，吉無不利。凍破泥團，花開碓嘴。至節

祖師意，百草頭。衲僧眼，拄杖頭。得路塞路，看樓打樓，須知衆穴一毫收。

大辯若訥，大巧若拙。如説而行，如行而説。只如行説不到時如何，瀟灑谿山，一天風月。大拙西堂赴嚴州天寧

唱新豐曲，風清古格。聲前轉調入無生，恰應雲門臘月拍。無影樹下，古渡頭邊。要知東谷末後句子，須待洞水逆流。東谷和尚遺書至

世事悠悠，不如山丘。卧藤蘿下，塊石枕頭。

忽地晴天霹靂聲，禹門三級浪滂澎。幾多頭角成龍去，蝦蟹徒勞努眼睛。舉趙州因僧問：狗子還有佛性也無？州云：無。　以上輯自元清編《住臨安府浄慈報恩光孝禪寺語録》

一句語具三玄門，一玄門具三要路。直下重重透徹，許你縱横十字。入靈隱禪寺，三門

一升三合，拄杖頭邊。萬水千山，草鞋跟底。未言先領，誰家竈裡無烟。撩起便行，是處井中有水。莫道空來又空去，許多途路不相辜。

花添錦上幾重重，針劄將來不露鋒。佛手分明遮不得，蓋天蓋地顯吾宗。謝府施法被

朝看東南，暮看西北。一見便見，一得永得。靈雲謾道見桃花，臨濟未是白拈賊。

祕魔擎杈，魯祖面壁。官路不行，拗曲作直。一日不作，一日不食。

目前機，量外事。巢知風，穴知雨。百錬鋼，千鈞弩。擬不擬，箭後路。

世界恁麽熱，今日何似昨日。庭柯一葉落，前秋不覺後秋。通方達士未舉先知，不是俊流徒勞啗啄。

撥開若耶谿上雲，高挂峨嵋峰頂月。大用不存軌則，瞎人何止一城。無毫髮間，無前後際。只今吴越令行，惱亂春風未已。謝雲門此軒新承天中際和尚

有則水裡月，無則形名兆。即此是達磨眼睛，亦謂之衲僧頂門竅。中秋

東去西去，脚頭脚尾没回互。南來北來，鐵壁銀山盡豁開。擬即失，動即乖。試看楊岐跨驢，何似玄沙斫牌。九月旦石屏赴護國

吾佛舒廣長舌相，不即此座亦不離。爾時寶積諸長者，持七寶蓋而獻佛。如菴道人道機熟，今亦即色以明心。攢花簇錦出新好，而以組綉作佛事。一一針孔一世界，一一花葉一如來。森羅萬象影重重，莫不一法之所印。此座非高亦非廣，此被非闊亦非狹。舒即大千悉彌滿，收入微塵不迫窄。譬如隨色摩尼珠，是被光明亦如是。晝夜常轉如是輪，須彌燈王為作證。資壽如菴一都寺施法被

燃無盡燈，示無盡意。藕絲竅裡逗須彌，蟭螟眼中放夜市。元宵謝新首座兼開平西堂赴東山

一句絶離微，渾崙無縫罅。善財七日尋覓不得，趙州五年分疏不下。靈山今日，快便難逢，為通一線。六月賣松風，人間恐無價。

雲門以勢欺人，雪竇抑强扶弱。撿點將來，總是外道見解。舉馬大師云：一切語言，是提婆宗，以者箇為主。雲門云：好語，只是無人問我。時有僧問：如何是提婆宗？門云：西天九十六種，汝是最下種。雪竇云：赤旛被者僧奪了也。

靈山又見一夏，不説陳年舊話。青州衫重七斤，廬陵米作麽價。

海外同歸用亦同，靈山有此兩雲峰。萬人叢裡高標上，只貴重論蓋代功。謝勤維那虎維那泉南持鉢歸

圓處圓還缺，缺處缺還圓。人争看今日，月只是常年。南泉拂袖便行，鼓山拂袖歸衆。説甚衲僧門下，直是重處偏墜，薄處先穿。中秋

一年復一年，一冬復一冬。海水知天寒，枯桑知天風。至節

智門蓮花，趙州庭柏。不用低頭，思量難得。

吾本來茲土，傳法救迷情。面皮厚多少，一花開五葉，結果自然成。

文殊為衆竭力，世尊滿口含霜。千言萬語無人會，又逐流鶯過短牆。舉世尊臨入涅槃，文殊請再轉法輪。世尊云：文殊，吾四十九年住世，未嘗談一字，今請吾再轉法輪，是吾曾轉法輪耶？

機輪活脱走珠盤，妙處都盧在筆端。竪起依然還放下，靈鋒寶劍倚天寒。舉王常侍一日判事次，米和尚至，常侍竪起筆。米和尚云：還判得虚空麼？常侍擲下筆，入去。

四月十五，靈山直舉。捻聚處放開，放開處捻聚。結夏

佛子住此地，踏著依前不相似。即是佛受用，切忌喚鐘而作甕。經行及坐卧，常在於其中。鶴有九皐難翥翼，馬無千里謾追風。

天寒人寒，風動旛動。與麽與麽，大難大難。一二三四五，放待冷來看。以上輯自普暉編《住景德靈隱禪寺語録》以上《偃溪廣聞禪師語録》卷上

釋廣聞二

偈頌十八首

乘流而行，過徑即止，猶是時人升降處。只今脚後脚前，通汝活路。入萬壽禪寺，三門

捻聚放開，放開捻聚。黄面瞿曇，無回避處。佛殿

一縷烟蓋天蓋地，一滴水為雨為霖，誰見龍王宫殿深。龍王殿燒香

者裡是吾父翁券内事，縱横殺活，妙在不傳。趙州親見老南泉。踞方丈

挂域中日月，立方外乾坤。從至尊至貴中得來，向無欲無依中流出。雲行雨施，三草二木。拈勑黄

法王法令，頭正尾正。只如世尊便下座時如何，路入桃源深更深。舉世尊陞座，文殊白槌云：諦觀法王法，法王法如是。世尊便下座。

一有多種，二無兩般。花根本艷，虎體元斑。

天生有大福德人，與佛同時同現瑞。是知心與佛心同，母儀天下同化育。如春及物春無迹，如月印水月無痕。天人中來道機熟，應身摩耶顯慈力。與天同壽福元元，萬年密贊無為治。山林演此無為法，是亦名為報恩者。

和氣祥光靄九垓，新陽端自日邊回。龍峰高處君恩重，先放花從鐵樹開。景定二年賜號佛智，望闕謝恩畢，鳴

鼓陞座説偈

大小黄面瞿曇老，了了了時何曾了。因憶明星出現時，夜來霜重知多少。臘八

雪峰據令而行，者僧分疏不下。雪竇不曾與人葛藤，徑山道得也得也。舉雪峰因僧禮拜，峰打五棒。僧云：某甲有甚麽過？峰又打五棒。明覺云：雪竇不曾與人葛藤，前五棒日照天臨，後五棒雲騰致雨。儞若辨得，也好與五棒。

德山但知草偃風行，不覺通身泥水。者僧只見谿回路轉，不知身在桃源。徑山與麽批判，一任諸方撿責。舉德山示衆云：問即有過，不問猶乖。有僧纔出，山便打。僧云：某甲話也未問，因甚打某甲？山云：待汝開口，堪作甚麽。

落賴家風，今日重舉。草本多同，西天此土。結夏

分圓照燈，下炎天雪，活弄南山鼈鼻蛇。驗盡英靈，提得藕絲牽玉象，不存途轍。只麽横身異類行，踏斷石橋成兩截。浄慈斷橋和尚遺書至

看錮髏，著生鐵。因甚雲門心肝五臟，被者僧一摟摟盡。舉雲門因僧問：樹凋葉落時如何？門云：體露金風。

人間八月二十五，洞山此日離查渡。棒頭敲出玉麒麟，江西湖南便與麽。徑山鬧裡颺碌磚，誰道今人不如古。

谿上烟波遠，壺中日月長。誰知冷灰裏，九轉透瓶香。舉佛眼請益五祖，祖云：我與儞説箇諭子，如人牽牛，從窗櫺中過，頭角四蹄都過了，只有尾巴過不得。

以蠟人為驗，病翼棲蘆。以鐵彈子為驗，困鱗止濼。徑山不然，一箭雙鵰落。結夏　以上輯自道隆編《住徑山興聖萬壽禪寺語録》

種竹

香嚴活葬在南陽，知是所知忘未忘。猛虎不應餐伏肉，聽教風雨細商量。

送僧歸蜀

曾經巴峽聽啼猿，萬想千思舉不全。一萬里風吹夢轉，月明人上錦江船。

送昭書記歸徑山

錯下凌霄恨不忘，百城烟水漫茫茫。思量六十萬枝拂，鐵打心肝也斷腸。

看潮

怒雷聲撼海門秋，知是幾家人上樓。眼眼盡隨波浪轉，全潮端的屬誰收。

稍語録

路不賣糧笑復歌，三更月下入無何。太平誰整閑戈甲，王庫初無如是刀。

送愚菴和尚赴資福

十分消息在竿頭，片甲纖鱗未足收。怪得一番浮子動，西湖明月上金鈎。

古劍

干戈罷却復何言，六國風清令不傳。猶有當時太平意，塵埋三尺髑髏前。

花翁

傳來五葉到渠儂，略露些兒便不同。自是普通年遠事，莫將一樣看春風。

送祖上人歸蜀

只因月下齅吞蛇，羸得南來兩眼花。換手槌胸應有日，知他死款屬誰家。

送布袋像與妙峰和尚時在上柏玉几菴

百千諸佛竪降旗，大法猶懸一縷絲。問訊率陀老慈氏，只是恰是下生時。

放　牛

嗚咿聲斷笛横時，滿目春風不自知。脚後脚前者些子，入渠群隊聽渠疑。

拜大梅常禪師塔

聲前借路謾經過，望却梅林自倒戈。八十四人屙漉漉，阿師猶更帶誵訛。

上安晚鄭丞相爲免墳地

黄檗山中話裴相，獨龍岡上憶舒王。相公留得谿邊寺，千古佳名在鄭鄉。

送僧歸蜀

脱得南方驢馬群，相逢無法可呈君。看儂百衲袈裟上，半是吴雲半楚雲。

贈蜀相士蓑衣道人

夢入東南萬里餘，閲人多處定何如。緑蓑又裹春風去，未必黄金换得渠。

送蘭與槫寮張寺丞

緑葉叢叢間紫莖，芳心細細為誰傾。不如去入芝蘭室，凑得仙家一段清。

無　夢

為人徹困有誰知，眨得眼來話已遲。滿地如今正鬧在，聽渠寐語住何時。

宿天衣偶成

過雁曾無影可留，不妨寒水向東流。千峰一夜撑空立，舊事驚翻盡底休。

覺海諸善友整經

好風晴日滿谿山，又到桃源盡處還。流水落花攔不住，幾多春色在人間。

劍　關

吹毛不動定譎訛，徧地茫茫盡倒戈。但見清風生閫外，知恩終少負恩多。

無　聞

老胡密語已乖張，迦葉何曾解覆藏。口耳到君俱喪盡，又還家醜外邊揚。

虚　舟

一從橈下失關津，寂寞空横斷岸濱。夜夜蘆花照明月，可憐不見謝家人。

送林上人歸湖南

無端活業盡平沉，只為當時錯用心。歸路又從湖畔過，水深不似恨深深。

送無言和尚赴楓林

禍兮不入慎家門，除是知恩解報恩。只用五峰曾中底，要人吐了要人吞。

月　巖

光非照境境非存，恁麽曾來二十年。話到乖崖峭壁處，令人特地憶南泉。

示頭陀過靈隱

頭顱如雪困風波，未到靈山未倒戈。百萬人中笑花眼，元來猶有此頭陀。

贈書華嚴

南詢曾不涉途程，寫盡山雲海月情。放筆看來親到處，一場特地又愁生。

上履齋吴丞相

合從龍首便黄扉，盡謂登庸十載遲。自是袖中霖雨手，肯令勳業頌臯夔。

一新更化改絃初，人語驩聲藹道途。僧自深禪湖上寺，不知身世在唐虞。

答日本國丞相令公

人言千里本同風，何似如今一信通。萬浪千波渾不涉，新羅元在海門東。

壞菴

壁倒籬坍第二籌，扶持不起轉風流。只因一句隨他語，未到吾宗掃土休。

上秋壑賈丞相 以上流清詔歸

宇宙全歸掌握中，玄機制勝不言功。人將富范張韓比，何異丹青繪太空。

力挽天河洗甲兵，争如談笑净胡塵。山東名竝山西重，歷數從來有幾人。

趙居士施丹結萬人緣

透瓶九轉有餘香，閱世情忘有未忘。一萬人緣何日了，明朝烟水又茫茫。

送一徹二公再參無際和尚

兩公未見無際前，謂從本有成話墮。兩公既見無際後，謂是不同成兩箇。明知見與未見時，蒼龍終不澄潭卧。雲巖晚歸玲瓏巖，老兒家有彌天禍。口皮邊禪慣賣弄，動輒引人入荒草。不知兩公竟何意，春風又問東南道。貧思舊債濟北驢，再欲一頓憨作麼。當時失却一隻眼，賦過關門夾山老。後三十年有話在，珍重此行休放過。

送東山源和尚歸閩

尋思六十蒿枝拂，如何再得一頓喫。此是臨濟住後時，黄檗棒頭痛的的。尋思昔日曾行脚，未離南方已先錯。此是天平住後時，西院清風頓銷鑠。此時人是彼時人，去時路是來時路。老源胸中只自知，却道古人恰相似。二月江湖春水生，拈得烏藤先我行。得大愚力黄檗力，且聽住後真消息。

釋迦佛贊

不即此座，成等正覺。不離此座，成等正覺。入雪山，悟明星，知之者必謂以慈示人。開空花，結空果，不知者將謂實有此作。皇天無親，惟德是輔，此亦名言不及處。借水獻花，不可當面諱却。

出山相贊

逾重城為何事，悟明星自欺謾。試問出山，何似入山。含元殿裏，猶覓長安。

維摩贊

機不可觸，病不可醫。説黄道黑，引蔓牽枝。要見衆生不病時。

觀音贊聶府博以母在日所奉像請贊

大士真慈念群生，有如慈母憶其子。盡塵毛刹世界海，一一具此一念中。惟此一念不退轉，如子得母亦復然。眼聲耳色互三昧，情與無情同證入。有能不作實證想，當知此相亦非實。忽若子母不相知，大士實相常現前。

血書心經爲圓相贊

色何從眼，聲不到耳。耳色眼聲，血滴滴地。出乎爾，反乎爾，全身不在圈𥝩裏。

師子國相贊

十方國土中，應身何彼此。春在花，月在水。要令當處不留情，好看翻身獅子子。

水石上相贊

明月下，磐石上。以心中眼，觀身外相。六根互用示慈門，無風平地生波浪。

月印長江，風號萬籟。隨流入流，無在不在。百千三昧一毫頭，貴價精神賤價賣。

魚籃相贊

風吹兩鬢蕭蕭起，全身已是拖泥水。何人領取鉤頭意，明明不在魚籃裏。

布袋像贊

牙關咬定，行又行不上。布袋緊靠，放又放不下。知他裏許，有甚兜率内院底。十字街頭，遼天索價。

四睡圖贊

睡時遞相枕藉，醒後互相熱謾。笑中有刃，用處多姦。看來人斑，寧可虎斑。

韋馱天變相贊

横兩腕中杵，現堆雲裏身。權中示權處，依舊是天人。

達磨贊

趁得江頭航折葦，聽教後面風波起。不負梁王所問來，只有此心如此水。
對梁王突出全機，賺神光錯禮三拜。熊耳月照嵩山雲，填溝塞壑無人會。
天寒京洛雪依然，三拜當時有底傳。皇道無私太平日，行人猶説普通年。

五祖荷鋤贊

江上青山未老，钁頭邊事猶在。若能慎初護末，未到兩重納敗。

六祖挾擔贊

柴已落在誰家，此行不空來去。手中擔子相隨，心知應無所在。

郁山主贊

野水小橋外，諸峰凛寒色。被驢子一交，至今翻不得。

政黄牛贊

人牛兩相忘，又向橋邊去。眼明雙鷺鷀，無非是熟處。

猪頭和尚贊

目前機，背後底。為復神通，為復游戲。直令换盡人眼睛，亦與懸羊賣狗而併案耳。

蜆子和尚贊

酒臺盤上，和聲突出。釣螺江畔，撈摝得底。是則是以鰕為目，不妨用活底祖師意。

懶殘和尚贊

寒涕無暇收，高風自然足。客來知不知，吾芋恰新熟。

船子和尚贊

一橈復一橈，打著打不著。至今華亭上，猶更風波惡。

朝陽贊

摘不斷，穿不透。寬作程，急著手。要從破後覓渾崙，當陽拈出誰知有。

對月贊

本無文，未曾説。一字字，生鐵橛。欲了了時是了時，何須特地尋明月。

李源訪圓澤贊

相看已瞭然，安用頻頻舉。長笛不禁聞，又隨烟棹去。

熊公見西山贊

一見能全機，隱身定無路。遇猶不遇時，病在回頭處。

大道浴湫圖贊

腥風怒濤中，信手拏得起。觸撥老慈明，攛出拄杖子。

靈照賣笊籬贊

手把長長竹攏籬，與爺同樂又同悲。輕如毫末重山嶽，十字街頭賣與誰。

大慧佛日禪師贊

聞薰風南來時，和贓捉獲。向樹倒藤枯處，覆水難收。勘破元禪，楪子飣底青蝦蟆。脱得圓悟，胸次用底活馬騮。横三尺竹篦，氣索列祖。翻四河雄辯，貫通九流。薄四海内外，罔不中傷。曠百世上下，其誰與儔。區區作是說者，如一塵之微，又何能重輕乎山丘。

妙峰和尚贊

見之目明，氣和如春，猶據妙峰頂時平等示人。望之心折，面冷如鐵，猶坐蓮峰堂時大默而說。奔走龍象，鞭斥風霆。不約而繩，不令而行。宜其談笑興起東菴正脈，廓清末流之轍。至於靈機絶唱，不墮常調，莫妙乎庚峰定穴者也。

大川和尚贊 半身

握拳透爪，有臨濟體裁。輪珠示人，類大顛風格。不欲露全身，慣無贓考賊。十地吞聲，二乘動色。聚一世精神，而用東山暗號。鼓大地波瀾，而疏東澗正脈。宜乎百川倒流，天下暴白。如是模寫，滄溟一滴。傳金襴，倒刹竿，須是迦葉師兄始得。

古雲法師贊 叔凱講師請

獲旋陀羅尼，機輪轉處風雷疾。入薩婆若海，舌頭不動雲濤翻。肆虛空講，盡實頭禪。以栗棘蓬，裹金剛圈。陶冶有學之學，而披剥萬象。發揮不傳之傳，而朝宗百川。是為北峰真子，無愧竹菴嫡孫。後二千年，是真精進。所謂靈山未散之旨，至今一會儼然。

牧長老以其師立菴像請贊

不禀釋迦文，踏翻華藏界。由天台南覺城東，提蘇州有常州有。立委羽重關，劄洪塘硬寨。如是三十年，起妙喜正派。若言老子見青山，行人更在青山外。

謝靈運贊

平生幾緉屐，自覺山招我。不知身入畫，只貪山色好。

陶淵明贊

和露鋤豆苗，不覺日又夜。飄然從何來，定在南山下。

許宣平贊 賣薪挂一壺酒

全肩擔荷時，落日重回首。世無相逢人，先生不在酒。

孟東野贊 整襟獨立聽琴

人知琴無絃，無琴無人知。獨立天地間，知音復是誰。

人我擔贊

先我後人，為誰辛苦。三百六十骨節，透頂透底全露。窮鬼子，妨不下擔將去。

閬州許居士畫像請贊

家在閬城南，閬浮生知其如寄。脚踏長安市，了萬緣齊之一默。雅重甘贄風流，孤峻龐老標格。甘終身於澹泊，見古道之顏色。故其寓意於物，而不留意於物。胸中瞭然，一點謾渠不得。

行素長老請自贊

無獅子教兒之訣，無老猫上樹之機。世無所容其拙，人或見謂之慈。知之已熟，畫出何為。後三十年颺在壒墶堆頭，便令無光怪發現，未免起傍觀按劍之疑。

端常副寺請自贊

本分曾無買賣，動輒於人招怪。豈知父子之間，描畫虛空著彩。端常與麽無端，直是克由叵耐。

資壽牧長老請自贊

鐵牛去住之機，獅子反擲之訣。毫芒略露，崖崩石裂。無些子柔和，唯一味生滅。電光石火瞥轉玄關，千聖頂頭恣興妖孽。

禪人請自贊

冷泉亭放閘，換盡時人眼睛。見山堂看雲，甚處討他巴鼻。認得完全，是則未是。手中黑竹篦，不能打得儞。胡亂三十年，全無巴鼻。叨居六七刹，無補宗教。翻著梵志襪，疑之者多。倒用司農印，識之者少。出嶺既不能跂步玄沙，入嶺又何敢追蹤雪老。上人擔頭不堪泊蠅，也能帶得。老僧去那逢人展，似即不無。若謂起楊岐正宗，疏東澗正派，且莫謗渠好。

北山雲擁千巖秀，西子湖平萬壑流。水石光中閑送目，無邊刹海一毫收。

印維那請自贊

眼看東南，意在西北。毗盧印倒用，輥動古井蓬塵。興化棒不施，撒下青天雨雹。騰身一擲，而抹過萬仞龍門。掉臂徑去，而何有連雲棧閣。祖師心印誰是親傳，麟兮龍兮峥嶸頭角。以上《偃溪廣聞禪師詩録》卷下

雪　牧

整頓蓑衣禦苦寒，自家水牯自家看。白漫漫處無香草，笛弄梅花過别山。

針

惡鉗鎚下現針鋒，正眼開時一線通。百匝千重俱劄透，始知箇是夜深工。

義之故居

亭前不改晉山河，亭下春風屈曲過。我自不知賢者事，細挼花片付流波。

蒸籠

重重疊疊有來由，熱汗通身未肯休。直得變生為熟去，方知胡餅是饅頭。

函櫃

脱體分明類異常，自然函蓋却相當。衲僧骨董多狼藉，收拾都歸一處藏。

門鈎

彎彎曲曲箇形骸，曾向紅爐煅煉來。觸著上頭關棙子，千門萬户一時開。

化楞嚴會香燭

椽燭爐香夏九旬，二千年事向誰論。人家十萬春風裡，盡是靈山會上人。
玉磬輕敲紫篆清，金蓮花綻燭熒熒。從教一百二十日，散作滿天星斗明。

以上《偃溪廣聞禪師語録》拾遺

（聞賢整理）

全宋詩卷三一〇一

劉克遜

劉克遜（一一八九—一二四六），字無競，莆田（今屬福建）人。克莊弟。以父蔭補承務郎。寧宗嘉定間知古田縣（清乾隆《古田縣志》卷五）。累還知邵武軍。理宗嘉熙間知潮州（清乾隆《潮州府志》卷三一）。淳祐五年（一二四五）知泉州（清乾隆《泉州府志》卷二六）。六年卒，年五十八。事見《後村大全集》卷一五三《工部弟墓誌銘》。今録詩七首。

題林司户寒齋

高絶寒齋雖未到，但觀名扁定非虚。連床夜語爐無火，四壁秋聲案有書。要與西塘同苦淡，更容東野伴蕭疏。區區粗得歸閑趣，每見高風愧不如。《永樂大典》卷二五三九

三賢堂

堂成土木極精華，壯觀先生處士家。只恐三賢還一笑，不留隙地種梅花。同上書卷七二三六

江　城

過了元宵景自佳，東風輕拂酒旗斜。江城可是春先到，已有盈街賣杏花。同上書卷八〇九二

送楊帥

累詔登華省，當時已避蹤。身閑名轉重，道大世難容。南國因鋤薙，東山得倚筇。何當投劾去，短褐許

相從。　影印《詩淵》册六頁四三二〇

壽樞使

喧喧文價握靈蛇，凜凜詞鋒挺鏌鋣。出遇萬年天子聖，生從七葉侍中家。君臣相悦同魚藻，兄弟連榮比棣華。歲歲重三前六日，壽觴何惜泛流霞。　同上書册六頁四五二九

壽異異字疑訛**憲**

元氣鍾為一代英，天休節後是公生。撑腸何止五千卷，滿腹猶藏十萬兵。懶向仕途為佞熊，熊字疑誤肯將祠秩倦閑情。芹溪不是横舟處，四海風波正要平。　同上書册六頁四五七七

壽泉使

新春三九左弧垂，惟有東皇造化知。不為等閑花柳計，獨應長養棟梁姿。擎天一柱寧論價，伴月孤根永不移。自昔中書貴多考，願公難老過□期。　同上書册六頁四五八三

趙以夫

趙以夫（一一八九—一二五六），字用父，號虚齋。居長樂（今屬福建）。寧宗嘉定十年（一二一七）進士。知監利縣。理宗端平初知漳州。嘉熙初以樞密都丞旨兼國史院編修官（《南宋館閣續録》卷九）。二年，知慶元府兼沿海制置副使，四年，復除樞密都承旨（《寶慶四明志》卷一）。淳祐五年（一二四五），出知建康府，七年，知平江府（《南宋制撫年表》卷上）。以資政殿學士致仕。寶祐四年卒，年六十八。事見《後村大全集》卷一四二《虚齋資政趙公神道碑》。

詠蘭

一朵俄生几案光，尚如逸士氣昂藏。秋風試與平章看，何似當時林下香。宋陳景沂《全芳備祖》前集卷二三

句

片雲不隔梅花月。宋戴復古《石屏詩集》卷六

（以上劉雯整理）

黄棐

黄棐，字彦文，南豐（今屬江西）人。學於陸九淵。曾通判南劍州（明嘉靖《延平府志》卷七）。理宗紹定二年（一二二九）知衡州，四年爲荆湖南路提舉常平，五年致仕（《永樂大典》卷八六四七引《衡州府圖經志》）。

黄陵廟

瀟湘江頭三月春，柳條弄日摇黄金。鷓鴣一聲在何許，黄陵廟前烟靄深。丹青欲畫無好手，穩提玉勒况今久。馬蹄不為行客留，心掛長林屢回首。《永樂大典》卷五七六九引《古羅志》

（李更整理）

趙時彌

趙時彌，魏王廷美九世孫（《宋史·宗室世系表》二一）。寧宗嘉定十二年（一二一九）進士。官至資政大夫（《歷朝上虞詩集》卷三）。

覽友莊子文稿

信手拈來語不驚，縱横漫與筆端呈。獨崇爾雅追先輩，肯競鉛華逐後生。至竇何曾營琢削，神工自是謝鋤耕。一篇三復還堪味，不覺今人解性靈。清錢玫《歷朝上虞詩集》卷三

(以上劉雯整理)

李翔高

李翔高，號羽軒。善爲絶句，爲寧宗慶元五年進士盧祖皋賞愛。事見《貴耳集》卷上。

句

春愁自是無重數，又被東風揭繡簾。宋張端義《貴耳集》卷上

林汝礪

林汝礪(一一九〇—一二六二)，字君用，莆田(今屬福建)人。甫冠，拔鄉薦，科場受挫三十年。以特奏名授建陽主簿，辭不就。景定三年卒，年七十三。事見《後村大全集》卷一六一《特奏名林君墓誌銘》。今録詩三首。

隱求齋

蝸名蠅利處樊籠，世事其如轉眼空。惟有高人林下隱，只求明月與清風。朝同猿鳥吟，暮與麋鹿游。吾生有良願，捨此當安求。《永樂大典》卷二五三六

題武夷仙掌巖

漢武昇遐幾度春，金莖事迹總無聞。懸崖更不承朝露，空印纖纖十指紋。明夏玉麟嘉靖《建寧府志》卷三

陳夢庚

陳夢庚（一一九〇—一二六七），字景長，號竹溪，閩縣（今福建福州）人。寧宗嘉定十六年（一二二三）進士，授潮州教授。秩滿，入廣西轉運司幕。歷浙西運司幹辦，知廬陵縣，通判泉州。度宗咸淳二年十二月卒，年七十七。有《竹溪詩稿》，已佚。事見《竹溪鬳齋十一稿續集》卷二二《陳吏部墓誌銘》。今録詩十五首。

題錢明仲汲古堂

自一而三散萬殊，學惟定力是功夫。十分謹處持槩水，萬理紬來似轆轤。癡叔床空唯易在，濂溪閣冷有圖無。希天窮到淵淵地，子肯閑來擁地爐。《永樂大典》卷七二四一

初度客中有感

越舄長吟有所思，生空照社老空癡。一千餘尺拔文筆，三十六灣深墨池。人物要當天地意，溪山不欠晉唐詩。淵明子美成何事，牢落生涯寄酒巵。同上書卷一四七〇七

燈夕

人生能看幾番燈，强倚燈花聽竹聲。玉管吹殘梅外雪，星毬撰出雨邊晴。人行香霧不知夜，兒傲饑雷看到明。夢破春風感留滯，老書移就短長檠。同上書卷二〇三五四

心恥奉檄

日月孔兼孟，塵埃申與韓。合於三尺法，行矣一分寬。火傘不遮熱，冰壺獨枕寒。平反了無幾，足跡略高安。同上書卷二〇八五〇

漢祀壇

苔老壇荒掃不開，漢皇多慾豈仙才。乘龍人去真圖失，萬里空勞一使來。影印《詩淵》册三頁一五八〇

仙茶竈

儘夸六椀便仙靈，得似仙山石乳清。此水此茶須是竈，無人肯説與端明。同上書頁一六六四

武夷山

看了圖經看舊碑，怪奇多是説秦時。當時人會秦王意，可是建山稱武夷。同上書頁二〇八一

唐刻石

長憶唐從天寶初，開元氣象了無餘。宫中已製霓裳曲，刻石山靈失笑渠。同上書頁二一二六

武夷大隱屏

大隱屏前風月閑，何人手種萬琅玕。深深五曲東流水，合作千年洙泗看。

武夷仙浴堂

神仙無垢骨猶香，底用山間開浴堂。我欲從之三洗髓，騎鯨散髮水雲鄉。

武夷大小廩石

白石青霞為歲計，佳殽旨酒出仙壺。侵天有廩無支遺，歲惡還能賑貸無。以上嘉靖《建寧府志》卷三

自劉真人庵上登飛雲

列仙壇上碧鷄鳴，布襪青鞵取次行。上界煙霞疑可到，東方草木漸知名。一泓滄海杯浮景，萬點青山棋落枰。脚底雲飛寒帶雨，此身知是在蓬瀛。清宋廣業康熙《羅浮山志會編》卷一八

仙船

此船何事架巖隈，不遂浮槎八月來。莫是飛仙無所用，乘風有路到蓬萊。 清董天工道光《武夷山志》卷一九

幔亭峰

山中别是一桃源，綵屋虹橋影不存。山下人癡猶自説，排簷元是武夷孫。

仙鼓樓

求仙曾誤幾英雄，祇為沉迷利欲中。安得樓頭一聲鼓，頓教凡世醒盲聾。 以上清《武夷詩集》卷一

尤焴

尤焴（一一九〇—一二七二），字伯晦，號木石，無錫（今屬江蘇）人。袤孫。寧宗嘉定元年（一二〇八）進士，時年十九。歷樞密院編修官，將作監主簿。理宗嘉熙四年（一二四〇），爲淮西總領。淳祐二年（一二四二），權管沿江淮西留司，知建康府兼江東安撫使（《景定建康志》卷二六）。十二年擢工部尚書（《南宋館閣録》卷七），官至翰林學士。卒年八十三。事見《咸淳毗陵志》卷一七、《宋元學案》卷五五。今録詩二首。

西湖置酒短歌

春雲薄，淡將落。我心良與然，浩蕩杳無著。黄鳥枝頭語太工，可能喚起東坡翁。眼前妙景供妙咏，鈞天吹下乘長風。醉而復醒醒復醉，香山居士今安在。濡首狂歌無限情，一齊付與雲山外。

被命出鎮淮西至任

萬籟無聲意轉豪，一揮出守敢云勞。臣心耿耿依三殿，予髮垂垂有二毛。月黑星光懸帳幙，夜深霜氣滿弓刀。披衣秉燭終宵坐，待旦乘時演豹韜。以上清顧光旭《梁溪詩鈔》卷二

（以上徐永强整理）

全宋詩卷三二〇二

吴　淵

吴淵（一一九〇——一二五七），字道父，號退庵，寧國（今屬安徽）人。柔勝子，潛兄。寧宗嘉定七年（一二一四）進士。歷知州縣，理宗紹定三年（一二三〇）入爲祕書丞（《南宋館閣續録》卷七）。出知江州，歷江淮荆浙福建廣南都大提點坑冶，知鎮江府兼淮東總領。嘉熙二年（一二三八），知太平州兼江東轉運使，改知隆興府、江西安撫使兼轉運副使，罷領祠禄。起爲江西安撫使兼知江州，尋爲沿江制置副使，兼知平江府、浙西提點刑獄，知太平州。進沿江制置使、江東安撫使兼知建康府。徙知福州、福建安撫使。丐祠。起爲荆湖制置大使，知江陵府兼夔路策應大使。寶祐五年，拜參知政事，尋卒，年六十八。有《退庵文集》，已佚。今存《退庵遺集》一卷。《宋史》卷四一六有傳。

吴淵詩，以清顧氏讀畫齋《南宋群賢小集》本爲底本，校以《四庫全書·兩宋名賢小集》本（簡稱名賢集）。新輯集外詩附於卷末。

早朝步葛元喆韻

萬井蒼涼欲曙天，禁鐘聲斷佩聲聯。雲浮玉輦霞裾降，風動金蓮寶炬然。四國龍飛清穆世，羣工虎拜太平年。吾王不倦宵衣念，國祚遥知永永傳。

九　日

百年王原作工，據名賢集改事謾勞形，客裏逢時跡類萍。無酒可添元亮興，任人浪笑阮宣醒。荆湖城壁連鉦鼓，河朔黎元陷虜庭。久擁旌旄愧無補，敢將衰朽歎飄零。

登南城

江城一眺思悠悠，平楚蒼然野水流。衰草寒烟梅老墓，敗垣斜日謝公樓。江山有恨英雄老，天地無私草木秋。萬古興亡俱是夢，丈夫何者為身謀。

遊青山謝朓宅在焉

碧嶂千層鎮一州，十年前記作斯遊。因看紅杏行停轡，為濯清泉坐解裘。怪石巉巖蹲虎豹，老松偃蹇卧龍虬。轉看名賢集作高轉有無窮景，杖履何妨絶頂頭。

風流千載憶玄暉，此日登臨不覺疲。看取眼前都是句，如何身後不留詩。須知小隱徜徉日，正是高吟寥泬時。可惜出山終不免，空留翠岫與清漪。

横碧堂

十一年如一欠伸，今朝又得快登臨。半城楊柳春風滿，四野桑麻雨露深。檻外翠峰重入眼，樽前白髮遂驚心。感今懷昔憑欄處，不覺崦嵫日已沈。

用前韻

每來登眺便眉伸，高處蒼穹儼若臨。投老光陰隨日晚，思歸情緒與秋深。鷺飛沙際迷人目，雁滿江頭動客心。北望淮淝何處是，晚來烟霧正沈沈。

官梅亭

疇昔花前屢舉觴，重來鬢髮已蒼蒼。未容籬菊成歸隱，且向官梅作醉鄉。每約松篁堅歲晚，肯隨桃李競春芳。東風二月無人惜，片片霏霏雪自香。

霜名賢集作宿蘟亭二首

正到春歸惱客腸，荼蘼架上發孤芳。劉伶嗜酒名為酒，薛女餐香肌亦香。人已今朝衰鬢髮，花猶昔日淡梳妝。十年陳迹渾如夢，徙倚闌干到夕陽。

東皇為代是南薰，醖釀成花迥出塵。盡洗嬌紅春態度，獨呈雅素雪精神。牽衣弱蔓如留客，入枕清香更惱人。月下星前曾醉插，肯容煩暑到冠巾。

園丁編竹亦勤哉，老蔓纖條費剪裁。杳杳翠雲深作洞，霏霏香雪簇成堆。玉虬飛下盤千尺，金爵携將飲百杯。説與此花狼籍後，園林杖屨亦稀來。

揮塵堂二首

老守重來何所為，築成臺榭鑿成池。緑深夜雨龜魚遠，紅壓春風鶯燕遲。民樂軒墀偏少訟，官閒園圃自多詩。鳳團啜罷投衾枕，夢覺花間日影移。

戀宿懷安物我齊，况兼兩世四持麾。可憐園内樂成日，却被官中捉去時。李郭詩篇懷舊迹，歐梅歌舞悵新知。多應日後清宵夢，頻到姑溪溪水湄。

送杜尚書赴行在

龍德剛中道學優，洛中夫子爾同流。暫辭名賢集作離天府安邊閫，又屬軺車返帝州。萬里長城唐李勣，百年勳業漢留侯。明朝回首秋江上，泰華巖巖天際頭。

坐來雜霰灑隆冬，痛飲那禁觱發風。却憶西樞承旨日，冒寒猶立大明宮。

冬　雨

地白天寒凍裂原作烈，據名賢集改裘，何人乘艇下中流。披圖孟浪不相識，疑是當年王子猷。　以上《退菴遺集》卷上

高氏小景

暫因休暇得遨游，感慨樽前歲月流。長向此時憂徼塞，不知何日樂林丘。鳳凰寂寂空留寺，鴻雁嗷嗷尚滿洲。疇昔謫仙愁絕處，我來登眺更多愁。

鳳凰臺二首

六朝舊跡作新游，王謝千年風尚流。但使時能開晉宋，只緣道不本軻丘。昏昏赤縣神州地，渺渺白蘋紅蓼洲。誰道天分南北限，人分南北至今愁。　宋周應合《景定建康志》卷二二

勸耕二首

細靄輕烟弄晚晴，聊驅小隊出城闉。□將泉石膏肓療，為識廬山面目真。古殿松篁無盛夏，齋厨筍蕨有餘春。道旁處處聞流水，一部笙篁疑當作簧更可人。

鈴齋日日簿書塵，不覺光陰暗裏侵。忽見前山有花發，始知今歲已春深。邊風尚有寒吹面，臘雪全無早繫心。憂國憂民平日事，新來贏得白盈簪。　《永樂大典》卷六六九九

峨眉山

一帶天分南北限，兩眉烟鎖古今愁。却思太白驚人句，影入平羌江水流。　清朱緒曾《金陵詩徵》卷八

（吴鷗整理）

釋本真

釋本真，一作本正，號月湖半顛，四明（今浙江寧波）人。理宗紹定四年（一二三一），以詩受知平江府吴淵之邀住虎丘寺，後住感山寺。姚勉曾和其《江南麥》詩。事見《雪坡集》卷一二《寄感山二詩僧》、《山房隨筆》。今録詩二首。

江南麥

江南麥似草離離，胡馬貪青隔岸嘶。驚得村翁多多字，姚勉爲之改無計較，旋樵桑葦縛疏籬。宋姚勉《雪坡集》卷一二《寄感山二詩僧》附

賦吴門上元

村翁看了上元歸，正是西樓月落時。誇道官衙《四明宋元僧詩》作街好燈火，不知渾爾點膏脂。元蔣正子《山房隨筆》

《山房隨筆》：僧本真賦《吴門上元》云云，微聞於郡守吴退菴，遂命住虎丘寺。

（虞行、許紅霞整理）

張琮

張琮，理宗紹定中知宜州，端平元年（一二三四）知静江府（清雍正《廣西通志》卷五一）。又爲

廣西提刑(《永樂大典》卷二三四四引《容州志》)。今録詩三首。

題經略臺

維攀白玉龍，曾上黄金臺。指揮十二州，意氣何快哉。江上只如舊，四面畫圖開。慨懷出奇略，何地不生才。

逍遥樓

神遊八極表，乃是逍遥意。因之以名命，何取漆園吏。扁榜誰其書，太師龍蛇字。彈壓南容筦，江山倍增氣。心晝如見人，像想用餘地。我來登斯樓，凛凛敬節義。

獨秀峰

原隰驅驅過一冬，好山何處不相逢。層巒疊嶂分高下，翠靄晴嵐暈淡濃。小至停車休作暇，遷來携酒款從容。千崖競秀吾鄉遠，只在南容獨秀峰。

以上《永樂大典》卷二三四四引《容州志》

(劉彦捷整理)

朱士麟

朱士麟，字在樂，理宗紹定間知嘉興府(清光緒《嘉興府志》卷三六)。今録詩二首。

光福寺

不辭暑汗透冠裳，亟拜靈祠為亢陽。與佛有緣憑佛力，于心無愧爇心香。崇朝霧霈施霖雨，千里歡欣飽稻粱。老吏兩年蒙潤澤，詩成借筆記僧房。

乍和便覺怯衣裳，且駐歸舟傍夕陽。連日雨花多聽雨，今年香積又炊香。幸憑佛力成因果，消得詩人詠

稻粱。殽核已無尊有酒，就溪帶水擘蓮房。　元單慶《至元嘉禾志》卷三一

（徐永强整理）

余晦

余晦，字養明，四明（今浙江寧波）人。理宗紹定間知高郵軍（清道光《高郵州志》卷八）。淳祐十年（一二五〇），知鎮江府。十一年，知平江府（《至順鎮江志》卷一五）。十二年，知臨安府（《咸淳臨安志》卷四九）。寶祐元年（一二五三），爲四川安撫制置使、知重慶府（《宋史》卷四三《理宗本紀》三）。五年，爲淮西總領。六年，知平江府兼發運使（《景定建康志》卷二六）。開慶元年（一二五九），知慶元府兼沿海制置使。景定元年（一二六〇），除户部侍郎兼知臨安府、浙西安撫使（《寶慶四明志》卷一）。

曹娥江

男兒儘有移忠事，何處芳名不此侔。今日扁舟賦歸去，心如秋月印江流。　清董沛《甬上宋元詩略》卷九引《娥江題詠》

（孟憲忠整理）

王子申

王子申，三山（今福建福州）人。寧宗嘉定十三年（一二二〇）爲永州丞（《金石萃編》卷一三五）。

遊澹山巖

坤靈擘𨬍天幻奇，一到仙凡覺兩岐。處士清風存萬古，詩翁雅句見當時。洞深不礙烟雲逸，丹就那知日月遲。更上層臺瞻佛像，媿無法語勘狐疑。清王昶《金石萃編》卷一三五

（劉雯整理）

史宜之

史宜之，字子美，鄞（今浙江寧波）人。官富陽縣丞（清光緒《富陽縣志》卷三）。理宗紹定間知高郵軍（清嘉慶《揚州志》卷三六）。歷知温州（清乾隆《温州府志》卷一七）。寶祐二年（一二五四），知紹興府（清乾隆《紹興府志》卷二六）。

梨花山

梨花飛雪滿春山，錯認寒梅露玉顔。幾日登山尋樂境，香風滿袖放船還。《甬上宋元詩略》卷九引《史氏世實集》

（孟憲忠整理）

史嵩之

史嵩之，理宗紹定三年（一二三〇）知江陰軍。明弘治《江陰縣志》卷九有傳。今録詩二首。

季子廟

千載江濱季子宫，聯鑣款謁驟西風。清名長逐秋潮壯，遺蹟應隨夕照空。管領物華輸酒聖，平章古意屬詩翁。想君岸幘風塵表，笑我埋頭雁鶩中。明黄傅弘治《江陰縣志》卷二

君山

釃酒臨江望石灣，松風引上白雲關。潮吹海雨來無際，帆遂天風去不還。千仞振衣聊遺興，一江如帶敢

偷閑。老懷撫事偏多感，莫拮疑當作指中原幾點山。　同上書卷六

（朱寶模整理）

曾　檛

曾檛，寧宗嘉定十三年（一二二〇）知餘杭縣（清乾隆《杭州府志》卷一〇四）。理宗寶慶元年（一二二五）爲贛州軍事推官（《北京圖書館歷代石刻拓片匯編》册四四《曾檛等題名》）。

大滌洞天留題

夢想雲根久已哉，青鞋布襪喜重來。筍添簡寂春前盛，桃勝玄都觀裏栽。洞狹天寬多秀異，泉清石怪少塵埃。仙家日月長如許，我欲朝真屢往回。　影印《詩淵》册三頁二一一六

謝　郵

謝郵，字應之，天台（今屬浙江）人。寧宗嘉定十三年（一二二〇）進士（《嘉定赤城志》卷三三）。

送胡秀昭謫象州

燕雀群飛敞漢宮，驚聞伏馬忽嘶風。洪恩大度祈三宥，烏府何顔奏一通。勁節敢攀丹陛檻，忠言應夢白頭翁。象臺一貶端然直，所幸身窮道不窮。　宋胡知柔《象臺首末》卷三

王　爚

王爚，字仲潛，一字伯晦，新昌（今屬浙江）人。寧宗嘉定十三年（一二二〇）進士。知常熟縣。

理宗紹定四年（一二三一），通判泰州，歷知滁州、瑞州。淳祐五年（一二四五）遷淮西總領。六年，爲尚書左司員外郎。七年，出爲福建提刑，知温州、寧國府。累官知樞密院事兼參知政事。度宗咸淳十年（一二七四）爲左丞相。《宋史》卷四一八有傳。

穿巖

穿巖之峰高蒼蒼，峰巒十九摩天光。晨曦烜赫暘出岫，下望滄海何茫茫。有峰俛伏如鵝鼻，世説任公釣魚地。纜舟鑿石宛然存，海變桑田幾千歲。泗洲儼然坐其中，右顧蒸餅香爐峰。普賢獅子出雲來，筆架磬峰應覆鐘。峰頭有石平如席，仙子下棋有仙跡。雲收帳暖見文殊，新婦蛾眉弄空碧。好似將軍戰勝歸，擺旗卓劍逞雄威。又若子卿持漢節，𡸣頭高聳立丹墀。或如驟馬朝天闕，鼻孔撩天通日月。中有神人來隱居，老墨題詩猶未滅。斷崖蒼碧一線懸，崎嶇有路如登天。松關竹塢雜秋色，稻田麥壠凝春烟。危樓傑閣建庵宇，石空神僧開山祖。八載跏趺不下山，冷眼死生猶旦暮。遊人到此若登瀛，徙倚闌干鬼神驚。當年瀉出天池水，猶是尋常瀑布聲。山猿夜啼明月薄，聽雪眠雲猶未覺。五百真人應共歸，天香桂子紛紛落。居民多在此山前，强寇陸梁宣和年。流毒數州民受苦，老稚登山獲保全。誰知草莽英雄起，管領鄉民皆效死。山上分為西南界，十萬魔軍猶睥睨。儒生談笑覓封侯，胸中好算皆戈矛。深入賊巢諭恩信，渠魁乞伏如罪俘。上功幕府獻天子，顯立軍功曳朱紫。生靈不作犬羊羞，民到于今受其賜。人心有感自不忘，從兹築庵山之崗。千春萬載奉祀事，願祝生民長樂康。

明田琯萬曆《新昌縣志》卷三

徐敏

徐敏，一作敏功，鄞縣（今浙江寧波）人。寧宗嘉定十三年（一二二〇）進士（清康熙《鄞縣志》卷一〇）。

薦癡絶禪師

癡絶有菴不肯住，弄月挑雲徑山去。地水火風分裂時，親書贈予黄葛布。蜕封讀罷咽無語，會得龍鬚能避暑。豈知玉骨本清凉，書則珍藏布不取。源老忽踏幽深路，道在隔山遥望處。巨帙已載爛葛藤，何堪又送閒家具。開眼一看笑呵呵，猶有這個可奈何。來而不往非世法，聊效芹忱愧不多。兩角茶，十袋麵，寶瓶飛錢五十萬。虔心獻此一瓣香，奉為禪師作清薦。且問先師來不來，玉山菴頂白雲開。更煩大衆打圓相，撥取青蓮火裏灰。　清聞性道《天童寺志》卷六

江朝宗

江朝宗，字平仲，臨海（今屬浙江）人，一説括蒼（今浙江麗水西）人（《剡録》卷一〇）。寧宗嘉定十三年（一二二〇）進士（《嘉定赤城志》卷三三）。今録詩二首。

梅花

小小人家短短籬，冷香濕雪兩三枝。寂寥竹外無窮思，正倚江天日暮時。

月淡霜清驛路長，一枝春信到江鄉。西山餓死魂猶瘦，洛浦仙遊佩亦香。　宋高似孫《剡録》卷一〇

（以上劉雯整理）

李義山

李義山，字伯高，號後林，豐城（今屬江西）人。寧宗嘉定十三年（一二二〇）進士。理宗淳祐間爲大宗正丞，以言事出知吉州。十一年（一二五一），召爲國子司業。後爲湖南提舉。寶祐間，爲淮東運判（明隆慶《儀真縣志》卷四）。有《後林遺稿》、《思過録》，已佚。事見《後村大全集》卷九八《李後林詩》、《宋元學案》卷七二。今録詩四首。

題式之詩卷後

老氣稜稜未易攀，誼襟凛凛可廉頑。瘦笻只為江湖上，詩卷傍行天地間。社風雨花春正好，酒壚山屐夢相關。夔州已淩花繩削，今度編成不要删。宋戴復古《石屏集》卷一〇附録

題梅山雲悦樓

雲本無心悦者誰，華陽去後少人知。欲分半席無因到，一片飛來是覓詩。宋楊智遠《梅仙觀記》

毛　竹

只得流霞送一杯，空中簫鼓當時回。武夷洞裏生毛竹，老盡曾孫更不來。元李衎《竹譜詳録》卷五

青雲峰

瀛洲擬峴屢憑欄，不得江山四面看。欲識青雲奇絶處，碧天無際裏峰巒。清曾燠《江西詩徵》卷一八

靳更生

靳更生，字春伯，江陰（今屬江蘇）人。寧宗嘉定十三年（一二二〇）進士，官海南教授。著《南華經解》，已佚。事見清光緒《江陰縣志》卷一三、一七。

白龍寺

不怯山寒風力尖，要登絶頂看龍潛。翬飛傑閣雲穿棟，静鎮禪關月滿簾。踏破松蘿容極目，嘯驚巖壑快軒髯。我來默印無邊義，寄與孤鈴語夜簷。

民國顧季慈《江上詩鈔》卷二

黄師參

黄師參，字子魯，號魯菴，閩清（今屬福建）人。寧宗嘉定十三年（一二二〇）進士，調贛州教授（《宋詩拾遺》卷一六）。官終國子正，南劍州通判。事見《淳熙三山志》卷三二。今録詩五首。

李鹹谷歌

李鹹谷，真詩人，無枝可棲雲水身。去年縣官為架屋，纔有數枝堪寄宿。朝厨無烟眠正高，癡兒叫怒吟轉豪。人間六月盡絺服，獨著春衫凉自足。黄雞白酒東家留，西家欲留還住休。鑿池養魚未盈掌，有客過門須舉網。網收魚盡鏡奩空，菜羹作供尤春風。谷之山，窈復深，誰其友之紫芝民。谷之水，清且泚，誰其似之巢父耳。再拜號君鹹谷子，白頭結交從此始。

過廬陵

昔年樓迹處，今訪不知門。華屋半塵土，故人餘子孫。少留誰共語，欲去轉銷魂。落日江樓望，江山空復存。

詠懷

南國有佳人，不數陰麗華。長年事絺葛，無語吟柳花。平生父母心，豈不願有家。紛紛輕薄兒，媒氏空自譴。失身死堪羞，失時未須嗟。

小樓即事

病起懶拈酒盞，衣單頓怯春寒。獨把東坡詩卷，立殘西日闌干。　以上《詩家鼎臠》卷下

玉巖有感

遊山苦無侶，獨行亦自佳。不羨籃輿穩，軟草供蒲鞋。小僧倚門問，客從何處來。長嘯不復答，露坐面山隈。往謁玉岩翁，縞衣絶纖埃。祠宫蔽風雨，碑碣荒莓苔。四山壯幽閒，百感攖我懷。先生竟何之，山猿朝夕哀。出處非有意，於道相縈廻。翁看嶺表人，白骨漫成堆。所見明且哲，屢表乞歸骸。佇立三太息，歸思落日催。　元陳世隆《宋詩拾遺》卷一六

（以上朱寳模整理）

黄漢章

黄漢章，字則象，平陽（今屬浙江）人。寧宗嘉定十三年（一二二〇）進士（清乾隆《平陽縣志》卷一二）。理宗嘉熙間爲沿江置制使主管機宜文字及參議（《景定建康志》卷二五）。今録詩二首。

坡南塘

吁嗟從古行路難，長亭短日天風寒。舟膠馬隤憂欲死，朱門歌舞誰辨此。一朝邂逅滎陽君，首倡開土囊俱傾。五丁未具飯能幾，羣毛不集裘安成。

倒插花巖

怪石膽瓶寵，從天倒插花。九陽一樣澤，生意為何差。　以上清曾唯《東甌詩存》卷七

全宋詩卷三一〇四

劉子澄

劉子澄，字清叔，太和（今江西泰和）人。寧宗嘉定十三年（一二二〇）進士（清雍正《江西通志》卷五〇）。爲澧陽縣尉（《澧州群賢堂記》序），知棗陽。除軍器監簿，兼淮西安撫司參議官（《平齋文集》卷一七《除軍器監簿兼淮西安撫司參議官制》）。理宗端平元年（一二三四），坐唐州兵敗謫居封州（《浩然齋雅談》卷中）。淳祐六年（一二四六），始北歸（《游層巖》序）。後隱居廬山。有《玉淵吟藁》，已佚。《江湖後集》輯有其詩一卷。清順治《吉安府志》卷二八有傳。

劉子澄詩，以影印文淵閣《四庫全書·江湖後集》爲底本，與新輯集外詩編爲一卷。

憩南臺寺

居塵等出家，涉世類行脚。岳靈招我隱，雨止雲亦閣。乾坤錦囊收，風月塵柄握。衆鳥各自鳴，豈礙冲霄鶴。

蒙泉行呈張敬父

玉龍蟠向荆山麓，噴起雙泉冰雪瀑。琮琤萬古作寒鳴，冷浸一山渾是玉。泉旁樹老亦如龍，泉根石濯瑪瑙紅。更有金蓮吐泉底，歷歷星在銀潢中。池光六月如霜洗，藍橋倒影壺天裏。流下人間灌稻畦，歲歲家家飯雲子。我行荆州見山少，忽對林泉如久要。張侯引我飛羽觴，勸我為泉開一笑。我歌數語泉應

葉味道

葉味道，初名賀孫，以字行，更字知道，温州永嘉（今浙江温州）人。從朱熹學。寧宗嘉定十三年（一二二〇）進士，調鄂州教授。差主管三省架閣文字，還宗學諭兼崇政殿説書。理宗端平元年（一二三四）在著作佐郎任致仕（《南宋館閣續録》卷八）。《宋史》卷四三八有傳。

照膽臺

一水磨銅鏡面寒，人心蔽錮可誰觀。諸君顧影清潭裏，私曲分明見肺肝。《東甌詩存》卷七

秦㽞

秦㽞，字公肅（《沅湘耆舊集》前編卷二三），學者稱南澗先生，安仁（今屬湖南）人。寧宗嘉定十三年（一二二〇）進士。事見明嘉靖《衡州府志》卷六。

清溪曉行

瀰瀰一溪水，滔滔終古清。晃漾吸初日，風静波不生。銜烟出孤棹，微聞欸乃聲。寄言彼漁父，吾欲濯吾纓。清鄧顯鶴《沅湘耆舊集》前編卷二三

（以上劉雯整理）

聞，茲山古號荆州門。英雄過者心在鹿，安得泉聲到耳根。曹瞞疾馳玄德懼，潘璋設伏雲長怒。早知成敗等丘墟，悔不解鞍學巢父。英雄何在水長流，閲盡英雄過未休。今日為侯泉上醉，明朝西指鹿門遊。

樅陽出陸

浮家無定日，仕在水雲鄉。棹别洞庭月，帆迎赤壁霜。早寒裘代葛，多病藥充糧。明日樅陽客，征鞍去路長。

過鴻宿洲

洲名號鴻宿，流徙合來居。淮郡侵江密，人烟罩水疎。無山供笛竹，有港便罾魚。壯士休營業，功成返故廬。

遊石門縣層山流杯亭觀卓錫泉

寺惟泉最古，有詠載州圖。幾度流觴了，長如卓錫初。楚山閲老住，隋柏宋朝枯。雨後人耕急，荒岡帶月鋤。

董宰見和用韻留别

謾辱君相送，我行非壯圖。客程來又去，人事久如初。句淡僧能和，泉靈旱不枯。升高莫怨險，世路爾能鋤。

武陵别任年魁

詔書應在道，君但趣行裝。去棹乘桃漲，朝衣帶芷香。歸齋尋舊話，上殿拜新皇。論事依經好，平遷是玉堂。

壽星寺江湖偉觀

豈不近京都，紅塵此地無。吴山青似越，江水白於湖。天接帆邊海，烟生樹外晡。危欄僧共倚，莫恨旅懷孤。

會真觀水簾有晉石天尊像，又唐鬼補鐘

觀近朱陵萃列真，烟霞雖僻境長春。若非火府煉神處，安用水簾遮世塵。古像著靈多是石，補鍾留跡似非人。尋源亦有桃花澗，莫是山山可避秦。

厲漕飲別海棠下索詩

天然翠袖隱豐肌，好是胭脂未透時。夜睡無香供蝶夢，晨粧有恨只鶯知。坡仙具眼猶燒燭，子美多情却欠詩。料得錦城花正好，怨公底事訪春遲。

著雨胭脂沁玉肌，絶疑妃子醉眠時。未邀佳客閒來賞，已怪遊蜂早得知。燒燭不妨循故事，卷紗何惜賦新詩。羡君立就花前句，我欲賡吟思苦遲。

雲峰寺詩寺在雲密峰，禹得金書，樵人見碑處也。上有丹窖、玉牀、禹溪

治水神書在此祁，溪名猶似念胼胝。當時民墊賴誰力，今日地平惟佛祠。泉出玉牀疏作乳，火生丹窖結成芝。雲峰自有樵人徑，岣嶁尋碑誤退之。

遊岳麓宫抱黄洞

連天七十二雲屏，真境先於翠麓呈。洞發金光丹氣結，泉疏乳白玉華生。江心雁影重臨字，谷口禽呼自答名。閒步不教方外覺，破烟雙鶴已來迎。

帆孤。登臨此地陪秋壑，收拾乾坤實玉壺。

過金陵總卿吳履齋以詩贈別用謝

六朝三百有餘期，不滿詩人一皺眉。只有燕迷新巷陌，更無鳳集古臺基。兵於史傳多陳迹，酒與江山是已知。僕指長淮又西去，輿圖向後更誰披。　以上宋陳起《江湖後集》卷二

哭趙南仲

功名翻覆等南柯，雲掩新阡長薜蘿。千載只憑公論去，百年無奈世情何。高光時節經營易，晉宋人才隱逸多。入汴老賓猶坐謫，餘生只合理煙蓑。　宋周密《浩然齋雅談》卷中

《浩然齋雅談》：端平甲午入洛之役，二趙喪師，時劉子澄實主帷幄之籌，遂坐貶封川，意不復用。南仲之死，子澄以詩哭之云云。

過洞庭

波神有兆報平安，半日重湖度不難。隻艇泝洄風浪息，單包就謫水雲寬。曉烟不隔漁歌過，秋月還同畫軸看。擺脱塵緣天借便，巖雲深處養神丹。　《永樂大典》卷二二六一引《玉淵吟藁》

會飲西湖聞黃浦捷用余制幹韻

湖邊重度夏，風物恍如初。竹喜兒孫密，花憐姊妹疏。小舟逢寺泊，淡句欠僧書。此樂何從得，淮堧報賊除。　同上書卷二二六四引《玉淵吟藁》

澧州群賢堂記並歌

四明林公岳守澧之明年，議祠澧先賢。稽載驗聞，於《祥符郡志》得楚相申公鳴，於《晉史》傳得吏部尚書車公胤、宜

雲中寺

地僻層雲巋古禪，我來訪古尚依然。越人重見流觴水，隋刹猶存卓錫泉。石鎛遺題思往蹟，巖限紀事憶前賢。可人不為時摩拂，朝暮青山一抹烟。

登祝融宿上封寺詩并序

淳祐壬寅九日，登衡之祝融，風輕雲斂，氣候如春。四盼神州，流峙縈帶，天低日近，漏禪祥如金虬。夜宿上封寺，見軫宿掛簷，北斗可摘。晨起視羲輪湧出，光變萬狀。因思衡之視岱，距海為遠，而日觀乃與岱等，則其高並岱，而壓崧華也審矣。因賦唐律，命男拱辰書之。

祝融尊與岱宗齊，仙境今容佛屋依。曉揖日輪知海窄，夜捫星軫覺天低。風高殿悉杉為瓦，雲冷僧常綿作衣。莫剪光天壇下草，時巡要秣六龍嘶。

江陵逢黄虛舟

山谷機忘似白鷗，有孫今復號虛舟。信風為棹先開浪，與月同艙不載愁。吟就自將歌欸乃，醉時寧逐境漂流。乾坤等是虛舟爾，只好和詩莫帶休。

和張功曹清明之什

蘭江無物可關情，春去春來感亦生。流水幾番供禊事，新烟兩度過清明。念鄉鵑淚和花滴，懷友鶯腸學柳縈。讀遍離騷詩自慰，世間無地不蠻荆。

和賈秋壑南樓韻

大別磯頭江漢合，烟波堪詠亦堪圖。山標禹貢他州有，水列周南到處無。鶴外聲來蘄笛遠，鴻邊影落楚都内史猶子該、内史周公級，於《唐史》志得校書郎李公群玉。曰：澧産也，祠之宜。既又曰：楚三閭大夫屈公平，嘗遊澧作《九歌》，我朝文正范公仲淹嘗讀書安鄉，處士蘇公庠嘗家焉，則寓澧者也，祠之亦宜。乃瀕龍潭。築室繪像，而識名氏。命澧尉劉子澄董役焉。既成，復俾為記。子澄不敢辭也。謹按：申公相楚，誅白勝，以父死賊，故自殺。靈均不忍去宗國，尸諫而後已。尚書忤會稽王公子被害。該奉叔父命約譙王舉義，見殺於道將。内史僅免，然抱志以没。李蘇二公則又詩人，云不願仕，或仕輒棄去。仕而行者，文正耳。八賢落落千載間，其出處不齊若此。一旦合祠如齒諸黨，兹非賢守以有材尚澧，且風澧歟。嘻！正主庇民，士志然也。今澧賢八，而徇忠五，肥遯二，有志斯世者可以懼矣。窮而在野，辭曰獨善。出身許國，則有君父，焉所逃命。義之戒哉，變臨乎前，舍生取義可也。陳力就列，不能者止，此識微之士芥視軒冕而弗顧歟。賢其人，而迹其所以遯。向微范公，來者幾不信《易》之有《泰》矣。雖然，仕已，時也。死生，命也。古之達人，任已則一，生死不二。故臨變就義者，類蟬蛻於溷濁，況其間得全其天者乎。悠悠古澧，江山如舊，尚有騎風駕霆而過之，請作歌以備迎送焉。歌曰：

主辱兮忘家，國安兮親寧。奈何有軀兮而焉自形，寧隕絶兮無生。望蒼穹兮痛徹，君精誠兮為列星。

蕙肴兮椒漿，歷芳蕪兮薦君堂。君不來兮予愁，渺貝宮兮誰留。高丘之人兮為君妬，聊澧浦兮消遥。

熠耀兮高明，讀經兮漱芳。仕不辰兮經以不信，蹇道直兮難行。人心險兮劍戟，公歸來兮故鄉。

陰凝陽兮血塗野，臣力微兮肝膽怒。睨階庭兮激諸子，往問道兮戴盟主。陳志誠兮冠期舉，事危就兮天弗假。天高兮蒼蒼，君柰何兮歸來雙。

蘭之江兮有洲，環堵兮蘭幽。胡獨微兮臺閣，留不歸兮焉求。詠歌兮卒歲，名與兮江流。

酌水兮澧清，酹月兮洞庭。公讀書兮湖上堂，波濤卷兮胸中甲兵。浩然兮長在，烟水兮茫茫。

鶴書賁兮林丘，假截徑兮予羞。曳杖兮長歌，清風賓兮明月友。雲山兮未改，羌何日兮公遊。　同上書卷七二三七引《澧陽志》

遊層巖并序

淳祐丙子當作丙午春，余被旨北歸，越四月辭九疑，買舟瀟陽。下瀨，遡瀟如永明，訪别諸友，遂遊層巖，即境賦詩呈權縣岳教黄君，以遺巖居何訓導。

一層雲結一層巔，貫腹成溪異物潛。仙樂萬懸鐘有乳，洞門百折水為簾。崖碑蘚暗瑰辭缺，石棧苔闌羽衛嚴。我欲通天刳絶頂，倒飛明月浴寒蟾。清李瀚章光緒《湖南通志》卷一九

讀書臺

安鄉古下邑，公偶混迹居。編茅閲古今，清澄涔澧潴。波濤入胸中，萬甲時卷舒。坐吞八九澤，去作宋真儒。西師出緒餘，膽已寒氈廬。軍中但歌范，誰識舊陶朱。大賢方窮時，隱憂在江湖。功成等糟粕，況復堂上書。我來拜遺像，悲風生黄墟。公今倘無死，此地正堪娱。同上書卷三五

句

世間此物多為馬，寶劍還宜出上方。賦鹿得方字

自怪神仙騎白鳳，不教天地點青蠅。賦雪得蠅字　清李興元順治《吉安府志》卷二八

（吴鷗整理）

全宋詩卷三二〇五

陳協

陳協，字誼和，四明（今浙江寧波）人。寧宗嘉定十三年（一二二〇）進士。理宗淳祐六年（一二四六）以太常博士兼景獻府教授，尋除秘書郎。七年，遷著作佐郎。事見《南宋館閣續録》卷八。

淳祐七年丁未十一月朔蔡久軒自江東提刑歸抵家時三館諸公以風霜隨氣節河漢下文章分韻賦詩送别得節字

賈生陳治安，難與絳灌列。汲黯觸公卿，不得補遺闕。直道非身謀，古今同一轍。吾觀蔡子賢，木訥有志節。道山得良友，同舍顔色悦。家學傳考亭，議論接賢哲。塵汙具瞻地，兩疏憤激切。當宁垂寬容，在庭競稱説。屢章丐投閑，一節往司臬。獄情貴平反，人物宜區别。要令大江東，精彩與昔别。君誠給諫姿，上恩詎輕絶。即當宣室對，忠言合稷契。明蔡有鵾《蔡氏九儒書》卷八《久軒集》附録

姜應龍

姜應龍，字升之，仙居（今屬浙江）人。寧宗嘉定十三年（一二二〇）進士（《嘉定赤城志》卷三四）。

題湘湖

世路羊腸淹客遊，塵纓來此濯清流。半窗修竹翠含雨，一片澄湖冷浸秋。地僻苺苔侵石几，機忘鷗鷺近漁舟。夜凉酒醒未能睡，詩句欲成搔白頭。元陳世隆《宋詩拾遺》卷二三

曾鎬

曾鎬，廬陵（今江西吉安）人。寧宗嘉定十三年（一二二〇）進士（清同治《廬陵縣志》卷一五）。理宗淳祐間爲淮南運判（明隆慶《儀真縣志》卷四）。

清都臺

兀坐豈不佳，偶出亦良適。高臺挹清曠，况此好風日。俯憐波面浄，仰愛松身直。灑落萬古秋，飛鳥度晴碧。徘徊足瞻眺，蕭散謝羈馽。浮生眇塵端，一醉不易得。古人豈其遠，千載猶宿昔。清風何寥寥，愧此臺上石。清劉繹光緒《吉安府志》卷五

（以上劉雯整理）

王埜

王埜，字子文，號潛齋，金華（今屬浙江）人。介子。寧宗嘉定十三年（一二二〇）進士。理宗紹定初攝邵武縣，尋攝邵武軍（明嘉靖《邵武府志》卷四）。歷兩浙轉運判官，知建寧府、隆興府、鎮江府，拜禮部尚書。淳祐末，遷沿江制置使、江東安撫使。寶祐二年（一二五四），進簽書樞密院事，與宰相不合，罷。《宋史》卷四二〇有傳。今録詩九首。

賞心亭

物華盡入錦囊收，留與江山做話頭。桃葉數聲風力晚，蘆花萬頃月波秋。非尋鶴相當年畫，誰記坡仙舊日游。回首興亡多少事，漁舟獨不掛閑愁。

翠微亭

虛亭北眺大江臨，江外晴嵐出寸岑。景與齊山俱絶唱，量如滄海且頻斟。地高宇宙雙眸豁，人老風霜兩鬢侵。感慨石城勳業舊，侃居夏口嶠居深。　以上宋馬光祖《景定建康志》卷二二

題凝神菴

抛却林泉趣，卓菴臨近村。兩窗吞日月，一室養乾坤。菊露秋籬重，松風午枕喧。蒲團數胎息，不肯學傍門。　宋倪守約《赤松山志》

登靈鷲興聖寺新閣

山從西域來，寺自東南有。林泉既奇秀，巖穴更深黝。世僧奮空拳，經始不已久。俄然幻傑閣，丹碧照林藪。相輝靈隱前，更勝天竺後。理公坐崖屋，千歲骨已朽。坡翁昔曾遊，遺句今在否。洞猿不待呼，清晝時一吼。　宋潛說友《咸淳臨安志》卷八〇

楊柳

雨重垂楊緑未乾，一渠流碧弄潺潺。暝鴉過盡東風惡，獨倚衡門看遠山。　宋陳景沂《全芳備祖》後集卷一七

清明日游鶴林寺

蒿目黄塵擾擾間，出門偶到鶴林山。仙花僧竹俱陳迹，白日青天祇自閑。

竹院閑來春正遲，籜龍猶自有孫枝。野夫豈識尋芳意，為愛光風面面吹。　明許國誠《京口三山志》卷一二

寄趙章泉

冷笑申公老漢班，不成一事又空還。與其零雨難蘇物，孰若為雲只在山。庭草静涵春意足，野瓢休掛樹陰閑。多應糞土看榮貴，留得清風宇宙間。

影印《詩淵》册一頁七〇八

壽千億

三十六洞天下奇，三十六峰名武夷。武夷山中溪九曲，曲曲瀉出清漣漪。溪南溪北山對立，拔地插天幾千尺。或如丹砂丹，或如碧玉碧。東望開樓臺，南顧儼城壁。廪庾積其西，車蓋列其北。磊磊落落不可名，怪怪奇奇神所刻。草木不移寒暑心，巖巒長帶煙霞色。太玄姥，武夷君，幔亭虹橋凌紫雲。曾孫宴罷桑海變，長琴短鼓空紛紛。魏公子，張真人，嗜酒一謫八百春。功成白日生羽翼，巔崖靈蜕猶如新。我欲冥搜極幽遠，櫂船朝去暮忘返。峰迴嶂合忽復迷，安得飛梯宿雲巘。鸞鶴去兮猿猱啼，恍空中兮聞金鷄。石嚙足兮濺濺，風吹衣兮淒淒，泂洑縈折，谽谺崔嵬，石堂真館豁然而中開。壑舟不墜棧不朽，至今藥爐丹鼎髣髴千仞之層崖。目亦不能盡，心亦不能惻。桃源風景未復見，柯山日月難重得。鼓余枻兮潺湲，乘鶩波兮下前灘。瞬息兮回首，失向來兮巑岏。嗚呼，列仙高拱兮宅玄都，二聖繼御兮恢炎圖。措斯世於平乂，應皇家兮瑶符。臣守藩兮南國，臣傾心兮北極。山之高兮水之深，祝吾皇兮壽千億。

同上書册三頁二一〇九三

上霄洞

吾聞北山陽，巖壑竇相竅。何年開鴻濛，隨地通窔奥。朝真高難攀，冰壺深莫料。詭怪者雙龍，崖室最蒼峭。上霄雖晚出，煙霞寄孤嶠。尋源陟空山，訪仙款遺廟。始探頗褊窄，稍入亦窈窕。上穴由梯升，傍穿須火照。青厂既鬱鬱，白乳仍瞈瞈。旁通多曲折，幽眇轉奇妙。窮探豈不欲，所畏自微爝。昏昏蝙蝠飛，悄悄魈䴡叫。或疑洞靈出，或恐山鬼嘯。又聞村中氓，鑿石供灰燒。俄然得深寶，傾城盡登眺。何人不好事，窒塞迷其要。此雖幸獨存，荒僻委蓬藋。儻移傍京邑，車馬日號召。了知神仙事，茫昧不堪弔。豈無隱淪士，巖築像惟肖。畬田沃可耕，澗水清可釣。平生愛泉石，自謂饑可療。喜兹近吾隱，來往足談笑。此意復誰論，行行逢荷篠。　明王懋德萬曆《金華府志》卷三

（徐永强整理）

句

輕霜臨菊月，細雨似梅天。菊花　《全芳備祖》前集卷一二

莫道春隨風雨過，化工昨夜到桑麻。桑　同上書後集卷二二

常棠

常棠，字召仲，自號竹窗，祖籍臨邛（今四川邛崍），居海鹽（今屬浙江）。同曾孫。理宗紹定三年（一二三〇），應監海鹽澉浦鎮税羅叔韶請，纂《澉水志》三卷，二十七年後始刊刻。事見《澉水志》序，《宋史翼》卷三六有傳。今録詩二首。

秦皇廟

古廟三間矮棘叢，帝魂枉自氣凌空。早知今日容身窄，前此阿房不作宮。

花婆井

一灣秋月浸香痕，滌盡山前萬古塵。猶記當時老梳洗，淡粧明鏡照眉顰。　以上《澉水志》卷下

（岳仁堂整理）

高鵬飛

高鵬飛，字南仲，餘姚（今屬浙江）人。翥姪。生平仕履不詳。曾與孫應時唱和（《次孫燭湖秋夜有感》），可知亦爲孝宗時人。有《林湖遺稿》，已佚。僅高翥《信天巢遺稿》（亦名《菊磵集》）附録存詩十九首。文淵閣《四庫全書》本《兩宋名賢小集》卷三五一存詩同，文字多挖改錯誤。事見《四庫全書·菊磵集》書前元姚燧、清高士奇序。

次王元吉詠梅

約略陽和動琯灰，南枝已冠百花魁。莫教隴驛携春去，且向羅浮喚夢回。玉骨風標自仙種，鐵腸賦詠謾多才。只應牘結青青子，調鼎功夫看後來。

窗軒

一窗開永晝，萬象出天成。風力欺楊絮，雷聲喚笋萌。愁多春不願，病起眼猶明。最喜今朝雨，川原足暮耕。

過王氏雲莊

十里雲莊路，東風信杖藜。好花連夜發，幽鳥傍人啼。香宇禪心冷，山容醉眼迷。老僧春睡處，明月印樓西。

孤吟

世景雲來去，人情水淺深。塵埃從滿眼，交友欲知心。山簡豈愛酒，陶潛元解琴。對人不敢語，仰面數歸禽。

深夜風雨有懷故人

心馳流水高山外，身在落花啼鳥中。滴得愁濃青杏雨，吹教夢斷碧梧風。垂堂遠愧千金子，掃地空憐一畝宮。兩朵燈花伴孤獨，清懽那得玉人同。

首夏

千里辭家不作難，歸來春事總闌珊。久留午夢梅黄雨，重索冬衣麥秀寒。百箔老蠶鋪雪乳，一庭新竹長琅玕。此時正喜民財阜，野草閒花任自殘。

湖上

舟載閒雲穩，湖光盪碧天。笑看沙上鳥，終日伴雛眠。

深夜獨步思兄南伯舉杯扣門則卧矣

緑柳橋邊古道横，乾坤寂寂夜三更。月窺門處君高卧，露溼衣時夜獨行。杯酒孰同驅俗意，天風時下步虚聲。明朝世界塵依舊，試挽銀河一洗清。

丈亭渡阻風

捲地西風翻巨浪，小舟仍泊夜來灣。行沽携榼雖無酒，卧看開篷幸有山。原草正肥黄犢飽，汀蘋未老白鷗閒。平生遇險須知止，眼對江神一解顔。

湖上

好景難逢奈老何，十年此地絶經過。山如得意晚猶碧，雨亦知愁秋更多。造化從渠旋磨蟻，功名笑汝撲燈蛾。湖邊直欲呼船去，更共漁人掛緑蓑。

晚興

風静湖光一鑑浮，青山四顧淡舒秋。松陰滿逕歸來晚，醉看巖花笑白頭。

夜渡鄞江

睡起開篷月在沙，晚江山影動龍蛇。詩成索筆無人應，酒盡空囊何處賒。船去船來數聲櫓，江南江北幾人家。星娥定怪歸來晚，從此西風欲泛槎。

南溪

聞説南溪好，肩車帶雨來。澗泉鳴細石，松木衣蒼苔。雲笑人情薄，山隨客語回。黄花幽意足，知復為誰開。

次静海令蓋晞之食蟹

吴中郭索聲價高，草泥足上生青毛。越中海市喧兒曹，白蟹厭飫霜前螯。新豐逆旅酒濯足，齊國相君飯脱粟。當時珍味無所需，吴越土宜俱碌碌。

復遊鄞江

欲扣山扉汲野泉，支笻眼駐柳陰邊。苦無平地休穿屐，待有輕風却放船。孤笛叫開雲裏月，一竿撑破水中天。舟人相戒低聲語，沙上恐驚鷗鷺眠。

次孫燭湖秋夜有感

忽作清宵夢，非關世累長。月隨花影轉，水照木陰凉。浴露千峰碧，梳風兩鬢蒼。明朝須洗耳，秋意過寒螿。

全宋詩卷三一〇六

吴惟信一

吴惟信，字仲孚，號菊潭，湖州（今屬浙江）人，寓居嘉定（今屬上海市）。以詩遊江湖間，與同時達官名流如趙善湘（清臣）、高似孫（疎寮）等多有唱酬。有集，已佚。僅《南宋六十家小集》中存《菊潭詩集》一卷。事見清同治《湖州府志》卷七四。

吴惟信詩，第一卷以汲古閣影宋抄《南宋六十家小集》本爲底本，校以影印文淵閣《四庫全書·兩宋名賢小集》本（簡稱名賢集）。從《全芳備祖》、《永樂大典》等書中輯得之詩，編爲第二卷。

春閨怨

細柳輕煙鎖畫樓，樓中人去水長流。琵琶聲斷梅花落，别是春風一種愁。

蘇堤清明即事

梨花風起正清明，遊子尋春半出城。日暮笙歌收拾去，萬株楊柳屬流鶯。

湖上雨吟

濕了荷花雨便休，晚風歸柳澹於秋。一生不作機心事，合轉船頭向白鷗。

雨後

雨後輕雲學水流，惜春人瘦怕春休。梨花却恐難尋夢，燕子何曾細説愁。

舟中

木落山高秋去後，犬驚人語夜深時。小舟滿載離愁重，惟有孤鳴寒雁知。

一水分流無限曲，兩山相對不知名。漁翁夜半歸南陌，認作中流擊楫聲。

秋晚

斷雲送歸雁，斜陽明晚楓。西風灑雙鬢，醉倚危闌東。

以上宋高翥《菊磵集》附録

（虞行整理）

寄蔣重珍祕書

焚香誦易與天游，君命相催不肯休。時節固知來則是，功名却以得為憂。翠蓬雲氣生衣袂，金殿陽光動冕旒。此際一言能悟主，始堪回首舊林丘。

寄越上高疎寮

便教烟雨畫成圖，争似歸來有賀湖。鏡裏精神西晉有，詩家標準晚唐無。惜花春盡鶯吟苦，敲竹風清鶴夢孤。世事正多心早懶，著書贏得静工夫。

立春日即事

檢殘玉曆又春來，造化無私命轉乖。照水莫嫌窮面目，看山長有好情懷。生期惠遠眠雲過，死問林逋借地埋。詩到夜寒吟更苦，一枝梅雪映書齋。

送伯氏秋潭謀居

朝吳暮楚幾時休，未必江湖有白鷗。萬事莫如歸去好，一椽當為老來謀。春天吟思行花徑，夜月琴聲坐竹樓。但得餘齡無俯仰，曾公食粥亦風流。

送王夢升入道

不肯輕迷固有天，星冠霞氅竟翩然。人能變體方超俗，丹到成功即是仙。伏洞黑龍聽夜呪，傍花白鹿伴春眠。哦詩更欲全清致，當以彌明作正傳。

贈史泳

烽火窮邊幾度愁，亦曾將死博封侯。謗興在彼情誰恕，事過知君痛自休。跨馬甲衣春雪白，射雕弓箭曉星流。救時正屬英雄者，更著工夫必到頭。

移居即事

山移無復昔人賢，隨分長安辦一椽。掃室敢言天下志，閉門儘可雪中眠。携瓶與客同沽酒，接綆過鄰自汲泉。到此始知閑是福，居山未必似居廛。

呈雲麓史侍郎

若教儘儘名賢集作縷縷說漂沉，却恐無憀老不禁。百拙難隨今日巧，一貧方識古人心。牛羊歸盡荒郊闊，猿鶴愁多故國深。亦欲以詩為活計，世間何許覓知音。

謀生

謀生一事到成功，消得湖邊地幾弓。韋曲有花留杜老，洛陽無客問盧仝。春風燕子虛簷外，夜雨蛩聲小徑中。所立規模雖冷淡，絕勝彈鋏舊漂蓬。

贈越僧意書記

一衲冰霜二十年，不知妙用自誰傳。心能轉物方為佛，詩到名家亦是仙。喜客稍寬沽酒禁，愛閑多結住山緣。今冬約我西湖上，同看梅花坐釣船。

自序

一劍辭家竟陸沉，夢思空向故廬深。槎迷河漢千年恨，樹隔關山萬里心。衣垢正憐貧未去，鏡明忽有老相尋。春歸不與人為約，青草催詩亦懶吟。

秋夕

賀史守鳳雛滿月

玉手歌姬托鳳雛，堂前畫額旋調朱。春風吴會宜男草，試問他人種得無。

寄東畎曹侍郎

結綱求魚事已遲，却非春草不歸詩。斜陽一片山如畫，更把心期付與誰。

題秋江晚照圖

水光只肯浄涵虚，分浦通村路却無。風日向低鴻雁落，釣竿一半出菰蒲。

曉吟

翠帳香消捲碧紗，風捎殘雨濕欄牙。蜻蜓亦被凉勾引，清曉低飛入水花。

春詠

草堂燕子未歸時，香鼎灰飛入硯池。看徹唐人詩一卷，夕陽猶在杏花枝。

贈别上官良史

不惜黄金一醉君，唤歌催舞語紛紛。天涯明月空相憶，寒雁無聲入斷雲。

秋夕

西風吹露下秋空，烏鵲無聲占碧桐。天氣微凉人好睡，闌干閑在月明中。

野望

閑與蘆花立水邊，歸心客思兩茫然。夕陽收盡天風急，一樹寒鴉落野田。

辭史侍郎

事到依人易策勳，合歸收拾北山雲。春風入手非閑用，種得梅花却寄君。

春夢謡

銷金帳掩水沉煙，髻滑金釵落枕邊。魂夢不知春已去，誤隨蝴蝶過秋千。

拜和靖墓

墳草年年一度青，梅花無主自飄零。定知魂在梅花上，唯有春風唤得醒。

重拜和靖墓

片玉沉山草亦珍，斷碑殘石當麒麟。君王别為開門户，不欲梅花見路人。

閨　怨

病起傷春獨倚門，唤人鸚鵡隔簾聞。無情最是東風惡，瘦却梨花一片雲。

仙　興

宫殿高高在五雲，鶴摇松露滴行人。洞門不放東風過，留得桃花一院春。

山居春興

林雪消寒滴，春風入草廬。好山分客看，閑地課童鉏。竹瘦偏宜鶴，泉清直見魚。邇來因苦詠，零亂一床書。

寄大使趙清臣

擒吴纔了合封侯，何止區區古蔡州。一着高時全國體，十年危處與心謀。山川恢拓春風遠，天地清明王氣浮。白雪滿頭勳業大，不應忘却赤松遊。

雨聲雲氣暮蕭蕭，羅扇恩疎井樹凋。心事暗隨歸夢去，壁燈留與可憐宵。

詠猫

弄花撲蝶悔當年，喫到殘糜味却鮮。不肯春風留業種，破氈尋夢佛燈前。

次王漢和見寄韻

扇恩已盡漢宮秋，空憶金鞍遠玉樓。九辯不歌黄菊老，斷烟零雨為誰愁。　以上《南宋六十家小集·菊潭詩集》

全宋詩卷三一〇七

吴惟信二

荷花

吴姬一曲採蓮歌，回首秋風卷碧波。翠蓋不能擎雨露，鴛鴦應怨夜寒多。宋陳景沂《全芳備祖》前集卷一一

蘭花

寒谷初消雪半林，紫花摇弄晝陰陰。是誰曾見吹香處，千古春風楚客心。同上書前集卷二三

菖蒲

一掬寒泉塊石頭，兩三莖葉弄輕柔。夢回一霎龍湫雨，五月軒窗也帶秋。同上書後集卷一一

太湖

遠山數筆抹秋煙，闊闊湖波冷浸天。晚日未沉風漸起，蘆花狼藉滿魚船。《永樂大典》卷二二六〇

送薛沂叔過西湖寧海山人

數畝松筠種不成，荒壇祭别酒頻傾。老天辜負歸鄉志，冷地尋思到世情。日落關河孤鶴遠，夜凉燈火小蟲鳴。應須趁取黄金在，買宅西湖住一程。

晚過西湖

鷺鶿立處無秋暑，舴艋行時正晚凉。詩興似山來衮衮，歸心如水去洋洋。經風楊柳高偏折，隔浦芙蓉遠

更香。俯仰之間易陳迹，不知醉了幾千場。以上同上書卷二二六四

上曾贊府三首

自肯名為懶，何曾與衆同。閑情長向道，妙語半談空。平日身多病，今年藥有功。門前栽五柳，春亦在其中。

只向廛中隱，幽居地更偏。竹風吹夜月，梅雪墮寒煙。心定欺雲石，神清照野泉。一峰擎壞塔，終日在吟邊。

四歲傳家子，心明語未真。也知初受命，似覺便成人。舉動須呼僕，端身學拜親。若教樓上去，定道摘星辰。同上書卷一一〇〇〇引吴仲孚集

送祝五戒赴陸宰館

屈指交游十載餘，見君歸墨又歸儒。盧能解道元無物，顔子誰知也不愚。既向風幡明表裏，何須雪几費工夫。他年名上登科記，一半清芬在祖圖。同上書卷一一三一三引吴仲孚集

贈任處士

故園不戀戀西湖，賃得民居作隱居。開口不離仁義字，閉門惟讀聖賢書。老無子息偏憐鶴，閑有工夫儘釣魚。酒熟自斟詩自和，功名一念已消除。同上書卷一三四五〇

促趙裕卿酒

擬學粗豪去索嘗，獨醒豈易敵愁腸。白衣終到東籬下，自是淵明等得忙。影印《詩淵》册一頁一一九

懷二兄

十年兄弟恨離群，書雁南來得所聞。惠遠栽蓮歸結社，班超投筆去從軍。傷心異路悲春草，淚眼同時濕暮雲。惟有母亡無返日，自添抔土上孤墳。　同上書册一頁二四五

懷上竺宛上人

鷲峯可是不清幽，却望雲峯憶舊游。松徑露寒芳草暗，竹橋煙暝落梅愁。高齋閑課詩吟諷，小店賒沽酒獻酬。今日淒凉何許見，滿庭紅葉自傷秋。　同上書册一頁二五〇

懷僧兄古庵

竟日看荆樹，深情慘弗舒。已經三載别，祇得一封書。故國長同夢，窮途久異居。遥思禪定處，松月滿庭除。　同上書册一頁二五一

贈老僧

風骨稜稜雪滿頭，帽塵慵拂涕慵收。天晴放鶴方開户，雨後看山不下樓。樹底持經陰徑遠，竹邊洗鉢小池幽。自慚猶有塵緣在，安得相從老一丘。　同上書册一頁三八四

贈廣淳破衣

禪教不能收，辭山謁貴流。雨花閑定石，煙柳暗詩樓。借得房逃暑，沽來酒制愁。狂豪疑賈閬，長髮未梳頭。

舊抄梵律已俱焚，一片閑情老白雲。定起石臺華雨冷，滿山松籟月中聞。

蒲團坐得心成佛，却便隨流似不曾。對客清談皆有理，求他妙用獨無憑。窮通數外三春定，智慧光中萬古鐙。俗眼安知真實行，空於畫壁看高僧。

悟徹心宗即是禪，老來風骨尚依然。自云林下渾無事，不到人間亦有年。秋磬聲清敲落月，曉瓶手冷汲寒泉。我來問道空歸去，寂寞雲山薄暮天。　同上書册一頁三八六

贈宛上人

寶書梵律自分科，黃卷青燈更琢磨。花落閑庭春定久，塵生虛榻夜吟多。琴長彈後聲偏韻，丹未燒前氣已和。我所重君清苦處，可曾一日離煙蘿。　同上書册一頁三九七

贈唐道士

自從入道戴星冠，名利何曾着眼看。地盡種蔬因茹素，瓶長儲水為澆丹。風生曉檻占天久，霜滴秋壇拜斗寒。幾度相尋尋不見，但聞金磬響雲端。

贈洪湯夫道士

住遍長安店，何曾說到窮。孤吟多夜雨，一醉自春風。魂夢雲山遠，狂豪天地空。仙家抛業久，何日返遼東。　以上同上書册一頁四一一

贈隱者

湖上居家住最幽，簷牙倒影落滄洲。詩成梅塢三更月，酒醒蓮塘半夜秋。移石為添燒藥竈，賣□因起讀書樓。經年不入煙城去，長倚欄干看白鷗。　同上書册一頁四二五

贈隱士

晦迹雪岩日久長，唐人冠帽道衣裳。草堂夜月琴聲細，花塢春風杖策香。飲酒旋尋瓢作盞，架書高沓石為牀。客來總是詩朋友，一笑人間萬事忘。　同上書册一頁四二六

贈毛時可

久向長安住，多於陋巷中。固窮全事節，傳道與童蒙。自喜精詩律，家曾立戰功。所言皆合理，心共古人同。同上書册一頁五〇九

贈范仲約

本是煙蘿客，如何却混塵。中年百事懶，上國一家貧。屋老鋪黄葉，樓空映水蘋。詩成多自和，賞識恐無人。

贈俞進可

已得詩名久，君猶閉户吟。百篇皆有意，一事不關心。故國誰相問，高流自遠尋。江梅花落去，休更立牆陰。

貧為耽詩得，詩高貧未除。身從鄉井隱，名待御屏書。寡合人為傲，回觀世自疎。寥寥諸葛志，寧久在茅廬。

贈永嘉張德載

文星變化成人品，指點虚空不住吟。漸向鏡中知白髮，何曾醉裏惜黄金。孤燈夜雨長安夢，落葉秋風故國心。莫謂飄沉消鋭氣，皇天自是一知音。

贈劉致高

自古騷人心自别，過從不是俗交朋。談詩海内逃名客，學道山中出定僧。小艇春游時載酒，高樓雨坐夜懸燈。深知大隱工夫到，只恐明時有詔徵。

道向時中悟，高齋直寄名。句清人不到，心死自無營。簾捲秋花影，牆翻雨籜聲。慈湖碑字古，歷歷見平生。

贈沈復齋

拋却螢囊讀罷書，甘心奉道樂清虛。鷺逢拜斗身方服，巾待過庭手未除。無事遍求仙術學，有邪只用鬼兵驅。莫將雞犬雲中去，且占人間福地居。以上同上書册一頁五一〇

贈妙書記

已自到家鄉，清陰坐竹房。事親專一念，對客説諸方。斷簡藏充棟，新詩寫過牆。近來因院計，添得鏡中霜。同上書册一頁五一二

贈天台項方城

天台山下住，蕭散過平生。魂夢江湖闊，吟哦筆硯清。客心雲自在，人品玉分明。又向長安道，相逢話別情。同上書册一頁五一三

贈別

歌樓回首已茫然，手托蓬窗夜不眠。月色水光摇蕩處，鴛鴦飛過別離船。
手彈珠淚向離筵，殘日依依上客船。流水自隨人去遠，綠楊只在曲江邊。
臨臨欲去又添杯，一語殷勤道幾回。他日相思如有信，粉牋莫帶淚痕來。
笙歌一曲强相留，酒不能消滿面愁。相對正彈離別淚，杜鵑聲到夕陽樓。同上書册一頁五五四、五五五

寄金陵樓制參監丞

不以一閑為至樂，擬將短鋏向誰彈。事於錯處知天理，心到灰時始歲寒。梁燕語分春寂寞，海棠愁入雨闌干。故人散盡江湖遠，雖有新詩寄亦難。同上書册一頁五八三

寄嘉興黄尉府

雙井傳家法最嚴，僊翁未學子真潛。固知豈弟為民福，却恐清廉博衆嫌。去草旋開觀射圃，傍花深下讀書簾。心閑萬事皆歸理，何必蒙莊悟養恬。同上書册一頁六二二

寄戴舍人

名在登科記，人間盡得知。文高多法古，官冷不趨時。減食因添鶴，收書為教兒。近來聞注易，新集苦無詩。同上書册一頁六三一

寄詩友此詩册一頁七四二重出，題作寄天竺禮書記

丹井清冷夜向分，露庭吟苦更誰聞。松凉鶴立千峯月，草濕龍歸一洞雲。回首江湖塵漠漠，傷心天地氣紛紛。何當共作誅茅計，免向秋風怨失群。同上書册一頁六四九

寄桐廬戴講書

人間無好友，思憶到君深。湖上行春酒，山中坐月心。飄流貧未去，老大病相侵。乍見又輕别，東風恨一襟。同上書册一頁六五四

寄巴上人

相思不但是黄昏，纔到凄凉便憶君。明月當天人寂寂，西風捲地葉紛紛。歸心隨水流千里，别恨因秋凑

十分。燈火何時共良夜，一杯香茗細論文。 同上書册一頁六七一

寄天竺山人

白雲天竺寺，誰似爾清閑。詩可名身後，人傳到世間。梅花香雪磵，樹色鎖春山。空有相尋約，高風豈易攀。 同上書册一頁六七五

寄沈二山人

休説邊埃掃不清，如君出處極分明。西湖舊有騷人分，南岳新添散吏名。吟苦只因聽雨久，心閑直待買山成。堂堂京國誰知己，百尺樓空一劍横。 同上書册一頁六七六

師兄菴住香山寄

主持蘭若太湖傍，愈覺清高不比常。窗下圍棋松日薄，徑中行藥竹風凉。詩成封去鄰僧和，茶嫩惟同野客嘗。見説近時勤行業，朝朝親炷佛前香。

身陷清貧樂有餘，風流人物稱山居。虚堂掃地猶持課，隱几看雲罷讀書。破碎衣裳多自補，鬔鬆頭髮少曾梳。有時行向湖邊去，閑對漁翁話古初。 同上書册一頁六八四、六八五

寄趙寒泉

全家移入山中住，見説經年不到城。閑雅足知空世念，譏彈未必損詩名。高樓聽雨開書坐，幽磵尋春采藥行。寺近只容僧問字，松風滿屋笑談清。 同上書册一頁六八五

寄邵判司隱君

隱君住處枕湖濱，正與逋仙是密鄰。踏雪訪梅千嶂曉，帶煙看柳滿樓春。髮因累少莖莖緑，詩為工多字

字新。聞説近來渾懶出，竹光花影鎖閑身。同上書册一頁六八七

寄徐□

白雪滿頭顱，何堪涉畏途。不知鄉信去，曾達故人無。日落鴉聲急，天空雁影孤。定應吟望處，思憶到江湖。同上書册一頁六九八

寄何洪

久貧朋友斷，子獨喜吾貧。不是三生得，如何一似親。和詩書紙盡，招飲典衣頻。未遂功名志，空林且寄身。

寄孟宰

在家只有一年閑，至樂多生筆硯間。天上有樓人不見，吟魂迷在雨中山。以上同上書册一頁六九九

寄何尉

栽松藝竹舊林丘，失意歸來更不愁。縱使浮名磨滅得，好詩雲鎖越山頭。月影亭亭上小窗，烘乾瓦背夜來霜。扁舟欲載青山去，尚戀梅花一陣香。同上書册一頁七〇〇

寄沈雲卿

津亭記得話分離，别後愁多只自知。梅塢雪消春到處，草堂燈暗夜深時。縱然頻有相思夢，争似同吟一首詩。幾欲裁書憑雁寄，碧天無際雁來遲。同上書册一頁七〇二

寄毛時可

可憐未露囊中穎，一味清貧骨也清。陋巷孰知顔氏樂，京師空有子真名。命書平日窮幽眇，詩社多年説

老成。風雪滿天燈暈冷，梅花紙帳各關情。

寄葛司理

井冷丹沉事跡存，仙翁秘訣授雲孫。不同白鹿眠花徑，却跨青鸞出洞門。調尉明知逃吏隱，詳刑陰布活人恩。歸來日日出堂醉，春草池邊着夢魂。

幽居直恐世間無，叠石為山展畫圖。亭館看花春思遠，樓臺倚月夜吟孤。不論勝負收棋局，欲辯醇漓醮酒壺。東閣開延天下士，昂頭相對説江湖。　以上同上書册一頁七〇四、七〇五

寄范文子

身老心無事，何曾戀故鄉。風煙擬畫卷，冰雪滿詩囊。魂夢江湖闊，語言蘭蕙香。城中雖久住，多只到僧房。

寄沈子壽

年年桃板上，數字見閑情。重佛非求福，為儒不望榮。回瀾知有道，卧雪可無名。一院梅花月，多應鶴共行。　以上同上書册一頁七一一

寄朱嗣宗

京國春寒情脈脈，關山月落夢悠悠。離愁又在高樓上，滿池夕陽江水流。

寄聞季實

君雖龜邑住，筆下自煙霞。仁不違三月，心長在五車。雄豪輕俗輩，名字落詩家。無計論文醉，溪橋酒獨賒。

寄倪升之

尋常曾見説，家遠欲歸難。身暫投蓮社，心猶在杏壇。攤書燈下讀，磨劍月中看。近日無消息，相思雨雪寒。以上同上書册一頁七一二

寄朱仁叔倫魁

論文豁意氣，把酒見情親。一别不知返，煙花空自春。邊愁生鼓角，客夢落風塵。相約在何許，買山歸卜鄰。

寄孔海翁號蕙林

一蕙香天下，求多却恐無。詩非今世悟，心與古人俱。鶴守林逋宅，鷗閑賀監湖。往來應自在，知識半樵夫。以上同上書册一頁七二五

寄趙芸窗

一住湖邊更不移，晚年幽趣只心知。竹樓夜月供琴索，莎岸春風颺釣絲。朝客委評新買畫，騷人聽説舊吟詩。神仙秘術參求遍，間洩天機向醉時。

寄何宜齋

野笛雨中吹，樓高客夢危。春風在何許，披拂好花枝。

官廨相鄰古寺基，幽閑全似舊家時。惜花言語春風得，對酒心情夜月知。談道偶留僧坐久，借書惟恐僕歸遲。平生物理難齊處，讀徹犧經更不疑。

争期風翮上亨衢，果見移家入帝都。甕下不能留吏部，湖邊正可着林逋。高樓詩思春雲遠，深院琴聲夜

月孤。半點紅塵應不到，晴梅影裏醉誰扶。以上同上書册一頁七三一

寄桐廬張尉

一廉儒者政，半隱寄其名。心古門庭闊，吟多筆研清。雲晴春嶂薄，潮落暮江平。必是閑無事，琴餘鶴數聲。同上書册一頁七三四

寄平江吴煥章

卯喏吏歸簾影静，午香夢熟漏聲遲。是中多少春風在，散落人間自不知。同上書册一頁七三五

寄意書記

名不昭時迹晦沉，讀書辜負雪窗深。貧參萬事方知命，人到中年始識心。柳得煙多鶯尚戀，花隨雨盡蝶空尋。江湖身老春風晚，誰肯相從説苦吟。同上書册一頁七四一

詩寄俞晋可

一片心稽古，難教事物移。不知顔子若，亦有杜陵詩。江海無諸老，文章授小兒。非干寒苦事，短髮白成絲。同上書册一頁七四五

寄石越翁

異時交義比金蘭，守着龕燈話歲寒。相去雖無千里遠，别來欲寄一書難。酒杯慵向花前舉，琴索空移月下彈。却憶湖山行樂地，越翁近日共誰看。

寄俞放翁

門枕官河水，閑居少客過。一生持酒戒，終日受詩魔。兒女催婚嫁，功名負琢磨。遥憐明鏡裏，白髮恨

尤多。　以上同上書册一頁七四七

曾懶翁復寄俞進可

銀臺花落夜將闌，天亦那知客思單。鶴帳不知雲外夢，燕堂空鎖雨中寒。千年風雅教誰主，一卷離騷合自看。又恐孤山梅漸老，明朝問路過長安。

望望春來一解顏，春多風雨怯衣單。柳煙漠漠山堂曉，梅雪紛紛水國寒。貧裏詩囊當自佩，醉中匣劍共君看。交游肯作雲翻覆，鑿齒東來喜道安。　同上書册一頁七四八

寄合淝兄

弟兄惆悵各分飛，說着何曾不淚垂。且道十年無一信，是誰千里最相思。採薇猶記相思處，煮豆渾忘共泣時。莫把詩名沉塞北，歸來故國看梅枝。　同上書册一頁七五四

寄遠

第四首與册一頁六四六同，題作寄里友，已删前詩

別後一身長是客，何須更說負煙蘿。近來心事深如海，梅損清香雨雪多。

江風月白水平沙，一曲琵琶別酒家。淚洒秋風消息斷，可憐猶自信燈花。

雨聲入夢江湖闊，暝色分愁草樹衰。君亦不來書不去，小樓閑過雁多時。

澹煙芳草鄉心遠，細雨梨花客夢孤。十載故廬茅捲盡，春風知有燕歸無。　同上書册一頁七六二、七六三

寄贈沈子壽

君是愚堂主，明明道在愚。自從都放下，更不用工夫。盡去心中事，惟留肘後符。近來詩懶作，多看海山圖。　同上書册一頁七六七

酬别意上人

塵中孤影鏡中絲，往事星星不忍思。回首便成千里夢，尋盟當以幾時期。秋江浩蕩鷗翻浪，月樹蕭疎鵲遶枝。倘有一書相問訊，只消多寫暮雲詩。　同上書册二頁八八一

謝友人訪問

道在甘淪落，情交自淺深。雲山千里夢，燈火半生心。是友真難得，如君豈易尋。細論身後事，不覺日西沉。　同上書册二頁九七六

謝平江吴守送萬壽安泊

萬間垂芘一夫窮，應念空成白首翁。且喜有僧同夜話，不愁無路借春風。江湖氣吐詩壇下，星斗光生劍匣中。從此自知當變化，夢魂先别灞橋東。　同上書册二頁九七八

柳

灞橋煙水碧沉沉，萬縷低垂結翠陰。學舞腰肢風外細，凝愁顔色雨中深。絮漫天地凄凉淚，萍滿池塘造化心。記得贈行曾折處，短長亭畔聽鶯吟。　同上書册二頁一一三三

梅花

長是開初恨歲闌，南枝不管北枝寒。鉏雲猶記當時種，步月寧辭永夜看。香借好風聞却易，影粘殘雪畫應難。逋仙骨冷吟聲絶，惆悵無人共倚欄。

客枕誰驚蝶夢闌，角聲吹動五更寒。斷橋流水無人處，淡月疎星只自看。勾引閑情何日了，形容幽韻入詩難。冷香深恐輕狼藉，叮囑林神護石欄。　同上書册二頁一一九二

筆

早露鋒鋩獲見尋，最於文苑用功深。棄捐應只分毫事，誰肯留連一寸心。鋒芒雖早露，用舍見升沉。白禿千莖髮，丹留一寸心。策勳芸閣久，潔己石潭深。却笑江淹輩，區區夢裏尋。　同上書册二頁一三二三

雨中聞笛

霜竹凄清帶雨噴，濕煙粘草近黄昏。誰教吹暗千林緑，不道飛花正斷魂。　同上書册二頁一四五八

嚴陵道中

長安迴首遠，漸漸近嚴陵。客夢春江櫓，鄉心野店燈。路行三百里，山看萬千層。處處皆幽勝，題詩媿不能。

自信平生命，羈孤竟未通。春煙行路遠，夜雨客房空。道術徒稽古，人心不重窮。好山何日買，清夢鳥聲中。

祇見青山不見家，石欄空倚夕陽斜。梅花欲盡東風急，春事看看到杏花。

抛書閑倚店家門，往事關心孰共論。燕子未歸春尚冷，一簾細雨濕黄昏。

漠漠春雲暗釣臺，雲拖雨脚過山來。客中心事深於海，小立東風看落梅。　同上書册三頁二〇〇八

烏龍道中

蕭瑟江梅墮晚風，桃花紅盡杏花紅。家山不見空回首，一片春愁細雨中。　同上書册三頁二〇二三

蘇　堤

自向桃源失意回，人間無地避風埃。六橋雨雪孤山路，不為梅花也不來。

貧況今年極向年，過湖尚欠買船錢。步行自行蘇堤去，恐有沙鷗在柳邊。同上書册三頁二〇六六

山中

石壁飛泉洒不乾，松陰滿目寺門寒。梅花開盡無人到，萬疊春山獨自看。同上書册三頁二〇九九

題台州巾峰

寺在煙雲表，登臨思豁然。絶憐千嶂月，曾照一詩仙。眼闊疑遺世，身高見盡天。孤吟功未到，待借竹房眠。同上書册三頁二一〇五

湖上

湖上風煙古，今朝又一行。天寒吟詩苦，歲晚客心驚。飢雀窺梅瘦，翔鷗傍柳明。惜無人在眼，細細説平生。同上書册三頁二一六一

雪後孤山

斷碑孤塚樹蒼蒼，鶴自飛歸道士房。春在梅花尋不見，滿山殘雪只聞香。同上書册三頁二一九五

秋日道中

水邊籬落總斜曛，策策西風捲白雲。萬里秋光人不管，蓼花桐葉自平分。同上書册三頁二二一〇

初春湖上

薄薄晴煙鎖六橋，酒旗無力任西飄。眼前春意知多少，盡屬梅梢與柳條。

春日湖上

傍水秋千柳影遮，銜泥雙燕入誰家。空山雨過晚風急，吹落牆陰紅杏花。

柳絮漫空雪樣輕，梨花風起近清明。山南山北遊人鬧，屋後屋前春鳥鳴。　以上同上書册三頁二二二二八

竹 第一首與册四頁二二三九七重出

所愛幽窗下，烟叢與露枝。纔聞風起處，便是雨來時。節直將誰比，心空只自知。青青長在眼，休説化龍遲。

耐久相看是此君，眼前纔有便無塵。儘多轉好延留客，雖少猶能爽快人。清影疎疎垂地面，高標直直上雲津。忍飢食肉俱休學，一擊從今認所真。

天下清高物，無過是此君。托根纔有地，長節便摩雲。翠色晴時見，愁聲雨夜聞。粉痕如早脱，龍化復何云。　同上書册四頁二二二九六、二二二九七

新竹

緑玉初抽粉尚深，清風便伴此君吟。雖然未見凌霜操，已是先虚應物心。　同上書册四頁二二二九八

山梅

寒鎖孤山見所長，斷橋水冷月如霜。自將一點春風恨，散作黄昏萬斛香。　同上書册四頁二二三三三

瓶中落梅

□英雪粲去難招，遺粉餘香亦暗消。休説惜春人未老，小窗明月夢無憀。　同上書册四頁二二四〇一

掀蓬梅

斷橋日老水瀰茫，誰託丹扉夜望長。零雪正埋和靖骨，淡煙微見壽陽妝。一時韻巧傳清思，幾度凝愁憶

暗香。舉世可無題品手，擅場到底屬何郎。　同上書册四頁二四〇二

和友人玉簪花韻

一撒輕雲埋曉凉，等閑曾入漢宫莊。千年抛擲瑶池遠，化作雲階月地香。　同上書册四頁二四四五

良月對菊

唐人十日詠，早有怨人心。况在嚴霜後，猶開滿地金。遠香秋夢斷，艷色雨吟深。未信淵明死，寥寥無賞音。　同上書册四頁二五一二

尋梅

春山合碧映春泉，今日尋梅憶去年。陰逕誰知藏造化，晴花一樹鎖寒煙。

野步尋梅

夕陽一半落群峰，寒葉零霜野望空。陰谷忽然逢造化，小梅枝上見春風。　以上同上書册四頁二五三〇

餞梅

半逐清流半委塵，殘花枝上又紛紛。晚來猶自東風惡，吹得幽香滿澗雲。　同上書册四頁二五五一

雨中對梅寄何户曹

頗愛連山雪映溪，南枝休笑北枝低。揚州有客同吟詠，湖上何人更品題。雲未商量春後雪，花先零落雨中泥。清愁一點無歸着，回首東風起杖藜。休説登山與繞溪，林間曾見入簷低。盡開花去渾如雪，忽有香來即是題。九客不容同氣味，六宫回首隔雲泥。策動商鼎何愁晚，幽意分明在短藜。　同上書册四頁二五五三

杜鵑

錦江宫苑已成塵，啼血千年恨益深。月滿空山花滿地，一聲愁殺未歸人。同上書册四頁二六七七

孤雁

成行遠遠别衡陽，豈道如今却斷行。聲咽為啼千嶂月，翅低因負五更霜。雖云傳信元無托，縱不遭烹亦可傷。遥相倦飛沙上去，蘆花吹雪水茫茫。

飲啄堪憐久弗齊，念群零落楚雲西。羽翰縱有飛高勢，月滿蘆花又獨棲。同上書册四頁二八〇三

雨夜聞猿

山風吹滿石床雲，花落紅缸夜欲分。唤起十年鄉國恨，一聲猿向雨中聞。同上書册四頁二八三五

空齋

空齋日日清吟過，溪上梅開也不知。坐久正愁爐火冷，北風吹折蠹杉枝。同上書册四頁三〇一一

多景樓

此地昔曾遊，今朝復上樓。江楓秋雨過，塞草夕陽愁。渡急傳郵箭，沙危閣戰舟。欄干空自倚，何許是神州。同上書册四頁三〇三二

書山家

山家元住石橋西，籬落周遭盡藥畦。剥啄柴門人未應，鵓鴣飛上野棠梨。同上書册五頁三〇八四

次妙上人山居韻

茅宇無人過，荆扉盡日關。酒中生快樂，詩裏着清閑。朋友數竿竹，畫圖千叠山。何如終隱此，塵境莫

思還。　同上書册五頁三一四九

村居

喜得身閑散，村居儘不妨。花開和蝶看，酒熟帶醅嘗。草徑偏臨水，柴門正向陽。故交應笑我，近日學耕桑。　同上書册五頁三一五三

山庵即事

陰陰定是過殘年，積雪纔晴又滿天。山寺尋梅誰怕冷，地爐燒竹自無煙。齋蔬清潔朝朝食，詩草縱横日日編。更有身心空寂處，夜禪多在佛燈前。　同上書册五頁三一九九

夏日閑居

急雨開新霽，薰風獻嫩凉。苔花侵畫壁，雲葉護書牀。枕上青山遠，詩中白晝長。地偏人不到，幽鳥語脩篁。　同上書册五頁三二一九

春日書壁

開盡桃花落盡梅，衡門寂寂掩蒼苔。多情惟有雙飛燕，不道人貧便不來。　同上書册五頁三二二八

鳳凰臺懷古

憑高北望舊神州，江繞秦淮萬古流。塞草寒沙埋戰血，更無林葉共傷秋。　同上書册五頁三二八三

隱居

床有詩書壁有琴，翠筠佳木午窗陰。只因知得清閑貴，是事從今不動心。

身居脩竹茂林間，婆餅聲中白晝閑。此地遯潛無不可，何須更買沃洲山。　同上書册五頁三三三七

題冰壺隱居

平生以筆代耕耘，老矣營居志亦勤。送子誰為盤谷序，招賢親草北山文。湖鷗近屋拳秋雨，野鶴分松宿暮雲。從此只尋閑處去，紅塵一語自紛紛。　同上書册五頁三三四〇

題李師德書樓

樓高山對起，天予逸人居。萬事不到處，滿床皆是書。風雲知遠大，日月付乘除。眇眇新吟思，誰憐合古初。　同上書册五頁三三九五

題劉同卿九里松熙游園

勝槩未教容易見，必須委曲一登躋。到天不覺乘槎遠，出洞方知採藥迷。柳舞鶯啼春雨過，花香人醉夕陽低。規模儘可垂千古，却恐無詩為品題。　同上書册五頁三四七八

郵亭書懷

晚向郵亭立，原荒草樹稀。天隨雲氣變，雨帶雪花飛。客鬢今年白，故園何日歸。知音空滿眼，范叔自無衣。　同上書册五頁三四八九

過朴翁故居

電露榮華一夢休，琴書多是越僧收。年年柳下遊人過，指點春風認竹樓。　同上書册五頁三四九六

幽居遣懷

百年身已任浮沉，但得幽居不厭深。鶴立庭階花寂寂，鶯聲池館柳陰陰。看書消豁三竿日，琢句驅馳一寸心。莫為無才人所棄，携壺野逸自相尋。　同上書册五頁三五〇九

明山樓即事

城高樓又闊，不與別樓同。對此山千疊，陶然聖一中。秋聲争起樹，野色半沉空。後有登臨約，留題愧未工。　同上書册五頁三五六八

書酒樓壁

春光知我上高樓，樓外飛花逐水流。蜀魄一聲雲盡碧，淡煙芳草夕陽收。　同上書册五頁三五九三

寄題月窗

中宵浩彩潑蒼冥，人静檽空物象清。若以升沉為得失，求之見識却分明。煙迷野草牛先喘，露滴簷枝鵲自驚。此地琢磨功業就，昌黎合棄短長檠。　同上書册五頁三五九六

古寺

古院無人至，閑門曉亦開。山麞欹定石，野蟻集生臺。春動煙浮樹，陰庭雪綴苔。午窗幽夢斷，萬籟發清哀。

山煙藏古寺，鴟殿與雲齊。松鼠下階走，竹雞當户啼。泉寒飛瀑遠，僧老誦經低。細讀苔碑了，東風起杖藜。

廢寺　此詩與《古寺》其二文字基本相同，當為同一首異文

山煙寒似暝，鴟殿與雲齊。栗鼠下階走，竹雞當户啼。碑荒文字古，僧老語言低。欲住嗟無計，斜陽映杖藜。　以上同上書册五頁三六七九

題僧兄山居

白髮蕭蕭萬事忘，安閑過似老漁郎。半窗殘日敲棋響，一院秋風搗藥香。澆菊旋分苔澗水，開松新架草堂涼。過從皆是詩朋友，開口何曾論短長。

次僧兄山居韻

僧兄肥遯地，正在太湖頭。新句老而健，一錢貧不留。寡交山自看，多病藥相投。終日書堂坐，風筠冷似秋。

素抱居山志，今番始有涯。琴牀臨砌竹，棋局近庭花。詩興常便酒，蔬腸漸畏茶。清閑兄自樂，世事絶無些。　以上同上書册五頁三七〇九

春日書僧舍壁

一宿山中萬慮忘，石泉聲細鳥聲長。落花滿地遊人去，寂寞棋窗又夕陽。

松風聲裏草堂幽，欲問歸津又小留。人自看詩春自老，毋煩海燕說閑愁。　以上同上書册五頁三七三五

閑居即事書僧舍壁

自說居山好，多年靜掩扉。松陰圍坐石，苔色上禪衣。鶴瘦迎風舞，雲閑帶雨歸。地幽人事斷，客至亦忘機。　同上書册五頁三七九六

宿餘暉菴

菴在村煙底，除非到者知。因投今夜宿，記得去年詩。窗外雨猶滴，佛前燈未吹。無人同淡話，看殺菊花枝。　同上書册五頁三八〇〇

送北澗常州住院

一生玉雪照人間，古意因君喚得還。丹鳳未應棲惡木，白雲又見出空山。吟分柳色春風暖，船載梅花月夜閑。從此共誰歌大雅，羈孤寒影欲追攀。　同上書册五頁三八〇五

下竺後塔

僧持咒語下層巒，遠客無言自倚欄。龍帶雨歸陰洞暗，鶴冲烟入暮松寒。奔騰瀑布穿雲落，斷裂碑文刮蘚看。未有因緣來此住，三生石上指空彈。　同上書册五頁三八一四

登下竺塔

浮圖靈鷲上，迢遞入晴氛。絶頂我忽到，下方鐘屢聞。林深餘臘雪，谷暖漲春雲。更待溪梅發，相期一訪君。　同上書册五頁三八一五

送人之姑蘇

鶴唳空山曉，凝情畏別離。且知君返日，正是我行時。花月吴城夢，松風竺寺時。暮雲空自隔，初不隔相思。　同上書册六頁四三五八

送友上邊

壯年游遠塞，失意去從軍。劍在猶凝血，家空未策勳。鄉心懸夜月，殺氣暗秋雲。近日方知命，兵書欲盡焚。

送馮中可訥上邊

兵法通儒用，觀光上玉京。一言旋造化，萬古立功名。劍入邊雲静，船開江月明。深知有志者，不肯負平生。　以上同上書册六頁四三七〇

送陸居士歸天台

道貌塵中見，何時下翠蘿。閑情秋水淡，歸夢白雲多。纓過龍湫濯，詩當雁蕩歌。清豪不易得，一别又如何。

送樓致和歸四明

長安塵土處，數日又隨君。頗訝歸何速，猶勝信不聞。寒霜殺岸柳，曉艇入江雲。無語各回首，離愁落葉分。以上同上書册六頁四四〇二

上卜君壽省元

沉香亭北何時去，飯顆山前瘦一生。已悟本心元有道，可能浮世便無名。江梅索笑何郎句，秋菊餐英楚客情。天意未教頭白盡，合應留取短長檠。同上書册六頁四五五〇

壽吴平江

寬閑中立大規模，民亦相隨入正途。愛物只憑心造化，養生無出定工夫。山移别圃新花木，鶴立閑廳古畫圖。印匣不開公事少，一簾春雨夢江湖。同上書册六頁四五八三

呈蒙齋

出處真麟鳳，詩書得正傳。仁心全造化，風骨半神仙。門柳摇春雨，庭花鎖暮煙。雲臺非隱地，即日帝王宣。

上湖守趙希蒼

方今選牧匪為輕，果見名邦付老成。白髮益堅憂國念，丹心常藴愛君誠。月遷花影尨無吠，風舞棠陰鶴

自行。看著碧瀾堂下水，與君政事一般清。

德大才優世所宗，漢唐諸老莫如公。高明正直行王事，耿介清廉繼父風。六邑人居條教内，萬家春出笑談中。即看詔促歸清禁，手把梅花馬首東。

上高疎寮處州守

神仙來守神仙地，銘石庭空晝戟森。道接聖賢韓愈學，詩關風教杜陵心。二年鼓角傳清調，萬古溪山得賞音。即有詔書催入覲，金蓮夜草玉堂深。

呈岳總卿

黄塵漠漠路漫漫，舊釣空思水國寒。鄉信不來雲樹遠，斜陽無語下闌干。

傷　春

白髮傷春又一年，閒將心事卜金錢。梨花瘦盡東風軟，商略平生到杜鵑。

以上清陸心源《吳興詩存》二集卷一

（文師華整理）

全宋詩卷三一〇八

姚鏞

姚鏞（一一九一—？）（生年據集中《繼周壙記》「余年將四十而鰥」推定），字希聲，一字敬庵，號雪蓬，剡溪（今浙江嵊州）人。寧宗嘉定十年（一二一七）進士（《剡録》卷一進士登科題名）。理宗紹定元年（一二二八）爲吉州判官。六年，以平寇功知贛州（清《江西通志》卷四六），因忤帥臣貶衡陽。嘉熙元年（一二三七）始離貶所。景定五年（一二六四）掌教黄巖縣學。有《雪蓬稿》。事見羅大經《鶴林玉露》卷六、明萬曆《黄巖縣志》卷四。

姚鏞詩，以汲古閣影宋抄《南宋六十家小集·雪蓬稿》爲底本，與新輯集外詩合編爲一卷。

春日書懷

柔風散原野，百草摇春心。叢薄曜陽彩，嚶鳴調好音。節物一以變，萬感集素襟。玄髮不常居，華景無停陰。胡為苦貧賤，征塵翳瑶簪。萱葉覆堂階，荆花感晴林。明當理星駕，歸息清溪潯。

雜詩

北風日以勁，古道無人行。陽坡樹已黄，陰崖草猶青。四時相代謝，誰為此枯榮。攬衣坐幽磴，下有流泉聲。聽之不成調，挹之有餘清。悠悠京洛塵，污人頭上纓。

春館

山館四無鄰，東風伴幽寂。瓶花羞晚紅，庭草銜春碧。猿攀松樹枝，鶴踏蒼苔色。麾之不肯去，聽讀麻衣易。

見趙章泉

秉芳獨向章泉老，四海兒童以字傳。特詔難更高士服，好詩多入賈人船。行窩冷落熙寧後，放鶴風流景祐前。一代典刑能幾見，願從几杖閱耆年。

見袁蒙齋

書説曾傳到剡中，不圖今見古人風。間生伊洛二三子，安得龔黄十數公。仁性未嘗離日用，道心元自與人同。絜齋衣鉢慈湖學，願發精微一啟蒙。

懷雲泉頤山老

枯吟世慮輕，求道不求名。病起春風過，閑居野草生。游山尋舊屐，煮藥試新鐺。别久空相憶，疏鍾隔水鳴。

寄徑山敬溪翁

心遠人間世，燈傳國一禪。静中無劇暑，詩外總閑年。掛錫雲生樹，烹茶月落泉。幾時歸去得，再約剡溪船。

拜先君墓

次第瞻山看水流，夜臺中閟憶三秋。新松成行如人長，老鶴無言似我愁。僧奉晨昏惟茗供，兒悲霜露只蘋羞。結廬終歲關心事，怊悵鍾聲出暝樓。

送曄沖晦歸天竺

西湖山下多奇石，師去今遊乳竇峰。遥想石臺登講罷，野猿歸洞鶴歸松。

寓霅川

王戴溪頭小隱仙，漁翁引上霅溪船。幾回倦釣思歸去，又為蘋花住一年。

春夜曲

金魚鎖合蘭缸小，酒不支愁尋睡早。梨花欲墮風更寒，燕子不歸春自老。流蘇護帳香雲結，三十六簧清吹咽。緘書欲寄湘水深，城烏啼落花西川。

夜發漁浦

為親從薄宦，不復計脩程。斷浦迎潮别，孤帆帶月行。秋來江柳變，夜久水煙生。前路猶淹泊，淒其賦遠征。

桐廬道中

兩岸山如簇，中流鎖翠微。風帆逆水上，江鶴背人飛。野廟青楓樹，人家白板扉。嚴陵臺下過，不敢浣塵衣。

頭陀菴

衣緇髮可梳，雲外卓菴居。佛换新花供，幡拈古偈書。删松容徑竹，種茗間園蔬。為應諸方供，山房盡日虚。

出山

雲陰漠漠雨瀟瀟，坐兀歸輿野興遥。石磵水流苔路滑，竹籬秋去菊花焦。誰將束緼求山火，自立寒谿問板橋。官事奔奔何日了，倚松臨水羡漁樵。

題畫壁

兩山灌木帶晴鴉，泯泯春流漾浦沙。隔岸小舟呼不應，碧桃花外是誰家。

寄范中洲

高隱就詩名，中洲雅趣成。几前脩竹浄，屋上落泉鳴。柘圃春風織，山田野火耕。滿山薇蕨老，客至足蔬萌。

野廟

未知何王廟，歲月日已非。熏爐松柏煤，畫壁苔蘚衣。門空牧竪戲，樹老山魈依。田家社酒香，紙窨生光輝。

懷范正夫

愁霖滴禾黍，秋暮滯雲莊。但慮輸井税，不憂無積倉。竹雞啼野塹，饑鼠走山房。不飲論文酒，思君覺夜長。

宿護國寺觀晦翁先生題名

滿樹櫻花滿逕松，解鞍纔是暝樓鍾。上方月白山雲静，看見東南一兩峰。看了題名看跋文，自憐不及晦翁門。野僧惜打殘碑賣，時共山猿洗墨痕。

寄冲晦

欲答前春信，西飛雁不逢。應隨丹竈鶴，同看白雲松。花雨繙經石，山鳴出定鐘。何時尋舊住，却説武夷峰。

訪中洲

踏雨來敲柳下門，荷香清透紫綃裙。相逢未暇論奇字，先向水邊看白雲。

賃宅

及春遊帝里，賃宅似吾家。雨霤生新草，風牀受落花。病多添老懶，慮澹遠紛華。時與幽人遇，燒香煮茗芽。

悼復石壁

一死雖如蜕，殺身真可哀。僧危能仗義，詩好更多才。鶴怨蘭亭月，雲消石壁苔。舊時同社友，寂寞載書來。

送僧

去結茅堂霅水邊，曉行持鉢落花天。得錢未用栽松本，先買溪南舊石田。

王別駕訪天竺頤曄二師

寶香熏徹碧蓮臺，別駕尋僧日暮回。聽雨齋前鶯樹長，浴雲池上看花開。青山久不逢坡老，玄鶴親曾識辨才。二老風流如昨日，百年詩石未蒼苔。

廬陵贈異孤峰

幾度雲間望鶴飛，相逢猶喜及秋期。明朝採藥青原洞，好掬寒泉供祖師。

寄劉敏叔

一生貧樂鬢成絲，前輩風流及見之。道外無營偏愛畫，静中有趣只吟詩。雲生茅屋湖山近，秋滿荒園橘柚垂。見説地幽人罕到，自同妻子種江蘺。

自青原回訪敏叔幾不相遇

曉汲三泉洗硯回，要看奇石立蒼苔。騎驢應為尋詩出，放鶴還知有客來。一井清寒宜茗飲，千林黄落獨梅開。他時老圃如能學，只乞山中橘本栽。

寄趙東野時以帥檄撫定贛叛

東野山人有晉風，歸來三徑自栽松。錦囊句好閑中趣，鉛鼎丹成静處功。無事杖藜隨野鶴，有時隱几看晴峰。長江近日風波惡，莫向深淵下釣筒。

清晨閑上鬱孤臺，鼓咽譙樓角更哀。病葉滿山難獨掃，狂花一樹為誰開。泉枯石井獅空吼，雨暗荒池鳳不來。欲向江東問仙老，海風吹浪駕舟回。

送贛士謁前贛倅楊東山

凝香句滿空同石，静向東山卧白雲。夫子自能明易學，衆人誰解識玄文。空江短棹浮詩卷，别岸飛花撲練裙。到得帶園春已過，煮茶應共竹間分。

題東山贈何青霞詩後

青霞道士來相見，手閲東山詩一卷。句裏明知山水心，筆端照見煙霞面。昨宵夢上寥陽殿，仙官敕作青霞傳。傳成不及卷中詩，罰讀靈歌三百遍。

午興

心閑日日理黄庭，四體和柔勝藥靈。獨步小軒無一事，老槐陰裏鶴梳翎。以上《雪蓬稿》

秋風

顥氣薄衣襟，疎聲集暝林。雁驚烟塞夢，鱸入故鄉心。静落階前葉，清傳月下砧。更憐茅屋破，愁絶少陵吟。宋劉克莊《後村千家詩》卷一二

北高峰

閒處春光淡，逢僧共採蒿。曲盤山磴險，直上塔峰高。風露侵衣冷，江湖送眼豪。近年無隱者，空負數株桃。

送僧孤峰

分得西林雲滿巢，瓣香端為遠公燒。阿兄不解陶潛飲，只倚山中水一瓢。

贈孤峰

拄杖尋幽古寺中，雲容淡淡雨濛濛。歸來一笑春多事，野杏山桃各自紅。

憶孤峰

浮杯方渡湘江上，又逐孤雲到嶽前。七十二峰煙雨夜，與誰同話懶殘禪。

題孤峰房

雲木陰森天氣清，杜鵑啼了又啼鶯。幽人午枕不成夢，憶得故山春樹生。

龜松泉

未讓葛洪丹井靈，石根流水更清泠。多年不見仙桃出，化作老松生茯苓。以上宋陳起《江湖後集》卷二三

別毛滄洲

風雨三更夢，江湖萬里心。青燈正愁絶，可惜不能琴。

放船

數幅蒲帆破曉煙，一篙春水漲平川。誰家池館多楊柳，時送飛花到客船。以上宋《詩家鼎臠》卷下

題衡岳

萬山環拱祝融尊，紫蓋前趨若駿奔。火德中天扶日月，炎方一柱鎮乾坤。久無執贄來侯牧，空有穹碑立廟門。北望中原青一髮，淒其四岳正塵昏。

離衡

天恩下釋湘纍客，心事悠悠月滿船。種藥已收思病日，著書不就負殘年。雜花怪石分人去，老竹荒亭入畫傳。歸夢鑑湖三百里，白鷗相候亦欣然。

法華寺

入門松逕幽，樹杪見鐘樓。客至犬迎吠，香消僧出游。水花迎晚照，風葉引凉秋。欲作居山計，吾盟在白鷗。以上宋韋居安《梅礀詩話》卷下

出遊

春來日日風兼雨，今日晴明試杖藜。閉户不知花信過，野桃開了到棠梨。《永樂大典》卷八八四四

羅憲北林預脩禊事

姚鏞

玉節先期泛禊川，携壺與客上樓船。江亭野寺山山好，梅子櫻桃樹樹圓。看竹静行松下道，瀹茶寒汲石根泉。清遊盡日惟觴詠，不學蘭亭悦管絃。同上書卷一三九九三

贈相者

眼白骨多屯，還能閲世人。空靈三寸舌，不療一生貧。歲晚離騷國，天涯放逐臣。相過話人物，京洛尚風塵。影印《詩淵》册一頁四四六

送上超古還徑山

相見忽秋初，言詩足起予。身雖披壞衲，手未釋群書。雙徑雲多潤，諸山木易疏。此心超萬古，禪誦特其餘。同上書册六頁四四三七

壽樞使

崧岳重生再及申，望餘兩日正青春。熊羆五十年前夢，龜鶴三千歲後身。故地寂無南牧馬，桂枝新有北歸人。黄封賜酒堪為壽，願頌莊周上古椿。同上書册六頁四五二九

句

癡雲蔽嶽行人遠，淫雨摧花白髮生。

萬里尋遷客，三年見此人。謝戴復古由閩度嶺來衡陽　以上宋周密《浩然齋雅談》卷中

（文師華整理）

全宋詩卷三二〇九

張侃一

張侃，字直夫，號拙軒，祖籍大梁（今河南開封），徙家揚州，高宗紹興末渡江居湖州（今屬浙江）。巖子。據集中詩文，知其於寧宗嘉定十四年（一二二一）監常州奔牛酒税，調上虞丞。理宗寶慶二年（一二二六），知句容縣（《景定建康志》卷二七）。有《拙軒集》、《拙軒初稿》，已佚。清四庫館臣據《永樂大典》所録，輯爲《拙軒集》六卷，其中詩四卷。

張侃詩，以影印文淵閣《四庫全書》本爲底本，酌校《永樂大典》殘本。詩集外之詩及新輯集外詩，附於卷末。

積雨嘆

去年南蘭陵，官河無流澌。陰雲久不見，萬里行炎曦。太守為民禱，百拜躬愈祇。忽然動涼飈，驟雨肆奔馳。旱苗有生意，下民免寒饑。感格在俄頃，嗟人自不為。頌語我欲作，垂世同曹規。深恐旁觀者，憑藉立是非。反謂地勢隆，水散及四支。縱使雨入尺，立待只片時。今年芒種後，有雨細如絲。農家買五兆，寸波成漣漪。我耳曾聽得，把筆紀小詩。又傳練湖圯，澒洞南北迷。浸淫到旁邑，原隰不分畸。秋中月色皎，老晴頗相宜。深谷傳地籟，喬松難扶持。滂流盡三日，處處同一辭。化工有至理，淺眼休蠡窺。蟓蝝可憐生，短衣到骭疵。冬寒與夏暑，平日何怨咨。一旦示災咎，反己深思惟。退寸望求尺，龠合規微貲。豐艱非逆料，人情恣生疑。既忻堆如櫛，復話禾無稜。遂致陰陽轉，未免水旱移。固窮不羨富，求足翻成虧。不知尼父言，三年積銖錙。一稃與二米，猶勝糠覈肥。農家多守分，富家當坦夷。

秋後一日書所見者

秋深山轉清，雨定水自緑。庭前牽牛花，粲粲悦人目。居官已年餘，竟日書吏牘。因閒窺化工，景象不一足。促織汝何為，懶婦絲斷續。夜長清未眠，題詩燒短燭。

紅塔

出門看青山，天際晴雲合。虬松植長途，亭亭兩紅塔。誰知百年後，竟坐市塵雜。老僧隨世機，電眸閱伏臘。流水洗不盡，就下汙流納。北窗稍幽虛，清風滿眠榻。

觀海

孔聖道不行，乘桴浮于海。非子深寓言，誠欲警不逮。我生遊江湖，舟汎聽自在。有時月初生，滿天雲去靉。今朝到海邊，潮遲立可待。固知源脈長，下藏魚龍隊。想見景晴明，間亦露光彩。因爾觀自然，天地能主宰。

雨

今日天欲雨，農家名分龍。雨意或羞澀，霑潤限西東。入夏雨已多，頗覺支體慵。輕煙苒苒緑，夕照微微紅。不奈勃姑語，呼雨雲滿空。乍晴絲捲軸，復闔花無蹤。良辰偶孤負，土脈方豐融。屈指是新秋，細聽鄰杵舂。

冬夜對月

秋來月漸清，老火猶未退。好風送新凉，雲深復昏晦。徐思此夜滿，豈不令人愛。暑氣薄前榮，蒸溽肯少貸。月色到芳池，緣此亦拘礙。今宵坐中庭，揮麈成獨對。霜華雜月色，頓然清病肺。何必泥中秋，此語吾永佩。

午步積谷山探梅才有一二藥

爛雨才放晴，街頭泥三寸。支筇積谷山，寒梅微弄粉。二十四番風，自注：廿四風，梅居首，楝花居末。迎臘先一訊。青女素精明，竟不易號令。譬如蜕骨仙，色粃而意整。惟有吟詩翁，年年來管領。

發奔牛

紅添花滿溪，綠帶草穿石。佳致在目前，遠近記經歷。雲疎雨漸收，篙長水倒激。平生一詩卷，未免寫胸臆。記得坡翁言，在郡六百日。出處雖不同，我性聊自適。

桃花鸂鶒

畫工天機高，腕有萬鈞力。把筆解寫生，妙處欠人識。地深煙自引，雲歛望不極。誰知只尺間，卷藏棲座側。桃枝糝淺紅，羞帶燕支色。經時歎芳跗，數片墮晴碧。政緣景色饒，詎忍光陰擲。波心自在流，夕照苦見逼。雌蜂不受影，容此雙鸂鶒。睨目且裴回，暫收西去翼。籠寬終難馴，水滿好脩飾。旁人莫癡心，乘勢事箭弋。庶幾久相忘，飛浮欣得得。連旬暑送風，對此融胸臆。不必形似求，枉費半圭墨。

新　河

侵晨發金臺，停午泊新河。風定雨新霽，一段平青羅。遠烟搴新景，宿鷺行細莎。臨流洗塵心，此地今幾過。官事記蒲鞭，少駐聽漁歌。大哉濬汲功，萬古保不磨。

晨起

青山與白水，足以娱人思。麗花與佳禽，足以令人悲。因思世上事，感觸特一時。拘拘守定見，年少紛白絲。朝來北窗邊，天清雲不飛。桂樹充緑潤，其色光陸離。静坐息萬慮，手携淵明詩。飲酒得真趣，神氣常自怡。我飲僅涓滴，螺杯謾爾持。後山草木深，有禽擇所栖。婆餅為誰焦，姑惡為誰咨。騷翁繹楚語，解説累千辭。萬物雖異性，天地同一機。時至乃飛鳴，人訛反生疑。禽語空啾唧，有怨難窮推。好生毛羽者，細聽强詆欺。遂使本然質，由是深有虧。清風到階庭，處處禽語奇。勿問聲如何，天地何曾私。

杜門

初官金臺邊，日長頗閒暇。細賡飲酒詩，喜無俗子駕。雲輕月緩梳，竹少花相亞。官塘頗塵囂，數問名傳舍。吾身聊自適，閲世如啖蔗。春初汎舟回，晴谿山影射。蒼苔護魚池，粉牆旁花架。東風知人情，游絲從空下。歷覽佳有餘，頃刻在所化。杜門觀我心，陶冶有飽謝。

府治闞鎮越堂得坡翁詩石於草棘間

功名蚊成雷，文華珠媚川。作意每中輟，要當付自然。誰知蠅頭表，不似詩句傳。鑑湖生光彩，坡翁真謫仙。

記野人語

野人延我坐，古木陰四垂。未語涕先集，昔盛今全衰。我聞野人語，斯事古有之。但要存心地，何須問墓師。

歸來五首

小圃近吾廬，呼奴掃階曲。梅株晚放花，谿水新圜玉。聲名不厭低，出處今已熟。倚杖看城山，飛來兩鵃鴒。

西關景色妍，歸來春未盡。岸淺柳生陰，風緩花成陣。懽娛垂白親，免得望家訊。乳燕立簾鉤，別久還相認。

薔薇在其西，老桂在其東。先後不同時，生毓歸元功。幽艷占淑景，清香待秋風。有句莫漫與，騷然固長窮。

爽氣滿清晨，秀色藏山骨。結亭苕水旁，斷手建巳月。古語敬書紳，高譚休拄笏。柴扉喜常關，從今避請謁。

酴醾數尺長，伐木成小架。玉色映晚春，濃陰接初夏。濁醪任淺深，細草堪枕藉。興來信步行，浮雲出山罅。

晝日所見者五首

我家屏圍圖，畫作江天雪。雪晴行漁舟，蒲帆繫樯絶。猶記為兒時，劍立從頭說。今日親見之，甚欲伴清潔。

淺灘潮未到，小舟不得動。當時一羽輕，今成千鈞重。老翁倚篙竿，生寒肩勢竦。勸翁且歸家，潮來勝乘槎。

盟鷗何處來，聲和春喜近。賓鴻可憐生，呼羣摩霧隱。鷗鴻本何心，世人無義襟。責彼不責己，嗟嗟非獨今。

羣山恰四圍，江潮游其中。潮低不成山，豈是阨於風。舟行山漸遠，潮勢同瓴建。抑之可使高，又作望崖反。

小民海濱居，煎水活妻孥。指海充府庫，何曾計有無。鹽成有喜色，摘蔬供午食。君子勞於心，我儂勞於力。

朱陳嫁娶圖

生男願封侯，嫁女在比隣。此是古人言，最知天理真。世遠人亦僞，嫁娶來城闉。歲序罕聚首，浩渺不計春。當其出門時，錯落車百輪。笙簫填孔道，珠翠委泥塵。堂開牡丹屏，盤横水精鱗。徒取眼前富，未問身後貧。女嬌鮮禮法，薄夫貽所親。民家女及嫁，擇對走踆踆。一旦有其家，昕昏如主賓。誰圖朱陳村，宜為堯舜民。

嘉定壬午春晚園官送杞菊因取陸天隨蘇東坡張南軒三賦誦之感事賦詩

我志甘澹薄，不為物所遷。園官送杞菊，秀色滿目前。生育秉至性，陰陽順中權。可憐黄口兒，匕筯照腥羶。縱得一餉戲，旁觀成脅肩。杞菊付中厨，試著薑鹽煎。至哉天下味，妙處祕不傳。三賢留雋語，首當師之焉。

秋日閒居十首

歸來清净居，懶蹋紅紫陌。有堂新翼然，遠景疑界畫。暑氣凝秋容，似覺眼界窄。墨雲吹雨絲，頃刻入地尺。水勢浤浤來，岸流已拍拍。老楊溼根翠，稗菱汙花白。東港與西塍，了不見舊迹。陰陽反掌閒，底事作災阨。

名花逢深春，各自逞嬌怪。薔薇繞籬根，園丁采去賣。瑣細不知名，結束擔頭挂。細細隨輕風，時時與破壞。詩人浪自吟，放言竟成鼉。紅紫一夕空，又見韶華邁。亭亭珊瑚枝，懶入名花派。每見天秋涼，依竹堪入畫。

我志甘鋤園，汲水敢言倦。擬種百尺松，終宵風雨戰。土脈分瘠肥，秉性有後先。蔚然三寸長，荆棘從旁罥。待得成清陰，方為世人羨。畫手知姓誰，拂拭好東絹。寫此歲寒姿，爽氣滿庭院。不記少小時，插株泥樣賤。

秋崖一段清，秋水暗生池。眼力所盡處，不特宋玉悲。化工爾許巧，閒花糝枯枝。涼生細細吐，月緩重重垂。但恨古之人，未能鑄好辭。從叟悲秋語，如石不可移。獨愛白樂天，酌酒細吟詩。漸喜無人聽，格外只自知。

西關近邑郛，閒地素來廣。規度三五弓，栽花屹相向。第一覓竹本，宗生要易暀。晚色翠四圍，依約見秋嶂。老雞先司晨，除柵試一放。峨冠汙枯草，鮮明莫能狀。廚人出新巧，收勳到盆盎。持送文園翁，小字書佳況。

江南多澤國，別派亦成湖。渺渺明佳景，紛紛展畫圖。層穹邈無際，浮翠前峰孤。欲喚扁舟去，筆牀茶竈俱。東邊嶼深幽，穲蘆不記株。花輕相上下，隨風掠酒盂。湖中開一鏡，中有雙野鳧。可憐知者少，此趣未嘗無。

人情易愛憎，品花語最嚴。遮護富貴花，排日掛牙籤。驕態不自持，霏微花上霑。虛名竟何益，餘事付寶奩。花開有遲速，禀氣等洪纖。到眼俱可甑，何曾形棄嫌。幽幽牽牛開，碧色照疎欄。勿云此花陋，所取緣傷廉。

迎秋花事稀，蝶翅依沙晚。籬落繞紅園，暗遺佳名損。立名豈願醜，一定不容返。寧避市塵喧，甘作山林遯。柔枝綴鳳兒，欄外成錦幰。婉婉風味殊，苒苒煙光遠。治世鳳朝陽，吾道何須偃。毋學接輿狂，終日空思忖。

蘭以深而香，避世非吾忍。移根植堂下，遂使世人囅。誰知秋華拆，未許流聲盡。即之色漸温，佩之芳愈敏。因觀太古音，試理幽蘭引。幽蘭本香草，名隨四時泯。奈何楚子孫，些只徒自窘。一枝三四葉，與人作標準。自注：蘭芷荃蕙，本是一種香草，名隨四時改焉。不特春有蘭、秋有蘭、春有蕙、秋有蕙也。

小園雖偪仄，堂成春告殘。羣山當目前，翠色煙中繁。隔隄多垂楊，紛紛風前翻。畦夫為予言，宜插秋牡丹。既無傾城艷，亦可酒筵看。根株雖脆弱，千葉攢中單。夕陽媚晴水，紅濕回輕瀾。休從殷七七，染法成欺瞞。

五雲門外湖田

越中官賦重，有田即追呼。小民生計薄，何以存妻孥。前賢念民切，瀦水啟鑑湖。自此歲常登，不計大有書。湖堙水漸涸，往往事耕鋤。禾根雖浸水，天秋翠平鋪。后王主生育，詎肯餒一夫。盡説湖田好，大勝行商車。商車利縱博，巨濤與險涂。湖田若不熟，明年豈全無。

娥江市

前回渡娥江，夜半呼舟行。今回渡娥江，風迎晚潮平。人心險於潮，潮頭平於路。娥心無古今，潮隨漁篙渡。

千秋觀拜賀知章像

天清雲捲幔，風定水開奩。既知鑑湖闊，所取胡乃廉。一曲期自足，千年名字馥。我來拜遺像，端可激頹俗。

遊石筍

偶成石筍遊，山色浸雲表。兩輪天地闊，一覽江湖小。渴飲金沙泉，饑餐翠松苗。鄴公何許人，遥想好風標。

郊　外

縣市已蕭疎，何况在西郊。浮雲不成山，濁雨平淺坳。紛紛占生殖，蓋頭一把茅。釣魚尋竹枝，明火采松梢。翻成水墨畫，極意竟難描。移時反官舍，遊僧初解包。潛思目所寓，肯把聲名抛。試問耳聾許，終勝掉頭巢。

閒　意

秋來纔幾日，得雨洗暑氣。庭前容人行，瑣細開野卉。似覺氣象殊，鄙薄牡丹貴。不是怨春風，政緣出處異。柔得千年存，剛則片時易。彈指秋又深，静處覷萬彙。胡床倚竹根，清入詩人胃。好風緩緩來，側耳聽絡緯。

樊將軍廟在上陌樊宅士人相傳是將軍故居史本傳云沛人也五十年前因題數語今輒附此

將軍生沛邑，樊宅在吴墟。既没其先語，决知非此居。排門忠尚在，浮甲事尤虚。却恐同姓者，相傳佚本初。

古澗閒適

雨來磵水碧，磵遠山勢斜。磵邊隨意坐，瑣細覓閒花。野蝶深有情，翾翾依沙晚。以渠流水心，醒我觀花眼。

示韋中實六首

鶴隱乍來時，年方三十七。忽忽十七年，終始如一日。卜居在邑西，近我讀書室。閒來劇笑談，友情似膠漆。筆端備六體，紙上春蛇逸。兩鬢吹秋絲，吟詩紀經歷。

去年金臺歸，今年三十六。守拙伴林鳩，折箭存飛鵠。小園接屋東，有堂依水緑。浮雲前山來，蕭放忘拘束。雲已久無心，細看猶未足。起來一杯酒，從此覓歸宿。

我與鶴隱交，一紀又踰五。燕飛知春秋，雞鳴便風雨。惟君勝蘇端，許我似杜甫。忘情更忘言，握手見肺腑。君或醉時歌，不問歌差誤。醒後頗快人，續續寫詩句。

向來未服役，君室日清閒。侵曉披衣見，中宵曳杖還。溪梅粲玉蕚，幾度開笑顏。邇來君累重，旬月旅長安。葛屨蹋塵沙，春在湖山間。忙裏買小艇，何妨卧看山。

一春隨意行，濟勝欣有遇。不愁風薄人，但愁雨深阻。亂山煙中藏，勃姑聲轉嗉。春無三日晴，前人句已寓。惜許好花枝，爛熳少人顧。君久不在家，花思依柳絮。

微官當力勤，後月已戒路。思君且話言，處處放閒步。花前借鶯吟，卷中笑魚蠹。民家老樹根，小憩覓幽趣。更後四十年，同君尋舊寓。斯事姑置之，尺書寄飛羽。

示高愷叔

天秋桂子香，我舟從西來。愛君丰度好，面上無塵埃。相逢各草草，未暇開情抱。贈君以一言，功名薄穹昊。新春雪初晴，記水三四程。徘徊梅花樹，邀我了詩情。

題李伯時馬

近代李伯時，能畫天厩馬。畫本出心匠，不在韓幹下。真骨獨當御，汗血沫凝赭。為渠生光輝，神妙非力假。平日熟意態，繪事頗閒暇。誰知贋易真，萬馬悉喑啞。色帶碧雲騢，自注：馬名，梅聖俞都官有《碧雲騢集》。和鸞亦雅雅。一筆竟不予，此意識者寡。

三高祠

武侯出師表，子陵釣魚磯。達則濟天下，窮則斂所施。淒凉數間屋，荒草碧離離。功名挂人口，毀譽復隨之。檥舟三高堂，快讀石湖碑。不有君子生，何以立國基。夫君守定見，遯野身自肥。儻不為時用，猶當師仲尼。血指恐及己，旁觀付盛衰。汎湖誠僞計，思鱸設虛辭。區區務力作，反蒙樵人譏。松江水不窮，那能洗瑕疵。石湖擬小山，三招何逶迤。字字春秋筆，史氏當憑依。武林有西湖，湖上水仙祠。君復隱孤山，清名敵伯夷。死無封禪書，小詩揚京師。坡翁刺是邦，寒泉薦江蘺。在郡六百日，遂踵居易規。終焉配水仙，事定分是非。邦人思坡翁，要和甘棠時。遂肖三賢像，相與祝其尸。三賢得其操，三高得其微。篙師催我行，日落江水湄。

惠　山

勝槩棄道旁，翠色空蕭爽。泉經古澗流，鳥趁枯藤上。俗眼眩浮華，紅妝圍翠幌。入山恐太深，更肯契心賞。山靈亦退聽，佳名慮標榜。斷綆汲寒深，隨人墮世網。

煎　茶

結廬枕石隙，其下通泉脈。新開數尺泉，涌然如乳白。道人北山來，閒話到終夕。徐云茶已芽，氣味及高格。絳囊映緑色，未嘗齒流液。汲泉滿歙瓿，篝火勿遽迫。須臾蟹眼生，茶新手緩擲。薑鹽宜屏除，祇能添水厄。原校：一作薑鹽亟屏除，莫令添水厄

東西家

東家機杼鳴，西家春杵急。西家荷艷鮮，東家竹翠濕。小小了生涯，四壁從渠立。昨朝雨傾盆，雞栅又新葺。柘葉延涼陰，父母妻兒集。村南沽酒歸，佳饌有魚入。

對鏡辭

古人對鏡辭，率是年紀老。出言反成悲，未免耿成抱。間有少年人，對鏡默祈禱。第一早功名，第二多壽考。第三欲富貴，滿屋貯珠寶。此心機械生，此身晨夕惱。用一每藏九，終焉乖至道。目為守錢虜，名字亦可保。不見王夷甫，舉去忘稽考。我今對鏡别，有酒便為好。欲醉未醉間，浩歌出晴昊。荷花解人心，風前互傾倒。

秋　夜

秋深氣轉清，夜閒更正永。庭前菊半花，天外雲收景。試呼麴生來，緑色照瓦皿。悠然兩相忘，何必問形影。

十月二十四夜雪霰用蘇文忠和趙虢令韻

營居在西關，鍊句誰能和。水深舟已行，雨驟雲無奈。殘花蝶倦棲，弱柳烏驚墮。橋杆掛稻頭，小定事春簸。帶濕芒盡除，易破粒漸瑳。世路久羊腸，人情隨蟻磨。每祈天雨寶，非是心好貨。力行毋自畫，浮言空相挫。因閒到農家，暫憩同客坐。別港野鳧歸，斷籬瘠牛卧。老翁語殷勤，今歲多坎坷。望晴眼力枯，護田衣袂涴。政恐官税虧，不顧茅屋破。老翁勿預愁，太守兼勸課。丘明紀大饑，孟子憫人餓。瑞花舞綏綏，來秋真可賀。

戊辰春二月雪吕君國秀曾賦七字句予和云試來月下逢僊子何似風前聘宓妃乙酉春二月一日雪再吟二首

去年正月尾，雲片綴雨絲。今年二月頭，雪花一尺圍。豐登有定數，元化孰可窺。呼奴槩燈篝，細誦辛卯詩。

吕君年八十，曾賦春雪詩。平生慕韓愈，大書萬玉妃。我時年甫冠，辛苦鑄好辭。功業只爾耳，歲序空推移。

孤山

先生聲名高，引人同吾道。來訪孤山師，草木富華藻。有泉出山罅，碧色巧縈抱。甚欲酌此清，仰天應笑倒。

寫古五首

事行人所難，塗人未深信。吾身一時高，佳名萬古振。堂前頗幽虚，老竹添翠潤。世俗日澆訛，風流今已盡。

文章如元氣，又如水赴川。宿習務洗去，仲涂當日賢。扶持正統在，後學承其傳。衆目不可掩，璣衡麗青天。束帶立朝廷，平日有定力。挺挺道鄉公，面上無佞色。諫書與天通，那暇顧荆棘。墓祭記學宫，賢哉太守職。人心具天性，嗜好各不同。荒凉陸子祠，寒泉引碧筩。名者身之累，千載存遺蹤。獨有吟詩人，時來繫短篷。希聲少年日，勁風盤青蒼。與世既不偶，投老頤山旁。蓺花静天理，濬泉發新芳。斯事古亦有，君子戒反常。

清　寒

臞叟久不出，短帽半離披。天公有新事，剪雪玉參差。仰瞻銀海眩，須臾肆寒威。試呼緘口翁，自注：酒器名。時復一中之。初如薝蔔飄，終似白練馳。陰氣無所泄，乘風舞綏綏。山明失紫翠，手板休拄頤。磎流有層冰，艇子寸步移。寒禽集深條，可憐翅翎垂。擁爐回陽春，始覺温四肢。我生僅再見，老農重嗟咨。錦里杜子美，姑溪周紫芝。文章江漢流，初不事支辭。遺編可推究，古豈異今時。無此雪與寒，何翅五吟詩。宜瑞不患寡，寫檄誅雲師。自注：杜云太古以來無此雪，周云太古以來無此寒，王龜齡、洪景盧有五白倡酬。

書　事

細雨饑寒色，忽被北風吹。楊柳絲不長，免得成別離。西家杼錦繡，東家粥文辭。天地本無巧，人世嗟何為。

今年氣候遲，五月寒尚在。花柳已稀疎，軒窗頗瀟灑。提携一書篋，轉盼十五載。自拂蛛螯去，文字生光彩。名起致人嫌，俗冗令我浼。袖手細旁觀，小大立可待。樵夫唱竹枝，漁人歌欸乃。清適付儻來，浪語免後悔。吾家儒代耕，官卑謹勤怠。入夜傾碧香，聊用澆磊塊。

歲時書事

官居盡日閒，隨意自消遣。出門河水清，風定回長練。煙林入畫圖，脱葉霜新絢。景色為人妍，一歲知幾變。因思天地間，是處堪留戀。指隨襟袖寒，地氣近淮甸。歸來吹青燈，峨冠看經傳。今人聊復爾，古人不可見。

牆東古楊樹，秋來已憔悴。非無歲寒心，政以枝條脆。陽春敷新榮，生育不擇地。依依楊柳枝，風前舞嬌翠。嬌翠雖至柔，中有生生意。

夜長何漫漫，誰為勞者辭。致身清明朝，誰為感遇詩。古來賢達士，氣志不肯卑。曳裾非素習，不過祈人知。一言偶相契，遂踵蕭何規。嗚呼今不然，車馬日以馳。朱門極富貴，長途多寒饑。立身榮辱中，每見無不為。平生毅然節，反為今所虧。赧顏度朝夕，同隊如小兒。結茅枕吴羌，清名萬代垂。

束髮能綴文，未解知其奥。脩綆汲淵源，所得是潢潦。年來三折肱，逢人漫稱好。古意愈簡淡，新説恣顛倒。如何十日曝，只望陰雨膏。閉門覷天功，時至學自到。

霜色白皚皚，與雪竟無間。不獨齊國人，凌晨歌瓮飯。古瓦燦奇葩，纖微分六瓣。雲寒曉不開，雝雝有孤鴈。猶記前十年，躡舄青螺綰。舒徐酌細泉，委折登危棧。獨恨來倉卒，野服未易辦。去年買小舟，歛板作微宦。荒凉屋數椽，門外多車輚。旋呼市居人，犄葺如縫綻。寂坐冬夜深，霜風吹兩骭。舊書不敢廢，官事不敢慢。達哉漆園翁，出處任鵬鷃。

朝來瑞花飛，簷前成箇箇。老農村中居，沽酒自相賀。不願擔石儲，但願免饑餓。連年田有秋，牆東添石磑。春來亦有花，竹外江梅破。倡桃與妖李，臨風自嬌惰。上天新賜瑞，莫測花機大。毫端已先知，浩歌續楚些。

冬雪已飛舞，冬月愈明皎。午夜静人籟，一目天未了。荒村木杈枒，上有烏鵲繞。胡床擁破裘，呼奴取青醥。良夜天下同，妙處識者少。何必與人言，壯志出塵表。

前朝到帰南，冰開春意動。寒風先觱發，日色尚曈曨。老翁禮頗恭，側立手先拱。殷勤謝官儂，筠籠野果重。顧我守官下，仁惠愧劉寵。其位偪而卑，惟知短檄捧。舉袖謝老翁，毋以斯言恐。我見誠暖姝，我才甘散冗。

心官素坦夷，幼荷父兄詔。口誦太古篇，煙村雜漁釣。誰知賢者樂，竟坐旁人譙。偶有百鍊銅，鑄作架上照。形模雖不同，小大亦相肖。一為世所移，作事非素料。酒中有妙理，勿學淵明笑。淵明曠蕩人，行藏同荷篠。天外有奇趣，勿學孫登嘯。孫登隱逸輩，施為異常調。萬事付自然，吾方詣至妙。

歲晚星回天，雪晴雨收脚。畦丁昨夜來，老竹如新斮。我本一書生，紙上守糟粕。治圃非素長，方欲求其略。吁嗟天下人，方以鄰為壑。人心自爾殊，化工無厚薄。

羣花極妖麗，不似梅花清。孤標年年在，吟意年年生。香清到詩骨，可翫不可名。安得李杜輩，美酒為之傾。

食圓用建昌使君叔父韻

荆楚遺風在，瑣碎陳佳筵。猶憶總丱時，兀坐空自憐。老妻劑秫粉，夜永燈花偏。瀲盌蔗漿穠，晴雲繞目前。翻匙玉比潔，膠齒珠相駢。我髮日種種，流光自年年。門無送酒人，自注：古詩云：上元應送酒，來自蔡經家。誰能中聖賢。因試囊中術，妙處有機權。由來寓于手，不在刀削圓。汎觀天地間，幾者物之先。大阮精詩學，詠物巧回旋。虛名付儻來，默守終日乾。吴生泥於方，所見何拘攣。三復叔兮什，華池水潤咽。自注：吴伯愷《食圓》詩云：平生五千卷，為方不為圓。

池荷

水淺荷亭亭，風過半攲側。入水元不濡，須臾見本色。偶然成珠璣，至妙人孰測。乍散起微波，再圓聊作劇。瀾雨未舒晴，浮雲時擁墨。小池瀰舊痕，一旦寓新飾。荷平緑水深，翠滿真堪惜。切勿濺成珠，漾去静如拭。

楓橋

牆邊紫燕留，柳外紅日晚。川明山影動，風緩波聲遠。吾道付悠悠，世塵空袞袞。精廬傍官河，時有舟車返。古賢用志苦，吟詩一字穩。乃知半夜鐘，絕勝木蘭飯。自注：木蘭，揚州石塔寺舊名。　以上《拙軒集》卷一

全宋詩卷三一一〇

張侃二

薄薄酒三首

薄薄酒，解愁顔。醜醜婦，勝居鰥。但有粗繒大布包裹了，争羨危冠華服傴僂趨朝班。就令真封定遠侯，何如生入玉門關。蘇秦富貴却輸負郭二頃，管叔兄弟恨不茅屋三間。張公厚葬保首領，嵇康養生誅市闤。亡羊未易較臧穀，争地適足誇觸蠻。錦衣未暖沐猴敗，仙舟無耗鮑魚還。狂謀正使鬼笑，薄命豈坐天慳。不須乞鏡湖三百里，不須買蓮峰一半山。窮達憂樂付與三萬六千日，但恐一生辛苦不若一生閒。

薄薄酒，免厚味。醜醜婦，得長年。淵明飲酒聊小醉，醉後清風北窗眠。季倫百萬買嬌麗，一朝禍至空棄捐。因思達者得其趣，那用情愛汩心淵。門栽五柳池種蓮，瓶無斗粟囊無錢。浮雲富貴不須問，在世得失付自然。君看曳玉垂金趨魏闕，何如躡屩散策吴羌邊。君看奇珍異味食方丈，何如糲飯野蔌在目前。古來知此亦自少，或出或處隨吾權。入秋雨過暑光薄，桂子將綻添清妍。抱甕獨醉有深樂，不用抽釵喚李娟。

薄薄酒，無餘味。醜醜婦，有餘妍。君看行樂且隨分，不用美酒麗女驕目前。紛紛萬事如雲過，塞翁祈福圖免禍。屈指富貴能幾人，大笑書生守寒餓。書生作計亦不癡，開尊對花吟好詩。醜婦買魚赤脚煮，醉後狂歌發真趣。

家園有梅一株依附籬落潘聖功喜其有古意戲占云早是江南春訊動枝頭已著兩三花癸酉歲梅不生花已卯秋尾聖功云亡愴然有感見于篇什

雪意垂垂雲滿天，梅花一枝放清妍。與君蹋雪看不足，歸來吹鐙傳詩篇。此詩只許梅壓倒，句中染香疑登仙。梅兮再四乞避舍，杳渺初不到靈堅。我恐么鳳暗作祟，嶺梅碧落侍班聯。空留佳語塗耳目，歲月冉冉知幾遷。況君姓氏占仙籍，隨分了却塵世緣。想今共梅成莫逆，投壺一笑三千年。江南春訊誰領略，杖頭那用挂酒錢。

千葉支子

園林緑暗花事稀，蜂愁蝶怨依夕暉。天工續續施巧手，眼邊無日不芳菲。須知萬物都是假，苦泥實相第二機。支花附石水清泚，端莊自是蕭然姿。來從鹿苑塵頓洗，暫登螢窗聊發揮。芳苞攢葉毋乃密，清香徐徐風作圍。我方寂坐息百慮，對此不覺板拄頤。荒山草木能嫵媚，從今細尋莫相違。

園丁報秀野對岸芙蓉盛開

我家分占清溪曲，溪曲新添數椽屋。屋前花竹占清妍，更植芙蓉伴黄菊。植時止是三寸栽，原作纔，據《永樂大典》卷五四〇改雨打雪《永樂大典》作霜埋地氣回。深培淺壅那費力，想見錦繡沿溪開。向來為渠轉一語，欲絆秋光堅不住。于今秋光雖勝前，花開却恨隔江浦。畦丁知我酷愛花，風吹芳訊到官衙。淡紅深粉足嬌態，高高下下依日斜。人生行樂何須定，蹉見此花頭次盛。蜂脾添蜜採偏多，蝶婢尋香屢來聘。因報畦丁輕削根，趁時亂插不厭繁。今年開遍明年續，要使長蒙天地恩。主人做官在虞水，亦有芙蓉滿閒地。

看花翻憶植花時，酌酒一杯誰寄似。

野航池邊古梅二首

池邊梅花種幾時，枝柯古怪苔紋圍。可憐守分不入宜，開時却有天然姿。因看冬夜月初上，景象森然最難狀。梅枝寫影已清奇，不用畫師作圖障。

凡花雖艷艷在眼，梅花帶清清入骨。時人喜艷不喜清，綺言麗語寓輕忽。池邊之梅格又高，霜月次第上林皋。平生愛梅被梅惱，梅亦憐吾非年少。

對梅傚楊誠齋體

前年看梅清溪邊，萬花依枝占芳妍。去年看梅金臺下，一枝傍竹秀而野。今年梅花勝舊年，急呼麴生來座前。折花飲酒到夜半，羌管休吹且頻看。旁人笑我心太癡，花開花落由天時。如何苦作十日計，慳風妬雨誰得知。我雖不言見已慣，倚著茅簾聽過鴈。明年梅開在清溪，不妨訪梅西山西。

連日雨

夭桃倡杏羞蕋紅，東風未傳第二訊。忽吹山頭雲擁墨，細聽簷牙雨成陣。公堂閴寂春晝長，病夫兀坐湘竹牀。童子添火深炷香，萬念不生兩相忘。

久雨

浮雲四散雨意濃，小池水滿不可容。前度久晴今久雨，緑幾端欲問太空。太空高兮渺無路，風力翦絲得小住。農家一飽庶有期，笑殺春深脱布袴。

連日雨意未止

前日雨聲無一滴，官河不堪行小舟。只因連夜雲送雨，軒窗處處留清幽。人心不同分好惡，陰晴無準言妄吐。杜陵曾賦貧交行，豈是今人不如古。古人今人莫預愁，皇天念民耕西疇。翻手覆手言俄頃，功過只須付毛穎。

遊西湖

夜來雨足半篙水，西湖荷花紛錦綺。扁舟載酒作清游，香入衣襟風緩起。西湖之景天下無，萬句千言空滿紙。山依華屋屋依山，湖光渺渺相回環。因思古人比西子，又見今人比賢士。東坡詩句脱塵凡，不比今人較形似。今時亦自有詩人，毫端無窮契天理。自注：樓攻媿比西湖為賢士。

黑雲行視西湖水閘

山頭墨雲未肯歸，㫐邊積水正漣漪。去年苦旱望甘雨，今年久陰藏晴曦。天心人意默相契，雨多不止尺入地。自注：俗諺云：雨入地一尺，歲大熟。訟風擬學韓退之，深恨綠㡖無好辭。

金牛行

君不見晉陵縣北異事傳，夜氣將深纔出没。古來至寶默有數，精英之藏寧久鬱。我閒試為訪遺蹤，惜許邦人忘歲月。不然上亦逼星躔，兩無相合歸芒芴。當時奮身萬策湖，愛向東山穿香骨。豈知服猛盡奔馳，潛地而馳真異物。雨侵古蘚滿荒臺，虛名空在何有哉。嗚呼金牛計已竭，胡不犧尊陳帝闕。

槎浦並海

海風顛狂衣袂摺，長檣巨艦去如葉。却行小立視荒田，老翁擲杖呼妻妾。成行再拜告官儂，舊秋潮大經短堞。只因鹹水入田來，雖築田塍已晚哉。官儂不知苗根透，戽水浸苗望苗秀。日蒸水氣反枯苗，不如莫種只望潮。

自白馬湖穿夏蓋湖至後郭塘岸

連日天晴雲送雨，羣山環繞翠相聚。湖心波起小玉山，映帶不多添媚嫵。十年江湖寄此身，每到佳處喜生津。豈知築隄限海水，底事毀泐築更頻。君知此理休更《永樂大典》卷二二六一作更休說，只緣今日人心別。

西溪湖

杭州西湖天下無，重樓複閣成畫圖。中宵與客買舟去，千金間亦呼名姝。自言此游有真樂，月明星稀飛林烏。珍殽旨酒雜樽俎，水精之鱗盤橫鋪。光陰鼎鼎暗中去，事業泯泯紙上拘。蘇仙在郡情甚適，君復居山身頗臞。英風既往不可作，蹤跡勝槩生荒蕪。空留濃粧淡抹句，思士久泥反長吁。金罍有溪名西湖，我來適當夏之初。萬荷叠叠風捲翠，群《永樂大典》卷二二七〇作郡山隱隱雲依梳。岸頭有亭翼然立，明秀拱挹美且都。名園花卉憶靈運，古洞深遠棲仙姑。月當下弦遲開鏡，高燒銀燭行冰壺。君不見水利及人居第一，為壑勿學白圭術。

娥江下岸田爲潮汐衝擊今不可墾小民勺水煎鹵于上

江潮衝田漸成地，地久歸鹹有其味。小民泥爐候泥乾，勺水煎鹽求淺利。農家耕田望秋成，煎鹽得錢盡力争。嗚呼小民盡力争，農家輟耒愁空生。

拽碑歎

上虞溪湖十四處，昔日是田納官賦。逢秋民間欠灌溉，縣官作文告后土。民間以田濬溪湖，田上官賦却抱輸。閑時瀦水旱時用，縱未全熟無全逋。古來人心平似砥，今來人心薄于紙。不念平人輸賦苦，情願自為悠久計。大臣奏事怡天顏，以民為基古已然。况乃民間推己有，明知食是民之天。此事傳來猶未久，為雨為雲翻覆手。拽碑使平命工磨，別鎸奇文垂不朽。鬼神訶護屹不移，至今碑上光陸離。噫嘻人心不如石，使我歎息重歎息。

讀劉義門碑 邑民劉承詔，十世同居。熙寧中越地連旱十年，承詔旁郡收米賙給宗族。趙清獻時為郡守，上其事，詔立義門，且作記

深秋檢旱步田隄，天清日懶風緩吹。行行不覺筋力倦，前山數鴈帶斜飛。老農指點前頭路，便是義門植碑處。義門當日篤於親，十世同居無異語。可憐年遠子孫微，賴有此碑名未虧。子孫能守前人志，田雖一畝不忍離。斂襟讀碑幾百字，重歎今人深有愧。老農耕田莫深鋤，臺高要記義門居。

夜窮歌 視梅山塘、下摇鱅等畈

山田多怕旱，引水以溉灌。不知雨勢狂，衆流極迷漫。君不見三鄉農，一年之計一夜窮，雖有人力無由逢。

打魚網歎

山川信美何處無，只許漁翁把茅居。四時風月俱占斷，詩人琢句空長吁。漁翁平生家累重，得魚入市日曈曨。裹鹽糴米了晨炊，依舊尋魚波洶湧。山川雖好儂不知，只知取利他何為。羣居出巧結新網，名以攔江縱所施。鯉魴未免僅出入，切勿因香戀微濕。破壞好景是漁翁，不用健羡琢句工。聖人設險今重險，取與不取戒以漸。

小　雨

墨雲偶過雨數點，萬葉辭柯霞山晻。風聲怒號作新寒，斷蹊曲港路艱險。山中之民屋蓋茅，豐歲往往成樂郊。分有大小隨分足，旋折豆稭煨冷粥。

采蕺歌

采蕺采蕺蕺漸緑，蕺山昨夜雨霑足。越女提籃入市中，論價不止金與玉。開時花似蕎麥花，亦能蔓生走長蛇。龍肝鳳髓久無味，却尋野蔌新矜誇。聲名在世多相忌，最厭薰蕕同一器。我歌采蕺非虚辭，采蕺歌中有深意。

秋蟲篇

縣樓漏鼓聲逄逄，秋深夜永睡未濃。窗前秋色已可掬，枕畔秋凉能暗通。偶思向來所歷事，記一忘十馬牛風。醒然如寤或省起，四壁不耐吟秋蛩。秋蛩賦命抑何小，聲則甚大凄而雄。艱難七月陳王業，警戒再四由姬公。如何秋蛩蒙好語，意謂有漸將成終。初非卒然來徑去，有如疾風轉孤蓬。入我牀下聲更切，恐我佐邑務纖洪。情知官府印窠大，不信民間機杼空。就中懶婦絲未理，狂謳野舞廢女紅。競言秋蛩非促織，自是合歡人不識。自注：出《開元遺事》。緑牙作籠金作柵，萬錢争買成戲劇。撫枕三歎忽成詩，秋蛩秋蛩竟何為。汝喙從此箝，汝聲從此辭。不平之鳴汝何預，宵爾之織汝無衣。自形自色雖天付，我欲睡矣汝且住。

懷仁畫龍

懷仁兩龍今幾載，墨色欲盡形模在。有時驅雨成波濤，妙處暗與神明會。三江七澤龍所居，夜深簸弄明月珠。為人圖畫雖左計，不識憑依當殿隅。世間紛紛稱畫手，誰識懷仁是劉叟。龍兮龍兮神其靈，長使邦人書大有。

前日昨日行

二九相喚不出手，婦人紉衣先紉袖。門外霜風吹倒人，相見玉壺冰舊酒。去年家居坐竹窗，日陰移處梅梢長。今年負丞在山邑，並海寒氣非尋常。前日昨日風四起，頃刻凍合省河水。鴈宿蘆花亦倦飛，只待桃花初水肥。

望雨行

去年雨多浸坤軸，排簷日日注銀竹。菊花已老强飄黄，荷葉雖枯猶護緑。今年梅雨久不來，暑風吹乾生塵埃。苦求涓滴潤田畝，敢望瀲灩添酒杯。昨日雨意十分好，雨聲不斷真是寶。誰知好處放些慳，尚使老農惱情抱。拙翁負丞方五旬，為民致禱施殷勤。飛雲漸黑開又合，戀戀未竟林花紛。

題鼠狼捕雀圖

三雀相逐枯竹低，鼠狼睥睨雀高飛。可憐一雀翎翅短，天寒日暮充爾饑。充作饑腸僅一飽，雀雀悲鳴猶未了。至今不敢睬枯竹，揀得寒林深處宿。

題禪鄉院壁間墨梅

昔年曾作梅花夢，夢回衣上寒香重。矮窗偶見一枝開，早是江南春意動。凡花不似梅之清，精神骨相由天成。屢從畫手細傳本，但知刻畫非寫生。官塘荒寺門斜掩，歲久廊欹風雨颭。不須晴雪明千堆，贖喜墨痕留數點。

潮

人身日夕何曾休，血隨氣運長周流。偶然逆轉背常理，未免凝結成贅疣。少年每誦海潮賦，徑以人身為譬喻。君看沙漲潮頭回，却向別流亂衝去。攔不住潮頭，從此失故步。人身調養勿傷和，潮汛緩來争奈何。

犟牛浴小港

犟牛見水身半濕，水淺泥深踝全入。摇頭擺尾緩緩游，犟牛相呼卒未休。牧童在旁短鞭指，童既無言牛漸邇。人牛兩忘日自長，水茫茫兮禾蒼蒼。

多稼亭

前年毘陵登多稼，萬頃黄雲在亭下。斷碑依壁毫髮微，擊壤老人歌聖化。今年負丞到會稽，州園瓦影碧參差。中有一亭容數客，鬱鬱兩字標璇題。吾聞國以民為本，民向東郊事耕墾。與民同樂識見高，秋成沽酒來遊遨。

山中老人送蕙花山荷葉因成長句

山中老人久不見，忽然遇我清溪濱。手把幽蕙數十本，清香襲襲侵衣巾。向來我曾著數語，定是久闇蛛螯塵。老人詳説種蕙法，泥酥沙軟水力平。亂山深處少人跡，斂藏不耀席上珍。即今得登君子堂，藹然能被天地仁。小盆別種山荷葉，種時近水開晚春。青青之色亭亭立，似與巴豆為弟兄。不然太華山頭種，小變厥初翻樣新。草木至微同是性，出處一異虧本真。老人前身恐是郭，隨緣衣飯甘淡泊。爾雅讀書吾未能，聊為老人書大略。

明月堂聞松風

此去中秋纔七日，明月堂前秋可即。山深水遠斷人蹤，僧云居此探消息。老松夭矯雙鳳翔，翠色依月新凝光。神仙所居無乃是，我來訪古摩蘚蒼。夜長月正當窗白，風入松梢聲劃劃。娥江元自通濤江，脱似江潮撼僧牀。君不見東坡先生豪一世，寄語重門休便閉。胸中吐出黄初詩，詩勢如潮夐無比。又不見后山居士真仙人，每遇奇觀精神生。悠悠江水流不盡，晚日浮沈潮勢平。披衣起坐寂無語，松影參差復如故。風聲四散不暫停，遥見江流趁東去。

簡曾舜卿

三十五日不見君，今番寵訪又三旬。喜君風度勝似舊，未暇取酒細論文。西關之西蔣灣北，隨分各有數間屋。只待梅花摘索開，共君清賞意自足。

蘇李河梁相别圖

古人重交情，初不分秦越。詩句聯珠璣，中心瑩日月。何人作此圖，筆墨已超絶。因圖想當時，交情重于别。君不見朔風漠漠沙草寒，子卿仗節歸漢班。河梁執手不忍去，安得同飛無羽翰。

陶夢得羇袖詩見訪用元韻

大雅不作詩格變，只今知誰傳妙手。既愛虚飄狀風雲，又愛雕鎪栝杞柳。半生于此寓吾身，曉吟夕鍛苦用心。可憐汩汩逐外物，未免漸漸虧天真。我今久已乾面唾，閉門政要深自坐。春來織柳鶯弄聲，秋至凋葉蛩相和。牀頭一卷古人詩，疾讀緩讀莫相疑。君不見口耳之學求宗派，不問血脈在不在。

十里鋪歌

山容偏向秋深瘦，轎行十里日將晝。斜斜雁字雜真行，節節芙蓉攢錦繡。向來頗恨日月遲，而今翻道光陰騾。是中有策君豈知，心要清閒手長袖。片言輕發潛禍機，駟馬難追焉用救。州家因旱授民詞，差官下縣拯民饑。嗟予竊粟慚一飽，破裘短袂肩相隨。君不見流行坎止言所寓，初程且到十里舖。

雨後生涼絡緯聲清可愛

玄蟬聲清入吾耳，暑氣騣騣猶未已。殘花挺挺留鹿葱，嬌態娉娉是荷婢。偶然一雨雲紉裳，池邊雨過風送涼。小蟲深集楊柳影，一段笙歌清更長。

東坡祠

先生筆端侔造化，妙歲清名滿天下。久知富貴等浮雲，已悟世情同啖蔗。置居陽羨山水妍，湔滌埃塵聊税駕。豈知地主無所容，天地雖寬如傳舍。一朝焚券還其居，意氣不迫愈閒暇。年深此事竟莫傳，欲紀詩篇愧陶謝。先生祠堂幽且深，今人那識古人心。但把丹鉛較形似，滿廊遺像成兒戲。

象田老饋山茶用東坡先生韻奉寄

前時著脚清凈坊，山童殷勤進山茗。半杯春雲滿晴空，午困瞢騰頓能醒。山深有鳥聲清圓，俗名搗藥頗堪聽。從來不起市朝想，定亦久知存所性。何如搗茶伴老衲，疾病去盡竟歸正。數株寒菊帶秋清，一篆香烟留日永。顧我服官走芳塵，心雖超悟力未猛。氣猿意馬難同防，未免稍縱肆頑獷。人言茶味怕齒知，日漸月漬遺胃冷。不然除膩立奇勳，氣象森嚴費忠鯁。建溪早芽細如鍼，來春喊聲徧山嶺。銅模新製號鳳團，絳紗斜紉護龍餅。竹窗拂拭金石堅，碾破霏霏光炯炯。舊曾識此今罕見，山茗一旗生舜井。冠裳不加貌自若，厥包斷不請僥倖。須知老衲定中人，任柳生肘木生癭。

獨孤憲公檜

古人聲名期不朽，一言之謬如此酒。今人隨世就聲名，浮雲變滅無不有。詎知老杜可歎詩，争似憲公當陛奏。文章遠繼商周作，氣骨已逼秋山秀。晚分符竹行其志，務在人民安畎畝。仁聲既遠姓氏傳，遺跡常存鬼神守。老檜槎枒枝榦古，參天黛色猶衝斗。終然依附得聲名，孰謂今人不如否。

立冬後述情

山城並水寒較早，鴛瓦新霜寫花草。五朝三朝風蕭蕭，九日十日雲飄飄。秋將歸去冬又至，寒色不遮萬山翠。小窗倚徙片時間，有美人兮隔江水。

田家歲晚

田家春米盛土倉，祠竈新鱠鯉與魴。粥分口數願長健，不賣癡呆儂自當。爇火照天田蠶好，打灰如願從所禱。一聲竹爆陽春回，城裹看燈歸已曉。我生把筆作耕鋤，年餘三十腹空虛。不如爾農隨分足，只怕門前人催租。

石人行

君不見深閨有女禮自防，心事炯然並秋霜。江頭日日望夫壻，願身成石立道傍。人傳其下多風雨，天地默與之低昂。靈犀一點磨不盡，歷歲既遠名獨香。因思萬物皆歸寓，獨許頑質加冠裳。刻形肖貌此何態，儼然如在端而莊。惜哉愚俗竟莫儗，翁媪同處天一方。嗚呼翁媪計雖得，胡不為柱支明堂。

纂風浦

短茅黄瓦排門户，祖父從來在此住。不思城市好風光，只要秋成有分數。年年借本事荒田，探前望後庶有補。海門相近潮吐吞，不似今番難撐拄。夏初幼婦生小孫，嘤咿作聲求飼乳。婦饑苦語出肝腸，摇頭怕説纂風浦。

喜雪童謡

屋上三日留乾雪，添得人間訝奇絶。不須待伴窘風雨，只要呈祥了時節。小兒戲拾疑是花，舞低婆娑最堪誇。最堪誇處漸堆積，生寒到骨思歸家。

雪飛不已戲作長歌

清溪怒號多北風，乞水來自河伯宫。多應飛雨作寒色，呼吸雲氣鞭癡龍。冬深萬木凍欲折，那有卉蘂成纖洪。造化小兒一餉戲，鎪瓊鏤玉何其工。庭前婆娑萬花舞，春意已偏翡翠叢。可憐世情多冷眼，怨咨竟欲訟天工。了知妙處不用力，豈為汝輩眼目供。明朝晴烏耀燭龍，向之幻景須臾空。

止雪用東坡先生韻

常年有句吟雨葉，今年只了吟飛雪。社中誰是錦繡腸，令我褫氣歎妙絶。固知天運陰陽戾，那問家園花草折。遑妍姤舞費斑鏤，幻色瀋光亦消滅。前時有句送渠歸，日華摇金雲暗掣。滕家娘子躭清游，瑣碎回風到簾纈。只須頭次陣堂堂，底用十番空屑屑。民家束緼帶濕炊，醉客糜金謾飛瞥。海隱來徵鶴隱句，恰如白佛偈重説。昏霾未見天清明，石炭凝鑄一寸鐵。

以上《拙軒集》卷二

全宋詩卷三二一一

張侃三

梅

江梅有遠韻，不與世浮沈。誦我壁間句，知渠歲晚心。疎花生古意，暖艷啅幽禽。此處知誰解，霜天啟角音。

時雨三首

旬日風消雨，今朝山出雲。柳深開潤色，荷靚匝清芬。江燕新調語，沙鷗自引羣。農人相賀語，田畝可耕耘。

時雨催農事，庭陰散午凉。地寬平野色，雲密閟林光。送目孤村外，舒情小艇旁。斜暉猶返照，何必問商羊。

矮屋原卑濕，頹牆上古苔。世間多少事，眼下兩三杯。詩卷無人惜，凉船有客來。明朝梅已斷，只是一聲雷。

游西湖李氏園池

湖水平春色，名園接杳微。輕風生翠影，細雨醒香霏。意足休嫌野，身閒不受譏。隔舟多妓女，歌逐片雲飛。

歸鴈亭逢所知

歸鴈亭前別，于今又五年。水深涵落日，春晚尚餘妍。把酒聽吳曲，浮家入楚天。秋風遞消息，爲問有書傳。

黄龍洞

傳道黄龍穴，深藏不測淵。翠藤依壽木，石壁隔塵緣。恐有神仙分，來觀古洞天。善權知不遠，雙鶴舞胎仙。

何道兩山

兩山青不盡，吾眼未曾經。問法維摩室，留名處士星。地深藏白霧，天遠納蒼冥。我亦倦游者，何時結草亭。

秀州城外

月色明于畫，閒登百步橋。天低雲宿野，地遠水通潮。吹笛回賓鴈，彎弓絆落鵰。年來無片善，所得是風標。

初秋夜坐

酷暑秋仍有，臨流興未忘。好風吹過雨，午夜得新涼。促織聲偏細，春鋤立自雙。人生隨處好，最好是家鄉。

夜深天籟息，露重月華新。此去何須懶，從來只任真。入秋山有色，積雨水生粼。萬事乘除耳，一樽聊可親。

雨

傍海風先冷，殘秋雨漸疎。柳凋閒搏黍，水浄見春鋤。游客惟筇竹，民家半草居。近時潮候訊，玉筋當園蔬。

明心院

村東古蘭若，門徑久荒凉。鸛舞風幡小，蛩吟露葉黄。潮音隨法轉，茗盌怕詩忙。一片牆根石，無人為發揚。

嘲絡緯

時序方中伏，簷前絡緯鳴。凉風雖暫至，秋氣未全清。荷葉緑偏斷，芙蓉錦漸成。勸渠莫多事，促織又司衡。

中夜起坐納凉

風迅中宵起，簷虚入户凉。一輪明月影，八尺緑筠牀。久望重梅雨，閒尋晚芰香。天河漸分曉，結語問牛郎。

趙紫芝詩卷

天樂無他好，精神盡在詩。墓藏山色遠，語到水心知。名極天還妬，身亡道自垂。勿嫌官職小，君復鶴相隨。

周晋仙詩卷

晋仙新寺住，曉夕在吟邊。相去二三里，聞名五七年。西湖聽鴈夜，霅水釣魚天。語逸山精泣，宜為萬古傳。

柳下詩卷

退之名振世，無本肯從游。既以吾儒重，方知異説休。不才空剩語，馳譽勝荒丘。朴老深于律，遺篇處處留。

偶成

細雨遲春色，閒雲接曉天。清時依薄宦，秀句近華牋。地冷梅枝少，川明竹影圓。翻思年少日，折柳繫漁船。

花事

立春踰十日，猶未見芳菲。雲葉垂垂滿，簷絲緩緩飛。池魚寒未上，林鴈暖方歸。因静無思慮，由人論瘠肥。

芍藥

春意垂垂盡，名花續續開。誰知傾國色，元未著香埃。曾向燕城見，還驚茗水來。貪看詩律細，忘覆掌中杯。

春盡

韶光餘十日，明歲又重來。柳外黄鸝怨，山中杜宇催。一番風送雨，幾處錦成堆。且飲深杯酒，携筇緩緩回。

隱者

山蹊通綫道，舊有隱人居。生計多藏芋，秋盤近薦魚。簷牙松得壽，籬角草堪鋤。只欲逢熙運，誰能更上書。

雨後

雨後秋容稺，雲游日色微。遠山依舊瘦，汙水已新肥。燕子稀疎舞，螢光冷淡飛。官閒清到骨，無是亦無非。

秋色

野闊因秋見，山高入霧微。曉看天色暝，午更宿陰圍。有地堪容隱，無言且息機。為知閒處好，不是厭輕肥。

夜宿

舟宿隄邊寺，天虛露氣清。秋從今夜冷，月比舊時明。水鳥紛紛下，墟煙冉冉輕。田家生計好，不逐世間名。

家園夜月

荒畦多古木，月送影婆娑。須信閒中好，翻嫌塵事多。簷低排遠岫，堂近俯清波。夜靜頻來往，漁樵互奏歌。

來鴈

雲外新來鴈，風回字倒看。深知吴地暖，生怕塞天寒。水國沙汀遠，西疇稻粒殘。排羣宜穩睡，報夜喜平安。

鳴蛩。

宵征

澗遠泉聲激，山回月影重。宵征滿凉意，曉色帶秋容。衣薄初霑露，橋陰久傍松。茅簷因雨濕，催織是鳴蛩。

伯牙瀆

古賢真好事，瀆以伯牙名。岸轉天無盡，春回草漸榮。當年流水曲，今日賦詩情。可惜知音少，令人恨未平。

張涇匯

我聞尋勝槩，人自號荒郊。木老含生意，橋迂接水坳。浴鳧歸艇集，戲蝶野花梢。汎宅吾宗遠，虚勞歎繫匏。

穀日

姬旦陳王業，農官報歲功。新晴春滿野，宿霧曉披空。賣卜煩鄰叟，知時訪老翁。更須圖夕雨，土脈盡豐融。

欲識田家趣，清溪曲抱村。齊民當日術，學稼古人言。瑞實歸千室，餘功到小園。元機亭育際，始見道尤尊。

夜宿育王莊北窗

破壁排矮窗，新篁出粉牆。開尊侵緑色，得雨借初凉。名保千年在，身安萬念忘。詩情亦漫興，何暇細商量。

再用韻促季文結水邊亭

一朝飛驥足，十載歎龜藏。臨水軒亭好，逢人笑語涼。須先心地遠，莫厭斧聲忙。未數漳南景，裁詩拂薜蒼。自注：宋劉繪、張融、周顒，一時勝士，居皆連牆，故朝野為之語曰：三人共宅夾清漳，張南周北劉中央。舜卿與朱季文、盧子長並居，故云。

寄題富沙倅廨静凉亭詩

南中多暑氣，來覓静凉詩。但得政無擾，自然民不欺。亭中人藴藉，欄外水漣漪。想見賓朋過，銜杯樂聖時。

和朱季文即事

種竹多臨水，山隨雲影藏。夏深元有暑，秋淺未全凉。箇箇飛螢入，雙雙歸燕忙。幾年觀物理，不復叩員蒼。

將歸

將歸浮小艇，水色緑添痕。楊柳迷低岸，鶯花滿舊園。日長迎雨燕，沙暖起風鴛。眼界須當闊，臨溪築小軒。

歲晚

水斂風生壑，雲深雪滿天。寒光憐袖薄，瑞色向梅妍。淺酌生春酒，自注：奔牛酒名。閒賡餽歲篇。吹燈看家信，獨步到窗前。

拙軒偶書三首

歸來開一室，復以拙為名。道在何妨小，身閒不用榮。柳絲愁斷續，花靨笑輕盈。只此觀天運，逢時物自成。

廊深人罕到，益友兩三人。得意文章妙，相忘情味真。蜂來窺硯水，燕去潤香芹。如此逍遥過，胸中無點塵。

侵晨門外立，山色已浮春。斫竹流溪水，提籃擇細鱗。柳濃將作絮，梅小未生仁。自拆紅泥酒，歌呼到北鄰。

足軒

人爵何須戀，翛然郭外居。隨緣常二滿，散帙富三餘。劖石梅花賦，堆庭柿葉書。呼兒邀客至，反櫂或巾車。

定軒

門前流水競，洗盡市塵交。秉我中心正，從渠異説譊。向來多肘柳，近已去心茅。隱几觀天地，晨曦動翠梢。

十月初五日自白門之丹陽宿於驛亭中是夕風雪大作

輾轉耿不寐，青燈遥夜闌。關河千里遠，風雪一窗寒。旅食腰圍減，征鞍髀肉酸。想知雙鶴髮，朝夕望平安。

感昔

先君年壯日，邂逅鄭當時。把酒對今月，彈琴論古詩。眼前多俗韻，徼外少人知。除却瑶山老，無繇訪斷碑。自注：先君舊年訪璉市鄭參議之子次修，論《穎師彈琴》詩。甲戌春游瑶山寺，逢一老僧，備説論詩時事，因得斷碑所載。

正月尾雪

今歲春來晚，晴寒比舊添。雲深天欲雪，風定瓦堆鹽。幽艷迷瓊屑，前山隱翠尖。詩人疑是瑞，就喚野人占。

觀鄰林堂帖

功名落落俟天時，險阻艱難定漢基。老子掛冠從早歲，諸公頌德盡良規。既知中夏馳清譽，合去鄰林賦好詩。事到百年方始定，晴窗細與拂烏絲。自注：胡文定以扶持三綱推許向公。

新晴

披披雲陣從東去，薄薄晨光向北開。花態最嬌依宿靄，柳枝無力輥香埃。心清更覺虚簷遠，事少緣無俗客來。野鳥互吟閒自在，三三兩兩啄莓苔。

夜坐

青燈點粟伴窗幽，檢盡詩篇倦即休。萬事如雲同舞燕，此心似水羡飛鷗。客來不過談閒事，我壯須當辦小舟。雨雜風聲欺客枕，清眠無夢兩悠悠。

久雨

今年梅雨已淋漓，梅盡多時雨意癡。漫説池荷能潤色，豈知岸柳亦顰眉。一天黯黮雲陰殢，六月清凉客子宜。兀坐小樓香半綫，紛紜萬事只心知。

梁湖夜望

秋帶涼風葉互鳴，風隨潮汐候時生。導源甚遠紋微起，乘勢初來花轉輕。白鷺幾枝閒可畫，晴山數點曉猶明。偶來又作原作得，據《永樂大典》卷二二六六改詩中計，久矣難成五字城。

和中秋韻

月魄詩魂兩鬬清，却嫌歌管揭危亭。遥知山鬼形難遁，誰洗天公眼暫明。物外風光何皛皛，人間爝火謾熒熒。酒狂徑欲騎鯨去，一拂鴻蒙散窅冥。

奉寄曾舜卿二首

我與懶翁非淺交，向來寓止在西郊。繞庭草際緑浮色，滿檻花梢紅解苞。只要同心勝膠漆，豈緣一字倩推敲。四年會面休深歎，辛苦揚雄述解嘲。

一幅吴牋秋滿天，幾回書字欠人傳。知君性懶存吾道，顧我官閒只舊年。詩句鍊成猶未穩，酒杯空泛未曾傳。庭前柏子西來意，近日能明若箇禪。

寄曾兄

富貴功名莫問渠，閒中氣味復何如。年來格外添新句，夜静燈前理舊書。用拙不妨存我性，得時未免駕高車。君家文獻人難比，會見芳名上玉除。

次王子元韻二首

眼看珠玉混泥塗，奇貨何人解與居。賣劍買牛知已晚，壞車殺馬計何疎。卑飛莫辨雞羣鶴，高義難兼熊掌魚。却羡臨川王介甫，愛君獨上萬言書。

皮骨三年走道塗，移文良負北山居。甘貧我固輕諸阮，勇退吾猶恥二疏。好著短衣看射虎，休彈長劍為無魚。人生識字多憂患，飽睡從今莫讀書。

用秦少游韻二首

春風花草繡林皋，索莫誰憐止酒陶。晚學文章真末技，早知州縣亦徒勞。年光可歎石中火，人事休磨笑裏刀。分外更須貪富貴，如求兔角與龜毛。

未工射雉怯如皋，欲掛衣冠慕老陶。莫為功名多戚戚，須知身世兩勞勞。求魚切戒空緣木，買犢不妨先賣刀。未有田園作歸計，年來留滯感潘毛。

戲用東坡先生韻二首

冠世文章李翰林，掀天功業漢淮陰。抹靴捧硯榮雖甚，受鉞登壇眷益深。遠竄夜郎揮老淚，生擒雲夢負初心。窮泉二子應追恨，不解君前早脱簪。

倦看冠蓋鬧如林，夢想扁舟破晚陰。步月南樓情不淺，卧風北牖味殊深。朱旂黄紙非吾事，木板青衫負壯心。游宦半生成底事，鬢絲零落不勝簪。

豚犬夜誦東坡贈王子直詩堅索次韻余率然成章可笑深不自量也

年來典盡鷫鸘裘，遠宦深慚馬少游。痛哭恨無裨國論，偷安終不為身謀。誰憐饑虎空摇尾，却羡寒龜暗縮頭。但得渭川千畝竹，也勝霜鬢取封侯。

田元長和煙字韻詩見寄復用前韻

幾年無夢到凌煙，身似春蠶已再眠。寡合荆人和白雪，獨醒蜀道上青天。漁樵好去任争席，富貴儻來羞執鞭。見説高真足官府，不妨長作地行仙。

用文伯起韻

老人癡鈍性可憎，微子誰與為友朋。久廢未容收覉馬，一呼寧復責饑鷹。無緣下榻留徐孺，好去登門訪李膺。吾道不行吾已矣，短桴浮海要同乘。

和曾舜卿秋日偶成

久無名酒共君傾，静對溪山悦我情。雨沁荷花多退色，風穿梧葉强成聲。乾坤納納從來大，歲月堂堂未用驚。甚欲著書傳後世，只愁議論太平平。

樓源清叔舊有詩云樹冷鴉啼月天寒鴈帶雲曾舜卿足成四韻又有詠雪詩云來從天外無非雨散在人間盡是花亦佳句也清叔死已數月因用後二句爲詩弔之

見説樓君用志佳，曾吟雪句被人誇。來從天外無非雨，散在人間盡是花。偶到銅陵尋舊友，歸由宣郡棄生涯。碧雲暮合愁偏聚，孤塚纍纍日易斜。

甬東

侵晨風雨闔城樓，渺渺蒲帆海盡頭。遠景暫煩雙目送，清游不負此生謀。半杯緑蟻銜寒色，幾箇白鷗分客愁。相近梅開遲雪舞，肯容興盡剡溪舟。

池邊

簿書才了聽蜂衙，閒到池邊景漸佳。雲亦有心時散影，風都無力晚生花。勞神空覓三年艾，妄想休乘八月槎。睡思全清還解否，歙瓶新瀹建溪茶。

書考

二年薄宦在金臺，牆角雙扉向晚開。罕有金貂來換酒，且看野馬共浮埃。已書下考甘平進，久律吾身愧不才。却喜清貧如昨日，知心相識自然來。

負丞虞水恰年餘，誰信官居似野居。乍起柳風清午枕，久因梅雨理殘書。眼前毀譽何須較，酒裏功名定不虛。只把廉勤替疏拙，翻嫌苦苦學懸魚。

紅梅

天然標致出羣品，緑葉青枝説太狂。卯酒醺酣紅玉軟，春風觸撥瑞龍香。清臞尚餘山澤相，淡薄强隨時世粧。更道北人初不識，杏花應不敢承當。

春時

兩日閒為汗漫游，谿邊長是喚扁舟。杯盤草草同真率，笑語悠悠得細酬。别墅橋欹泥没膝，東園亭小雨霑頭。自注：記一時實事。不知桃李都開遍，更趁殘花一醉休。

雨

一片雲飛雨趁來，常年此候捷如雷。滿天盡黑都吹散，俄頃還明又復回。準擬却無真失望，等閒易有竟難猜。化工若念農辛苦，早賜傾盆亦快哉。

巧夕前一日雨

天時人事逐番新，轉盼初秋感慨頻。月傍銀河移扇影，天留絲雨洗香塵。民間但欲逢豐歲，酒裏何妨換好春。一笑且隨吾意適，燕支菱芡伴盤珍。

事業從教下瀧舠，一年竊禄在江皋。腥汙砧几憎蠅賦，愛護文書却鼠刀。風約浮萍雲疊岫，日藏老檜雨翻濤。深慚無補公家事，只願年豐弓載櫜。

偶書

聞方孚若信孺寺丞訃二首

清時補外駕朱轓，德政碑成達帝閽。都把功名垂竹帛，盡留官職付兒孫。生前花藥千株在，身後詞章幾卷存。履道宅邊雲黯黯，知誰挂劍酹清尊。

憶昨家君出帥時，惟公英氣少人知。要除五事心常在，費盡千言氣不卑。渺渺淮波紛櫂檝，晶晶霜日照旌旗。論功未盡還知否，應有名賢為立碑。

收潘廷亨遠訊

舊年瀏右水連天，聞説閩中水亦然。官裏勸分雖遍及，民間慳糴為無錢。大風拔木揚塵土，細雨打花空媚妍。甲子一晴差可喜，農家只願屢豐年。

題蕭照漁樵對語圖

世人大半愛漁樵，不道漁樵心志凋。漫釣溪魚臨月夕，每沽村酒怕霜朝。檀欒男女衣藍縷，澹泊生涯舟蕩摇。偷得片時相對語，從頭至尾盡無聊。

閒中憶曾舜卿知丞

官舍如舟近古河，隔河老木尚新峨。森羅星象螢分度，經緯水紋魚擲梭。月滿秋容隨處好，風含涼意向人多。香蒲泉石供清翫，遥憶騷翁在澗阿。

宿等慈僧房

小小禪房若箇寬，氍巾楮帳護幽閒。貪看天外雲千變，忘數簷前竹幾竿。老衲呪經祈雨切，臞翁煮粥當晨餐。早知一念能持静，不學槐安蟻走盤。

姑惡

一雙姑惡屋邊啼，飛入垂楊伴夕暉。不悟形骸非昔日，但思怨恨没休期。婦聞孄語猶翻悔，汝得佳名免此譏。事事直須存分義，從今緘口莫相疑。

冬晚

冬晴日暖如春天，墨雲忽過雨生寒。定飛柳絮呈農瑞，未放梅花到酒樽。歷尾無多更舊歲，筆端不韻衹陳言。須臾刮地風聲壯，吹折南牆老竹根。原按：寒字出韻。

冬後書事

兀坐茅簷意自閒，哦詩因得數苔斑。一番雨過歸寒水，數片雲浮叠晚山。近日陰晴多不定，自來冷暖不相關。春深泛棹清溪上，穩釣漁村三兩灣。

天機

汎觀物理任天機，莫泥春殘事遽非。蝶粉鶯衣陰處泊，燕泥鷗雪雨中歸。裝成閒景真堪翫，寫入清吟細解圍。一榻涼風清午暑，拙翁睡起理絺衣。

同鄉人别朱希文察判于詠春亭

今春釀飲咏春亭，水闊山遥眼界清。前度來時多值雨，今番到此却逢晴。蠶方三幼餐乾葉，燕喜雙飛泊短楹。小別諸君休作惡，陽關四疊不須成。

家園二首

當年迂叟圃初成，野草閒花不記名。康節巾車臨小徑，東坡詩板照高楹。久知氣象歸前輩，擬學規模愧後生。惟有至公能格物，莫將險躁起心兵。

堪笑吾家五畝園，新添石岸築雲軒。眼看流水清無底，面揖羣山翠欲奔。拂拂好風涼入座，娟娟明月影侵門。弟兄歲晚團欒處，自摘青蔬薦酒尊。

次韻韋中實闕雨悶

與世相違願不才，春殘花底尚銜杯。詩從碧霧愁邊得，門向青山好處開。東里沈君投檄去，西鄰韋叟趁閒來。喜無俗駕知予懶，坐看庭陰閟古槐。

偶成

前朝晴暖昨朝寒，細雨催花聲不閒。處處閉門掃蠶蟻，家家垂柳隱綿蠻。東灣泛艇看人渡，北埭扶笻向晚還。惟有羣山怕陳迹，輕煙冉冉薄螺鬟。

虚庭

虚庭幽閴日陰移，旋拂藤牀近小池。雲自悠揚峰叠叠，風常和暖日濔濔。青衫漫仕安愚分，白酒初篘滿屈卮。竹外流螢三兩箇，微光猶足映書帷。

西村

籃輿軋軋過西村，小麥青青雨露恩。山色無窮開遠近，民家守分度昕昏。僧精持課歸林下，客自携尊醉竹根。每日塵氛牽百念，要須結屋浸溪痕。

南村

郁李花開春漸殘，海棠猶自映杯柈。燕隨風舞迎人暖，鳩喚雨來連夜寒。兩水中分清可燭，自注：上陌澗水一自石瀨，一自白竹塢，合流自青林廟前匯入湘溪。羣山環揖秀堪餐。兒童成隊逢寒食，紙剪飛鳶貼霧端。

病起

秋深雨意轉連綿，聲到枯荷清未眠。久悟是非姑掩卷，且看童稚互攤錢。園蔬土潤青堪饌，徑竹行疎翠可憐。賸喜病夫今已健，碧腴膏莫問人傳。自注：元微之病瘴，白樂天自長安寄碧腴膏。

象山住持僧于修求詩戲題五十六字

的知前聖定曾來，山脈深長景漸開。霜幹都無新氣象，風幡不染舊塵埃。漁樵雖過何嘗問，父老相傳莫浪猜。慚愧修公堅有請，依前題作小天台。

催雪次韻韋中實

海隱方搜催雪詩，韋郎落筆補新辭。雲邊花舞瓊千點，座上風流玉一枝。如許寒光宜應瑞，不勝幻色又添奇。政須瀹茗清靈府，盡把文章潤色之。自注：費補之謂中實云：古人有催雪詞，未有作催雪詩。中實賦此詩時，雪已舞花，故終篇及之。

溪上

水痕依綠四無邊，雨脚垂簷細更妍。楊柳不遮愁處眼，牡丹猶倚醉時肩。紛紛燈火疑星燦，汩汩聲名類蟻旋。閒憑蓬窗仍感舊，開箱重為整詩篇。

以上《拙軒集》卷三

全宋詩卷三一一二

張侃四

題剡溪圖

欲識詩清處，須來天盡頭。可人一溪雪，催我上扁舟。

贈別

野樹參差緑，山花零亂紅。夕陽一樽酒，聊與故人同。

雨中

寒山草木疎，蒼翠因雨濕。日暮來不來，前溪借蓑笠。

花珠二絶

雨細成珠琲，紛紛入緑花。緑花無不濕，傾處又成波。

堦遠滴成聲，荷深圓又碎。風動水銀收，亭亭開翡翠。自注：古語云：夜雨滴空堦，滴入空堦裏。空堦滴不成，滴入愁人耳。

智果院

前輩經行處，壁間題小詩。梅花還好否，要見出塵姿。

嘲梅花

緘蘂怯寒風，清香已暗通。數株籬落外，生毓任元功。

梅花謝嘲

騷客多吟詠，無非泥酒杯。君知儂澹泊，歲歲幾番來。

梅花自解

孤根在寒谷，無分逐東風。流輩剛言好，中心只固窮。

理髮有白者

今年三十六，吾髮白雙莖。不耐秋霖滴，愁濃遣未平。自注：韓致堯詩：一滴秋霖白一莖。

春去

春去留無計，殘花更可人。多情玉蝴蝶，隨雨伴香塵。

題鎮廳西軒

焚香覺心清，觀書消日永。門前剥啄稀，且喜官職冷。

十五夜月二絶

閒來庭下立，月影照人清。偏到中秋好，遲眠已四更。

秋光初破蘂，香遠逐人來。多是蟾宫種，何妨兩處開。

十六夜月二首

昨宵清不盡，今夜色增明。想見清虚殿，冰輪漸漸生。

松風傳地籟，花月滿庭心。記得金臺下，孤樽細細斟。

王梅磎題玉枕峰二絶

静處翻千偈，忙中認一身。忽看枕峰句，便作是非人。

向來雲影卧，今日復如何。不是相知少，人間險處多。

中　秋

中秋添月色，携酒上金臺。世事無窮盡，江山入句來。

禹　廟

當時計水功，直為萬世利。梅梁破浪歸，底事成兒戲。

題雁山行紀

當年雁來游，少憩存夜氣。自從開此奇，便有草鞻費。

示法果院僧則

山深雲卧冷，結屋在山椒。我意如雲懶，隨緣聽海潮。

贈仁上人百漏船是其所居

塵事紛如掃，僧窗對竹開。欲酬清静債，一歲五番來。

天竺逢僧禮

于今僧輩少，學業又全疎。日莫山深處，相迎有浩初。自注：明易傳，故用浩初事。

秋魚眼

江湖毓羣魚，水大隨所揀。奈何世上人，尋到秋魚眼。

寒蘆四鴻

蘆葉滿沙洲，鳧翁取次游。生綃纔半尺，占得江南秋。

見山真見山，翠滿簷楣間。屏几漫畫障，意足水墨閒。

救婆廟二首

曲徑接山阿，行人説救婆。須知閨室女，識見已爭多。

海水有枯竭，喬松易摧折。高名萬古存，地志書英烈。

對酒

柳絮隨風舞，金沙貼地開。為緣春滿眼，不厭酒深盃。

偶成

風暖輕拖練，天寒皺作韡。江湖只如此，今古幾消磨。

戲題

雨後《永樂大典》卷八九六作路露華白，風前《永樂大典》作生風嵐氣清。秋心愁不展，垂白《永樂大典》作月睡難成。

桃花菊

誰將秋菊蘂，故作小桃紅。輕薄隨時好，飄零風雨中。

雪霽

微雪寒侵煖，新晴風掃氛。天公念穡事，秋稼定如雲。自注：三月十六日雪，二十七日甲子晴。

蘇成之盛甫庚申歲相別甲申歲方會甬東

憶與成之别，于今廿五年。今朝復相見，話舊竹窗前。

世態頻頻换，君心炯炯明。能言少時事，滿座便風生。

雨中

風清園蝶粉猶輕，雨冷吴蠶繭未成。盡説溪村年事好，又添漁子笑浮生。

春去

横雨顛風勢轉加，紅情緑意不容誇。明朝春去忙如箭，滿市人携謝豹蝦。

浮來廟石自刻中浮來

仙槎飛去訪牛郎，頑石浮來立道旁。能使鄉民知所敬，隻雞巵酒卜豐穰。

梅子

一株緑色未成陰，千點微酸已沁心。雨露《永樂大典》卷二八一〇作細雨功深人不識，摘來先與了清吟。

今歲朱櫻紅熟樽俎間日有此品口占二絶

積雨淋漓花頓空，櫻桃滿樹漬猩紅。相陪從事風流裏，遥想香燈摇落中。

櫻桃顆顆滋春雨，橙霧霏霏遡曉風。出處不齊休比並，一尊今夕與誰同。

秋後積雨起水曾舜卿朱秀文有詩用韻作俳諧體田家苦三叠

秋雨霖淫數日間，耳邊未聽雨聲閒。傳聞農子愁無寐，心願烏雲且入山。

戽水乾忙衣袂凉，旋炊濕稻當家常。連年成熟今年水，誰信微陰能奪陽。

積雨因風驟作寒，又吹濁水浸牛欄。須知此去盤中飯，一似鮎魚上竹難。

積雨後農人戽水曉夕車聲不已

萬頃早禾迎秀色，一天畏日耀炎光。滿倉陳腐將何用，細聽車聲恨最長。

奔牛梅花開最晚因讀墨本坡翁和楊公濟梅花詩信筆四絶句

二年孤負觀花眼，少見江南第一枝。細讀坡公當日句，恍如玉立耿疎籬。

平生政坐花開早，不奈顛風一夜吹。緘鎖芳英春意鬧，轉頭青子已盈枝。

閘南閒地遠連天，好種梅花作玉田。待得開時携酒去，旁人疑是飲中仙。

積谷山前數種梅，常年携杖走千回。而今寂寞金臺下，獨對停雲把酒盃。

金臺中秋

桂子吹香清不眠，相逢還在翠屏邊。一輪明月依人好，兩載中秋特地圓。自注：予官金臺兩逢中秋，俱有月色。

内表蔡孟聲自武林試回，云中秋日大雨。

鑑湖別島二絶

坡老當年乞鑑湖，君王未肯付珪符。清名凛凛照人目，欲倩丹青成畫圖。

鑑湖別島對青山，山下菰蒲獵獵寒。最是曉烟收未盡，春鋤閒立景尤寬。

東關二絶

放翁詩裏想東關，舟到東關雨逗寒。只是當年舊山色，水邊誰似白鷗閒。

瓦屋三間水半篙，雞豚村社寄吾豪。早知城市同耕鑿，悔不從渠泛小舠。

觀三賢石本墨妙

字既因人傳者多，人能累字又如何。誰知異世三君子，字與名同保不磨。

秋葉二絶

繞窗山水富清妍，古木陰中隱亂蟬。一葉迎秋無盡日，勾萌還復待明年。

花木榮枯又一年，誰知生意妙難傳。君看亭側數株柳，幾度風前吹細綿。

觀梅用東坡先生山字州字兩絶句韻

冬深水涸未潺潺，數萼梅依翠竹間。待折歸來占清賞，不須移近小屏山。

只怕花開眼界幽，香中一點絆人愁。問渠偏向孤山好，時復飄香入帝州。

舜廟在龍山右

水來江尾難分燕，山到崖頭合號龍。見得人心尊萬乘，片帆飛過亦朝東。

春日覽古四絶

疎梅畹晚千年秀，穠李韶華二月初。試訪前谿歌舞處，斷烟斜日照平蕪。

游人拾翠蹋青歸，叠叠樓臺映緑漪。行到橋西多野色，吴羌山下織簾祠。

結廬恰恰對西亭，萬物昭回自賦形。秋晚不妨尋好處，何須送客話飄零。自注：西亭，即邑西接官亭。唐人有詩：送客莫辭秋晚，龜磎好處西關。

曾携壁上鸕鷀杓，來飲靈泉一掬甘。却笑眼花前日誤，竟煩舌本為渠參。

鳳鳴洞祈雨三絶

山蹊屈曲費躋攀，來謁仙姑氣貌閒。曾與人間祈得雨，姓名從此徹天顔。

洞口流泉清徹骨，崖頭瀑布冷侵人。隔凡不許纖塵入，誰識中潛縱壑鱗。

六月官河已斷流，農家無水蔭田疇。我來欲問姑求雨，要勝常年望有秋。

初秋

暑氣蒸人病未蘇，時吹涼雨滿庭除。秋來不待梧桐報，妝點前山景色疎。

游東山國慶院院有明月堂白雲軒土人云明月白雲謝太傅所携妓小字也此出於李白憶東山詩特紀一時景色王性之記中直言明月白雲二堂是太傅舊跡又誤矣因成一絶以識之

當年携妓漫來游，後世薔薇句更遒。明月白雲成底事，誰知棋罷是深謀。

十八澗

九磎十八澗邊游，風景蕭疎接素秋。野草怕人愁有賸，尚餘翠色映雙眸。

十年前拜四聖觀林和靖像曾有詩爲士友諷誦庚辰中秋後十日重游適梅破一二蕚再書

孤山山下舊祠堂，詩與梅花一樣香。方欲向君求剩語，忽逢摘索破天荒。

蓴二絶

春深買得一絲蓴，絶勝農家碧澗芹。却笑吾宗深有托，自憐野鶴在雞羣。

達人胸次與天寬，到處浮家得細看。滿盌蓴絲浮碧色，不妨邀客話儒酸。

陳家渡至上乘院

山田叠叠之字轉，穲䆉森森雲様生。輸與農家生計定，纔逢楊柳便清明。

宿彌陀興福院遇詩僧妙寧

今宵僧院借牀眠，風誤秋聲在枕邊。起共詩人談隽永，瀹茶新汲礀泉煎。

留題餘杭道明山勝因院

人生行止且隨緣，不到玆山十五年。紫翠屏前久空闊，四時轉景是風烟。

感秋扇五首

須信此心元有性，苦將濁酒破人愁。舊愁未解新愁至，團扇因何怯去秋。

人到退時須著力，未退之時休向前。暑中團扇多勳業，一夜西風亦偶然。

班氏休吟團扇句，退之枉賦短檠歌。行藏用捨皆前定，凡物逢時莫要過。

篋中團扇去年携，小字曾書老杜詩。今日秋風風漸起，要人收拾自知時。

潛藏酷暑又明年，月缺秋孤快目前。團扇此時還用事，知機元要占人先。

村外寒食

八字橋邊春水平，三家村裏亦清明。女郎鼓棹歸來晚，却被風光賺一生。

春晚聞鶯

村北村南花事稀，晚風吹雨緑盈枝。黄鸝暗與春光轉，似怕騷人細作詩。

種松添竹口占一絶

添竹栽松眼界寬，四時長使翠光團。參天會見充梁棟，礙月休令作釣竿。

種得成時我已歸，明年此際弄秋暉。丁寧園叟頻澆灌，要見元功無盡機。

次韻竹林玉老三首

筆法有神緣劍舞，詩壇游戲也無妨。却嫌踏破鐵門限，剗草堂前化鞠場。

我似吴牛喘月光，領瘡磨鞅巧相妨。何時飽聽林間笛，了却官租稼滌場。

晚景奔忙駒過隙，鬧中且覓静何妨。時宜正要新聲巧，賀老龍鍾莫定場。

獨坐

破愁淺酌賢人酒，覓句還尋君子花。造物於予元自厚，閉門獨坐日初斜。

聞鵲

舉頭聞鵲心偏喜，的是庭闈初寄書。報語加餐眠穩外，只留清白替菑畬。

即事

村烟四五水成灣，拍拍鳬翁意自閒。秋雨不能回衆緑，洗開霜色露寒山。

九月朔

一春多雨阻清游，留得名花到暮秋。偶見來禽與仙杏，淡紅殘粉亦風流。

大龍寺荆公詩石 天下蒼生望霖雨，不知龍向此中蟠

宰邑歸來便老成，豈知詩句是心聲。細看野水無人渡，終勝蟠龍守此清。

雪中獨步家園

北風掠地盡無塵，惜許林園未有春。小試囊中餐玉法，誰為天外散花人。

正月晚訪梅

牆隈楊柳已垂絲，岸北梅花始着枝。風掠晴香覓詩句，容渠開晚占春時。

梅時往來郊外十絶

舊冬全未見梅枝，多是江南春訊遲。今日相逢猶摘索，翠濤箋上寫新詩。

踏雪西村探古梅，一株寂寞為誰開。不消絃管與彈壓，自有騷翁時往來。

一冬多雪更多陰，問訊磎梅春未深。等得春來花已漫，孤高不改歲寒心。

半生見梅唤作兄，我詩政見梅邊清。前回待欲唤曾子，惜許踈蟾未弄明。自注：舊冬一篇有借得梅之清句。

不作等閒桃李色，一聲羌笛怨驚塵。偶思今歲開花晚，要醉風前爛熳春。

琉璃木葉襯瓊英，折得歸來照眼明。聞道此花清似我，莫言避俗太無情。

剪蠟匀脂别様粧，吐芳先與探春光。為縁骨相天然好，所欠江頭細細香。

近來踈懶任方圓，參取梅花句裏禪。三尺枯藤同所好，斷無人似拙翁顛。

春已多時花漸繁，勸梅未用點苔斑。隔塵自有元規扇，要見風流慶曆間。

磎邊小圃半荒蕪，數種梅栽莫負渠。香色幾年吟不盡，蜂鬚先得妙工夫。

黄木香

名花愛向春深月，幻作人間黄玉花。裛露承風嬌不盡，好將逸語為渠誇。

春日二首

木香堆架漸開花，旁徑薔薇錦未斜。風劈柳絲成亂絮，輕輕飛入野人家。

春光到此未須歸，緑替紅殘已暗圍。說與羣兒休趕逐，要看宛轉自然飛。

贉村望潮

沿江一曲水通村，潮拍平沙滿舊痕。落日鎔金潮又漲，水天直接海山門。

題睡布袋

佛身廣大遍虛空，收拾歸來一衲中。走入睡鄉推未覺，只緣認得主人翁。

雪後

連朝風雪滿空來，喜得新晴萬象回。甚欲出門尋野興，梅花多是旁春開。

題等慈寺後經略潘德鄘舊居三絕

父兄師友俱鳴世，培養都緣歲月深。忍得淸貧忘寵辱，至今聲譽藹儒林。

中書當日冠天下，半世浮萍無定居。却是子孫能力守，結茅隨分並精廬。自注：潘良貴字義榮，何㮚榜第二人登科。其外舅以二千貫托婺守為起宅，婺守請義榮之父具問所卜。其父答曰：兒子方忝一第，安敢以此擾鄉里，請以所支金封還之。義榮自是終身不治宅。

古來名士都如此，後世虛浮類鄙之。賴有晦翁高著眼，青青鉅竹蔭簷楣。自注：晦菴書月林字。

泊楊園詩

名園依水跨官塘，古木扶疏圍夕陽。粉蝶不來蜂又去，一雙燕子話淒涼。

紀程十絕

半夜燃其車堰歸，縣街燈火已稀微。路人莫笑奔波甚，領略江山暫解圍。

旋呼篷艇到新橋，日影隨寒上柳梢。烏帽絁裙真野服，又乘山轎過山腰。

宿霧漫山寒未開，老僧笑我四番來。功名遷轉都如此，頗羨幽人隱磵隈。

百漏船東竹似椽，一杯茗粥説癡禪。恰如二月烏鹽角，村北村南童稚顛。自注：村市小兒二三月間剥柳皮捲成牛角，吹而成聲，名曰烏鹽角云。

貧民逐利可憐生，水附泥乾鹵漸成。多得鹵成求淺利，問天乞取一冬晴。

沿湖水淺灘勢斜，小兒并灘運魚叉。風力如銛雙股冷，青帘側邊是儂家。

秋晚曾來十日過，滿田稗子緑成窠。年荒只待州家榜，分數攙多喜若何。

星移山轉度寒沙，到得塍頭鼓二撾。忽憶昔年斗門渡，風翻浪葉鱅欹斜。

敲開野店旋吹燈，舊酒重温醆易冰。十五年來隨分過，任人呼作在家僧。

冬晴全未見梅花，籬角黄花尚綴葩。賸喜交情真耐事，風流不到五侯家。

海際民田

良田水旱不妨耕，海際成田禾罕生。一夜潮來留剩水，民家辛苦望西成。

夜坐

繁絃脆管挾春華，都屬侯門富貴家。我獨蕭然無一事，清宵兀坐聽鳴蛙。

題旌教院僧房雲舫又名百漏船三首

山僧成歲枕雲根，豈是無心直漫云。更闢短窗臨澗水，自題雲舫見殷勤。

雲片東西自在飛，偶然連綴又成衣。商量做雨竟何事，刻畫奇峰便忘歸。

既名雲舫知歸宿，何用多言惹是非。水到渠成添百漏，可憐未解箭真機。

柳樹匯

望望孤城緑樹根，平沙連屋草連雲。夕陽坡上人牛小，耕出羌王古印文。

龜子匯

暝入荒山近十里，茅屋人家隔溪水。青燈一夜不成眠，明日長征又如此。

始寧泉

始寧花木今何在，一派山泉紀此清。説與老僧頻整葺，世間難保是虚名。

寺樓舒目

風盡天陰分野色，雁眠雲影得新晴。江臺寺裏閒登覽，屋遠吴山畫不成。

代吴兒作小至後九九詩八解

一九纔過二九來，見人相唤袖難開。外頭天色時時轉，雪急因風緩緩回。

三九寒威漸漸强，顛風刮面怎禁當。籬頭爨栗從頭響，添得人愁綫様長。

沽酒烹魚送舊年，情知四九在冬前。烘來布被何曾暖，身作自注：音做。彎弓宿露天。

今年燈市好安排，雪柳香梅費剪裁。歲月匆匆臨五九，太陽門户向東開。

冬深生冷喜新春，賦得貧窮敢怨人。六九數終風扇動，放些意氣走芳塵。

轉頭七九數過三，無事閒從野老談。花氣熏人能様猛，脱來布衲兩頭擔。

五五三三拋堉忙，柳絲深處映陂塘。貍奴犬子尋陰地，八九春中日正長。

我儂閒過謝皇天，只願從今大有年。九九數來無可數，都將犁把去耕田。自注：蘇子由《冬日》詩末句：似聞錢重炭薪輕，今年九九不難數。子由時在潁州。

家園散策二絶

山容娟麗青無盡，心地寬閒樂有涯。春訊不應梅占斷，風流猶有海棠花。

散策家園日護雲，静看溪水碧生粼。春光不為名花老，赢得年年錦繡新。

宫人斜

塗脂抹粉豈長妍，得寵宜思辱在先。萬古宫人斜上望，淡烟衰草為凄然。

薔薇三絶

多謝東風巧剪裁，朱朱白白待春開。偶因無事尋詩句，又見沿蹊錦繡堆。

雨回新緑方留潤，日映輕紅無盡嬌。為惜江南春事好，對香吹水入金焦。

薔薇開盡知春晚，燕子閒來又日西。却恨丹青描不得，旋將心事付深閨。

近於小圃築堂名曰秀野隔河插木芙蕖舊有詩云

二十四番花信風，凝脂剪翠巧妝容。誰言桃李芳春後，不似沿流錦繡中。

再吟二絶

繞堤盡種木芙蕖，楊柳陰中動碧虚。待得秋來花勝錦，柳絲斷續怕風梳。

二十四番風報信，名花開了便匆匆。誰言造化無窮盡，又報秋花第一風。

偶　吟

將花作婢那解語，喚竹為奴亦浪名。霧鬢雲鬟休用怨，主翁先有不平鳴。

范　園

隱之立異酌貪泉，直使吾名四海傳。得似范公全雅志，只將清白遺時賢。

軒　亭

籃輿清曉過軒亭，軒外山園未了青。我意他年尋一壑，只因今日眼曾經。

延桂堂

靜看桂影上簾櫳，幾度吟詩句未工。從此相忘天地外，主人袖手小闌東。

小　池

小池栽得數枝蓮，也占新凉七月天。説道南灣納空闊，盡將野意换韶妍。

水月泉

水清月白又初秋，瀌瀌山泉入澗流。我已重來君解否，生平厭作是非謀。

江　下

昔曾襆被宿江潯，風雨欺人春未深。轉盼六年重到此，越山依舊隱雲心。

丈　亭

潮水衝沙未轉清，急摇雙艣似鵝鳴。須臾停艣依荒岸，草屋疎燈記夜程。

題懷謝驛

謝公洗屐水平池，笑傲東山望一時。究竟後人能尚友，驛名懷謝著深思。

偶得

客舍牆根草未生，市橋官柳已欣榮。洪鈞造物元無意，只是東風有世情。

偶成

竹奴角簟頗相宜，正是書齋寂靜時。白鳥忽穿林影去，自携紈扇細題詩。

偶書二絶

静觀萬物各隨緣，天亦何心付自然。鸜鵒不材《永樂大典》卷八九六作村鷃鶉貴，豈知鸜鵒得天年。

久知鳧短鶴長語，誰賦花榮竹脆詩。物理無窮難測識，且傾美酒樂天時。

偶題

夜深水冷無香餌，若箇黄鱗肯上鈎。我欲釣鼇安爾用，一竿風月好迴舟。

題司馬才叔詩後

司馬才名世所賢，銀鈎珠唾尚依然。塵埃試看蛛絲壁，倒指於今六十年。

六言

梅長官深有味，自注：越人以楊梅為梅長官。木居士喜清游。未用三熏三沐，且占一壑一邱。

色惟有用文《永樂大典》卷八九六作支子，翠亦堪餐此君。未須歌南浦雨，終是望渭北雲。

以上《拙軒集》卷四

睡寒山拾得贊

人居火宅無不有，你亦投身携掃帚。一朝放下困騰騰，明月寒潭只依舊。

僧熊畫布袋贊

弄盡精神真揑怪，横拖拄杖街頭賣。忽然兩步走歸來，四大不收圖睡快。

蘇李松石圖贊

東坡先生，錦繡心胸。戲作怪石，一時告功。當其落筆，雨霈風從。齊安赤壁，惠州鶴峰。十年飽覽，孰可攖鋒。温潤枯淡，變態不同。一卷之石，作倚盤松。龍眠居士，孰躡其蹤。一瞬八表，如鶴在空。東坡頌美，佳名日穹。明窗展觀，松古石窿。天下之寳，豈間窮通。東坡之節，龍眠之隱。一異出處，如琴加軫。吁嗟二公，人中之龍。百餘歲後，仰止英風。我生後時，何以形容。紀述惟贊，愧非揚雄。

辛巳自贊

徐永昇畫時，予弱冠而綴文。趙可大畫時，予三十而有立。錢誦畫時，予究道之出入。蓋嘗晦其聲名，謝其等級。惡脂韋而取容，與傲世而長揖。客問直夫，處事太執。直夫俛而笑曰：人各是其所習。

戊寅自贊

有伯夷之清，而無萬世之凖。有孟郊之古，而無一代之名。能操守而冰潔，視富貴如雲輕。前乎直夫是一臞叟，後乎直夫是一書生。既不能潤乎詩書，又不能事乎縱横。客有過者曰：嘻，視彼拙貌，徒汙丹青。

以上《拙軒集》卷六

客有誦唐詩者又有誦江西詩者因再用斜川九日韻

泛觀今人詩，機巧由心生。鏤冰與鑄木，未免求虚名。豈知製作妙，渾然同水清。塵埃數張紙，亦足傳佳聲。羣趨不知守，辛勤到莫齡。奈何口耳間，一見意已傾。投身入詩社，被褐生光榮。黨同伐異説，初非出本情。我願剖藩籬，學力隨所成。

有作

名塵愧屢拂，世垢思一澣。急索脛已腫，虚驚背獨汗。窘步裁免跌，高談卒成謾。辰去將奈何，磨頭髩如彈。

偶成

長歌詠考槃，灑落似休官。愛竹臨溪倚，携書坐石看。足煩猶看屨，髮秃自忘冠。顧為無多欲，持身到處安。以上《永樂大典》卷九八六引《拙軒集》

探野航古梅

池邊梅未綻，不是怯霜風。待得陽和到，清香一線通。同上書卷二八〇八引《拙軒集》

贈句容士人

山川清美天下稀，五瑞同時盍紀碑。按：五瑞，指特秀之芝、兩岐之麥、同本之竹、並蔕之瓜蓮。碑上只言人物盛，若言德政愧無之。

句

剩喜聯官忘爾汝，故令元化奪胚胎。謝同僚　以上明王僖徵弘治《句容縣志》卷一二

存目

詩題	首句	出處	附注
先公守汝陰都曹路君挂冠東歸載乖崖公留其録語今傳播世間三十年矣過居潁昌……	誰聞嚴蔑言	《永樂大典》卷八九六引張侃《拙軒集》	此系蘇過詩，題中過字極明，《永樂大典》誤收。詩見本書卷一三五四蘇過四

（虞行整理）

全宋詩卷三一一三

袁似道

袁似道（一一九一—一二五七），字子淵，鄞縣（今浙江寧波）人。韶子。以父蔭補承務郎，監無爲縣襄安鎮。理宗紹定四年（一二三一），爲江南東路安撫司幹辦。端平二年（一二三五），充沿海制置司機宜文字。淳祐七年（一二四七），通判嘉興府，十一年，知嚴州。寶祐五年卒，年六十七。事見《清容居士集》卷三三《西山阡表》。

月波樓

繡節移華屋，下照鴛湖闊。飛梯駕秋旻，傑觀壓雲堞。銖積日用間，經營妙無跡。圖畫劃天開，景物劖地絶。簡静還樂邦，登覽追逸轍。彩舫回波心，芳樽浮月夕。清吟開酣飲，長嘯雜横笛。新詩紀遊情，□酒驚醉魄。傳看大軸盈，準擬堅珉刻。□□望其成，抑以觀稼穡。　元徐碩《至元嘉禾志》卷二七

朱慶朝

朱慶朝（一一九一—一二六二），原名俊，字榮名，號越山，縉雲（今屬浙江）人。寧宗嘉定四年（一二一一）進士。官終湖廣觀察處置司副使。理宗景定三年卒。事見民國《棠溪朱氏宗譜》卷三章溢《副使越山公表狀傳》。今録詩二首。

赤壁觀泉

渺渺長流自古今，憑高凝眸幾迴深。欲知最上源頭處，只在工夫着意尋。

應試渡江

旭日澄江新氣齊，登舟直上武林西。桂花香發正秋月，隔岸漁歌相喚啼。

以上民國《棠溪朱氏宗譜》卷二

（以上劉雯整理）

丁大全

丁大全（一一九一—一二六三），字子萬，鎮江（今屬江蘇）人。理宗嘉熙二年（一二三八）進士，調蕭山尉。添差通判饒州。入爲太府寺簿，累遷同知樞密院事兼權參知政事、寶祐六年（一二五八），拜參知政事、右丞相兼樞密使。開慶元年（一二五九）罷，景定元年（一二六〇）致仕。二年，貶貴州團練使。三年，移置新州。四年，溺死藤州。《宋史》四七四有傳。

句

雲從百丈潭中起，雨向九重天上來。百丈潭

清林喬蕃康熙《羅源縣志》卷五

馬宋英

馬宋英，温州（今屬浙江）人。以善畫爲丁大全所賞。事見《圖繪寶鑑》卷四。

至錢塘浄慈寺寫古松於壁因題

磨盡一錠兩錠墨，掃出千年萬年樹。月明烏鵲誤飛來，踏枝不著空歸去。

元夏文彦《圖繪寶鑑》卷四

（以上李全整理）

林靖之

林靖之，字共甫，吴興（今浙江湖州）人（《浩然齋雅談》卷中）。寧宗嘉定十四年（一二二一）爲江陰軍司理參軍（明嘉靖《江陰縣志》卷一二）。知崑山縣（明嘉靖《崑山縣志》卷五）。

賦梅

與月淡交連影瘦，于春無競著花疎。細雨斂塵棲蕚潤，輕雲度谷壓香低。　宋周密《浩然齋雅談》卷中

陳武子

陳武子，字日文，長樂（今屬福建）人。理宗淳祐元年（一二四一）特奏名（《淳熙三山志》卷三二）。

垂虹亭

行樂江亭上，情彌天壤間。舟識王訪雪，妓鄙謝登山。佳致輸公擅，清歡愧爾慳。賓僚陪宴笑，興盡莫輕還。　明錢穀《吴都文粹續集》卷三六

（以上劉雯整理）

開禧牧童

歌

朝出耕田暮飯牛，林泉風月共悠悠。九重雖竊阿衡貴，争得功名到白頭。

句

玉津園内行天討，怨血空啼杜宇紅。　以上清厲鶚《宋詩紀事》卷九六引《昨非菴日纂》

《昨非菴日纂》：侂胄過南園山莊，趙師羼偕行。至東郊别墅，見林薄中一牧童歌云云。趙呵曰：「平章在此，誰敢唐突。」跡牧童至草廬，屏上有詩句云云。後韓為史彌遠誅於玉津園。

（孟憲忠整理）

尤帶

尤帶，字公垂，無錫（今屬江蘇）人。燿子。以從父焴蔭授太常寺太祝，擢將作監主簿。以詩迕達者，去官。有《復初齋詩稿》十二卷，已佚。事見元尤玘《萬柳溪邊舊話》。

春曉

東方看欲曙，三五斗參横。月影斜穿竹，雞聲遠逐鶯。花街紅露膩，柳浪翠烟輕。滄海升朝日，春光滿太清。　清顧光旭《梁溪詩鈔》卷二

（李更整理）

釋皓

釋皓，字鐵山。與姚鏞（雪蓬）同時。

句

楚雁傳歸信，吴鷗候過船。迎姚雪蓬　清陸心源《宋詩紀事補遺》卷九六

（劉雯整理）

趙東師

趙東師，與姚鏞同時（《小學弦歌》卷八）。

題姚雪蓬騎牛小照

騎牛無笠又無蓑，斷隴横岡到處過。暖日喧風不常有，前村雨暗却如何。清李元度《小學弦歌》卷八

《小學弦歌》：姚鏞以平寇功守贛州，畫騎牛小照，趙題詩規之。亡何，果為帥府所劾。

（王寧整理）

釋淵

釋淵，字萬壑。理宗紹定中寓剡中（今浙江嵊縣）。事見《宋詩紀事補遺》卷九六。

訪姚雪蓬貶所

故里田園抛弟妹，異鄉燈火對妻兒。十年漂泊孤篷雪，誰補梅花入楚辭。《宋詩紀事補遺》卷九六

（許紅霞整理）

毛滄洲

毛滄洲，生平事迹未詳。與姚鏞有交（《詩家鼎臠》卷下姚鏞《别毛滄洲》）。

江郊旅舍

京旅江郊僻，樓居賸得清。柳風羅帶嫋，荷雨水銀傾。日夜潮來去，東西山送迎。悠悠千古興，吴越暮雲平。影印《詩淵》册五頁三二〇一

（漆永祥整理）

全宋詩卷三一一四

徐經孫

徐經孫（一一九二—一二七三），初名子柔，字仲立，號矩山，豐城（今屬江西）人。理宗寶慶二年（一二二六）進士。授瀏陽主簿，遷知永興縣。淳祐六年（一二四六），知臨武縣（《八瓊室金石補正》卷一一八）。後通判潭州。寶祐元年（一二五三），知吉州（《平塘集》卷三悼詩題署）。遷福建安撫使兼知福州。召爲秘書監兼太子諭德，累遷翰林學士、知制誥。度宗咸淳九年卒，謚文惠。有集（劉克莊《給事徐侍郎先集序》），已佚。明萬曆四十二年裔孫徐鑑收集遺文編刻《宋學士徐文惠公存稿》五卷。事見本集末附熊朋來《宋翰林學士徐公墓表》，《宋史》卷四一〇有傳。

徐經孫詩，以明萬曆徐鑑刻本爲底本，校以影印文淵閣《四庫全書·矩山存稿》（簡稱四庫本），編爲一卷。新輯集外詩附於卷末。

賜宜春易太極

易有太極，在天地先。兩儀四象，是謂後天。春臺得之，云自希夷。吉凶禍福，予以前知。八十二宫，頗與俗殊。數往知來，亶其然乎。

元旦訓孫

咨爾潭生，今歲十六。棄汝幼志，企慕老宿。收汝放心，歸就檢束。業必精思，書必勤讀。敬事父母，出入必告。欽奉師模，傳習必熟。友愛同氣，如手如足。珍重自身，如珪如玉。非禮勿視，祇汙青目。非禮勿聽，祇亂心曲。非禮勿言，言必招辱。非禮勿動，動必非福。翁作箴言，爾其佩服。念哉敬哉，中有天禄。

覺溪八景

雷奔石壁間，瀑瀉洞門側。蜿蜒乘洪濤，變化莫可測。

右龍門春浪

西風吹石岐，鱗甲起深轍。借問去來人，誰是騎鯨客。

右鰲頭秋風

初生半崖陰，漸失雙峰翠。倏忽滿太虚，蒼生望霖雨。

右羅阜朝雲

溪月濯銀盤，溪橋卧脩虹。沙净碧波寒，分明見蟾闕。

右潘溪夜月

山圍古寺陰，曙隔鯨音發。悠揚三四聲，喚上東林月。

右隆福晚鐘

飄蕭鷗鷺群，淅瀝孤蒲晚。雲斷山月明，新泉落前澗。

右驪塘暮雨

林館碧溪陰，絃歌雜燈影。夜分猶吾伊，學海在人境。

右水北書聲

詩家在東皐，雞林價争售。作者復幾人，風月三千首。

右東源詩社

題施山觀音閣

閣道連雲棧，簷牙覆竹陰。南來天馬渡，北落水龍吟。林鳥疑譚偈，田花欲佈金。憑欄觀下界，洞見遠公心。

長子思詵赴江西庾幕

三年永豐簿，兩載半臨川。納滿無多日，奇逢有二天。臨民須近厚，減價要重蠲。莫道違離遠，常如在膝前。

思詵生朝分忠勤酒侑之以詩

帝正纔五五，吾子始生時。潘縣花將錦，陶門柳欲絲。與民同樂意，在我即琴棋。酒自忠勤出，公餘薦一巵。

病中有感

習懶多成病，旬餘久覆杯。帳中聞燕語，瓶裹看花開。醫已肱三折，愁來腸九迴。何時得疏散，屐齒印蒼苔。

幼子思誼舉次孫命名陽生

吾年七十四，始見兩孫枝。陽德初回候，蟾光欲滿時。傳家惟簡册，願汝似蘭芝。何日解言語，能吟公此詩。

送思訦之官鰲峰

我如汝年時，昉問便江戍。選穽如海深，望洋吁可怖。汝今亦宜教，去作鰲峰主。有民環百里，待汝字而撫。何以奉寬條，何以撫黎庶。惟公則生明，平心閱牒訴。惟廉則寡過，莫受脂膏汙。惟勤則集事，慎勿習逸豫。惟儉可無求，只學我清苦。持此四字符，便是作縣譜。去家三百里，兩地無多路。安問來與往，時走一健步。居官而民宜，睽隔非所慮。三年課最歸，可以見君父。

咸淳壬申六月不暑

常年六月六，暑氣何其酷。犬有吐舌煩，猫得負背燠。今日胡不然，蕭然凉氣足。陽烏潛其輝，小雨時霢霂。重袂猶未温，浴了肌起粟。老病固宜然，壯者亦不浴。短至未及間，秋陰如許毒。本朝王火德，德與堯運續。文明耀四海，年世不待卜。吾君乾六龍，剛健粹如玉。吾相泰九二，夬夬出莧陸。君臣德既同，詎有此陰伏。吾聞氛氣惡，殺氣盛西北。襄城既失守，生靈爛魚肉。匹夫尚懷憂，知此妄屠戮。臣固告上天，忍淚不敢哭。願言掃陰邪，日月舜耳目。中國盛陽明，從今調玉燭。

題伴雲樵唱

佛法生憎綺語，道人安用樵歌。有時言外悟意，不覺山中爛柯。

自贊夏端甫所繪真

老我不堪位置，歸來久混漁樵。忽然珠玉在側，見之令人意消。

春班遇雪

拜賜通班近玉墀，小臣今日覩朝儀。雪花飛在藍袍上，潔白其身正此時。

和端茶訓子 三首

東坡月窟天香遠，山谷雲濤味玉温。相對兩翁元祐老，説茶風味到今存。

寫詩只到黄山谷，又失西川蘇子賢。更把名章細商略，續絃那可惜膠煎。

三日君詩當刮目，看來字字到雲和。從今喜入聖人手，孔杏壇中取瑟歌。

南英會芳亭

衆芳會處得春多，草色隨人氣亦和。聞道吾宗好兄弟，棣花香裏細吟哦。

過嚴子陵釣灘

仰止高風不可攀，且圖生出鬼門關。稽首臺前無復過，歸家斬却釣魚竿。

和臨湘奉議孫敷山歸田十詠 并序

余引年得謝，因思同里有前輩孫公奉議以年未五十致其仕，賦《歸田十詠》，音調幽閑，心切慕之。勉强追和，然豈特其詩不可及，其見機知止之早，尤不可及也。姑録以示兒輩，知里中有此，亦可以洗林下何曾見一人之誚云。

仰止高風早賦歸，晚生自恨不同時。公如嶺上孤松秀，我亦松間百尺絲。

尚記千官拱帝堯，日隨環珮早趨朝。螭坳氈下從容際，咫尺天顔未覺遥。

喬山却似會稽陰，千里孤臣淚滿襟。沐浴恩波無地報，始知滄海未為深。

咸淳天子憐臣老，紫殿清華極邃情。賦禄玉隆真晝錦，有時聽得步虚聲。

九重憂責詎能分，不雨羞為出岫雲。累疏丐歸今得請，保全晚節荷明君。

北窗自有來薰處，長夏何妨一枕高。竹薄未能遮照偏，西風我欲障葡萄。
活水一溪如玉瑩，好山四面似螺堆。個中自足歸吾老，莫待北山文勒回。
家有園池幸未荒，客來有酒或傳觴。秋宵玩月冬觀雪，春日尋芳夏納凉。
人心易溺誰能拯，世道如瀾孰與回。賴有聖賢遺訓在，好懷每為古書開。
早眠晏起自安恬，頭上從教白髮添。和了十詩賒七字，太平時節效陶潛。

題安原寺

杜老曾留脩覺句，韓公亦有岳山題。愧無健筆希前哲，謾把飛紅當踏泥。

病起 二首

去年習懶因成癖，瘦骨支離怯病魔。今日團圓環四世，玉蒲細切泛金荷。
上高殊邑尚吾鄉，千里相忘是建康。王事賢勞宜不廢，師生義重詎能忘。

出朝賦歸來好 十一首

歸來好，籬下菊花應未老。晚香猶可薦清樽，淵明醉後和衣倒。
歸來好，兩歲引年章屢草。聖恩寬厚不容閑，今得生還真大造。
歸來好，顏巷安居樂吾道。此行不敢怨風聞，只恨舒君言不早。
歸來好，一入山林迹如掃。杜門謝客免愆尤，几净窗明讀莊老。
歸來好，菊後梅前宜問道。退朝羽翼此心生，從此五更無起早。
歸來好，從此五更無起早。雖然猷畝瓣香心，天子萬年多壽考。

歸來好，三徑須宜有花草。於中竹柏可耐寒，更種長松成四老。

歸來好，飲食起居隨晏早。閑身樂得未龍鍾，東阡西陌尋芳草。

歸來好，茅簷曝背無煩惱。欣時讀易困時眠，箇中輸與癡頑老。

歸來好，龍門有山名七寶。宿生泉石頗有緣，往來儘可休吾老。

歸來好，萬喜千歡無煩惱。日課吾孫讀古書，此是吾家傳世寶。

北坑拜掃有感

手植松楸四十年，扶疏枝葉欲參天。四兒惟有衰翁在，時領孫曹拜墓前。

題金魚郎

金魚有術妙談天，走遍江湖謁踆躔。原作俊纏，據四庫本改玉帶貴人如一遇，定知換酒不論錢。

贈射虎人

馮婦下車須有勇，將軍射石亦通神。南山白額新除害，好賞今時射虎人。

去國

崎嶇山路記曾遊，誰識為臣去國愁。柏府官中羞豸角，桐江臺上愧羊裘。重違君命留行者，既竭吾才歸去休。霜露感人千里思，松楸未掃已三秋。

北壑瀛洲亭

山中有水水中洲，欲訪蓬瀛此處求。孤嶼插天如搢笏，危亭臨渚似飛樓。並崖香草仙餘藥，隔岸人家風引舟。箇裏藏脩功行滿，弘文學館快情遊。

山塘精舍

歸來魚鳥亦相親，草創山塘謾以名。旋築堤防留水住，盡除菑翳聽松聲。族姻語語人情洽，雲勢陰陰天氣清。好續溪山真率會，從今八景又重成。

恭和御製詩

多士新彈貢禹原作禹貢，據四庫本乙冠，對天忠切動龍顔。臚傳聲徹頒袍笏，燕喜筵開肅佩環。樂奏簫韶成廣内，詩成奎畫照人間。微臣捧詔慚疏拙，也抱傳宣拜賜還。

弭節堂

愍懃主禮重賓榮，弭節新堂慶落成。語熟不妨移座密，更長那復記杯行。轄投相共傳佳話，榻下于今見故情。太史定知牛斗分，客星也傍使星明。

慶仲明弟領鄉薦

記得溪山横膝語，何時解取世科收。薦名恰在二八數，屈指重來四十秋。歲月滔滔催後進，功名冉冉繼前脩。福州得捷知安福，更願君恩賜狀頭。

福州即景

一别居諸歲月增，遥聞此景畫難能。潮田種稻重收穀，道路逢人半是僧。城裏三山千簇寺，夜間七塔百枝燈。常年六月東山裏，地湧寒泉漱齒冰。

福州鹿鳴宴

鹿鳴今日宴佳賓，六萬場中一百人。鰲嶺峰前連巨鈞，龍臺高處耀脩鱗。假途文字皆由命，實地功名好致身。得意春風馬蹄速，杏園交慶緑袍新。

長孫敏學授承務郎

辛勤場屋一書生，六卷時文謾策名。身事兩朝奚所補，恩覃五世亦何榮。前人慶澤宜豐報，爾輩官曹詎可輕。移孝為忠斯不負，更須勤學紹家聲。

黄元肇江山風月閣

江山到處堪圖畫，風月無邊自古今。但要清明如外境，便分動静即吾心。坡仙取用原無盡，康節登臨豈浪吟。天理流行須體識，莫將嘲弄費光陰。

培芳亭草創胥會

培芳草創强鋪筵，畫出清明三月天。長少團欒還五世，笑談邂逅集群賢。或歌或弈杯無算，非竹非絲樂自然。過則相規善相勉，須令和氣藹無邊。

送仲時弟

江關千里隔山川，有弟能來慰眼前。方喜鴈行隨處樂，可堪蟾影别時圓。暑行勿亟宜强飯，湍激多驚莫問船。歸到家山相勞苦，團欒恰是菊花天。

題西坡芳心亭

翛然古木湛然池，樂意相關自造微。莊子非魚真實問，海翁狎鳥本忘機。樽中有酒逢人酌，琴上無弦信手揮。秃盡剡藤吟不就，妙哉川泳與雲飛。

賀汝立拜恩封

君恩歲序兩俱新，鸞誥叨榮鶴髮親。天上龍光疏雨露，堂前燕笑壽松椿。孫枝子舍皆騰踏，蘭省璧池交問津。此去椒盤重獻頌，斑衣中有緑衣人。

和李後林分惠瓊花降字韻

詩句尋芳自抑揚，一觀佳什覺心降。山中玉蕊雖無數，天上瓊花孰有雙。愧我未能瞻后土，荷君分惠到南窗。從今可小中興瑞，大地移根到此邦。

乙丑三月十二夜夢得家有園池樂壽康之句覺而足成效邵康節作首尾吟八首

家有園池樂壽康，四時隨分得徜徉。魚遊春水吾同趣，蓮拆秋房客共嘗。風裏松聲傳古調，雪中梅蕊驗初陽。官閑身老猶幫俸，家有園池樂壽康。

家有園池樂壽康，閑中日月覺偏長。睡餘携幼遊花圃，飯後呼童給鶴糧。堆案縱横書數册，隨盤歡喜酒三觴。客來問我渾無事，家有園池樂壽康。

家有園池樂壽康，君恩廣大壽無疆。玉龍自是神仙骨，紫殿容依日月光。不織不蠶時賜帛，無功無過歲支糧。老臣得此知慚愧，家有園池樂壽康。

家有園池樂壽康，撫存松菊未為荒。斛租不及胡椒數，樊圃何如步障長。静裏謾看猿弄臂，閑中時聽鶴鳴吭。山林陰密宜藏拙，家有園池樂壽康。

家有園池樂壽康，人生何用苦乾忙。三冬慣曝茅簷日，九夏貪眠竹簟凉。大寫文書遮老眼，熟煨芋栗飽枯腸。無榮無辱渾無事，家有園池樂壽康。

家有園池樂壽康，北窗何敢傲羲皇。池開滿引靈淵脈，户廠西迎太乙光。初節易渝誰保晚，好人難做必觀常。老來自適閑中趣，家有園池樂壽康。

家有園池樂壽康，晴簷曝日小春陽。爐存榾柮火難過，餞酌芹蔬味更長。更覺寒威潛出户，便令和氣復連床。團圓家慶堪圖寫，家有園池樂壽康。

家有園池樂壽康，浮雲富貴利名場。欄栽藥相揚樓美，壇植花王姚魏良。忘機久結盟鷗社，得意閑觀狎鷺塘。提壺挈榼堪遊賞，家有園池樂壽康。

丙寅九月送龍門課試士友

涼風九月菊花天，路近龍門自坦然。勝友如雲儒雅集，雄文麗藻燦連篇。平時學問勤攻玉，聖世功名好着鞭。黄屋臨軒新策士，姓名一一聽臚傳。

和胡適齋韻

得得高軒到澗泉，真成空谷喜跫然。三詩惠我驚人句，八秩如公現世仙。一見長身知潤德，頗疑盛際有遺賢。君王已獲非熊兆，釣隱如今起渭川。

以上《宋學士徐文惠公存稿》卷四

悼陶德芳

袖有銀毫刺史章，先生不是薄淮陽。倦遊誰不思三徑，勇退今惟見一堂。講席有功周子學，義田無愧范公莊。忍聞耆舊銘旌舉，此語吟成淚數行。

宋陶夢桂《平塘集》卷三

贈曾司户

君家螺江頭，我家劍江邊。千載會相望，飲水同一川。堨來古梅關，相識春風前。高義軋層漢，清譚響幽泉。努力學往哲，勿為時俗牽。

和黎丞梅關嶺

峭壁接高天，閒雲淡横嶺。稍便僧房静，未覺官曹冷。風月兩閒人，山川一佳境。誰歟共兹樂，老仙白垂領。

丙戌新春偶成

新年十許日，才有一篇詩。鄉思風中亂，春心雨裏知。病緣衰驟至，懶與睡相宜。暗想泉溪上，杜鵑啼故枝。

小英石峰

舊作英巖隱，今為庾嶠行。雖然一拳許，有此數峰青。巉崒警凡目，堅剛悖世情。墨卿相指似，只尺是蓬瀛。

送太庾黎丞

客懷秋易惡，送客更當秋。薄宦相從久，孤征肯暫留。酒輕離思重，目短大江流。黄菊聊持贈，寒香晚不羞。

月夜赴郡會歸鞭轉不成寐觸事感懷

庾山高入雲，章水清見骨。山高晚宜梅，水清寒浸月。美人天一方，雲烟妙空闊。帶月簪梅花，獨起舞殘雪。

雜　興

梅花亦何奇，偏得幽人愛。清寒風雪夜，一枝静相對。

以上明曹學佺《石倉歷代詩選》卷二二一

秀巖

在臨武，淳祐丙午九月上澣題

風露增涼曉氣清，崎嶇取路遶溝塍。早田得雨秋耕遍，晚稻如雲歲事登。古澗蛇行泉曲折，崇岡虎踞石稜層。撩人野興皆詩料，自愧塵埃謝不能。

四山環抱似圍城，石屋中間地砥平。天隔俗塵飛不到，神開寶藏晝難成。岩分上下光皆透，水有往來蹤不明。可惜韓張期界上，當時過此未知名。

清陸增祥《八瓊室金石補正》卷一一八

梅花

約臂金寒拓綺疏，搔頭玉重壓香酥。含章檐下新妝額，試啟菱花得似無。

清曾燠《江西詩徵》卷一九

（聞賢整理）

徐經孫

全宋詩卷三一一五

嚴羽一

嚴羽（一一九二？—一二四五？），字儀卿，一字丹邱，自號滄浪逋客，邵武（今屬福建）人。一生隱居不仕，曾浪跡江、楚等地，爲戴復古所獎重。以《滄浪詩話》著稱於世。詩多散逸，邑人李南叙收録其詩及詩話爲《滄浪吟》，度宗咸淳間黄公紹序而傳之。另有評點《李太白詩集》二十二卷行世。事見本集，參王士博《嚴羽的生平》（載《文學遺産》一九八五年第四期），明嘉靖《邵武府志》卷一四有傳。

嚴羽詩，以《適園叢書·滄浪嚴先生吟卷》爲底本。校以明正德丙子林俊序本（簡稱林序本）、正德庚辰尹嗣忠刻本（簡稱尹本）、正德胡重器覆刻本（簡稱胡本）、怡蘭堂藏夏大夏重校本（簡稱夏校本，藏北京圖書館），酌校明嘉靖清省堂本、清鮑廷博據元本手校本（簡稱鮑校本，藏北京圖書館）、影印文淵閣《四庫全書》本（簡稱四庫本）。新輯集外詩一首，附于卷末。

西陵望

西陵終日望，不見有歸橈。欲去猶回首，寒江起暮潮。

閨·怨

昨夜中秋月，含愁顧影頻。空留可憐影，不見可憐人。

欲作遼陽夢，愁多自不成。錯嫌烏臼鳥，半夜隔窗鳴。

舟中示同志

見説春帆外，康廬水石多。期君一把臂，長嘯入煙蘿。

塞下絶句

莫被封侯誤，封侯似漢家。君看城下骨，萬古一黄沙。

送友人之楚州

黯黯離筵夕照收，江城羌笛起邊愁。念君此去三千里，何處關山是楚州。

酬故人見贈

湘江南去少人行，瘴雨蠻煙白草生。誰念梁園舊詞客，桄榔樹下獨聞鶯。

羽林郎

貂帽狐裘塞北妝，黄鬚年少羽林郎。彎弓不怕天山雪，生縛名王入建章。

閨中詞

良人西去擊狂胡，妾在閨中對影居。萬里長看天外月，一生空得夢中書。

塞下曲六首

孤城莽莽秋天外，竟（胡本作盡）日無雲空自哀。忽（原作勿，據林序本、尹本、夏校本改）怪一時天盡黑，合羣胡雁向西來。

渺渺雲（林序本、夏校本作塵）沙散橐駝，風吹黄葉渡黄河。羌人半醉蒲萄熟，塞雁（林序本、胡本、夏校本作馬）初肥苜稭多。

古戍秋生畫角哀，思歸泣盡望鄉臺。胡天日落寒風起，但見黄沙萬里來。

一身遠客逐戎旌，落日蕭條望古城。漸近磧西無水草，北風沙起橐駝驚。

玉關西去更無春，滿眼蓬蒿起塞塵。漢馬不歸青海月，胡笳愁殺隴頭人。

天山一夜雪漫漫，虜去營空戰血乾。十萬征人回馬首，天邊烽火報平安。

江上送客

留君夜飲北風寒，且折梅花耐醉歡。明日桐廬潮去遠，孤帆天際若為看。

賴成之還自江西感舊有贈林序本、胡本、夏校本作作

十年心事兩蹉跎，南北東西别恨多。今日樽前重把手，相看争奈白頭何。

聞笛

江上誰家吹笛聲，月明霜白不堪聽。孤舟萬里瀟湘客，一夜歸心滿洞庭。

舟中望林序本、胡本、夏校本作指落星寺

日暮黄沙壓岸平，江心風浪暗冥冥。南康一望何由到，愁殺舟中指落星。

答李友山山中留别

已恨青山臨渡口，相思回首隔夫君。更堪重到相思處，不見青山見白雲。

秋日

西風催我轉胡牀，坐落秋山午夢凉。蟬老樹深音響别，滿天風雨帶斜陽。

新涼

小院新涼水竹通，鳴蟬聲斷晚來風。忽然坐睡瞢騰去，不覺殘書落手中。

臨池

乍涼池館雨初收，菱角蓮房共趁秋。獨恨碧波渾占却，更無賸水浴沙鷗。

北風

夜來雨雪北風顛，吹得波濤欲暗天。世上如今少知己，煩君牢繫釣魚船。

燕原注：此篇或云三體作。

巢破春雛半不存，銜泥空傍主人門。一生巧計輸黃雀，飲啄官倉長子孫。

吴中送友夏校本作客歸豫章

川程極目渺空波，送爾歸舟奈別何。南國音書須早寄，江湖春雁已無多。

臨川送周月船入京

別時把酒已魂銷，別後音書更林序本、胡本、夏校本作恐闃寥。一片離心寄春水，隨君船入浙江潮。

別客

客鬢風霜晚，離亭鼓角聞。念君當此去，把袂不能分。衡霍連秋氣，瀟湘合暮雲。愁心將落葉，向晚共紛紛。

送張季遠入京

手把一枝菊贈金林序本、尹本、夏校本作君千里行。山川遥滿目，何處是吴京。飲罷北風起，蕭蕭胡雁聲。東流儻未盡，見我望君情。

訪益上人蘭若

獨尋青蓮宇，行過白沙灘。一徑入松雪，數峰生暮寒。山僧喜客至，林閣借人看。吟罷拂衣去，鐘聲雲外殘。

從軍行

朔風嘶馬動，遥想雁門秋。負劍辭鄉邑，彎弓赴國讎。黄榆連白草，河隴去悠悠。報主男兒事，焉論萬户侯。

翩翩雙白馬，結束向幽燕。借問誰家子，邯鄲俠少年。彎弓隨漢月，拂劍倚胡天。説與單于道，今秋莫近邊。

出塞行

將軍救朔邊，都護上祁連。六郡飛傳檄，三河聚控弦。連營當太白，吹角動胡天。何日匈奴滅，中原得晏然。

關山月

今夜關山月，偏能照馬鞍。盧龍征戍客，圓缺幾回看。遥想金閨裏，應悲玉露寒。黄沙三萬里，何日林序本、夏校本作處是長安。

蜀女怨

幾時離月峽，五見紫蘭凋。塞雁隨魂斷，江花逐淚飄。沙頭南北客，京口去來潮。日日無消息，空登萬里橋。

尋寧山人所居

幽人以道隱，結室林序本、夏校本作茅巖之東。余亦避世客，逢君於此中。鳥因留食至，泉為煉丹紅。向晚下山去，月高秋色空。

江樓夜月懷故山友人陳聘君吳樗鄉四庫本作卿

昨夜江樓月，思君好斷腸。猿聲相應發，山色更青蒼。楚塞來書遠，閩關隔夢長。今朝看愁鬢，林序本、尹本、夏校本作髮為爾半成霜。

江上有懷上官良林序本、胡本、夏校本作長史

憶君悵林序本、夏校本作懷君長不樂，立馬大江邊。塞雁來無際，驚沙度颯然。客心懸日夜，書札斷雲天。莫作青山老，空為人所憐。

聞雁

遠客驚秋雁，高樓復異鄉。聲兼邊哨苦，影落楚雲長。此夜頭堪白，他山葉又黃。年年洞庭浪，飄泊更無行。

送上官偉長

歲晚長愁緒，嗟君更遠行。兵戈今日淚，江海故人情。此別幾時見，寒猿一夜鳴。致君相許在，回首壯心驚。

有懷閩風山人

把酒忽惆悵，君今吴楚間。孤雲隨馬首，風雨隔河關。心事竟何林序本、尹本、夏校本作安在，此行殊未還。空將百年意，泣向寶刀環。

避亂途中

回首兵戈地，遺黎見幾人。他鄉空白髮，故國又青春。多難堪長客，偷生愧此身。本無匡濟略，歎息謾傷神。

將往豫章留别張少尹父子

江西胡本作西江飛鳥外，極目渺離愁。同侣時催發，征人不可留。江湖雙淚眼，天地一孤舟。揮棹從兹去，林序本、夏校本作别空傷旅鬢秋。

懷南昌舊遊

昨在南昌府，清遊不可窮。杯行江色裏，棹進月明中。樓笛吹晴雪，菱歌漾晚風。坐來懷舊迹，萬里一飄蓬。

寄山中同志

我有三足麃，放之在碧山。别來幾千日，昨夢忽乘林序本、夏校本作來還。松色入天盡，巖花落地間。憑君一問訊，沿月上潺湲。

望西山

西山横翠新，中隱古仙真。笑取玉麈尾，揖兹丹霞人。雲從石洞出，月落滄江頻。四庫本作瀕予亦將高卧，藤蘿挂葛巾。

秋夜臨汝館懷友人陳聘君賴竹莊

秋聲動梧竹，月色滿庭蕪。此夕懷良友，天涯各一隅。飛飛羣過雁，切切未栖烏。安得從君去，扁舟駕五湖。

樟樹鎮醉後題

吾憐樟樹好，取醉欲無還。酒壓鵝兒色，辭歌雉子斑。朱樓當碧水，紅日下青山。興罷揚鞭去，蒼蒼煙霧閒。

張奕見訪逆旅

歲晚傷為旅，君來適慰情。郊扉寒少色，江渚夜多聲。報國憐他日，為儒愧此生。那言離合際，更觸壯心驚。

豫章城

愛此城高處，回鞭醉每醒。江花兩岸白，煙樹一行青。雲學山舒態，天隨水賦形。吾多徐孺子，獨向此沈冥。

江行

暝色兼葭外，蒼茫旅眺情。殘雲和雁斷，新月帶潮生。天到水中盡，舟隨樹杪行。離家今幾宿，厭聽棹歌聲。

舟中苦熱

舟行何太熱，岸上莽塵沙。閃閃浪頻過，昏昏日又斜。年衰愁作客，秋近苦思家。蝗旱三千里，江淮兒女嗟。

江上泊舟

天際長愁客，沙邊舊驛亭。風低江浦雁，雪暗夜船鐙。窮老嗟身拙，狂歌畏酒醒。此生何定著，江漢一浮萍。

逢戴式之往南方

此老相逢日，中原正用兵。黄塵空北望，白首更南征。今古悲秋意，江湖惜别情。幾時羣盗滅，匹馬會神京。

塞下

鞍馬連年出，關河萬里賒。將軍思報國，壯士恥還家。大漠春無草，天山雪作花。誰憐李都尉，白首没胡沙。

吴江春望

客有東南别，憑高正憶家。青春江上草，湖日岸頭沙。去鳥無邊盡，歸帆幾處斜。音徽不可問，惆悵結瑶華。

閒居寄友

蕭條遺世心，江海林序本、夏校本作上坐來深。擁褐閒窺沼，思山欲借琴。有幡煙際寺，無葉水邊林。不見同袍友，憑誰伴苦吟。

天末胡本、夏校本無天末二字遇周子俊林序本、胡本、夏校本作陵自行在還言石屏消息

不見石屏老，相逢林序本作思問客船。長沙聞近別，行在定虚傳。兵革來書斷，江湖望眼穿。他時同話此，把臂喜應顛。

喜友人相訪擬韋蘇州作

朝朝竹林院，閉户讀殘書。几閣晨風入，荒胡本、夏校本作江郊寒露餘。故人步屧至，清坐每踟躕。輟卷還留輿，漱泉同飯蔬。

有感六首

誤喜殘胡滅，那知患更長。黄雲新戰路，白骨舊沙場。巴蜀連年哭，江淮幾郡瘡。襄陽根本地，回首一悲傷。

哀痛天災日，絲綸罪己深。王師曾北伐，胡馬尚南侵。謀國知誰計，和親豈聖心。願聞修實德，聽納諫臣箴。

聞道單于使，年來入國頻。聖朝思息戰，異域請和親。今日唐虞際，羣公社稷臣。不妨盟墨詐，須戒覆車新。

災異時時見，羣情恐懼中。修攘今日急，反側向來同。社稷堪多難，安危係數公。殘生江海去，老作一漁翁。

陛下春秋盛，謙卑每責躬。得無勞聖慮，猶未定儲宫。付託關神器，乾坤在至公。早聞宣詔册，歡喜萬方同。

傳聞降北將，猶未悔狂圖。忍召豺狼入，甘先矢石驅。聖朝何負汝，天意屬林序本、胡本、夏校本作必亡胡。試看山東寇，如今更有無。

三衢邂逅周月船論心數日臨分以上六字夏校本作臨別賦此二首

同是江湖客，居然歲月多。心期看白髮，歸夢付滄波。子去見家遠，吾衰奈別何。幾時船林序本、胡本、夏校本作江上月，載酒定相過。

戎馬相逢日，那知復此閒。客愁詩莫遣，世事酒相關。江上孤舟在，天隅兩鬢斑。更將憂國淚，滿袖送君還。

秋日廬陵送杜子野還夏校本無還字攝鍾陵糾掾

暫見還分手，誰能不黯然。去帆蘆葉浦，別酒菊花天。他日思良會，空囊檢贈篇。鍾陵有雁過，林序本、夏校本、胡本作過雁莫忘尺書傳。

臨川逢鄭遐之雲夢

天涯十載無窮恨，老淚鐙前語罷垂。明發又為千里別，相思應盡一生期。洞庭波浪帆開晚，雲夢蒹葭鳥去遲。世亂音書到何日，關河一望不勝悲。

再送賴成之出都

天際晴霞欲變春，高樓分手淚沾巾。荆吴渺渺孤舟遠，江海悠悠白髮新。萬事蹉跎堪更問，十年離別亦何頻。江村幾處梅花發，明日相思是旅人。

將之林序本、胡本、夏校本作至潯陽途中寄諸從昆弟

渺渺孤帆去幾程，悠悠天際望湓城。一身避亂辭鄉國，千里相思隔弟兄。猨叫匡廬寒暮色，雁過彭蠡帶

秋聲。江湖此去方林序本、胡本、夏校本作多漂泊，腸斷風塵遠别情。

紫霞樓夜飲

西樓孤絶倚天青，我愛明尹本作銀河對户横。露滿碧梧風屢起，煙消緑嶠月初生。仙人共酌丹霞酒，逸侶同吹白玉笙。不向此時窮笑傲，更從何處豁高情。

客中别表叔夏校本無表叔二字 吴季高

悠悠遠别半生悲，白日相逢又語離。海内風塵驚不定，天邊消息到何時。洞庭旅雁春歸盡，瓜步寒潮夜落遲。惆悵孤舟從此去，江湖未敢定前期。

和上官偉長蕪城晚眺

平蕪古堞暮蕭條，歸思凴高黯未消。京口寒煙鴉外滅，歷陽秋色雁邊原作過，據林序本、尹本、夏校本改遥。晴江木原作未，據林序本、尹本、夏校本改落長疑雨，暗浦風多林序本、胡本、夏校本作生欲上潮。惆悵此時頻極目，江南江北路迢迢。

寄郭招甫時在潯陽

夢向三江買釣船，挂帆西去白雲邊。窗開曉色香鑪現，門落寒聲瀑布懸。百年酒興陶彭澤，四海詩名孟浩然。何日真尋塵外迹，焚香酌茗話先賢。

登滕王閣

高閣凴空浩蕩開，當時遺跡幾荒苔。煙含晚市悠悠見，沙帶澄潭渺渺回。此日登臨分壯氣，百年淪落憶雄材。可憐萬古神交意，日暮荒凉一歎哀。

早春寄潛齋王史君

昏昏醉睡慵朝起，日日柴門待暖開。春至任從花鳥笑，客來還胡本、夏校本作須仗酒罇陪。移舟動覓依江柳，策杖時能訪早梅。忽憶使君聯騎出，林序本、夏校本作去此時乘興幾銜杯。

送崔九過丹陽却林序本、胡本、夏校本作郡上荆門省親

江國歸心一雁牽，河樓林序本、尹本、夏校本作橋分手數杯傳。千崖萬壑秋聲裏，匹馬孤帆落照邊。牛渚寒波翻極浦，荆門晚樹合遥天。他時莫枉瑶華問，南北相思各渺然。

舟中寄漢陽故人

浦口停留待信風，城邊林序本、夏校本作邊城落日亂流通。梧桐院落秋聲裏，橘柚人家晚照中。棹歌幾處驚寒切，砧響千村入耳同。日日愁心西北望，漢陽楓葉林序本、夏校本作樹落無窮。

夜　泊

夜聞估客送將歸，葭菼蕭條月色微。萬里江湖何處極，孤舟鴻雁自相依。杯拋黄菊乾賒酒，城掩清砧罷擣衣。不奈此時心斷絶，長沙南去故人稀。

送吴儀甫之合淝謁杜帥

丁年劍氣欲凌雲，況復才華迥不羣。投筆幾回思出塞，賦詩此日去從軍。沙場青草時差緩，淝水紅旗捷屢聞。玉帳元戎桑梓舊，行看幕府策奇勳。

楚江晚思

旅思遥遥倦向南，誰家煙火起晴嵐。孤城歸鳥連寒角，極浦斜陽帶遠帆。楓葉自能悲楚客，竹枝何用怨

江潭。今朝欲寫風波恨，千里書成手自緘。

送趙立道赴闕仍試春官即事感興因成五十韻

嗣聖中天日，遺氓憶漢時。一王新盛禮，萬國賀重熙。官爵霑寰宇，光明冠本支。窮冬辭老母，吉日赴京師。祖席明斜照，寒江結暮澌。停杯愁把袂，立馬語臨期。林序本、胡本、夏校本作岐草動春前色，梅繁雪後枝。湖山饒逸興，士友重遊嬉。菱唱工迷客，荷舟穩放維。土風珍縞帶，吳饌熟蓴絲。塔寺開金碧，樓臺漾淼瀰。雲連句踐國，江動伍員祠。閶闔春朝早，觚稜霽景遲。柳迎仙仗輭，花簇御樓攲。苜蓿來宛馬，櫻桃薦寢帷。周家千歲歷，漢殿萬年卮。駐蹕山川遠，櫜弓歲月移。天俄憂杞國，日再仰咸池。弓劍羣臣淚，園陵故國悲。乾坤開帝統，雨露豁宸私。蜂蠆何為爾，豺狼欲問誰。箭流元帥幙，城立叛營旗。國體存矜恤，皇猷務遠綏。且從鷹一飽，自待虎雙疲。復說京西亂，愁連蜀道危。倉皇分隊伍，指點護藩籬。狙詐終勞馭，遊魂不足羈。幾年腥戰血，今日痛瘡痍。宗社神靈在，邦家德澤遺。會聞淝水捷，可復雁門踦。草詔詞頭切，蒲輪禮意卑。賢良多選拔，社稷在扶持。舉動新羣目，經綸佇一夔。長沙何遽往，鄭卜竟堪疑。莫以朝廷重，翻令盜竊窺。稍懲鷹隼擊，庶使鳳凰儀。薪膽方無倦，輿圖正入披。王孫思報國，天府待忠詞。世道多為忌，波流幸勿隨。從容陳古昔，感慨論邊陲。仕進雖云始，平生見在茲。青氈今可復，彩服更相宜。漂泊微軀老，蹉跎困翮垂。皺材元自逸，正論竟焉裨。誤賞騷人作，深慙國士知。叫閽時已晚，鳴劍志空馳。鬱鬱驅流俗，悠悠歎亂離。羊裘終隱去，漁釣復何之。出處從今隔，飛騰不可追。濟時須俊傑，願覩中興期。

庚寅紀亂

承平盜賊起，喪亂降自天。荼毒恣兩道，兵戈浩相纏。此邦禍最酷，賤子忍具言。朝廷討亂初，誰任主將權。輜重道間來，隱隱何闐闐。殿前盡貔虎，所向當無堅。組練照川明，戈戟耀日鮮。父老當時言，此賊不容吞。軍興法律在，進退非得專。奈何忽舍去，屯壘隨之遷。留兵不五百，當賊逾數千。英英胡將軍，策馬奮獨（胡本作獨奮）先。出入突且擊，勢絶飄風旋。殺賊不知數，屍骸相叠穿。誰謂散復來，其徒奈實繁。須臾塞城郭，合沓迷妖氛。將軍怒一呼，誓死報國恩。拔劍復入陣，鼓聲俄不聞。哀哉失壯士，白日為之昏。嗟彼城中人，欲生無（林序本、胡本作何）由緣。連頭（林序本、尹本、夏校本作頸）受屠戮，赤族罹禍冤。妻孥悉驅虜，道路號相牽。或有小失意，性命無由全。言語方出口，腰領已不連。婉婉閨中女，未嘗窺户邊。白刃斥之去，不許暫稽延。回頭顧父母，父母安敢憐。所掠靡孑遺，囊擔無虚肩。衣冠困奴隸，怒駡仍笞鞭。又有脱鋒刃，多化為魚黿。途窮勢復迫，忽若忘重淵。倉卒所傳誤，投身空棄捐。嬰兒或在抱，粉黛猶儼然。沙磧腥人腸，銜啄集烏鳶。嗚呼彼蒼天，念此胡罪愆。比（原作此，據林序本、尹本、夏校本改）者因亂定，南歸經舊廛。豈徒人民非，莫辨陌與阡。所見但荆棘，狐狸對我蹲。坡陁流血地，靡靡生寒煙。城頭遇老翁，行淚為（胡本、夏校本作與）余論。云賊破城時，賊初攻南門。大軍血戰久，家得扶我奔。所免有萬計，皆我胡君恩。不然盡魚肉，遺黎何有焉。語罷復嗚咽，余亦涕泗漣。軍旅苦轉輸，饑饉仍薦臻。瘡痍莽（林序本、胡本、夏校本作苦）未復，千里惟空村。白骨不知誰，無人為招魂。四郊實多此，仁者宜惻然。近喜大告捷，所俘悉已還。凶渠戮廟社，黨類歸之田。當知釜中魚，貸爾喘息懸。胡為迭恃險，高壘猶山巔。蠻獠本異性，土風來有年。力屈勢暫伏，乞降非惡悛。脅從固罔治，羣醜豈盡原。反覆恐難料，安危仗諸賢。此師不再舉，乘時須勉旃。國家刑罰在，廟算必不偏。感時鬢髮白，憂國空拳拳。

贈呂仲祥

雲中誦招隱，高卧閑琴尊。忽有呂夫子，清晨叩我門。夫子忠烈後，家聲四海聞。神交三十載，方此挹清芬。吾道識宗主，文章詔討論。期我名山遊，招我出塵紛。伊余抱病久，局促滯中園。平生海嶽交，零落今誰存。今日對夫子，使我開心魂。忽覺此身去，萬里如空雲。已見赤城霞，疑聞天姥猨。世道久崩迫，誰將玄化分。濛濛六合間，莽莽塵沙昏。所以賢達士，甘將麋鹿羣。終欲從夫子，超然淩紫氛。松間兩白鶴，爾實聞斯言。

登豫章城感懷

憂來不自得，登城望高天。寒雲四面起，朔氣下長川。脱劍且却座，君知心惘然。奈何平生志，鬱抑江湖間。凜凜秋風來，茫茫落日晚。長憂生白髮，沈想忘朝飯。向來經濟士，本自林序本、夏校本作是碌碌人。蕭曹刀筆吏，樊灌市井林序本、胡本、夏校本作屠販臣。徒步取勳業，漢道為光新。我今何為者，飄飄去鄉國。狂歌豫章城，醉卧風江碧。但取英雄笑，終慙倜儻生。名當以德載，事恥因人成。獨酌還獨酌，哀歌還寂寞。安得淩風翰，為君拂寥邈。

夢中作

予客廬陵日，夢至一大府。主人自稱劉荊州，與予觴燕，各賦詩為樂。覺而彷彿一二，因續成之

少小尚奇節，無意縛珪組。遠遊江海林序本、夏校本、胡校本作湖間，登高屢懷古。前朝英雄事，約略皆可覩。將軍策單馬，談笑有荆楚。高視蔑袁曹，氣已蓋寰宇。天未豁壯圖，人空坐崩沮。丈夫生一世，成敗固有主。要非僇儗人，未死名已腐。夫何千載後，亦忝趨大府。主人敬愛林序本、胡本、夏校本作愛敬客，開宴臨長浦。高論極興亡，歷覽窮川渚。殷勤芳草贈，窈窕邯鄲舞。媿無登樓作，一旦濫推許。懷哉揮此觴，

別路如風雨。

劉荊州答

皇漢失中德，四海横雕戈。驚塵暗九有，豺虎臨長河。流人滿川谷，積屍原作絲，據林序本、尹本、夏校本改亂如麻。闕洛既蕩析，楚壤夏校本作裹空嵯峨。謬當牧守寄，無以救時訛。竟貽百代誚，家世隨蹉跎。安知千載下，夫子感慨多。人生固有志，成敗飄風過。且復登城隅，逍遥望山河。日暮襄漢碧，鳧鴨遊林序本、胡本、夏校本作浮輕波。何以慰我心，玄熊閒黄軛。清觴宜城酒，二八邯鄲歌。願言寫懷抱，聊用寬吾家。勿言此歡易，林序本、胡本、夏校本作久樂罷歸無何。

廬陵客館雨霽登樓言懷寄友

終日坐汾澳，邈然無少欣。登樓一周覽，始見萬山羣。微雨洗殘暑，青天卷浮雲。襟懷兩廓落，朗若見夫君。見君君何在，顧影還獨笑。吏非金門遊，隱異滄浪林序本、胡本、夏校本作洲調。江明秋月白，山空夜猨嘯。徒事百卷文，未返一竿釣。留滯豈勝愁，非君誰與謀。水寒終赴海，雁遠暫賓秋。舉世不可語，猶當傲巢由。贈君三尺劍，永駕五湖舟。

送嚴次山

四年棲嶺表，三歲客海東。人生貴安適，奔走成何功。去年喜歸來，山花春原作卷，據林序本、尹本、夏校本改蒙茸。弟姪各捧觴，一笑生華風。南山多紫芝，北山多白薇。雲空汗漫臺，月午生凉輝。俯仰僅一載，夏校本作歲脂車復征西。豈以丈夫志，萬里猶庭闈。豈以名山川，待公親品題。故園松桂林，一一含貞姿。何時賦歸來，毋令久凝思。

豫章留别諸公

登艫林序本、胡本、夏校本作樓眺海日，涉島聽江猨。何意豫章國，還著孤蓬根。經過徐孺宅，出入洪喬門。昔看秋葉落，今見荷花繁。頗躭山水趣，正愜朋從温。窮秋催客去，獨胡本、夏校本作孤帆若雲奔。追攀感數子，酒襟餘淚痕。既傷歲月晚，復戀煙霞樽。歡樂無定序，聚散同朝昏。丈夫志四海，别離何足論。

遊臨江慧力寺

舟中望古刹，川上移琴樽。隱隱林閣見，迢迢鍾梵聞。列岫不離席，驚濤常在門。風帆與沙鳥，原作島，據林序本、尹本、夏校本改汎汎隨朝昏。天高一幡挂，静室林序本、夏校本作室静衆香焚。煙起多近郭，鴉歸無遠村。松際上微雪，經聲林序本、胡本、夏校本作年來暮猨。賞惟静者契，法對高僧論。安得息塵駕，永懷贍四庫本作瞻獨園。明朝别此去，惆悵滿松雲。

山居即事

稍欣入林深，已覺煩慮屏。霜果垂秋山，歸禽度嵐嶺。紛紛葉易積，漠漠雲欲盛。礀户林序本、胡本、夏校本作底寂無人，松蘿窅然暝。惟聞山鳥啼，月出林序本、夏校本作上柴門静。終歲寡持醪，延歡聊煮茗。羣書北窗下，帙亂誰能整。

遊仙六首

秋閒林序本、尹本、夏校本作澗夜瑟瑟，月露明團團。褰衣步澗月，忽見雙飛鸞。上有騰空仙，天風飄佩環。清歌映巖谷，粲若玉煉顔。願升緑雲去，林序本、胡本、夏校本、作願言緣雲去隨君向仙關。噏食長不老，何用思人間。

憶讀玲瓏篇，來往虚皇闔。空見白芙蓉，秋風幾凋落。昨逢紫陽君，共有丹臺約。下視塵埃中，冠纓縛猨玃。世事行若此，悠悠復何託。

五老出東南，崔嵬相閒隔。清晨登絶頂，處處仙人跡。朱霞散九光，巖谷好顔色。回首空澄湖，黄濤正喧擊。石上弦素琴，神歡心自清。仙童三四人，忽來左右聽。嘹嘹誦金書，林序本、胡本、夏校本作章勸我餐瑶瓊。贈我一玉塵，邀我凌雲行。舍琴與之去，恍惚在蓬瀛。

朝别簡寂觀，夜行石徑谿。谿光照庢緑，月色正相宜。石上三道士，頎然好丰姿。手林序本、夏校本作或弄金光草，或把珊瑚枝。馮風招素手，賜我一玉巵。歎我事遠遊，蕭颯朱顔衰。長林孤月落，羽蓋何葳蕤。童童林序本、胡本、夏校本作垂垂乘之去，棄我忽若遺。明發闃無覩，但有青鼯噭。

翩翩南來雲，如飛百雙林序本、尹本、夏校本作隻鶴。我行忽見之，眇然意欣樂。五峰何峻秀，靈草生垠萼。林序本、夏校本作根萼，似當作垠鄂願乘此雲去，去鍊黄金藥。千載儻來歸，林序本、夏校本作歸來不復見城郭。

瀑布好明月，上有石梁横。矯首望東海，正見蟾蜍生。揚輝天漢閒，下照篷丘城。桂實幾凋落，姮娥空聞名。咄哉玉斧子，不如白兔精。靈藥不服食，執柯獨何成。迢迢彩雲外，誰吹白玉笙。竦身一長聽，了若出寰瀛。

我友遠言邁

朔風卷秋樹，白日寒無光。是時鴻雁來，中林序本、胡本作四野何蒼茫。我友遠言邁，使我結中腸。如何携手歡，一旦成異鄉。行旅有期程，遊子多悲傷。置酒欲高歌，淚來霑我裳。四座慘相顧，征馬亦徬徨。未知會面日，且復盡兹觴。

悠悠我行邁

悠悠我行邁，邈在天一方。道路無終極，時節異炎涼。路逢故里親，揮泣問家林序本、胡本、夏校本作我鄉。妻子離别久，不知今存亡。中原多白骨，城邑聚豺狼。遠去無僮僕，思還絶餱糧。寄語家中人，遠行良可傷。

朝日臨高臺

朝日臨高臺，睠彼芳樹閒。上有共棲鳥，和鳴何關關。爾亦林序本、夏校本作乃慕儔侶，我胡獨不然。良友在萬里，邈然河與山。聚會豈不思，歲月倏已殫。未必無他人，要非心所歡。

昔遊東海上

昔遊東海上，道遇青童君。授我度世訣，中皆鳥篆文。讀之了不解，再拜問微言。舉首忽無見，茫茫空白雲。

秋風入我户

秋風入我户，翩翩動牀帷。咄唶中夜起，奈何我心悲。四海豈不大，傷哉無已知。

過逍遥山

來過許仙宅，復窺洪崖井。地逐靈勝高，興接煙霞永。伊余坐昏墊，久欲還林嶺。明發囊丹砂，歸歟錬頽景。

聞雁二首

凄離聽不足，咿噫斷還續。江人何似情，賈客舟中宿。夜深沙磧寒，月冷洞庭寬。寂寞相依影，悲風動毳翰。

江南底好處，塞北今衰草。何限旅情遥，月映蘆花老。琵琶倚蓬窗，孀婦别蘭林序本、夏校本作洞房。十載江湖淚，一夕盡淋浪。

古懊惱歌六首

五兩轉須臾，相望奈何許。寄語黄帽郎，船頭慢摇櫓。

君子如白日，願得垂末光。妾身如螢火，安能久照郎。

郎去無見期，妾死那瞑目。郎歸認妾墳，應有相思木。

船在下江口，逆風不得上。結束作男兒，與郎牽百丈。

朝亦出門嚱，暮亦出門嚱。蛛網挂風裏，遥思無定時。

懊惱復懊惱，懊惱無奈何。請郎且少住，聽妾懊惱歌。

以上《滄浪嚴先生吟卷》卷二

全宋詩卷三一一六

嚴　羽二

憫時命

憫時命之不當兮，去重華之日遠。懷貞慤之操行兮，遭此世之淟涊。志浩蕩以耿介兮，思低回而蹇產。衆日進而蔽壅（尹本作塞）兮，何靈修之為怨。固（林序本、夏校本作因）時俗之侹儴兮，背矩矱而不可化。獨好修以增姱兮，宜反謂余以多詐。惟天地之（胡本、夏校本下有不字）可正兮，指黃泉以為期。欲予屈心以從俗兮，雖九死其猶不忍為。執太原之獿兮，蹈焦原之峻。世沈淖而莫予知兮，吾愈岧（林序本、胡本、夏校本作嶤）嶤而自信。昔伯陽之逢紛兮，時亦云其遑遑。緊周公（林序本、尹本、夏校本下有之字）不復夢兮，曷疑尼父之惋傷。陰與陽其轇轕兮，天與地其回薄。八柱將撓兮，四極安託。嗟予（林序本、尹本、夏校本作余）生之多艱兮，哀衆命之將落。願披志而（林序本、胡本作以）抽憑兮，思自近而不可得。獨抱抑而無（夏校本作與）誰語兮，怊茫洋而焉極。涕淫溢而澒溶兮，面（尹本、夏校本作向）高穹而歎息。吾將遯俗以潔居兮，從巢父於箕山。采三秀而（林序本、胡本、夏校本作以）噍蒼柏兮，聊以終吾之永年。哀山谷之多風兮，霰雪冥冥而不見天。豺狼縱目以相嗥兮，虎豹羣而食人。信自適而無所兮，蹇淹留而爣恍。目眈眈（林序本、尹本、夏校本作眐眐）而外浮兮，精（原作晴，據林序本、尹本、夏校本改）專專而獨往。搴太清以為佩兮，攬灝氣以為主。（林序本、尹本作桂，夏校本作帷）芳颯遝而並御兮，豈獨椒桂與江蘺。厭此世之多囂兮，將（林序本、胡本、夏校本作時）遠跳（林序本、夏校本作眺）而去之。揭太乙之長竿兮，建招摇之飛旗。天吴為余奔走兮，龍伯為余指麾。折鄧林以為策兮，眇八夏校本作六合而驅馳。左裾拂乎崑崙兮，右袂掩乎月窟。訪混沌之所止兮，超林序本、胡本、夏校本作趨青冥而荒忽。林序本、尹本、夏校本作歷忽，四庫本作歷荒忽撫盤古之頂兮，挽天皇之臂。叙余心而嗽詞兮，曷為乎鴻荒之不再世。吾將揭北斗而量九州兮，均人命之所與。定日月之所舍兮，使長照臨此下土。又恐羣靈之好讒兮，俾上帝之憑怒。不照余之精誠兮，吾將安訴。臨天路而徬徨，夏校本下有兮字魂廷廷兮夏校本作而失度。亂曰：邅余車以來歸兮，曾何足以舒憂。羌靈修之不吾祐兮，於今之人其何尤。懷余情而終古兮，聊與化而逍遥。

雲山操爲吴子才賦

山巃嵸兮白雲，雲冥冥兮高山。若有人兮居其閒，超逍遥兮盤桓。芸櫨兮菌桷，羅橘柚兮為堂，塗予室兮楓香。擘葛藟兮為帷，藾蘦雜兮佩幃。穹岫兮玄崖，瀑流兮相豗，原作逐，據林序本、尹本、夏校本改皎積雪兮奔雷。攢林杳其蔽日兮，挂飛猱之清哀。雲中之君兮騎白鹿，山靈繽兮下空谷，風蕭蕭兮灌木。雲山兮幽幽，羌躑躅兮夷猶。惆悵兮余懷，非夫君兮誰思。投余簪兮太息，從夫君兮歸來。

塗山操

天蒼蒼，河水黄。河流決，林序本、胡本、夏校本、決字作泱泱大野茫。林序本、胡本、夏校本疊茫字伯鯀治水，九年無功。四海赤子，化為魚龍。鯀殛死，堯震怒。乃命禹，平水土。水土平，禹功成，魑魅奔走人安寧。平地栽桑麻，山頭種蕎麥。赤驥騰櫪，黄牛上軛，諸侯會同三千國。嗟爾防風，後至奚為。悠悠塗山，今昔所悲。

行子吟夏校本題下有二首二字，以昨夜客遊初以下為另首

行子在江海，飄飄無固蹤。有如芒碭野，朔風卷飛蓬。朔風無休時，林序本、胡本、夏校本作期飛蓬日千里。散落天地間，寧復有林序本、尹本、夏校本作有復歸理。胡雁西北來，一叫三徘徊。何時別沙漠，昨夜宿陽臺。同羣一相失，羽翮常低摧。人物有殊性，奈何罹此哀。昨夜客遊初，結交重豪邁。高冠湛盧劍，志若輕四海。白首悔前圖，蹉跎天一隅。寒冬劍門道，失路空躊躇。林序本、胡本、夏校本作踟躕深林聚豺虎，絶壁號猩鼯。雪深車軸折，征馬驚嘑呼。何當返故處，餐黍居田廬。淚下不能去，林序本、尹本作云腸轉如轆轤。

還山吟留別城南諸公

日暮望寒林序本、夏校本作南山，悵然歸思發。如何山中客，屢看城頭月。山中月明林序本、夏校本作城頭月照女蘿秋，石磴潺湲瀉碧流。巖猨久別應惆悵，澗鳥相呼亦共愁。城南故人與我好，令我忘却歸山道。昨夜西窗夢到家，忽原作勿，據林序本、尹本、夏校本改驚千嶂芝花老。朝來舟子促辭君，回首空江語尚聞。別後莫嗟難見面，相思只望嶺頭雲。

孺子臺吟

去年醉與東湖別，欲上衡湘泛秋月。君家留我却邅迴，悵原作恨，據林序本、尹本、夏校本改望還成阻修闊。西山縹緲翠屏開，復憶滕王倒玉杯。經過始識洪崖井，調笑重登孺子臺。臺前呼酒折荷花，水浄煙明散落霞。舉杯失笑君何在，望斷行雲空咄嗟。故人別後還愁緒，此都不是余留處。興來目送海邊鴻，歸心挂在閩谿樹。路逢估客有情人，因得題詩一寄君。大鵬正展圖南翼，空有相思隔海雲。

思歸引

海上之草緑芊芊，洞門一閉今幾年。仙驥去時留紫鞭，挂壁見之心惘然。欲歸即歸亦夏校本作一由我，不待功成何不可。堯舜不能屈由巢，自餘王侯何足交。武陵春水綠堪染，就中亦有桑麻郊。近聞秦人笑相語，待我東谿種碧桃。

夢遊廬山謠示同志

昨夜月落西窗陰，倦推石枕憑素琴。身居紅塵不自覺，夢入廬山深復深。廬山深處在何許，五老仙人邀我語。眉如秀雪顏桃花，酌酒相酣坐箕踞。明河九派倒西來，石梁巉絕古道開。五公握手向我笑，下見劫火揚塵灰。獨騎一鹿窮縈迴，窅原作窨，據林序本、尹本、胡本、夏校本改然醉踏青錦苔。松風號嘈何清哀，湍飛瀑卷萬壑雷。忽然驚起迷所向，四座已失黃崔嵬。披衣徬徨還太息，我與世途何所屑。亂世茫茫飛蠓蠓，囊林序本、夏校本作袖中別有金膏訣。須君之行當何時，共向丹崖卧松雪。

錢塘潮歌送吴子才赴禮部

海潮之來自古昔，天下詭觀稱錢塘。東南王氣實在此，勢與造化為低昂。觀其映日始一綫，何處羣鷺紛然翔。漸聞鼓聲震原野，疑是三軍囂陣行。銀城天際忽過眼，卷蹴厚地何倉皇。餘波已去灑月窟，怒氣猶自吹扶桑。百川倒流號林序本、尹本、夏校本作浩呼洶，天吴河伯神皆竦。海上長人出水驚，巨鼇辟易三山動。廣陵之濤安可比，吴客雄誇徒為爾。請君看此憑江樓，載酒無勞棹小舟。湖上百花春蕩目，笙簫林序本作歌聒我非清遊。洪濤萬里壯可吞，筆底颯颯洪濤奔。願持忠憤愬明主，一第於君何足論。錢塘日邊雲氣多，君之行兮莫蹉跎。教人臨期林序本、夏校本作岐奈別何，贈君錢塘海潮歌。

送戴式之歸天台歌

吾聞天台華頂連石橋，石橋巉絕橫煙霄。下有滄溟萬折之波夏校本作洪濤，上有赤城千丈之霞標。峰懸磴斷杳莫測，中有石屏古仙客。吟窺混沌愁天公，醉飲扶桑泣龍伯。適來何事遊人間，飄颻八極尋名山。三花樹下一相見，笑我蕭颯風沙顔。手持玉杯酌我酒，付我新詩五百首。共結天邊汗漫遊，重論方外雲霞友。海内詩名今數誰，羣賢翕沓争相推。胸襟浩蕩氣蕭爽，豁如洞庭笠澤月。寒空萬里雲開時，人生聚散何超忽，愁折瑶華贈君别。君騎白鹿歸仙山，我亦扁舟向吴越。明日憑高一望君，江花滿眼愁氛氲。天長地闊不可見，空有相思寄海雲。

雷斧歌

穹崖之上，層峰之巔，神光夜半光燭天。山僧夢裏忽驚起，有物墜地聲填然。峰頭巨石似開劈，鬼物散走如飆旋。山僧曉見不敢取，有客識之為雷斧，持歸摩挲色蒼古。匣中往往出雲氣，窗外時時起風雨。吾聞陰陽之氣相搏為雷霆，變化翕欻常杳冥。非若革鼉考擊之為聲，不知此斧何從形。乃是比干之心，朱雲之舌。一片忠憤氣，蟠鬱天地閒。千載長不滅，造化為鑪巧鎔結。嗟哉指佞之草不復生，羣姦睢眦紛縱横。大弓寶玉争竊取，豈懼鬼責并天刑。我欲乘雲朝帝所，大叫天關排九虎。乞將此斧借小臣，叩頭問天天更許。

劍歌行 贈吴會卿

劍歌行，借君劍，為君舞。自古英雄重結交，樽酒相逢氣相許。愛君倜儻不可羈，與君一見心無疑。疏眉大顙長七尺，神彩照耀仍虬髭。雄詞落紙走山嶽，霹靂繞壁蛟龍隨。如何十載困羈旅，此心獨未時人知。去年從軍殺强虜，舉鞭直解揚州圍。論功不及驃騎幕，失路羞逐邊城兒。歸來寶刀挂空壁，白光夜夜驚虹蜺。椎牛釃酒且高會，酣歌擊筑焉能悲。百年快意當若此，迂儒拳局徒爾為。我亦摧藏江海客，重氣輕生無所惜。關河漂蕩一身存，宇宙茫茫雙鬢白。到處猶吟然諾心，平時錯負縱横策。海内交遊四五人，近來得爾情相親。情相親，兩相託，生死交情無厚薄。别君去，還留連，願剖肝膽致君前。人生感激在知己，男兒性命焉足憐。

送主簿兄之德化任

唐世諸嚴盛西蜀，鄭公勳業開吾族。後來避地居南閩，幾代詩名不乏人。叔孫伯子俱成集，我兄下筆追唐及。少年賜第明光宫，才氣如雲辨揮翕。習簿風流四海聞，誰令作吏狎埃氛。片帆江上君先發，别袂春前我蹔分。借問匡廬在何許，舟人遥指雲中語。彭蠡湖邊幾樹秋，琵琶亭下江千古。香罏峰頂散晴煙，瀑布懸疑瀉漏天。平生夢寐行歷處，一笑忽覺當樽前。盡驅靈異入篇什，物象往往愁笞鞭。此中高興寧淹久，盗賊兵戈莽回首。鄭公勳業須人傳，康濟他時仗君手。我今疏闊更何為，心事惟將海嶽期。匡廬半席君為主，待我酣來試一題。

寄贈張南卿兼答文篇之貺時南卿在鄱陽

君不見邯鄲輕薄少年兒，鬬雞走狗長相隨。忽然失意向杯酒，拔劍相看死何有。君不見關西大姓多俠徒，結客如雲傾五都。一朝金盡人事改，昨日交朋竟誰在。我笑悠悠世上人，須臾反復非情親。拂衣便欲滄海去，但許明月隨吾身。張侯為人心事好，使我一見喜欲倒。交友如君未易逢，相逢恨不相知早。相知雖早亦何為，氣豁神傾在一時。君知海内劉玄德，我識弘農皇甫規。昨來贈我瓊瑤作，把酒高吟意寥廓。色動曹劉側耳聽，魂歸萬古開冥漠。故人一别兩何如，無限風期記素書。千里神交如咫尺，相思誰道隔江湖。

惜別行 贈馮熙之東歸

男兒一片萬古心，滿世寥落無知音。今朝見君握君手，大笑浩蕩開煩襟。携尊下馬清谿側，脱略寒温忘主客。何處閑雲海上來，為我山邊起秋色。自顧沈迷類蜀莊，愛君才術過馮唐。座中然諾兩相許，一飲不覺連百觴。下悲世事及危亂，上話古昔窮興亡。高歌未斷唾壺缺，起視落日神飛揚。挽君不留惜君去，恨不移家近君住。人生行止皆由天，我輩豈得長相聚。風塵澒洞一回首，歲月易失紅顏暮。離心一夜誰得知，萬里驚濤浩東注。

放歌行

進賢之冠兮，高乎岌危。山玄之佩兮，長乎陸離。苟非其道兮，曷如蕙帶而荷衣。堯舜邈其不逢兮，我之心其孰得而知。寧輕世肆志兮，采商山之芝。與其突梯滑稽有口如飴，據高位而自若，鈞厚禄而無疑。則余有蹈東海而死耳，誠非吾之所忍為。

相逢行 贈馮熙之

馮夫子，神仙中人乃如此。幾載長懷玉樹枝，昨(林序本、胡本、夏校本作向)來曾見蛟龍字。志合神凝杯酒閒，誰知豁盡平生事。與君高會日揮金，擊劍談玄復弄琴。看君自是青雲器，何事常懸滄海心。我今與君真莫逆，世上悠悠誰復識。百年飄忽或須臾，萬里青霄(林序本、胡本、夏校本作雲)一飛翼。且將耕釣任吾身，君亦牀頭有周易。馮夫子，我欲勸君飲，君當為我歌。眼前萬事莫可理，紛紛黃葉埽更多。長風吹天送落日，秋江日夜揚洪波。只今留君不盡醉，別後相思知奈何。

送吴會卿再往淮南

故人身披紫綺裘，腰佩寶玦騎胡騮。英風俠氣横四海，辭我遠向淮南遊。淮南桂樹應猶在，八公舉手遥相待。明月高懸五兩頭，隨君千里過淮流。十年鞍馬邊城道，又向林序本、夏校本作是邊城見春草。春草萋萋路入秦，長安北望空愁人。荆楚奇材多劍客，感慨相逢思報國。男兒事業早致身，青鬢須防雪霜林序本、胡本、夏校本作霜雪迫。我向人間久拂衣，白雲相伴掩巖扉。調琴鼓罷清商曲，愁見孤鴻天際飛。

促刺行

促刺復促刺，男兒蹭蹬真可惜。三年走南復走北，歲暮歸來空四壁，鄰翁為我長太胡本、夏校本作嘆息。人生四十未為老，我已白頭色枯槁。海内伶俜獨一身，裘馬摧藏愁欲倒。今日飲君數杯酒，座間頗覺顔色好。忽憶當年快意時，與君笑傲長相期。大杯倒甕作牛飲，脱巾袒跣唯嫌遲。即今多病筋力弱，壯心雖夏校本作猶存興寂寞。君不見昨夜誰為烈士歌，聽罷仰空淚零落。

古劍行

我有三尺劍，懸瞻光陸離。剸鐘不錚，切玉如泥，水斷蛟龍陸剸犀。三軍白首纔一揮，惜哉挂壁無所施，使之補履不如錐。吾原作君，據林序本、尹本、夏校本改將抱憤愬玉帝，手持此劍上天飛。

北伐行

王師北伐何倉卒，六郡丁男亳州骨。空見朝陵奉使回，羣盜翻來舊京闕。襄陽兵馬天下雄，尚書兄弟才傑同。偏裨入救嗟已晚，萬國此恨何時終。

四方行

四方羣盜苦未平，況聞中原多甲兵。百年讐恥幸已雪，何意復失東西京。嗚呼機事難適至，成敗君看豈天意。戰骨連營漫不歸，空流烈士中宵淚。

上留田

天地一何長久，上留田。人老一去無歸，上留田。松柏一何纍纍，上留田。勸君酒樽金罍，（原作纍，據尹本、夏校本改）上留田。願君大家蠶桑，上留田。有絲織作衲（鮑校本作褊）襠，上留田。無為多憂（林序本、夏校本下有重字）煩傷，上留田。

估客樂

荊州人，來販穀。下江易，上江難。船頭（林序本、胡本、夏校本下有打字）鼓，波漫漫，長帆輓上五兩竿。

西山

西山青縹緲，深處有丹砂。説道神仙客，邀予戲紫霞。

送友歸山效韋應物體

送君歸山谷，覓我荷衣塵。殷勤郡（林序本、胡本、夏校本作渭）城別，衰（林序本、胡本、夏校本作哀）淚欲（胡本作自）沾巾。

空齋

寒鐙照疏竹，棲禽時復驚。默坐空齋夜，寂寞道心生。

歲暮得表叔吴景仙書因寄

遊吴還適越，慷慨莫徒然。烽火關河隔，兵戈宇宙連。書（原作雲，據林序本、夏校本改）來山雪外，人在海雲邊。借問遼東鶴，歸來定幾年。

登天皇山作

我來陟高頂，俯瞰臨長川。陰崖隱落日，疊嶂鳴飛泉。獨立一世外，所思千古前。回看鳥没處，茫茫生白煙。

遊紫芝巖

羽客逍遥地，花源世未尋。我來窺異迹，高步越飛岑。石帶藤蘿古，泉鳴澗壑深。紫芝未可采，空寄白雲心。

絶句二首

萬里長江歲暮天，冰堅可渡不須船。雪堂老子迎君笑，化鶴歸來又百年。

梅花樹樹攪離心，寒重駝裘雪片深。詩思飛來驢子上，小山叢桂待（林序本、胡本、夏校本作伴）君吟。

平寇上史君王潛齋

治平（《續資治通鑑》卷一六七載王埜鎮壓建陽民變，事在端平元年，疑當作端平）改元，有盗于建。昔犯我鄙，狼蹂豕踐。於時王（林序本、胡本、夏校本作吾）侯，維民之憂。爰整我軍，式遏虔劉。侯勵將士，無譁聽我。進退勇怯，死生福禍。侯出府庫，啗勳賞諴。前無堅敵，後無捷策。乃有奇士，據鞍請行。袒裼入陣，賊莫能嬰。亦有賢僚，争先跋涉。屢摧賊鋒，月奏三捷。侯曰嘻哉，盗本王臣。殪而殲旃，傷天地仁。赤子弄兵，如魚游釜。投戈歸田，新汝生路。孰謂反覆，紿我行人。既弛我備，薄奄我軍。我軍少却，醜類鴟張。環數百里，奔播倉皇。侯曰嗟哉，其不可恕。馳赤白囊，亟請淮旅。淮旅未來，阽危如燬。淮旅既來，稚耋失喜。侯謂淮將，次舍良苦。休士秣馬，我有清酤。淮將曰吁，翦此朝食。不介而馳，直擣其穴。羣醜來聚，亘野彌山。淮旅整暇，徐誘之前。弓不虛彀，矢不妄激。發數步内，應弦而踣。或戈其喉，或殳其脛。（原缺，據林序本、夏校本補。清省堂本作膺若烏獲力，筶林序本、胡本、夏校本作鞭乳臭嬰。黨類周章，途殫命窄。魚驚鳥散，影不返迹。淮旅拗怒，蕫原作禺，據林序本、尹本、夏校本改芥髮鬍。搜林刮莽，遠討窮追。淮旅拗怒，火烈具舉。沸澤焦崖，窟穴無所。自相蹈藉，十殺八九。喪魄亡精，食不知口。原膏野赤，谷臭川腥。燐火不𤈦，殤鬼殘形。乃求元凶，已縊巖阻。執彼餘魁，入而振旅。其魁伊何，緇服髠首。一羣縱觀，萬夫歡走。炮烙刳腐，以警叛者。前後獻俘，復以百數。蕩滌污垢，宥貸脇從。收霜卷雹，和氣融融。侯饗淮將，加籩折俎。庖騎酒車，飲均衆伍。何以贈之，筐篚熒煌。戰功曰多，告成于王。嗟我婦子，若翁若嫗。安逸怡愉，匪侯何俟。侯曰此捷，諸將之功。雖有諸將，實侯指蹤。讋在藩籬，疾居心腹。急緩安危，若手反覆。匪侯勤請，蔓實難圖。謂予不信，往有覆車。君子作歌，以頌侯績。誰其采詩，顧備簡策。林序本、尹本、夏校本作册　以上《滄浪嚴先生吟卷》卷三

（陳定玉整理）

嚴仁

嚴仁，字次山，號樵溪（《詩家鼎臠》卷下），邵武（今屬福建）人。與嚴羽、嚴參并稱邵武三嚴，有《清江欸乃集》，已佚（《全宋詞》册四）。今録詩四首。

平遠樓

湘中病客思歸日，城上高樓獨倚時。半樹夕陽鴉集早，一江秋色雁來遲。

聞雁

西風吹夢楚江秋，雁正來時妾正愁。怕有帛書天外至，畫眉未了急登樓。

塞下曲

漠漠孤城落照間，黄榆白葦滿關山。千枝羌笛連雲起，知是胡兒牧馬還。以上宋《詩家鼎臠》卷下

湘南

斑竹蕭蕭水驛孤，落花吹雨赤沙湖。春風二月湘南路，何處青山無鷓鴣。影印《詩淵》册三頁一九二五

嚴參

嚴參，字少魯，自號三休居士（《詩家鼎臠》卷下），邵武（今屬福建）人。與嚴羽、嚴仁并稱邵武三嚴。今録詩四首。

梅

何年流水恨，昨夜小橋春。縱有相逢地，都無可寄人。

看雪

天遠正難窮，樓高不堪倚。醉夢入江南，楊花數千里。以上《詩家鼎臠》卷下

瓶梅

衣染龍涎與麝臍，裁雲剪月作冰肌。小瓶雪水無多子，只篸横斜一兩枝。

落梅

園花皆手植，梅萼獨禁寒。色與香無價，飛和雪作團。數枝横翠竹，一夜遶朱欄。不惜吟邊苦，收將句裏看。以上宋劉克莊《後村千家詩》卷七

（以上徐永强整理）

上官良史

上官良史，字偉常，號閬風山人(《詩家鼎臠》卷下)，邵武(今屬福建)人。與嚴羽有深交。今録詩四首。

河梁值雨有懷嚴羽

葦岸逢殘雨，河橋對暮流。停鞭一悵望，客思暫夷猶。楓葉滿江色，夕陽終古愁。遥憐君亦苦，不共故園秋。

尋嚴丹丘東潭居二首丹丘，儀卿舊字

愛子東溪幽，抱被來同宿。山家無膏火，然薪代明燭。閒窗何所有，古書三五束。鳥棲月上時，還見簷前竹。

山齋櫺牖疎，水月連春霧。今夕定何夕，清心欣所遇。如從天姥遊，似得招提趣。幽夢出雲時，匆匆山鳥曙。

泊舟有懷

渺渺復迢迢，楓林帶柞橋。沙寒初上月，浦暗已回潮。霜葦多先折，江花或後凋。今宵何處雁，相伴宿蘭橈。

以上《詩家鼎臠》卷下

句

春城不盡頭。

獨樹臨江古。

春富野人家。
霜鴻入夜驚還止。
海天臘盡凍初融。

以上宋李龏《梅花衲》

（劉雯整理）

全宋詩卷三二一七

趙希焄

趙希焄，宋宗室，太祖九世孫（《宋史·宗室表系》三）。寧宗嘉定十五年（一二二二），知餘杭縣（清乾隆《杭州府志》卷一〇四）。今録詩二首。

大滌洞

門敲石鼓叩神靈，洞府巉巖杳靄深。直欲九淵驚睡玉，須憑一炷爇香沉。幾年曾救桑林旱，今日還書魯史霖。妙句不妨留大滌，要知棲鳳也來吟。

誰挽天河響落山，潮聲半夜到江干。倒流三峽水何擊，捲起千堆雪正寒。想是蛟從其下舞，料應龍在此中蟠。如君大手留吟筆，千古坡詩可並觀。

影印《詩淵》册三頁二二一九

（李全整理）

衛樵

衛樵，字山甫，崑山（今屬江蘇）人。溼次子。曾第進士。理宗紹定五年（一二三二）知永州（清光緒《零陵縣志》卷一四）。官終知信州。事見《淳祐玉峰志》卷中。今録詩三首。

寄題中興頌下

鼎沸漁陽塞馬鳴，中興鴻業幸天成。且為當世邦家計，寧問他時父子情。李郭功名無可憾，元顔文字有

何評。若能銘刻燕然石，方許雌黄此頌聲。　清王昶《金石萃編》卷一三二

澹　岩

嵌巖洞谷到曾多，無奈冥搜暗索何。此處雲穿風月透，短笻渾不待捫蘿。

慚愧州家一事無，薄遊還愛小蓬壺。若憑妙筆丹青寫，應勝從來八景圖。　清嵇有慶光緒《零陵縣志》卷一四

（徐永强整理）

潘時舉

潘時舉，字子善，臨海（今屬浙江）人。寧宗嘉定十五年（一二二二）上舍釋褐。官終無爲軍教授。事見《嘉定赤城志》卷三三。

詩一首

老大倦追隨，得坐且終日。所以見春去，亦不甚愛惜。　宋車若水《脚氣集》

朱　鼒

朱鼒，字子大（《前賢小集拾遺》卷一），安福（今屬江西）人。寧宗嘉定十五年（一二二二）領鄉薦（清乾隆《江西通志》卷五〇）。

奉題周南仲正字所藏閻立本畫蘇李别

少卿昔在河梁别，執手踟躕不能發。萬古初傳五字詩，努力相期在明德。子卿海上氈爲食，故人竭來重相覿。不覺看羊度歲年，却因射鴈傳消息。人間此是長别離，少卿在虜子卿歸。歸歟尚握漢臣節，留者

永衣胡人衣。天長地闊半尺絹，滿眼雲愁風景變。一人仰叫頭脱冠，一人横涕袖著面。閻君國相稱畫師，未必想像能爾奇。前身恐是胡婦子，曾見兩公分袂時。　宋陳起《前賢小集拾遺》卷一

李　簡

李簡，字敬可，寧海（今屬浙江）人。寧宗嘉定十五年（一二二二）特科（《嘉定赤城志》卷三四）。

送僧歸護國寺

來赴龍華約，歸承帝澤新。道高傳幾祖，言下得何人。水想靈溪健，花饒法界春。自甘鉛鈍者，猶望指迷津。　宋林師蒧《天台續集》卷上

（以上李全整理）

韓舜卿

韓舜卿，《宋詩紀事補遺》卷二九以爲韓肖胄、侂胄之孫輩皆以卿字行，此人當亦是。姑從之。今録詩二首。

羅漢寺

山陰盛事今寥落，千古風流屬晉陽。况有林泉當列坐，不須絃管送流觴。醉揮金椀青春客，自濯塵纓白髮郎。一笑相看能幾許，却憐馬首路岐長。

天迴雲收霽色空，喬林還遶寺當中。陰森小徑千重竹，蕭颯虚亭四面風。暮靄不興山抹黛，夕陽西下水流紅。自慚怯懦承麻庇，安得民稱幾寸葱。　清儲大文雍正《山西通志》卷二二三

（李洪波整理）

阮愈

阮愈，字竹林，新昌（今屬浙江）人。寧宗嘉泰二年（一二〇二）進士寅子。生平未仕（清乾隆《新昌縣志》卷一五）。

詩一首

收拾新詩入錦囊，晴天添得兩三章。一冬只在梅花裏，吟筆入春猶自香。清楊文舉乾隆《新昌縣志》卷一五

（孟憲忠整理）

晏乂

晏乂，字明粲，宗室趙崇瀣客，後崇瀣繫獄，乂自請詣獄，俱瘐死。事見《谷音》卷下。今録詩二首。

訪吴

平生一語不肯吐，浩然披髮行西林。美人十日跨驢出，黄葉堆門雲雪深。

夢中

春樹年年少，寒雲浦浦連。片帆高浪起，斗酒夕陽偏。沙市懷司馬，州城哭老邊。太平冠蓋盡，爾敢望諸賢。以上元杜本《谷音》卷下

（王德保整理）

董史

董史，字更良，號閑中老叟。理宗淳祐二年（一二四二）編有《皇宋書録》。事見自序。

題米元章書蹟拓本

書家寶晉殆猶龍，妙用通神五指中。墨海波瀾無定勢，玄雲夭矯欲隨空。格高韻勝存人品，脚闊頭空笑俗工。建紹聖人精鑒賞，奪真移在玉屏風。《皇宋書録》卷中

（王寧整理）

李大來

李大來，字守邑，其先廣平（今屬河北）人，南渡後居衡州。芾伯父。寧宗嘉定十五年（一二二二）曾爲楊萬里畫像題詩。事見《楊文節公文集》卷首《誠齋先生探梅圖》跋文。今録詩二首。

跋劉敏叔畫楊誠齋先生探梅圖二首

壽骨勁如霜後雪，詩脾寫出月中梅。如今不愛好官職，得及翁年也樂哉。

梅發江村覓句天，先生策杖到花前。款門有客真能事，為幻精神若箇邊。宋楊萬里《楊文節公文集》卷首附

蔡杭

蔡杭（一一九三—一二五九），字仲節，號久軒，建陽（今屬福建）人。沈次子。理宗紹定二年（一二二九）進士。累官主管刑工部架閣文字。淳祐五年（一二四五），召試館職，累遷樞密院編修官、實録院檢討官。出提點江東刑獄，移浙東。召爲國子司業，復出知隆興府。召爲試國子祭酒。寶祐四年（一二五六），除同知樞密院事，拜參知政事，以劾丁大全，不待報離京，落職奉祠（《續宋宰輔編年録》卷一七）。遂致仕。開慶元年卒，年六十七。明蔡有鵾《蔡氏九儒書》輯集其詩文爲

《久軒公集》一卷。事見《久軒公集》附録宋葉采《文肅公墓志》。《宋史》卷四二〇、《宋元學案》卷六七有傳。今録詩二首。

遊清董天工《武夷山志》卷一一作大**隱屏**

悚懼未成立，隱憂道學失。修身復補過，庶保餘生責。

同友人過大隱屏即事賦别題原缺，據《武夷山志》補

脱略塵世慮，仙都共夷猶。乘凉《武夷山志》作源得風便，快楫竹《武夷山志》作行扁舟。神仙現奇怪，古木横巖陬。振衣萬仞高，天風動衣褔。巍巍隱屏峰，擎天峙中流。良朋論心事，撫景悲新秋。浩歎復浩歌，一飲還一酬。南陽豈終卧，東山諒同憂。斟酌素有定，今焉試為籌。西風起暝色，歸袂不可留。去去惜回首，《武夷山志》作離别感慨《武夷山志》作後會良悠悠。　以上明蔡有鵾《蔡氏九儒書》卷八《久軒公集》

（以上吴鷗整理）

陳南

陳南，理宗淳祐七年（一二四七）爲著作郎（《蔡氏九儒書》卷八《久軒集》附録）。

淳祐七年丁未十一月朔蔡久軒自江東提刑歸抵家時三館諸公以風霜隨氣節河漢下文章分韻賦詩送别得風字

自嘆年餘七十翁，道山重上攝高風。一封疏奏膽如斗，三請投閑氣直虹。憲節可能攄藴抱，男兒到底要英雄。江臯父老如相問，為説吾今計亦東。　《蔡氏九儒書》卷八《久軒集》附録

（劉雯整理）

吴叔告

吴叔告（一一九三—一二六六），字君謀，莆田（今屬福建）人。理宗端平二年（一二三五）進士。嘉熙二年（一二三八），以秘書正字召，累遷著作佐郎兼權都官郎中。四年，出知撫州。淳祐六年（一二四六），知袁州。寶祐二年（一二五四），知漳州。五年，知衡州。景定元年（一二六〇），知嚴州。二年，召除尚右郎官，兼國史院編修官、實録院檢討官。四年，提舉浙西常平。度宗咸淳元年除夕卒，年七十三。有《秋畦集》，已佚。事見《後村先生大全集》卷一六四《吴君謀少卿墓志銘》。

哭真西山先生

恍惚精神對大廷，妬賢宰相别孫弘。便令身入翹材館，不忍重過下馬陵。

清鄭杰《閩詩録》丙集卷一四

（李洪波整理）

謝方叔

謝方叔（？—一二七二），字德方，威州（今四川理縣東南）人。寧宗嘉定十六年（一二二三）進士，歷官監察御史。理宗淳祐九年（一二四九），拜參知政事。十一年，爲左丞相兼樞密使。以事罷，竄廣南。景定二年（一二六一），得叙復。度宗即位，賈似道再奪其職。咸淳七年（一二七一）復官致仕，八年卒。《宋史》卷四一七有傳。

偈

罷相歸來十七年，燒香禮佛學神仙。今朝雙鶴催歸去，一念無慚對越天。

宋周密《齊東野語》卷七

（徐永强整理）

高夢月

高夢月，字惟明，連江（今屬福建）人。寧宗嘉定十六年（一二二三）上舍釋褐。教授泰州。終知處州。事見《淳熙三山志》卷三二、民國《連江縣志》卷七。

詠文筆山

西山翠欲滴，奇峰露崋兀。倚天挺巨手，欲寫風和月。

曹剛民國《連江縣志》卷七

王九萬

王九萬，建安（今福建建甌）人。寧宗嘉定十六年（一二二三）上舍釋褐（明嘉靖《建寧府志》卷一六）。理宗端平初知長汀縣（清道光《福建通志》卷九四）。

壽游侍郎七十九

炎凉薄流光，榮悴猾生理。芳荃化為茅，嘉橘變成枳。誰知古大椿，霜雪自蕤蕤。立身既千仞，蔭殆百里。宜哉富春秋，萬物聽獨止。先生一靈椿，聳壑屹山峙。納湖溉其根，後溪擁其址。平生學問力，頓在名節裏。甘泉詎弗貴，東山不為起。以身蹈高潔，為世律貪鄙。坐令夸奪輩，疾走掩兩耳。乃知公進退，均為國憑恃。恭為陛下聖，雅欲致園綺。黄金已九環，丹詔行一紙。公心豈輕重，上意實注委。嘉平報初度，吉音隨燕喜。耆英七十九，彷彿富公是。行歸磻溪載，更詠淇奥美。方覺歲寒姿，不隨世變靡。錦溪入霞觴，城山揖燕几。祝公如大椿，明堂棟千祀。

宋劉應李《新編事文類聚翰墨大全》丁集卷三

（以上李洪波整理）

李茂先

李茂先，温陵（今福建泉州）人。理宗紹定六年（一二三三）教授南恩州。事見《西山文集》卷二九《送李茂先之官南恩序》、《宋元學案補遺》卷八一。

遊靈巖 與太守文紳儀虞曹郎同游

雪巖偶得片時留，傾倒清尊興未休。香積尋常分藥水，禪林自昔枕江流。羊腸盤轉層崖蔭，山腹空懸古洞幽。談笑相逢情更厚，何當携手約重遊。明李遇春嘉靖《略陽志》卷六

（徐永强整理）

文紳儀

文紳儀，與李茂先同時，曾以虞部郎知沔州（明嘉靖《略陽志》卷六）。

遊靈巖 二首

一入靈巖寺，凭欄望眼遥。山深雲障日，江闊夜生潮。古洞遺仙跡，流泉傍石橋。醉來搔首咏，得句興偏饒。

禪林高聳倚晴空，梯上層巒紫翠重。雲氣下成風雨陣，嵐光高接斗牛宮。流泉藥水瘳民疾，古洞神仙有路通。竊欲捫蘿登絶頂，細將民隱達天聰。嘉靖《略陽志》卷六

（李更整理）

全宋詩卷三一一八

林希逸一

林希逸(一一九三—?)(生年據作者于理宗景定二年(一二六一)爲劉翼《心游摘稿》所作序「蹥父今年六十有四,……余長蹥父五歲」推定),字肅翁,號鬳齋,又號竹溪,福清(今屬福建)人。理宗端平二年(一二三五)進士。淳祐六年(一二四六)召爲祕書省正字,七年,遷樞密院編修官(《南宋館閣續録》卷八)。尋出知饒州(本集《郡齋偶題(鄱陽)》)。景定中官至中書舍人。著有《竹溪十一稿》九十卷(《千頃堂書目》卷二九),已佚。今存《竹溪十一稿詩選》一卷、《竹溪鬳齋十一稿續集》三十卷。事見《宋元學案》卷四七。

林希逸詩,第一卷以汲古閣影宋抄《南宋六十家小集·竹溪十一稿詩選》爲底本;第二至九卷以影印文淵閣《四庫全書·竹溪鬳齋十一稿續集》爲底本,校以明謝氏小草齋抄本(簡稱明抄本,藏北京圖書館)。新輯集外詩附於卷末。

泊舟漁浦望吴山作

客子孤舟傍曉沙,隔江人説是京華。緣山一帶煙籠樹,中有王侯百萬家。

龍灣秋夜

旅泊秋將暮,行吟夜向中。獨星明似月,重露冷於風。遊歷書何有,飛揚醉自雄。時聞邊耗近,憂憤氣塡胸。

前出塞信陽作

淮面如江春漲早，獵騎夜歸城未鎖。邊頭戍將惜官卑，舉鞭怒指平安火。

後出塞安豐作

紫金山前數尺雪，三十六洲明似月。夜來衝突人不知，但見官軍刀帶血。

信陽道中次陳守韻

古嶺纔成徑，荒林間有家。柳眠腰裊娜，桑老骨槎牙。野麥三分草，山籬一半花。挾書來萬里，飄泊負生涯。

安豐作

塞北悲笳起，淮南古木疏。風高疑唳鶴，水落見叉魚。俗僅傳丹鼎，人誰問枕書。因吟招隱賦，久客自嗟噓。

寄書後作

幾度題書客未還，歸鴻節節度鄉關。遥知一紙平安字，慈母燈前閣淚看。

寒食

異俗逢鑽燧，勞生嘆轉蓬。茅簷疏柳月，草地落花風。故國丘墳在，他鄉祭祀同。奔馳真左計，歸夢海雲東。

陣陣花風送雨寒，心隨風雨到鄉關。遥知松柏山前路，今日鄰人拜掃還。

舟泊姑蘇城外

倚郭維孤舟，漠漠見煙渚。水宿野鳥歸，夜深鄰人語。遠客萬斛愁，卧聽姑蘇雨。

宿西興渡作

古寺鳴鍾罷，高林宿鳥忙。竹明風弄影，荷净露生香。月到中天小，星過野水長。江村人寂寂，敗葉響銀床。

臨浦秋夜

野噪寒枝鵲，村歸古寺僧。傍階聞落葉，隔岸數殘燈。月退頻移席，潮高尚倚藤。江虚群籟息，人語近漁罾。

樂軒先師挽歌詞

十年燈火若為情，一日簫笳有底聲。惆悵門前舊時路，白頭扶杖夜深行。

綱山遺稿樂軒文，已矣今無識子雲。千載何人按圖問，犀斜南谷兩荒墳。

晦庵南北象山西，道學年來入品題。可惜六經真脈絡，紅泉三世兩幽棲。

秋閨怨

簾幕低垂夜漏深，秋蟲唧唧相悲吟。回紋織罷空彈淚，未必君心似妾心。

午齋即事京庠作

晴窗吾伊罷，風薄清晝永。陳編幾廢興，適笑心自領。青精飯何味，車笠沸塵境。佇立共幽懷，虚簷疏竹影。

用韻答友人論詩

藝業難精最是詩，千差萬別信難知。還須倒嶽傾湫手，却有驚天動地時。鳥跡論書方古雅，龍媒入畫始權奇。夷然便欲趣平淡，此法誰傳我亦疑。

與陳同舍飲三元樓

失身杯酒莫追尤，爛醉生涯儘自由。可倚何須鸚鵡賦，相逢且解驌驦裘。今無客入揚雄巷，終有人題李白樓。却笑三閭太憔悴，獨醒猶作畔牢愁。

癸巳再入京宿璜溪寄二弟

十日離家只四程，白雲何處玉融青。溪聲颯颯如風雨，獨對寒燈詠鶺鴒。

黄源嶺半見梅作

古嶺森森立萬松，一株寒玉笑春風。恰如釣艇桐江客，畫入雲臺劍佩中。

有懷 乙未西山先生典貢舉，僕卷乃公所定，開院未及謁而公病矣

金蓮學士起持衡，玉筍門生僅識名。一瓣心香雙淚眼，半溪殘日暮雲橫。

七夕

七香寶駕靈誰乞，雙眼金針俗不存。世態如今機巧遍，堪將餘技獻天孫。

千載

千載祇如此，回頭迹便陳。噓天遺故我，問月嘆今人。客授長生訣，僧談不壞身。未應癡準擬，且樂醉鄉春。

悼四先生

真洪蔣魏繼淪終，天肯憂人國欲空。衆口生憎來論學，諸賢死不解和戎。良圖已付悲歌外，舊恨祇留奏稿中。擬續八哀才思短，剩將雙淚灑松風。

讀黄詩

我生所敬涪江翁，知翁不獨哦詩工。逍遥頗學漆園吏，下筆縱横法略同。自言錦機織錦手，興寄每有離騷風。内篇外篇手分别，冥搜所到真奇絶。頡頏韓柳追莊騷，筆意尤工是晚節。兩蘇而下秦晁張，閉門覓句陳履常。當時姓名比明月，文莫如蘇詩則黄。黔南日月老賓送，白頭去作宜州夢。官樓家乘誰得之，那知珠玉無散遺。生前忍苦琢詩句，飄泊不憂無死處。今人更病語太奇，哀公不遇今猶故。

打馬

九折羊腸片紙間，機心覷面險於山。是非喻馬一儒墨，得失爭蝸兩觸蠻。危似楚兵臨漢壍，急如齊客度秦關。良圖邂逅何分别，莫詫爭雄衣錦還。

晚遊遣興

積雨多妨喜晚晴，幽禽足足傍簷鳴。迎風遠岸松聲近，背日陰池樹影明。親有餘年方賴禄，國無長算幸渝平。此生錯料吾猶可，只恐風塵未肯清。

心王

易言不動工夫密，書説惟微體段彰。仙謾有方求氣母，禪非無見指心王。靈根本要行藏在，槁木寧於應感妨。一語何思千古訓，莫言為陸背程張。

日用

賴得人間念已灰，省身克己問參回。事隨緣法安排去，病向根源點檢來。布襪青鞋資懶散，筆床茶竈恣徘徊。偷忙不住提撕着，猛可投機亦俊哉。

答友人論學

逐字箋來學轉難，逢人箇箇説曾顏。那知剥落皮毛處，不在流傳口耳間。禪要自參求印可，仙須親煉待丹還。賣花擔上看桃李，此語吾今憶鶴山。

力學

力學求心苦未安，蓬窗賴得小盤桓。醉知叉手矜持易，過似科頭點檢難。静定工夫忙裏試，和平氣象怒中看。亨塗失脚人何限，始信顔回樂一簞。

玄扃

君從何處叩玄扃，耳學紛紛莫浪聽。剗盡念頭方近道，掃空注脚始明經。見聞日富祇塵積，涉歷年深似酒醒。不必但疑禪背理，請君細讀信心銘。

偶成

佛言法界惟心造，仙説還丹要想成。到得冰壺秋月處，輕輕拈出是功名。

讀邸報懷王先生作實齋，諱遂字去非

當日籌邊事偶蹉，追尤未已意云何。縱令君實謀時短，不道伊川好處多。

泊舟箬村有懷老師作

昔去京華此艤舟，老師含笑别江頭。我今重向江頭立，宿草傷心二十秋。

寄林寒齋

此是淵明向上人，少年早已謝簪紳。談優雅號周禪客，意散宜稱謝道民。書疏苦無多字數，歲時但覺兩情親。寒窗欠我煨爐語，久辦青鞋擬乞身。

内宿丁未臘月二十四日

玉宇凌空聳，金書照夜明。牆深容竹迸，石古伴梅横。雲接天章路，風傳徼道聲。非才叨儤直，愧見壁間名。

又絶句

堂虚陡覺暮寒生，長樂疏鍾緩轉更。對燭已無詞可草，擁爐時聽鬧皇城。

次早喜雪

竹葉初聞似雨聲，禁林未曉已通明。朱樓屈曲欄先濕，紫殿參差瓦欲平。冰硯筆隨花片起，風簷幔點蕊珠輕。堂名不枉人間説，此際真如玉琢成。

入局有懷戊申

空餐無補負公家，此志雖存鬢已華。每向客懷紅躑躅，不貪郎對紫薇花。寬心可要流香酒，圓夢何須正焙茶。手板便還丞相去，吾儕活計只桑麻。

有感戊申三月

少日因貧强覓官，于今悔擲釣魚竿。宫袍豈似陀尼暖，廐馬何如款段安。準易莫教玄尚白，奏篇還要炳於丹。得歸須謁嚴陵去，夢已先經七里灘。

得郡後二首戊申六月

君王分付為親還，班路諠傳忤要官。我但得歸他不問，從來人道乞身難。

語戇情知忤要人，此心謀國不謀身。一麾得請天南去，出處應堪白老親。

登舟喜風頓清秋暑

觸暑登途衆共猜，好風誰料逐帆開。天公應是憐行客，正忤炎官熱屬來。

和後村明皇按樂圖歌周昉筆，劉工部任泉舶日曾見

芙蓉帳暖春覺遲，玉笛真人恣荒嬉。弄權宰相楊與李，老奴將軍專北司。延秋門外目未覩，宮中但教霓裳舞。薛王沉醉壽王醒，大公自擊催花鼓。錦雞索鬭金籠疏，寶馬登床伶走趨。只愁海棠睡不足，肯信漁陽有反書。青娥阿嬙髮種種，海上依然髻斜擁。游魂血汙縱得歸，不伴君王行蜀隴。周郎此筆妙殊常，琛臺初見惜匆忙。重來把翫轉燭許，十年去我春堂堂。按圖雅欲談遺事，西墅無人誰考異。少公錦卷長公題，共說少公各揮淚。自注：工部，後村之弟。

梅花

紛紛塵劫數自注：上。河沙，玉雪風標共幾家。可是人間清氣少，却疑太半作梅花。

劭農

此禮今於古庶幾，厖眉共席意依依。兒携竹笠翁藜杖，主帶朝冠客布衣。飲不盡觴瓢挈去，食猶餘胾葉包歸。已分鏤本隨人看，聞說今年僻字稀。

憶　在

憶在雲深處，身曾侍紫宸。元無講三昧，那得筆千鈞。分賜茶猶在，批依墨尚新。汗顏恩莫報，竊禄謾娱親。

馬和之覓句圖 以下五首題後村畫卷

先生隱几奴煨火，斜插疏枝破瓦尊。鶴夢未回更幾轉，吟時應是月黄昏。

石虎禮僧圖 父子三人禮佛圖澄

眼前立是抱橋尸，悔不湔腸背後兒。洛度老胡聞血臭，汝雖合爪我攢眉。自注：洛度，見本傳。

明皇聽笛圖

壽王妃弄寧王笛，對面三郎背老伶。却恨馬嵬西去路，無人吹出雨霖鈴。

楊通老移居圖

憶昔移居詩，在集篇篇好。就中語奇絶，最是涉與島。誰歟作此圖，題以楊通老。行行四五人，長短各有荷。瓢者帽且髯，席者頭不裹。或牧而尚髫，或負而似跛。孟光衣頗寬，靈照袖亦拖。一兒解持箠，一兒纔剪鬌。處士獨跨驢，牛乃背其媪。彼羊驅于前，彼猫肩于左。琴二狹籃雙，生計亦甚夥。應嫌俗子知，必住深山可。低眉得何句，手卷豈其稿。若逢李十二，定復歌飯顆。薏苡或招讒，胡椒能惹禍。君子哉若人，萬物備於我。

石鼎聯句圖

畫意不畫形，形勝意不足。正如九方皋，相馬不相肉。此筆誰為之，繅藉以錦玉。一几共三人，彌明喜師服。賡酬夜何其，漏箭在銀燭。誰如豕腹脹，誰作龍頭縮。始胡為頡頏，末胡為屈伏。彼既鼻撩天，避席徒局束。去者俄翩然，二子睡正熟。夌户問童奴，曉雲凄古木。質之昌黎篇，段段皆實録。用意豈不精，或者疑近俗。我聞文章家，同工而異曲。或如駿歷險，千里在一蹙。或寸步不遺，句句必連屬。在詩則樂天，在文則永叔。畫品恐亦然，願言寶此軸。毋使歎巧心，受嗤於拙目。

題江貫道山水四言 此畫疋絹作，石林、簡齋有詩跋

遠山叢叢，遠樹濛濛。咫尺萬里，江行其中。短長何岸，高低何峰。彼坻彼涛，彼瀑彼洪。晴嵐乍豁，煙靄葱籠。或斷或屬，且淡且濃。爾岑奚寺，爾盤奚宫。或垣陰翳，或梁嵌空。有吠者厖，有樵者翁。危檣落碇，短棹掀蓬。往來異趣，寂動殊容。冪翠其庭，豈非盧鴻。略彴而渡，豈非龜蒙。昔我經行，雲山萬重。若淮南北，與江西東。亦簑而雨，亦帽而風。乃今追惟，夢境相從。及此開卷，恍然昔同。誰居作者，造化論功。淹緫其裔，熙成是宗。聲聞九陛，既召而終。謂彼樹白，自注：貫道畫林木如算子，其身皆白。識其身窮。其然豈然，訊之天公。此名穹壤，疇曰不逢。

題達磨渡蘆圖

白頭浪中碧眼胡，赤脚笑踏雁銜蘆。太平寺主不知我，觀音後身誰詆渠。是身如幻本來空，偶然游戲非神通。當年涉海向震旦，扁舟本與商胡同。君不見壺丘弟子御風飛，猶有所待周笑之。又不見横抛錫杖渡水僧，回瞻黃檗稱大乘。此胡法器更奇在，何曾以此為聖解。蕭郎不悟義不留，却要時人略驚怪。異時埋骨寄熊耳，萬里西歸提隻履。忽從葱嶺遇宋雲，雅意依然今日是。此圖誰筆面如活，客來却詠凌波襪。若將底事比渠儂，老胡暗中定羞殺。

郡圃偶題鄱陽

曲階倚杖行疏影，柳花度竹粘衣領。臺根三兩落殘梅，時見幽禽窺野井。

正月郡圃偶成慶朔堂

梅花落盡柳將舒，池水冬深只尺餘。亭欠掃除多敗葉，園隨高下長新蔬。典刑如在松加愛，意思相關草莫勦。慶朔堂前詩一首，舊碑元是後來書。自注：范文正公有《慶朔堂》詩，手植七松，今存者四。

題宋德清詩稿和陶，宋次道之子

詩法如書法，臨摹恐未真。寧為禪散聖，莫作婢夫人。士詫門中集，君留席上珍。苦吟應不厭，會見軋黃陳。

讀剛愍程公祠堂碑作

抗對公何勇，留芳泣血編。死能名百世，生不解千年。官豈云無長，吾誠耻獨全。堂堂英烈在，遺像舊江邊。

晚行鳳遊池邊作冶司

為吏常嗟七不堪，偷閑時到小池南。去來共浴鳧千百，高下相呼鵲二三。春放新紅梅點點，霜餘舊緑草毿毿。雲邊數陣鴉歸後，遠樹如山日半含。

人世

浮世堪嗤似戲場，塵編無限記興亡。百年不了窗明暗，一覺寧論夜短長。空谷老天休浩歎，今人古月謾相望。眼前翻覆祇如許，隱几何妨静炷香。

夜坐

入夜新凉乍滿襟，簷前花竹弄清陰。好時好日隨緣住，非月非風得趣深。書到七篇偏有味，詩留千載待知音。從來一點圓明處，不是禪心是本心。

徐朝奉挽歌詞

薤露曲，薤露歌，人生如露可奈何。如公九十鬢皤皤，有子百世名不磨。排姦直氣貫羲娥，教忠蜚奏金鑾坡。制書内出特旨褒，魚躍白金緋染袍。徑阪之門道日高，葵藿園中翁共哦。諸孫玉立春室和，生事以禮踰牲牢。公從諸仙遊爛柯，送車千兩山之阿。鴻章伐石質參軻，百年似此勝人多。翁歸如蜕兒悲號，團欒一散頃兮俄。門人從今廢蓼莪，事親無足可奈何。事親無足可奈何，薤露曲，薤露歌。

虧欠

休放閑愁到酒邊，眼前虧欠是良緣。六王纔畢秦關失，二寇俱平晉社遷。月滿一輪須漸破，屋留三瓦莫教全。誰名缺減人間世，雖道胡僧也自賢。

自知

學問深功要不疑，空談長笑晉人癡。渠儂眼縱明如月，知我何如我自知。

郊行即事二首

野店相依門向背，牧童對語岸東西。草枯白見樵成徑，木落紅隨葉入溪。色有淺深峰遠近，影無長短樹高低。眼前好句閑收拾，歸到書窗却自題。

老樹菌生鋪兔目，斷蹊泥濕印牛蹄。山僧渡水雙携屨，野客歸村獨杖藜。群鳥争枝聲上下，孤松夾澗影東西。行吟注意搜詩料，欲近前溪路忽迷。

偶題

生涯莫要問如何，且臥牛衣醉濁醪。仕已何妨三令尹，是非元自一東坡。拾遺兒去看魚筍，廷尉門荒設雀羅。百卉不論紅與紫，看花時少葉時多。

書懷二首

寒窗弄筆日娛嬉，品格高低問孰知。古貌古心空自許，散歌散傳不能奇。但參言句禪差是，要入文章録却癡。誰道二郎吟可學，支頤摇膝笑龜兒。

人間逆境似難堪，涉歷崎嶇我熟諳。早已知非如伯玉，誤令入鬧為圖南。自注：寇萊公。二娘子酒何妨醉，自注：《坡別集》。小厮兒禪只默參。自注：臨濟。試問先生緣底樂，坐觀寒月照秋潭。

世味

世味更嘗百念輕，眼前何辱又何榮。寧教鬼解揶揄汝，不許人能駕馭卿。躍馬卧龍皆夢事，焚香弄鏡了餘生。春殘雨水差沾足，却願從今米價平。

讀程氏遺書

浮身長短夢，可見幾英雄。不有遺編在，應隨落葉空。中宵門外雪，一月坐間風。似此難傳處，能言孰與同。

身外

身外榮枯時與命，眼前好惡古猶今。不須指擬文章力，自注：劉禹錫。且要消除人我心。自注：白樂天：强健衹添人我心。貧甚可無餐玉法，閑多好和㲉珠吟。自注：《傳燈録》。春殘任待花饒笑，竹几蒲團味自深。

自警

静退雖知趣味殊，終然習氣未全除。有無對境宜俱遣，夢覺何時解一如。得力要須生處熟，用工最怕密中疏。莫教草草匆匆去，却恐從前枉讀書。

晨興和前韻

分劑元無欠與餘，化工最巧是乘除。壯懷何必風雲入，净念須看露電如。玄在不妨雄拓落，詩成自笑甫狂疏。新來一事尤堪訝，眼已眵昏學草書。

晴窗放言

今日與明朝，相尋僅頃刻。昨日不可追，便如千歲隔。長江汐且潮，孤月明又魄。真宰良自勞，人生況如客。錦衣豈云華，藜羹未為嗇。俯仰去來今，升沉付一啞。卯酒六七分，武成二三策。晴窗樂自知，一鏡虚中白。

甲寅十月十九日有感

當年瑞節慶虹流，冷落如今閲幾秋。鼓腹遺民猶詑説，攀髯諸老更誰留。玉梅枝上春長在，金粟堆邊雲正愁。自注：明皇陵寢在金粟堆邊。（此下原有杜詩欻陽美人舞劍歌九字，疑為衍文）追記鵠袍陪拜日，曉風黄繖望宸旒。

田園雜興

疇昔多慚世網牽，收身幸早賦歸田。四科人物皆高第，只學樊遲也自賢。

獨立搔頭曉未梳，喜看童僕理園蔬。漢儒不悟真消息，却下簾帷只讀書。

郊迎猶待一番風，主相那能不愧容。縱道東還心事白，更須定洛乞明農。
歲計溪南數畝中，但將風雨祝天公。人生何必堂厨飯，米滲藜羹一飽同。
雨過高低水地平，扶犂野老續歌聲。憂時莫問簑衣讖，但看烏犍破曉耕。自注：讖語，見《文公集·雜著》。
輪輿蓋軫及車弓，模寫文奇是考工。農具因何却疏略，周公於此愧龜蒙。自注：《笠澤叢書》農具説最工。

題泳近稿

拏舟早已向三韓，莫放天風解引還。九轉黄芽先白雪，千年翠甗後紅斑。棊無盡算仙猶着，性要全空佛未閑。得路不須愁險絶，看他脚力盡時山。

夢

學道渾無力，紛紛夢未休。誰呼鶩與寂，莫訂蝶為周。因想誠難詰，飛揚果自由。工夫何處是，勤看懶安牛。

溪上謡

溪上行吟山裹應，山邊閑步溪間影。每因人語識山聲，却向溪光見人性。溪流自漱溪不喧，山鳥相呼山愈静。野雞伏卵似養丹，睡鴨依蘆如入定。人生何必學臞仙，我行自樂疑散聖。無人獨賦溪山謡，山能遠和溪能聽。

夢西軒舊事

南谷霜松老，傷哉一窖塵。學迂窮有鬼，詩在護無神。往日同參盡，殘年入夢頻。遺書誰挂眼，衣鉢付何人。

雲木相參歌

溪翁結茅傍溪南，近山繞屋青如藍。天垂四野雲到地，千頃萬頃羅松杉。着亭小小寄面勢，往來萬象窗中含。有時倚杖日未吐，但見雲木朝相參。蒼蒼古木大百圍，白雲無心出復歸。雲無盡藏木不老，雲木千載長依依。我醉呼雲雲不飛，風和萬竅如塤箎。此時此景誰能畫，既以名亭聊賦之。

夢寒齋

故人千載隔幽明，昨夜躊躇過數更。握手不知為已死，掀髯猶更話無生。海山兜率歸何鄉，自注：樂天詩：海山不是吾歸處，歸則須歸兜率天。漳浦咸陽痦自驚。自注：樂天《夢微之》詩：漳浦老身三度病，咸陽宿草八回秋。擁被長吟天未曉，滿簷落月淚如傾。

戊午與諸友同謁犀斜南谷二師墳作

來往松間不計年，學無進趣負師傳。侯芭白髮今能幾，知付他誰守太玄。

身前枯槁似山僧，瓜葛雖存亦强名。料得九京還自喜，但將墳墓付諸生。

艾軒先生

為道難言不著書，但知日用是根株。當筵自昔傾龍象，嗣法何人識馬駒。六學即今皆勦說，一齊孤立可長吁。犀斜南谷窮愁骨，仙境能談舊事無。

臂痛六言

六十六翁衰久，四百四病更多。臂用火攻未可，心存水觀如何。

虞監因書自苦，龍眠為畫勞功。臂痛與渠相似，筆端愧我非工。

列子肘停杯水，吴生臂畫圓光。此是病魔饒借，莫將妙手誇張。

莊子口義成

逍遥而下是全書，漁父諸篇却不如。意外形容辭獨至，句中脈絡字無虚。機鋒頗似禪三昧，根極祗求性一初。千古濠梁同會面，子真知我我知魚。

老子口義成

見徹深微字字精，五千言在與誰明。事因借喻多成謗，經不分章况立名。數十有三元是一，道虚無實始為盈。蘇云近佛非知老，老説長生佛不生。

列子口義成

莊列源流本一宗，微言妙趣不妨同。但知絶迹無行地，自注：《莊子·齊物論》。豈羡輕身可御風。二義乖違劉絶識，自注：劉向叙中有「二義乖背，不似一家書」之語。八篇參校湛何功。自注：今書八篇，張湛所參校。就中細細為分別，具眼應須許此翁。

重修考工記口義

千金求得自河間，此記尤奇似五官。文苦聱牙精識少，物窮纖悉辨名難。牙自注：去聲。圜以後圖方見，口義於今缺不完。自注：綱山有傳艾軒所講口義，今不全矣。師説幸然無失墜，書成只恨鬢凋殘。

讀關尹子

青牛車後抱關翁，師已西游道却東。著論九篇今獨在，命名一字古無同。自注：九篇皆一字名。不知身老傳誰氏，可愛文奇似考工。博大真人莊所敬，寥寥千載想宗風。

題新稿

少日無端苦學詩，倚樓面壁總成癡。斷無子美驚人語，差似堯夫遺興時。最上宗風埋没久，新來家數見聞知。吾生恐被師傳誤，自比靈雲更不疑。

至 學

至學玄談理最微，負門粗細有誰知。蛇生弓影心顛倒，馬齕萁聲夢轉移。須信風幡元不動，能如水鏡却無疵。咸經四字分明訓，截斷憧憧未感時。自注：先師樂軒云：貞吉悔亡四字，今古座右銘也。小象以未感害釋之。有感有應而後害生，未感則無可悔也。

物理六言

以鳥養鳥盡性，惟蟲能蟲知天。萬物與我為一，反身樂莫大焉。
羊螘不如魚計，鴻鵠豈比雁謀。為問折腰五斗，何如散髮扁舟。
杜鵑前身名宇，胡蝶夢境為周。至理但觀物化，吾心自有天遊。
醯雞甕中世界，蜘蛛網上天機。他心我心壹是，大知小知俱非。
蚯蚓兩頭是性，桃花一見不疑。了得葛藤三昧，却參芣苢諸詩。
非魚知魚誰樂，夢鹿得鹿誰誣。若與予也皆物，自注：《莊子》。執而我之則愚。自注：《關尹子》。　以上《竹溪十一稿詩選》

全宋詩卷三一一九

林希逸二

和後村憶昔二首

應世只愁一著差，少曾苦學鬢今華。愛牛因見無傷也，喻馬還非俱是耶。工苦從人夸腹稿，發明自我看心花。蠅頭蝸角人間事，回首驚看似亂麻。

白雲深處卧元英，莫問卿君與我卿。説向老禪成寐語，誤他壯士為虛名。鏤脂須信文徒巧，隔膜只愁性未明。空忍饑窮吟樂府，也疑太祝似心盲。

和後村口占一首

老去田翁多狎友，年來觀主換新銜。緣溪竹杖時行散，面壁蒲團漸放參。休夢筆花尋硯滴，但看貝葉守燈龕。清朝越紼將修禮，留滯何妨似史談。

和後村唐衣二首

非晉非唐落魄袍，人生行樂不知他。可曾癡説飛霞佩，那肯吟思疊雪羅。帶眼減多癯已甚，布毛吹盡意如何。溪鄰更有笭箵伴，時整蓑衣共緝莎。

初服能尋恨已遲，便如野鹿脱拘維。閒因解帶迎風處，凍憶穿靴立雪時。老守漁蓑隨分樂，古多蟬冕歎機危。不知窮苦哦詩相，破帽從前略似誰。

和後村記顔一首

精神歸阿堵，一點定如何。問景論蛇跗，吹毛笑鳥窠。鬢知誰甚似，音比舊尤訛。但擁維摩几，時時閱貝多。

和後村漫興一首

儒冠能誤甫，休憶早充賓。既得林間趣，甘為局外人。法書喜皇象，古畫愛公麟。屢典衣償直，因癡不恨貧。

行田間見新秧作 丙寅三月初九日

新秧成段見連連，風弄輕柔雨後鮮。細出水如青縷綫，平鋪田似緑毛氈。國貧民困憂無日，身遠心存冀有年。試問維魚誰入夢，牧童三五澗頭眠。

錦溪謁墳作

鞠育恩深愧老身，少營甘旨苦長貧。如今有酒空澆酹，對此傷心十一春。

松下殷勤奠獻回，山房四望小徘徊。常年不似今年晚，待得花時過盡來。

資福嶺菴前作 嶺内有神祠，舊時課社十日一集其間

嶺路松陰好，歸鞭為小停。苔封石面紫，藤絡樹身青。菴古無人住，蟬多過客聽。少時文會處，近裹有祠庭。

和莆田陳宰篠塘庵韻 賢有十不去

竹根牆下一燈龕，舊事傷心未易談。十頌尚留禪髓在，諸方應作話頭參。高情寫入陽春調，遠望吟思落

日酣。魔種紛紛堪可笑，得君點破料知慚。

崇安忌日 丙寅四月

生死涂分久，追懷謾自傷。憐渠眉舊白，歎我髮今黄。聚散萍來去，悲歡夢短長。縱能排遣盡，此日亦難忘。

踰月苦旱忽得邑宰喜雨詩用韻二首 丙寅四月十二日

連日非無數點飛，濱溪底見響春機。甘霖君已吟成卷，炎赫吾方汗濕衣。雷邑未能均澤施，龍君可要逐方祈。箋天更仗伊誰力，外史臣慚似螘微。

布穀催耕歎雨乾，諸賢歡明抄本作歎詠我辛酸。瓢分不到田猶涸，琴化雖均天作難。底要歲遺三九食，但為民幾一分寬。未縣龍骨魚無夢，那得新租上送官。

和蕭教韻

譽華六館壓羣雄，獨坐臯比信國工。弟子三千徒共喜，法筵第一義尤公。我開薦口慚如愈，守自知名盍敬融。料得芹香留不住，會須班入大明宫。

四月二十日得雨方足閭城間一禱即應沾渥久矣此餘波所及也再用前韻一首

寄呈恕齋

晴雲卷盡雨雲飛，多謝元工已轉機。懇切敷陳緑封事，殷勤持送紫霞衣。十連如佛仁均施，一念於民福可祈。秧馬既閒青遍野，摇摇争弄晚風微。

和一隱堂 義江陳吏部

少陵那肯縛微官，謾結陶廬雜市闤。五客昂藏圖素壁，一翁偃蹇對青山。我因月憶人千里，公比雲居僧半間。老去得閒應浪喜，何如未老已先閒。自注：堂中畫鶴鷗五禽。

賀後村得第七孫

恰喜長房兒納婦，蘭堦又報送麒麟。一夔四海名千載，三鳳諸孫見七人。新綴錦繃饒獻笑，謄留寶硯要分珍。太翁從此應投鏄，却許貂金映鬢銀。

既旱得雨連日不小住

旱餘得雨又傷多，塵世因饑百種魔。便使有方能辟穀，我雖獨樂奈人何。

喜雨還憂雨過多，人生可煞是多魔。事難恰好天誰問，天本無心可奈何。

再和後村得孫韻

含飴方樂燕嘉賓，畫果犀錢勝擘麟。老鳳遞看雛鳳好，猶龍行見共龍人。孫誇奇骨磽如玉，翁喜龐眉從以珍。產有萬金誰敵此，他山何羡器車銀。

送用和劉推官入京班改

幕畫如兄有異才，嶺南聲價動諸臺。登龍尾道呼班去，為鱷魚州守印來。定有賞音相料理，何妨進卷小徘徊。遥知得意行吟處，傍柳堤看菡萏開。

山丹已盛

夏半葵榴亦頓空，臨池還未見芙蓉。花神也念翁岑寂，數本山丹著意紅。

小盆新種水芝方有生意

買石殷勤種水芝，主人欲速訝渠遲。朝來喜見芽如粟，點點青青上下枝。

行楮

救楮為謀意甚忠，人間豈不願流通。未論子母權輕重，無奈官民價異同。自注：州縣入納只用時價紐中半之數。產計高低藏自可，用難節縮出何窮。秤提須信無奇策，賤則因多少則穹。

和吴帥古靈祠堂韻

學問功深筆硯靈，南來題詠遍吾閩。詩書禮樂宗元帥，俎豆衣冠友昔人。顏色如存滿梁月，襟懷長想浴沂春。新成翬革添吟句，傳入圖經字字珍。

用珍字韻謝吴帥分惠乃弟山泉所寄廬山新茗一首

五老峰前草自靈，若為封裹入南閩。錦囊有句知難弟，玉帳多情寄野人。雲脚似浮廬瀑雪，水痕明抄本作浪堪鬬建溪春。龍團拜賜前身夢，得此烹嘗勝食珍。

題郭進士所進萬世寶鼎鑒

學苦功深老更癯，儲闈一念許渠渠。掄才合作金閨彥，忠國無踰寶鼎書。未見龍圖攜處士，但聞狗監薦相如。明時主相求賢急，指日香名入詔除。

謝劉正奏惠文戲效昌黎體仍用送賈浪仙韻一首

可人忽及門，瑩骨清照膽。銜袖子何謙，拜手吾豈敢。于嗟泥尚蟠，有興月可攬。何居欲困衡，迺爾蹈坎窞。萬言蛹吐絲，一第髭摘頷。頷字與後顑頷重韻攀天桂非高，佳境蔗方啖。但思俗茫茫，頗怪雲黯黯。顧我方阨窮，相看合悽慘。藿食恣酣饕，大羹鄙漓澹。甘守竹笭箵，疇憶蓋菡萏。孤熊輩狸狌，芳卉雜葭燅。躪藉衆靡憐，訪求情易感。玉肆混琳珉，珍筵侶菹歜。豈伊厭葱珩，雅欲共藜糝。見晛失瀌瀌，聞雷嗟坎坎。儷箋價編瓊，瑑稿慣削槧。新知乍激昂，老我長顑頷。惟應旌翹翹，曾是御憯憯。期君騏驥驤，眇彼蜉蝣撼。層青富脩程，墳索且玄覽。

和後村二首

瓊筵追補慶觴菴，壽宿熒熒耀斗南。詩勝盧仝酬馬異，客無李四與張三。自注：深村酒，小溪魚，李四張三來便留。顔紅鬢白國元老，眼赤腰黄世美談。索和多慚供狗尾，公如大楚僕毛聃。

但喜僧歌不壞菴，可曾佞佛學和南。溪深却有鷗千百，城遠何妨家兩三。詩未能工多纇句，書無高論總常談。身窮久欲逃名姓，任把秦儋作史聃。

耳鳴戲作

底事虚聰裏，長聞風雨聲。史嘗云蟻鬭，醫却比蟬鳴。老縱聾何惜，愁因聒易生。道書疑太誕，如磬是丹成。自注：《丹書》云：第三轉，則耳中常有笙磬鳳凰之聲。

六月二十四日雨後苦熱作

今年一旱熱良苦，既雨纔晴熱如故。桔槔暫閒稍解憂，赤日當空蒸濕土。晚田切切更望霖，早禾已失十四五。溪泉漸涸衆攢眉，老我垂頭汗如雨。有身有患信可憐，亦既憂農還畏暑。

樂軒遠日之祀巖尹方兄賦以七言用韻一首

事師如父理云然，到底難忘講席前。身在必憂惟忌日，義存雖死似生年。親祠執奠疑容見，淺學孤恩枕膝傳。長愧後生香一瓣，玉樓十二抵三千。

得大慧頂相有親筆贊贊中有呼聚又喝散之語

見師畫像如師活，聚散如何呼又喝。似與不似吾不知，却是夢中青直裰。

四睡戲題

多少醒人作寐語，異形同趣誰知汝。四頭十足相枕眠，寒山拾得豐干虎。自注：其像三人交頭枕虎而睡。

詠松石松化為石

生生化化果何如，物類雖殊氣不殊。疏密尚留松脈理，嵯巖却是石肌膚。今身肯羡陳三品，往事堪羞秦大夫。斸藥仙翁何處問，雲根還似樹根無。

和柯山玉上人三首

身如孤鶴萬緣空，吟得交情底許濃。我老學禪無長進，相逢却講少陵宗。

聞説高人意已消，非坡誰解識參寥。何年共賦浮花雪，一棹清溪兩岸苕。自注：坡詩溪上苕花似浮雪。

贊畫原作盡，據明抄本改俱佳見似親，殷勤遠寄證前因。雖然説我夢中夢，却要知渠身外身。自注：知某曾夢大慧似慧自贊頂相見寄。

賀後村生日慶八十

星履班頭跨錦韉，乞身玉座賦歸田。當行兩制文章老，來處三壺功行仙。生比萊公過半月，占求尚父恰今年。先皇法從新皇憶，須落前銜拜榻前。自注：七月二十九日生，寇公七月十四日生。

宸奎輝映畫堂深，瑞旦華筵酒滿斟。三鳳七雛樽捧玉，雙魚九銙帶横金。未須人詫耆英會，更看公求耄老箴。却此疑當作比趙州行脚後，百三十歲主禪林。

戲效劉茗溪十二辰歌

華門鼠憂多唧唧，我貧不厭瓜牛窄。癡人虎視欲眈眈，我寧老守兔園册。莫愁龍具苦酸寒，等為蛇跗祇瞬息。試問藍關馬不前，何似金華羊可叱。嬌羞已笑沐猴冠，卑棲那更争鷄食。掉頭一任犬狺狺，掩耳莫聽猪嚄嚄。

晚日既入紅雲滿空以東西言之此間去日入處幾千萬里日既到海而其光上射於天如在頭上非天高地小四面海闊安得如是因以紀之

幾譯天西到海東，日沈猶射半空紅。吟思益信人間小，海闊天高地水中。

天高地小水茫茫，取喻只如雞子黄。西日既沉光倒射，天中還是水中光。

袁命士

言多奇中邑人誇，得妙無過六十花。術學要須來處好，馳聲貞觀是渠家。

題趙工部柞山堂以半山五願木為柞，自名其堂，求余書扁

太白前身錦繡腸，字書搜盡入篇章。作歸田賦辭蘭省，取半山詩扁草堂。自擬百園莊散木，不誇五柞漢長楊。却愁金殿催班去，風舞槐龍影正涼。

和轎字謝後村和篇

狨鞍更合破花轎，自注：親王而下，鞍上綉花，隨品支破。揮手歸尋種玉田。琢句工如賈島佛，引杯豪似翰林仙。作蠅頭字無虛日，辭豹尾班不待年。活底壽星公即是，輕安尤勝古原作者，據明抄本改希前。

九衮筵開喜更深，金杯從客十分斟。新詞歲歲歌縣矢，回敁人人得碎金。短韻豈堪勾白句，初心却似欠

韓箴。如公總是書融化，椰腹多於漢學林。

再和前韻謝後村惠生日詞

野客相過坐馬韉，論談大半是農田。生慙弧矢為男子，老脱簪裳似散仙。錦卷新詞歌永日，茅簷小酌勝常年。癡因好佛蒙嗤誚，更敢誇張靈運前。

老去劬勞念轉深，一樽聊爾可曾斟。中年為拙辭宮錦，晚歲雖貧笑汞金。破被與兒眠似鐵，敗氈留客坐如箴。自注：箴與針同。多情曲意加題品，錯比唐溪與晉林。

三和韉字二首寄後村

誰道林花不是韉，山如奔馬下平田。哦詩不記身投老，對酒猶狂興欲仙。勾漏丹砂尋舊令，雲安麴米問長年。如翁一事尤癡絶，醉却逃禪綉佛前。

勝敗如棋閲世深，夏商猶爾况戈斟。癡人倚柱思全璧，達士揮鋤不顧金。潁自忉懼宜愈傳，酒何殃咎要皮箴。過從怕聽閒言説，聞早移家避入林。

偶題

溪南溪北鳥相呼，聽雨看雲足自娱。不羡筆書黄紙尾，但吟詩撚白髭鬚。身謀只合交猿鶴，眼見渾如擲雉盧。堪笑少陵高自比，到頭老大始知愚。

再和柞山腸字一首

縣知書卷飽撑腸，一倡殷勤十和章。茅捲三重憐杜屋，株高八九羡韓堂。利名誰信為韁鎖，聖知人猶比桁楊。萬事不如祇浩飲，葡萄切莫换西凉。

溪居古榕甚佳未嘗有所賦得柞山詩卷借奇字韻戲成一首

古樹婆娑誰手種，有藤纏絡似髯垂。但看窗草求溪意，自覺庭楸欠愈詩。才拙豈能酬郢曲，心降但合靡齊旗。吟渠却羡公家柞，短韻長篇句句奇。

春谷惠示榕橋精舍二十四詩借首篇韻賦一首

春谷因榕費苦吟，為憐夾道緑陰陰。身藏巖澗風霜老，名入圖經歲月深。北客未知題詠少，南州莫向字書尋。鶯啼庭葉曾留句，獨有河東柳賞音。

題僧雪岑詩

本自無鬚學撚鬚，此於止觀事何如。詩家格怕無僧字，聖處吟須讀佛書。得趣藕花山下去，逃名枯木衆中居。早梅詠得師誰是，見鄭都官却問渠。

題范月溪欸乃集

欸乃溪干入聽時，忽傳新集到柴扉。自慚我老眠雲慣，遥羡君吟弄月歸。正始餘音何寂寞，四靈苦思儘光輝。當行家數今誰是，消得渠儂論錦機。

送徐諮議總管

美矣軍諮議，元戎喜借留。吟多磨盾鼻，心久折刀頭。梅日相求去，花時寄别愁。天風題石處，從此夢同游。

括要翁精訓，君於翁又賢。吟工如射巧，稿富已刊傳。資格宜分竹，功名早著鞭。從軍詩更好，因雁寄溪邊。

郡圃小山大資可齋先生所作也石久散而池亦荒恕齋來公補處叠之浚之訪求舊記重刊之仍續留題之句以寄可翁翁又和之以某同出可齋之門不鄙賜示借韻爲謝

湖嵌散盡重堆叠，池碧堙多旋斵開。舊記幸存新入石，勝游端待可人來。

舊留岸柳千株老，新種池荷一度開。此是可翁題詠處，元戎領客喜同來。

石好歲深歐記在，雨多雲為段遊開。同門一士頭如雪，許待龍圖老子來。自注：時方苦雨，恕齋一禱即晴。咸淳丙寅九月。

吴帥用前韻以别再賦以謝

碧油幢下詩書帥，吏案如山强撥開。領客雍容游郡圃，柳間松下步行來。

主人愛客情何厚，盡日移樽逐處開。古柏寒梅俱問訊，追思猶説海棠來。

清晨玉帳方違拜，一葉江干艤未開。多愧元戎懷舊雨，殷勤惜别袖詩來。

村居僻甚城闉遠，避俗柴門久不開。忽漫出山歸自喜，龐翁還謁恕翁來。

題天風海濤

亭後千尋屴崱峰，亭前萬里見晴空。山藏落照生新月，海漲輕濤帶晚風。世事浮雲變今古，客游鑱石遍西東。近簷溜雨霜皮柏，却是渠曾識晦翁。

題梁祕閣玉堂何似亭

放眼久知亭外景，連朝苦恨雨昏昏。紅飄落桂渾如雪，青失平林總是雲。與世相忘真有道，休官曾不待移文。玉堂天上空回首，白髮追尋我愧君。

喜新晴和前韻梁丈三徑堂中作

清曉秋聲枕上聞，倚欄頓覺失晞昏。潮分新水添池水，山放晴雲換雨雲。翠洗方壺如著色，稻搖平野自成文。荷枯菊少梅全未，風葉蕭蕭對竹君。

題張尚書畫册四首

松間睡道士

高枕松間石，如儂未易知。世情祇益睡，不是學希夷。

犬

辭家何處附書歸，縱獵何年投紲去。斯人咸陽機洛陽，料知黄耳嗤渠誤。

牡丹

生意草亦佳，可但蓮菊好。富貴本何心，莫以色見我。

雀

勘破鵬鳩事，人間百念消。茂先老自誤，不記賦鷦鷯。

菊菴相道人求贈

拋汝菴中菊，尋他楦上麟。休將窮達事，來語菊邊人。

送建寧倅林太博用後村韻二首

清班早見揚休立，自詭俄為九仞翔。教雨久霑儒館下，屏星還照建溪傍。助行好事趨鈴閣，課了康功向玉堂。禹錫文章終得力，吾儕牖細要更嘗。家年明抄本作年家愛友相期久，注目雲宵看鳳翔。半刺暫煩書紙尾，一翁分守繫籬傍。多携客上丹青閣，易事賢居夷白堂。更喜宦游逢樂地，户無貴糴稻新嘗。

寄題趙武子鶴泉

可人何事著斯名，知傍清泉築小亭。遥想倚風看鶴鶴，更須和月掬泠泠。君於醉後流應漱，渠若來時舞不停。莫謾濯纓歌此水，會當沖翼上青冥。

别林伯常國博

解印南來久卸鞍，未甘遮日向長安。洪都别駕何廉取，齋殿除書果趣還。再入美傳喧輦下，多情遠别到溪干。才名藉甚如君少，此去應須立要班。

歲晚交親久寂寥，明時牘喜入旌招。玉融名邑雖多士，橐從無人已四朝。我分長閒守龍具，君宜聞健侍雞翹。從今出處分岐路，對月相思夢愈遥。

偶　題

清曉焚香罷，書窗只自娱。時為五禽戲，閒看六牛圖。遯世元無悶，衰年不厭癯。闔棊三稚子，夜夜笑翁輸。

題國清林氏海山精舍取樂天海山不是吾歸處為名

白醉吟翁頗似癡，當仁一見却無疑。但尋來處知歸處，莫把迷時待悟時。風過更看雲不盡，潮生長與月相隨。海山此趣誰能會，也是禪關也是詩。

丙寅再至水南吴景朔家

舊游人物轉頭空，此地重來恨不窮。聞笛久懷中散氏，對床僅有小蘇公。門前旋闢園池好，壁上芳題子姪同。尤喜芝蘭書種茂，迎門歡笑挹溪翁。自注：景朔男子謙、姪定子，皆請舉。諸孫亦好學。

和後村問訊水南失約二首

憶昔從容陪燕几，別來岑寂守漁蓑。論談苦羨江河決，離索深慙歲月磨。覿面難逢善知識，鈍根空比老禪和。當時言語何曾會，路滑山高敢再過。

學荒久欠親談麈，居僻誰同理釣蓑。砂欲作糜那解飽，磚難成鏡只空磨。出乘雪興思安道，歸逐風吟笑志和。賴有先生前約在，掃門直候愈軒過。

題劉某詩集

鄰居前此未相聞，到手新編喜得君。一事更令人動念，曾吟詩謁綱山墳。自注：集中有謁綱山墳兩絶句。

夜坐偶成

涉世纔深誤轉深，鬢毛贏得雪霜侵。人多癡到未來劫，禪要空無見在心。晝暖枕書高鼾睡，夜長樽酒縱狂吟。花開花落春何意，潮去潮來古即今。

書窗即事

此心無著自超然，麤糲隨宜醉即眠。喜讀佛書非佞佛，賦游仙曲豈求仙。涪翁語忌隨人後，康節圖看到畫前。老書原作盡，據明抄本改蓬窗聊爾耳，何曾敢道慕諸賢。

以上《竹溪鬳齋十一稿續集》卷一

全宋詩卷三一二〇

林希逸三

晚晴

雲收風止晚晴初，池減波痕見緑蒲。鷺入田行如數步，鴉隨林去似相呼。賦形宇宙真如寄，息意林泉不是迂。疏柳欲黄楓漸赤，來今去古幾榮枯。

題吴司户忠齋名漢英，穀城人，乙丑科留忠齋知舉

事業心期在漢廷，師生莫訝共齋名。當年取履封留者，入夢祇因住穀城。

題吴司户思忠堂

我既題齋扁，堂名却又同。進思臣職分，意慕世宗工。欲問傳心法，無如盡己功。游楊朱吕後，先且學忠公。

三和除字韻

終歲吾伊祇自苦，多生習氣未全除。却嫌俗態騷騷爾，寧作閒民皞皞如。肯羨孔光靈壽杖，且燒韓愈送窮車。一编受用床頭易，却似忘筌已得魚。

詩贈友人程鄉次子和甫兄

苦戀庭闈戲綵衣，其言雖訥未全非。旁人競喜廣長舌，之子還如杜德機。他日必多麟抱送，妙年肯歎雉

孤飛。但能寡過何妨拙，却恨鄉閭識者稀。

雨中懷後村石塘之約爽矣

好讀書多晝苦短，細行歷到歲其除。無端竹雨蕭蕭下，可奈松風謖謖如。更僕詩來幾滿篋，過門約在待安車。大寒不出空回首，何日同觀濠上魚。

四和除字

白髮餘生甘寂寞，丹書微累幸蠲除。天留老眼諒人只，雲本無心於我如。千歲不知棋幾局，二乘且論寶三車。香山見徹人間事，斷道為龍苦似魚。

客至五和除字

衡茅有客同歡笑，徑草呼童旋剗除。篘酒熟遲聊酤我，藜羹生怕有卷如。夜長不必論升斗，歲晚能忘晢笠車。鄰舍多情還解事，頻分野菜饋生魚。

和披字寄後村

不羨新雕繡轂馳，不嫌自織草衣披。談禪客至眼俱碧，聯句人來髩似椎。愁絕只憑杯遣興，意行全藉杖扶衰。舊游歷歷天南北，夢不能忘隨所之。

送陳莆田 僩。歸時得後村力

邑以灘名處處同，此灘加似打頭風。吟多正恐招窮鬼，怨作無端謗殺公。怒欲懷磚嗟薄俗，義為全璧賴宗工。衡寒溪上携琴去，羞澀囊如子美空。

和春谷用弓字見寄

奴去看魚笱，兒尋射鴨弓。養痾三徑裏，取友一溪中。日苦經簷短，天如罩野穹。過從人絶少，訪問愧春翁。星曉有殘月，明明掛一弓。四天垂野外，萬象蓄山中。水動知冰薄，林疏見谷穹。傍人應比我，觀物邵家翁。齊物書非放，師傳自子弓。人多談稷下，我獨守環中。道貴身無賤，名高位莫穹。元和雖五相，千載一漁翁。

三和磨字韻

休憶朝携香滿袖，從教人畫雪披蓑。詩狂黄鶴樓堪碎，頌美浯溪石欲磨。安得谷論肥定武，却嗤甫貴瘦光和。老癡只弄窮生活，散帙多聞暮鳥過。

再和除字韻

洛下玄功須究意，人間雜念早消除。才情向老無多許，夢覺何時解一如。失馬塞翁云得馬，數車柱史論無車。浮生寵辱渾閒事，勝負真如射揜魚。自注：揜，音塌，骰采之名。

第三孫彌月小飲

茅簷喜得第三孫，草草團欒笑語温。晚菊客貽黄似蓋，新芻兒喜緑盈樽。生涯素薄書差富，舊物能留硯僅存。儒級傳來方四葉，九龍入夢始曾門。

四和除字韻寄元思別駕

多生已被禪勾引，萬事衹憑酒破除。節物變衰黄落矣，儒功寡要白紛如。懷賢疑似渴司馬，避俗佯為聵仲車。好友年來吟驟進，相逢何日語姬魚。

雨山徐總管袖詩見訪以道間見梅而作少留一夕次韻爲别

何曾問柳與尋花，訪友輕車到海涯。少為梅吟看倒掛，自注：坡詞倒掛緑毛么鳳。會須木鉀出褒斜。霜寒盡夜同煨芋，月過殘星似撒沙。村落常時無此客，多陪僧話送年華。

天放寒梅三兩花，殷勤粧點淡生涯。巡簷索笑忘霜冷，倚樹長吟待月斜。君去定趨丹鳳闕，我閒但占白鷗沙。孤山好處空回首，典祀何時到玉華。自注：玉華，宫名，見杜詩。孤山，今為西太乙祠。

岸幘衝寒嗅雪花，興隨雲遠到天涯。月知玉斧修成近，星伴銀潢左界斜。佳客過從聊把酒，浮生聚散似團沙。新吟何日重商榷，苦學無功鬢已華。

七和披字韻

意馬難調繫更馳，自注：繫馬而馳。空沙莫為揀金披。忘機每笑棋争局，愛禮時看齋白椎。正月書因王不競，變風作為教先衰。聖朝可託狂歌樂，况有羊何共和之。

泳得男再蒙後村先生和除字見寄戲和一首

貧慣人人嗤不管，老慙幼幼念難除。有孫何必位為喜，自注：蕭願。戲父誰云翁不如。自注：張憑。夫子忘年容撰屨，長文何日抱隨車。殷勤好伴腰鐮叟，莫學嬌癡女覓魚。

題朔齋鐵壁堂

耐久聲名參古柏，絶清詞翰賦薇花。幾聞人似南都老，再有公生朔黨家。題扁不漸名鐵壁，持荷更合侍金華。元城志業須翁了，推美還看入制麻。自注：堂以綸言名。

丁卯元日作

泰時欽柴已慶成，金鷄赦下是兹辰。百官班立樓前拜，萬歲嵩呼竿上人。正喜含飴看稚子，還叨祭澤及微臣。老逢嗣聖徵前夢，三十年前歲在寅。自注：庚寅夢應今上御名。

二日野望作

麥壠高低一様青，淡雲籠畫雨絲輕。梅花爛漫開將盡，松葉稀疏落又生。遥企鈞天知夢斷，欣聞玉陛慶熙成。人人盡説新年好，除夕無風歲旦晴。

丁卯立春作

歲陽更始財三日，輦路歸來第四春。野菜旋挑絲未細，村醪淺酌釀差醇。團欒弟姪何妨笑，淡薄盃盤莫厭貧。却憶先朝供帖子，傷心白髮舊詞臣。

鄰園惠晚菊數月有花高大甚奇

菊種雖殊多短短，忽傳一種自比鄰。園過十尺高七尺，開到初春始小春。團比蓋擎身極瘦，碎如金散色常新。梅時得此真奇絶，更有清香細襲人。

放　歌讀放翁詩作

朗誦烏棲曲數終，乾坤何事老英雄。縱令經有千名佛，敢道詩無兩放翁。九萬里風來海外，二三更月到天中。便教挽得銀河下，今古閒愁洗不空。

晨興聞簷雀作

晨起喧喧暮自棲，夢回每每當聞雞。有渠何用門前客，廷尉當年見處低。

石笁山紫雲恭老 得樗菴尚書書往温陵見洪陽岩

幾載空拳把疏頭，新成樓閣石山幽。未忘囑付樗居士，送紫雲師紫帽遊。師知緣熟向温陵，騎虎仙翁現化身。袖有先容應得力，陽巖佛地位中人。自注：紫雲仙舊騎虎。

雨後贈雁來紅 閩中謂鐵樹

雨後欣欣緑萬叢，憐渠葉葉但焦紅。旁人莫作榮枯看，時節因緣各不同。

先母忌日 丁卯

兒正癡時賴母賢，如今滿鏡白於綿。可堪遠日思存日，更向衰年憶幼年。嫠早獨携三稚子，世貧能有幾磽田。書燈督課無虚夕，曾解衣還束脯錢。

有感 丁卯二月

世事年來百色難，沉思觸目是憂端。田家仰麥嗟傷雨，海市無鮮為苦寒。楮欲秤提官自抑，苗多走弄吏尤奸。自注：時有秤提推排指揮。身逢昭代還如此，獨喜三邊慮少寬。

遣興

風流不羡三學士，衰退甘為一腐儒。嗜古心癡迷黑鬼，自注：見歐公《與劉原父簡》中。養生胎息學玄夫。興闌日下新吟少，静勝年來雜夢無。醉後枕書時鼾睡，長孫唤醒小孫扶。

戲效梅宛陵賦歐公白兔

毛蟲雖小著仙籍，云渠千歲皆化白。中山山中衣褐徒，生長何年換顔色。豈其孕育自卯宫，又是金公付精魄。渠宗學孔非學朱，拔毛不蘄供書册。老蒙將軍縱獵時，遁向何方為窟宅。紛紛爾後更幾秦，避世甘心餐苦柏。明時作意始出來，五岳遍游無定跡。多生曾識六一仙，知道瑯琊有新刻。要尋此碑龜與螭，何事乃被滁人得。滁人知渠慕醉翁，翁歸已在雲霞中。期翁千歲亦如汝，殷勤遠致提金籠。傳誇瑞物遍都邑，倡和千篇模寫工。翁携入直金鑾殿，渠應自比廣寒宫。寄聲樹下擣藥者，汝伴嫦娥我伴公。

三和菴字韻

新吟度度到溪菴，諷詠鏗鏘似雅南。筆健稱雄一當百，韻嚴苦和二生三。捨襄陽外無新語，除謫仙來可劇談。覿面猶龍誰復識，杏壇人在庶知耼。

題平遠軒

伊昔營此窗，眼前頗有趣。往來多勝流，必和壁間句。人事一凄凉，窗亦不如故。舊詩無一存，誰復闖其户。新來改作之，好景欣再遇。清溪漾淺流，長松列古路。高下見青山，濃淡雲來去。西齋平遠名，移以扁其處。我闔納八荒，令人心領悟。星垂平野詩，雲征遠遊賦。倚欄拍手歌，百盞吸瓊露。

新晴四和菴字韻三月三日作

衰懶如僧不出菴，雨晴春又遍溪南。周天日度一日一，初夜月生三月三。還丹只是安樂法，虚白應難容易談。最喜無名公自傳，何須儒學記齊耼。自注：唐儒學傳徐齊耼。

偶　題

浮沉上下一虚舟，久喜身心得自由。知我要須高著眼，逢人多是懶擡頭。詩名遺興元非興，酒道消愁有底愁。學聖玄宗總如許，莫疑老子習單修。

别黄尉止堂左史之姪

梅隱多留譽，花殘乍語違。慈空縣棒在，廉得薦書歸。好是家聲著，賢如杜史稀。清時衡尺定，著意稱傳衣。

山長潘同舍南歸袖詩爲惠奉和一首

南郡談經得譽還，久知言行有防壇。合從金帖氈書後，便入宫花院柳間。雅抱清如漉明月，俗情險甚渡揚瀾。慇懃話舊溪干去，好友相期向道山。

了不了語

龍去拔髯嗟帝遠，鶴歸留語笑人非。龐涓死怨悲題樹，豫讓酬恩喜擊衣。胥駕鯨來潮上下，羲鞭烏急日西東。萬世不竭箠取半，一是無窮樞得中。

和元思朋微韻二首

吟清字字使人冰，惠我多於錫百朋。照破塵心如鏡鏡，自注：鏡鏡相照，齊丘《化書》。續傳詩派似燈燈。自注：燈燈相續，禪家語。句工可信堪呈佛，格老誰嗤要惹僧。自注：鄭國詩壇惡惹僧。但把功名付篇什，莫論青竹幾人登。自注：杜詩。

宫衣我已换禪衣，讀得狐書頗造微。晚歲斗思蓬□明抄本作累去，早年浪奪錦標歸。多生自苦滔滔是，一悟應知念念非。自注：八十年來念念非，放翁詩。投老但留詩癖在，羨君珠玉入毫揮。

苦雨

半春常值雨，人嘆久難禁。橋斷溪仍漲，秧寒水更深。老天因底漏，無日不重陰。兀坐憑誰訴，愁多只自吟。

劉鏞甫七十四月初四日

早歲耽詩學樂軒，如今霜鬢作吟仙。回思同舍二三子，幾見生朝七十筵。竺嶺佛來爭四日，崆峒人在更千年。稱觴豈必纏頭錦，醉舞何妨共醵錢。

別吴帥恕齋

學問功深道得民，但曾補處譽俱新。來為閩嶺詩書帥，歸作甘泉侍從臣。政劇不辭身自苦，施多却似郡非貧。前賢好事推行遍，玉帳如今有幾人。

獵獵江濱萬綵旗，戀恩非止送公時。賢如司馬家求像，教比文翁學有祠。半月趣行三被旨，殘年惜別兩攢眉。東南民力閩尤困，到日論思首及之。

七聚人人苦戀行，吾鄉一事更關情。郡貧已極民縣罄，歲計祇於寺取盈。官要板曹寬未許，閩無保障害非輕。扶持有意公還去，條約春初恰講明。自注：今春恕齋方為諸邑不濟，權管區處。

公來植纛我扶犂，苦憶京塵判袂時。墀下一回樵服謁，溪于幾度錦箋貽。去思定有愛棠集，戀別空吟折柳詩。梅子正黄晴又雨，風檣語燕夢追隨。

送徐倉用後村韻

君王玉節選非輕，遠部何如鄉部榮。得志可酬公學問，用人如此世清明。名猶高似南州士，性本剛於東海生。振廩豈應煩此老，論思便合向西清。

鯤横學海孰知修，萬卷胸中古索丘。滂喜澄清真有志，籍違禮法亦如讎。發棠事亟聊行錦，活國忠存待借籌。聖要直臣流俗憚，會須覽鏡説韓休。

再用仙字韻答劉躔甫劉生日釀飲

柴車本不羨華軒，吟苦何妨浪號明抄本作號浪仙。扶老底須九節杖，歡呼還費一金筵。正聞僧去坐長夏，那得君來論大年。會面苦難辰去速，柳綿飛盡見荷錢。

題建安曹兄深居小稿

得君詩一卷，自命曰深居。苦愛驚人句，多慙寄我書。絶知吟可老，更問法何如。叟已忘言久，離鈎正待魚。

伊昔君居里，宗師有大賢。字嘗疑吕啞，詩怕為楊顛。堪恨梁頹久，祇餘棹曲傳。自注：九曲棹歌。要令吟律細，但學紫陽仙。

題陳兄始鳴集

集編名甚雅，之子信吟徒。不是綦聞籟，應如惠據梧。但令鳴中律，何用句成圖。蠅蚓嗤時輩，能聯石鼎無。

苦雨

一春苦淋漓，既晴差自喜。四郊遽如壑，晴日共能幾。人言山雨驟，每點大如指。新秧過半空，農泣向妻子。今年種如金，典質到衣被。忍饑事犂鋤，豈料今乃爾。一飽强營營，天公難指擬。先淫後必涸，我慮非止此。可奈漫空雲，如墨來未已。長宵欹枕聽，攬衣四五起。滴碎愁人心，不滴愁人耳。

太平蓮者草花也本如藤蔓好事者結竹而植之其花大如當三錢四圍先綻中有一萼如初出水蓮最後方拆想以此得名一花可十許日鄰人饋以一盆亦自可

愛推其所以名者戲述一首

柔條細葉緑層層，盤結何工豈易然。繞竹似藤渾似明抄本作是草，開花如菊却名蓮。知渠耐看令人喜，入我新吟與世傳。性分本同無細大，休誇太乙葉為船。

記　事四月廿八日

清曉奴傳事異常，白浮碧瓦遍銀床。正愁炎夏多淫雨，那更陽秋記隕霜。我為太和思保合，誰知小雅賦憂傷。中朝定有更生疏，野老空添雪鬢長。

送三文書院陳上舍入京

翁季能賢有月評，頻年相與愧深情。三文書舍新求友，六館英流喜得兄。秋賦屢曾飛爾墨，夜寒未肯捨韓檠。殷勤拭目看雙鳳，同向龍飛榜策名。

三文主席劉兄翼運相别

百尺劉牆未易窺，筆無盡思信瑰奇。早聞大字書氈墨，肯為三文坐虎皮。注脚根株談未了，狀頭名第久相期。錦衣歸後如相訪，却要重論芣苢詩。

閒　居

已喜塵緣斷，雖然未盡閒。筆因求字禿，燭為檢書慳。可愧家牢落，難辭客往還。苦須窮壁觀，除却住雲間。

六月廿九早題

夜來頗凉，與月仲弟飲散，再欲一酌，以薑醯蘿葡薦之。

時難禁酷暑，晚喜動涼颸。已飲阿連去，仍招歡伯來。數根煮蘆服，一酌熱茅柴。睡到窗明足，摩挲醉眼開。

謝石塘小孤山惠酒

好友憐余渴飲溪，醲香每月入緘題。分無内庫黄封賜，似有孤山赤幫支。把盞慚非漿瑪瑙，傾瓶尤勝碧玻璃。三升美醖何須戀，績也當年可煞癡。

梯飈惠酒且有和篇用韻爲謝

襆被當年去省房，村沽空憶御流香。花城不靳分新釀，應笑三升戀帝鄉。入斝渾如琥珀紅，誰家釀法似渠工。為憐漁父鳴鞭送，儘有醒人羡醉翁。

贈僧宗仁回江西

少别溪干去，於今識者稀。腰包留一鉢，頂相稱三衣。未得逢漁住，還如化鶴歸。馬駒江上有，著意訪禪機。

題臨清堂

一派清流繞屋長，陰陰古木隔脩牆。枯梅照水横疏影，新竹摇風送細香。諸老舊游如洛社，百年陳迹有溪堂。扁題祖筆真奇絶，竚立沈吟兩鬢霜。

題林桂芳洲集丁卯五月十日陳左秋轉求

知子吟情美，工於學選詩。音惟追正始，派不入旁支。謝句人難夢，鍾評世有誰。匆匆酬雅意，勘辨待他時。

和後村三絶句

求齊若明抄本作苦拙瑟徒工，已謝孫劉不作公。抛却巢由思稷契，許身却笑杜陵翁。
談玄要似蜜中邊，末學紛紛紙上傳。擊竹捲簾如未會，要無疑去待驢年。
衰翁分已絶塵緣，自和新詩醉擊轅。不是燈燈相照者，箇中消息也難言。

再和

藝業雖多蜕不工，差頭分付是天公。之乎者也成何事，却是天公誤此翁。
白髮攢眉住道邊，錢荒糴貴怕人傳。溪干早稻垂頭久，次第今年似有年。
少小田家有熟緣，自騎牛背賦犂轅。閒思耒耜經高古，朗誦龜蒙數百言。

朔齋惠龍焙新茗用鐵壁堂韻賦謝一首

天公時放火前芽，勝似優曇一度花。修貢塹煩鐵壁老，多情分到玉川家。帝曠使事催班近，僕守詩窮任鬢華。八椀能令風兩腋，底須餐菊飯胡麻。

六月頻雨

雨患先淫後必慳，春來數月為眉攢。如今早稻黄幾遍，却怕收時雨未乾。
春雨傷多衆慮深，那知六月似梅霖。天公事事俱難準，掃盡閒愁信意吟。

又一首講堂前作

半空如墨半空明，亂洒斜飄却又晴。細柳牆邊飛拂拂，隨風不住帶蟬鳴。

三文祠堂七月二日禮成作

九龍山外築祠宮，崇祀三師敬則同。此禮獨行秋遠日，身曾逮事樂軒翁。

明星落處是溪邊，回首如今四十年。清曉深衣來會拜，人無少長識師傳。自注：樂軒没於子晦宅中，正在小橋之側。明星事見先師傳。

在三之義父師均，往事追懷等念親。當日西軒同社友，相看白髮只三人。自注：是日會拜，獨余與月仲弟、嗣功林丞。

卜築雖殫歲月勤，事於州縣不相聞。祠田更擬圖升斗，要與春秋祭二分。

別莆陽郡齋張文學歸建安用後村韻

君住壺山參請遍，樗翁却似嶺松孤。學如禪派求為仰，師比醫宗要扁俞。到此幾嘗名譜荔，歸歟獨憶故家鱸。我慙九曲身遥領，空誦仙經説黍珠。

再和自賦

意散久知流不競，交窮甘與月同孤。酣歌斫地憑誰聽，心事箋天恐未俞。何必紅雲班立鵠，只愁赤壁網無鱸。身名自要分輕重，人世多慙彈雀珠。

後村先生再寄新出名荔賦謝一首

遠使殷勤訪草堂，見書已似飽瓊漿。曾叨獨樂園中賜，猶寄端明譜外香。珍重朱籃分五品，衰殘白髮喜初嘗。燈前把玩如珠顆，强忍饞涎且庋藏。

清古源以隆茂宗畫華池佛求跋

畫如禪有派，此派自公麟。試我銀絲髮，幻渠金色身。淡無脂粉氣，清與雪霜鄰。具眼須珍惜，休將示俗人。

七月十五日作

早禾已熟，連日風猛，頗以田間為憂。朝來得雨雖小而風止矣，喜而賦之。

連日祇愁穗落空，松飄竹斷似飛蓬。喜看密密漫天雨，止得蕭蕭捲地風。儉歲久難禁貴糴，早秋今幸有全功。田家更仰冬收好，倚柱攢眉祝化工。

以上《竹溪𢈔齋十一稿續集》卷二

林希逸四

夜涼飲罷月中作

早秋涼夜那無酒，明月清風不用錢。重露正隨松葉下，飛星忽過柳梢前。騎鯨昔有李十二，控鶴今無員半千。頭白如綿空醉舞，歌長意遠有誰憐。

懷古

萬事信前緣，陶窗穩醉眠。笑他名下士，底似飲中仙。樂在身何羨，閒多性所便。不窮能有幾，試數昔諸賢。

二十日待月有感

秋來餘暑未能清，夜久涼因露氣生。星影漸微斜漢落，月華欲上半空明。人間寒燠能無變，世事更嘗孰與評。不鼓昭文深有意，宫商纔動幾虧成。

題陳道古留遠堂卓山憲使之兄

乾坤不毁易寧熄，風月常新詩豈亡。可但功名須久遠，也知道味更深長。留題底要窮東野，取友何如賢季方。料得對床吟樂處，平章歐蔡到程張。

詠蓮花

梅有幽人骨，蘭如處子姿。二者豈不貴，清矣仁未知。美哉水芙蓉，百花誰庶幾。可愛非可狎，不癯亦不肥。充然德之容，瑩矣仙之肌。芬芳不容挹，既遠而有遺。洛陽妖艷品，紅紫薄易萎。東籬敗壞相，著枝黏如糜。此花雖已落，泛泛看紅衣。有房如栗玉，尚以金絲圍。吟翫苦不足，賦予何其奇。因思愛蓮説，稽首百世師。非汝溪不愛，非溪不汝宜。明抄本作汝不宜何人斯取斯，有道者似之。

遣　興

車輪到處碾成塵，苦樂伊誰見得真。蟻聚萬緣皆假合，駒陰千載幾新陳。雖云入息非出息，或説前身有後身。此事謾然成諍論，且看古月照今人。

玉水記方流 白傅省試題，偶讀其集，同賦一首

玉水何從記，工因卞璞求。若非藏異寶，那得有方流。遠派來玄圃，潛珍向某洲。璧沉疑月在，斗折認波浮。山鬼休持獻，江神不暗投。磬襄何入海，應為訪鳴球。

和王臞軒舊題紫閣寺詩

余初識此寺，是臞軒約飲題詩時也。今甫三十年，寺已中廢。余守郡，始復之。丁卯，寺僧携此詩來訪，和付之。

閣為山名紫，松依水更青。僧談疇昔事，我記始初經。敗壁題仍在，臞軒唤不醒。箇中安穩住，但要主人惺。

問訊後村日告 前書云食荔多得此疾

赤眚因何久未除，客來多為荔分疏。苦云牛背寒光減，病在蠅頭細字書。老學常時資共訂，詩筒兩月頓成虚。人間未有醫龍手，夢索仙翁擬訪渠。

清曉

清曉沉思自點頭，年將八十又何求。便令鴟閣扶鳩杖，底似漁磯弄釣舟。鄧禹不妨嗤寂寂，司空自信合休休。年來點校書多在，但囑兒曹著意收。

梯飈遺惠菊糕且以鐵壁和篇與蘭闍魁卷示教戲用前韻以謝

詩來已似風敲竹，飣巧還如雪糝花。便把菊杯邀酒伴，誰將糕字問吟家。獨憐卷上文成錦，却守琴邊鬢欲華。飽聽溪干人頌詠，鳧歸早早進三麻。

月仲重九生朝喜賦二首

自得生涯一室中，不於牛斗問窮通。傍閒婚嫁先時了，隨分衣冠與世同。伊昔阿奴俱養母，如今予季亦成翁。相看各喜貧强健，對菊休辭酒盞空。

長年冷淡似難堪，自比榮期樂有三。就書卷中時借問，除杯酒外老何耽。定知丹桂還兒折，且把黄花對我簪。好趁月明來痛飲，不妨握手共迂談。

贈别張養晦

訪我溪干住，蕉衣换裌衣。甘同蔬飯久，飲了菊杯歸。論藥方書熟，脩丹嗽息微。浴冰還啜火，此事世應稀。自注：飲酒極熱如火，而盥沐只用冷水。

遣興

於魚於蟻皆非計，為馬為牛一任呼。文字要須心自肯，功名只怕命元無。癡人底信高僧點，俗士從嗤我輩迂。老作凡夫差了事，得閒不厭弄心珠。

即事

學必苦心非易事，世多抵掌是癡談。評量人到九分九，指擬天窮三十三。徹底書須隨字解，造微詩要似禪參。眼前定與誰商榷，忽謾狂吟付一酣。

寄興

黄花未有紅花盡，秋思撩人欲上眉。耕不逢年難靠筆，窮知有命錯冤詩。旋沽來酒聊供客，留讀殘書要付兒。猶向醉時歌衮衮，少陵雖老有些癡。

長孫遣聘五更戲作

生涯太極一圖中，白鷳猶鳴上下風。蟻穴蜂房人世是，鳩媒鳩婦性情同。誰家不欠兒孫債，緣法還歸造化功。月下有書何日定，一門三見線牽紅。原注：祖、子、孫皆婚方氏。

得京中書

故心人在貽書及，明抄本作故人心在書貽及禿鬢翁嘶信道癡。千卷一琴甘隱矣，五窮三揖喜延之。空山賸擬藏書去，好景祗愁得句遲。倚杖看雲陶處士，樂夫天命又何疑。

夜坐偶成

涉世纔深誤轉深，鬢毛贏得雪霜侵。人多癡到未來劫，禪要空無見在心。晝暖枕書高鼾睡，夜長樽酒縱狂吟。花開花落春何意，潮去潮來古即今。

三十年前嘗與陳剛父論詩云本朝詩人極少荆公絶工緻尚非當行山谷詩有道氣敖臞菴諸人只是俠氣余甚以爲知言追懷此友因以記之

目斷千山嗟宿草，言猶在耳奈從何。文人縱有詩人少，俠氣不如道氣多。哲匠久埋泉下骨，吟徒今似法中魔。自注：佛云，五百年後，魔生吾法中，壞吾道場。吾非具眼空饒舌，自掩柴扉適意歌。

癡翁

癡翁癡處苦難言，半似禪宗半似仙。適意酒杯中味道，寄心詩句裏參玄。雖然也作人間夢，但覺元無俗下緣。剩把殘編消日子，不妨吟罷枕書眠。

寄興

少時攻苦已成翁，學似無功亦有功。身外事皆隨順去，人間念已掃除空。癡兒莫指第二月，快士休誇九萬風。世界雖然許空闊，等閒分付酒杯中。

別蘧甫

一別三秋喜我過，舊游如說夢南柯。功名會上前緣薄，燈火社中遺恨多。幾劫曾為詩法眷，兩鰥堪號俗禪和。相看未久匆匆去，可奈能吟不飲何。

十月朔日作是月十一日立冬

静看歷推移，天公巧孰知。朔先旬日改，冬早小春遲。袖手閒中老，歡顔乳下兒。小窗殘稿在，續紙旋抄詩。

十月初六夜偶成

身外無餘念，殘年守舊書。窗先寒日補，園趁小春鋤。邊耗多疑信，郵傳久缺疏。往來南北客，時得問何如。

寒鷗歸盡暮烟生，野草牆根絡緯鳴。嶺外斜河雙派入，簾前新月半輪明。厲階莫甚董狐筆，避世寧隨桀溺耕。堯舜不驚祇愛酒，癡人往往笑長庚。

懷後村作

無端對酒忽愁生，酒欲澆愁愁未平。老我阨窮如子美，故人憂病似丘明。常時交訊無虚日，每日迂談盡五更。手簡近來兒代作，得公手簡若為情。

十月九日回書偶作

炎炎翕翕何關我，是是非非厭聽人。莫謾揣摩當世事，且須康濟自家身。自注：康節語。囊空米盡挨排去，菊老梅遲問訊頻。南北尚留書債在，未能痛絶為情親。

客云今年小限甚佳戲題一首

曉呼兒讀新詩草，晝引孫看槁葉蓮。但得天教閒度日，休將星算小行年。耐饑不管塵生甑，啬算猶存紙裹錢。一事近來堪自笑，關心數月為橋緣。

寄劉躔甫

涉世還須著眼高，塵浮浪汩世滔滔。功名縱似秋風客，見解何如春夢婆。握手縱談拋我去，關心往事悶人多。西軒舊友今餘幾，掩卷長吟歎逝波。

昔與諸友同登香城最勝閣有長歌一首今壁題已失僅記炊烟不盡愁不盡七字追懷往事遂爲律體以足之

曾向山巔望海濤，遠村簇簇樹如蒿。炊烟不盡愁不盡，立處愈高見愈高。追記壁題纔一句，同游漚聚惜諸豪。等閒試足成章在，却嘆吟時鬢未毛。

秋闈放榜作

三載掄材棘屋中，不知老盡幾英雄。爭先誰是穿楊妙，偶得依然拾芥同。衆噪似狂俄寂寂，原注：試後鄉人聚飲而喊，謂之喊榜。捷傳未定愈忡忡。人間萬事皆兒戲，注目長空送暮鴻。

晚步偶成十月廿八日

半空濃碧雲成嶠，上有明霞如野燒。綠田黄犬吠行人，白鳥青林送殘照。連朝毒熱勝三庚，萬木號風無一竅。松間散步信意吟，安得孫登與長嘯。

老來猶喜看書清晨有警書以自砭

千古興亡大略同，自為兒戲是天公。人如流水浮雲去，事落殘編斷簡中。已分塵埃嗟齒髮，休將點畫污心胸。香嚴喜把經遮眼，悟處雖高性未空。

禪學元非妄詆訶，聲前句後總成魔。本來性即虛空是，自障塵因聞見多。過眼皆如雲不住，舉頭但看月如何。傳燈諸老還癡絶，只翫心珠底用歌。原注：《傳燈》有《翫珠歌》。

偶　題

求之有道果何如，莫信鄒書恐自愚。生怕不祥如躍冶，底曾大叫肯成盧。言禪尚要空諸有，定分誰能得所無。却喜天公最公處，人人可索是玄珠。

游應天寺

白嶼有僧，初業農。因見蝦蟇躍苔而出，忽然省悟，去而為緇。遍游諸方，老歸西禪寮居。帥以某寺招，不就。訪之寺中，煨芋烟滿室，竟不出户，帥敬嘆良久而去。此疇昔所聞也。鄉鄰有寺曰應天，雖相去不遠，未嘗一至。偶因溪行見之，四圍破碎，中殿竟存。西廊小屋，一緇尚留。問其寺所由起，則曰開山白嶼僧也，其名曰智淳，塑像猶在，雙眸異於人。崇寧四年，有旨住西寧州萬壽，師進偈辭。既而還鄉，遂創此寺，紹興壬子也。舊碑載三偈，磨滅尚可讀，僂指寺成，纔兩壬子。其季方十六歲，人亦不薄。以主僧不得人，官吏又重困之，遂為不濟。人間百事，興廢不常，良可感慨。因賦一首。

萬安橋北破僧坊，追數梁題歲月長。師祖碑殘微有字，世尊爐在久無香。蝦蟆撞破青苔去，龍象凄凉宿草荒。四壁不留風雨入，僅餘一衲住空廊。

偶懷丙午丁未同朝諸公悵然有感壬戌再預經幄先帝猶記小臣爲安晚門人

前朝舊事怕追尋，欹枕更長忽上心。七貴五侯俱夢斷，自注：李太白詩。一翁六十謾愁吟。雪歌黄竹游何邈，雲叫蒼梧恨更深。再割鉛刀尤可歎，白頭赢得淚沾襟。

和吴檢詳飛躍亭韻

心有靈淵性有天，得渠樂處自難言。誰傳仙去曾騎鯉，况説南征看跕鳶。

聖師知遠又知微，率性而修教迪彝。物性高高還下下，與渠相賞莫相違。

六爻萬象理俱陳，物物皆誠在反身。飛鳥音遺魚信及，中庸盡性易窮神。

夢如為鳥何妨樂，計得於魚底是愚。化化生生機在目，紫陽深意注陰符。

有我何能與物親，物無非我學方淳。不知目送飛鴻者，何似觀魚濠上人。

躍躍飛飛共太虚，癡人底解見遺餘。師傳喫緊知何處，樂在中心不在書。

萬善皆由一念基，學能自悟不妨遲。得他淵默天游處，何異摳衣侍子思。

題范晞文詩稿武資請解

年甑新編比碎金，知君風月滿清襟。才高欲進竿頭步，興到還磨盾鼻吟。字有三千何日奏，稿留五七已年深。漢廷射策無蘇李，千載河梁是正音。

答吴檢詳用饒字韻見寄二首

星省論文久，追思去日饒。同趨花底路，執别柳邊橋。自注：山泉出使，别於江漲橋。我已甘肥遯，公還惜髀消。新詩時見寄，莫怕雁程遥。

白髮溪干住，雖貧買竹饒。名慙五雲吏，夢斷七星橋。烹鯉梅春小，歸鴻柳雪消。兩鄉同此月，廬阜亦非遥。

曉起即事

枕上吟安未了詩，披衣趺坐自支頤。今年暖過冬强半，昨夜霜濃曉始知。腰帶愈寬只强束，髮梳常落不多絲。衰殘却喜身强健，歲稔村沽醉度時。

和梯飈薛宰鏡中我韻

菱花泓裏炯相親，久甑還疑假是真。覿面果為誰氏子，回光須照本來人。正慚我老羞看影，堪笑渠癡苦效顰。陶叟但知身有一，當年問答只形神。

送劉漳倅

撚髭袖手耽閒久，歲晚俄聞軺騎催。翁喜為親負米去，守需監郡及瓜來。但令岸幘歌司馬，莫戀斑衣戲老萊。迂叟有康人所羡，佇看扶對殿中槐。

南郡久聞非舊比，民貧甚矣吏姦深。憑熊正試活人手，展驥仍多及物心。箝尾決無閒署字，攴頤莫謾喜工吟。殷勤惜别龐眉老，洗耳溪邊聽好音。

再和鏡中我

把照相看意自親，是身非幻亦非真。徘徊似月歌中我，上下如冰夢裏人。喻以不言只見色，愁於何有亦同顰。本來面目伊誰識，却詫僧繇解寫神。原校：第三第四句一作似歌月處徘徊我，如夢冰時上下人

三和鏡中我

百骸雖在果誰親，本地風光見是真。隱几正忘吾與我，開奩忽訝彼何人。叔敖還許伶優學，西子何如里婦顰。遥想當年游鏡殿，化身千百未為神。

丁卯重作化龍橋嘉平甲子脩梁方舉兩虹忽現里人皆以爲瑞輒賦一首

下手高秋忽暮冬，霜晴水暖荷天公。舊碑語妙誰能繼，新築工多事却同。健筆早題需駟馬，脩梁朝舉現雙虹。殷勤著意溪千友，應識橋門況已通。

三偈寄白沙和尚

疊石為梁歲月遥，溪神毒發恣飄摇。萬事有緣人贊嘆，白沙師造趙州橋。

橋長百丈架溪横，半水工夫次第成。人言不是慈悲力，那得霜冬暖又晴。

作緣道者信難哉，小工石匠亦持齋。世間苦行誰能此，為向白沙會下來。

玉融嘉禾歌

新來盛事喧南北，争道玉融調玉燭。乍可優曇現出花，未見嘉禾長似竹。一莖五穗各垂頭，千人萬人齊

拭目。元戎如佛令尹賢，清朝有道吾君福。來處況是太平鄉，此事須傳瑞應録。便當圖本上九天，看取三登上上熟。

送方巖尹到省

可人家世文章錄，騎氣如虹向上都。姓字儒流稱作者，工夫聖處及原夫。臨軒黼扆新龍御，射策彤墀引鳳雛。鶴髮溪翁勤洗耳，首聽翁季共傳臚。

送方兄 巖尹之子、次雲正字玄孫

清姿乍見似蘭芽，未識多聞士友誇。健筆如翁宜跨竈，著書先世久傳家。妙年秋日高攀桂，來歲春風早看花。佇聽龍飛新進士，一門姓字耀京華。

寄題陳非潛達觀堂

詘信時也古猶今，耐事閒居且醉吟。看破人間須具眼，馳求身外枉縈心。樂常在我窮何有，名欲為賓見未深。聞說君如濠上老，會當握手論升沉。

子真昆仲用虹字韻堅十七之約因眩而爽和以謝之

握手歸來四見冬，窩中風月憶先公。情知夢逐飛鴻去，愧與饑吟病鶴同。既老豈應忘舊雨，相尋恨不渡橫虹。雲龍上下心期在，彼此祇憑一念通。

答子常

清曉霜晴不似冬，多情剩擬謁龐公。若無檄得頭風愈，却引帆如弱水同。見訝令人時阿鵲，清吟惠我氣舒虹。殷勤一使來何遠，雙鳳華箋袖兩通。

和福清鹿鳴宴詩

雪花飛舞上貂裘，此去朱衣定點頭。字奏三千高射策，墀垂十二拜凝旒。鄉邦正説龍年好，吾輩相期鵬路脩。日下五雲知有兆，瑞光先向玉融浮。

和後村答空青韻

病能祟眼似波旬，聞説仙方妙入神。定要空青為藥使，解除翳赤見瞳人。僕貧何計求珍劑，天壽斯文保玉身。岩電佇須光爍爍，檢書看劍樂千春。

和後村韻贈硯士方生

精能磨石似磨磚，巧手馳聲積有年。想見割來雲製作，妙如修得月團圓。我雖成癖耽求硯，家苦長貧恨少錢。却羨樗翁藏甚富，鎸題欲付子孫傳。自注：溪工割紫雲，李賀《端硯詩》。

橋緣漸畢再用冬字韻

未雪為梁正御冬，主緣賸喜得支公。如膺下手知誰會，與淯褰裳涉不同。列屋饑貧幾似鶴，高軒來往謾如虹。自注：高軒過。成裘豈有毛堪聚，不待青銅助半通。自注：趙州問僧，趙州石橋誰造？僧云：李膺造。州云：當初如何下手？僧無對。州云：既知造橋，問著下手處却不知。

送方汝則西上同年之子

才華少日早峥嶸，萬里鵬摶始發程。丹桂籍中曾定價，金花帖上合書名。同升每為翁稱屈，此去深期子有成。便好輪忠酬聖問，臚傳聽取最初聲。

送劉兄西上乃父同行

春光已入柳條催，雪後孤山尚有梅。泉上老人携子去，天中多士待君來。絶知戲綵怡顏久，便合看花得意回。遥想端門迎馬處，不妨翁季共傳盃。自注：天中多士，劉禹錫《送吴應制舉》詩。

戊辰元日作除夜暗而無風，鄉人以為豐穰之兆

雲暗長空夜不風，新年又與舊年同。身前百念翁俱足，但幾鄉田歲屢豐。

初二日作

一飽祇期與衆同，殘年自分樂溪中。此心久為雲留住，猶夢持箋入帝宫。

象祖戊辰元日初冠仍拜敕命

老得渠為第二孫，加冠還已向春元。藍袍試拜癡翁喜，初敕題名聖主恩。好續世科如汝父，勉求師學大吾門。一樽長幼團圞笑，雖愧儒酸禮略存。

臨清堂前觀紅梅作

濱溪竹伴老梅叢，一種風姿與杏同。直者倒垂横者瘦，水中同漾影青紅。

送林少嘉西上

聲名早出自兒曹，場屋尤推筆力高。老大詩魔空白髮，幾多榜少已青袍。窮通有道吾何畏，文字隨時看所遭。簪取宫花歸錦後，不妨痛飲誦離騷。

送吴子謙西上

君家學問富源流，世守書窗志未酬。曾記麒麟初抱日，喜看鵰鶚再横秋。龍飛恩數優多士，臚唱聲名占上流。我為汝翁期望汝，捷書聞日明抄本作昌報溪頭。

送戴兄西上端溪簿之子

乃翁白髮棲鸞去，夙志勤勤待汝成。自古文章有定價，如兄詞賦合先鳴。今年恩數非常比，上甲科名著意争。語别溪干聊贈句，南歸佇看錦衣榮。

送王稅院西上

詞場百戰氣尤豪，此友真如老伏波。本色藍袍須用著，到頭鐵硯豈空磨。向來鶚薦飛騰屢，此去龍飛恩數多。遥想玉階臚唱後，小璫覓句看揮毫。

用韻送徐平父西上徐釋之後，艾軒外孫

鳴鞭西上訪漁村，倒屣霜朝喜及門。豹隱頻年聊蓄鋭，龍飛今歲有殊恩。誦先朝賦知名祖，讀外家書見此孫。千載艾軒吾敬慕，袖中錦軸兩詩存。自注：以老艾墨跡二，俾余書其後。

送林汝大西上

一第於兄何足溷，相期十載恨悠悠。未聞鯉化三層浪，但見鵬横幾度秋。手妙八叉時輩服，眼迷五色主司羞。舒徐有待知天意，要作龍飛榜狀頭。

送陳清夫西上

健筆朋儔推許久，芬芬幾播桂花秋。詞場多羡君叉手，省户須看鬼點頭。昔送廣文生有序，今無瞌睡漢争籌。高科遲取君休訝，恩數龍飛榜最優。

送林殺夫西上

乃父特奏，仕止法曹。昨賦挽章，末句押臯字，正以此見能賦。

乃翁賦手妙馳名，白髮青衫恨晚成。宋玉大招慙老友，枚皋末句屬吾兄。專場見説詞鋒鋭，跨竈應知話柄行。聖御六龍新策士，輸忠不厭字縱横。

戊辰謁伯祖惠陽使君墳三絶

一山雙脈兩翁藏，最久凋零長一房。誰道敗牆荒草裏，冢中枯骨昔金章。

少日春秋學最高，年踰弱冠掇危科。也乘五馬鵝湖去，埋玉淒淒草一窠。

手足情鍾共處埋，榮枯頓異可勝哀。長公松下無人掃，三從諸孫歲一來。自注：惠陽與山齋提刑相並為墳。

送余兄西上曾祖、乃祖俱龍飛登第，年方十八

得意秋風早，香浮桂籍中。清疑衛玠是，年與賈生同。鵬化多諸從，龍飛上兩翁。此行宜趾美，佇見賦摩空。

以上《竹溪鬳齋十一藁續集》卷三

全宋詩卷三一二二

林希逸五

送蔡彌堅西上戊辰榜鄭、孫、黃三魁，皆三山人

春試新因閏少遲，行行應見柳舒眉。香留丹桂籍中久，名寫金花帖上宜。一榜三魁同我里，重輪六戊屬今時。贈言此意殷勤甚，就有安書寄小兒。

次韻題馬氏亦樂園集建安馬氏。晦翁、放翁皆賦此韻

何處君家亦樂園，遥知眼界與天寬。年時料得羣花好，歲晚衹留老樹蟠。佳客酒中吟李白，主人林下見韋丹。事隨鴻去今如夢，却有賡酬集可觀。

用韻和黃兄黃號梅坡，寄橋成詩和虹字韻

老如枯柏傲霜冬，名實俱忘賦芧公。正苦歲寒無竹伴，喜知春思與梅同。囊書待朔登金馬，琢句追坡詠玉虹。他日肯尋翁住處，花邊野水與池通。

昨晚溪緣之論聞善友頗不能堪戲成八句

作室道謀雖不可，同舟義等又何疑。自賢必去能賢也，不受何宗是受之。非馬固知難喻馬，圍棋恐未及看棋。溪干老子歸來笑，憶到行河集議時。

題化龍橋碑橋本名萬安，中間再修，得石碑化龍橋字於潭中

橋以鄉名曰萬安，篆碑誰作曰明抄本作向溪干。化龍二字重修得，歸鶴千年耐久看。鈎畫不凡非世有，精神欲動肯泥蟠。崇寧石在文尤古，虹筆相輝射斗寒。自注：重修乃崇寧間，石記猶無恙。

贈周醫士簿和後村詩

紫橐塤箎派易推，丹爐芽雪妙誰知。方因龍得來何處，棘為鸞棲住幾時。見似臞仙清可掬，勝他流輩俗難醫。樗菴有句吾拈出，謁兩孤山共和之。

寄興

生涯薄薄仰田疇，破敝猶存晏子裘。聊向太虛中過活，何曾自已外馳求。狂吟時有銜盃興，退省知無障扇羞。老守殘書差得趣，人間別一種風流。

洗石蒲作

似髮青蒲石頂鮮，與奴疏剔換青泉。莫嫌水部寒貧氣，自注：何遜傳。聊結涪翁瀟灑緣。晝永久看雲獨立，夜寒略對月還眠。焚香弄鏡皆書味，時有新詩入續編。自注：涪翁事，在題跋中。

羅真隱已化數年曾糾仕五羊病中嘗訪渠爲之求樂曾知其已逝頗有問答曾今爲漳倅親與東菴道老言之

生時句句有玄機，語我因醫偶造微。霞嶼已題新窆石，羊城還著舊深衣。曼卿見説乘騾明抄本作驢去，丁令嘗聞化鶴歸。葱嶺相逢提履者，宋雲恐被後人譏。

戊辰二月六日作是年閏正月

事隨時去似飛瀾，具眼應須以道觀。湯武交争棋裏見，唐虞氣象瑟中看。自注：伊川語。寄情物外吟差樂，回首塵間意久闌。多一月春還過半，先生隨分老溪干。

讀昌黎與孟簡書作

學能害道義當排，深淺還須究竟來。動靜理如雙轉轂，危微心要兩俱灰。俟之不貳知天矣，逝者如斯嘆水哉。却笑留衣韓十八，羡人明識外形骸。

遣興

老後粗知見處真，世緣隨順不妨貧。静看星斗尊吾性，閒對烟雲笑此身。舊學易忘緣懶散，近詩多拙欠尖新。從今只合逃名去，似此饑窮昔幾人。

曉作偶成

飯原作飲，據明抄本改粟羹藜漫曲肱，病無俗物也身輕。萬錢下筯非吾事，數卷殘書了此生。學淺幸無禪二障，心閒喜與迹雙清。更長睡足元無夢，又聽簷間足足鳴。

和後村喜大淵至二首

可笑兒癡覓句忙，先生善誘許升堂。未應得髓能如可，敢道言詩亦與商。筆落更誇風雨疾，袖回猶射斗牛光。句中有眼容參取，肯斬涪翁古印章。

問疾維摩本不任，自注：佛遣弟子問摩，皆云不任詣彼問疾。招延多謝屢揮金。伏波床下容松明抄本作渠拜，康節窩中為客吟。新語粲花空把翫，舊游煨芋阻追尋。老慙筋力難為禮，南北相望只嗣音。

和效顰一首屢勸吟多恐妨目眚，答以自樂不為勞

詩能妨病語情真，才大猶如富傲貧。强作手書誠愧我，那知腹稿不勞人。生平酷好樂何苦，集本多傳續

又新。拚却此身吟送老，百骸雖在果誰親。

葉萬山以詩求詩爲賦一首

聞說君家舊業儒，貪游到處曳長裾。學青烏子通砂法，傍紫陽翁故里居。吟苦雖無堪煮字，交窮却有救貧書。虛中融結皆真理，朱蔡猶談可但渠。自注：風水家楊救貧文字最佳。

送陳伯厚試上庠

才華早已逼難兄，聲動賢關指日聽。萬卷飽看雙眼碧，一篇聊換半身青。三都賦出愁無紙，千佛名題會有經。投老溪干吟送別，舊游回首夢爐亭。

後村再和堂字二首且云欲謝遺孤月一意祈天用韻爲謝醫者號孤月

問藥雖忙吟更忙，新詩必富似龜堂。未能載雪尋安道，恨不乘風學老商。伊昔虱心看愈大，因何牛背射無光。疑公只欠長明頌，不用雲璈共緑章。

詩工如沈筆如任，自注：沈詩任筆，《任昉傳》。到手篇篇玉應金。自注：金舂玉應，韓詩。月好豈無搔首夢，自注：杜《夢李白》詩。日長誰伴撚髭吟。如今具眼師能幾，何處還睛佛可尋。自注：西湖有僧夢觀音云，還汝一雙眼睛。今有還睛菴。來往莫嫌貧問訊，也勝空谷聽跫音。

和桃巷吏部用鄙韻三首

人間波浪勝揚瀾，對鏡知公有達觀。晚喜騎驢半山去，早曾立馬萬人看。平頭八秩身逾健，信手千詩興未闌。應笑溪翁耽貝葉，但尋破寺訪豐干。

袖疏曾將紫闥排，山今排闥送詩來。試評藜杖為吹火，何似麻衣共撥灰。濠上儵魚真樂也，山梁雌雉信時哉。只愁驅上蒲輪去，不許箋天强乞骸。

老學黔婁已逼真，他年誰解傳寒貧。曾供天老書題目，空守將軍醉告身。山似友于青眼在，世多交絶白頭新。癡兒浪下龐公拜，許作樽前問字人。

送吴司户之任

南州詫説才名早，到手青衫已二毛。自守冰霜真鐵漢，肯淹歲月待珠曹。遥知玉節將争致，暫掌牙籌莫厭勞。聖世憐才甄拔易，倚須去著錦宫袍。

再用前韻謝桃巷明抄本作庵

清吟思湧似回瀾，家數他年比務觀。歌舞叢中知散易，功名紙上要留看。吹殘柳雪寒仍在，數盡花風春欲闌。好景縱多公不飲，誰論麯糵向江干。

老境渾無悶可排，交情莫逆有興來。骨寒底為哦詩瘦，心懶非因忍事灰。蔬水生涯聊爾耳，輪雲世故奈何哉。漆園未悟身如幻，更把君臣論百骸。

山深林密樂吾真，從古吟人例是貧。參句似禪詩有眼，還丹無訣酒全身。我聞竹後癡猶甚，公見桃來思許新。有雁莫嫌時問訊，舊游諸老更何人。

閒　題

老守寒溪作逸民，未嘗憂道况憂貧。生涯寧薄吾無愧，分外求多天亦嗔。一點要須明不昧，萬緣總是假非真。有書數卷詩千首，便是人間了底人。

四和瀾字二首謝趙工部

汩汩難回既倒瀾，我今忘世漫游觀。雀羅生怕客驚散，魚笱長呼兒去看。筭蕨彌山求易足，園林到處入無闌。漁翁樵叟相過熟，一語何曾非意干。

已分金門不可排，何須竹帛詔方來。囊收玉子開雲種，爐養金公候火灰。老見明時真樂只，身緣吾黨合歸哉。年豐處處炊烟好，追憶邊城嘆柝骸。

芋栗先生語最真，有園我亦未全貧。閒尋往事渾如夢，拚作清吟老此身。但愧淹才隨錦盡，何如韓思與花新。柞山集即杼山是，佛地中來有幾人。自注：趙有《柞山集》，自比杼山僧。

山前山丹已見微紅 四月初六日作

一種村居富貴窮，多年饒潤謝天公。眼前黄白方吹盡，已放山丹蓓蕾紅。自注：樓前黄木香、酴醿方謝。

再和效顰一首寄後村

讀易伊誰見得真，能見富定不如貧。自注：向子平。涪翁但冀天還眼，子厚何求愁化身。自注：若為化得身千萬。語燕殷勤如話舊，良苗次第又懷新。往來獨恨詩差少，便覺江山憔悴人。

用韻答徐古爲 寄進《易》與《詩》

金問天南使，過門欲盡春。理談經獨妙，詩當札尤明抄本作禮猶真。圖進知天喜，綸頒人日新。相思梁月在，吟望向江濱。

悼劉主簿 後村之姪，善書工琴。後村目眚，日在侍傍代親書

忽傳哀訃淚難禁，憶在樗菴别至今。遺迹幾何留子墨，知音多是惜人琴。汝身汝伯相為命，一死一生尤痛心。幸是棲鸞本無意，遽令題墓向空林。

雪峰藏叟過門見訪贈别一首

山頭老漢老尤癯，忽謾溪干訪老夫。問訊輥毬思古宿，等閑隱几説今吾。多留舊日題詩在，近有寒泉答話無。握手依依還别去，十年一見只斯須。明抄本注：山頭老漢、寒泉答話，皆雪峰真覺事。

看風穴語偶然有感

風穴一日於念法華侍次，垂涕語之曰：臨濟一宗，今墜地矣。念云：觀此一衆，豈無人耶？穴曰：雖敏者多，見性者少。

一點關心道即非，到關心處又誰知。渠宗為此猶垂涕，益信傍人不是癡。

偶得蝦醬懷所翁作

所翁向同舍時，偶有鮓醬招飲，必曰：吾得一寶，請速將就。此三十年前語。

送酒無如鮓醬宜，所翁舊以寶名之。看渠忽洒思翁淚，為憶相呼得寶時。

平遠窗中作

祠宇小窗西，松高柳尚低。垂垂青可愛，一帶遶長堤。

夜立池邊作

煩促耽凉夜，穹虚望碧霄。雲行迎月入，波動帶星摇。

送黄檗老子住西禪

賢哉斷際堂中老，法席新移向鳳山。妙選碧油翁具眼，相迎黄面佛開顔。老來得友如師少，别去伊誰伴我閒。十二峰頭明月在，不妨言句落人間。

雨後溪橋看水

緑遍東西岸，田家亦喜晴。溪因急雨漲，雲放半山明。沙外看流勢，橋邊聽淺聲。向令平十里，應與剡爭名。

讀契嵩非韓三十首

此緇何事與韓仇，可怪真如撼樹蜉。喚作辨才知汝誤，看成寐語使人羞。賜云日月無容毁，甫嘆江河不廢流。者也之乎三十首，千年貽笑幾時休。

送嶺口倉季高兄用後村韻

士能優即學，豈必為貧驅。翁有三珠樹，兄如千里駒。敏知才脱穎，慈是德充符。鹽户彫殘甚，殷勤為掖扶。

竈户年年減，苛征可奈何。給符催起火，輸賦仰晴波。民困官誰察，兄賢政必和。雖云綱有本，久例剋除多。

雨中看山丹作

簇簇團團似剪霞，雨中相對為咨嗟。固知沾足遍宜稻，只恐淋漓解損花。

再和送嶺口倉季高兄二首

此客熬波去，初程宿暑驅。名家真鳳穴，内厩待龍駒。臺自催征課，官惟守信符。少留翁必召，温國要康扶。

盡職隨高下，吾無問孰何。留看烹玉雪，入對麗金波。任大鹽中舉，官卑柳下和。當涂須刮目，父執故人多。

得浩書自維揚至京將歸矣五月十三日

汝渡長江後，南來北客稀。夢尋騎鶴處，愁對釣魚磯。淮僕行方半，京書報欲歸。抵家應一喜，稚女解牽衣。自注：遣維揚書方數日。

讀侯官劉宰山居集一首同年劉侍郎子

琴思清於五柳陶，詞源浩浩似秋濤。落花未賦時争價，香草曾吟處得騷。七字法傳山谷祕，數篇文比晏卿豪。衰年酷為齊年喜，紫橐仙翁有鳳毛。

麒麟猫新得狸奴滿口皆黑，人謂含蟬，甚佳。絶不能捕，戲以號之

道汝含蟬實負名，甘眠晝夜寂無聲。不曾捕鼠祇看鼠，莫是麒麟誤託生。

賀劉尚書除龍圖閣學士

名在先朝擅斗南，聖心求舊眷非凡。龍圖字足新三畫，鳳誥書來更幾函。指日即須携手上，耆年可但改頭銜。玉階正要康扶對，新渥相輝共引帆。自注：長子除架閣。

和前韻謝後村餉甘露團茘子一首

日日親朋餉自南，比公所賜似仙凡。擅名甘露珠百顆，入手好風書一函。蘇老黄柑休立傳，半山紅柿莫分銜。金莖仙掌何曾得，要棗如瓜謾舉帆。

寄題京山書院胡兄申甫新作，祀文公與安定

天南勝處是京山，精舍新成數百間。柱石規模何整整，衣冠人物想班班。昌黎教法依然在，安定家聲喜

復還。受用不窮書富貴，吾儕本領學曾顏。

送嚴陵教方汝楫用後村韻

官是東萊初補處，諸生料得熟香名。縣知講席通三昧，合向明廷聽五英。君有奇才宜鳳翥，我安窮分樂鷗盟。鷄羣有鶴令人喜，伊昔翁曾共短檠。

所翁爲泳作小卷翫珠龍極其精妙賦翫珠吟一首追憶此友

翁為髯相小尤稀，此卷於今信絶奇。墨暈淺深行筆意，紅光上下吐珠時。名高擅世無他手，語硬盤空況此詩。散髮不知何處去，想應龍尾學騎箕。

用韻謝子真時得章貢二兒見賀，而罷命至矣

到了於魚真得計，從前飛鳥倦知還。低頭未羨居轅下，拙手何妨縮袖間。説偈不嫌如瀉水，著書豈必要藏山。漁翁學士皆閒夢，此事誰知若是班。

用韻謝子常

輪雲世事去還來，老眼曾經見幾回。乍可洗心清浄社，何須覓句鬱孤臺。癡兒歸語差精進，野叟衰顔覺好開。一件却令人憤悶，秋陽驕横勝恢台。

七月十一日作是年六月十九日立秋

投閒不厭玩心珠，遮眼無他只舊書。得馬塞翁從喪馬，知魚濠叟且觀魚。三旬不雨田俱涸，一月先秋暑未除。此念却難排遣在，家無大小仰犂鋤。

七月苦旱

徧走仙壇與九淵，三旬涸盡澗中泉。垤無鳴鸛原作鶴，據明抄本改嗟何及，古有刑鵝法孰傳。父守井桿形似鶴，兒歸市糴瘦於猿。旁人若識農家苦，糲飯藜羹直萬錢。

送泳宰安溪

好為君王去字人，乃翁知汝耐清貧。求民疾痛當如子，有道絃歌是悦親。月解前期須趣辦，日生公事怕因循。掃除詩癖祗勤政，最急無如賦役均。

邑小雖貧亦自嘉，遥知深僻似山家。我思宫錦袍如夢，汝向黄紬被放衙。守憶舊游須易事，吏存古意要無華。但令禾麥年年好，肯羡河陽一縣花。自注：迓新甚朴陋。

此邑先曾有美傳，雨暘仰佛令多賢。復齋名比太丘長，清水仁如姑射仙。廉白不慚居補處，精虔更為祝豐年。殷勤辦此身心去，莫怕溪灘穩放船。自注：陳復齋為宰，清水佛在邑數里，甚靈，禱雨暘必應。

和王此山午寄虹字韻一首金陵人，隱居西湖上

早明抄本作旦氣如春夜即冬，操存要有主人公。斯翁枉向塵埃老，好我遥知臭味同。案上兩圖圓似月，毫端萬丈吐如虹。渠儂落處應誰會，未羡他家那一通。自注：此山有兩圖，其一圜三徑一，中書心在鬼神莫知處；其一外圜内方，中書人立乾坤規矩中。

和趙春谷南溪雙蓮二絶

蕖仙綵袂濕銀泥，共蔕分紅照碧溪。桃葉桃根雙姊妹，未應擬入句中題。

文耀祠前花滿池，花神為谷獻珍奇。會看兩兩紅蓮炬，先遣秋風瑞入詩。

程君履以薛宰書見訪其父寒谷

游歷江湖久，刊詩已百篇。梅花曾共笑，楊葉不難穿。樸厚如翁好，推敲何處傳。雀羅空自愧，為我謝琴仙。

嘉禾瑞於丁卯此粟瑞於戊辰兩年之間嘉瑞迭見所產之地其名亦美琴化所感盛矣哉再賦此爲梯飈明府賀

我貧冬春苦不足，常時屢貸監河粟。大貧忍口活小貧，仰天但冀田中熟。去年已喜見嘉禾，今年得粟喜奈何。一莖六穗最奇者，四四三三云更多。禾生之鄉曰太平，粟生之里曰永福。天公此意豈偶然，拍手歌之仍鼓腹。憂國何人不願豐，太倉那得相因紅。但令此物如水火，酒肉如山八蜡通。人言此邦今樂土，長官於民如父母。曰暘曰雨天應之，叶氣嘉生有如許。長官寧非佛地人，三年一念何其仁。要知此瑞為誰出，金粟如來箇後身。

二偈贈餘干震上人

芝雲深處遠携笻，行遍閩山訪野農。問老舊游諸大老，云渠識澗住依松。自注：依松，東澗祖墳庵。

老漆園仙數卷書，最佳公案是觀魚。濠梁水上寧無影，悟得應知我與渠。自注：求莊子解。

九月山丹

數本山丹似曉霞，多情戀戀野人家。自從五月至九月，還有三花或兩花。莫笑蕭疏同寂寞，早曾爛漫見紛華。籬邊黃菊今全未，且對芳樽拾墮葩。

月仲弟重九日慶七十

自得齋中得樂全，對床白髮者希年。尚平債了閒無事，洛社交多譽獨賢。女嫁比隣來往密，醉忘巾櫛起居便。紫薇舊伴今如夢，喜插黄花壽阿連。

送丘進道入京

孝慕三霜不脱衰，月評甚美况清才。為貧遮日投竿去，得趣吟風講學來。翁豈常人嗟明抄本作知宰木，我嘗為子指庭槐。有臯能賦誰嘘送，莫使君王憶老枚。

送光澤蘇縣丞

種花城裏談經席，三載何曾有束脩。別换頭銜聊佐邑，重拈手板向鄰州。松廳莫笑無公事，藁幕時能致俊流。握手溪干留飲去，相思那肯靳書郵。

前後身

幻影匆匆託太虚，問身前後果何如。李如畫馬淪為馬，莊亦觀魚化作魚。房相未忘前世字，謫仙曾讀幾生書。古今傳説多蒙昧，覿面須知我即渠。

送林帥參

羊腸歷盡鬢今皤，官職因才自折磨。議幕重來還去也，攀轅不住奈愁何。情知直道能容少，空喜陽巖得助多。券内功名終久在，非非是是一東坡。

十九日作戊辰

霜殘已報春消息，未見籬邊蓓蕾黄。愛菊苦遲今十日，漉巾須作後重陽。酒知聖處何妨醉，藥縱仙方不用嘗。拍手自歌兒和我，别無曲調只滄浪。

偶　題

釣魚磯畔賦滄浪，不是狂夫老更狂。心是罷參僧養病，身如揀退卒還鄉。談玄近喜兒差進，得酒先邀弟共嘗。遮眼有書時掩卷，小窗趺坐自焚香。

贈月溪孫相士

紫霞焚香青霞哭，明抄本作笑此詩此事誰堪録。二公如此訟君冤，身雖掇禍名不辱。天留老眼見時平，君既生還丁已戮。仙無點鐵救君貧，佛却有篦刮君目。今明抄本作令君看破玉管書，養生聊借君平卜。縱談風骨妙入神，江湖諸老争推轂。君能相人我相君，豈無武襄與英六。自注：月溪，豪士也。忤丁得禍，今以姑布、子卿之術自隱，因話二霞初見時因緣。霞皆吾故人也，因以賦之。

送趙興化

壺山雖好俗難平，新下車來有異聲。得乳雛均心惻怛，害羣羊去聽神明。永豐陂上碑遺愛，德禮堂中實稱名。執别溪干情可耐，公家資相老門生。

潮陽趙秋惟又作新廨成以景陽扁之謂陽巖嘗歷此官也余既爲作二隸古因賦唐律一首

畫棟危梁喜落成，主人高致著新名。義存必葺規模遠，賢要思齊慕尚清。丹筆平反真養志，緑綈催趣看登瀛。陽巖住處今君住，料得誇張遍鳳城。

豨凍宜酒以皮爲之入口爽而色可愛客以山谷醒酒冰比之余謂冰鱗物也其性寒比之玉貍又不瑩戲成一首

豚膏鼎化元非戫，切入金盤得許清。鱗雪性寒空細縷，貍霜糟重欠通明。渠嗟不遇黄山谷，我愛渾如碧水晶。醉後不妨冰著齒，最宜人是味温平。

題梅花帖為徐山長作

梅經和靖詩堪畫，蘭識靈均賦是經。兩得清名還此卷，梅花石上古蘭亭。自注：後村舊有此帖，與余所藏一同。此本差勝，更以質之金鳳可也。

方遣三山學記仍寄徑山文字筆硯稍寬梁祕閣忽送金鍾千顆此吾鄉名品也

埋頭汩汩應酬中，一喜因何到此翁。恰了數家文字債，滿籃人送荔枝紅。

雖云莆荔勝閩中，諸品如今未改容。寄語宋香陳紫輩，還他先進是金鐘。以上《竹溪鬳齋十一藁續集》卷四

林希逸六

和後村書窗韻四首

尊知籠愚笑火馳，人間翻覆任紛披。偷桃兒羨侏儒粟，辟穀翁懷博浪椎。座下固知師也喭，門前却歎鳳兮衰。世無齊物莊夫子，那得渠儂一問之。

乍可輪生角莫馳，蓑衣好在不妨披。相尋日月急如箭，休笑塵埃鈍似椎。老去詩篇多感慨，古來書卷幾興衰。簞瓢樂處雖難會，却是知之亦好之。

癡人如馬繫猶馳，我有心經喜自披。解使伏戎仇李石，何如瞠視友桃椎。老懷只付一杯足，壯氣渾如再鼓衰。得失到頭堪獻笑，縱令有道莫求之。

有餘寧要厥聞馳，架上書多已懶披。學養丹須明鼎竈，要參禪莫怕鉗椎。癡心浪說詩窮達，冷眼閒看世盛衰。千古紛紛皆夢事，道難行矣却知之。

再和磨字韻謝後村以余評新稿見寄

持荷苦口辭宫錦，伐木多情憶釣蓑。童子無言堪問答，武公雖聖更嗟磨。禪宗尚別偏中正，聖處猶分清任和。吟苦正求人訂正，柴門何幸許相過。

至日再和磨字韻一首

長邊久息追風騎，散地閒披釣月蓑。鎖諫忠勞多叔達，銅光諧謔絶新磨。笙鏞尚闕須終歲，珪幣將陳待始和。老太平時逢此日，負暄簷下看雲過。

冬曉

雲樹曉層層，初霞照屋棱。冰池紋以鏤，霜瓦氣如蒸。凍想歌樵客，閒思煨芋僧。癡翁吟太早，窗尚有殘燈。

即事

寒林葉盡見巢烏，獨坐閒吟自引鬚。萬劫總如萍聚散，一身幾見樹榮枯。昨日明日算不盡，先天後天易本無。事有難言長隱几，何人曾識我非吾。

與友人論文偶作

坡翁好語嗟難讀，介甫新經苦尚同。舉世笑時韓自喜，無人愛處陸云工。能奇却怕翻空病，得妙還須苦學功。旦暮烟霞千百態，伊誰巧似老天公。自注：意翻空而易奇，語徵實而難工，晉人語。

信緣

塵世情知事不然，生涯漫浪只隨緣。鬧藍身入從初誤，逆境魔多向老便。未肯羨人昇白日，不妨存我送殘年。聲名官職俱何有，枉見匆匆髮似綿。

曉起即事

千古宗傳有正音，紛紛俗學誤人深。癡生佛説成魔説，見徹塵心即道心。老眼慣看棋世界，浮生難戀隙光陰。凡情聖解憑誰詰，獨坐蒲團只自吟。

即事

舊留蓆帽知何在，禿鬢烏巾一任斜。病發相如空視草，夢迷太白謾生花。古今來往三千載，文字消磨幾百家。底為藏山癡作計，衰翁筆硯是生涯。

論文有感

紛紛見解何差别，豪傑還須問世生。識在雷從起處起，文如泉但行當行。均為千載無雙士，莫問三蘇與二程。丹井紅泉南谷老，似渠宗旨更難明。

題徐司理誥

初為理曹，後為賓應主簿，以徐寅為曾祖

端拱雍熙誥尚存，棲鸞衣鉢詫曾門。龍飛黄敕新來好，先輩名家又有孫。自注：建安山長徐平父，賓應之後也，於先輩為十二代孫。咸淳戊辰廷唱後兩月，林某書。

題王元之行徐簿誥詞

文林有底遷登仕，簿領如何壓理曹。官制雖殊綸筆美，黄州一字肯輕褒。自注：後村前跋，始未備矣，因賦一（原作二，據明抄本改）首。

莆田陳尉新作二軒於其廨舍寄題二首

紫薇軒

雙松廳上念先差，晚節漁翁謾嘆嗟。試問歸摩青玉笋，何如坐對紫薇花。自注：樂天為盩厔尉，廳有二松。

青雲軒

千載流傳感興詩，為渠黄綬嘆官卑。便令圖上凌烟閣，何似青雲傳伯夷。

寄題名登樓漳州陳氏，名登皆山名

危簷飛處緑周遭，遥想憑欄似跨鼇。取義兩山名甚美，凌空百尺卧尤豪。驚人姓字層層見，作聖功夫級級高。直要襟懷如范老，岳陽樓上賦雲濤。

賀李教授掛冠

鵠袍未脱先謀隱，雅操如君世所難。甫拜衮龍懷敕牒，便尋神虎掛衣冠。定應傳入逸民去，更有文留後代看。高卧東山還不穩，令人遠笑謝公安。

後村爲李教賦詩且以索和輒課二首

莆在東南誇獨盛，材如荆楚信多奇。為祥以德麟昭矣，增擊何心鳳去之。玄豈可嘲嗤范蔡，廉無敢溷慕隨夷。情知結束非時樣，冷看人間半額眉。

諸老賡吟如許富，一翁寒瘦豈能奇。君為嚴鄭其清矣，僕豈羊何敢和之。投匭疏高聞殿陛，入圖賦妙遍蕃夷。子雲自許千年後，覿面何須彼俯眉。

送劉元思倅三山

碧玉峰前詔趣回，雅知金耀要清才。彯纓即盍班行去，岸幘還因便養來。麗句時應夢池草，安書日可到庭槐。府公况是深知己，引領同看禁苑梅。

贈命士吴月堂

為養祇憑賣卜錢，術精云有異人傳。如君合把堂名月，得姓元同斫桂仙。

和後村韻二首奉寄府判真司令

聽雨樓

取放翁詩扁此樓，知君心企古名流。蘇吟韋句雖欣慕，愕記曾云不是由。自注：劉後村有《聽雨堂記》，為曾氏作。大被長衾佳伯仲，高門素學尚姱修。俱存無恙鄒書訓，此樂人間底處求。

格軒

祖學單傳信有原，秤停一字自名軒。肯令公愧太丘長，要似思為孔子孫。知格格知須細認，有無無有果難言。讀書記在門生老，愧有君家未報恩。自注：知格格知，張子韶與大慧語。

寄建安山長徐平父

鈞石摩挲久席珍，儒冠非誤一朝伸。修程鵬擊三千里，次榜龍飛第二人。講紫陽書聊倚席，縱青雲靶早影纓。十傳先輩家聲大，又喜中朝誦句新。

題松澗徐氏餘慶集

三派分來久，松高不計年。扁題六大字，自注：坊名徐卿積善之家。姓氏兩魁躔。太末韓曾記，中間稚更賢。為君期望遠，聲節要俱傳。自注：兩魁，徐寅、徐鐸也。

戊辰除夜作

今宵明早為新歲，明早今宵是舊年。却羡山中無曆日，循環只認月虧圓。

年來朋友多稱所交某公某卿爲老師者因賦一首

年來俗客似禪緇，開口人人王老師。何處得鱗皆透網，誰家有米各經篵。本無桀溺問奚自，剛道劉君勝自知。此語但能虧雅道，旁觀冷眼為攢眉。自注：透網金鱗，三聖之語，喻其得法於臨濟也。

己巳元日二首

諸祠謁後鄉團拜，得健多慚造物憐。老去一毫無雜念，閒來六度見新年。飯蔬老幼呼同席，記禮兒孫講半篇。此事此朝為例卷，清貧聊且守家傳。

占年五子推壬子，端月三旬看上旬。新把歷書歡竟日，舊傳識度屬今春。殘生一飽無他念，半世多魔笑此身。清曉冠裳八十拜，老能强飯不輸人。

羅雲谷詩集跋

雲谷，余同年友也。丙午以後，同仕于京數年，相與懽甚，遂得以詩交。知其思遠而識高，必以詩鳴於世。一别二十年，今以經幕領印古論，寄余此集，俾書其後。因為數語，以寓君苗焚硯之意。

人間好詩不易得，江湖近事詩之厄。梅花知己欠逋翁，明月論交無太白。何人識盡谷中雲，將渠去作天南客。鳳岡傳酒賦凝香，龍嶺行歌欣應拍。題書忽與燕同來，入手恍如鱗有獲。綵霞封裹策二三，珠露穿排首千百。吟將麈柄擊玉壺，聽是冰絃調錦瑟。豈惟句字費推敲，好是典刑見風格。問之乃是吾故人，對此悠然記疇昔。杏園初會固匆匆，蓬省舊游思歷歷。我今娱老但醉眠，君要驚人更精索。誠哉明抄本作齋老子共風流，龜堂主人憂火逼。料知得意風月前，獨立長歌天地窄。生民清廟要新聲，底處當行求巨擘。看君定作出谷雲，鶴書已到羅含宅。自注：鳳岡、龍嶺，肇慶府事。

占歲

秋田已歉期新歲，人道占書必有年。料事每難憑者半，知幾誰見吉之先。米荒鄰送荷包飯，銅泄市無紙裹錢。解使鄉居長得稔，不妨吟釣老溪邊。

老去

老去人間念不生，舊來詩興亦彫零。故交可數半黄壤，鄰舍相過多白丁。倚杖溪邊看過鳥，焚香窗下守殘經。後村已病賡吟少，縱有牙絃孰與聽。

自誤

老守平生自誤書，人間事事付癡愚。萬緣已息心如石，一點能明腹有珠。門外設羅祇見雀，溪邊買釣學為漁。生來雖欠封侯骨，未羡凌煙閣上圖。

窮理

磨旋蓋倚機誰悟，鏡缺弦生意最深。知歷知星方識性，潛天潛地要非心。山須鰲負誣仙聖，潮為鯨來誤古今。我不信書祇自信，千年未必有知音。

有感

人間分有高卑在，世界嗟如缺減何。楚客騷吟小司命，杜翁詩誚寡嫦娥。拙知尊爵非吾有，貧為鰥居失助多。獨坐蒲團守書卷，長年恰似病維摩。

觀物

天旋底背東西日，月正河明抄本作何平晝夜潮。空裏華生空裏滅，静中聲起静中消。移舟遠浦疑山走，汲水清溪覺岸摇。人世自迷顛倒見，達觀何事不逍遥。

壽溪劉岩傅唐御史之裔乃翁國學前一輩同舍也築新居名曰西村以此求扁爲賦二韻

李唐御史入閩居，衣鉢纔傳兩副車。六館未酬先志在，兒賢正讀乃翁書。
主人作意扁華軒，不厭溪寒自款門。似此相求差可喜，為渠隸古作西村。

癡人

癡人多見算窮通，我亦癡人却耐窮。幸有讀書閒日子，何曾問命老星翁。豈能忘世差無欲，縱似談禪不落空。千載英豪皆可數，未知約略與誰同。

和洪帥燕新進士正月八日

塗抹年深滿鬢星，招呼愧莫篋賓縈。龍門客趁新正宴，鵬路人看第一程。七字如珠真好語，諸賢似玉要修名。樽前况有師模在，學得陽巖是德成。

己巳元宵雨

里社由來慶上元，常年鼓笛遍諸村。緇黄香供人人冗，紅白燈竿處處喧。積雨連朝寒可畏，祈天一念禮猶存。夜來見説柴爐少，清磬行時半閉門。

諸姪約至黄檗因思前歲劉朔齋同宿約後村不至慨然有感

黄檗山前古梵宫，早年屢宿此山中。猿啼十二峰前月，鵬送三千里外風。日者共游因朔老，期而不至有樗翁。騎鯨人去相如病，更欲躋攀誰與同。自注：朔齋戊辰仙去，後村以目眚不可出。

送子晦宰南安

送子南征愛子深，殷勤聽取拙翁吟。為儒但有書堪信，試邑元無譜可尋。民病盍知渠即我，郡貧應念昔非今。聖門絜矩真良法，彼此秤停要盡心。

此邑曾為掾往還，昔云優易近彫殘。士嗟前輩風流遠，吏苦專人月解難。琴以道鳴寧擇地，篙如手妙豈愁灘。竹湖親授侯心印，不比他時事上官。

紫帽山前墨綬新，此行一喜異於人。公車薦口多諸老，便邑怡顏奉二親。伯氏横經如共室，吾兒學製不為鄰。書郵見説無三舍，細大相規莫厭貧。

次韻方持叟見寄一首因悼後村

鶴髮荒三徑，溪干久賦歸。人皆笑金帚，子尚記蓑衣。篤學藏書富，工吟信筆揮。多情慙眷眷，入手覺輝輝。鸞棘方娱侍，鵬程待奮飛。講經融有帳，進酒賀無幃。底是鋒相拄，應憐帶減圍。新知雖可樂，故友漸俱非。忽忽纏悲緒，茫茫恨化機。何時弔烏石，有淚濕漁磯。此老真基杖，遺文半掖扉。蘇梅今孰是，誰復識鄰幾。

初八早枕上作

新種梅家蕚緑華，緣渠闗念似癡家。不知青葉朝何似，展轉殘更聽過鴉。

讀敬箴作

先儒只此是單傳，聖處初無别入門。人與兩儀三並立，天分萬化一為元。知無適處樂何喻，到放參時妙不存。勿正勿忘真見解，此翁千載有名言。

隱几

守定殘書雪滿頭，眼前散盡好交游。重拈舊話無人會，縱有新知惹我愁。是聖是凡誰與辨，非心非物果何求。夢回隱几窗纔白，遠聽林間唤雨鳩。

獨坐

掩卷閒窗獨坐時，生涯自笑昔俱非。枯鐺了盡殘生事，暗想空山老衲衣。

詩送鰭叟建安理曹

能廉不患不能官，折獄偏勞是建安。一掾雖微關涉大，三司分立應酬難。平反送喜非徒養，歎息求生豈尚寬。積慶如翁須趾美，厚培福本稱鵬摶。

次韻梯飈明府燕新進士一首

領袖羣英有鉅儒，藍袍端不負三餘。開樽笑把杯相屬，即席吟成錦不如。鵬化修程知翼健，梟歸要地看掄除。招呼意厚慚居僻，老怕衝寒駕犢車。

東澗以且静坐三字贈莆陽郭堂長陽巖謂莫作禪會名言也用韻一首

作鏡如何磚可磨，箇中方法似無多。定而能静吾師也，不比跏趺佞佛何。

送新饒州陳教授

學深行粹鄉評美，三舍成名號勝流。定價盍歸羣玉府，横經暫訪百花洲。湖山稱侍親行樂，歲月追思僕舊游。臺府諸賢皆具眼，相知應不待相求。

寄題春谷工部自心田一首

筆耕雖苦未逢年，解印歸來且醉眠。誰毁誰譽平眼界，我疆我理自心田。菴無寶貝主長在，家有詩書種已傳。遥想箇中梨棗熟，飽餐且作地行仙。

退老吟

聖絶微言大義乖，六經猶幸出殘灰。知行大學工夫密，理欲先賢體貼來。歲晚築場多識賜，早年陋巷屢空回。同門人盡師資遠，退老西河只自哀。

讀子厚李華釋氏二碑作

佛學紛紛半是非，若為疑議到昌黎。柳推性善碑南嶽，華指心宗傳左溪。有誕有微須自別，或排或讚總非迷。癡人但道書皆好，讀得明時論易齊。自注：藏中諸經皆可甑。

吕洞賓生日

瓣香知敬自童兒，夢得先生筆一枝。老愧乏才疑索去，少曾耽句豈能奇。猶傳薜荔圖中像，自注：今在東林寺。那見榴皮壁上詩。此日殷勤加額拜，人間説是降生時。自注：余十歲夢真人以筆見。予家傳畫本，乃模李祖母家真人自畫像也。

得安溪書知義役義舟圖册已成喜寄二首

山邑煎熬百弊俱，就中二事最堪吁。小船有限家家占，役户難差處處無。慚愧癡兒差解事，編排册子見成模。從今溪運均輸去，朱記還聞遍十都。

邑苦如灘險漸夷，翁猶忉怛為憐兒。人生要有餘無盡，公事元非了是癡。二籍幸成吾所職，一毫自喜原校：一作眩道之虧。藥中最是醍醐毒，著眼看渠道好時。

有警示訓

不比深山空谷翁，人間冤債日相逢。大須勤拂當臺鏡，莫道南宗笑北宗。種種心生種種危，急須毒手下鉗槌。要令獨坐空齋裏，打出人間萬弩圍。

紫霄巖作

紫霄聞久真奇勝，三友同游亦不凡。滿袖清風來縹緲，銜盃落日踞巉巖。客携老艾遺書至，僧詑滄浪古字鑱。大小壺山俱翠碧，縠青平處見歸帆。

和平父游紫霄韻二首

杉松夾徑去猶遠，桃竹隨人强自撦。水界平田疑刻畫，烟籠遠日狀琉璃。何波為續游山記，好友先吟訪古詩。清思如君真可愛，行須入賦萬年枝。

諸賢盛氣趨華轂，一老閒吟樂考原作老，據明抄本改槃。舊友醉鄉祇白墮，新銜散地號黄冠。束芻已了林宗弔，孤石因陪子美看。絶頂洪崖肩可拍，乘風何許覓還丹。

送方潮州

中朝人物久無儔，何不容渠侍瑑旒。直疏勇干丹鳳闕，敕書去管鰐魚州。名高北斗知相敵，吏問南宫莫苦留。召節鼎來宜略住，郡貧民病待公瘳。自注：吏問南宫，劉夢得語。

寄安溪

書判可傳今幾録，就中亦有客先誇。强宗理化知無薙，住處名香可當花。案牘正勞詩倚閣，扁題俱妙篆名家。新來一事翁尤喜，看小孫吟壽阿爺。

和山中后社韻一首

君家文曜授翁詩，椿老還如竇有儀。枕膝固應傳已久，趨庭豈待問方知。山中香火留吟處，殿下雲屏有隔時。愧我衰殘誰伴侣，但尋蓮社守禪規。

六月十日晚飲呼行祖共吸荷盃

寂寂長閒日，炎炎酷暑時。納凉惟竹共，對酒得蔬宜。韭嫩須新剪，菰甜要旋絲。荷盃時一吸，聊與小孫嬉。

偶成

老去溪干作釣翁，心閒無事與僧同。夢回喜見曉窗白，旱久愁看暮嶺紅。案上舊書因暑廢，樽中美醞為貧空。不凡不聖伊誰會，別是吾儂那一通。

喜雨六月二十日

閩南為雨久嗟吁，守令焦勞已月餘。兒在藍溪祈更苦，翁緣憂旱又憂渠。黄檗山前五百仙，諸村迎禱過溪邊。陰雲竟日凉如水，不待仙回已沛然。自注：十九日。曉雲如墨幕諸山，飛瀑傾河頃刻閒。一喜令人無著處，長歌欹枕聽潺潺。望望藍溪未得書，癡兒見說為齋癯。逢人多問南來者，紫帽山前雨有無。

志喜廿三日作

溪邑兒因旱久勞，正愁無處問如何。童奴忽報行人說，中澥泉南得雨多。

瓶中指甲花初來甚香既久如無之

膽瓶花在讀書床，坐久看來似不香。便比古今求道者，學成却與道相忘。

溪橋作廿八日

聞說溪流漲，看來勢漸停。雲籠山際白，水没野畦青。旱久知天悔，祠多詑佛靈。老農憂雨過，四望尚冥冥。

連日雨驟頗以關心廿九日

旱餘雖喜見滂沱，可奈連朝不已何。萬事人間如此雨，無時太嗇有傷多。

今日多愁後日慳，晚田要見是秋殘。過猶不及天誰管，世事終求恰好難。

前日苦旱禾恐立槁今雨太多已穫者生芽未穫者欲爛因歎耕者之苦輒賦一首

老守田疇正學耕，尋思一粒也難成。晴乾久嘆頭未下，雨過還憂耳漸生。斗米三錢何日見，五風十雨望時平。村居飽飯猶難必，更敢癡迷望糝羹。

夜雨不止枕上作

得雨初愁雨暫停，如今徹夜怕泠泠。此心果是誰差別，一樣聲成兩樣聽。

別梯飈

持錢老叟送公還，詫説吾儂好長官。曰雨曰暘三載裏，如冰如雪一廉難。新陂舊學鎸碑去，瑞粟嘉禾入畫看。截鐙莫留休悵恨，此行要看觸邪冠。

兒忝同升辱愛深，詩情道氣兩知音。銜盃欲挹浮丘袂，倚杖長聽子賤琴。未别已愁殘月夢，相看難忍此時心。我衰何日重携手，有雁南來字抵金。

柴門四壁愧貧居，惜別殷勤不可虚。銅雀瓦存聊贈子，金鑾坡去好同渠。掉頭莫惜題新句，斂手還看草贊書。若見薇花煩寄語，前朝學士已為漁。

溪干喜晴

陰雲西捲去徐徐，照眼晴空意豁如。何處飛來雙白鷺，淺溪逆上小紅魚。經風忍見折殘柳，飽雨欣聞暴長蔬。新月宜人須痛飲，南來況已得兒書。

涵江山長韓同舍以先大夫障東誌與所著反舌蜩蛙辨見示誌爲改永陽縣前之水欲流歸巽因此下獄陳復齋有詩美之辨乃山長同六士攻丁相時避禍作也諸賢既分而跋之余嗇於文合二字共賦七言一首

永邑從前盛俊英，誰家再世擅時名。乃翁障水流歸巽，此士箋天拔去丁。標美於嵇如鶴在，文工似愈以蟲鳴。同時六士多翔翥，事業軒軒洗耳聽。

山丹

秋半山丹樹樹空，幾回惆悵恨癡風。那知九月明朝盡，箇箇枝頭數顆紅。

以上《竹溪鬳齋十一稿續集》卷五

全宋詩卷三一二四

林希逸七

代懷安王林丞上楊安撫誠齋子十詩

止戈堂外戟森森，畫鼓無聲晝漏沈。好是風流賢太守，空齋一片讀書心。

先生舊把釣魚竿，弄月雲濤手本閒。只為春風藏不得，却來摇筆對三山。

千載斯文關洛翁，祠堂新闢焕儒宫。司南又是楊夫子，管取閩中勝洛中。

一樣新縫戰士衣，指麾貔虎上旌旗。太平侍從資文武，肯向春風卧鼓鼙。

一昨潢池波浪驚，將軍隨手卷紅旌。碧油幢下詩書帥，真箇胸中萬甲兵。

聽得溪邊擊壤聲，年來官府是昇平。吏呼不到韓盧卧，整理犂鋤待雨耕。

春雨來看一派河，却愁無地著恩波。東風剩與栽楊柳，留作甘棠去後歌。

篇篇渾不費安排，霽月光風自滿懷。嶺海聲名誰得似，一家句法老誠齋。

元戎根柢是公平，玉肺冰腸徹底清。一點吏姦無隱處，逢人箇箇説神明。

一持使節兩持麾，五嶺依然雙鶴歸。見説只今楊子宅，庭容旋馬地生衣。

紀異詩并序　嘉定十二年寓城中作

歲己卯亢旱，乃二月下弦之三日，赤舌之祟自城東而來，延連一夕，熇灼不可向，聽自止。天明焰絶，乃有破屋數椽，屹然灰燼中。問之，則洒掃衢巷一貧嫗也。家無半升粟，惟周身一具。火方熾，以此祝于天，而獲免。駭乎異哉！是烏可無傳也。遂賦云：

城中醮龍龍苦蟄，城門夜開八人入。粤從東闌煽喊呀，飛煙卷作半空霞。祝融嫖怒咋齒牙，彤幢絳旆紛要遮。扶桑剥落喧撑叉，兩岸炮焦幾百家。當時諸校陣陣來，傳呼數里聲如雷。州官令嚴兵官急，斤斧鑱鋤勾綆集。其奈枯河無瀋汁，炎曹横恣玄冥讋。天雖有淚不敢泣，千人萬人瞠眼立。撲之愈張聽自戢，就中那得十數椽。敗壁穿穴簷瓦懸，四圍灰燼渠巋然。鄰人驚怪一郡傳，掃街老嫗今幾年。隻身窮獨頭如綿，家無一孔破絮纏。只餘一棺候棄捐，以此籲天天見憐。幽明之理豈眇綿，天在屋頭非虚言。陸渾山火雖富妍，無所勸戒何足編，惜渠不遇昌黎仙。

朱典卿和章有結茅孤青之語戲爲古風以絶之 孤青，艾軒擬小築處也

盥手捧詩神索索，高懷細把重抽繹。冥心不覺有鬼知，消息漏傳到姑射。箇中昨夜有使來，夢魂暗引飛雙腋。樓高百尺錦户開，中有一人猶岸幘。低頭未敢問起居，自言我是壺仙客。紫薇花下引笑歸，世緣已謝來茲宅。雖然舊隱也未忘，離宫尚浸孤青碧。側聆有客身姓朱，結茅準擬欺泉石。山神火急報此間，移文便已回飛驛。馮夷奏記奉指揮，嚴兵鎖斷青松壁。公為詩案有引連，歸到人間憑解釋。云渠姓字在天衢，撿點不上幽人籍。明年已著瑞鶴袍，浪言誰與飛鳧舄。便令勳業了鼎彝，也莫迂我雲山迹。宇宙如今況未清，經綸不任伊誰責。更是蓬萊有新禁，巖扃不許金袍惜。詩詞固然多孟浪，此事也須先禁格。劃然驚覺汗滿身，捉筆書之窗已白。請君從此莫戲談，恐有鬼神重聽得。

送王少逸還鄉 己卯同出，冬先歸

點點瓊花上旅衣，還鄉心壯任寒欺。飄零為客看歸客，記憶來時惜去時。家書一半憑君説，客里三千儘

夢隨。握手橋門重約在，芒鞋莫便厭奔馳。

中秋後三日寄吳景朔

離鴻影斷中秋月，病鶴心愁薄暮雲。為語白蓮同社友，得君書後愈思君。

寄橘與吳景朔

碧雲愁望夕陽西，好景無因與啜醨。霜雨滿林黃欲盡，愧君書後不多題。

病中送丘升叔復入廣是歲同自臨安歸

出嶺相逢話上京，歸鞍齊卸獨南征。風搖五兩南州去，月傍孤燈病客驚。莫倚能詩心便縱，大須力學眼還明。無因別後知分寸，得趣深時遠寄聲。

羨子論文見解深，無端聚散苦難禁。雖然後會剛期我，忽漫離筵已著心。窮殺昌黎緣怪怪，誰憐子美獨涔涔。寒梅斸雪看何處，還憶花前抱病吟。

游孤青作

野水茫茫去，漁歌遠遠聽。醉酣觴大白，乘興棹孤青。明月長如此，浮雲不暫停。拜經遺趾在，誰與拾殘螢。

讀史

有人讀史不讀經，史在目前經杳冥。有人讀經不讀史，經有道腴史泥滓。我云經史無異同，八窗八面俱玲瓏。經為律兮史為案，古來已斷與未斷。是賢是聖何世無，賢聖身全此身散。既息而消消又息，便是先天後天易。何禍非福吉非凶，何成非毀始非終。西麟絶筆漢紀鳳，晉馬食曹江化龍。千齡萬載事不盡，總是禪機與道鋒。乃知龐眉太史有眼目，一家自作新機軸。至今史法有憑據，殘書斷紀收成束。拘儒足足笑殺人，白頭苦向河汾續。

秋日鳳凰臺即事

鳳凰臺著名，以李翰林一詩也。余思翰林題詩時，臺必不爾。白鷺洲，問之故老，指點固無定所。而三山則於此臺望已不見，乃遠落於前江之尾。若當時果爾，則詩辭不應如此模寫也。謾刊正之，以俟好古者。

三山遠落窮江尾，一水横過接石頭。蘭棹幾雙船細細，蘆場無數屋浮浮。斷雲歸去商量雨，黄葉飛來問訊秋。總為登臨能作興，若為陳迹替人愁。

王日起謀請樂軒先生主席其鄉隱山堂喜以詩贈之

場屋時文百態新，六經門户冷如冰。江湖有客奔馳倦，來問詩書向上層。論文款款細留心，一點塵埃也不禁。為語隱山同社友，讀書根本是胸襟。相逢刮眼試金篦，直下承當是嫡兒。長恨馬駒天下少，汝今分骨我分皮。

劉躔甫許以古詩集見假而竟不至代書促之

好書千束且萬束，前身後身讀不足。劉郎好古喜收詩，一篇半篇惜如玉。知君此性人所希，旁人浪指為書癡。旁人肉眼君似月，好句何從向渠説。相逢劍客心相許，青萍莫惜當筵舞。

七月二十三日奉寄瀨溪書堂吴景朔因訊舊遊

聞向秋山苦讀書，吟中還解憶人無。强顏為客心何在，忍病哦詩骨正癯。明月青山追昨夢，去年今日下姑蘇。長橋一帶關心否，問訊高陽舊酒徒。

獨夜偶成回文

身隨影立孤燈暝，杖倚人行獨月明。新得病形成瘦鶴，亂添愁思惹飛螢。

長門怨回文

傷情暗斷恩和愛，拉淚空添怨與愁。霜透衣寒輕卷袖，月移窗去罷吹簫。以上《竹溪鬳齋十一稿續集》卷七

文字飲

我問揚雄字，君評李嶠文。劇談聊詡詡，對飲盡醺醺。筆落三千首，盃浮一百分。醉吟唐學士，酒頌晉參軍。良夜邀明月，他年憶暮雲。獨醒憐楚客，悲怨托湘君。

食見堯於羹

隱几看堯典，身慙不並生。道如知所味，食亦見於羹。飽學寧求飽，精思不厭精。垂衣雖已遠，失筯恍然驚。端坐如吁咈，忘饑在服行。鹽梅思致主，説不愧阿衡。

枯木半龍鱗

枯木奇如許，空山閲幾春。千尋依鳥道，一半是龍鱗。礫砢真如石，扶持果有神。雪猶留敗甲，雲不露全身。藤比髯尤老，根疑爪欲伸。佇看雷雨夜，一躍到天津。

弔青塚

誰弔千年塚，芳魂唤不醒。雪連沙外白，春帶塞南青。一酹嗟何及，重泉恨莫扃。花曾辭漢苑，草不似胡原作邊，據明抄本改庭。妾死匈奴在，風悲壯士經。遥憐斑竹淚，鼓瑟和湘靈。

野菜飛黄蝶

古竹疏籬畔，無人菜自長。雙飛蝴蝶好，一樣野花黃。簇簇青無數，翩翩意欲狂。色鮮凝曉露，翅薄弄朝陽。正擬和根拔，因憐戀葉忙。今宵須夢化，隨逐過山牆。

刻燭

玉筍班頭客，文章絶代奇。奉璋陪内宴，刻燭賦新詩。指認紅蓮影，安排麗藻辭。絶嫌痕已迫，只恐句來遲。花燼將殘處，宫袍欲奪時。寵榮歸佩晚，金炬出天墀。

高議排金門

立箇黃金馬，君黃明抄本作王第幾門。伊人來草莽，高議動乾坤。勁氣層雲上，孤忠一縷存。未通青瑣籍，先獻白衣言。只為豺狼怒，那知虎豹尊。客星如入兆，昨夜在天閽。

潮回日射星

有底平沙上，輝輝不暫停。潮回陰未夕，日射燦如星。落水歸何處，斜陽照遠汀。浮光看閃閃，散地見熒熒。擬泛槎尋石，知非草化螢。晚來河漢白，漁火滿滄溟。

離憂忽浩然

只有片時留，離觴肯計籌。知渠因底別，使我浩然憂。握手看成夢，多情種得愁。征帆天共遠，羈恨水俱流。明日非今日，杭州定越州。慇懃無别祝，切莫斷書郵。

星有好雨

視夜幾回興，濃雲潑未停。無端常苦雨，作好果何星。有爛參之左，于嗟月又經。何心長霢霂，拜手問蒼冥。咨暑能無怨，呼天孰與聽。或云旗伐動，陰曀為兵刑。

至朔同日

至乃陽生節，常居子月中。計年章在即，是日朔應同。一葉階蓂長，飛灰嶰管通。元來初吉旦，恰是六陰終。料得雲書際，還嗟餼禮隆。如何太初歷，辛巳謾求工。

竹林七賢

賞静偏憐竹，宜人况有林。七賢同遠趣，千載有遺音。避俗來深處，披衣卧緑陰。玉人三四輩，風籜短長吟。翠入劉伶酒，聲隨叔夜琴。溪干唐六逸，先後許論心。

一字買堪貧

獨妙如椽手，誇傳品入神。千金猶莫買，一字實堪貧。玉柱多誰得，銀鈎少自珍。願求三折筆，甘作屢空人。但喜蕭齋玩，寧憂范甑塵。療饑那欲煮，吟苦謾酸辛。

山光悦鳥性

細大皆天性，逍遥宇宙間。山光非為鳥，鳥悦自因山。曉日浮青嶂，春雲影翠鬟。物情如有識，樂意自相關。疏密陰俱好，飛鳴態自閒。夕陽歸翅急，應是倦知還。

呼兒問煮魚

有客過茅宇，停盃待煮魚。向兒呼不已，為我問何如。驜子摳衣至，校人授手初。叮嚀凡再四，烹割勿躊躇。正起羹鱸興，因看遺鯉書。團欒陪父執，更欲採園蔬。

白鳥去邊明

燕外絲方捲，明開若箇邊。癡雲留片片，白鳥去翩翩。雨後霜毛濕，風前雪翅鮮。雙飛向何處，一半是晴天。乍息鳩鳴垤，還歸鶴避煙。須臾陰靄盡，烏遶月娟娟。

松子僧前落

野迥無人迹，長松不計年。隨風飄子下，竟日落僧前。葉暗丹誰化，根枯石共堅。時敲經夾響，匹似數珠圓。味美忘齋久，聲輕入定便。時看童行戲，争把柳絲穿。

月静庾公樓

明月今宵好，曾經照庾公。登樓當静夜，懷古對秋風。飛鏡緣空上，危簷映水中。胡床無恙否，岸幘為誰雄。老子今何在，寒光昔亦同。清談孤此景，白髮向江東。

星垂平野闊

良夜空如洗，凭欄一望平。星垂因野闊，野浄見星明。點點光疑墜，熒熒勢半傾。天低連岸遠，地盡看參横。水迥過時白，雲收撤夜清。銀河今咫尺，我欲泛槎行。

風破寒江遲

倚棹吟將息，江神聽亦癡。陰猶凝未散，風欲破應遲。颯颯聲雖急，冥冥霧莫披。凌波疑有物，到曉尚多時。空使蜚廉怒，翻令帝子悲。沉湘人在否，唤起賦椒蘺。

剪燭話巴雨

不負西窗約，相逢剪燭花。驚心如一夢，對雨話三巴。蠟燼愁頻落，關雲嘆舊遮。昔曾留劍外，今却指天涯。江遠談何劇，風摇影屢斜。從今須惜别，邀月醉流霞。

飛星過水白

良夜步郊坰，飛看過水星。四垂青漠漠，一點白熒熒。瑞彩浮蓮渚，流光渡蓼汀。不應天共轉，恍若月初經。錯認珠生蚌，還疑草化螢。須臾雲半黑，漁火箇邊青。

赤壁走曹操

往事思塵迹，周郎走魏曹。長江幾争戰，萬古一英豪。亂石吹飛雪，蒙衝破巨濤。笑談成一快，姓字信孤高。賸擬投鞭渡，誰知捲甲逃。江山如昔日，北望首空搔。

拾穗許村童

拂拂新凉入，家家穫稻同。參差多滯穗，收拾許村童。滿地禾頻落，憐渠筥尚空。少多從汝得，小大共年豐。挈負歸茅宇，歡呼謝主翁。晚來炊飯飽，牛笛弄松風。

石鼎聯句

漫浪有詩仙，相逢藥竈邊。鼎存嗟石古，句巧似珠聯。筆力扛何健，雲根斵許圓。倡酬皆敵手，模寫聳吟肩。何日丹同舐，寒更墨共研。和羹應待我，賡載入虞絃。

歸人争渡喧

野外炊煙起，沙邊帶日明。歸村人合遝，問渡晚喧争。暝色催行客，長江阻去程。帆輕斜照影，語雜遠聞聲。隔岸招尤急，棲鴉過亦鳴。茅簷何處是，兒女想相迎。

月色不可掃

此夜一輪滿，騷情不奈秋。月非人可掃，人與月俱愁。素魄憑誰問，寒光為底留。擬隨風葉去，還似雪花浮。竹影摇仍在，波明散未收。嫦娥如戲我，移照讀書樓。

皓色一輪滿，吟看獨倚樓。伊誰能掃月，使我不悲秋。處處寒光共，娟娟素魄浮。竹知空弄影，箒豈解驅愁。露重應徒灑，雲行却暫收。誰疑門外雪，謾欲課蒼頭。

天際識歸舟

日夕思天際，悠悠半掩扉。扁舟緣底急，注目識君歸。帆外殘鴉去，雲邊一葉飛。立須蘭棹至，細認藁砧非。僂指思江路，牽兒上釣磯。入門相勞問，賒酒趁鱸肥。

飲酒拜浪婆

對飲敲銅斗，聲聲應浩歌。頻斟江上酒，亟拜浪中婆。深淺傾浮蟻，低回舞短蓑。白頭高似屋，素襪想凌波。江遠如神在，盃長奈我何。却憐獨醒客，憔悴賦湘娥。

鶴引洗衣僧

獨捲袈裟去，禪房半掩扉。僧行隨鶴影，鶴引洗僧衣。振翼尋仙路，牽裳上釣磯。老緇輕濯濯，白鳥亦依依。澣滌元無垢，叮嚀莫浪飛。茶煙休更避，相伴月中歸。

新詩改自吟

酷愛驚人語，詩壇獨苦心。吟成還自改，改罷又長吟。四鍊傳誰法，雙聲豈古音。筆塗隨句定，髭撚用功深。過眼疵難掩，支頤吻欲噤。身輕少陵集，商榷到於今。

秋水清無底

倚杖臨秋水，微茫一派平。極深不知底，獨照有餘清。一色兼天净，千尋似鑑明。誰能冰下語，為探地中行。月動無移石，雲飛落止泓。滄浪佳興動，可以濯吾纓。

山鳥暮過庭

試拄看山笏，新詩得自哦。空庭人不到，日暮鳥時過。遠岫呼雛急，斜陽接翅多。瞥看窗外影，争認柳邊窠。散帙隨吾意，喧簷奈汝何。須臾林鵲噪，衮衮見金波。

杓携龍角

帝斡璇杓處，雲高隔幾重。自天携左角，出地見青龍。碧漢方回柄，蒼精恰露容。舉頭看斗指，驤首覺雲從。西揭殊春候，東騎驗尾蹤。韓門人所仰，直欲折充宗。

山村人暮歸

點點殘鴉過，孤村帶落暉。籬邊聞犬吠，山下有人歸。遠岫連芳塢，長林遶翠微。雲深認茅屋，風細颺征衣。樵唱同尋徑，猿驚為扣扉。夜深燈火下，兒女共依依。

挂席上南斗

挂席幾千里，飄飄向極南。昂頭驚斗近，舉袖與雲參。海闊天光入，帆輕水影涵。前瞻依宿六，回望迫台三。恰似槎星渚，應殊釣月潭。若非吟膽壯，高處亦難堪。

翁踏孤舟立

江遠孤舟小，悠悠避世翁。望中留夕照，立處倚秋風。一葉煙波釣，千莖雪鬢蓬。短衣難掩骭，獨棹似浮空。人影檣烏並，生涯宿雁同。得魚隨貰酒，醉卧荻蘆中。

一葉孤舟小，生涯在釣筒。羣飛看雁陣，獨立是漁翁。浪與頭俱白，顏因酒暫紅。片帆煙渚外，瘦影夕陽中。蓬鬢千莖雪，蘆花兩岸風。烹鱸吹荻火，隔岸呼兒童。

屋上烏亦好《永樂大典》卷二三四六以本詩及後《買木帶巢烏》合作一首，題《屋上烏》

我訪山家友，遥看屋上烏。不知何事好，所愛與人俱。竹外參差瓦，簷問八九雛。只應交繾綣，却喜汝喧呼。誰賦牙高啄，因吟尾畢逋。待令鷗可狎，物我兩俱無。

蘇武歸漢

仗節來歸漢，麒麟萬古圖。艱難曾使虜，慷慨有臣蘇。雁信傳何有，旄殘齧已無。拜恩趨鳳闕，揮涕憶龍湖。日月依新主，風沙失故吾。一官纔屬國，攬卷為嗟吁。

龍馬負圖

八卦將呈露，天寧秘此圖。出因龍馬負，瑞與鳳麟殊。八尺非常種，千年有此駒。皇穹開易象，緑字見珍符。鳥跡文非比，龜疇數亦俱。渥洼何足詠，誰復羡西都。

不寢聽金鑰

不寢因何事，囊封奏帝庭。銅壺猶未歇，金鑰故頻聽。憂國長無寐，懷忠我獨醒。魚關頻借問，鳳闕想猶扃。珂傘依殘月，觚稜帶曉星。須臾看鵠立，袖惹御爐馨。

烏影度寒塘

一段秋容好，丹青欲畫難。塘幽塵不到，烏度影偏寒。何處尋窠去，行人瞥眼看。雲間尋舊侶，水底見飛翰。鷗訝隨波没，鵬思擊水摶。佳人遥望處，誤指鏡中鸞。

雲霄一羽原作雨，據明抄本改毛

自起南陽卧，軒然志氣飄。三分嗟漢業，一羽在雲霄。健翮凌星漢，孤忠翼聖朝。羣雄争逐鹿，百鷙不如鵬。垂翅應嗤異，凌煙未許喬。出師雖未捷，萬古想高標。

同心言如蘭

金石同心好，言言可起予。紉蘭應足比，伐木義何如。慷慨輸情久，芬芳入室初。諾能為一布，佩不必三間。椒樧能欺我，松梅合友渠。銜盃時對飲，冷淡共園蔬。

圍棋看驛書

驛騎軍書到，風流相國知。淮淝千載事，賓主一枰棋。敵手無遺算，名家有此兒。我方分黑白，渠亦决雄雌。局外人人喜，邊頭著著奇。爛柯翁在否，還笑世人癡。

兒去看魚笱

兒去出茅廬，携笱遠見渠。行隨溪畔鶴，看取笱中魚。童稚喧呼至，笭箵整頓初。餌寒知不食，罾少問何如。穿柳呼爺笑，編蒲怪僕疏。荻蘆吹火罷，賒酒遍鄰居。

賜鏡湖一曲

拜賜歸湖曲，生涯只此湖。三韓雲不遠，一鏡月同孤。天語書黄誥，波光照白鬚。柴扉當雁鶩，采地即菰蒲。殿下投箋乞，波間弄槳娱。不妨眠井底，醉入八仙圖。

玉斧修成月

我問青天月，如何缺又生。冰輪看碾去，玉斧想修成。睨視柯誰執，傳聞璞孰名。元功無此巧，素魄豈能盈。兔向圓時搗，蟾因琢夜驚。廣寒八萬户，技與女媧争。

杜宇呼名語

叫盡三巴月，淒涼杜宇聲。今人誰與語，故主明抄本作土自呼名。啼血嗟何意，前身恨未平。轉喉曾有諱，弄舌似猶生。姓字諸禽識，君臣易世輕。提壺無意緒，醉魄謾飛鳴。

漁村晚照

自得江湖趣，生涯樂在漁。孤村多晚景，落照映荒居。近水高低岸，誅茅八九廬。舟横人語近，網漏夕陽疏。倚棹看歸雁，呼兒促煮魚。脱簑眠漸穩，寒月動江虚。

夫子墻數仞

劍佩隨夫子，傾心一瓣香。四科分等級，數仞嘆宫牆。我正勞鑽仰，人惟較短長。可窺憐子貢，欲倚愧蒙莊。步步瞠吾後，巍巍藐彼堂。傳心因坐見，三聖遠相望。

勇士赴敵場

士有非常勇，堂堂赴敵場。聽琴何比象，屬意在軒昂。觸手聲何怒，推床興欲狂。廣陵無散卒，易水有剛腸。劍客休誇詫，桐君為發揚。聞絃心有感，解使懦夫强。

晚涼看洗馬

倚杖試徜徉，幽看野興長。歸鴉凌薄晚，洗馬就微涼。落日明蘋渚，輕風拂柳塘。遥觀千頃雪，静滌四蹄霜。噴沫隨流水，摇騣灑夕陽。塵纓應可濯，闊步逐飛黄。

封比干墓

埋恨非埋骨，生前怨不逢。比干猶有墓，周室合增封。一死身奚惜，孤忠憤所鍾。清朝加顯澤，終古誌遺蹤。寵辱嗟何意，興亡記所從。誰甘遊地下，攀檻敢嬰龍。

雨後過畦潤

雨後思花信，相過款杖藜。翠明開曉嶂，緑潤遍春畦。燕外絲方捲，鷗邊霧尚低。貪看蔬長甲，不覺屐粘泥。草挾餘陰漲，苗分秀色齊。時逢原上客，大半話耕犂。

機舂潺湲力

機事嗟何巧，空村不住舂。潺湲因借力，俯仰若為容。盡日勞雙杵，疏泉隔幾峰。無人長軋軋，助我為淙淙。碓明抄本作灘下僧長喜，溪邊婦亦慵。香厨炊已辦，時倩野雲封。

池水觀爲政

筆落冰人語，霜凝照夜姿。平心長似水，觀政可於池。即彼挼藍處，看渠據案時。清能見肝膽，燭可但鬚眉。泥濁廉何有，泉貪飲自知。笑他渾數尺，誰道是吾師。

水中有行車

野水云何涸，咨嗟為久晴。昔曾移艇去，今見有車行。石已磷磷白，流無脈脈生。不愁濡轡渡，只恐細魚驚。寧復滄洲興，空餘野渡名。秋霖看拍岸，還聽棹歌聲。

買木帶巢烏

買木為新居，詩翁德不孤。巧當三畝宅，帶得一巢烏。羞澀無多費，槎牙已半枯。却憐棲鵲在，還識主人無。不入山家券，應添畫史圖。從今屋上好，來往聽相呼。

月疑照顏色

苦憶君顏色，歸期未有期。好風吹夢斷，明月使人疑。對影三人共，懷賢萬里悲。徘徊如欲舞，恍惚與論詩。蝶化憑誰詰，蟾留訝我癡。暮雲樽酒在，只恐見無時。

買石得雲饒

自笑生涯拙，天公意贈君。買來千載石，饒得四時雲。秃筆書新券，蒼苔帶舊紋。眼前長秀潤，分外是氤氲。定價元非玉，宜貧可當熏。時哉為雨去，利與世均分。

柳影不礙舟

長短堤邊柳，波流影不流。渾如低倚岸，却不礙行舟。水漾千絲亂，風吹一葉浮。輕摇蘭槳過，攪碎緑陰不。似帶牆頭燕，如縈鏡裏鷗。那堪南浦别，明暗兩牽愁。

榴花照眼明

惜花愁滿眼，倚杖慶新晴。緑幄連天暗，紅榴照我明。蹙巾迎日吐，剪錦亞風輕。一見眵昏失，多疑醉纈生。撚鬚詩欲就，覿面興偏清。却笑酡酡後，看朱碧已成。

龍躍天衢

頭角驚人世，如龍乍躍淵。身隨三月浪，衢在九重天。雲起方成陸，雷驅正急鞭。戰鱗飛百萬，怒爪擊三千。赤水神何照，蒼精角有躔。堪嗤時俗眼，空向壁間傳。

開　冰

仲月鶯花半，朝家已薦冰。馳來金騕褭，開此玉稜層。冷逼茅簷透，光從凌室騰。滿盤争雪瑩，照眼訝霜凝。九廟親祠舉，羣工禄賜膺。愛君推托諷，履薄願兢兢。

山有仙則名

試拄看山笏，令人興灑然。誇名驚俗眼，知道有神仙。勝地棲丹客，蒼崖比洞天。烟霞無此輩，方册不應傳。柯爛今何處，簫鳴若箇邊。舊聞終縹緲，何似竹林賢。以上《竹溪鬳齋十一稿續集》卷一七《省題詩》

林希逸八

爲麥祈實

麥事家家作，宸旒軫意微。無虚民所望，為實我先祈。見白欣輿誦，熉黄屈衮衣。要他春日飽，莫使歛時稀。餅餌香深覬，牷牲薦必肥。禮成農共慶，加額對龍旂。

雲臺圖功臣

四七紛紜後，慇懃帝念功。干雲臺百尺，依日漢羣公。棲爵侵霄漢，揮毫萃畫工。位分勳次第，像列壁西東。貌寫丹青裏，名垂竹帛中。凌煙生面筆，人物古今同。

携手升玉階

甃玉成階陀，天顔去幾層。彈冠酬素願，携手盡同升。得侶欣交臂，伊誰恨折肱。龍墀看密邇，鵷武接飛騰。已慶天街肅，行須揆路登。朝回花底散，袖滿御香凝。

畎畆不忘君

君幸逢堯舜，孤忠豈敢忘。身雖居畎畆，志亦在巖廊。草野棲身久，鈞天去夢長。煙霞雖自樂，日月願依光。炙背當如甫，披裘莫學光。此生名未立，金馬進封囊。

落日見漁樵

落日誰横笛，江村一望遥。喧喧歸鳥雀，得得見漁樵。薄暮舒愁眼，斜暉帶遠潮。依灘綸在手，出谷斧横腰。歌罷尋歸徑，影行先度橋。兩翁山水趣，應未羡金貂。

看碑不下驢

寺古碑猶在，塵埃半已漫。騎驢應懶下，逐字細吟看。鈎畫雕鎸古，蟲魚辨識難。停鞭欹帽立，緩轡聳肩寒。應笑修明字，還如援據鞍。歸吟風掠耳，影瘦夕陽殘。

梅花疑是君

欲訪春消息，寒花昨夜開。思君如在眼，使我亦疑梅。蘂冷於人意，窗開露粉腮。欲同渠索笑，還似子歸來。蘭室因香訝，冰肌助我猜。一枝聊寄與，何日共持盃。

身玉要俱捐

壯節將全趙，威風直挫秦。若令空授玉，寧用復還身。此璧瑕何有，伊人氣愈嗔。頭寧同碎柱，節不可欺臣。大義千鈞重，微軀一羽均。後來誰慕藺，盛節獨嶙峋。

清邊生戰場

已洗天河甲，邊清國愈强。誰生今日釁，戰似古沙場。不見狼烟久，俄驚雁塞荒。風悲苔染血，月射骨如霜。榆柳依然好，干戈有底忙。李華真健筆，弔古思凄凉。

勒石紀漢德班字韻

稽落功成後，將軍勒石還。輝華天子德，姓字漢臣班。篆刻千年績，鎸磨萬里山。勳名沙幕外，歲月永元間。頌筆嗟何古，胡弓孰敢彎。龍墀歸拜日，稱壽動天顔。

雲逐度溪風

拂面微風動，輕雲過遠堤。飛飛無定跡，逐逐度前溪。望斷江東暮，生從舍北泥。但隨蘋末起，還傍蓼花低。白映清波影，紅看孤鶩齊。似迷歸去路，漠漠自東西。

蒼隼護巢歸

蒼隼當秋日，風高萬里飛。忽看孤影過，因護舊巢歸。刷翮摶雲漢，翻身度野扉。雛饑方唧唧，爪立自依依。莫笑蜂窠小，休嗤燕壘微。物情元等耳，細大各天機。

秋高風怒號

人意與秋高，臨風意自豪。倚欄吟未已，拔地怒方號。露宇遥窮目，霜林見落毛。威生來虎谷，聲震似鯨濤。六鷁飛應退，羣狐懼莫嗥。擬騎鵬翼去，萬里訪盧敖。

金買長門賦

誰買長門賦，閨愁不自禁。寸腸抒萬恨，一字直千金。菲薄聊為壽，凄凉要寫心。珠簾春寂寂，玉户夜沉沉。語妙錢何惜，宫閒恨轉深。文君因自笑，我有白頭吟。

雷隱象車音

不聽車音久，逍遥獨倚臺。遠聞疑所象，細認隱其雷。不怒聲初發，遥聞妾自猜。輕移蓮步出，空喜玉輿來。只謂君王顧，因知神女推。千金誰買賦，會使聖心回。

許由洗耳

有道之君子，箕山一許由。清波聊洗耳，塵世肯回頭。此趣名千古，奚心長九州。若令嬰世網，何似枕江流。俗事喧誰聽，寒泉響自幽。鄰翁牽犢避，使我轉增羞。

川曲通諸海

直道行今古，淵源妙莫窮。百川雖若曲，大海必皆通。酬酢幾千變，周流共一中。問津非斷港，無水不歸東。洙泗源尤正，河汾派亦同。縱横嗟末學，濫説未為雄。

李下不整冠

李下有傍觀，嫌微擇所安。莫將遮日手，輕整切雲冠。故徑纍垂久，荒林禮數寬。杜陵羞任落，貢禹喜休彈。主正操籌待，吾寧岸幘看。丫童却歡笑，就地拾螬殘。

瓜田不納履

莫道田間僻，持身懼指瑕。近瓜休納履，為履似侵瓜。野徑風隨屧，陽陂雨落花。藤方鋪滿地，屨且曳歸家。籬賦長庚蔓，鞋吟子美麻。及門如有客，倒屣只烹茶。

精衛銜石填海

精衛誰家女，悲鳴苦自憐。石知銜不盡，海有恨難填。妾父曾為帝，禽言自訴天。磷磷空爾啄，渺渺浩無邊。志有愚公似，冤同杜宇傳。揚塵終可待，且伴羽衣仙。

觀慶雲圖

伊昔承天慶，人間有聖君。圖傳何世本，今見古時雲。就日曾謡詠，非煙喜郁紛。筆工疑顧陸，治盛憶華勳。簡册歌雖在，丹青畫罕聞。坎中元有象，心畫妙羲文。

掬水月在手

水下元無月，江澄別有天。凝眸欣浩浩，在手掬娟娟。桂魄方留影，荷衣試弄泉。正看波底樣，俄入掌中圓。太白狂應攬，知章醉欲眠。我知光可汲，便擬拍洪肩。

弄花香滿衣

隔岸聞風處，清晨嗅露房。花因閒弄久，衣有帶來香。試摘枝頭白，還拈葉底黃。恍如玉皇吏，來自錦窠郎。袖比朝方罷，心因惱欲狂。謝安休掩鼻，非佩紫羅囊。

夢見周公

至聖元無夢，傷麟有隱憂。道傳自公旦，意切為宗周。泗水蘧方覺，東山記昔留。鴻飛歸不復，蝶化恍同游。洛卜圖何在，殷楹涕自收。蒲姑如可作，料想訂春秋。

四更山吐月

愁客眠難穩，危欄忽四更。乍疑山色改，已吐月華明。五夜籌將轉，孤輪缺未盈。霜翻禽欲下，雲破兔還生。問曉樵相語，棲寒鵲自驚。蛾眉秋一半，徹夕惱長庚。

熱不息惡木陰

苦熱雖求息，炎涼愧易心。既云名惡木，那復有佳陰。煩溽方三嘆，婆娑有百尋。匠皆行弗顧，吾肯據而吟。冷憶瓜浮玉，清思竹碎金。鳥猶知所擇，人豈馬牛襟。

渴不飲盜泉水

盜有經行處，波流惡莫湔。固能澆我渴，誓不飲渠泉。奔驥如追電，長鯨擬吸川。貪夫曾就酌，饞者莫流涎。竊玉嚴於史，空瓢碎自賢。杜陵思賈井，病肺卧江船。

道不拾遺

世似江河去，還聞返朴時。久藏天下富，不拾道中遺。行者歌如砥，誰與嘆泣岐。鋤金寧弗顧，守劍烈能知。楚國亡弓在，荆山抵玉嬉。抱茅嗟薄俗，屋破呼羣兒。

望祀蓬萊

祀事非常典，君王望紫蓬。仗從天闕下，山在水雲中。采藥何時返，鳴鞘秩禮隆。靈無先沛雨，船有引回風。夷見燔柴去，仙難架海通。札書終不驗，空翠鎖祠宮。

祖二疏

祖帳都門外，賢哉惜明抄本作昔二疏。史留名不朽，古善畫明抄本作盡何如。張幕班離席，歸裝問故居。辭官兩賢傅，送客幾華車。帝眷慇懃在，臣慙老病餘。重來甘降秩，時為子房噓。

濟河焚舟

汔濟焚舟去，秦兵意若何。深仇思必雪，信誓有如河。甲卒方停棹，將軍怒指戈。連檣皆縱燎，勁氣欲熬波。拜賜前言在，論功一炬多。至今臨岸處，夢想髮皤皤。

客星

久要劉文叔，論交在闕庭。不為渠相漢，僅以客名星。鶴髮兼霜白，羊裘近帝青。宮中聊款款，極下獨熒熒。一點今霄漢，孤燈昔釣汀。靈臺誇列宿，詎肯共圖形。

駐蹕山

萬里君王蹕，雷驅鐵騎環。移來雲下仗，遠駐海東山。飛檄青丘外，鳴鞘怪石間。龍經占得耳，禽語喜違顏。似勒燕然去，如封岱岳還。鐃歌模寫遍，何不續東蠻。

乘月登樓

鐵騎圍何急，登樓却自由。一輪秋夜月，百尺岳陽樓。老將憑欄怒，嫦娥為我留。功成長嘯後，人在古城頭。羽扇榮差可，胡床庾浪遊。千年髯孰似，笛裏夢并州。

飲馬長城窟

瘦馬如烏渴，長驅傍古城。聽他隨窟飲，不暇擇泉清。沙外追風驥，榆邊積雨坑。花鬃搖漢騎，草血染秦兵。地脈千年恨，波腥萬鬣鳴。思歸頻蹀躞，苜蓿滿宸京。

雁足書

中郎沙漠外，羝乳事何如。賴有雲中雁，能傳足上書。銜蘆來内苑，繫帛自穹廬。地説荒寒極，人稱老病餘。史徒誇問犬，詩莫詠烹魚。青鳥僊家使，吾今益信渠。

無絃琴

道外元無器，聊横膝上琴。本非絃可弄，自覺趣尤深。早向聲前悟，何勞指下尋。昭文元不鼓，鍾子謾知音。賾矣鐘名啞，傷哉磬有心。退之如解此，十操不應吟。

爲郎牧羊

卜式何為者，清班粉省郎。不騎沙苑馬，只牧上林羊。謾詑稟名錦，何如屩曳芒。含香休向闕，挾册且隨臧。列宿從嗤我，三星喜詠牂。尚懷肥報國，抗疏欲烹桑。

登單于臺

天仗祁連外，窮荒鳥雀呼。登臺真帝子，絶幕遁單于。百級雲中見，千官帳下趨。穹廬垂曠野，警蹕近清都。漢地今無虜，秦城枉避胡。呼韓天日謁，却入渭橋圖。自注：天如穹廬罩四野，《敕勒歌》。

蒲鞭

自古官刑在，如何只用蒲。賢哉知道者，陋矣執鞭乎。草草存笞責，拳拳愛體膚。教非刑可比，恥患免而無。舜扑書徒識，秦敲慘自愚。悲因撻黎庶，適意與寬俱。

被褐懷珠玉

懷寶伊誰識，纍然被褐夫。荆山寧泣玉，滄海任遺珠。寬博形何散，龍鍾智似愚。藏淵祇自媚，韞櫝肯求沽。雅志褰裳蹈，旁觀按劍無。我知韋布樂，應不豔金朱。

墮淚碑

叔子今何在，風流緩帶時。傷心因覩物，墮淚遂名碑。剥落銀鉤古，淒凉玉筯□。生前驅萬馬，身後立雙螭。人物襄陽記，莓苔太白詩。自注：螭頭剥落生莓苔，淚亦不能為之墮。羊公豈無德，戎衍却堪悲。

杏壇

反袂傷麟後，淒凉舊日壇。尚為人愛惜，不使杏彫殘。葉映緇林好，枝横泗水寒。一從梁木去，多把落花看。自昔棠思召，于今木有韓。遥知槐並並，根古似龍蟠。

聞雞起舞

龍卧何時起，生涯厭鼓鼙。舞因隨獨鶴，聞偶為荒雞。楚客長更夢，秦關未曉啼。竹風吹袂舉，柳月傍樓低。我醉非無度，渠寒不奈棲。誰家小垂手，百囀聽黄鸝。

圍棋賭墅

太傅籌邊日，家庭賭墅時。淮淝千載事，秦晉一番棋。得算如翁妙，爭先落子知。汝能輸别業，我已笑胡兒。曇得山先喜，氏争局自癡。兩軍臨水處，幼度著尤奇。

西狩獲麟

西狩知何獲，驚嗟遍國人。自憐方嘆鳳，何事又逢麟。伊昔追戎地，于今較獵頻。三家如此僭，一角豈為珍。筆絶真傷魯，書成已繫秦。同時多虎輩，誰信獸能仁。

五言長城

老子風騷將，雄豪霸一方。五言如壁立，萬里此城長。氣靡曹劉壘，聲喧翰墨場。但令投幘去，誰詫撚鬚狂。義筆圖成陣，韓文喻倚牆。騷壇唯我擅，誰敢犯鋒鋩。

惜花春起早

苦惜花能好，晴窗唤起頻。只憂春去早，却要早尋春。一片飛愁我，千枝豔惱人。鳴鞭思曉月，化蝶逐香塵。醉卧狂誰子，自注：楚狂小子，韓退之。吟看睡太真。每因風雨夜，不寢為渠顰。

愛月夜眠遲

意愛多成癖，清秋悵望時。月能向人好，夜不恨眠遲。搗藥何為者，停盃屢問之。貂裘蟾正戀，鴛枕蝶休癡。晝短何須燭，更寒且詠詩。婆娑無影處，料得夢相隨。

登封泰山

海畔山名泰，東封自昔曾。三千餘載記，七十二回登。冕輅陳金策，衣冠迫玉繩。祕書留歲月，立視俯丘陵。華蓋行中阪，松官立幾層。祖龍空刻石，千載笑冥升。

棋聲花院閉

花院重重閉，香風拂面輕。游觀多野趣，静聽有棋聲。松老藏孤寺，柯翁看幾枰。反關從爛熳，落子自敲鏗。得著僧應笑，棲枝鵲又驚。須臾聞剥啄，收局出相迎。

寒機曉猶織

機上誰家女，更長睡不安。當窗衹自織，到曉不知寒。霜瓦凝威重，冰絲續斷難。梭聲隨漏盡，妾意為衣單。錦字挑誰寄，銀缸剔已殘。姑留刀尺久，零落待輸官。

肅時雨若

肅肅存吾敬，冥冥若有期。人皆欣雨若，心為有天知。悃切憂民志，勤拳在廟時。片雲催許急，三祝果伊誰。方寸來何易，吁嗟禮亦宜。虚中求造化，事應不須唯。

鼠鬚筆

安得如椽筆，晴窗弄鼠鬚。知渠來某氏，自注：《永某氏之鼠》。為我作尖奴。熏室搜羅盡，精粗簡拔殊。香沾窗下墨，腥帶甕中腴。食肉非無相，揮毫且共娱。生因斯恨汝，莫把篆臨模。

僧敲月下門

深夜沉沉寂，誰行下嶺坳。寺深明月照，門閉老僧敲。剥啄林間寺，嬋娟雲外梢。山童破幽夢，人影並疎茅。殿冷存餘篆，窗明待解包。山虚傳谷應，鷩鵲亦離巢。

笛裏關山月

笛裏愁千緒，更長憶故山。今人吹古曲，漢月照秦關。霜竹和聲切，胡床倨坐閒。一輪秋塞外，萬嶂野雲間。此夜聽渠弄，何時照我還。回思帝城角，花影映朝班。

隔竹敲茶臼原缺，據明抄本補

興入盧仝椀，龍團旋解包。忽聞茶臼原作窗，據明抄本改響，正隔竹窗敲。活水烹新茗，香風度緑梢。聽知童落杵，驚起鵲離巢。香比雲英搗，清無水厄嘲。林深留客處，未羨巳公茅。

門多長者車

窄窄柴門下，多應隱士居。時人皆障面，長者競迂車。羅雀寧辭客，瓜牛舊有廬。高軒詩李賀，都騎賦相如。痛飲宜投轄，何心更曳裾。辛勤有此室，鄙矣羨金魚。

師直爲壯

古有征無戰，堂堂整六師。直哉能用壯，敵者欲何為。道在周如矢，兵行漢有旗。天威雷在上，人喜雨如時。敷德苗歸舜，干盟魯却夷。淮淝知義勝，算入謝安棋。

星陳天行

法駕誰摸寫，形容比太清。星陳元肅肅，天運自行行。閶闔開黄道，璇璣映玉衡。蓋明瞻帝近，旗動認參横。移得魁台下，如聞警蹕鳴。流光知遣使，招我立通明。

叫舜蒼梧雲

叫舜嗟何處，梧江去路長。天高心明抄本作星渺渺，雲遠地蒼蒼。我欲排閶闔，誰能訪帝鄉。淚沾瀟水碧，夢入瘴煙黄。莫喚湘娥問，空憐老杜狂。重華何可就，騷筆更凄凉。

山上有澤咸

彼澤卑而滙，維山峻且巉。上應無見有，氣以感而咸。石隱虚中竅，春蒸潤下鹹。畫前分艮兑，象外識機緘。野露浮江柳，溪雲到嶺杉。箇中皆易理，具眼要非凡。

君王畫陣看

聖世憂邊切，騷騷羽檄忙。凱歌來幕府，畫陣奏君王。宸陛千官慶，軍書一卷長。捲舒從御榻，想像到沙場。此日丹青筆，當時赤白囊。會看麟閣上，圖寫更輝煌。

洗硯魚吞墨

携硯臨流洗，迎人戲小魚。忘機知似我，吞墨喜看渠。案上研磨久，池邊浣濯初。黑翻波裏影，素染腹中書。水與烟俱落，香知餌不如。誰能圖罩罩，點筆滴蟾蜍。

烹茶鶴避煙

隔竹敲茶臼，禪房汲井烹。山僧吹火急，野鶴避煙行。入鼎龍團碎，當窗蚓竅鳴。紫雲飛不斷，白鳥去邊明。雲舍飄猶濕，風巢遠更驚。通靈數椀後，騎汝訪蓬瀛。

敲雲問名氏

避喧誰氏子，遠近不知名。踏雨來相問，敲雲忽自驚。空濛迷處所，剥啄訪平生。不是師嚴鈞，應須學尹耕。深山無户籍，虚谷答人聲。野服徐迎客，論文到月明。何意逃名氏，衹緣避俗紛。有人來隔嶺，問我獨敲雲。剥啄聲雖急，朦朧唤未聞。嚴耕應似子，説築豈非君。瞥去鴉驚起，誰來稚答云。日高纔出户，對客却慇懃。

灘聲起魚眼

酒醒聞敲雲，呼童汲水烹。龍頭琢山骨，魚眼起灘聲。活水催泉急，凝波與石争。鱗無游釜見，目有比珠明。車異羊腸繞，蠅嗤蚓竅鳴。磨刀誰氏子，對此憶鱸羹。

葉帶露痕書

拾得階前葉，提携近玉蜍。自呵冰凍筆，猶帶露痕書。秋興題紅日，霜寒墜緑初。珠凝光細碎，墨淡字稀疏。滴硯研朱易，渲毫汗竹如。更乾虔亦喜，勤掃入僧廬。

不下帶道存

自外元無道，摳衣樂聖門。能因機以悟，不下帶而存。身俯心何愧，腰垂手可捫。步趨如有見，左右自逢原。鞶錫殊三褫，紳書味數言。垂魚何足羡，愈以訓兒孫。

以上《竹溪鬳齋十一藁續集》卷一八《省題詩》

全宋詩卷三一二六

林希逸九

趙庸齋挽詩

金章雖貴豈公榮，一點孤忠百世名。字字清吟如太白，篇篇奏疏似更生。士緣氣類歸宗主，身為朝廷作重輕。當世共傳書幾種，最初曾見易先成。

品題人物妙權衡，在日江湖有重名。為國得賢八君子，登門執贄幾書生。少游輦路心交久，晚見南華口義成。欲序未酬詩卷在，相知可獨是同庚。

信菴趙少保挽詩

勳名已盛端嘉日，身佩安危三十年。自去鴻樞開督府，迄辭鵷閣老平泉。早看養馬封侯將，晚作騎鯨捉月仙。縱道進賢冠最好，不須畫此上凌煙。

長淮當日事尤危，孤壘身當數月圍。楊子江頭如虎卧，平山堂下似羆歸。二難千載為時出，一戰三京與願違。賫恨伯符投鏡去，追懷到老淚沾衣。

百萬頻年戰虎貔，神馳漠北到洮西。空餘八陣江頭石，未見一丸關上泥。守父訓辭黄閣去，負時名與紫巖齊。河山收此英靈氣，下馬千年看墓題。

出語無多動造微，公於學問似生知。客游槐府珍遺帖，世誦樗翁序近詩。握手最先門下士，傷心誰勒墓前碑。匆匆四十年間夢，憶到廬江下榻時。

趙虛齋挽詩

兩朝人物號耆英，九折崎嶇亦飽經。幾度拂衣心似石，重來曳履髮如星。争名可是因文字，轉臂堪嗟失典刑。何處藏山猶有史，悲笳幽咽若為聽。

奥學深功在易通，御題褒句聖恩隆。成書自講前無例，異論難齊久始公。辭有所之端可據，文明抄本作爻無不變論尤工。皐比定集諸仙聽，獨惜丁寬道不通。

恕齋洪尚書挽詩

定是仙從天目來，少曾吟詠到襄淮。才名詞伯班常伯，學問平齋授恕齋。華蓋謾云鄰翰苑，衮衣不許上瑶階。海山縱好歸何處，嘆惜人間事好乖。

秀骨清姿玉雪同，幾多星宿入心胸。風流王謝談諧勝，家數常楊制詔工。坐政事堂無六丈，登文章籙似三洪。年來人物蕭疏甚，玉座東西欠此翁。

伊昔宸京握手初，横經公未到三衢。早班玉笋還先去，晚侍金華却共趨。思老有餘知筆健，病成應是為詩癯。峰摧太華嗟何及，身遠無因奠束芻。

陳節齋挽詩

諸賢名並端平見，一老音存正始遺。改紀重來時領袖，持荷獨立右尊彝。心忘世易身難乞，家著書多人少知。省闥纔辭留史館，可憐便入八哀詩。

國重穆陵蒐鉅典，帝咨宿學進隆名。那知幻境空花散，不待藏山史草成。筆塚長存堪悵恨，書棺何益謾哀榮。西山門第今無幾，落盡殘星淚眼盈。

早歲登門叨賞異，暮年造闕喜追陪。每從省户供詞去，多向都曹誦句來。逐客贈年今尚在，癡兒別飲恰方回。湖邊握手如前日，身隔千山嘆玉埋。

李斛峰尚書挽詩

公擢端平第，祥開日下雲。乾坤鍾直氣，星斗瑞斯文。出處關時運，更嘗厭俗氛。白頭需舊學，何事靳吾君。

論著千年計，崎嶇二紀餘。人多仇直疏，公不羨除書。曳履歸何晚，儀圖事竟虛。早知天許嗇，恨不守茅廬。

中朝更幾局，鳴世獨錚錚。奏疏如山稿，哀笳何處聲。雖孤巖石望，何損斛峰名。應有遺書富，何時見集行。

當年期集所，一榜上三人。晚節惟公在，交情獨我親。楚東分袂久，溪上得書頻。曾共茅簷宿，因行部入閩。

三領閩麾節，名高德度寬。苦尋鹽利病，痛念郡凋殘。擬有回天奏，相期對日看。入朝孤此意，聞者淚闌干。

朔齋中書劉禮侍挽詩

聲名早日到宸幾，自許凌空健翮飛。朔黨家傳真抱負，西州人老幾招麾。長庚窮殺狂如故，韓愈疑為傲則非。歲晚雖為香案吏，白頭終與壯心違。

再造功成始趣還，又從薇省去長安。登車屢作澄清使，持橐還須文字官。子美八哀俄入此，賀公二命只書棺。不知庾亮埋何處，遥想悲笳淚雨潸。

一識端平三十秋，北闕重别見南州。紫薇閣下分房住，黄檗山前並轡游。碧水詩來秋後得，吴門書去病中投。交情不薄相期遠，底料催歸記玉樓。

趙大資無惰先生**挽詩**以下追悼作

先帝云公有相才，經帷曳履久徘徊。先調化瑟更絃去，却贊兵機杖節來。祀典空聞陪五使，宗臣不許位三台。白頭遺老孤忠在，忽漫騎鯨亦惜哉。

當年玉座語尤親，薦士雖多不語人。天下短長才識盡，内中方寸紙來頻。自注：用晏公事。僕窮分作米鹽吏，公許宜為翰墨臣。回首摛文今夢斷，長懷知己淚沾巾。自注：公有奏册，分門薦士。余為豐儲幹官，名入詞翰門。

王太博特魁，宗合**挽詩**

蘭宫凡幾上，直待晚成身。臣對三千字，君恩第一人。談經居未久，岸幘請何頻。風月分能幾，空山骨已塵。

以賦鳴雖早，襟懷實似虚。出彈齊士鋏，歸讀樂軒書。丹桂攀殊苦，黄粱夢不如。在時同手足，入念每沾衣。

盧汀州號野涉**挽詩**

名落江湖歲月多，白頭還止夢三刀。胸藏千載心期遠，識盡諸賢眼力高。慷慨當筵談抵掌，淋漓滿壁醉揮毫。空山埋去泥銷骨，何日人間見此豪。

野涉來南明抄本作南來岸嶮時，我方為掾久追隨。爐熏柳葉同清話，酒嚼梅花幾賦詩。别後京華纔一見，病餘山寺謾相期。自注：壬子余自番歸，公病方安，約至黄檗，不果。為公一慟今踰紀，當日交游在者誰。

百七弟挽詩

我嗟孤日早，汝亦守偏親。愛甚於諸季，年多似一輪。家雖老去足，身苦病來頻。卜穴何時定，傷心歷四春。

黄倅鈞挽詩

蹇驢駸乘驥鹽車，有士如君具眼無。唾手兩科名淡墨，秃頭半刺□紆朱。筆無見夢花何有，玉只空埋草已枯。摇膝向人吟不住，追思如見重嗟吁。

輩行交情似此稀，舊遊追記每攢眉。桐花古郡為僚日，落葉長安謁選時。君去鳴琴曾别飲，我期煨芋更論詩。誰知俯仰成今古，僂指傷心二十朞。

兩舅氏挽詩

吾舅雖潛德，人間兩玉人。眼高俱邁俗，鬢秃共娱親。場屋因緣薄，詩書趣味新。少公談頗勝，伯氏奕尤神。門外相過少，樽中自釀醇。荆花同伴老，竹葉滿懷春。壽秩皆踰七，堂封亦與鄰。贈車傷作夢，華屋悵今顰。甥老頭如雪，山空骨已塵。前年松下酹，語不盡酸辛。

王倉華甫王實齊遂銘，倉之父，為孝友王家挽詩

王為温陵法曹，方蒙子功為理曹，余為節推，三人相與最厚。

姓名早入文章籙，姿性宜生孝友家。視世故輕如棗葉，得時名重只皇華。白楊何處傷心遠，紫帽同游飲

淚嗟。向老伊誰同此意，獨餘一友在東嘉。自注：子功，永嘉人。

九江朱長卿信庵之客，余同朝同舍也**挽詩**

精神滿腹氣英英，早歲宜登要路津。名是平原門下客，字同先漢蜀中人。已趨文石班猶淺，雖擁油幢志未伸。壯士不留强虜原作敵，據明抄本改在，交游相弔淚沾巾。

江番相望兩年餘，度度書來有壯圖。安已彈箏思海道，武空鳴劍説伊吾。公閒未久騎鯨去，我遠先慚倩雁無。宿草不知秋幾度，衰年何計奠生芻。

班行一見便歡然，意氣相求似夙緣。得古鼎彝多鑒定，常時樽俎每招延。郊吟愈和曾成軸，晉帖唐碑不計錢。見説舊藏今散盡，傳家猶幸子能明抄本作孫賢。

陳所齋挽詩

胸涵萬卷筆如虹，四海應無兩所翁。身老肯疑詢有鬼，眼高不許憲交公。祇緣命薄非才薄，信是文窮與學窮。班路重來終一簿，予麾亦不到莆中。自注：在朝以足疾出。

三文堂上墨猶鮮，别幾何時哭此仙。散髮弄舟思往日，撚髭覓句是前年。理明洛學知翁少，表慕瀧岡有子賢。人物如斯埋玉去，病違執紼淚潸然。

劉殿講大卿範**挽詩**

涉世風波惡，收身歲月長。再三持簜節，八十侍華光。邊入籌如蔡，民懷惠有棠。兩朝凡幾奏，書不與人亡。

已分黄冠老，猶為白髪卿。登朝耆壽俊，聖學緝光明。盛德兼和介，高懷了死生。柯山仙窟宅，笙鶴定相迎。

莆守汪宗博挽詩

凝香据案幾何時，事事傳來昔見稀。生果神如包孝肅，死尤貧似尹翁歸。誰知食少為身害，可恨才多與命違。見説滿城人慟哭，交游那得不沾衣。

襟義如公世所難，南來一念十年間。喜時文石為明抄本作如烏石，未到壺山住道山。宿草故人酬願畢，生芻有客弔喪還。清名雖在身何在，抆淚空嗟造物慳。自注：來莆先至三山，謁越烏石尚書墓。

天奪如公亦酷哉，遺民悲慕似嬰孩。輤還夾道號啼送，寢祭諸村接續來。野録何年能入史，祠成他日轉生哀。溪干舊友多彈淚，半月前書手自回。

吴理卿挽詩

風骨相期衆，才名為底窮。策雖高似董，位却劣於洪。没世臣卿少，他年史筆公。賜詩宸訓在，無愧是清忠。

二紀中年廢，清時晚歲收。如斯封馬鬣，謾爾跨鼇頭。雅度人何忤，虚名世浪仇。論交思少日，文會飲榕樓。

白首同收召，追隨僅一冬。公由卿出使，我去掖為農。上節歸曾見，携琴願莫從。傷心湖水外，石獸倚長松。

陳判官介挽詩

師學親聞正始音，半生為母欲投簪。游環璧水成名去，為念珠曹得譽深。賢比郯侯家有傳，達如康節病先吟。寧需郡幙辭臺幙，到死知君鐵石心。

陳府判司令童科挽詩

大科家世衮傳芳，恨不峥嶸翰墨場。空鬱壯圖纔半剌，合司帝籍便横翔。官稱僅似潯陽白，早慧疑如江夏黄。曾向掖垣開薦口，眼看埋璧倍嗟傷。

鄭令人義江陳開國内子挽詩

具眼翁求壻，齊眉老耐貧。年如絳甲子，賢比鮑夫人。守誠居官舍，持經識幻身。親鄰恩意厚，誰不淚沾巾。

陳橘山挽詩

昔侍先師席，西軒筆研同。晚為蓮社客，私號橘山翁。内景經誰授，還丹訣自通。仙班催底急，吟此望方蓬。

數畝園雖小，齋居却有樓。木奴居半許，果子亦多收。閒日長趺坐，晴時間出游。自君之去矣，遥望只增愁。

幾年漫仕貧如故，半世投閒樂遠讒。無八九椽多借宅，得三百户謾題銜。初留蘭省交吟卷，再見芝山送別帆。何月明抄本作日得尋埋玉處，天南凄惻夢松杉。本詩原作《劉殿講大卿挽詩》第三首，據明抄本調整

鄭子誠挽詩

執經師席下，於我是庚兄。袖手塵中老，灰心世上名。杖藜行竟日，杯酒度平生。終始交情在，無人解索銘。

住處雖鄰曲，多慙寂寂居。間能馳手帖，時致以肩輿。我嘆年相若，君衰日漸疏。人間夢先破，周蝶果何如。

劉夫人趙必鏊母挽詩

淑德生全美，深閨禮自防。訓嚴今孟母，誓苦昔共姜。科欲傳三世，兒令學四方。棲鸞吾所愛，千里索銘章。

獨力持家老，真如烈丈夫。齋明供蘊藻，服飾厭金珠。甲子衹餘六，鸞雌嘆久孤。悲笳講山路，寒日澹霜蕪。

莊丞内子挽詩

多門嬪貴族，何事喜摩訶。清比顧家婦，達如凌行婆。再來鄰曲媪，獨見女中娥。明抄本作豪委化雖云樂，潘郎鬢柰何。自注：銘云鄰媪見夢而生。

死自知歸處，生能孝養親。真堪名烈婦，豈不勝癡人。新卜金沙窆，空埋玉雪身。佳銘求篆石，摻筆為酸辛。

鄭仲升挽詩

西軒同舍日，開爽莫如君。健筆疑淹筆，方巾似艾巾。壯年嗟斗粟，老日味羹芹。鄰里交游盡，傷心宿草墳。

林甲父胄挽詩

我有宗傳未付衣，喜渠歲晚共吾伊。云胡丹旐鳴笳去，不見青衿問易時。生靈運前何太速，為文介後重堪悲。犀斜宰木今誰主，飲淚看君乳下兒。

丘司理母同年升内子挽詩

三十年嫠未易禁，信眉緦爾遽涔涔。斷機有訓名花帖，埋璧無慙見藁砧。剪髮為珪供客饌，却蚶令侃職官箴。年兒事狀夫人誌，歲月追思淚滿襟。

李提舉丑父挽詩

榮塗久歷似羊腸，蓬省歸來髮欲黃。麟筆正煩朱邸客，駰絲還要錦窠郎。觀魚濠上歸思切，吟雁峰前遺愛長。金鳳賡酬知樂甚，玉樓誰召去何忙。

早歲聲喧翰墨場，晚尋蘭芷到湖湘。劉郎未得文章力，涪老空懷書傳香。埋璧奈何從石衙，好竽滋甚況琴亡。山房宿處成終訣，悵憶交情四十霜。

陳提舉煒挽詩

三為一疏鳳鳴陽，去國投閒兩鬢霜。早有重名居豸府，晚因同姓誤君王。恰還使事逢新政，已峻卿班入太常。止尼不知何物祟，清時竟失魯靈光。

嶺海清聲玉雪如，門庭尤峻是閒居。吹嘘昔日班揚賦，受用餘年老易書。亭列百間多築圃，舟移數里自穿渠。春來紅紫應岑寂，花外無因見小車。

別無久近不相忘，見面雖疏意味長。向摧梁初馳唁疏，已埋玉後送銘章。我慚臨穴詩黃鳥，兒報移阡識白羊。絮酒何時澆宿草，些成三賦淚沾裳。

趙通判挽詩

世守祇儒術，才優奏最頻。官終半刺史，孝事兩家親。長葛碑仍在，甘棠愛尚新。趙公陂上下，遥想泣遺民。自注：宰惠安，築陂有記。

碎劇更嘗久，躋攀鬢已皤。題輿嗟命嗇，製錦得名多。銘好傳千載，梁摧付一窠。書丹慙鈍筆，回惻甚於蘇。

山長陳剛父初為霅川簿入倉總幕挽詩

名在江湖久，青袍鬢已霜。苕人師鑿齒，蓮幕客君房。甫為思芹去，還遭撼樹傷。清朝公道厄，埋骨竟淒涼。

君本輕場屋，何心第太常。吟姿如島瘦，直性似蕭剛。已恨嬋娟誤，争知禪化忙。功名雖有命，詩在莫俱亡。

林宗院母挽詩

鶴髮賢哉母，冰清又玉溫。早同夫傣隱，晚受子貤恩。箕箒營新窆，銘文託後村。登堂曾及拜，吟望暗傷魂。

丘進道内子挽詩

鸂鶒同看去，閨營不少須。幼癡兒哭母，死孝婦從姑。牛卧圖形好，鸞棲鏡影孤。藁砧銘石語，悽寄挽郎歌。

梁秘閣挽詩

江幕歸來喜脱簪，當門小築似山菴。名於世見林間一，爵以仁尊天下三。早失偏慈心已懶，晚雖漫仕性難堪。非無憂愛閒成僻，雷雨曾傳舊奏函。

白頭姓字紫蓬仙，三徑還公得樂全。八九十翁健如虎，等閒一蜕妙於蟬。何年重見風前樹，此夜愁看月上弦。義合弔盧寒阻我，須携斗酒到岡邊。自注：三月初八日築。

當年握手向番湖，歲晚交情不暫疏。安樂窩中三度宿，往來溪上幾回書。鳳游舊客彫零盡，龍窟新阡悵望初。人物如公應不死，有銘有誄果何如。自注：鳳遊，冶司堂名。

趙侯莆守**母葛氏挽詩**

盛德高年百福全，瑶池元是女中仙。慈民束吏如侯少，為國生材嘆母賢。綵服俄更衰服去，襦歌還與薤歌傳。民懷召父依依切，苦恨夫人不少延。

戴主簿夢鑣**挽詩**

榕樓飲日君豪甚，豈料淒凉雪滿頭。横鶚幾回賓上國，棲鸞一老殯南州。拜經傳業源流在，作賦摩空取次休。詩卷舊人無十九，簫笳何去暮雲愁。

有子能賢知孝甚，新磨銘石以貧遲。為君更作招魂些，此士無慙有道碑。身老夢思埋玉處，客游憶到共燈時。家成好入遺文去，乞與他年作瑞芝。

前住黄檗亮西山挽詩

疇昔西山元有亮，師今名亮號西山。初修白業光時現，晚破玄關髮已斑。緣熟不妨逢檗住，意闌忽漫杖藜還。雁湖未久跏趺去，汝蜕雖高我愴顔。

黄倅内子挽詩

岸幘生同譽，繙經老耐嫠。能賢兒似侃，愛客母如珪。有弟銘崔姊，何人傳鮑妻。霜風吹旐去，笳咽篠塘西。

適軒黄革叟挽詩

翁昔南游日，看君玉雪如。晚憑居士几，死守樂軒書。聖處吟應到，原夫明抄本作大技豈疏。白頭心自適，元不羨高車。

閩譜雖華遠，君於派得黄。銘宜買石待，詩豈入瓢藏。憶昔題吟稿，傷今賦一章。香巒序葬處，遥想暮笳長。

挽潘守

詩書家世事，公獨妙兵籌。異質生三乳，時名放一頭。萬山叢裏邑，五嶺水邊州。謾道登朝去，功多恨未酬。

廣蜀為唇齒，雙江直下舟。人知傳幹腹，公識到源頭。袖入榻前疏，籌深嶺外憂。慇懃參近事，字字比龜猷。

鄉閭扶杖久，早歲譽兵間。誰信白頭叟，能柔赤脚蠻。人言勞不報，公有道能閒。似是英雄骨，埋名向此山。

文武憂才盡，斯人為底窮。威聲傳境外，袖手老閩中。來往二三客，康寧九十翁。及門曾一識，銘筆愧難工。

同年趙左藏時序挽詩

登名三十載，岸幘去壺山。乍入離珠府，不留鳴玉班。同升君弱冠，久别我衰顔。及此吟哀些，傷哉數太慳。

客有南來者，云君病本無。信然身是夢，俄爾我非吾。甫脱登山屐，猶傾對月壺。人生太危脆，變幻止斯須。

疇昔號宗英，嶔崎恨莫平。晚同著用數，早負榜中名。握手雖疏闊，驚心隔死生。白頭慈母在，遥想若為情。

挽後村五首

九十非為壽，天胡奪此翁。兩朝名法從，一世大宗工。集本家家有，囊封字字忠。老龍雖異寵，堪嘆夢俄空。

詞源泉萬斛，筆欲挽天河。詩比歐韓密，文追漢晉多。一生名皎皎，四入髪皤皤。班不登書殿，傷哉可柰何。

古來皆有死，身豈解千年。縱使能仙去，何如以集傳。騎鯨烏石外，下馬釣磯邊。忍使斯文喪，憑誰問老天。

雲鬢登堂老，論文四十年。憶曾同宿處，説到未生前。精妙無雙手，賡酬共幾編。耽禪生笑我，去作海山仙。

筋力衰難强，傷心苦涕零。篋多留尺素，藥僅致空青。傳後吾何述，生前已自銘。帷堂纔一慟，恨莫聽謳鈴。

以上《竹溪鬳齋十一藁續集》卷一九

近聞諸山例闢堂石門老偶煮黄精以詩爲寄次韻以戲之

束縛齋魚晝掩關，長鑱斸雪草泥間。竹爐石鼎甘香膩，分與衰翁却病顏。《永樂大典》卷八五二六引《竹溪集》

止戈堂

不識威名擅漢廷，雲仍今復見材卿。萬家桃李栽培盛，千里妖氛却掃清。羽扇綸巾聊自適，風聲鶴唳已魂驚。向來雪鍔囊藏地，賸築詩壇按酒兵。

一麾局促楚江東，時喜隣藩好信通。坐厭文書朱墨裏，静思談笑聖賢中。浮甌小試茶膏白，照眼分嘗荔子紅。想見高堂散鳧鶩，競追樂事賞年豐。同上書卷七二四二

拏舟

傍晚拏舟入，身如在畫圖。石平疑削玉，湍急見跳珠。仙跡回還是，峰名轉側殊。竹間人指點，俱識有仙儒。影印《詩淵》册二頁一四九九

（文師華整理）

全宋詩卷三一二七

曾宏正

曾宏正，臨江軍新淦（今江西新干）人。三聘子。歷官大理寺丞（《宋蜀文輯存》卷七九《忠節曾公神道碑》），湖南提刑。理宗淳祐三年（一二四三），爲廣南西路轉運使（《粤西金石略》卷一二引曾天驥跋臨桂水月洞曾宏正題刻）。今録詩五首。

題西山《粤西金石略》卷一二注：刻在臨桂隱山。

足倦尚躋攀，南來第一山。撑空列嵓嵂，拂閣聳孱顏。莫作炎山看，渾疑雁岩《桂勝》卷三作蕩間。輸他痴衲子，終老白雲關。

元陳世隆《宋詩拾遺》卷一二

題南溪山《粤西金石略》注：刻在臨桂元巖。

老仙乘白龍，飛入白雲鄉。巖前刻舟痕，遊子常彷徨。清商韻風松，疑有笙鶴翔。我欲往從之，居然塵鞅韁。酒闌下山去，回首空慨慷。

明張鳴鳳《桂勝》卷一

留題浯溪

題此詩於數百載衆傑作之後，可笑不自量。然從前似未有爲肅宗解嘲者，則亦不得以鄙陋辭也。

開元初政儘精明，歲晚色□□牝晨。胡雛養虎自遺患，馬嵬□襪生戰塵。幸哉有子繫民志，宗祏將傾猶未墜。當時監國若□避，大物必歸安與史。較輕量重法受惡，父子至情休責備。南内凄凉葉落時，尚勝

公侯草間市。鏤刻摹寫皆瓌詞，□□以頌而以規。我來解嘲千載後，□起九京共評之。清陸增祥《八瓊室金石補正》卷九二

還珠洞 次孚若韻

僂指重來二十春，繫船猶記舊篙痕。飛鴻踏雪空留迹，隨水浮萍那有根。摸索交游半為鬼，尋思往事黯消魂。天涯老泪空横睫，只欲歸歟事灌園。

題癸水亭

危亭倚巖隈，嘉名叶地讖。時浮桂籍香，永絶戈甲祲。敗柳裊煙絲，枯荷立霜枋。呼僮理吴榜，月夕欲乘輿。以上《北京圖書館藏中國歷代石刻拓本匯編》宋代分册

（吴鷗整理）

婁續祖

婁續祖，嘉興（今屬浙江）人。理宗紹定六年（一二三三）爲永州丞（《金石萃編》卷一三五）。今録詩三首。

朝陽巖

瀟江巖上對朝陽，應有梧桐集鳳凰。日暮碧雲還未合，又看飛鏡滿清光。《永樂大典》卷九七六三

題永州淡巖

巖扃寂寂幾經春，中有神仙隔世塵。不假棟梁為大厦，盡藏今古往來人。清王昶《金石萃編》卷一三五

經浯溪作 紹定五年

□□□□□浯溪，來讀元家頌德碑。遺□□□靈武事，□司徒□□□□。□□□復開元□，□□□□□□□。□□無罪聞宜戒，□□□□□□詩。 清翁元圻道光《湖南通志》卷一一六

（劉雯整理）

應𦸌

應𦸌，字之道，號茸芷（《大德昌國州圖志》卷六），又號翁洲（《純德彙編》卷七上），慶元府昌國（今浙江舟山）人。寧宗嘉定十六年（一二二三）進士。爲臨江軍教授，入爲國子學録，累遷著作郎，以言罷。理宗淳祐二年（一二四二），爲宗正寺丞兼權禮部郎官，出知台州。召兼禮部郎官、崇政殿説書，進翰林學士兼中書舍人。九年（一二四九），拜參知政事。出知平江府，寶祐三年（一二五五）罷，尋卒。《宋史》卷四二〇有傳。今録詩二首。

候濤山

閭尾蒼茫四際同，嵬峨巖石奠城東。雲連波白蒸鰲柱，月帶潮青結蜃宫。夾樹煙籠花氣舞，半爐香映日光融。蒼藤滿砌依嵐翠，應許乘槎貫斗中。 清袁鈞《四明詩萃》卷一五引《蛟川詩鈔》

董孝子墓

渺渺靈緒土，厥奥名黄楊。有漢董徵君，體魄厝其鄉。人以孝而重，地以孝而揚。馬鬣松楸裏，清雍正《慈谿縣志》卷一六作迄今瞻墓下悠悠思且長。 清董華鈞《純德彙編》卷七上

章鑑

章鑑，字君寶（《宋詩紀事》卷六二作君玉），號藝翁，昌化（今浙江臨安西）人。寧宗嘉定十六年（一二二三）進士。歷永嘉簿，通判吉州。召爲國子監直講，出知衢州。再召爲太常丞，遷國子司業，兼修國史、侍讀。理宗端平元年（一二三四），兼掌内外制。官至兵部侍郎兼給事中。卒年七十六。有《友山文集》十卷等，已佚。清乾隆《昌化縣志》卷一三有傳。

金錢花

巧冶都由造化爐，風磨雨洗好形模。花神果有神通力，買斷春光用得無。宋陳景沂《全芳備祖》前集卷二六

（以上李洪波整理）

姚希得

姚希得（？—一二六九），一字逢原，字叔剛，潼川（今四川三台）人。寧宗嘉定十六年（一二二三）進士，授小溪主簿。調嘉定府司理，知蒲江縣，通判太平州、福州，召爲國子監丞。淳祐七年（一二四七）遷秘書丞（《南宋館閣續録》卷七）。歷江西提刑，知静江府、慶元府、建康府。景定五年（一二六四），召爲兵部尚書。度宗即位，遷同知樞密院事兼權參知政事，尋授參知政事，以言罷。咸淳五年卒。有《橘州文集》，已佚。《宋史》卷四二一有傳。

題大蘆寺南山堂

結屋臨流老此身，溪頭顧我更情親。不於南墅多栽橘，只恐東坡解笑人。地窄雖無三徑樂，心和贏得四時春。孤忠耿耿知何補，惟願年豐作幸民。明沈敕《荆溪外紀》

（徐永强整理）

王胄

王胄，字希戴，號是庵，清源（今福建泉州）人（《羅浮山志》）。寧宗嘉定十六年（一二二三）進士，授惠州教授。入爲太學正，出通判惠州。事見《羅浮志》卷六。

羅浮

傳聞此山分蓬島，錦繡青霞叠相向。飛雲通天兩絶奇，更出上界三峰上。凌乘汗漫不可得，倩誰圖畫丹青狀。朝真學道走俗子，紀實留題出宗匠。何當步虚躡太微，森列金庭五雲仗。祇園琳宇出崔嵬，鬱葱佳氣天容開。回頭却立睨人境，渺渺瘴霧驅氛埃。非惟此地相引領，歎我為爾胡為來。他年欲訪經行處，請看姓字鑱巖隈。

清宋廣業《羅浮山志會編》卷一六

（李洪波整理）

謝子强

謝子强，字强學，永嘉（今浙江温州）人。寧宗嘉定十六年（一二二三）進士（明弘治《温州府志》卷一三）。累遷太府丞，出知嘉興府。入爲祕書監兼左諭德，復出知潭州、廣州、紹興府，度宗咸淳三年（一二六七）知慶元府（《寶慶四明志》卷一）。《宋史翼》卷二二、明弘治《温州府志》卷一一有傳。

跋劉敏叔畫楊誠齋先生探梅圖

雪裏梅花共月明，梅邊杖屨一般清。江南此景人寂寞，撫卷悠然幽興生。

宋楊萬里《楊文節公文集》卷首附

（吴鷗整理）

豐芑

豐芑，鄞(今浙江寧波)人。稷五世孫。寧宗嘉定十六年(一二二三)進士。事見《寶慶四明志》卷一〇。

題御史袁公達可像

先生獨得考亭傳，一脈斯文瑞應天。伯仲學成金玉質，父師道維孔顏□。四方翼戴傾冠蓋，五代追崇接後先。天地鍾英應有任，第為濂洛浚淵源。《四明詩萃》卷一五引《汝南袁氏譜》

(李洪波整理)

蔡仲龍

蔡仲龍，字子奇，處州麗水(今屬浙江)人。寧宗嘉定十六年(一二二三)進士。端平二年(一二三五)，除秘書丞，遷著作郎(《南宋館閣續録》卷七)。出知信州(明嘉靖《宣平縣志》卷三)。

謝恩詩

聖朝興運自天開，又直臨軒策草萊。廷對自慚無宿構，臚傳何意冠羣魁。幸瞻北闕承殊寵，忍負南山咏有臺。稽首君恩難報稱，誓殫忠赤贊規恢。清陸心源《宋詩紀事補遺》卷六五引《宣平縣志》

(楊海峥整理)

何萬里

何萬里，臨安(今屬浙江)人。寧宗嘉定十六年(一二二三)進士(清乾隆《浙江通志》卷一二七)。

大滌洞

名山轉閱轉無窮，到此方知造化功。不被翠蛟收拾盡，又收飛玉入胸中。

影印《詩淵》册三頁二一二二

（徐永强整理）

余天錫

余天錫，字純父，自號畏齋（《大德昌國州圖志》卷六），慶元府昌國（今浙江舟山）人。寧宗嘉定十六年（一二二三）進士。理宗寶慶元年（一二二五）超除起居郎（《延祐四明志》卷五）。嘉熙二年（一二三八），同簽書樞密院事，尋拜參知政事。四年，知慶元府兼沿海制置使，五年，致仕（《寶慶四明志》卷一）。《宋史》卷四一九有傳。

陳氏書館 侍郎陳塤子符讀書所

樹陰分影過柴扉，馬足車塵到亦稀。月下抱琴看鶴舞，階前回首望雲飛。蘭邊修譜香薰草，竹裏搜詩翠溼衣。若坐小窗讀周易，定忘春去與春歸。

清董沛《甬上宋元詩略》卷九

（劉雯整理）

吴　嚞

吴嚞，字吉甫，臨海（今屬浙江）人。寧宗嘉定十六年（一二二三）進士（《嘉定赤城志》卷三四）。

搗藥兔長生

真水黄芽長，香風玉杵鳴。不為三窟計，永伴一輪明。

宋王應麟《困學紀聞》卷一八

（徐永强整理）

凌雲

凌雲，吴縣（今屬江蘇）人。寧宗嘉定十六年（一二二三）進士。曾以朝散郎知柳州。事見清乾隆《長洲縣志》卷二〇。

弔林和靖處士

孤山屹屹鎮西湖，山上逋仙舊結廬。地僻真堪供隱逸，鶴馴全不費招呼。旌賢賜粟來天詔，踏雪尋梅入畫圖。留得遺祠表清德，斜陽古木自啼烏。《宋詩拾遺》卷一八

葉杲

葉杲，字謙夫，永嘉（今浙江温州）人。寧宗嘉定十六年（一二二三）進士，爲上高簿（清同治《上高縣志》卷一三）。事見清光緒《永嘉縣志》卷一一。今録詩七首。

東山堂

何處著詩癯，巖邊有隱廬。雲生春《温州府志》卷二一作草樹合，魚響夜潭虚。住久無他姓，山空應《温州府志》作隱讀書。平分謝池月，吾亦百年居。清曾唯《東甌詩存》卷七

閒　題六首

縣花初種已成林，三尺兒童父母心。堂上春風生意足，絃歌一曲盡清音。

尋常巷陌燕徘徊，帶得春風去不回。滄海連天雲浪闊，寄將消息上蓬萊。

燕泥猶認舊柴扉，簾影玲瓏度落暉。細數歸期春早晚，一天風絮滿池飛。

小園日日管絃聲，花落花開若有情。春色何時到儂屋，愁風愁雨過清明。

桃李春風又一場，蹴毬牆外落花香。勸君莫道歸期近，惟有臨歸日最長。

鞦韆牆外入斜暉，過盡殘花客不知。春色三分桃李去，一分猶在緑楊枝。清馮蘭森同治《上高縣志》卷一三

（以上崔統華、朱寶模整理）

陳瑄

陳瑄，字宏父，閩縣（今福建福州）人。寧宗嘉定十六年（一二二三）進士（《淳熙三山志》卷三二）。

句

似嫌秦閣小，欲際楚天浮。風幔不依樓　宋俞文豹《吹劍録全編》

（徐永强整理）

家擯

家擯，字本仲，眉山（今屬四川）人。寧宗嘉定十六年（一二二三）進士。理宗端平元年（一二三四）召試館職，除祕書省正字。二年，除校書郎兼景獻府教授（《鶴林集》卷七），改秘書郎。三年，除著作佐郎，出知紹興府。事見《南宋館閣續録》卷八、九。

句

大節群公倡。哭黄少府　宋紹嵩《亞愚江浙紀行集句詩》卷三

（孟憲忠整理）

鄭起潛

鄭起潛，字子升，號立菴，平江（今江蘇蘇州）人。寧宗嘉定十六年（一二二三）進士。理宗嘉熙三年（一二三九），除秘書郎，累遷著作郎。事見《南宋館閣續録》卷八。今録詩四首。

和蕙巖登塔韻

秋向空高分外澄，排雲携手共梯登。舉頭便是蟾宫路，休問青霄有幾層。

巍倚浮圖幾曲欄，遠山屏翠擁林端。鵬程便好乘風上，不管瓊樓高處寒。

題淵明採菊圖

閑却經綸手，東籬把菊枝。先生花外意，難畫亦難詩。

題蜀道難圖

蜀道難從古，于今分外難。江山風景在，忍把畫圖看。以上宋劉瑄《詩苑衆芳》

（徐永强整理）

全宋詩卷三一二八

趙崇垓

趙崇垓，字德暢，家南海（今廣東廣州）。宋宗室。寧宗嘉定十六年（一二二三）進士。端平二年（一二三五）權通判端州。事見《大德南海志》卷九。

遊七星巖和曾景亮同年 端平乙未

地本平陰竅本空，巖名以斗古傳風。世人適意為行樂，造物何心著巧功。弱水蓬萊仙境界，石橋方廣佛神通。達觀不作塵寰看，笑挹天漿樂在中。清阮元道光《廣東通志》卷二一三。

（徐永强整理）

曾純

曾純，字景亮，清源（今屬山西）人。寧宗嘉定十六年（一二二三）進士。理宗端平二年（一二三五）與趙崇垓同遊七星巖。事見清道光《廣東通志》卷二一三。

遊七星巖

斗宿垂精插碧空，嵌巖太古石屏風。自然一道玲瓏穴，誰見五丁開鑿功。竇裏乳泉時點滴，門前瀝水暗流通。吾儕洞目崧臺景，謝屐何曾到此中。道光《廣東通志》卷二一三

（朱寶模整理）

趙崇淵

趙崇淵，永嘉（今浙江温州）人。宋宗室。寧宗嘉定十六年（一二二三）進士（清光緒《永嘉縣志》卷一一）。

過楊子橋

一抹輕烟隔小橋，新篁褪籜兩三梢。惜春不覺歸來晚，花壓重門帶月敲。清曾唯《東甌詩存》卷八

牟子才

牟子才，字存叟，號存齋，井研（今屬四川）人。寧宗嘉定十六年（一二二三）進士，調洪雅尉，監成都府榷茶司賣引所。理宗寶祐元年（一二五三），以軍器少監兼國史院編修官、實録院檢討官、崇政殿説書（《南宋館閣續録》卷七、八），累遷禮部尚書兼給事中。度宗即位，進端明殿學士。以資政殿學士致仕。有《存齋集》，已佚。《宋史》卷四一一、明嘉靖《洪雅縣志》卷二有傳。今録詩十首。

南園

買家喜傍水精宫，正是南園故址中。我欲築堂名六老，追還慶曆太平風。宋周密《齊東野語》卷一五

宴江檢詳

神螺卷雨入田疇，留得公堂一片秋。天上已催郎署去，人間難挽使華留。莫嫌仲舉題輿晚，猶及東坡秉燭遊。易在虎皮公在坐，試開寶篋為人謀。

同張倅宴吴吉州

新陽葭琯已浮灰，昨夜珠從合浦回。曉日鸞旂新竹契，春風龍炙古蘭陔。青原別駕剩丹酒，碧落仙人醉玉梅。來歲五更三點入，直迎紅藥看蒼苔。

宋《翰苑新書》別集卷八

淳祐七年丁未十一月朔蔡九軒自江東提刑歸抵家時三館諸公以風霜隨氣節河漢下文章分韻賦詩送別得河字

群玉之峰千丈高，太微左宇凌星河。承明著作記仙室，汗青芸香老研磨。瀛洲學士水蒼佩，清響戛擊諧雲和。我朝仁祖重兹選，涵養澤媲周菁莪。一時搜羅盡才傑，論事往往無譏訶。四賢景祐國之鎮，肯為公議輕倒戈。當年棖觸鼎鼐意，愿與希文同譴播。慶曆一客傷衆客，醉飽過耳寧有他。文符搜索網打盡，謡詠可但仇傲歌。古來館閣有如此，勁氣金石相盪摩。能令皇圖聳天際，勢與泰華並嵯峨。南箕貝錦半天下，翻作采葛傷讒多。視若弁髦如土梗，甚者足蹋鯨海波。吁嗟此意久不作，遺響近續應非訛。西山有孫賸文采，二十八宿心包羅。芳菲彌章楚騷蕙，碩大且儼陳陂荷。峨冠蓬島兩冰暑，凌遡迤邐風玉珂。俯而就之豈不可，議論乃欲降妖魔。紀綱一疏有奇氣，幾微半語驅沉疴。手披逆鱗觸震電，心翼漢鼎扶羲娥。悠然群瞶發深省，誦之穆若清風過。鳳凰肯啄我傷粟，騏驥豈飫天山禾。殿頭拜疏勇莫遏，指點歸問煙江蓑。要津未若急流退，苞栩孰與考槃過。使乎六轡詠柔耳，清節人士歌五紽。之齊出晝有時義，去就大抵師丘軻。蹇予羈旅生也後，頡頏蜚佩應殊科。前時連章乞身去，夜夢栩栩思珉璠。天高不聞心轉切，為人豈忍甘婆娑。斧姦心事憂國念，大略相似柯伐柯。君今詢度我如執，啜其泣矣心謂何。君不見熙寧元祐國是易，未嘗俯仰惟東坡。又不見紹聖更張罹禍慘，百折不挫稱涪皤。世間富貴何足道，倏忽殆類赴燭蛾。妍者嫵媚姿夭冶，輕儇佻巧甘婀阿。甜淡祇腥八九息，酣寢喧鳴奏鼓鼉。

諫君超然獨醒蘇，回首萬望蓬一窠。倘陪高風駕黄鵠，歸傲泉石問壁梭。俯傭魚鈎晚獲得，遠寄或可酬清哦。疎桐缺月漏初斷，鴻影縹緲還見麽。他年邂逅談舊事，撫掌一笑重呵呵。　明蔡有鵾《蔡氏九儒書》卷八《久軒集》附録

春雨懷述

懶把閑情去問花，花如含淚向天涯。二分春色已拋過，幾處芳枝蹇未芽。羯鼓無功緣底事，鶯梢已恨落誰家。門前楊柳黄猶淡，為問何時可暮鴉。

把酒臨風酹太和，春光九十已無多。四陽壯矣陰如此，萬卉淒其愁奈何。不怕生成銷鑠盡，祇緣花信等閑過。欲將詩句勾晴色，南墅騷人製芰荷。

慶丁大監

兩朝表異詔言温，忠厚根基百世培。嶽麓湖湘多秀氣，玉杯繁露是奇才。詞章近接秦而上，學術羞肩漢以來。事業元從儒者出，經綸之地自恢恢。

三瑞堂前香燕凝，詩書一脈浸人心。韜峰不露全牛解，振鬣長嘶萬馬瘖。諸縣屢豐公事少，朞年未及去思深。減租除粟興三學，人口如碑詠到今。

碧露猶餘不盡翰，文章少露豹林斑。身行襄蜀江淮外，名在龔黄召杜間。使傳暫勞濡轡沃，帥幢已聳碧油閑。笑談盡護風寒了，歸踏春風輦路班。

侯門六射喜從逢，今歲豐和夐不同。漕輓甫資蕭相策，閟宫恰壽魯僖功。鶴歸動是三千歲，松夢終當十八公。願舉家風祝公壽，夜來已壓小槽紅。　以上清陸心源《宋詩紀事補遺》卷六五引《截江網》

蔣重珍

蔣重珍，初名奎，字良貴，號實齋，又號一梅老人，無錫（今屬江蘇）人。寧宗嘉定十六年（一二二三）進士，簽判建康軍。理宗紹定二年（一二二九），遷秘書省正字，秘書郎兼崇政殿説書。端平間，累遷著作郎兼起居舍人，權禮部侍郎，三辭不許，復自劾，以刑部侍郎致仕。事見《宋元學案》卷八〇，《宋史》卷四一一有傳。今録詩六首。

雷雨夜賦絶句

電飛窗上明如月，雨溜簷前響過泉。蟄動有生皆發蟄，是龍那得不升天。　宋陳郁《藏一話腴》内編卷上

題慧山

龍山慧山兩山雲，出能為雨入為晴。雲山之氣有斂散，斂散之理斯為神。我廬山下為小隱，雲為動兮山為静。悠然而出物之澤，屹然而峙地之鎮。我見雲山善與俱，雲山無情不見余。我比雲山多此見，不如一似雲山無。　宋史能之《咸淳毗陵志》卷二三

題惠山

妄慮散毛髮，真源生齒牙。我聞甘露飯，即是惠山茶。欲駐歲月晚，重遊道路遐。更須煩稚子，再煮鼎中花。　元佚名《無錫縣志》卷四上

樂溪居萬卷樓三首

小艇溪邊月，來尋萬卷樓。遂初讀書處，自注：此指尤延之也。鶴去白雲留。

剩有溪山樹，書樓迹已陳。故人不可見，繞樹一悲吟。

萬壑注清流，孤煙起暮愁。龍山半溪落，鴈影過書樓。元陳世隆《宋詩拾遺》卷二一

存目

詩題	首句	出處	附注
題蕭岳英常州朱氏畫草蟲卷	常州草蟲天下奇筆端生意已如生	《宋詩紀事》卷六二引《咸淳毗陵志》	《咸淳毗陵志》卷二三作楊萬里詩，見《誠齋集》卷四

戴翼

戴翼，閩縣（今福建福州）人。寧宗嘉定十六年（一二二三）進士。官攝南康軍，遷知邕州。事見清同治《福建通志》卷一四九。今録詩四首。

茶

騷客辭眠腸正苦，睡魔退聽骨先寒。未堪入餅供龍焙，且遣一旗登虎壇。宋陳景沂《全芳備祖》後集卷二八

棋　二首

休將斤斧向般揮，殺處誰知有活機。我且雙闗聊自固，君無一眼漫相圍。只能暗裏龜頭縮，怎識伊邊虎口危。莫向人前誇己會，降旗幾度送君歸。

部曲縱横聽指揮，元來棋算即兵機。雙闗似鐵吴堅壁，一著還魂漢解圍。中壘占形包兩陝，邊隅拓土卷

三危。一枰未罷兵書至，戰退苻秦奏凱歸。宋劉克莊《後村千家詩》卷一七

贈星術黄太史

俗流談命，不問晝夜，皆以日在某者為命，而月之所在為身者，謾不及究。獨儒術黄生得之，試以休咎，無少差者，奇哉茲術。因賦詩贈之。

粤從太極生兩儀，大明生東月生西。煌煌兩日照今古，一晝一夜分主之。人具陰陽中造化，亦係日月之所舍。在日為命月為身，所主各隨其晝夜。此數定不差毫毛，惜哉庸術其傳訛。談命以日不及月，日本昱晝如夜何。甘石不作今已矣，星學之精其能幾。掌中日月分旦昏，獨有黄生精算爾。黄生算到毫杪處，吉凶定如鼓應桴。奇哉此術真神祕，世人不知反為異。俗流何可輕與談，吾有潁濱月軒記。《宋詩紀事補遺》卷六五引《截江綱》

黄洪

黄洪，建安（今福建建甌）人。寧宗嘉定十六年（一二二三）進士（明嘉靖《建寧府志》卷一五）。今録詩二首。

寧皇御舟

龍舟大半没西湖，此是先皇節儉圖。三十六年安静裏，櫂歌一曲在康衢。宋葉紹翁《四朝聞見録》卷三

淳祐七年丁未十一月朔蔡久軒自江東提刑歸抵家時三館諸公以風霜隨氣節河漢下文章分韻賦詩得霜字

戀闕心逾赤，乘軺鬢未霜。祇家將六學，綜國劄三章。眷近花明路，風馳錦過鄉。臨分不成飲，相對獨凄涼。《蔡氏九儒書》卷八《久軒集》附録

林宋偉

林宋偉，字力叟，自稱橘園居士，永福（今福建永泰）人。寧宗嘉定十六年（一二二三）進士（《淳熙三山志》卷三二）。累佐浙幕，禦金人有功，擢荆湖北路轉運判官。遷吉州通判，提點廣南東路刑獄。事見清同治《福建通志》卷一七三。今録詩六首。

題忠毅姚公廟

赤心許國自平時，見敵捐軀更不疑。權忌皋庸原注：王權、戴皋。皆遁走，同時死難只青獅。自注：青獅乃姚馬名，每親飼之，若通其語言。時取斗酒投大盆中，與馬同飲，曰：「吾與汝同力報國。」竟與馬同死。

農父犂田出寶刀，銅花浸血冷侵毛。神鋒懔懔衝星斗，未讓豐城劍氣高。自注：耕者得姚所用大刀，重六十斤。

歲歲蒸嘗九月期，西風笳鼓萬人悲。山邊走馬神旗閃，父老齊呼太尉來。自注：軍民每當重九侯生日，集祠下祭酹，往往見飛騎來遶山，謂太尉來降。

兩日經行舊戰場，却來祠下謁堂堂。偷生諸將今何在，萬古英靈獨耿光。宋韋居安《梅磵詩話》卷中

勸農即事和厲寺正韻

春將新緑滿郊原，喜逐雙旌曉出闗。初度麥畦行詰曲，却穿竹徑俯潺湲。陰陰霽色催歸騎，獵獵溪風醒醉顔。父老懽呼隨幼稚，隔途争看使車還。

我不歸耕却勸耕，下車且伴老農行。萊苗已過花纔盛，桑葉方開葚早生。此去耕牛無暇日，新年啼鳥總懽聲。定符賢守豐年願，甘返田園老太平。《宋詩紀事補遺》卷六五引《截江網》

句

韓非老子俱同傳，乞與時人子細看。送袁燮　清同治《福建通志》卷一七三

《福建通志》：在太學時，袁公燮無罪而與羣小同被孽言去國，士論不平，宋偉送袁詩云云。

胡鏜

胡鏜，字伯遠，江陰（今屬江蘇）人。寧宗嘉定十六年（一二二三）進士。理宗淳祐九年（一二四九），除秘書省正字，累遷著作佐郎。十二年，出知寶慶府。事見《南宋館閣續録》卷八、九，清康熙《常州府志》卷二二。

句

貧居三不往，薄宦兩無求。清于琨康熙《常州府志》卷二二

陳琰

陳琰，《東陽縣志》作炎，原名夢雷，字中叔，東陽（今屬浙江）人。寧宗嘉定十六年（一二二三）武舉進士。理宗端平間除閤門舍人。後出知辰州，卒於官。事見《金華賢達傳》卷六。今録詩三首。

登法華臺

南楚歸舟牽客思，西風脱葉轉秋寒。年華漸晚邊城遠，凝望中天更倚欄。宋王象之《輿地紀勝》卷五九《荆湖南路·寶慶府》

詩意

慘淡輕縈似畫圖，神遊物外有還無。灞橋雪裏清應苦，飯顆山頭人亦癯。敏掣鯨魚當碧幽，隨象網索玄珠出。□塵解悟天機妙，一字何勞撚斷鬚。

詩思

本與名言絶，乾坤鍾氣清。静中取拾得，鬧裏琢磨成。美刺明時化，幽微索至精。不曾親悟入，似隔萬重城。以上影印《詩淵》册六頁四二六二

（以上徐永强整理）

劉宗

劉宗，東莞（今屬廣東）人。理宗淳祐三年（一二四三）特奏名，充封州司法參軍。宋亡，隱員山。事見清道光《封川縣志》卷四、民國《東莞縣志》卷五四。今録詩二首。

柵口致喜亭詠懷

經年多病少逢迎，投老歸來稱野情。閉户且教防俗客，擁書終自笑浮生。怪人鴻雁呼羣起，浴水鵁鶄傍母輕。幾點疎螢獨來往，鬢絲禪榻落花聲。

天末凉風吹白雲，漸看長晝少炎氛。滿庭慈竹秋陰合，夾岸枯荷夜雨聞。漂泊鄉關新避寇，荒唐客夢舊從軍。起來極目西山望，故里松楸悵夕曛。陳伯陶《宋東莞遺民録》卷下

高子鳳

高子鳳，字儀甫，别號澹庵，華亭（今上海松江）人。嘗注杜詩，林希逸爲作序。有文集，已佚。事見《松風餘韻》卷二。今録詩七首。

白蓮花 《宋詩拾遺》卷一二作和慧日師白蓮花詩韻

地産枝蓮異，蓮宫自此興。殊祥天不靳，奇艷雪堪陵。魄化疑吴女，碑傳有蜀僧。何當尋勝概，吟斷佛前燈。宋楊潛《紹熙雲間志》卷中

松澤西亭 船子和尚維舟詠歌處，原為西亭蘭若

松澤亭前山色幽，洙涇渡口荻花秋。離鈎三寸無人會，一棹東西獨未休。

野水閒雲無定踪，一生空棹月明中。錦鱗纔得翻船去，堪笑家風徹底窮。

西亭無處認遺基，煙月空餘舊唱辭。欲問辭中端的意，渚花堤柳可能知。

劈口兩橈無剩法，點頭三下不容聲。謝師付授從今了，一段風流畫不成。

隔水遥山數朶青，送人依舊泊閒亭。此舟未信無重過，門枕蘋汀夜不扃。

題楊補之墨梅卷

籬根玉瘦兩三枝，為繞吟香夜不歸。安得密林千畝月，仰眠吹笛看花飛。以上清姚弘緒《松風餘韻》卷二

（朱寶模整理）

古田里人

古田里人，姓名不詳。李侗玄孫仲通，寓古田石平村，卒後里人曾作挽詩。事見民國《古田縣

志》卷二九《李仲通傳》。

挽李仲通

久矣厭塵世，逃名雲水間。五湖正覓地，一曲歌滄浪。風雨晚來急，笠簑時下忙。釣龍手中竹，分付與兒郎。黄澄淵民國《古田縣志》卷二九

（孟憲忠整理）

沈安義

沈安義，理宗端平元年（一二三四）知宜州。事見《平齋文集》卷二一《沈安義辟差知宜州制》。

龍脊灘

龍脊灘頭春已歸，舊章重舉到江湄。玉簫金縷民風樂，麥隴桑疇農事熙。猶記去年來把酒，又還今日再題詩。桃花三月歸帆過，此地紅濤漸渺瀰。明王景原嘉靖《雲陽縣志》卷上

（朱寶模整理）

李丑父

李丑父（一一九四—一二六七），初名鋼，字汝礪，更字艮翁，號亭山，莆田（今屬福建）人。理宗端平二年（一二三五）進士。三年，調邵武軍司户，歷通判福州、建寧府。除太學博士兼沂王府教授。開慶元年（一二五九），爲太府寺丞。累遷著作郎，權禮部郎官。景定五年（一二六四），出爲湖南提舉。咸淳三年卒，年七十四。有《亭山集》，已佚。事見《後村先生大全集》卷一六四《李艮翁禮部墓誌銘》、明嘉靖《邵武府志》卷四。

城山國清塘

平田一水自縈迴，喜見茲塘亦壯哉。夏潦久收猶浩渺，壺山近看更崔巍。刺船葑蓼中邊去，喚月烟嵐外面來。見説艾軒詩句好，不逢墨迹重徘徊。　明周瑛弘治《興化府志》卷三二

句

諸生幸不笑韓愈，官長何因駡鄭虔。　宋王應麟《困學紀聞》卷一八

《困學紀聞》：鄭得言偘為國子博士，私試策問師道，祭酒不悦，臺評及之，李艮翁為詩云云。

彭耜

彭耜，字季益，號南嶽先生，又號鶴林，長樂（今屬福建）人。道士，拜大都功。與葛長庚同時（《全宋詞》小傳）。今録詩十五首。

妃嬪

涼殿初生露滿天，木犀花發月初圓。君王少御珊瑚枕，多就宫人玉臂眠。　宋《錦繡萬花谷》後集卷八

知州

鎮静一如無，頒條甫月餘。來惟盡傳客，去不識兵符。健判風生筆，精祈雨洒車。丈夫何必假，行矣兩輪朱。

雖擁朱轓貴，清癯兩鬢霜。判花人競誦，待草士深藏。農飽因蠲賦，州貧為救荒。公歸無愧面，應可見嚴光。

瀟洒使君風度峻，神仙謫墮在人間。只今坐嘯凝香處，帝賜羅浮作鎮還。

郡人不識疾呼聲，甘雨和風遍一城。歲久偏多遺愛事，天高未察借留情。舟行精舍漁歌晚，家近華亭鶴唳清。

倦入承明聽履聲，朱轓今復壓專城。盪胸碧華供吟興，照眼清泚洗宦情。鱸鱠何慙高士潔，琴龜不減昔賢清。未應更葺東山墅，出處方關世重輕。

聞道泉人截鐙留，翰林從此去吾州。村中父老相持泣，但祝今侯似故侯。

淮漢紛紛戰血腥，蜀山鬼哭不堪聽。如何一線江西路，獨見奎星與福星。

幕職

一昨聞公幕府開，夢魂頻遶嶺頭梅。久抛韡袴辭軍去，忽有弓旌扣户來。茅舍相過争借問，荷衣欲出却徘徊。舊時檄草今焚棄，辜負黄金百尺臺。　以上同上書卷一二

知縣

兹邑猶淳古，君行作長官。假令三尺密，終有一分寬。栗里歸差易，桐鄉愛極難。千峰青遶郭，暇日想憑欄。　同上書卷一三

將帥

昨釋兵符歸故里，耳聽兵事幾番新。偶逢麾下來猶識，欲説遼陽記不真。兒覓寶刀堅愛惜，奴吹蘆管怨悲辛。夜來忽作關山夢，萬一君王起舊人。　同上書卷一四

第宅

宅成天下借圖看，始笑平生眼力慳。地占百灣多是水，樓無一面不當山。荷深似入苕溪路，石怪疑行鴈蕩間。只恐中原方鼎沸，天心未遣主人閒。

一生不蓄買田錢，華屋何心亦偶然。客至多逢僧在坐，釣歸惟許鶴隨船。同上書卷二三

樓

人世應無第二樓，暮雲飛不到簾鈎。未開寶鏡青冥裏，先賞冰輪碧海頭。同上書卷二四

冲虚觀

天風吹衣霞颷颷，叱馭從南來羅浮。何謂玉笥搗藥鳥，亦於石樓喧夜愁。仙翁定知野人到，道觀聊為朝真留。一粒刀圭吾不與，大椿那有八千秋。清宋廣業《羅浮山志會編》卷一六

句

判事有花皆可録，諫書無草豈求名。諫官　《錦繡萬花谷》後集卷一〇

家為買琴添舊債，厨因養鶴減晨炊。室　同上書卷二三

（以上徐永强整理）

包真人

包真人，居進賢麻姑觀。與葛長庚同時（《江西詩徵》卷九四）

句

待吾了却人間事，然後相從面紫羅。貽白玉蟾　清曾燠《江西詩徵》卷九四

全宋詩卷三一二九

嚴粲

嚴粲，字坦叔，一字明卿，學者稱華谷先生，邵武（今屬福建）人。羽族弟。登進士第。曾爲饒州掾（《自樂平閱視渡舟取道太陽渡宿地藏院》、《被檄樂平至鳴溪渡……》），知清湘縣。理宗紹定間爲徽州掾，與袁甫同寮三年（《蒙齋集》卷一一《贈嚴坦叔序》）。淳祐間寓臨安。精《毛詩》，著《詩緝》三十六卷。詩文集已佚，僅《兩宋名賢小集》存《華谷集》一卷。事見《詩緝》卷首林希逸序及自序，明嘉靖《邵武府志》卷一四、《閩中理學淵源考》卷八有傳。

嚴粲詩，以顧氏讀畫齋《南宋群賢小集》附《中興群公吟稿》戊集卷七爲底本。校以《四庫全書·兩宋名賢小集》本（簡稱名賢集）。

玉溪雪夜

雪霽天夜白，月上江空明。飲散客就船，萬籟沈三更。誰家竹籬岸，摸索疎枝橫。不著色與香，令我毛骨清。醉魂乘沆瀣，看舞婆羅城。

獨往

一徑歷紆餘，獨往未到處。豈曰巖泉幽，心閒即真趣。蕭蕭松有聲，依依花自開。樵翁向我笑，問我何從來。

昭君怨

欲洗鉛華浄，那須畫手工。玉顔翻自誤，不似舊圖中。

送黃炳

未盡連牀話，匆匆又語離。襟期無限事，書寄若為辭。昔别已十載，重逢還幾時。孤舟明夜月，何處照相思。

望彭蠡

萬壑氣交會，今知楚澤雄。水明纔辨樹，霧合忽迷空。遠浦沈初月，孤舟亂去鴻。闌干已愁思，漁唱入蘋風。

春　晚

向來得意在煙霞，失脚黄塵負歲華。過却海棠渾不省，夢中猶自咏梅花。

秋　入

秋入蘋風白浪生，癡雲未放楚天晴。青山湖水知何處，中有斜陽一段明。

陽關圖

人人腸斷渭城歌，誰獨持竿面碧波。可是無情如木石，衹應此地别離多。

月夜與張輯論詩

凉露初長夜，纖雲浄盡時。幾人還對月，與客共論詩。苦思常難穩，閒題或更奇。不應誇末俗，準擬古人知。

自樂平閱視渡舟取道太陽渡宿地藏院

康山問民涉，陽渡平地訟。竭來招提宿，疏峰結飛棟。研丹啟囊書，點勘自成諷。佛香觸深悟，僧茗來清供。陽頹嵐氣生，鴻没天宇空。向來山中樂，忽忽豈其夢。

盤谷圖

聲利争馳毫末間，幾人能得健時閒。不須展畫相撩弄，昨夜秋風憶故山。

見梅

絶憐生意上寒枝，幾度巡簷錯恨遲。數點疎花人未見，窗間早被月明知。

春歸

抵死連宵雨不休，今朝晴景莫登樓。杜鵑啼得春歸了，風裏楊花點點愁。

薦福寺即戴叔倫故宅，今號戴公堤

石徑秋痕苔蘚深，誰將清氣潤脩林。戴公堤上古時月，幾度凉宵照苦吟。

招提遊

幽尋愜所適，蘭若白石静。天籟鳴松壑，古意滿苔徑。清泉醒客心，啼鳥唤僧定。留連不能去，翫月歸路永。

煩抱忽如遺，僧境得清勝。花發巖洞幽，雲生窗户冷。來驂樹陰直，歸棹川光暝。遺思山蒼蒼，半空聞夕磬。

拾橡亭爲黄炳賦

世上危機富貴身，由來著意鬼神嗔。到頭鐘鼎誰消得，正要山中拾橡人。

林和靖祠

白雲人已矣，古屋自蒼苔。林下誤疑鶴，水邊空見梅。市人携酒至，歌女棹船回。檢點幽棲處，湖光似向來。

元上人見訪

昔子青青佩，重逢怪衲衣。樊籠留不住，雲水静相依。習氣餘詩句，枯禪墮佛機。東湖自塵外，還帶夕陽歸。

憶張輯

畏景如焚客路塵，寂寥山店獨吟身。多情唯有别時月，低傍茅簷巧趁人。

宿石潭寺寄黄炳

昨夜湖心共泊船，一天星露宿寒煙。朝來極目無洲渚，知采蘋花何處邊。

畫梅蘭竹石

正憶吟窗占竹坡，風煙觸眼奈愁何。梅蘭只作從前瘦，石上蒼苔别後多。

春　恨

馬上東風吹酒醒，空將春恨到江亭。飛香寂寞無尋處，煙映晚山深淺青。

廬陵黄炳築亭所居侯山扁以赤松子自號赤松亭長之官鄂渚爲賦詩

仙人遺世不曾愁，但欲相期汗漫遊。亭長祇今閒未得，南樓孤嘯望神州。

霧中早行

行人模糊畫中影，高樹夭矯空際雲。樓臺幾處半隱見，三島夢斷猶紛紜。

秋　思

風落葉間殘點雨，月窺窗下不眠人。秋清一片無誰領，併作詩愁入鬢新。

松　雪

陰崖未知晴，松雪自在白。可恨晚風顛，飛寒亂苔石。

次韻宴坐畫圖

京塵倦來歸，故山喜還壁。淡交松桂在，昔别猿鶴憶。晚知閒味深，甘為幽討惑。尚念身在山，佳處恐未識。看山須全境，一覽盡目力。伊誰有巨軸，亭亭挂空碧。吾聞古靈匠，能事略翰墨。盤礴溟涬初，太素含黼飾。妙手斡玄微，鍊此石五色。天機一呈露，真宰惜不得。寫出萬古愁，蒼茫思何極。煙村帶遠市，雲樹出峭壁。有人閒倚欄，飛鳥亦自適。俗間重小景，局促無奇特。五日十日畫，大類宋楮刻。誰會悠然心，醉來眠對客。

酴　醿

東風暖迸龍蛇起，麗日晴烘玉雪香。可惜開時春向晚，不教桃李見清芳。

客　裏

客裏何知度歲華，春風香却一番花。山行轉處聞雞犬，楊柳陰陰賣酒家。

紀　夢

煙島空濛一鶴飛，天風滿袖自吟詩。覺來猶似非人世，花影欄干月上時。

送張輯游宣城

君撫淵明底樣琴，肯於絃上要知音。相逢塵事不挂口，別去清愁總上心。聽雨夜牀孤舊約，看雲秋壑想幽尋。他年跨鶴相過否，應笑浮名雪滿簪。

道中見茶花

朝來露溼欲寒天，誰賞幽芳古道邊。風味十分留貢焙，浮花正自不須妍。

巧夕添丁

書來知有喜，客夢應維熊。久作庭闈別，遥知笑語同。充閭非我願，釣瀨是家風。莫學天孫巧，朱愚肖乃翁。

琵琶洲

琵琶古怨猶凄清，何年一抹横煙汀。人言隨波高下如浮萍，神鼇背負能亭亭。不知水仙宫殿碧皎潔，玉絃遥映雲錦屏。胡沙萬里音塵絶，獨與鷗鵁愁青冥。天際歸舟認髣髴，江頭寒月傷伶仃。悄然夜久天籟起，往往恍惚游百靈。秋風嫋嫋兮水泠泠，俗耳箏笛兮誰能聽。我眼如耳耳如鼻，妙處不言心獨醒。釣天住奏三千齡，石鍾水樂遺林坰，豈有寶器終飄零。一朝詄蕩開天扃，帝命下取呵六丁。陶梭共起變化隨雷霆，古餘山色空青青。

池陽道中

脱葉舞風過别岸，溼雲含雨上晴天。倏途喜借晚凉得，幽鳥一聲生翠煙。

挽陳邵武

前輩聞如此，今人見未多。難將通介論，不在語言科。胄監開華近，樵川借撫摩。鄉評最期望，一夢只南柯。

夜投荒店戲成

喚起吹松火，開門問帶嗔。隨行曾有米，同伴幾何人。亂稈鋪添薦，殘籬拾作薪。夜寒難得酒，煩扣隔山鄰。

被檄樂平至鳴溪渡有山與南豐軍山同名者予昔從嶺庵謝先生夢得游先生于湖畏友也豪於詩悦軍山之峭拔暢其吟懷自昭武徙家于市山築室曰西窗以朝夕對焉嘗命余記之余時從西窗樽酒論文爲樂如是者十載今先生已矣感而賦詩

江西絶頂插晴空，此地山名偶自同。喚起西窗十年夢，一樽何處酹詩翁。

重到地藏院

泥濘行良苦，青山且眼前。題詩如昨日，倒指已三年。僧榻寒宵雨，漁村落照煙。薄游聊復爾，終擬老林泉。

寄張輯

不見吾張輯，新詩何處吟。身留江介遠，秋入夜涼深。燈影還家夢，蛩聲倦客心。歸來及嘉節，細把菊花斟。

建德縣梅山寺

公退逢長日，清游到寶坊。山圍露天小，徑遶引溪長。苔壁晴雲溼，松軒暑月凉。鐘聲半歸路，回首暮蒼蒼。

叨第後日者自謂奇中索詩

兒時意氣謾騎鯨，幾向欄干袖手凭。今日逢君成一笑，却慚窗下讀書燈。

風雨宿湖心

渺渺平湖四接天，孤舟曾繫夜來船。持鞭又逐風塵去，却憶秋篷聽雨眠。

新晴

滑路愁騎馬，晴天好放船。水紋搖倒壁，花影弄澄川。夢寐驅馳在，光陰少壯遷。心期猶浩蕩，搔首白鷗前。

舟中夜雪

落帆侵夜色，客思正悽悽。風撼瀟湘覆，雲連宇宙低。灑篷吹乍急，欹枕聽還迷。懶惰無清興，誰人訪剡溪。

七夕

纖巧逐時新，誰將大雅陳。天孫古機錦，笑殺世間人。

送戴式之

自小尋詩出，江湖今白頭。應嫌少陵讀，不似子長遊。風雨夜愁枕，鶯花春醉樓。吟邊消息好，懷古問沙鷗。

茅舍

村居遠城市，獨木渡塘坳。迸笋補籬竹，落松添屋茅。童歸携酒榼，客至得鹽包。隨分山中好，低簷燕有巢。

憩田家

晝問田家憩，相呼隔短籬。負薪髽引犢，挑菜跣携兒。沙井和蝦汲，村舂夾稻炊。老翁評貴糴，覼縷舊年時。

過江東

落花時節過江東，濃緑山頭間小紅。野店日長春寂寂，柳陰揺颺酒旗風。

騎牛圖

乃翁騎牛驢馱兒，松間提挈羣童隨。驢逢短橋兒回顧，牛背推敲了不知。

戲友人

今朝有清興，無處覓詩人。寺占房空鎖，窗窺榻有塵。尋芳知尚早，報謁未應頻。只在城中醉，煙雲滿滄津。

孤　雁

一雁度岑寂，流空音響哀。雲沙天地闊，霜雪羽毛摧。力小知機早，心危見影猜。蘆洲迷處所，飛遶正徘徊。

蒙齋先生賦張通守佚老堂次韻

拂衣歸共白雲間，佚老堂中天地寬。黄髮可教供鞅掌，青山聊足對高寒。杖藜行樂春風軟，紙帳佳眠曉日團。林下未應忘世事，併煩寄語謝家安。

菊

寒林色枯槁，粲粲籬菊鮮。冷艷無俗韻，孤芳弄秋妍。金晶與高絜，未覺陽和偏。豈無兒女花，誰能制穨年。

歐陽道士歸自臨安

洞穴雲生窗户凉，道人宴坐但焚香。向來遊遍王侯第，還似山林意味長。

張輯馮去非話别

此夕真成别，幽懷欲語誰。梅花霜月曉，獨起詠君詩。

夜讀晋書

南來未省有良圖，可更清談傲五胡。撫卷興懷千載事，一窗風露夜檠孤。

午憩僧房

黄塵吹不到禪房，窗紙風翻葉葉凉。觸熱行來牽晝夢，孤蓬聽雨下瀟湘。

憶山中

山中桂香滿，無復向來遊。官事何時了，一年孤負秋。

即事

僧屋藏深塢，漁舟帶遠汀。誰教雙白鳥，來點暮山青。

野　興

身閑歸未得，野興日翛然。抱牘無來吏，尋詩即散仙。盃明松罅月，座引石根泉。有客知余意，清風三兩弦。

重九後五日遊齊山

官癡縛辰酉，節物如相負。兹遊未覺晚，黄花落吾手。没鷗江自迴，脱葉山新瘦。凄凉千載心，西風一搔首。

湘　中

千古懷沙恨，凄凉何處論。坐看宗國事，安用一身存。落葉西風岸，孤舟半夜猿。年年江月白，為照獨醒魂。

寓京城和曾左曹韻

日日思君君不知，京塵染盡帶來衣。客心正自傷飄泊，更看湖邊花片飛。
車馬聲中又日斜，可堪芳草思天涯。來時憶别山中桂，今見長安梔子花。

閒　居

盡日門前草，青青不染塵。生書方破卷，幽鳥忽啼春。失意成高興，多聞信懶身。不須憂世事，廊廟有經綸。

覩北來倡優

見說中原極可哀，更無飛鳥下蒿萊。吾儂尚笑倡優拙，欲唤新翻歌舞來。

李賈携詩卷見訪賈與嚴滄浪遊

石屏新卷裏，曾得見君詩。大册煩來教，平生慰夢思。高標去塵遠，古調少人知。汝與吾宗好，風騷更屬誰。

新　竹

樹頭不動天無風，六月還當日正中。唯有滿林新長竹，别生凉意襲簾櫳。

月

只道今宵月出遲，雲間不覺上多時。夜深花影如清晝，何處山頭一笛吹。

二水聞角

少日鄉閭不解愁，閒聽畫角起譙樓。西風依舊闌干月，獨自瀟湘萬里秋。

軍　行

野人自説老為農，舊識戎裝紙畫中。近日軍行渾見慣，兒童嬉戲學刀弓。

子陵灘

西風吹雨暮江寒，想見當年獨把竿。不是君王思故舊，何人知有子陵灘。一榻從容話歲寒，相忘共作布衣看。雲臺諸子成何事，萬古清風一釣竿。

汎　湖

四邊天共水漫漫，身在鴻濛縹渺間。忽見浮空青一抹，舟中人説是湖山。

慈湖墨竹

先生萬慮盡空時，元氣渾淪可得窺。還有發生消息在，揮毫煙雨一枝枝。
戲筆偶然成此耳，直將造化論錙銖。不知茂叔庭前草，有此風煙一段無。

未開梅

按：此詩《後村千家詩》卷七署劉克莊作

老樹天機早，潛回一點春。寒梢方蓓蕾，瘦影已精神。冷淡看前輩，芳菲總後塵。更須香共色，未是監花人。

客裏

客裏還來此，寒燈耿獨吟。一官江國夢，十載草堂心。木落秋聲小，蛩孤夜思深。驅馳空自許，冉冉鬢霜侵。

戲詩友談仙

君期汗漫遊，不敢問所適。贈别亦何有，當辦鶴一隻。還疑是凡羽，不任載仙質。乘煙寧假此，聊以壯行色。淹留非牽俗，應未得良日。空令施肩吾，久待問詩律。

秋懷

秋懷不到夢，歷歷數寒更。坐得楚天白，吟教湘水清。殘燈摇壁影，片葉墜階聲。起看孤城霧，人間事又生。

初注清湘令寄馮深居去非

深居定何處，無便寄聲頻。舊别芝山月，相思楚水春。白雲生夢遠，華髮折腰新。料得今書到，看題笑故人。

上饒界首傷曾殊

故人曾此賦梅詩，人共梅花一夢非。欲喚青山話前事，西風吹淚溼征衣。

秋　風

門與姑山對，溪邊有故廬。別來三徑菊，閒却一樓書。水碓長腰米，村船巨口魚。秋風歸去好，留滯意何如。

戲友人

怪得詩情減一分，知君為學有新聞。塵中畢竟閒人少，獨自開樽對白雲。

早　行

脩程避晝炎，中夜征夫起。蟲聲荒郊迥，犬吠衡門閉。行行月色淡，微霞露天際。永懷高卧人，幽夢繞蒼翠。

西　湖

何處春晴好，西湖元巳朝。馬嘶堤上路，船過柳陰橋。敲竹鶴聲起，弄泉花影搖。坐看遊客盡，煙水思迢迢。

閏　九

前月登高去，猶嫌菊未黃。秋風不相負，特地再重陽。

顏范祠堂

顔范新祠番水陽，邦人來此識綱常。海波澒洞孤峰峭，天宇清明一鳳翔。英蹟重尋餘古帖，高情猶想賦秋香。姦諛骨朽今安在，三歎前賢死不亡。

張德慶挽詩

擢第家聲在，通班宦路亨。為親遲受邑，未老謝專城。活計詩書富，歲寒梅竹清。閒中將道眼，醉夢笑功名。

九秩猶身健，聯麾見子榮。笏牀歡節序，鳩杖話平生。世久傷零落，吾猶及老成。酸風吹苦淚，一為典刑傾。

調古

調古人能聽，眉長世共妍。家山夕陽外，心事落鷗邊。弟妹知何在，風塵祇自憐。孤燈照危坐，不是少林禪。

道傍木犀

路人攀折半成荒，何似山中自在芳。可耐西風相料理，為誰消得許清香。

示園丁

種竹宜疎延夜月，澆花須早趁晨陰。溪邊釣石勤時掃，恐有詩人來醉吟。

舟中夜酌別鄧均

共對船頭月，通宵語未終。鄉關幾歲別，筆墨小時同。江影高低樹，秋聲斷續鴻。相逢渾草草，明日又西東。

發清湘

歸棹將秋色，三湘是勝遊。灣回仍小嶼，灘過盡平流。臨水聞僧磬，隈巖隱釣舟。江頭每佳處，沽酒小夷猶。

花樹移方活，丁寧莫損殘。待逢春氣暖，開與後人看。酒任隨車載，詩從就柱刊。料應吟賞處，說著種時難。

栽樹未花開，其如行色催。遥憐今歲雪，誰看一庭梅。餘俸刊詩卷，歸程賣酒盃。輕舟下灘穩，鷗鷺莫驚猜。（驚二字原缺，據名賢集補）

繫舟

古岸人家少，蒼茫此繫舟。閨中今夜月，江上晚風秋。一水縈寒夢，雙鴻亂遠愁。湘源知不惡，吾意肯淹留。

夜行舟

忽報風波息，梢人倚柁看。開船星斗轉，吹笛水雲寒。犬吠知村近，烏啼覺夜闌。兒童將白石，敲火趁晨餐。

道中

客思曉寒凝，初陽樹外昇。氣蒸茅屋雪，聲裂野池冰。倦路行偏遠，思山隱未能。僕夫愁過嶺，遥指最高層。

冬日同趙與臻閒過雷園

嚴粲

地幽元在郭，景好即為春。相約同來者，能閒有幾人。風池行墜葉，晴隙走游塵。共爾煙霞契，交情深更親。

寄鄧均

題書對殘燭，幾日到江濆。故里經年別，清秋此夜分。月昏二字原缺，據名賢集補斜映雨，風細慢移雲。數雁聲初過，知君不寐聞。四字原缺，據名賢集補

任機宜新圃

小斸煙苔地，春生一笑間。亭邀鄰圃樹，臺挹隔城山。幽夢壺天曉，清時幕府閒。旋移花盡活，容我醉來攀。

岳麓寺

幾層攀石磴，高寺白雲邊。臺舊懷人古，泉幽想鶴僊。遠帆湘浦樹，暮角楚城煙。長是登臨處，滄洲意惘然。

吟到湘江倚釣篷，秋風日日望空濛。偶來上到闌干處，却指孤城夕照中。

次韻菊花山人沈莊可見過之作

借得山中集，塵埃一半侵。讀來知句好，老去向誰吟。高義先投刺，忘懷肯抱琴。茅齋亦相約，樽酒要同斟。

重過雷園

静處人來少，園扉本不關。寒叢淒古徑，落日思空山。倚樹吟情遠，臨池立影閒。晚林看更好，一抹冷

煙還。

湘川逢故人

少小□同巷，名賢集作曾共枌榆社分携知二字原缺，據名賢集補幾年。乍逢如未識，相問轉原缺，據名賢集補悽然。月色秋看好，潮原缺，據名賢集補聲夜聽圓。醉來共鄉語，不覺是湘川。

兵火後還里

十載青山幾戰塵，《詩人玉屑》卷一九引作萬屋煙消餘塔身還家何處訪情親。兒《詩人玉屑》作舊時巷陌今難認，却問新移來住人。

宿澤心

自從孤棹背鄉關，幾度麻姑夢裏山。此地不知何洞府，石間松蔭水潺潺。

夜發湘城

西風吹客衣，一舸載書歸。肯為身謀便，而令心事違。艫聲江月碎，人影水煙微。漸覺寒城遠，沈沈擊柝稀。

雪梅

報道梅邊雪未休，披衣晨起上簾鉤。孤根清健元如許，空為花寒一夜愁。

定王臺觀雪

清晨吟思獨憑欄，十二樓中白玉寒。此地古來風雪裏，有人惆悵望長安。

有客

嚴粲

有客華陽巾，名賢集作翩翩來□□□園竹。名賢集作手携瘦筇竹傲睨若無人，風神動原缺，據名賢集補巖谷。主人延客語，名賢集作入山中酒新熟。飲酣出素書，鳥名賢集作古篆不可讀。欲問度世訣，長嘯振林木。軒然別我去，舉頭但黄鵠。

樂齋

顏巷當年事，同門自少知。誰言公子貴，心與古人期。望柳尋花意，吟風弄月時。人琴無處問，空想考亭詩。

琴

孤松風下弦秋清，湘江湛湛湘山青。一聲吹入天冥冥，何處白鶴飛來聽。

菊

秋籬霜露寒，獨立爾良難。不作過時恨，從教耐久看。風流沾臘蕊，臭味憶騷蘭。孤淡逢心賞，幽香故未闌。

大虎頭灘

聞說前灘大虎頭，行人愁絶欲回舟。世間多有虚名誤，不見錢塘海逆流。

到清湘

客裏今年月，相逢九處圓。行窮湘水際，愁到楚原缺，據名賢集補雲邊。屋内煙明路，椽間瓦見天。州城何處是，人指隔山煙。

旋摘盆柑

金丸手自摘，色味香三絶。從來天者全，風韻迥然别。

參蒙齋先生

陋巷頽然號庶幾，更無言説最精微。何人參了下缺

句

南來知寄誰。過回雁峰　以上《中興群公吟稿》戊集卷七

（吴鷗整理）

全宋詩卷三一三〇

李龏一

李龏(一一九四—?)(生年據本集《癸卯元旦》「五十平頭今日到」推定),字和父,號雪林,祖籍菏澤(今屬山東),家吴興三匯之交(今屬浙江)。以詩游士大夫間,據本集《八月三十日小園桂香清甚招同僚吟賞憶劉判官葉令君》詩,似曾短期出仕。享年登八十。有《吴湖藥邊吟》、《雪林採蘋吟》、《雪林撚髭吟》、《雪林漱石吟》、《雪林擁蓑吟》等,均佚,清四庫館臣據《永樂大典》所輯《江湖後集》中存詩一卷,另有集句詩《梅花衲》一卷、《剪綃集》二卷傳世。《湖州府志》卷九〇有傳。

李龏詩,以影印文淵閣《四庫全書·江湖後集》爲第一卷。汲古閣影宋抄《梅花衲》、《剪綃集》爲第二至四卷。均分别校以顧氏讀畫齋刊《南宋群賢小集》本(簡稱讀畫齋本)。新輯集外詩編爲第五卷。

端居寫興

地偏雙耳静,心近古無懷。掃壁書秋夢,聽鐘辨午齋。貧疏親骨肉,老病瘦形骸。欲買劉伶鍤,教童死即埋。

二月二日行藥城下

病懷歡易失,勝踐負流年。行藥到城下,看春立水邊。小花雙蝶鬧,秃樹一鷗眠。弦管同羈旅,今辰幾處偏。

題瑩講主雲林

聞說有雲林，吟人未易吟。無風常滃滃，不雨自陰陰。宿鶴秋枝老，懸燈夜屋深。雖於朝市遠，僧住若為心。

貽劉似道

百年能幾日，一別又三秋。涉世雖相似，成名却不侔。蘋香分旅夢，棗色動邊愁。南海曾游處，應多異寶收。

贈蜀客

萬里潼川路，連年没野蒿。君家在何許，客寺忽相遭。渴雨秋雲熱，窺人夜月高。時平歸蜀去，應記識吾曹。

松邊晚思

小立聽松聲，身如海際行。認巢飛鳥盡，脱雨素蟾生。角動州城遠，燈深古巷明。一春和病過，猶未得心清。

道室雨中

無事役長日，幽孱掩道房。雨蒸吟軸潤，雲滃藥爐香。黄蝆穿苔走，青蛇入竹藏。世緣抛似夢，還自覺凄凉。

春思

一心無外事，春思似秋清。掩室惟欹枕，看山間出城。花分閒地落，筍入斷階生。寂寞從人笑，貧難與命爭。

夢遊僊

渺渺僊京到不難，夢遊頃刻過蓬山。桃池根暖春常在，桂殿花寒夜弗關。簇仗龍來珠箔捲，奏章人去玉庭閒。塵緣未斷雞聲起，又落黄粱未熟間。

寒食日

歌哭相喧熟食邊，野原花柳盡生煙。身如厄木猶多病，心似寒灰豈欲然。鷗鷺乾坤知有我，燕鶯日月認誰憐。溪城半掩斜陽暝，落得閒愁幾畫船。

失題

應是三生愛酒人，誤流醉魄入花身。風酣日釀微香度，全似偷閒穤瓮春。

木筆

巧如雞距鋭如簪，蘸紫濡紅粉不深。青帝合教隨侍史，萬花國裏寫春心。

緋桃

漢武西池宴未歸，霞妃粲粲弄春機。靚粧似怕東風笑，盡换宫羅五品衣。

衣裁緗纈態纖穠，猶在瑶池午醉中。嫌近清明時節冷，趁渠新火一番紅。

郁李花

花身合向玉新裁，同是玄元指姓來。抛擲人間春色裏，霞衣小艷亦文哉。

聞貴家搗浣

敲風點月重還輕，遊子聞來最動情。峻宇雕牆雲雨外，那知此石有離聲。

寓惠日寺

世路兢兢似履冰，得閒何處不輸僧。青山未有投閒地，我亦僧邊寄一燈。

題丁吉父梅扇

簾捲春寒月過中，瑣窗風淡暗香濃。横枝半颭蘭缸影，曾惹佳人繡唾絨。

夢回荆溪聞雨

迢迢殘夢太湖西，窗眼未明雞已啼。蕙草無香秋被冷，十年情緒雨淒淒。原注：右《吴湖蘗邊吟》。

貽陳體忠

十日不作詩，昏昏如著酒。西風吹笛聲，淒然透窗牖。暝色起煙浦，庭梧多空枝。因軫故物念，暗螢死書帷。濡毫寫中情，哀蛩沸窮巷。藜藿弗滿餐，庸兒謂癡戇。天高白雲遠，獨佪梟獺羣。蹇步望逸駕，衣巾粘垢氛。交游日凋疏，芳草積零露。薄俗徒云云，此意欲誰訴。

答江無極

男兒懶種南山豆，短褐踆踆走京口。一枝彩筆度陽春，五年不飲烏程酒。杳眇長堤斷馬蹄，吟詩豈為黄金悲。菖蒲花老楓香謝，頭上驚霜添暗絲。紅雲無光日將暮，半幅離情捲幽素。迷魂細雨撲寒空，秦淮鯉魚撇波去。

東　家

東家買金鈿，西家買翠鈿。雙鬟耀釵澤，顔色如春妍。朝開鉛粉匣，金翠争光鮮。粧成倚高樓，誰不生愛憐。君不見采蘋老人門似水，嬌女無錢作梳洗。學他隣舍為花鈿，惟將素面貼苔錢。

貽張巨濟

上國交游盡，見君殊惘然。相尋相别日，二十二三年。紫陌辭塵佩，青門委蠹編。詎知歸老地，還向弁峰前。

贈摘阮道士

下山何處去，語别老君前。自背一張阮，遠登三楚船。夜程依岸芷，午飯對江蓮。若見知音了，歸來定絶弦。

贈陳籙士

青囊傳寶籙，龍虎度師家。短褐煙霞滿，離山歲月賒。不愁生白髮，自解死朱砂。遠向華陽去，言尋蔡少霞。

寄從弟道士惟中

一門羣從葬秋煙，奕世儒家失舊氈。汝昔已工敲月句，而今惟使醮星錢。夫差臺榭遊應徧，魯望篇章録想全。古觀燈殘風雨夜，可無歸夢入臨川。原注：右《雪林採蘋吟》。

寄餘干鄭丞

君為丞處是吾鄉，門對煙霞竹繞牆。于越城荒雲樹暗，代讀畫齋本作弋陽溪近水苔香。的知左宦心應折，未必東歸鬢便蒼。若過藏山山下寺，松楸憑與問淒涼。

貽孫花翁

數寸書空筆，拈來直欲焚。絶憐吟貌減，多爲客情分。晚逕飄黄葉，秋簷掛白雲。因君論一飯，千古憶田文。

早　起

遠鐘雲際斷，一雁度殘河。閏氣今年正，秋聲昨夜多。露花縣蔦蔓，風葉捲蟲窠。坐結西遊恨，南隣猶醉歌。

寄張公洞黄宫主

春草没驢肩，新吟今幾篇。每逢僊友説，多在石田邊。燕穴穿平地，龍巢出半天。常思訪毛節，凡骨恐腥羶。

説經道者

瀾翻口裏説三車，一衲唯披百結麻。應笑經僧内供奉，等閒原作寒，據讀畫齋本改盡著紫袈裟。

送柳錬師歸台山

月照秋塵三丈飛，破囊携藥下黄池。僊家不數人間事，瀑布橋邊憶看棋。

題贈秋洞周錬師

誦熟神農本草經，夜深猿鶴亦潜聽。世間三百來般藥，用著醫人盡有靈。沆瀣壇邊月影寒，朝元多戴薜花冠。俗人或問長生事，教看西風一竈丹。

送月窗王敬叔遊武夷

客程遥指建溪行，要踏東風看幔亭。君去莫嫌春色晚，落花一路水苔青。原注：右《雪林撚髭吟》。

題贈高士章少機

度人經注就，進罷徑還鄉。自説為高士，深恩感壽皇。斷琴支醉石，寒帽擲吟床。八十身猶健，元無服食方。原注：右《雪林漱石吟》。

寄國史校勘陳體仁

天禄對藜燈，丹鉛照眼明。雖稱小朝士，不是老書生。職重三場筆，官聯六館名。懷君既良晤，歲久又峥嵘。

端午日

高門高掛艾天師，玉臂還纏五彩絲。我只一杯昌歜酒，羲皇窗下讀騷辭。

摺疊扇

尺素裁成半葉荷，竹批六夾影相羅。玉人笑把遮羞面，還向綃邊見笑渦。

早起

原題作早起看竹，據讀畫齋本改，看竹為下一首題

殺更聲裏亂啼鴉，十二屏山捲碧紗。海月傾欹光未没，隔牆猶照紫薇花。

看竹

節抱秋霜緑玉君，一林風月有司存。吟邊不領閒公事，報了平安聽掩門。原注：右《雪林擁蓑吟》。

祀神詞

食蘋兮崑崙，駕文鰩兮西海。登羣玉之府兮白雲熊熊，祀司天兮毛采。占筵篿兮瑶池，恍余心兮飆厲。

旋升兮軒丘，即平圃兮佇貽。颯晨風兮丹木，聞環玉兮泠泠。神來歸兮洋水，舞青鳥兮都庭。陳桂尊兮藉白茅，中微詞兮再拜以傴。歆余誠兮神何私，惟怙終兮拙魯。

秋征圖

斷崖兮秋清，野橋兮煙横。彼何人兮短褐，跨蹇驢兮孤征。登蜀道兮出函谷，叫閶闔兮謁承明。蘭皋兮芷葺，木涵風兮楚聲。渺何之兮不返，因有感兮吾生。

君子有所思

揚帆越震澤，暮上姑蘇臺。飛目眺衢市，第宅星宫開。丹甍翔虹浦，碧户闐瑶街。方泉沼清鏡，怪石環蓬萊。姬房儲越女，歌院集吴娃。涌觴廣遥夜，蠟淚球青煤。懸景駛流水，安樂難安排。堪輿金玉身，不防熬豹胎。石穹霤能穴，樹大風先摧。君子哉若人，方寸逆自裁。

遣興三首

弱齡性淡泊，鄭圃吾其師。及兹拙生事，窮窘常經時。無方可紓急，何以宣中懷。柴門蔽殘席，咏書倦徘徊。呼兒促觴至，目翫天雲飛。山鳥送新響，日遲花露滋。頽然醉簷下，不省何如時。雖非富貴樂，富貴乃所乖。

疏松碎明月，密竹篩清風。親交昔與别，若謂行相從。延企邈不及，音容隨想生。諒彼亦耿耿，飛爽留空形。援琴不能寐，意乃多於聲。晤言豈無偶，眷眷詎可忘。

編蓬諧夙心，尊古豈文義。所得靡有言，應酬聊爾爾。室中無萊婦，童弱偶成四。團欒寧無思，達此天亦蜕。客來問長鬢，新醅可簃未。行行陟高岡，一顧俯煙水。客去不肯留，吾歸且休矣。

寒暑吟

赦寒乃望春，赦暑乃望秋。望望復望望，寒暑無停輈。磨空兩靈魄，日夜東西流。血肉具此體，老我誰為謀。泛然寓大塊，萬物同一丘。壯兮毫所伏，盛者衰之由。暑退秋紅滋，寒往春綠稠。奈何秋與春，不赦腸中愁。

蕭寺逢寒食

皇天無私覆，白日照不明。覽鏡見白髮，無路通上清。惡命如惡草，羞與蕭艾爭。春風鼓元造，吹我來吳城。繁華久寂寞，車馬猶肥輕。寄家盤門裏，古寺如荒塋。地頑蘚皮厚，終日無人行。嚚譊故相遠，妻女多輕驚。朝聞勃姑聲，暮聞姑惡聲。聲云苦復苦，朝暮難為情。梨花照愁腸，痛似遭五兵。一杯寒食酒，誰與論浮生。

飛仙篇用周草窗韻

明星燦白石，八極傍無端。羽駕紫霞表，月窟春闌珊。三元流珠秘，換骨初不難。彈指一塵劫，世人漫愁歎。王喬羡門生，鸞鶴常嫛嫛。剛風導旛旟，冉冉如飛翰。仙人攬六著，著以頳玉盤。上朝東華閣，主君顏渥丹。邀我小稅駕，為說平生歡。彤雲爍羽袂，鼇背晨光寒。

古興四首用周草窗韻

薰風入虞弦，萬物闡生意。圖南豈無心，所恨老已至。浮雲翳高槐，縹緲動羈思。吁嗟鷦鷯枝，詎可巢孔翠。

塵坌障雙眼，閉門息交游。聖經斷金義，當從古人求。清尊洗風月，非可與婦謀。據梧不成寐，簾影燈幽幽。

陰崖月常昏，曠野日生早。太行不通舟，車馬畏烏道。草草度歲時，空慕茹芝老。不有離騷詞，何能泄幽抱。

流俗厭拙直，對面猶褒斜。冰玉漫堅白，錦繡矜妍華。往往怪僻者，反為時所誇。交情到妻子，令人生歎嗟。

採桑行

採桑東陌頭，日出紅光流。採桑南陌頭，和風滿桑鉤。採桑西陌頭，日落烏颼颼。採桑北陌頭，明月照歌樓。携籃敢憚遠，手胝足成趼。蠶饑恐歸遲，一日三四返。昨朝蠶三眠，燈前微合眼。夢中見征夫，短衣供築版。庭樹啼霜鴉，夢回自天涯。小姑報蠶起，蓬鬢忙梳爬。相望萬餘里，那敢興怨嗟。出門還採葉，細雨濕桐花。

弔魏嶼川

永嘉嶼川魏起雷客死吴興安定書堂，殯於曹公廟中。孤櫬望故鄉千有餘里，堂長將遷瘞於義阡。余傷其殁，作是詩以弔。

寓形大塊内，變滅如風埃。依依孤蘭姿，不上黄金臺。客死古豈無，君死猶蒿萊。方君初病時，秋自京都回。空齋數相見，書案皆寒灰。對飯不能喫，買藥親炮煨。氣劣面如削，高説尚雄瑰。破衾裹羸骨，今在古廟隈。俛仰視所親，旅櫬惟霜苔。何人置肴豆，何人陳酒杯。故鄉那得返，義塚將就培。我成薤歌聲，君聞寧不哀。

八月三十日小園桂香清甚招同僚吟賞憶劉判官葉令君

日出理簿書，夜常秉燭歸。不知花開謝，間關園鳥啼。朅來巾峰下，三度著秋衣。丹桂立西風，明年開向誰。俗吏癡已甚，騷人貌難追。坐中金蘭契，蕭爽芙蓉姿。酒漓飲不醉，取歡在琴詩。村落有貧民，攔道訴寒饑。官涂一笑過，念此令人悲。賢哉二大夫，露宿東西溪。

古贈別三首

撫我膝上琴，酌君杯中酒。惟琴乃正聲，惟酒是醇酎。芳年如驚飈，願介斯文壽。結交非悠悠，所貴在耐久。

今君遠行邁，黄葉辭故林。驅車背寒日，何能寫冲襟。勿歎儒服弊，去為塵土侵。白雲在空谷，歲晚毋遐心。

孤寂久杜門，莓苔未嘗掃。風吹別離顔，少日鬢已槁。靡靡歲月逝，清霜散幽草。君去贈一言，岐路歸直道。

有所思

白蘋洲前風似刀，白頭有客披苧袍。芙蓉鬱紅墮芳沼，楊柳擯緑摇空壕。擣衣砧歇蛩無語，美人清宵隔湘浦。獨掩高樓聽遠更，不禁老樹鳴秋雨。

夜宴曲用草窗韻

博山飛香靄空緑，大菊杯心凸金粟。百幅罘罳障夜寒，歌臺小妓吹横玉。蘭堂晝燭如椽粗，楚腰魏鬢嬌相扶。四筵高談遏花漏，犀盤雜遝羅天酥。杯行過手如飛箭，座上愁無繫歡線。曉韉馱月朦朧歸，東家又報開春宴。

猗蘭曲

湘花小朵分幽春，封根苔土如蛇鱗。東風曉剥兔豪殼，青瑶斛冷香吹人。滋香夜滴金蟾水，緑葉紫莖光韡韡。佩囊荒破赤龍愁，壁月斜沉泣騷鬼。

古春謡

蒼梧雲塞東風路，勾芒太皞無行處。草嚙枯泥后土愁，桃花自滿雲中樹。黄牛力作興農工，一犁細雨香濛濛。阿香夜奉玉皇詔，挝鼓空唤閒蛇蟲。

桃州古田鎛歌今武康縣

老翁犁山田土中，獲得昔人墾田器。似鐸有柄，如鍾不圜。身長二尺徑八寸，口薄腹厚唇微穿。顔色紺碧艷緑處，間有班紅如血鮮。形模古拙見者怪，銅性已變不復辨，疑是死鐵兼頑鉛。老翁視為棄物委床下，一朝移出茅簷前，塵灰糠粃俱塞填。乃有博雅識是古田鎛，垂涎拂拭再三看，扣之尚覺聲隱然。水痕土色兩相蝕，歎息不知鑄自三代之何年。邀翁問所得，共入酒家保，買以十萬青銅錢。買來携歸置几案，一架坐插青絲氈。圖書鍾鼎相聯編，寶玩要使兒孫傳。自秦歷漢以來此鎛只在土，出世便苦無常主。博雅好事歸泉臺，可憐閲世亦如草頭露，高堂山鬼不守護。他家更原作便，據讀畫齋本改有好古人，又以青錢易將去。

憶昔行

憶昔當年十四五，嘗看秋潮到江滸。飛裾徑上酒家樓，憑欄直望潮生處。數百里間名海門，煞悠一線色如銀。漸近江心痕漸大，洶湧聲吞十萬軍。須臾潮頭高數丈，衆潮隨接皆奔上。中有雄心拍浪兒，幾點紅旗争蕩漾。風前縹緲奪標來，神蛟鬼鰐俱摧頹。監潮侯原作候，據讀畫齋本改有伍胥在，但見濆薄旋推回。後來沙漲西興口，潮勢何曾十分有。水上人騎騍馬行，車如雞栖馬如狗。數年之後不可當，瀰泙驚聞洗目塘。汪洋且撥菜園去，墹子橋邊亦渺茫。神皋内史承天旨，擺樁叠石曾料理。至今遏捺逾十年，樁石如城牢在水。江頭人謂可安居，連年不奈還憂虞。西風吹潮半夜起，子胥之怒知何如。陰威作寒帶烟霧，捲石掀沙出幽府。堪羨雲中拍浪兒，踏著危機不怕危。乘除消長君休忽，牢執長竿一面旗。

婺源琉璃萬燈歌節齋堂中所張

婺源燈匠奪天巧，做出新燈極精好。細細琉璃萬縷中，織得禽魚讀畫齋本作鳥及花草。錦娘眷眷繡娘羞，煌芒五色燿冰毬。江梅盈枝玉鬖鬖，離枝滿樹紅堆頭。水晶不瑩珠璣冷，屏間雲母空烘影。百尺長竿横畫梁，寶蓋懸空繫纖綆。緑灔鱗鱗晃曲波，斜岡蹙蹙映平坡。瓶中梔子豆心綻，籃裏海棠絨帶拖。午夜高堂明似晝，璧月涵光燦星斗。蠟香坱靄焰春陽，錦光倒射金杯酒。此燈絶妙世間無，乃是婺源燈畫圖。梁園下客非夸大，從今不必説姑蘇。

冰壺飲歌

金流石爍草欲枯，炎氣熇熇嘘洪鑪。蘭臺兔園避處無，高堂貯冰排玉壺。珊瑚水晶間犀株，扇車作風轉轆轤。水戲蠟刻鴻鷗梟，大瓜浮緑李沉朱。碧筩捲香蘸雲腴，膾盤堆雪封秋鱸。美人笑指袁安圖，汗珠滴出紅羅襦。

苦寒歌

凍天添雲埋晝光，江河膠合蛟龍僵。洇陰嘘風無慘烈，枯磧莽莽沙浮霜。蟄春老屋如冰井，獸炭烹紅烘不醒。南山飛瀑成玉絲，哀猿瘵落孤松頂。

關山月

玉門關外月，遠接黑山明。晃色同沙冷，飛光掩雪清。宿師方偃陣，游騎復窺城。不信長生魄，年年照戰争。

對　月

水上重樓閉，虛空雲盡收。十分今夜月，一片玉晨秋。祇有詩能寫，都無價可酬。寥寥飛鵲外，歌吹在青樓。

道場山灾後葉靖逸同遊

石爛木全焦，鍾魚變寂寥。老僧無法説，諸佛亦魂消。寺有州圖載，山餘窣堵標。嗟嗟伏虎事，誰更問前朝。

石山僧

禪衣掛石稜，月澗瀨流冰。釘畫掃寒壁，覆棋然夜燈。别來增落葉，病起損枯藤。説透蓮花偈，相依有越僧。

華亭延恩律師

花會收雲席，經聲散窅冥。無言坐巖壑，隨意使精靈。齋鉢重教漆，埋龕預作銘。養成松上鶴，相對兩眸青。

寄北山僧

一庵猿鳥外，琢石疊禪扃。行道拖寒衲，消閒補壞經。新泉開出遠，古像呪來靈。常憶相尋日，中巖松桂馨。

贈華亭延慶坦講主

身不鑽權貴，諸方盡說師。講多禪子聽，行少俗人知。猿護挑經錫，龍依洗鉢池。舊房天目下，松長幾秋枝。

寄心禪人

寂寂古山根，閒房竹半分。野禽聽佛偈，香草入禪薰。白露滴孤壁，悲風生破墳。昨來經世業，應已付浮雲。

送超海翁遊金陵

渺渺金陵道，江天正寂寥。孤鴻隨去影，一錫破寒飈。官渡潮多涸，臺城寺半凋。離宮見楊柳，莫折弄春條。

送僧歸杼山

亂峰村口寺，舊有晝公房。鳥宿猿啼處，風吹月在傍。揭雲松景黑，涸石蘚痕黃。明日烟霞外，相望隔夕陽。

送僧廣明

忽辭同侶去，自喜水烟濃。江草有閒色，野僧無定蹤。衣弢方眼笠，瓶系曲枝筇。明宿楓橋寺，先聽夜半鐘。

題贈然鏡潭

象圜非假鑄，湛湛一泓深。獨露古今體，靜涵天地心。月沉聲不響，雲晦影無侵。定起何人會，魚龍識梵音。

寄輝老

八十空門侶，如君有幾僧。眼明非服藥，身健不扶藤。雲綴搜吟筆，花紛說戒燈。小師親得法，新度碓頭能。

與昭慶因律師

西湖戒壇寺，近逼九重天。師住無他惱，人言有宿緣。蓮香熏梵裓，柳色護齋筵。四分南山律，今誰可共宣。

春日題吴興峴山寺

花草滿苕陽，東風隔短牆。窪樽殘葉爛，壞塔老藤僵。鴿暝栖苔殿，僧寒閉竹房。荒阡人哭散，惟覺紙煙香。

送客赴邊任

山陽今近敵，君去酒當呼。不為留行役，閑因說道途。春沙郵騎老，夜雨戍樓孤。袖裏酬君劍，須將示丈夫。

河軒初秋夜坐

滌熱屢呼茶，河軒去郭賒。雲紅初夜月，風白久晴沙。樹暗惟聞蛩，波明間躍蛙。松江鱸入思，客老媿浮家。

題車蓋實公庵

雲火欲燒天，得涼過得仙。蛙隨殘雨鬧，犬護一僧禪。竹色摇山磴，荷聲拂水田。别期秋月夜，來借石床眠。

雨樓晚思

紅葉入溪樹，悽悽吟思微。雨連秋市暗，鐘遶暮天飛。淺井陰螢出，高城宿鳥歸。誰知憑欄處，愁響隔林機。

遊空相寺追憶輝老兼懷伯弜詩

山門掩夕曛，芳草緑紛紛。蛛殿縣陰火，鵶城聚冷雲。探吟僧滅度，寄静客離羣。何處增惆悵，秋房駁蘚文。

題友人郊居

鷗鷺羣栖地，幽人長閉關。孤村皆是水，叠石自為山。春雨車溪外，秋風笠澤間。短籬忘世味，惟看釣舟還。

烏程趙尉廳冬夜詩宴

論詩仙吏宅，酒罷夜寒增。雪映高城月，風吹古岸冰。入橋聞短棹，隔塢見微燈。重媿羈吟客，青雲去未能。

送溧陽友人依茅山玉宸觀主

抱琴遊帝里，一帽兩靴塵。忽憶歸金瀨，還謀老玉宸。魚分仙澗月，虎讓古山春。伏事陶弘景，終非是俗人。

樗翁朱安叔下省

真儒方進用，春榜又遺賢。時屈道終在，才高人共憐。休疑考官眼，且結作詩緣。桃李東風外，身閑却是仙。

憑欄呈劉季良

傲貧成白首，萬事不相關。有病身元嬾，無官心更閒。紅塵拋永日，黄葉换秋山。欲識冥冥意，孤鴻夕照閒。

道院春日

褰簾捲竹房，僧去罷焚香。濕樹流殘雪，疏籬挂夕陽。花遲春意静，苔密凍痕光。野水盈愁望，尋巢燕已忙。

刈田

刈田秋雨外，孤嶼集罛師。紅樹籠斜照，青篙網細絲。鐘殷山麓寺，燈淡野塘祠。一片鳧鷖水，羞來鑑白髭。

送趙子真尉進賢

王孫為一尉，古邑近西山。梅福仙名在，此官非等閒。水程蟂孽後，野店鼠逃間。未必須三考，應持鶚表還。

送趙子真赴信州司户

鳴鐸臨征路，信州非路程。官曹有名勝，版賦足修明。地富饒銀母，山清韞水精。貧交以貧累，不得伴君行。

貽趙司户

同往争名地，回頭二十年。君今官幕府，我費客遊錢。夜雨梨花店，春風柳絮船。澆情一尊酒，逢在冶亭邊。

九衢

九衢名利路，日有是非塵。所以隱淪客，棲於寂寞濱。秋聲飛野柳，凉色弄溪蘋。贏得身心净，人間不媿人。

小窗臨竹地，借住半年過。枕上感秋事，月中聞棹歌。青山無力買，白髮有痕多。那得成漁計，江村自養和。

張約嘯巖書院

雅調背時流，月分吟外秋。墨研青嶂石，茶泛碧霞甌。果熟猿難唤，松寒鹿自遊。風前横一笛，不必更登樓。

看桃偶集僧舍

看桃臨水寺，幽會得文襟。移石分花坐，含毫對酒吟。日斜幡影倒，風斷磬聲沉。人散清溪暮，鶯啼出柳林。

與箬溪焕上人夜坐

一庵秋色裏，共坐佛燈前。風引上香磬，月浮煎茗泉。袖寒沙氣逼，窗迥樹聲懸。語罷鴉棲定，山僧入夜禪。

送張將領

平生憑一箭，此去必成名。晚月催行色，秋風入別情。潮分江口鎮，山擁石頭城。匹馬烟塵外，當開驃騎營。

偶飲溪寺

疏雨過長林，溪頭日半沉。開尊成草酌，得句嚼花吟。蝸砌苔堆濕，蛛簾柳映深。倚欄秋欲暮，醉耳怯寒砧。

雲間贈别薛沂叔

水竹居成久，何因又出山。有詩懸肘後，無事在人間。短劍丹霞鋟，扁舟白石間。野情元不定，遥載鶴鷴還。

梅

草木盡凋殘，孤標獨耐寒。瘦成唐杜甫，高抵漢袁安。雪裏開春國，花中立將壇。年年笑紅紫，翻作背時看。

癸卯元日

一簷朝雨若輕塵，新歷雖開未是春。著出隱衣朝太帝，送來名紙謝同人。故園有弟音書絶，要路無親旅食貧。五十平頭今日到，不堪卧病似漳濱。

送僧過建康

一酌離亭桑落酒，毿毿短髮長愁苗。秋房已棄星居屋，晚寺應投旦過寮。歌哭盡從流水去，榮枯半逐暗塵消。江船載月敲銅斗，莫向臺城問六朝。

倚　欄

裊裊朱欄倚細波，緑雲相對闕讀畫齋本作閱嵯峨。中天車駕曾擒寇，何日樓船定入河。霽柳午陰隨岸遠，露桃春色過牆多。黄旗適應東南運，已辦簫鐃幾曲歌。

吴下春陰

雲揭繁陰雨乍收，吴王故國悄如秋。春光物態千年在，草色人心一樣愁。香徑有時迷野蝶，帆涇無處覓沙鷗。桃花欲謝清明近，兩鬢霜絲感昔遊。

秋日山家

露華滲冷入綀袍，獨坐雲亭日易高。林茂不知山色減，石枯因見水痕牢。避人黑鼠窺茅栗，引子黄猨拾楮桃。野老欲論城市事，遠教童稚覓香醪。

水軒遣懷

漠漠風烟滃緑陰，小軒多是暗愁侵。逗明月落杜鵑叫，向晚雨寒蚯蚓吟。一鏡自知添鶴髮，五湖誰解食魚心。帶春應有餘花在，吴苑荒殘不可尋。

古項王祠

册帝追王事總非，殘碑猶自對斜暉。廟無人到苔痕古，地有蛇盤樹色肥。月暗野風吹鬼火，塵昏沙雨駁神衣。烏江渡口停騅處，今日誰知作釣磯。

退將

自慚戰陣未曾親，便待歸田養幸身。隨仗馬閑秋骨瘦，打毬單散曉眉嚬。遊邊尚憶擒虓將，畫閣何堪作老臣。昨日望春門外過，鐵鞭惆悵暗生塵。

偶憩破寺

當軒水漬一池苔，竟日無人見客來。飛鳥忽從花下出，游僧恰自雨中回。半邊枯樹雷燒破，幾段殘碑雪凍開。檀施只今何處在，金容冷對石爐灰。

秋初漫吟

吟腸悽斷月蒼蒼，促織聲中露未凉。高掛酒經緣抱病，閒看藥録為參方。久要兄弟書皆絶，旋雇奴童住不常。擬續逐貧揚子賦，筆黏塵網硯池荒。

弔松山曹可擇

供奉芸籤内殿間，身清不愧是卑官。帶殘敕號紹應斷，吟出新詩板未刊。妾引哀歌秋燭暝，客收閑迹曉松寒。端平才子如君者，免死江湖把釣竿。

喜宥寺梅屋按：據《詩淵》出自《雪林漱石吟》。

幽幽一屋巧藏春，花匠何曾動斧斤。逐朵似裁霜漢月，滿椽如架石橋雲。繁花《詩淵》作芳華綽有苔錢貨，清夢那無蝶羽分。欠得玉人相共住，金樽檀板送斜曛。

秋曉聞鶴唳按：據《詩淵》出自《雪林漱石吟》。

角斷鐘殘月尚明，誰家霜鶴唳蘋汀。空簷竹上滴寒露，野水城邊沉曉星。清帶離情穿碧户，遠將秋思入蒼冥。往年禮謁茅司命，曾記昇元頂上聽。

夜　歸

風急漏聲斷，月斜人影長。殘燈收短市，鴛瓦已凝霜。

詠老桐

枯心不作花，儀鳳那采取。何當被朱弦，齎身大晟府。

贈舟上人

放浪詩騷外，塵心鍊到空。白雲開夜觀，海月冷松風。

倚　樓

客意入燈篝，無詩過一秋。角聲吹雨斷，人在截雲樓。

山崦早梅

晴逼寒笆春滿鄰，漢奩芳額漸輕匀。東風未放全消息，雨萼愁香不見人。

留別范可叔

吴皐一水幾番行，鷗鷺相逢眼亦青。一别隔年頭白盡，離歌今日不須聽。

漁父引

漁伴歸來語笑喧，盡携筒罩醉雲根。自從城裏魚增税，船在江村不入門。

代贈牧馬將

草枯水冷馬添膘，箭放鳴髇不射鵰。塞北又傳烽火動，冠軍人望霍票姚。

寒食日

讀盡唐人寒食詩，人於此日重傷悲。如今裹飯吴中俗，可是相沿為子推。

楚宫秋怨

水殿芙蓉拆錦苞，暮簷小網集蠨蛸。射麋人醉秋江畔，風罥塵絲落燕巢。

張氏池亭飲歸

金荷杯冷酒醺醺，重費殘花一夜春。横玉聲乾桃葉渡，斷雲空惹舞靴塵。

淳祐辛丑元日

滴酒焚香把筆熏，未書名紙謁朱門。對天大寫宜春字，先與孤寒餞宿根。

杜鵑

心讀畫齋本作聲聲叫出思歸苦，叫得春風破膽愁。江北江南皆蜀客，年來添白幾人頭。

一片

一片青蘿絡緯啼，星稀月没未聞雞。數聲柔艣斜窗外，彷彿風光罨畫溪。

僧去

僧去焚香白晝空，客窗斜掩楝花風。黄鸝舌結春歸盡，煙雨滿林聞郭公。

閑倚

春風樓外白雲堆，壁上塵昏雨後苔。倚盡夕陽窗欲掩，小風讀畫齋本作蜂猶抱落花來。

送高可久遊越

東風大扇九區春，吴下吟人發廣津。欲上會稽探禹穴，桃花和雨撲離巾。

賦元秀坐主孤峰

一峰峭立俯羣山，下有僧居一體閒。收拾春煙與秋雨，年年曾在碧苔間。

文式上人月溪

菰蒲聲裏著禪扃，一派蟾光畫不成。試看世人心似火，何時得此定中清。

曉起

蕭城一雨夜迷迷，聞道春流已滿溪。漉秃隔牆烏柏樹，曉來猶有亂鴉棲。

春晚呈節齋趙大資二首

韶光似酒著人濃，池館春殘柳絮風。花不耐愁春自去，鶯聲全在緑陰中。

宿雲惹雨膩如塵，濕盡薔薇一片春。鵾鳩恰鳴胡蝶嬾，軫香惟惱肩芳人。

蟋蟀

朱欄碧户緑莎邊，挑入雕籠合自憐。應是不知悽楚意，癡兒争把鬭金錢。

月林爲僧甫賦

篩金鏤玉影颼颼，一片松杉不斷頭。鐘梵聲殘寒汐外，石床常擁四時秋。

送超上人過靈隱

斗邊一塔冷浮光，九里松風揭寺香。君去正當春雨動，雪花消盡石蘭芳。

贈僧某

曾見升壇落髮時，伽黎衣冷影離離。少年同隊修禪者，秋水蓮中玉一枝。

贈僧演若海

禪心静寄十三徽，流水知音舉世稀。自愛聲空弦絶處，滿天明月鶴孤飛。

敬酬芳庭植講師

一卷新詩寫衆芳，碧雲裏出白雲鄉。小溪秋水蘋花外，良慰孤吟老夕陽。

送中巖立上人還臯亭山

少年如玉在緇林，此去臯亭落葉深。寺近海門潮上處，水中孤月是禪心。

送觀物初禪師退院後歸靈隱

擊殘塗毒抖衣塵，便掛輕帆破淺春。後夜冷泉池上看，白雲明月是閒身。

與原作無，據讀畫齋本改箬溪焕上人夜坐

菱窠柿葉滿秋池，彷彿樵歌在翠微。隔寺晚鐘聲欲斷，蒲葵樹底一僧歸。

春曉

竹西窗上月痕斜，雨歇春城叫亂蛙。睡眼未醒人在夢，斷雲流水隔桃花。

雜感

五尺長琴被獨弦，大音濁世没人傳。一聲彈入碧空去，三十六峰收紫煙。

題吴興峴山寺

雨餘山態活如雲，過午鐘閒寺影昏。寂寞春風荒草裏，野僧惟主一窪尊。

車塘晚歸

寒雲無影雁寥寥，如雪冰沙洹野橋。木末夕陽未收讀畫齋本作收未盡，江風吹合欲回潮。

寶覺寺晚歸

半幅新霞漁舍外，一梳殘月鵲巢邊。近城幾樹官橋柳，繫盡姑蘇過客船。

秋日題慈感寺

按：據《詩淵》出自《雪林漱石吟》。

老柏驚秋子偏庭，寺深雲冷屋如冰。九旬夏滿僧歸盡，閑却虚堂照講燈。

桂花

西風屑碎幾籯金，幻與清香賽水沉。吹入淮王招隱樹，箇中緣有辟塵心。

山庵

花梨架子定花瓶，一朵紅梅對懺燈。賈島佛前修夜課，卧冰庵主是詩僧。

溪濱晚作

渺渺斜陽下翠微，紛紛黄葉徧苔磯。青樓簫鼓西風外，幾箇霜鴻一字飛。

約客不至

昨朝新得剡山茶，有約煎嘗對晚霞。月上湘簾人不至，一池春水落桐花。

瑞光寺

蘚剥春痕土燥斑，下堂僧散午鐘閒。寺門半掩東風急，塵捲空廊二十間。

送人南海鈐兵

伏波簫鼓按鑾軍，馬首紅旂燕尾分。海水如今平似掌，樓船夜夜鎖閑雲。

賦教授允濟雲心

山川融結氣絪緼，舒卷油油一大鈞。今古此心誰會得，竹林中有卧龍人。

題吴興弁山黄龍洞

巨靈穴此頑冥石，應在乾坤初定時。不是黄龍曾出見，洞藏山底竟誰知。

楊妃看牡丹圖

花上輕留一捻紅，阿環無語對春風。金輿欲度沉香月，猶在霓裳半醉中。

遊楓橋寺

吴王舊迹水烟移，幾度孤舟此别離。今日來遊故人盡，稻花風裏亂蟬悲。

衣上酒痕

江令宅邊蕭帝寺，桃花曾借客温存。湘羅襖上經年酒，錯被人疑作淚痕。

和樵父詞

山深猿鳥久忘年，茅屋風吹夜見天。莫問荆妻生計事，一枝樵斧酒爐邊。

懷永豐宰阮允齊

吉陽煙水幾千里，一紙閒書失斷鴻。裘葛相催驚老耳，井邊桐葉又秋風。

館娃宫

一夜娃宫有戰塵，玉笄羞見苧蘿春。浣紗前日東家女，莫信讀畫齋本作道亡吴是妾身。

賦江西讀畫齋本作西江隆上人瘦巖

巉巉一穴嵌空石，不是人間飯顆山。鐘鼓聲中有吟者，獨甘於此寄清孱。

漁父

歲儉何曾敢吃讀畫齋本作乞漿，早於世路似忘羊。桃花飯有秦人味，不染膏粱脂膩香。

贈僧

坐夏靈巖又欲回，庵扉閒枕蠡塘開。經房不鎖書櫺壞，幾點浮螢照緑苔。

送虚舟立上人還天竺

殘雪初乾溪水滑，梅花狼藉桃花發。靈山僧去還虚舟，滿棹晴雲帶新月。

答僧秋蓬

賣菱人散日銜山，一紙詩來鹿苑間。料得短篷秋泛處，荻花菰葉兩斕斑。

寄雲泉頤上人

溪房夜掩白雲層，酬唱詩筒繫海藤。花落煮茶窗外石，一航春雨隔吟燈。

寄浄慈寺修上人

塵海翩翩獵梵衣，何如蘋末看斜暉。幾回行到言詩處，水寺秋雲毿毿飛。

賦僧壬枕流

床頭澗水響泠泠，床上幽閒自曲肱。莫放飲牛人洗耳，恐沾塵污石龕燈。

送信座主過天竺寺

九里松邊鷲嶺頭，松聲長帶白雲秋。梵筵多有吟僧在，須認詩中第一流。

僧遊鄂渚因贈

夏口雲邊有遠期，杖藤行李只軍原作揮，據讀畫齋本改持。六朝文物今無幾，為看頭陀寺裏碑。

木芙蓉

懊惱春紅不受賒，一枝枝似一團霞。玉霄露重秋煙冷，唐突西風是此花。

晚香贈秦奎

風肅霜嚴草木凋，一花半葉不相饒。騷人受用秋英處，探得天家別一條。

春日雜題三首

昨朝飛雪又朝晴，怕踏苔花損石稜。三丈日高簷影轉，卧聞殘水滴春冰。

碧薺抽條土力鬆，春雷猶自蟄黃龍。上清道士歸尋藥，一笛吹雲入弁峰。

手撚薔薇一凭欄，一年春事欲題難。驚鴻掠盡碧雲去，雨匝蘋洲生暮寒。

水仙花按：據《詩淵》出自《雪林漱石吟》。

襪羅塵冷不勝嚬，更向東風占盡春。三十六灣明月下，女冠逢著謫仙人。

唐室

唐室艱難勢莫任，匡君奏議抵金鍼。塑人塑得先生貌，難塑當時一片心。

小隱園詩

孝宗賜皇兄崇王，在吴興法華寺

衮衣一返上清槎，五十年間在咄嗟。夜鶴不歸猿亦死，一丘明月冷梅花。

梔子花

小樹深叢絢緑華，辟邪香冷玉無瑕。薰風只是能奇絶，疑是經春大雪花。

浙西憲臺夏夜聽雪江徐天民琴

火天月滿繡衣庭，秋思從君指下生。莫怪老懷眠不得，七弦彈出蟹行聲。

贈僧廉清外

拉搭袈裟斷帶裙，持心不背釋伽文。風涵秋水霜涵月，多少浮僧妬殺君。

送亨坐主往天竺

雲笈遥携智者書，要尋初地作工夫。靈山懺主堂前草，試看春痕幾遍枯。

以上《江湖後集》卷二〇

全宋詩卷三一三一

李龏二

梅花集句

蟾精雪魄孕靈荄，逐朵檀心巧勝裁。要比春工高一著，凌寒先伴六花開。歐陽永叔、丁謂之、王承可、田元邈

封植何人考厥初，一枝價直萬瓊琚。未央宮裏三千女，捲上朱簾總不如。馮文度、蘇子瞻、李商隱、杜牧之

冰姿元住藐姑山，一落風塵即厚顏。寄語清香少愁結，春光《全唐詩》作風不度玉門關。歐陽凱士、黄巖老、林君復、王之涣

粉容冰艷玉玲瓏，此外評花四海空。可惜國香天不管，吹開吹落任東風。李泌、陸務觀、黄魯直、丁謂之

霜晴十月玉谿村，占盡風情向小園。采石浪寒青塚暗，是誰招此斷腸魂。晁補之、林君復、義銛、黄魯直

山屐經過滿逕蹤，高枝千歲對孤峰。女冠夜覓香來處，須撥白雲三四重。薛能、雍陶、王建、陸暢

本是離騷國裏人，更無人為作招魂。誰家玉笛吹春怨，占斷孤山水月村。周晉仙、蘇召叟、姜堯章、高九萬

獨上西樓四望賒，玉林瓊樹影交加。春風也解嫌蕭索，借發明年最早花。姚揆、蘇子瞻、楊廷秀、李縝

冰壺骨相自清臞，流落荒郊道轉孤。正是花中巢許輩，風標高古漢唐無。韓子蒼、張武子、陸務觀、義銛

東君借與好風光，窮巷無人亦自芳。誰念故都花落盡，客愁春恨兩茫茫。白樂天、張安國、陳祐、李縝

無熱天中第一仙，幽姿高韻獨蕭然。畫圖省識春風面，莫遣孤芳老澗邊。義銛、田元邈、杜子美、蘇子瞻

南園北園花滿風，南枝與客兩飄蓬。平生一點調元意，都在吟情句眼中。李縝、陸務觀、義銛、趙從善

醉倚東風不自持，清香誰許比荼蘼。南枝向我渾如昨，燕未歸來蝶未知。蘇子瞻、丁謂之、張安國、陸務觀

琳琅觸目路人驚，上有黃鸝深樹鳴。喚起一聲腸斷處，枝頭時見子初成。黃魯直、韋應物、閩原作閨，據讀畫齋本改妓周氏、韓退之

傾國傾城豈在人，人間只有此花新。冰霜過了翩然去，萬紫千紅各占春。唐彥謙、蘇子瞻、義銛、王介甫

茅屋蕭然野水東，掃窗映竹見玲瓏。城中桃李休相笑，豈待世間桃李風。曹元寵、韓退之、謝無逸、李縝

孤舟江上畏春寒，故國煙花想已殘。沉醉不愁歸路遠，憑君傳語報平安。張謂、盧弼、張蠙、岑參

不擬寒山不廣騷，春風藜杖起詩豪。霜鴻入夜驚還止，人立梅花月正高。張武子、呂栻、讀畫齋本作吴棫上官良史、趙紫芝

栗里先生花夾門，且尋詩社著詩勳。莫嫌春淺花房小，春在枝頭已十分。侯季長、陳無已、李縝、唐人

月會深情借艷開，相逢月下是瑤臺。斷崖絕壑元無主，嫁與春風不用媒。陸龜蒙、蘇子瞻、蘇養直、李長吉

驛迴村幽客路微，今朝楚樹發南枝。重門深鎖無尋處，故斷雲根帶蘚移。司空圖、柳子厚、郎士元、李漢老原作若，據讀畫齋本改

携手城南憶舊遊，故人行役向邊州。冰肌自是生來瘦，不識人間離別愁。韓退之、張謂、虞美人詞、徐道暉

病與西湖絕半年，一春長費買花錢。詩懷自笑多塵土，猶恐春陰咽管絃。趙紫芝、俞國賓、徐致中、李約

上苑年年占物華，東湖同住水雲家。莫言春度芳菲盡，閑閉春風看落花。柳子厚、李漢老、賀知章、秦系

空倚梅花說住山，他鄉風景亦相關。北窗人物羲皇上，身與浮雲處處閑。張武子、皇甫冉、李漢老、靈一

一方明月可中庭，坐見年芳憶帝京。宿客盡眠眠不得，半山寒色與春爭。劉禹錫、韋應物、雍陶、裴説

五陵春色泛花枝，春半如秋意轉迷。細雨濕衣看不見，千行珠淚滴為泥。陳羽、柳子厚、劉長卿、顧況

閏月今年春意賒，年光誤客轉思家。夜來有夢登歸路，侵岸疏梅已放花。錢起、王翰、方干、曾存之

不論朝暮帶輕煙，錯向春風恨杜鵑。楊柳枝頭風料峭，為君醉倒燭花前。徐致中、趙子野、韓无咎、李漢老

天與芳時豈待催，高樓曉見一花開。夜來省得曾聞處，香駕寒雲入酒杯。范希文、令狐楚、許渾、張芸叟

青帝來時值晚芳，有時經雨乍淒涼。玉笙聲裏鸞空怨，細嚼花鬚味亦長。王初、羅隱、晏叔原、原作廉，據讀畫齋本改蘇子由

洞天誰道却歸難，浩思藍山玉彩寒。常是臘前欺雪色，等閑莫遣俗人看。唐求、薛濤、梅聖俞、李漢老

自是春愁正斷魂，半緣修道半緣君。孤城吹角猿相應，遥結芳心向碧雲。韋莊、元稹、徐道暉、楊衡

小橋分路入青苔，冰萼瓊華次第開。欲識春風最奇處，空林月落始應回。王介甫、宋庠、李頎、李端

玉笛誰家叫落梅，夜來春病不勝懷。傍人未必知心事，惟有君恩白燕釵。韋莊、王之渙、劉卓、殷堯藩原缺，據讀畫齋本補

遮莫江頭柳色遮，隨風好去落誰家。江春不肯留歸客，馬踏春泥半是花。鄭谷、劉禹錫、劉長卿、竇鞏

聽鐘投宿入孤煙，旅館寒燈照不眠。竹裏江梅寒未吐，平臺賓客有誰憐。施肩吾、高適、蘇養直、王昌齡

九衢風土帶花香，月到枕前春夢長。天意最饒惆悵事，殘花殘雪尚交光。唐彥謙、温飛卿、陸龜蒙、王初

舊業叢臺廢苑東，別來二十一春風。越梅半拆輕寒裏，抛擲深山亂木中。劉言史、賈島、和凝、李九齡

撚玉搓瓊軟復圓，衣篝不用綠沉煙。自緣今日人心別，暖熨寒英只鬭先。趙光遠、周晉仙、鄭谷、銛朴翁

隔得盧家白玉堂，蜂爭粉蘂蝶分香。不隨殘雪埋芳草，若箇傷春向路傍。李商隱、温飛卿、韋莊、唐彥謙

雪徑清寒蝶未知，錦囊消得探春詩。多情為我香成陣，憑仗東風分外吹。李希聲、舒亶、辛幼安、高蟾

月落烏啼霜滿天，江頭歸客木蘭船。愁腸斷處春何限，忍把敲吟舊竹鞭。張繼、潘德久、温飛卿、李洞

梅花暗落嶺頭雲，盡日出門還掩門。却見舊房階下樹，春風應自怨黄昏。李益、曹鄴、賈島、韓偓原作渥，據讀畫齋本改

龍脊橋邊住最幽，誰將小笛按梁州。年年歲歲花相似，馬上多逢醉五侯。銛朴翁、劉武子、賈曾、吴融

東風不用更相催，不向東風怨未開。無限春愁莫相問，碧山明月照蒼苔。令狐楚、高蟾、趙嘏、曹唐

五湖賒與一年春，幽佩仙香半夜聞。暫到人間歸不得，有人傳是紫陽君。陸龜蒙、李羣玉、盧綸、熊孺登

殘燈無焰影憧憧，人世心形兩自降。借問梅花何處落，春風吹到讀書窗。元稹、薛濤、高適、武元衡

暗香時復過窗紗，不是桃花與李花。試問花枝何處好，病來簾外是天涯。朱雍、陳去非、王介甫、裴夷直

一枝折盡一重新，纔見吴州百草春。山路獨歸衝夜雪，不堪仍送故鄉人。施肩吾、皇甫冉、王建、顧非熊

盡日含毫有所思，殘花應逐夜風吹。春郊雨盡多芳草，立馬煩君折一枝。薛能、李昌符、雍陶、楊巨源

倚竹佳人翠袖長，薔薇花露染衣裳。一時傾倒春風意，豈是常娥月裏香。蘇子瞻、韓子蒼、陳去非、宋咸

野外相逢一笑新，寒枝清槁玉鄰鄰。雖然未得和羹便，纔道和羹便失真。洪覺範、王績、羅隱、曾槩

夕陽原上兩三家，行不逢人只見花。正是一年春好處，春風應怪在天涯。杜荀鶴、陳無己、韓退之、鄭毅夫

酥滴寒英露滴香，迎春先有好風光。落花寂寂黄昏後，疏影横斜最斷腸。李縝、白樂天、韋莊、謝無逸

江邊身世兩悠悠，遶着瑶芳看不休。月淡煙深聽牧笛，冰肌銷瘦為誰愁。蘇子瞻、林君復、陸務觀、楊時可

雪後相看意更深，摩挲拄杖過溪尋。含情似領歲寒約，料峭東風不易禁。道潜、陸務觀、侯季長、吕誨

蘭替天香蜜替黄，巧如施粉妬何郎。東君若要分流品，儂是水仙鴻鴈行。李縝、徐師川、种放、黄巖老

隔屋穿籬見一枝，幽香深謝好風吹。兒家門户重重閉，縱有春來何處知。張會川、寇平仲、唐才婦、唐人

深院無人獨倚門，暗香浮動月黄昏。夜寒那得穿花蝶，疑是西湖處士魂。韋莊、林君復、蘇子瞻、李縝

出屋香梢幾樹花，對花今日奈天涯。秦中驛使無消息，又遣相思夢到家。道潛、周美成、杜子美、李縝

乞得東風一杖藜，尋花覓逕忽成迷。欲知前面花多處，湖水東邊鳳嶺西。蘇養直、原作正，據讀畫齋本改陳去非、韓退之、蘇子瞻

西曹深處見春來，半欲離披半欲開。箇裏愁人腸自斷，暮樓寒角更相催。王仲至、郭震、劉禹錫、盧强

一樹春花千萬枝，戀花行步步遲遲。可憐日暮嫣香落，直似山陰雪下時。白樂天、方千、李長吉、李縝

瘦倚疏篁半出牆，幾多深意斷人腸。不如醉裏風吹盡，踏作花泥透脚香。釋惠璉、李易安、杜子美、楊廷秀

冰棹風船雪滿篷，年年長策探花功。可憐幾許懷春意，盡在疏枝冷蘂中。楊廷秀、陸務觀、李縝、王性之

江頭短樹亞衡門，誰與詩人管醉魂。惆悵西湖仙去後，不堪細雨濕黄昏。侯季長、黄巖老、銛朴翁、蘇子瞻

玉樹交横雪後天，月明素質自生煙。人間那得花如許，疑是蟾宫降謫仙。司馬君實、蘇子瞻、銛朴翁、洪覺範

淺淺池塘短短牆，眼明初識道家裝。夢魂不入人間世，雲雨巫山枉斷腸。王介甫、李縝、僧法平、李太白

草為床坐瓦為杯，愛着幽香未擬回。醉到花殘呼馬去，姚黄魏紫莫相猜。銛朴翁、黄魯直、陸務觀、謝無逸

仙衣襞積素中單，物外風塵不染顔。世上幾時曾好古，孤標只合在孤山。李縝、倪無隱、李山甫、黄巖老

玉顔知復為誰客，鶗鴂一聲春事空。昨日倚欄枝上看，教人錯恨五更風。王履道、李縝、范希文、王建

老去青林又一霜，折花鏡裏憶新粧。幾回夢作花間蝶，不怕清寒嗅冷香。張武子、黄魯直、李縝、楊廷秀

羡君蕭灑有餘清，密雪無端苦見侵。長使詩人動幽興，平生和靖最知音。歐陽永叔、李白、謝幼槃、張彦實

子美詩中黄四娘，滿身新裛瑞龍香。似嫌時世粧梳淺，故作無情淡淡粧。蘇子瞻、毛熙震、李縝、謝無逸

閲盡冰霜念已乾，秦南燕北見君難。自憐野客都無着，拈得花枝不忍看。銛朴翁、張武子、寇平仲、蘇子瞻

林蘿深處過溪橋，眼底青山映寂寥。真態生香誰畫得，一枝春瘦雪初消。林君復、蘇養直、蘇子瞻、可正平

瓊酥滴滴綴斜枝，莫恨東風剪拂遲。花底自從和靖死，臨流誰復賦新詩。謝無逸、趙世長、銛朴翁、徐師川

女鬟誇巧幻寒芳，送我東山紫翠傍。指似鳳城煙月路，一杯當屬水仙王。李縝、蔡宰、張武子、蘇子瞻

鏤冰疊雪鬬輕盈，片逐銀蟾落醉觥。惆悵晚來風定後，隔林橫笛兩三聲。謝無逸、辛夤遜、李縝、釋無則

西湖西畔北山前，日日春風是管絃。何似玉堂裁詔罷，銀瓶玉柄兩蕭然。蘇子瞻、趙紫芝、吴融、皮日休

吹殺梅花影裏燈，淒涼一似觀堂僧。滿山明月東風夜，茶煮西峰瀑布冰。張功父、周晉仙、羅鄴、貫休

一樹鬅鬆玉刻成，月中還似日中明。等閑只怕花零亂，何處人家籠解盛。王建、齊己、李頻、蘇子由

就泥沾處襯芳塵，憶昔爭遊曲水濱。疏影暗香如昨日，東風二十四回春。高九萬、王駕、徐無競、白樂天

人人欲看壽陽粧，自笑狂夫老更狂。取醉不辭留夜月，踏花歸去馬蹄香。范希文、蘇子瞻、李太白、胡曾

孤根何事在柴荆，苕水相逢眼便青。盡日問花花不語，窮途阮籍幾時醒。林君復、毛澤民、嚴惲、杜子美

淡煙疏雨又青山，月映橫枝古磵寒。十日笙歌一宵夢，無人起就月中看。周晉仙、銛朴翁、韋莊、開元名公原缺，據讀畫齋本補

疏疏枝上發陽和，月冷高臺影在波。留客看花賦詩坐，不須此地有笙歌。潘德久、徐致中、翁靈舒、徐道暉

花壓欄干春晝長，玉中還有辟邪香。少陵苦被花相惱，可是無心賦海棠。温飛卿、蘇子瞻、謝無逸、王介甫

水邊遥見久停橈，似與詩人破寂寥。兩岸嚴風吹玉樹，莫教虛度可憐宵。丁謂之、王介甫、韋莊、蘇子瞻

愁絶江南日暮春，東風何事入西鄰。誰家月下看花女，莫竊香來帶累人。劉貢父、蘇子瞻、元稹、薛能

黄鳥陰中實已團，從教革帶減詩鐶。錢塘岸上春如織，誰伴仙翁倒玉山。黄魯直、李縝、温飛卿、蘇防

小雪疏煙雜瑞光，月窗花院夢悠揚。落星樓上吹殘角，不是愁人也斷腸。蘇子瞻、李珣、韋莊、戴叔倫

恨滿東風意不傳，蘂珠宮殿擁神仙。司空見慣渾閑事，一夜相思笑玉川。陳去非、洪龜父、韋應物、林憲

藜杖扶人趁雪乾，玉蕤初發映溪寒。不須苦問春多少，索笑情懷老漸闌。劉應時、道潛、楊廷秀、陸務觀

蕙死蘭枯菊亦摧，與春先作斷腸媒。騷經失我無慚色，時節來時畢竟開。蘇子瞻、皮日休、潘德久、楊廷秀

候得南枝臘後芳，斬新氣象敞書堂。幾回醉嚼春風骨，清殺玉川文字腸。周開祖、謝無逸、李縝、黃巖老

雪裏消磨一半春，乍晴芳草競懷新。青天無雲月如燭，仰看橫枝自寫真。陳叔易、范至能、盧綸、楊廷秀

天放嬌嬈豈自知，春風日日雨時時。晚香消歇無尋處，多在青苔少在枝。王介甫、齊己、蘇子瞻、崔魯

日衝霜雪走風埃，今日江邊首重回。空掩玉樓先睡去，暗香都自着人來。連彥夫、羅隱、張武子、李縝

天與風流春與嬌，酒旗風急更相招。先生莫道心如鐵，愁殺蘇州也合銷。李縝、林君復、陳去非、高子勉

霜羅袖薄緑裙單，家是江南友是蘭。借問幾時辭碧落，一枝欲寄北人看。范至能、陸務觀、喻迪孺、歐陽永叔

雪後東風未肯和，此中不醉又如何。江南春色花千里，自笑茅簷一樹多。蘇子瞻、劉浩、朱松、銛朴翁

下馬旗亭酒可沽，水精簾內看如無。應緣近水花先發，獨憑欄干恨有殊。潘德久、于武陵、戎昱、來鵬

策杖窺園日數巡，無端寒雨損精神。青裳素面天應惜，不着笙歌不肯春。王介甫、張正見、陳去非、范至能

冷艷孤光照眼明，暖風不為惜輕盈。江南破後無詞客，吟破愁腸句不成。張安國、孫仲益、張武子、忘名

玉清仙子下雲逵，探請東皇第一機。莫道春歸無覓處，年年魂傍隴頭歸。趙世長、黃魯直、陳子高、銛朴翁

童初宮裏雨斑斑，粉落香肌汗未乾。五月京塵渴人肺，滿將春色上金盤。李縝、崔珏、忘名、韓琦

倚樹空驚白髮新，風飄萬點正愁人。不知誰唱歸春曲，更在朱欄緑水濱。張會川、杜子美、曹唐、楊傑

閑踏宮花獨自行，飄廊點地色輕輕。臨風長作南枝想，欲化西園蝶未成。白樂天、王建、黃巖老、張泌

玉女精神不尚粧，一身盡着雪衣裳。只應尚有驕春意，淺笑微顰盡斷腸。張文潛、黃巖老、王介甫、李縝

南枝先暖北枝寒，便領東風到世間。寶髻斜簪光照座，暗香終不似孤山。女仙、鄭毅夫、陸務觀、銛朴翁

落日天寒客自愁，數枝斜亞磵橫流。春風也是多情思，無限清香夜不收。黄巖老、銛朴翁、韓退之、梅摯

出得城來事事幽，併知春色上枝頭。一年好處君須記，江上行人空自愁。楊廷秀、鄭毅夫、蘇子瞻、蔡君謨

萬古蕭條楚水西，步尋斜徑到寒溪。行人將底酬春色，一絶清詩手自題。劉長卿、吴居厚、李縝、陸務觀

玉為風骨雪為衣，瘦倚疏篁不解肥。絶磵斷橋幽獨處，夕陽長送釣船歸。楊廷秀、銛朴翁、陸務觀、杜牧之

大道青樓御苑東，珠簾約住牡丹風。一枝帶雨牆頭出，不與花争世態紅。韋莊、宋祁、羅隱、陶商翁

蜂撩蝶嬲不相饒，二月春風似剪刀。可惜屈原吟澤日，不并香草入離騷。李縝、賀知章、晏殊、林君復

每愛花光畫作圖，孤山親見雪肌膚。芒鞋遠覓香來處，醉倒黄公舊酒壚。銛朴翁、蘇子瞻、李縝、陸龜蒙

西望長安不見家，駞裘幾折犯寒花。玉驄慣識西湖路，不覺歸鞍帶月華。李太白、李縝、俞國寶、蘇子瞻

雲為肌骨玉為神，耐盡冰霜破俗塵。政爾玉壺相俎豆，寄言幽谷可終身。張安國、銛朴翁、黄巖老、譚勉翁

花有清香月有陰，何人月下此幽尋。巷南巷北相知少，自把茶甌當酒斟。蘇子瞻、李縝、趙紫芝、劉應時

一年春色負歸期，每見梅花輒入詩。腸斷江南一百五，然犀何處覓瓊枝。羅鄴、林君復、張武子、蘇子瞻

一樹寒梅白玉條，風魂雪魄去難招。三年枕上吴中路，先到王城第一橋。戎昱、栖白、蘇子瞻、張武子

萬木逢霜一劫灰，動揺詩興又逢梅。野橋漏泄春光處，不用君王羯鼓催。黄巖老、杜子民、李希聲、吕居仁

梅梢風暖弄殘陽，花氣侵人笑語香。太歲只遊桃李徑，肯隨桃李鬬梳粧。陳純益、秦少游、盧仝、黄巖老

一段春愁雨帶來，空令懷古更徘徊。深宫不與閑人到，枝上年年生緑苔。銛朴翁、司空圖、蘇召叟、姜堯章

新年何事最堪悲，雖老於梅亦未衰。一夜漢宫傳蠟燭，東風全在小桃枝。盧仝、蘇子瞻、韓翃、唐子西

擁裘來看玉梅春，江上悠悠不見人。報答春光知有處，十千沽酒莫辭貧。蘇子瞻、王介甫、杜子美、崔敏原作

繁，據讀畫齋本改童

宛陵堂下探梅時，淑氣隨風裂麝臍。昨夜小園春已老，落花枝上鵓鴣啼。韓子蒼、陳朝老、韓琮、閩妓周氏

問訊松篁嶺下梅，今朝忽見數枝開。長干白下相逢少，莫負江南鸚鵡杯。道潛，唐才婦、張武子、史干

北客南來豈是家，名園又作醉生涯。困讀畫齋本作因風蛺蝶低仍起，飛去方知不是花。蘇子瞻、陸務觀、毛達可、楊廷秀

一枝斜映佛前燈，興味都來似野僧。記得玉人春病校《全唐詩》作初病起穿花却與共扶藤。陳去非、忘名、薛能、蘇養直

高標不畏雪霜侵，松竹初栽未靚深。多謝東君深屬意，盡教枯朽作瑶林。鄭毅夫、吕栻、林迥、李太白

古苔留雪卧牆腰，小户無風暖氣饒。一段好春藏不得，有人和淚獨吹簫。姜堯章、潘德久、張武子、劉武子

江頭千樹玉模糊，客子摇船遶畫圖。唯愛風流當月夜，滿身花影倩人扶。李縝、張武子、林紹宗、陸龜蒙

仙子乘雲下玉溪，幽人又賦探春詩。遠香暗度横橋上，正是横斜一兩枝。嬾愚、陸務觀、史干、李希聲

白玉堂前一樹梅，先於城外百花開。物情似與閑相稱，又惹東風意緒來。唐才婦、劉禹錫、劉威、來鵬

花籠微月竹籠煙，多病多愁負少年。一院落花無客醉，謝娥行處落金鈿。元稹、張泌、温飛卿、韋莊

不知雨後更精神，與水相蒸暖盎春。獨自捲簾樓上望，夕陽吟殺倚樓人。俞商卿、曾幼度、翁靈舒、韋莊

有花偷笑臘前枝，筆寫春闈客賦詩。獨夜客心何處是，和煙和雨雪離披。錢翊、慕幽、施肩吾、韋莊

海天臘盡凍初融，平旦梅花破冷紅。借問清都舊花月，共驚雲色帶微風。上官良史、張武子、賈至、盧綸

雪裏開花却是遲，羞歸應為負花期。即今耆舊無新語，獨立蒼茫自詠詩。蘇子瞻、蘇子瞻、杜子美、杜子美

小萼裁成絳蠟匀，繡難相似畫難真。春風用意匀顔色，未怕青腰玉女嗔。石曼卿、方干、鄭谷、王介甫　原題

絶無聲色動凡情，香比江梅分外清。欲問此根何處得，游蜂多思近經營。林憲、洪覺範、石懋、韓退之 原題《紅梅》

一從笛裏送孤妍，興寄揚雄獨守玄。憶著江南舊行路，可憐風味故依然。銛朴翁、張子文、林君復、李縝 原題《蠟梅》

半幅溪藤萬里春，夜窗添起月精神。眼看白璧埋黄壤，鬢髮空歸想太真。陳去非、石懋、黄魯直、張子文 題《墨梅》

前村深雪裏，天意不教遲。玉色復何異，東風萬古吹。齊己、熊皎、朱晝、張喬

閶闔春風起，花開次第新。拂牆花樹動，疑是弄珠人。令狐楚、王涯、崔鶯鶯、王適

素面凝香雪，孤根尚惹苔。春風有餘力，一一為愁開。韋莊、修睦、曹松、楊衡

上苑春何早，百花猶未知。逢春多霰雪，玉性肯磷緇。王表、熊皎、戴司顔、白樂天

雪中多日静，春富野人家。廢苑荒堤外，誰知改歲華。銛朴翁、上官良史、徐道暉、徐致中

歲晚樹無葉，欹花半在池。水光斜漾月，憶在故山時。歐陽詹、徐道暉、高九萬、皎然

自入春來早，梅花處處妍。幾家深樹裏，只怕晚風顛。徐致中、翁靈舒、項斯、姜堯章

高枝分曉月，花發蝶先知。野渡冰生岸，清香可贈誰。陸贄、文兆、皇甫曾、虚中

孤燈然客夢，疏雪亂梅花。憶昨經過處，鄉心月滿沙。岑參、徐致中、沈佺期、修睦

衆芳春競發，陰砌雪花殘。獨樹臨江古，猶疑畫上看。朱灣、慕幽、上官良史、徐致中

官曆春猶淺，夜寒霜滿枝。欲消冰似雪，明月不須期。翁靈舒、歐陽詹、趙紫芝、錢起

客路逢人少，春城不盡頭。無風花自落，何處避春愁。惟鳳、上官良史、杜子野、顧況

幾夕疏林下，山花慰客心。哀猿自相叫，惟恐暮雲陰。保暹、崔備、盧拱、張亦

高檣起行色，帶月過江村。逐吹梅花落，無言只斷魂。劉禹錫、劉長卿、李嶠、銛朴翁

閏年春過後，衆樹碧光鮮。已瘦梅枝影，關心又一年。齊己、翁靈舒、徐致中、銛朴翁

冬暖梅花早，前庭如月輝。北人歸欲盡，不用惜花飛。徐致中、陸暢、戴叔倫、王涯

雪氣衝簾入，天寒白屋貧。不知園裏樹，先結日邊春。徐道暉、劉長卿、東方虬、陳羽

春宵多旅夢，輕醉不成鄉。静室簾孤捲，花間暗斷腸。張喬、唐彦謙、行肇、魚玄機

近舍新為圃，春梅避石開。風兼殘雪起，詩思澀難裁。徐致中、周晉仙、于良史、包佶

忽見寒梅樹，西陵西又西。可憐枝上色，歸路莫相迷。王適、周晉仙、楊衡、皎然

野蝶難争白，芳香散着人。風光人不覺，寒氣日通春。司空曙、紇干著、王湮、讀畫齋本作涯李頻

萬仞冰梢折，春回客未歸。黄昏掩門後，教熨看花衣。馬戴、戴叔倫、戎昱、王建

寒雪梅中盡，紗窗薄似煙。怨魂迷恐斷，多是晚風前。李太白、張仲素、李商隱、姚合

舊國迷江樹，羞將淚對花。老魂招不得，明月落誰家。皇甫冉、孟郊、杜子美、李太白

東風吹暖氣，花泛曉光鮮。破月斜天半，垂藤壓樹偏。陳羽、司空圖、劉得仁、姚合

梅花今正發，折盡向南枝。相送河梁晚，春風動柳絲。李頎、張籍、陳伯玉、耿湋

深居白雲穴，幽意滿山楹。風遞幽香去，何人識此情。馬戴、祖詠、齊己、劉長卿

自愛新梅好，相懽得幾回。來年又相見，先發映春臺。張籍、戴叔倫、任蕃、原注：又作儲嗣宗。齊己

花落青軒樹，山僧帶雪期。荒階羅疊蘚，未遠剩相思。包融、尚顏、鄭愔、包何

尋芳愁路盡，山寺始花開。獨上高樓望，傷春不易裁。姚合、齊己、姚係、張泌

寒盡梅猶白，春光幾處偏。嬌鶯解言語，不是怨流年。宗楚客、郎士元、馬異、李端

常恐韶光晚，繁花已滿林。花心愁欲斷，月冷洞房深。陸贄、王表、王維、上官儀

碧落風煙外，正朝發早梅。散空香鬱鬱，應為剪刀催。王維、張説、陳羽、宋之問

嬾成真似病，山妓笑酣歌。花落煎茶水，疏叢蝶未過。于鵠、孟浩然、姚合、劉象

林間明見月，深户映花關。想像《全唐詩》作追想吹簫處，空尋伊洛間。皎然、韓翃、丁仙芝、司空曙

月寒花露重，貌為客愁銷。一落又經歲，鄉關此路遥。江為、田澄、于濆、祖詠

月明渾似雪，樹老數枝傾。月落江村黑，孤吟意不平。雍裕之、劉得仁、項斯、姚合

白日依山盡，春風引思長。抱琴沽一醉，尋艷復尋香。王之渙、雍陶、朱彬、原作郴，據讀畫齋本改鄭谷

旅館誰相問，霜晴凍葉飛。花當隴上發，邊色滿戎衣。戴叔倫、懷浦、楊衡、温飛卿

風起塞雲斷，飛花入户香。孤城吹角罷，一鏡有愁霜。戎昱、李頻、李宣遠、栖蟾

梅落經霜霰，雲連京國深。金罍列四座，春色豈知心。張暈、讀畫齋本作翬陳存、劉復、王維

池草艷春色，流芳復滿園。只應連夜雨，花落擁籬根。李太白、韋應物、李敬方、于鵠

世上樹桃李，逢春解惜春。不知春色早，對此合傷神。崔膺、李益、王適、唐彦謙

逆旅相逢處，冥冥花正開。今朝與君醉，不辨越王臺。孟浩然、崔峒、張説、張軫

野渡人初過，人悲花自閑。歌聲隨緑水，春滿杏花山。清塞、孟郊、劉眘虚、姚合

舊雪逐泥沙，驚雷長荻芽。低簷一枝在，恐有夜來花。李端、翁靈舒、紇干著、左緯

一點白如雪，玄機未易窺。歲華摇落盡，空把月中枝。徐道暉、韓仲止、左緯、翁靈舒

病見巖花發，風霜一歲殘。月斜寒影動，清比玉堪餐。張亦、徐道暉、徐致中、趙仲白

高樹梅初發，城隅古謝村。況多秋蘚色，巧詠任人言。徐致中、翁靈舒、趙紫芝、徐道暉

落日明深塢，新移棘補籬。野花春後發，獨自立多時。趙昌甫、徐道暉、趙紫芝、張武子

畫閣餘寒在，花明綺陌春。今年看花伴，東去汶陽濱。張起、王涯、李益、宋之問

無處寫幽懷，前山雪未開。一階春草碧，偶到樹邊來。銛朴翁、清塞、翁靈舒、楊衡

數枝寒照水，幽意日相親。愛此無他客，遥將寄野人。翁靈舒、趙紫芝、張亦、徐道暉

漁舸汀鴻外，霜天似水清。更無花上月，新句與誰評。翁靈舒、徐致中、周晉仙、趙紫芝

枯株圍古寺，老怪昔誰栽。水國花開早，疏花晚自開。徐道暉、翁靈舒、趙紫芝、徐致中

問得梅花信，新晴花氣香。戲賡和靖句，炙背負斜陽。徐致中、杜子野、周晉仙、銛朴翁

觸處是花開，孤高不受埃。春風別有意，時有暗香來。東方虬、翁靈舒、李義府、王介甫

幾度尋春信，親曾到石橋。寒雲拂縞夜，恨不坐通宵。左緯、徐道暉、徐致中、趙紫芝

旅望因高盡，江春入舊年。紛紛對寂寞，花隔杜陵煙。崔曙、王灣、劉昚虚、郎士元

捲簾清夢後，静角擀山城。氣射燈花落，飢（疑當作肌）膚片玉明。惟審、清塞、貫休、護國

積雪暮山寒，枝枝入肺肝。高風吹不盡，一半更須看。皇甫冉、趙仲白、處默、張亦

雪消春力展，林雪似芳菲。獨映孤松色，煩君問是非。可止、司空曙、嚴維、王維

蠹根停雪水，花落釣人頭。萬里猿頻斷，春風亦似秋。周賀、魚玄機、劉長卿、張繼

鳥喧金谷樹，惟此出塵埃。古戍鳴寒角，池塘暗不開。朱放、劉得仁、清江、司空曙

人情皆共惜，勿謂少知音。若問陽臺客，曾供雪夜吟。熊皎、無可、張循之、馬戴　以上《梅花衲》

全宋詩卷三一三二

李　龔三

謫仙吟

空白凝雲頽不流，牧龍丈人病歌秋。尋詩北嶺截珠樹，老夫饑寒龍為愁。呼龍耕煙種瑤草，若為失意居蓬島。泓泓水繞青苔洲，鯉魚風起芙蓉老。李賀、陳陶、陳陶、李賀、李賀、陳陶、陳陶、李賀

公無渡河

屈平沉湘不足慕，公無渡河兮公苦渡。行搔短髮提壺漿，玉白蘭芳不相顧。驚波不在黤黮間，顔色錯漠生風煙。其下無底旁無邊，何用將身自棄捐。李賀、王叡、李咸用、温飛卿、齊己、盧仝、白居易、王建

長安春

春欲來，日日望春門早開。花臺欲暮春辭去，禁城煙暖蒸青苔。齷齪浮生如走電，客舍似愁誰遣來。夜夜抱冰寒不睡，流光暫出還入地。門外平橋連柳堤，落花聲裏仙娥醉。王建、李賀、韋莊、陳陶、羅鄴、元稹、張籍、温飛卿、莊南傑

行路難

君不見長安城北渭橋邊，長安惡少不少錢。飛窗複道傳頭飲，金鯨瀉酒如飛泉。春風細雨走馬去，嗚鞭晚出章臺路。半垂衫袖揖金吾，誰道黄金如糞土。床頭黄金盡，中門為異域。骨肉且不顧，促刺復促刺。

世路有趨競，人無一定顔。何處是平地，暗水自波瀾。君不見建章宫中金明枝，春花落盡蜂不窺。雙輪晚上銅梁雪，當春對酒不須疑。行路難，君好看。盧照隣、高適、李賀、温飛卿、杜牧、韓翃、施肩吾、貫休、張籍、聶夷中、盧仝、王建、錢起、孟郊、顧況、薛能、崔顥、賀蘭進明、翁綬、張紘、原作紘，據讀畫齋本改齊己

塞上北風行

北風叫枯桑，玉沙粼粼光。天寒山路石斷裂，駐馬相看遼水傍。軍容帶甲三十萬，都護寶刀凍欲斷。旌頭夜落捷書飛，少年金紫就光輝。孟郊、李賀、張籍、王建、高適、岑參、王維、張祜

吴娃歌

洞庭明月一千里，芙蓉水殿春風起。殘絲欲斷黄蜂歸，鴛鴦翡翠承燕私。露脚斜飛濕寒兔，越王金雞報天曙。官街柳帶不堪折，謝豹空啼采香月。李賀、陳陶、李賀、陳陶、李賀、陳陶、李賀、陳陶

致酒行

零落棲遲一杯酒，緑凸鑾觥奉君壽。湖花江月前後隣，寒風又變為春柳。離鸞别鳳煙梧中，曦輪送客溝水東。霜白松溪轉斜蓋，世間何處無春風。李賀、陳陶、陳陶、李賀、李賀、陳陶、陳陶、李賀

採蓮歸

採蓮女，採蓮歸。落日晴江裏，蓮舟漸覺稀。蓮莖有刺不成折，争弄蓮花水濕衣。白練束腰袖半卷，不語低鬟幽思遠。碧玉搔頭落水中，粉痕零落愁紅淺。閻朝隱、王勃、劉方平、崔顥、孟遲、王昌齡、張籍、毛熙震、白居易、温飛卿

溪上春

黄璈散珠層殿嘌，東方風來滿眼春。龍蛇洗鱗春水暖，薇帳逗煙生緑塵。古人花為今人發，溪女洗花染白雲。赤水閬風誰是主，西山日没東山昏。　陳陶、李賀、陳陶、李賀、陳陶、李賀、陳陶、李賀

秋閨思

征人遥遥出古城，天河夜轉漂迴星。銀纏香寒鳳皇薄，樹色深含臺榭情。雨滋苔蘚侵階緑，為有秋期眠不足。城邊殘月勢如弓，月下丁東擣寒玉。　張籍、李賀、陳陶、温飛卿、岑參、王建、高適、韋莊

京洛篇

東望龍門北朝市，甲第千甍分戚里。朱門峨峨臨九衢，垂柳金絲香拂水。毗陵震澤九州通，董賢女弟在椒風。周公舊跡生紅蘚，九泉寂寞葬秋蟲。　蘇頲、王勃、韋應物、李賀、杜審言、崔國輔、李咸用、莊南傑

夢上天

馭鳳昇崑崙，夢上高高天。雲樓半開壁斜白，蓬萊宫殿玉爐煙。春羅書字邀王母，緑章封事諮元父。鴻瓏九關朝玉皇，大道無言暗相許。身不沉，骨不重，半空回首晨雞弄。寒緑幽風生短絲，春雷蟄蟄龍蛇動。　孟郊、元稹、李賀、陳陶、李賀、李賀、陳陶、陳陶、齊己、温飛卿、李賀、陳陶

空城曲

玉轉濕絲牽曉水，昔日住人今住鬼。東家胡蝶西家飛，星流露泫誰驅使。秋風吹地百草乾，兔苑詞人去不還。誰念幽寒坐嗚呃，長憶深雲海上山。　李賀、陳陶、李賀、陳陶、李賀、陳陶、李賀、陳陶

短歌行

日月出又没，貴賤同一塵。求榮不求辱，利欲相紛綸。鯨魚張鬣海水沸，擬學長生更容易。不知中有長

恨端，秦亡祖龍失天地。野草白根肥，鳳雛長忍饑。人生過五十，何用假光輝。四時相催節回换，烏頭雖黑有白時。一尊緑酒緑於染，有歌有舞聞早為。庭前芳樹朝夕改，可歎年光不相待。曹松、皎然、子蘭、權德輿、李賀、貫休、韋應物、陳陶、温飛卿、李羣玉、聶夷中、于濆、顧況、白居易、李咸用、王建、李嶠、張東之

蒿里曲

古人今人留不住，六街馬蹄浩無主。喪車轔轔入秋草，丘壠年年無舊道。天娃剪霞鋪曉空，幽愁秋氣上青楓。寒食家家送紙錢，紙錢那得到黄泉。陳陶、李賀、張籍、王建、陳陶、李賀、張籍、王建

烏夜啼

衆鳥各歸枝，落花香滿泥。狹斜柳樹烏争宿，夜夜夜半當户啼。浮萍摇蕩門前水，九節菖蒲石上死。感郎中夜渡瀟湘，恩光暗入簾櫳裹。聶夷中、崔道融、李端、王建、楊巨源、李賀、劉方平、温飛卿

公無出門

天迷迷，地密密，海漫漫。身若倉中鼠，遲回出門難。大道冥冥不知處，小人心裹藏崩湍。我亦為君長嘆息，炊沙作飯豈堪喫。棘鍼生猛義路閑，太華磨成一拳石。不懼天地傾，津涯浩難識。龍蟠泥中未有雲，封狐雄虺自成群。人生結交在終始，細人何言入君耳。歸卧東窗兀然醉，任他上是天，下是地。李賀、白居易、曹鄴、陳陶、貫休、齊己、温飛卿、顧況、劉叉、馬異、王建、高適、張籍、駱賓王、賀蘭進明、鮑溶、李頎、羅隱

少年行

丈夫十八九，驄馬拂繡裳。倒插銀魚袋，陪遊出建章。醉下酒家樓，軒車滿垂楊。君王正年少，無人薦馮唐。邵謁、陶翰、李廓、李嶷、韋莊、于濆、司馬札、曹鄴

遠別離

太湖三山口，中有西行舟。望望不相近，望中生遠愁。重露濕蒼苔，秋風散楊柳。空藏蘭蕙心，離恨如旨酒。碧紗窗外葉騷騷，三更風作切夢刀。千里萬里獨為客，少年心事風中毛。皎然、沈佺期、邵謁、于武陵、李端、顧況、韋莊、貫休、徐凝、施肩吾、張籍、李咸用

銅雀妓

淚眼看花枝，原作机，據讀畫齋本改齊行奠玉杯。日暮銅雀迥，歌舞妾空來。悲心舞不成，恨唱歌聲咽。君王去後行人絶，但見西陵慘明月。李賀、梁瓊、王適、沈佺期、朱光弼、朱放、程長文、李咸用

江南思

妾家白蘋浦，柳惲乘馬歸。恰值清風起，朱服弄芳菲。離居不自堪，留情此芳甸。臨醉欲拚嬌，惡許傍人見。相逢恐相失，徘徊雙明璫。歸時不覺夜，要使兩情傷。温飛卿、李賀、陸龜蒙、劉希夷、宋之問、李端、李商隱、丁仙芝、崔國輔、劉眘虚、張仲素、韋應物

折楊柳

萬里邊城地，垂楊二月春。年華枝上見，日暮客愁新。露葉疑啼臉，風花思舞巾。玳梁誰道好，持此寄情人。韋承慶、張祜、歐陽瑾、孟浩然、盧照隣、劉憲、李商隱、張九齡

秋夜曲

秋夜長，殊未央。秋燈向壁掩洞房，天漢東西月色光。啼蛄吊月鈎欄下，寒衣未寄莫飛霜。王勃、王建、張籍、李賀、王維

全宋詩卷三一三三

李龏　四

過臺城

雲慘煙愁苑路斜，馬嘶殘日没殘霞。繞籬野菜飛黄蝶，宫殿餘基長草花。孟遲、曹鄴、長孫佐輔、張喬

金陵春日

登臨吟望思無窮，折盡青青賞盡紅。白鳥影從江樹没，數峰春色在雲中。貫休、薛能、劉滄、李咸用

寒食日花讌

萬象鮮明禁火前，紅英翠萼簇芳筵。殘春未必多風雨，少别穠華又隔年。温飛卿、劉兼、鄭谷、韋莊

湖上贈新得意者

湖上新正逢故人，天明騎馬入紅塵。憑君莫話封侯事，栲栳量金買斷春。嚴維、王建、曹松、盧延讓

惆悵詩

覺來燈背錦屏空，自愛殘粧曉鏡中。寂寞閑庭春欲晚，垂楊無力受東風。王之渙、元稹、劉方平、李咸用

繡林紅岸落花鈿，目極雲霄思浩然。漳浦病多愁易老，滿庭榆莢似秋天。劉兼、温飛卿、司馬札、雍陶

初夏偶賦

野煙喬木弄殘暉，虚室無人乳燕飛。正是清和好時節，青叢花盡蝶來稀。羅隱、劉商、韋莊、司空曙原作曉，據

出塞

單于寇井陘，進軍飛狐北。沙昏夜探遲，遠樹深疑賊。胡霜損漢兵，不妨得頭白。功成須獻捷，會勒燕然石。王昌齡、陶翰、張籍、貫休、沈佺期、于濆、崔顥、竇威

老婦吟

萬轉愁成繫腸線，青畝春蕪連石苑。為他人作嫁衣裳，頭白如絲面如繭。施肩吾、温飛卿、秦韜玉、王建

寒女歎

國色久在室，寒女不自知。安得長不老，為君玄鬢衰。我有古時鏡，一照一回悲。于濆、曹鄴、薛耀、司馬札、朱晝、邵謁

怨詩二首

緑蔓花綿綿，日晚梧桐落。所思終不來。蟲聲入羅幕。鮑溶、薛奇童、于濆、崔國輔

洞房秋月明，玉關芳信斷。含怨倚蘭叢，日驚羅帶緩。張脩之、劉元濟、吴少微、李華　以上《剪綃集》卷上

《全唐詩》改

宿建溪

樹侵閩嶺漸無霜，一望繁花一縣香。寂寞舟中誰借問，隔簾微月入中倉。黄滔、盧綸、郎士元、歐陽詹

夏日松陵道中

煙岸人稀草色中，火天無處買清風。西南一望雲和水，萬樹鳴蟬隔斷虹。鄭谷、施肩吾、竇鞏、李商隱

秋晚泊吴江塔院寄王抱節

雨後沙虚古岸崩，水風霜氣夜稜稜。冷煙粘柳蟬聲老，高塔晴來獨自登。陸龜蒙、白居易、杜荀鶴、鄭谷

漁人野祭

婆官賽却坐江隈，煙水悠悠霽景開。精魄不知何處在，野風吹起紙錢灰。李夢符、趙嘏、常雅、吴融

酬左行之金陵夕遊

宫城日晚度寒鴉，新意雖多舊約賒。商女不知亡國恨，恨君嗔折後庭花。劉滄、許渾、杜牧、薛能

書山居女冠繡樓

一渠流水數家分，絃管樓中永不聞。燈下此心誰共説，紫煙衣上繡春雲。項斯、趙嘏、清塞、鮑溶

雪

細玉羅紋下碧霄，縈叢自學小梅嬌。閑吟只愛煎茶澹，旋斫生柴帶葉燒。羅隱、秦韜玉、薛能、杜荀鶴

密片無聲急復遲，夜來誰向月中歸。江湖不見飛禽影，寒鎖侯門見客稀。方干、王初、杜荀鶴、劉叉

三衢道中

桂玉愁居帝里貧，南行無罪似流人。橘村籬落香潛度，漸覺生衣不著身。李群玉、杜荀鶴、姚合、王建

天城貴家妓

龍山晴雪鳳樓霞，煙水初消見萬家。寶枕垂雲選春夢，隔簾微雨濕梨花。李商隱、竇鞏、李賀、吕温

送通上人謁賈寺丞

進乏梯媒退又難，近因多難怕長安。相知莫話詩心苦，乞取新詩合掌看。羅隱、吴融、薛能、劉禹錫

與鄭澹然

曾是朱門寄食身，一生生計秖長貧。清閑自可齊三壽，他日相逢乞藥銀。杜荀鶴、賈島、李咸用、清塞

送黄中入吴門

行到鱸魚鄉裏時，一宫花渚漾漣漪。看春又過清明節，更把愁心説向誰。項斯、陸龜蒙、竇常、杜荀鶴

桐江客舍酬客

一片離心白羽輕，桐廬江上晚潮生。客來吴越星霜久，身賤多慚問姓名。高蟾、李郢、郎士元、盧綸

春日詠懷

客舍青青柳色新，濕雲如夢雨如塵。經年抱疾誰來問，萍梗何年是住身。王維、崔魯、賈島、李羣玉

春陰初過海棠時，病客遥聽百舌兒。縱有芳樽心不醉，落花如雨淚胭脂。薛能、盧仝、許渾、沈亞之

南郭晴步

春城無處不開讀畫齋本作飛花，南陌晴雲稍變霞。高下麥苗新雨後，不教閑地著春華。韓翃、李端、杜荀鶴、吴融

送人歸雪城

江蘺初緑怨騷人，且向東溪種白蘋。別恨最深何處寫，數株殘柳不勝春。劉長卿、李建勳、李端、劉禹錫

遊法華寺

野寺尋春春已遲，青山一路鳥空啼。何人為倚東樓柱，可有文詞詠碧雞。李涉、李華、杜牧、吳融

贈野廟祈雨老巫

桑條無葉土生煙，上德由來合動天。銅鼓祭龍雲塞廟，對花歌詠似狂顛。李約、方干、劉兼、張籍

秋日得鄭茂弘書

野燒空原盡荻灰，逐臣千里寄書來。蟲聲竟夜引鄉淚，舊館秋陰生緑苔。劉滄、盧綸、戎昱、賈至

采藥翁

滿頭霜雪背青山，百歲身心幾日閑。異果奇花香撲面，往來惟在酒徒間。貫休、戎昱、王轂、盧綸

出元符宫逢雨

水流黄葉意無窮，倚棟星開牛斗宫。風入古松添急雨，暮程還過秣陵東。皇甫冉、陳陶、盧肇、韋莊

金陵送客

鴈行高送石城秋，客散紅亭雨未休。日暮征帆泊何處，楚雲湘月憶同遊。沈彬、岑參、孟浩然、許渾

江西秋日送客遊洞霄

一葉梧桐落半庭，暮猿千曲玉峰青。不知白髮誰醫得，仙侶無何訪蔡經。薛能、陳陶、高蟾、張賁

楓橋晚泊

水闊風高日復斜，鷺鶿繚繞入人家。船頭繫箇松根上，霜葉紅於二月花。左偃、周繇、皮日休、杜牧

秋夜長

丹鳳城南秋夜長，殘蟬急處日争忙。如何銷得凄涼思，水色簾前流玉霜。沈佺期、吴融、李九齡、徐凝

題郵亭

荆卿雄骨化為塵，春草秋風老此身。行盡江南數千里，未曾逢著獨醒人。陸龜蒙、劉商、岑參、杜牧

玉山客夜

暫憑尊酒送無寥，香印風吹字半銷。明月斷魂清藹藹，桑林蠶後盡空條。李商隱、許渾、高蟾、李頻

僧房聽琴

帝鄉群侶杳難尋，禪思何妨在玉琴。紅葉間飄籬落迥，幾曾牽破别離心。李群玉、楊巨源、朱慶餘、齊己

山居老將

腰間寳劍七星文，不下青山老白雲。門外碧潭春洗馬，鎮南人憶杜原作壯，據讀畫齋本改將軍。王維、武元衡、韓翃、楊巨源

送林貢君歸閩

曉山初霽雪峰高，漁釣牛蓑且遁逃。晝夢不成吟有興，便攀龍眼醉香醪。許渾、羅隱、李中、章碣

送景道士還山

古羅衣上碎明霞，自原作目，據讀畫齋本改説歸山人事賒。金鼎藥成龍入海，定知仙骨變黄芽。陸龜蒙，羅鄴、黄滔、戴叔倫

贈琴客

一寸心中萬里愁，七條絲上雨脩脩。此心不向常人説，彈作薊門桑葉秋。王周、賈島、羅衮、韓翃

宫怨

得寵憂移失寵愁，上皇行處不曾秋。淚痕不學君恩斷，空逐春泉出御溝。李商隱、長孫翱、劉媛、司馬札

畫松

畫松一似真松樹，小手篇章徒爾為。荒齋幾度僧眠起，認得巖西最老枝。景雲、杜荀鶴、清塞、竇庠

村舍

渚煙深處白牛歸，稚子焚枯飯客遲。風動葉聲山犬吠，今朝出郭不相隨。司空圖、錢起、王建、張籍

越中清明

柳色千家與萬家，閑身行止屬年華。殘花落日小齋閉，幾箇春舟在若耶。武元衡、薛能、趙嘏、王翰

寄茅山講莊子道侣

不用燒蘭望玉京，人間無事不曾經。大椿枯後新為記，從許人間小兆聽。鄭璧、李咸用、皮日休、陸龜蒙

重寄

竹杖芒鞋稱野情，醉鄉無貨没人争。近年已絶詩書癖，誰問山中宰相名。無則、皮日休、張賁、陸龜蒙

重宿吴林居園亭逢雪

小隱西亭為客開，舊題詩句没蒼苔。銀河風急驚沙度，酒作凌澌火作灰。許渾、鄭谷、李咸用、姚合

遣興

春色何因向酒疏，畫簷愁見燕歸初。不知獨坐閑多少，釋悶還拈架上書。姚合、徐凝、來鵬、隱巒

青嶂青溪直復斜，水天狼籍變餘霞。朝來逢着山中伴，騎馬城西檢校花。顧況、薛逢、趙嘏、王定

牡丹

一年生意屬流塵，萬葉紅綃剪盡春。希逸近來成懶病，落時青帝合傷神。李商隱、盧士衡、温飛卿、唐彦謙

三月晦日留客

莫為輕陰便擬歸，殘花應逐夜風吹。共君今夜不須睡，正是王孫惆悵時。張顛、李昌符、賈島、温飛卿

夜坐

雨收殘水入天河，樓上美人凝夜歌。一點新螢報秋信，故園寥落近滄波。王定、許渾、賈島、鄭谷

子規

吳王舊國水煙空，墳塚高低落照紅。帶月莫啼江畔樹，幾人遊宦別離中。陳羽、李群玉、李中、杜牧

偶作

獨立空山冷笑春，不須歌調更含嚬。平原累累添新塚，死者還曾哭送人。崔魯、薛能、雲表、歐陽詹

遠客愁

五湖煙水接遥天，子夜新聲何處傳。少婦不知歸未得，思量大是惡因緣。裴瑶、顧況、盧弼、裴誠

欲殘牡丹

寥落衰紅雨後看，艷多煙重欲開難。氛氲蘭麝香初減，裛露陰霞曬不乾。元稹、羅隱、李建勳、方干

牡丹中白牡丹

春風吹我入仙家，香勝燒蘭紅勝霞。別有玉盤盛露冷，天教晚發賽諸花。劉兼、白居易、陶當作開元名公、劉禹錫

浙江晚渡

繡轂香車入鳳城，春風猶放半江晴。潮聲歸海鳥初下，一片傷心畫不成。羅隱、方干、劉滄、高蟾

西陵旅夜

漁曲飄秋野調清，半窗殘月帶潮聲。不知短髮能多少，一夜新添白數莖。陸龜蒙、雍陶、韓偓、王叡

寄西山僧

門掩松邊雨夜燈，門前歧路自崩騰。誰知獨夜相思處，曾看庵西瀑布冰。齊己、貫休、廉氏、鄭谷

姑蘇晚泊聞吹鷓鴣

紅映高臺緑繞城，蒨衣菱女畫橈輕。誰家玉笛吹殘照，更聽鈎輈格磔聲。趙嘏、殷文珪、劉兼、李群玉

偶作

心如野鹿迹如萍，只願陶陶不願醒。楚國蕙蘭增悵望，雨中嵐影洗還青。羅隱、韋莊、陳陶、楊奇鯤

竹

錦籜飄零粉節深，萬竿如束翠沉沉。子猷殁後知音少，忍翦凌雲一寸心。殷文珪、李涉、羅隱、李商隱

燕

一巢功績破春光，短羽新來別海陽。千里春風正無力，落花徑裏得泥香。王嵒、滕白、温飛卿、鄭谷

贈琴僧楊堅

窗中早月生琴榻，獨閉山門月影寒。澗水松風生十指，冰囊敲碎楚金盤。方干、顧況、隱巒、薛濤

江寺老校書

振鷺翔鸞集禁闈，一生只著一麻衣。湘宫水寺清秋夜，猶擁青編獵是非。唐彦謙、貫休、皎然、陳陶

答江南友人

却笑孤雲未是閑，書來未報幾時還。江南無限蕭家寺，名畫偏求水墨山。施肩吾、竇鞏、陸暢、鄭谷

都市月下逢吴伯言

水亭山寺二年吟，月下相逢辨語音。無限春愁莫相問，一年不見一年深。杜荀鶴、盧綸、趙嘏、雍陶

丹陽道中

漠漠野田空草花，柳塘煙起日西斜。村園門巷多相似，竹裏繅絲挑網車。錢起、鮑溶、雍陶、李賀

紅樓女

三三五五結同心，夾巷重門似海深。坐怨玉樓春欲盡，不知歌舞用黄金。施肩吾、吴融、崔顥、盧綸

清隱樓

清隱仙書小篆文，挂簷數片是秋雲。平郊遠見行人小，石路泉流兩寺分。鮑溶、良乂、岑參、權德輿

辛卯江西秋日

舉目雲山要自迷，千門萬户鞠蒿藜。數州城郭藏寒樹，況復時聞烏夜啼。李嘉祐、唐彦謙、李遠、賀蘭進明

友人山齋

寂寂寥寥揚子居，自收雲藥讀仙書。雲深路僻少人到，養静資貧兩有餘。駱賓王、張籍、周朴、白居易

寒食

一年唯此兩三辰，落拓東風不藉春。歌酒家家花處處，何曾紫陌有閑人。熊孺登、李山甫、白居易、羅鄴

野岸花

紅枝欲盡紫枝殷，少有行人輟棹攀。芳草隴邊回首客，肯將榮落意來看。盧綸、羅鄴、殷堯藩、吴融

再遊茅山任宗師上庵

一片仙雲入帝鄉，寒嵐依約認華陽。玉池露冷芙蓉淺，過客空來禮影堂。賈至、皮日休、許渾、麴信陵

句容道中即事

秋風漠漠吐寒雲，田熟家家將賽神。山下女郎歌滿野，一雙長箭繫紅巾。賈島、張籍、曹鄴、王建

代野老作

浮世浮名能幾何，青山滿眼少年多。有時捫蝨獨搔首，目送歸鴻笑復歌。杜荀鶴、李端、李頎、錢起

道傍古松

寒流石上一株松，一半死皮藏蠹蟲。石馬雙雙當古樹，厖眉書客感秋蓬。盧仝、朱灣、耿湋、李賀

塞上曲

賀蘭山下陣如雲，擬報平生未殺身。誰道古來多簡策，古來名將盡為神。王維、王建、耿湋、劉禹錫

塞下曲

都護今年破武威，磧煙烽火夜深微。金釵漫作封侯別，白髮生頭未得歸。皎然、江為、沈彬、令狐楚

送春

三月惟殘一日春，豈知惆悵有閑人。隨風未辨歸何處，斜日横窗起暗塵。令狐楚、杜牧、姚合、趙嘏
百和初薰越布衣，一年春盡送春詩。滿庭芳草坐成恨，貧過長安櫻筍時。韓翃、杜牧、劉滄、鄭谷

秋曉聞蟬

聲引秋絲逐遠風，月輪移出上陽宫。病來旅館誰相問，玄髮侵愁忽似翁。劉兼、杜牧、李九齡、趙嘏

馬塍賣花者

十里宜春下苑花，濃香染著洞中霞。採夫移得將何處，擔入宫城許史家。唐彦謙、韓偓、劉言史、吴融

漁　父

罷釣歸來不繫船，坐看秋水落紅蓮。江鮮野菜桃花飯，高唱夕陽孤島邊。司空曙、施肩吾、李群玉、沈彬

贈費道士

强梳蓬鬢整斜冠，夜聽步虚山月寒。縮地往來無定所，洞天誰道却歸難。陸龜蒙、顧況、護國、唐求

春　夜

日日斜空醉歸，敗裘披苦見毛稀。杜鵑啼斷回家夢，夢掃蘆花絮客衣。劉象、陸龜蒙、劉言史、張蠙

古　觀

仙觀曾過知不遠，古壇春雨蘚生磚。行逢買藥歸來客，誰解登高問上玄。朱慶餘、若虚、項斯、鄭谷

過烏衣巷

王謝風流滿晉書，東南一望可長吁。平蕪隔水時飛燕，更有何人在此居。羊士諤、羅隱、李建勳、方干

宿破寺

耻將興廢問休公，道似危途動即窮。冷極睡無離枕夢，橘邊沽海半罏空。温飛卿、羅隱、杜荀鶴、許渾　以上

全宋詩卷三一三四

李龔五

賦青城山陷

蜀道天收碧落鍾，六丁移路鑿蠶叢。飛山夜挾風雷没，愁殺江南鬼五通。宋周密《浩然齋雅談》卷中

偶題

杞菊苗香雨足時，芼羹千載憶天隨。食盤近覺魚蝦貴，勿笑吴傖啖逐夷。

偶成

投老謀生未有涯，酸吟空自度年華。人間春雨秋風夜，落葉堪悲似落花。

讀周晉仙詩

句中響處玉瓏玲，合使吟人洗耳聽。王謝風流今不見，金鵝山下月冥冥。以上《永樂大典》卷九〇三

過太湖

水面八百里，所之唯認山。消人名利念，出世是非間。帆有凌空勢，雲無不雨顔。何年洞庭上，林屋老仙關。同上書卷二二六〇引《雪林漱石集》

雨花臺

不見梁時説法僧，一臺芳草自青青。滿山碼碯殷紅子，空驗天花舊點靈。同上書卷二六〇三

野梅歎

蒼岑大野臨回岡，有樹破臘揚孤芳。枝頭粘得太古雪，月底散出無邊香。一清炯然抱幽寂，老與樸樕埋冰霜。青苔黄蘚裹寒骨，槁面不入春風場。　同上書卷二八〇八

夜發崑山問潮館

雲耿寒星路不明，問潮人起約三更。江風吹上一輪月，照動客船多少情。　同上書卷一一三一三

送黄壽老謁淮南賈制帥

雪邊行李别詩朋，詩教龍門在廣陵。十里紅樓明月夜，莫將新句讓徐凝。　同上書卷一五一三九引《剪綃集》

分詠得鞋

一鈎金押皂花羅，頭似鸚哥小不多。記得花時人較醉，窣香曾上木蘭坡。　影印《詩淵》册一頁五八引《雪林漱石吟》

前有一樽酒

前有一樽酒，主人奉客客稱壽。君不見麟不能飛，鳳不能走。龜靈於人，龍死於鬬。山有時兮崩，河有時兮決。秦皇求仙竟不成，梁皇佞佛何曾徹。我今為君拂青萍，履明月，奏雲和，歌白雪。洗滌塵埃九折腸，澡瀹風雷三寸舌。上願天子聖，下願宰相賢。字民之官不愛錢，四夷妥帖無狼煙。有田負郭安里閭，秋堂夏屋臨平川。左手黄卷右青編，糟糠功名一百年。坐上日日延俊秀，子孫孫子相綿綿。　同上書册一頁一一八

當置酒

故人客秋縣，青軒臨繡楹。頹陽横斷柳，短渡隔孤城。風蓮卸湘綺，露草結秦纓。當置一樽酒，前途路未平。同上書册一頁一三六

懷友

幽人只隔一峰雲，幾度相思叫不聞。日暮小溪三四曲，薔薇如雪落紛紛。同上書册一頁二四五

舊館憶王抱節

夜雨滄波上，寒塘草市中。鍾聞兩寺應，室掩一床空。買醉留僧燭，敲吟折水蒹。沙邊鳴宿雁，亦似哭詩翁。同上書册一頁二九〇引《雪林潄石吟》

有憶王抱節陳樗堂

貧驅遊海縣，常憶老詩朋。秋事無人語，危樓怯自登。蚌津紅日冷，鹽竈白煙凝。惆悵遼天鶴，緘書喚不應。同上書册一頁二九〇引《白石潄石吟》

贈黄中爲賦澹翁

世間無味處，子獨嗜之深。野菜羹前飲，梨花月下吟。盡於時態别，更没俗情侵。我亦心如水，因題契我心。同上書册一頁五二〇引《雪林潄石吟》

沈子玉使君

黄紙新除郡，欣君得晉陵。幾年淹俊軌，今日慰親朋。地近家殊便，民淳治易興。何時把麾去，莫廢遺書滕。同上書册一頁六三五引《雪林潄石吟》

寄抱節

枕簟驚秋客意悲，吴湖一望白雲迷。風枝蟬老寒聲起，野浦蓮衰夕艷淒。書寄潮船多不到，詩臨月館少曾題。離魂每夜生歸夢，只繞東遷漢縣西。同上書册一頁七〇〇引《白石潄石吟》

寄陳公儲

一歲又將晏，客遊今海濆。水寒鷗上樹，風勁鶻盤雲。京醞秋曾飲，湖涼夜亦分。雪邊梅事動，吟思正迷羣。同上書册一頁七〇二引《雪林潄石吟》

酬陳復初見寄

不作科場夢，塵愁鬢亦衰。每於明月夜，多憶少年時。朗抱花空識，清貧鏡獨知。秋來大江上，件件欠君詩。同上書册二頁八七三引《雪林潄石吟》

桑　樹

無花多病枝，唯葉吐春輝。蠶不資為食，人應種者稀。陰成嬌雉宿，椹熟乳鶯飛。幾槎閑紅紫，從渠上錦機。同上書册二頁一一二八

風　琴

呦咽高低韻不同，斷魂江月更冥朦。隔窗暗覓聲來處，響落晴霄一線風。同上書册二頁一三五三引《雪林潄石吟》

信州道中

試出江東路，葛溪還玉溪。灘聲喧水石，人語混鳧鷖。田卧栽禾鼓，桑閑採葉梯。春城紅酒味，猶憶在江西。同上書册三頁二〇〇五

清塘

苧旗風裏響連枷，蓼岸飛塵入釣車。昨夜碧城疏雨過，斷畦秋菜亦抽花。　同上書册三頁二〇四五

秋夜芭蕉

緑似春江水染成，窗紗分映色偏明。霜風一夜渾梢破，葉上殘詩讀不行。　同上書册四頁二二三五〇

採蓮曲

西風引袂涼雲起，鴛槳扶船浮緑水。露沁花脂茜粉香，滿柄蜂芒刺葱指。紅綃半妥金釧明，堤上玉郎闖唱聲。湘中暮雨歡期失，各自東西空目成。船蕩波心煙漠漠，歸路花從唱邊落。緑艷紅妖江水深，水底靈均應不覺。　同上書册四頁二二五六〇

秋日子規

血滴成花不自歸，銜愁猶泣在天涯。秋聲又比春□苦，除却淵明勸得誰。　同上書册四頁二七六七引《雪林漱石吟》

山居友

不事塵中事，如君只一家。墮巢收煮茗，閑艇借移花。養樹填山色，疏池抉草苴。妻孥諳地利，亦喜治桑麻。　同上書册五頁三一五一引《雪林漱石吟》

松濱書館

一身如鶴信蕭閑，又向松濱寄客單。世事嬾能捫蝨話，生涯聊作豢龍看。删來稿卷吟還冗，洗過練衣著倍寬。獨有會心真得處，小庭幽草緑平欄。　同上書册五頁三四〇二引《雪林漱石吟》

登蘇州齊雲樓

故基何處是吴宫，醉上州城值晚風。簫鼓沉沉煙樹冷，亂蛙聲在落花中。　同上書册五頁三五五一引《雪林漱石吟》

登鳳凰臺

繚垣桐數樹，知是阿誰栽。鳴鳳久不至，遊人空自來。春聲歸百鳥，古意薄層苔。縹緲三山外，離雲掃弗開。　同上書册五頁三五八一引《雪林漱石吟》

（羅絳整理）

全宋詩卷三一三五

毛珝

毛珝，字元白，三衢（今浙江衢州）人。有《吾竹小稿》一卷，李龏爲之作序，比之爲唐詩人沈千運，約略可知其人生平風貌。事見宋李龏《吾竹小稿序》。

毛珝詩，以汲古閣影宋抄《南宋六十家小集》本爲底本，酌校顧氏讀畫齋刊《南宋羣賢小集》本（簡稱羣賢集）、影印文淵閣《四庫全書·兩宋名賢小集》本（簡稱名賢集）。新輯集外詩一首附於卷末。

西興

蚤暮船争渡，都城隔岸間。昔為漁釣地，今作利名關。潮探塵中事，年催客裏顔。水僊花又發，吾欲老江灣。

寓池之清夷堂

堂静草侵廊，羈懷未易忘。近城知郡圃，有佛即僧坊。惡句書盈壁，空樽壘到牆。使君臨寵外，滿目樹蒼蒼。

送客遊吴

水鄉秋易冷，珍重過吴松。在旅雖難遣，於詩莫厭攻。一輪僧寺月，半夜客船鍾。况有賢州牧，知音是舊逢。

小至

九地陽初動，披衣起擁鑪。門前初去馬，窗外漸啼烏。雲色呈金未，梅梢破玉無。焚香待天曉，點易自研朱。

廬山棲賢寺

名重於諸刹，前賢舊隱蹤。無人知有路，隔樹忽聞鍾。瀑壯山疑裂，雲深寺若封。或傳遺稿在，三叩昔時松。

登黄崗清淮門

風吹蘆葉江頭路，江水江天共秋暮。邊淮寒早客行稀，只有征鴻向南去。征鴻原作雁，據群賢集改自去書不來，遠衣未寄憑誰催。孤城慘咽暮笳起，城下荒榛接淮水。

種竹

山居無力塵居俗，有客勸予惟種竹。種成貧家可驟富，翠色琅玕遶君屋。清晨荷鉏斸溪岸，分得溪光入城緑。暮年百事課功遲，坐待春風滿林玉。

墨龍

真人尸居雷八荒，斷碑殘墨生蒼茫。鯇桓下睬九淵黑，神光倒射角與亢。自注：平聲。明明元氣淋漓蹟，水底焚槐海波赤。周流萬化元無極，姑使人心識天則。

湘江

毛珝

湘江誰道無情水，寶瑟聲寒愁帝子。安知日月在中天，萬古重瞳元不死。楚南楚北千里雲，持香遥禮雲中君。莫起悲風助騷怨，蘭枯菊瘁不堪聞。

東　風

東風煦嫗如慈乳，欲報生成恨無所。自粘花片作斑衣，起捧春醪勸春舉。傍人笑我老如許，我亦笑渠將及汝。梅花也笑柳都舞，君如不飲出童羖。

浙　江

白鷗舊事隨波去，太極陰陽自吞吐。長虹夜貫黑頭船，四紀沙迎相公路。馮夷作劇真等閒，五都有客雄其間。上林三官浪憂國，千年海底生銅山。

檜　瀑

媧皇失補天南角，一道銀河落君屋。又疑元氣自周流，不然瀉盡誰能續。瀑邊老檜尤可人，鬐疎骨瘦皮鱗皴。崩崖欲壓全不懼，夜半潛蛟暗來去。

富川邂逅戚叔開

百蟲阨蟄鴈奔忙，君從何來兩袂霜。大冠如箕盍齊魯，此地無乃驚吠厖。釣竿曾笑江湖窄，尺水詎容投牿客。取瓶為君向東輈，一聲裂石扶桑白。

虎　丘

阿鴻血染吴苔碧，氣徹重泉埋不得。千年至寶復歸天，顛倒海中飛霹靂。至今荒怪列虞初，鎛石千尋駭遊客。寺邊别廟是何神，月黑伽藍問周易。

月

人言月裏仙人住，隱約娑羅樹根兔。玄霜擣就亦多年，不見有人曾得度。清光偏照邊城秋，城邊白骨胎王侯。王侯白骨卒未已，龜蚌吸月獨不死。

丹陽館

渡江第一南來驛，幾度華堂延鴈客。百年運逐曉雲空，愁殺鞮官老無職。南徐今日古陽關，不斷歌聲祖離席。國讎已復事尤多，折損年年春柳碧。

富池廟

船頭蜀錦三千尺，倒影長虹浸寒碧。相逢不是紫髯郎，鸚鵡洲邊眼生棘。江頭簫鼓雜靈鴉，人道陰兵曾護國。安知樓下雪千堆，不是吞曹氣衝激。

秋日即事

黃花暴日香欲醉，黃蜂抱香暖欲睡。老夫邂逅亦欣然，一段先天畫前意。喧喧歸雀聒叢篁，夕風欲轉明朝霜。花摇蜂醒我亦覺，斜陽一片秋茫茫。

甲午江行

百川無敵大江流，不與人間洗舊讎。殘虜自緣他國廢，諸公空負百年憂。邊寒戰馬全裝鐵，波闊征船半起樓。一舉盡收關洛舊，不知銷得幾分愁。

寓興國之十詠亭呈諸友

斷垣荒棘疑無路，忽有幽亭一畝餘。不稱郡侯來把酒，偏宜野客借觀書。臨堦汲水防苔滑，隔岸看山愛柳疏。非有舊交時下顧，十分風味落樵漁。

中年

中年已悟昔皆非，正學無師更可悲。詩道縱能通閫域，聖經曾未涉藩籬。擬從周子參無極，更為東萊續近思。適意舞雩時一詠，區區何用苦吟為。

寓泉之定空寺

齋鍾聲斷佛香銷，閑步虛廊轉幾遭。濁世自緣君不捨，青山豈是俗難逃。鳥如留客音聲好，松似驕人意氣高。因悟宿根元自有，栽培功淺長蓬蒿。

掩卷

盈箱積案欲何如，誤盡蒼生半屬渠。陸贄外誰無負學，皐陶前是讀何書。鑿開素樸惟三畫，斲碎真淳遂五車。安得六經行世外，民風盡返結繩初。

謝胡默堂

創新小閣畫難成，肯借山翁養病身。萬事不憂知有命，數椽分庇可無人。觀書漆几明於鏡，欹枕藤床軟勝茵。終恐傍門心未穩，弊廬雖弊每馳神。

寓泉之安溪

已恨逢人語不通，更堪煙嶺隔千重。山城縱是如花好，海霧終愁似墨濃。遠信斷無鴻可寄，故鄉惟有月相逢。間於荔緑蕉紅處，步屧時留到晚鍾。

雪

無雨無雲曉色乾，忽驚瑰璧滿簷端。不教聲到窗前覺，應恐愁添屋下寒。占瑞農官尋玉尺，析酲公子索金盤。柴門睡起無多事，捲上疏簾帶竹看。

關心

關心歲月似驚波，少日無成奈老何。别久帝京知事少，住長客舍識人多。典衣酤酒盃難滿，借壁題詩字易磨。早信出門無遇合，故山只合守樵柯。

通之海山樓落成

千尋雉堞一朝興，五馬行庖此落成。地峻鬼神愁設險，樓高星斗聽談兵。霞羞綵幟依山歛，月鬭金盃出海明。更有萬堆飛石在，寄聲殘羯盍魂驚。

鳳凰臺

江山依舊昔人非，多少興亡問不知。鴈去又逢重到日，鳳歸安得再來時。風吹木葉隨漁艇，霜壓蘆花出酒旗。特地待吟吟未穩，數聲昏笛戍樓吹。

學道

學道先須學忍貧，緼袍蔬食當華珍。摳衣所欠參前輩，開卷猶欣見古人。暗坐雨窗心似月，冷眠雪屋氣如春。向來酷意耽吟事，今亦相忘越與秦。

贈碧崠

鳶飛魚躍兩悠悠，造物何心莫問休。但得一盃長在手，不須萬户更封侯。人間有夢何非蝶，物外忘機即是鷗。我亦青鞵行脚者，會摩銅狄話重遊。

人才

但得人才即治安，不憂外侮敢相干。學關世道方為士，業曉農家始是官。國力在兵堪用少，虜情如鬼欲驅難。豈無一代奇男子，抱膝無言静處看。

和張梅深四首

幾踏槐花角寸長，擔簦羞作老來忙。立身早慕千層塔，閱世今知百戲場。從辟穀來惟嗜酒，自栽梅後不燒香。人生底為青衫急，亦有秋荷可製裳。

不用悲歌撫鋏長，古無人可免身忙。存心未必耕無地，涉世難忘選有場。新别水雲書尚濕，舊題松桂筆猶香。只緣誤觸神舟走，惆悵京塵涴薜裳。

我策曾無一策長，一生蟻踏歷間忙。持經佛寺新投社，寄食田家舊築場。古劍放教龍逐伴，殘書分與蠹餐香。不愁死去無名在，化作千年老鶴裳。

鳧鶴都休較短長，静非無用動非忙。閑將詩卷排科甲，戲把文枰列戰場。無地可施行話柄，有天須監格心香。功名細看時來耳，珍重漁蓑即衮裳。

古出塞

初説戍漁陽，俄傳出定襄。朝朝征馬過，春草不曾長。

山月

山月共徘徊，山泉酌一盃。詩成無筆寫，畫石記蒼苔。

書墨竹 六言

伯夷有宿世契，子猷結千古交。煙外三葉五葉，雨中一梢兩梢。

觀星

九天有象不虛呈，歷歷都關國重輕。漢客可無經濟意，只將牛女問君平。

海陵

繞城無數菜花黃，隔岸蒹葭接大荒。不分塞鴻偏得意，年年春老未還鄉。

海陵之堡城

四面蒹葭水接天，中間一片是人煙。相逢盡喜干戈息，白鷺飛來立戰船。

傍城三十里芙蕖，怪底繁華浙景無。元是近邊農事少，全憑蓮藕當官租。

邊聲藉藉早秋風，稻未黃時棗又紅。莫厭水鄉遷避苦，全家載入緑荷中。

儀真

頻年歲稔少干戈，到處人能販五河。只道艖舟偏輻輳，玉盃涇名賢集作錦段近年多。

多旨樓邊古柳斜，龍淵寺裏隔荷花。清風盡日無人管，半屬僧家半妓家。

販來北棗堪充膳，種得西瓜可析酲。總是中原舊風物，不堪今日是邊城。

晚涼

窗前灑地着胡床，浴罷閑來坐晚涼。更取壁燈移暗處，待他月上竹邊牆。

南山有梅花

南山有梅花，高者五丈餘。半空發清香，天人為踟躕。城中三尺本，登盆綴流蘇。進之畫堂上，笑彼何粗疏。

山中吟七首

幽幽山上松，泠泠松下井。白石當銀床，青蘿作脩綆。山翁獨酌餘，無客可堪請。葛洪分煉丹，陸羽求煎茗。

采薇作庭實，紉蘭作筐篚。持以薦王公，謂可蘋藻比。王公齵齒謝，王門何用此。問客姓與名，或是孤竹子。

山中夜讀書，山鬼來相試。隔窗問疑難，頗及堯舜事。予非卯金人，安能動星緯。劃然一推窗，餘音入空翠。

山翁不能文，亦免時流笑。早愛滄浪歌，知詞不知調。長年山水間，所業只耕釣。偶得千齡龜，遂通八卦兆。

山花開滿枝，山鳥啼無時。君胡欲棄此，自取塵污為。山猿囓君屨，山鹿銜君衣。挽君君不留，去去終何歸。

槲葉可以衣，松實可療饑。騎鹿下山去，僾説高人知。高人不可得，紛紛却語誰。曉窗白雲過，且自相同歸。

題牋寄親友，早早山中來。紫芝既可採，蟠桃行當開。持書托南風，北風復吹回。愛之不可見，落日令人哀。

己酉客淮

烽燧春尤急，人才嘆寂寥。恨無黄石略，難致碧幢招。守塹宵仍甲，防城曉未橋。又傳經一雪，殘哨亦蕭蕭。

過黄山法華寺

積雪滿松崗，兹行為悼亡。本非求吉地，祇欲近禪坊。外物心如水，流年鬢已霜。只應雙卜宅，永此禮空王。

送田耕月遊吴

衣笈詩囊外，身輕費亦輕。不妨船眼窄，時上岸頭行。橘里逢霜信，松江問水程。吴中聞歲稔，新羅想須平。登橋仍問渡，迢遞到吴中。倩僕挑茶竈，移船避釣筒。月生林屋洞，潮接館娃宫。得句人傳去，蘇牋價益穹。此去姑蘇郡，都無五日程。仍聞新太守，最重舊交情。有句梅邊索，無田月下耕。雙親方待養，吾亦勉君行。

溢江

遠樹一重重，煙村與市通。難尋元亮宅，遥酹菊花叢。蜀浪帆檣外，廬山几席中。何時邊事息，來此作漁翁。

吴門田家十詠

去年一潦失冬收，逋債于今尚未酬。偶為灼龜逢吉兆，再供租約賃耕牛。

竹罾兩兩夾河泥，近郭溝渠此最肥。載得滿船歸插種，勝如賈販嶺南歸。

到處車聲轉水勞，東鄉人事獨逍遥。一堤灩灩元非雨，總是吴江淡水潮。

今年田事謝蒼蒼，儘有瓶罌卒歲藏。只恐主家增斛面，雙鷄先把獻監莊。

主家租入有常規，十月開倉不許違。占得頭籌先衆了，繞身紅綵送將歸。

西鄉本是最高鄉，今歲收成亦倍常。瓦鼓綵亭連日鬧，誰家不謝白龍王。

村村鼓笛樂秋成，露未凝霜水未冰。無賴酒家偏罔利，隔年早掛上元燈。

田家少婦最風流，白角冠兒皁蓋頭。笑問傍人披得稱，已遮日色又遮羞。

長襟侈袖若僧衣，閑蕩扁舟入郭嬉。好是醉歸村舍晚，聲聲耳畔阿郎兒。

主家文牓又園田，田甲科丁各備船。下得椿深笆土穩，更遷垂柳護圍邊。

劉　寺

曾住昭陽殿裏頭，何年香骨掩荒丘。虛傳碧落歸僊去，誰見蒼梧從帝遊。鸞閣粉銷塵影暗，蜃爐香冷石人愁。風前不敢梅花（名賢集作將梅）折，猶恐君恩寵未休。

宿廣果寺

寺門初掩夜沉沉，風逼燈寒（名賢集作寒燈）檜影深。滿屋異香僧入懺，一甌新茗客搜吟。雲歸古殿聞龍氣，月照空池見佛心。坐久恰（名賢集作却）眠眠未穩，屋頭鍾起鵲驚林。

金　陵

虎踞龍蟠在目前，依前行闕鎖寒煙。津頭鼓角增新戍，陌上笙簫減舊年。高塔直看淮對境，斷碑閑憶晉諸賢。我來尚喜秋成日，魚蟹堪賖滿市邊。

拄杖

數節堅如玉削成，幾年出入伴閑身。扶持衰老非無術，變化虛空亦有神。藥籠倒挑同入市，酒壺斜掛共尋春。雖然未作羣賢集作足顛危用，閑指迷津與路人。

數椽

梅有清香竹有陰，數椽於此寄幽深。舊看歸名賢集作飛鴈拋孤旅，新聽啼螿悔苦吟。幾卷書皆先世迹，一張琴是古人心。柴門未必無知己，何必江湖在遠尋。

陳藏一山房

一室焚香即太初，萬人如海儘從渠。第於心上曾無着，何必山中始自注：去聲。可居。垂箔護花嫌引蝶，連筒汲井怕生魚。草玄政不妨人事，問字敲門未可疎。

元日寓越之三江

客裏元正最可憐，就他香案禮蒼天。懶拈蓍草占新歲，頻對菱花憶去年。僅有邸翁分席拜，不如野老着衣鮮。百年草草渾如此，且醉殘梅了目前。

桂

天上分來種異常，年年花占菊前黄。堆將龍麝應難敵，隔盡屏帷亦透香。此日且饒秋富貴，全家疑在月中央。明朝酒醒風吹盡，贏得黄金滿步廊。

滄浪亭

濯纓人去水空寒，事屬明時欲問難。日暮客歸園館閉，鷺鷥飛上石棋盤。自注：子美故物惟石枰存。

石　湖

一片湖光接薜蘿，功名餘事屬吟多。至今魚鳥皆堪敬，曾見烏巾照碧波。以上《吾竹小稿》

西興寄呈

生平未始識東州，不謂招邀得漫遊。南鎮門前秦望曉，西興浦口浙江秋。風搏怒氣潮初落，山湧青冥雨乍收。豈為登臨重回首，使星只在五雲頭。《永樂大典》卷七九六二引《吾竹小稿》

（陸暉整理）

圖書在版編目(CIP)數據

全宋詩　第59册 /北京大學古文獻研究所編.-北京:北京大學出版社,1999.12
ISBN 7-301-03976-X

Ⅰ.全…　Ⅱ.北…　Ⅲ.古體詩-中國-宋代-總集　Ⅳ.I222.744

中國版本圖書館CIP數據核字(1999)第01102號

書　　名:**全宋詩**第五九册
著作責任者:北京大學古文獻研究所
責 任 編 輯:馬辛民
標 準 書 號:ISBN 7-301-03976-X/I·0521
出　版　者:北京大學出版社
地　　址:北京市海淀區中關村北京大學校内　100871
電　　話:出版部 62752015　發行部 62559712　編輯部 62752032
排　版　者:北京華倫公司排版部 62756343
印　刷　者:中国科学院印刷厂
發　行　者:北京大學出版社
經　銷　者:新華書店
850×1168毫米　32開本　23.25印張　608千字
1998年12月第一版　1998年12月第一次印刷
定　　價:40.00元

魁梧數百
年斧斤